KB165926

ADONIS

아도니스

ADONIS vol.3

아도니스

초판 1쇄 인쇄일 | 2015년 7월 24일
초판 1쇄 발행일 | 2015년 8월 6일

지은이 | 남혜인
편 집 | 이은미
기 획 | 이예희
펴낸이 | 박성면
펴낸곳 | (주)동아

출판등록 | 제396-2007-00071호

주소 | 경기도 파주시 문발동 535-7 세종출판벤처타운 203호
전화 | (031)8071-5201
팩스 | (031)8071-5204
E-mail | bear6370@hanmail.net
홈페이지 | http://blog.naver.com/lion6370

정가 | 11,800원

ISBN 979-11-5511-400-1(04810)
ISBN 979-11-5511-397-4(SET)

REMINISCENCE
ADONIS
아도니스

Part 01
vol.03

남혜인 장편소설

동아

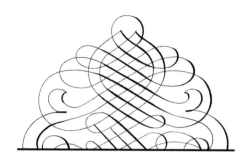

9. 노예상 편(2)

9. 노예상 편(2)

병장기가 부딪치는 와중에 통쾌한 웃음소리가 울려 퍼지자 그 주변은 잠시 소강상태가 되었다. 먹느냐 먹히느냐를 가리는 아슬아슬한 상황에서 흉흉한 분위기를 깨뜨리는 여자의 웃음소리가 지극히 기묘했던 탓이다.

"이 계집, 정신이 나간 건가."

맥은 미치고 팔짝 뛰고 싶은 상황에서 맑은 웃음을 터뜨린 이아나를 향해 눈을 매섭게 치떴다. 성질 같아서는 뺨이라도 한 대 쳐올리고 싶었지만 현재 그의 마음은 정신 나간 계집에게 신경 써 줄 만큼 여유롭지 않았다.

"카마트로스, 이 개자식들."

맥이 바닥에 침을 퉤 뱉었다.

"이 바닥에서 아직 얼마 굴러먹지도 않은 애새끼들 주제에 또 사업을 망쳐 놔? 아우우우, 젠장."

행사에는 훼방을 놓지, 건물은 급습해서 불태우지, 조직원은 죽이거나 잡아서 왕국의 감옥에 처넣지, 이 같은 행동들을 저지르고 귀신처럼 모습을 감추는 카마트로스는 블랙폭시에게 있어 그야말로 이가 갈리다 못해 잡기만 하면 공개화형을 해도 모자란 원수들이었다.

블랙폭시는 전 세계의 암흑가를 장악하고 있다. 그들이 손을 뻗치지 않은 곳이 없었다. 그래서 카마트로스의 괴롭힘은 작은 바늘로 쿡쿡 쑤시는 정도밖에 되지 않는다 하더라도, 수년간 찔리다 보니 어느새 구멍투성이가 되어 버린 블랙폭시로서는 여간 짜증나는 게 아니었다.

블랙폭시에서도 상급 간부인 맥은 카마트로스를 아주 싫어하는 편에 속했다. 맥의 직속 보스는 보고 중에 카마트로스의 '카'라는 말만 들어도 맥에게 물건을 집어 던졌다.

카마트로스를 직접 마주한 건 딱 한 번뿐이지만 맥은 놈들만 생각하면 열불이 터졌다. 매끈한 자기 재떨이에 맞아 쿡 찍힌 이마의 흉터가 지끈거릴 정도였다.

'왜 또 오늘 갑자기?'

이유는 알 수 없지만 카마트로스는 몇 개월 전부터 활동을 하지 않고 있었다. 맥은 그 사실을 몹시 기꺼워했다. 왜 잠적했는지 알 수 없으니 불안감은 날로 커져만 갔지만, 블랙폭시의 세력에 뚜렷한 상흔을 남기지 않는 만큼 보스가 분에 겨워 그에게 물건을 던지는 일은 없었던 탓이다.

ADONIS
아도니스

그렇게 맥은 최근 살얼음 위를 걷는 식의 평화나마 눈물겹게 행복한 심정으로 누리고 있었다. 그런데 그런 그를 놀리기라도 하듯 놈들은 오늘 이 중요한 경매에서 또 나타나고 말았다.

"이 개새끼들, 오늘 진짜로 다 죽여 버린다. 밖에 있던 애들이 다인 줄 알아?"

맥은 뒤춤에서 칼을 꺼내 들며 고함을 빽 질렀다. 평소라면 일찌감치 줄행랑을 쳤을 그가 이리 배짱을 부릴 수 있는 건 믿는 구석이 있어서다. 오늘 카마트로스의 습격을 염두에 둔 보스가 보스 직속의 상급 무인들을 파견한 것이다.

머리가 좋아 노예 경매를 관리하고 진행하는 간부가 되었고, 그래서 힘쓸 일이 잘 없다 하더라도 맥은 이제껏 열심히 몸을 단련해 왔다. 힘깨나 쓴다는 조직원들조차 그를 쉽게 제압할 수는 없었다. 그런 맥이 아무리 신경을 곤두세워도 기척을 느낄 수 없는 무인들은 대단한 실력자들이었다. 지금 회장 곳곳에 숨어 있는 그들은 맥의 부하들이 카마트로스를 감당할 수 없다고 판단했을 때 모습을 드러내기로 되어 있었다.

맥은 제 부하들이 블랙폭시에서도 중급 조직원에 속하니 카마트로스에 피해가 전무할 수는 없을 거라고 생각했다. 제 선에서 처리할 수 있다면 큰 포상을 받게 될 테니 더욱 좋겠지만, 그럴 수 없다 하더라도 보스의 직속 무인들이 나서서 지쳐 있는 카마트로스들을 처리해 줄 테니 맥은 아무래도 좋았다.

"흐흐."

아무리 정예들만 모였다는 카마트로스에, 대단한 카마트로스의 주인이라 할지라도 오늘 살아 나갈 수는 없을 거라고 확신한 맥이 비열하게 웃었다. 카마트로스만 사라진다면 오늘 입은 손해를 메꾸는 건 일도 아니었다.

"야, 더 몰아붙여! 이것들아. 더 열심히 싸우란 말이야."

맥이 칼을 휙휙 휘두르며 부하들을 독촉했고, 옆에 있던 이아나는 아르하드에게서 시선을 떼고 그를 흘끗 쳐다보았다. 무슨 꿍꿍이속인지 자신만만하게 웃고 있는 맥이 아니꼬웠다.

이아나는 갑자기 등장한 아르하드 때문에 멈추었던 행동을 재개하기로 했다.

퍼어어어어어어억!

"크헉!"

맥이 고함을 지르는 데 정신 팔린 사이 이아나가 다리를 쭉 뻗어 그의 옆구리를 매섭게 걷어찼고, 맥은 무대에서 떨어져 바닥에 처박히고 말았다.

"으으……."

맥은 정신을 차리지 못하고 숨만 헉헉 몰아쉬었다. 이게 대체 무슨 날벼락인가 싶었다. 갈비뼈가 부러진 게 분명했다.

'어떤 새끼야!'

맥이 고통에 눈물을 찔끔찔끔 흘리며 속으로 분통을 터뜨렸다. 정신이 나간 듯 웃어 대던 여자가 저를 걷어찬 범인이라고는 꿈에도 생각지 못했다.

투두둑.

이아나가 힘을 주자 굵은 밧줄이 파스타의 통통한 면발이라도 되는 것처럼 가볍게 끊어졌다. 뻐근한 손목을 빙빙 돌려 준 후 무대에서 훌쩍 뛰어내린 이아나는 엉망이 된 그의 멱살을 가볍게 잡아 올렸다. 고통스레 컥컥거리던 맥이 빙긋이 웃고 있는 그녀를 눈이 빠져라 노려보았다.

"뭐야, 쿨럭. 이……."

"네놈, 특급 경매의 사회자를 맡을 정도면 블랙폭시에서도 꽤 높은 직위라는 거겠지?"

이아나의 손이 맥을 공중에 띄우자 맥이 이번에는 숨이 막혀 목 졸리는 소리를 냈다.

"다른 놈들에게 지시를 내릴 정도면 말 다했군."

이아나가 주먹을 움켜쥐었다. 마나가 은은하게 어린 주먹은 맥이 무슨 말을 하기도 전에 그의 배에 쏜살같이 쑤셔 박혔다.

퍼어어어어억!

"……!"

주먹은 직격당한 내장이 배배 꼬이고 뒤틀리게 하여 정신을 아찔하게 만들었으며, 이내 침을 질질 흘리다 못해 고개를 떨어뜨리게 했다.

그때 이아나의 뒤를 노리는 섬뜩한 검격이 있었다. 머리가 아플 정도로 독한 살기가 노리는 목표물은 아주 명백해서 알아채지 못할 수가 없었다. 맥을 대충 집어 던져 놓은 이아나는 허리춤에 매달려 있던 검의 손잡이를 잡아 빼 들며 빠르게 뒤로 돌아섰다.

채애애앵!

날 선 검 두 자루가 부딪치는 살벌한 소리가 공기를 찢어 냈다. 죽이려고 내지른 검이 가볍게 막히자 습격자가 놀라서 주춤한 사이, 이아나의 검이 뱀이 나무를 타고 오르듯 남자의 검면을 따라 미끄러져 올라갔다. 독사를 닮은 검은 스산한 검명과 함께 순식간에 목에 도달하여 생명을 날렵하게 도려냈다.

습격자는 살기도 없이 유령처럼 제 목숨을 노린 공격에 반응조차 하지 못하고 피를 뿜어내며 바닥에 널브러졌다. 피 보라를 기점으로 경매장 곳곳에서 기세가 날카로운 놈들이 모습을 드러내기 시작했다.

"보통 계집이 아니구나."

나타난 남자들 중 대장격인 남자 하나가 경계심을 내비쳤지만 이아나는 긴장감 없이 피 묻은 검을 길게 늘어뜨렸다.

그 와중에 뒤로 돌아간 남자 하나가 이아나가 던져 놓은 맥을 몰래 둘러맸다. 하지만 이아나는 손에 넣은 것을 눈뜨고 빼앗길 만큼 멍청하지 않았다.

이아나는 쏟아지는 살기들을 뿌리치고 빠르게 몸을 돌렸다. 대포를 쏘듯 남자의 목에 검을 찔러 넣었다.

쐐애애애액! 챙!

놀란 남자가 맥을 바닥에 내팽개치고 검을 세게 쳐 냈다. 남자는 의외라고 생각했다. 어린 여자의 찌르기가 손이 얼얼할 정도로 강력했던 탓이다. 하지만 찌르기 다음에 곧장 이어진 공격은 머리를 두 쪽으로 가를 듯한 기세의 세로 베기였다. 남자는 검을 가로로 눕혀 간신히 공격을 막아 냈다.

"어……."

눈앞에서 펼쳐지는 비현실적인 광경에 남자는 멍청하게 입을 벌렸다. 여자의 검이 단단한 금속으로 제작된 고급 검을 무 자르듯 베어 들어오고 있었다.

이아나의 검이 번쩍하고 빛났다. 그것이 남자가 생애 마지막으로 본 섬광이었다.

촤아아악!

붉은 소나기가 바닥을 적셨다. 무리 중 두 명이나 순식간에 당하자 앞에 선 이들의 얼굴 근육이 딱딱하게 경직되었다.

대장이 이를 갈며 이아나를 추궁했다.

"네년은 뭐냐. 이런 실력을 가지고 있는 주제에 왜 노예로 잡혀 들어온 거지?"

무대 위쪽에서 대기하고 있던 그들은 경매장 뒤편에서 상황을 지켜보고 있는 다른 동료들과는 달리 계획보다 일찍 개입했다. 보스의 오른손이자 블랙폭시의 고위 간부인 맥이 어처구니없이 당하는 것을 보고만 있을 수는 없었기 때문이다.

금방 처리할 수 있을 거라고 생각했다. 하지만 방심했다는 것을 인정하고 처벌받을 각오를 해야 할 것 같았다. 계집이 검기를 쓸 수 있는 줄도 모르고 방심해서 두 목숨이나 잃은 것은 당연히 처벌감이었다. 여자는 절대 노예상에 잡혀 들어올 만한 일반인이 아니었다. 마나 제어력은 둘째 치고 피나도록 훈련을 해 온 그들이 보기에도 여자의 검술 실력은 발군이었다.

그러나 아무리 뛰어나다 하더라도 여자의 상대는 자신들이다. 머나먼 제국에서 쓸 만한 재능으로 발탁되어 지옥보다 더한 훈련을 거쳐 대륙을 주름잡는 블랙폭시의 세 보스 중 한 명을 뒤에서 지키게 된 자신들이란 말이다.

카마트로스의 주인을 처리하기 위해 이곳에 파견되었거늘, 정작 정식으로 상대하고 있는 것은 젊다 못해 밤놀이에 즐겨 찾을 법한 앙큼한 외모의 계집이라니!

남자들은 이 상황이 믿기지 않는 걸 넘어서서 자존심까지 상했다.

"곧 죽을 목숨에게 긴말을 하고 싶지 않다. 내가 질문에 답할 이유도 없지."

이아나는 실력을 숨길 필요를 느끼지 못했다. 심문할 블랙폭시의 간부를 확보했기 때문에 미적거릴 이유가 없었다. 또, 얼굴이 드러난 상태에서 간부를 때려잡고 블랙폭시 조직원을 죽였으니 그들의 블랙리스트에 올라가지 않으려면 지금 여기서 모두 처리해야 했다. 최대한 빠르게 목숨을 앗는 게 답이리니.

적을 섬멸하고자 하는 살의가 마나에 스며들기 시작했다. 마나가 찌릿한 섬광을 품고, 자욱한 안개처럼 붉게 젖어 든다. 이아나가 진짜 실력을 발휘하기 시작한다는 죽음의 신호였다.

붉은 마나의 존재감이 사방을 압박하고 남자들의 숨통을 조였다. 남자들은 호흡곤란을 느꼈지만 이아나가 붉은색의 독 가루를 쓰고 있다고 생각하며 대수롭지 않게 넘겼다.

"멍청한 년, 그딴 걸 믿고 건방지게 군 거냐!"

한 남자가 검기를 두른 검을 가로로 눕힌 채 달려갔다. 진심이 담긴 검은 대단한 기세로 휘둘러졌고 지켜보던 이들은 이아나가 두 쪽으로 갈라질 것이라고 믿어 의심치 않았다.

하지만 그들은 물론이요, 몸이 한 군데 베이고도 건방지게 굴 수 있나 보자는 비틀린 심정으로 달려든 남자 또한 그 생각이 자신이 할 수 있는 마지막 생각인 줄은 상상도 못 했다.

스걱!

대각선으로 휘둘러진 이아나의 검을 훌륭하게 막아 냈음에도 그대로 검과 함께 베인 남자의 몸이 쿠당탕 하며 바닥에 넘어졌다.

"……."

히죽거리며 상황을 지켜보던 남자들은 처음에는 그 비현실적인 장면을 이해하지 못했다. 그들은 넘어진 남자의 몸과 바닥을 적시는 피에 극도의 괴리감을 느끼고 있었다.

검이 허공에서 스르르 제자리를 되찾으며 피를 뚜욱뚜욱 흘리는 광경은 괴이하고 섬뜩했다. 남자들은 입안에 고이는 침을 제대로 삼키지 못해 입 밖으로 흘렸다.

"처리해!"

당황한 대장이 고함을 질렀고 앞에 있던 남자들은 꺼림칙한 기분을 억누르고 떼거리로 달려들었다. 흉악한 살기가 폭풍처럼 몰아쳐도 이아나는 아름다운 풍경을 앞두고 산들바람을 맞이하는 소녀처럼 그들이 앞에 당도하기를 기다렸다.

"하아앗!"

한 남자가 도약하여 검을 내리쳤다. 이아나는 가볍게 걸음을 뒤로 물려 피한 후 남자의 옆구리를 검으로 푹 찔렀다가 옆쪽으로 살가죽을 자르며 빼내었다. 피를 뱉어 내며 다시 드러난 요사한 검신은 아름다운 호를 그리면서 이아나의 뒤에서 검을 내지르던 다른 남자의 목을 훔쳐 냈다.

남자들이 이아나가 도망치지 못하게 사방에서 검을 찌르고 베어 들어왔다.

채채채챙!

하지만 이아나는 이미 그곳에 없었다. 검이 얽혀 있는 중심에서 벌집이 되었어야 할 그녀는 연기처럼 사라진 이후였다. 한 남자가 이를 악문 채 두리번거리며 찾았다.

"젠장, 이 귀신같은 년, 어디에······!"

그리고 맞은편에 있던 동료와 눈이 마주쳤다. 동료의 동공이 붉은 공포로 일렁거리고 있었다. 남자가 설마 하고 뒤돌아보는 순간이었다.

촤아아아아악!

남자의 생명은 물론이요 동료들의 생명 또한 반월형의 붉은 검기에 끝장났다.

"으, 으아아아아!"

뒤쪽에서 한 남자가 검을 내질렀다. 하지만 고개를 튼 이아나와 싸늘한 눈과 마주치고, 남자가 움찔하는 순간 게임은 끝났다.

푸부부북!

이아나의 날렵한 레이피어가 적을 인지한 벌떼처럼 남자의 팔, 다리, 몸통, 목 할 것 없이 찔렀다.

털썩······.

마지막 남자가 쓰러졌다. 공격하지 않고 대기하고 있던 남자들은 덤벼들지 못했다. 이아나는 상냥하게 웃으며 머리를 뒤로 쓸어 넘겼다.

"공격하지 않는가?"

그들은 깨달았다. 이아나의 검에 일렁이고 있는 붉은 기운은 독가루도 아니고 눈속임도 아닌, 누군가의 의지로 인해 응축되고 응축되어 결국 그 사람의 색을 가지게 된 마나라는 것을 말이다.

"어, 어찌."

한 남자가 믿을 수 없다는 듯 중얼거렸다. 색을 띤 마나. 한낱 독가루 따위로 착각했다는 게 송구해질 정도로 압도적인 그것은 그들의 진정한 주인들이 풍기는 강압적인 기세와 비슷했다. 반항을 허락하지 않는 진정한 학살자들만이 드러낼 수 있는 힘이었다.

이아나가 천천히 검을 눕히자 긴장과 공포는 극에 이르렀다. 저 검이 휘둘러지는 순간 죽는다!

남자들은 등을 돌려 도망가고 싶었지만 맹수 앞의 쥐새끼처럼 굳어 버린 몸은 마음을 쉬이 따라 주지 않았다.

이아나가 검을 고쳐 쥠과 동시에 바닥을 세게 박찼다. 남자들은 헉, 하고 경직된 숨을 들이켰다. 최대한 마나를 끌어모아 검을 감쌌다. 그러나 몰아친 붉은 폭풍을 산들바람으로 무장한 그들은 감당할 수 없었다. 뛰어난 편에 속하는 실력자들이었음에도 그녀의 앞에서는 그렇게 스러질 운명들에 불과했다.

"후우."

이아나는 기세를 갈무리하며 검을 검집에 집어넣었다. 검격이 휘몰아친 후에 살아남은 자는 없었다. 도망에 성공한 자 또한 없었다. 그녀의 앞에 쓰러져 있는 남자들은 모두 죽었다.

"과연, 일부러 잡혀 온 모양이군."

이아나는 뒤에서 들려오는 살벌한 목소리에 몸을 돌렸다. 짜증으로 범벅이 된 금안을 보며 빙긋 웃었다. 일이 꽤나 재밌게 돌아가고 있었다.

"제게 하시고 싶은 말이라도?"

"죽기 싫으면 당장 여기서 나가라. 거치적거린다."

뜻밖에도 아르하드는 학술원에서처럼 머뭇거리거나 스스로를 낮추지 않았다. 얼굴을 가린 하얀 가면과 중년 남성의 목소리가 정체를 가려 줬기 때문일까? 그는 완전히 다른 사람처럼 굴고 있었다.

이아나는 이중인격처럼 구는 그가 무척 흥미로웠다.

'어쩔까. 장단에 맞춰 줘 볼까.'

학술원에서 답답하게 실랑이를 벌일 때보다 훨씬 재밌는 상황에 이아나는 아주 즐거웠다.

"당신이 뭔데? 제가 뭘 하든 무슨 상관이죠? 제게 이래라저래라 하지 마십시오."

"간이 배 밖에 나온 여자군."

아르하드 주변에서 살기가 피어올랐다. 하지만 이아나는 그를 무시하고 등을 돌렸다. 널브러져 있는 맥에게 다가가 멱살을 잡아 올렸다.

"아가씨, 블랙폭시의 간부에게 볼일이 있으신 듯한데, 무슨 일인지 물어도 되겠습니까?"

뒤에서 걸쭉한 목소리가 들려왔다. 이아나의 시선이 그에게 향했다. 아르하드의 뒤에 한 남자가 서 있었다. 이아나가 아르하드의 뒤를 쫓을 때 제일 처음 그와 접선했던 눈물 가면이었다.

이아나는 남자를 뜯어보았다. 머리부터 발끝까지 검은 로브와 가면으로 가려져 있어서 관찰할 수 있는 생김새는 눈뿐이었다. 그의 눈동자는 평범한 갈색으로, 전혀 특별하지 않았다. 하지만 구멍 속에서 접어지는 눈매는 능글맞은 것이 어째 익숙했다.

'익숙?'

이아나는 처음 보는 남자에게 익숙함을 느끼는 이유를 알 수 없어 미간을 좁혔다.

헛된 느낌을 떨쳐 낸 이아나는 경매장의 뒤쪽을 흘끗 바라보았다. 남자들을 상대하는 동안 상황은 대부분 정리되어 있었다. 블랙폭시의 조직원들은 궁지에 몰려 발악을 하고 있었고 카마트로스들은 고양이가 쥐 가지고 놀듯 그들을 둘러싸고 섬뜩한 칼날을 장난스럽게 겨누고 있었다.

"아가씨? 대답해 주실 수 없는 겁니까?"

"블랙폭시의 상부에서 제가 아끼는 아이를 납치하라고 조직원들에게 명령을 내렸습니다. 그 이유를 캐내기 위해섭니다."

이아나는 순순히 대답했다. 어차피 블랙폭시를 적대하고 있는 이들이고 무엇보다 조직의 보스가 아르하드이므로 어느 정도는 가르쳐 줘도 상관없다고 생각했기 때문이다.

"혹시 파엘라 상단주 무르시의 아들, 핀이라는 아이입니까?"

남자가 생각을 훔쳐보기라도 한 듯 정확하게 맞추었다. 이아나가 남자를 노려보았다.

"어떻게 알았죠?"

남자가 손을 휘휘 내저었다.

"아아, 살벌하게 굴지 말아요. 대충 찍었는데 맞았을 뿐이니까. 저는 카마트로스에서 정보를 담당하고 있습니다. 블랙폭시에서 정보를 빼내는 건 제 담당이죠. 그래서 블랙폭시의 동선이나 목표물도 대략적으로 알고 있습니다. 그리고 목표물 중에 로안느에 사는 어린아이는 한 명뿐입니다."

아르하드의 명령을 받아 뒤를 캤나 싶었지만 그건 아닌 모양이다. 블랙폭시의 정보를 빼내는 자, 아마도 블랙폭시의 상부에 침투한 카마트로스의 첩자일 것이다. 이아나는 새삼스럽다는 표정으로 남자를 보았다.

블랙폭시는 간부 대부분이 바하무트 제국민인 데다 보안이 철저해서 첩자로 스며드는 게 불가능에 가깝다. 즉, 정말로 첩자라면 첩보계에 종사하는 자들 중에서도 특출한 능력과 엄청난 대담함을 겸비한 특급 스파이라는 소리였다.

'혹은 변절해서 아르하드에게 붙은 블랙폭시의 간부인가.'

"그 애가 목표물이 된 이유도 알고 있습니까?"

"무르시의 아들이기 때문이지요."

핀이 하프엘프라서가 아니라 무르시의 아들이기 때문이라는 말은 의외였다.

"무르시는 서부에서 주로 활동했기 때문에 중앙 대륙에 위치한 로안느 왕국에는 잘 알려지지 않았습니다만 서부 사막에서는 소수민족들조차 알고 있는 대상인입니다."

무르시의 상단이 규모가 크다는 것은 알고 있었다. 하지만 블랙폭시에서 직접 그 아들을 납치하라 명할 정도로 대단한 위세를 떨치고 있었던가. 납치 이유가 단순히 대상인의 아들이었기 때문에, 즉 돈 때문이었나?

너무 평범한 이유라서 이아나는 힘이 빠졌지만 이내 잘됐다 싶은 생각에 안도의 한숨을 내쉬었다. 특별한 이유였다면 놈들은 끝까지 물고 늘어질 터이나 돈 때문이라면 말이 다르다.

세상에는 핀 말고도 놈들이 군침을 흘릴 만한 갑부들이 많다. 돈이 목적이라면 핀은 납치해도 되고 안 해도 되는 목표물이라는 소리다. 경호만 철통같이 하면 놈들이 어려운 목표물에 검은 손을 악착같이 뻗을 이유가 없다.

하지만 남자의 말은 그게 끝이 아니었다.

"블랙폭시는 모종의 이유 때문에 사대오지로 진출하고 있습니다. 인간이 살아가는 대륙을 넘어서서 이종족이 살아가는 오지를 노리는 거죠."

"모종의 이유라는 것은?"

"거기까지는 모릅니다만, 확실한 건 놈들이 서부의 기로하이 사막 쪽으로 손을 뻗기 위한 방법의 일환으로 무르시를 택했다는 겁니다. 그리고 그를 부리기 위해서는 그가 끔찍하게 아끼는 아들 녀석이 제격이지요."

"잠시만요. 기로하이 모래사막과 서부는 엄연히 다른 지역이 아닙니까?"

대륙의 최극단에 위치하여 끝에 무엇이 있는지 밝혀지지 않은 미지의 세계. 북부의 히마라페 빙원, 동부의 샤우부 대삼림, 남부의 카란켈 바위산맥, 서부의 기로하이 모래사막을 통틀어 사대오지라고 한다.

오로지 몬스터와 이종족만이 살아갈 수 있는 그곳에 들어가서 살아나온 인간은 극히 드물었다. 오지는 금지禁地라고도 불리며, 인간이 사는 지역과는 완전히 구분되었다.

무르시는 분명 인간의 거주구역에서만 활동했을 터였다. 물론 친우를 따라 샤우부 대삼림으로 들어갔다가 엘프 아내를 얻었지만 이건 특수 케이스고 서부는 달리 생각해야 했다. 동부의 엘프와 인연을 맺고 있다고 해서 서부의 수인족들에게까지 연이 닿아 있다고 일반화할 수는 없었다.

"무르시 씨의 활동지역은 오지가 아니라 서부 왕국들일 텐데 어째서 블랙폭시가 오지를 노리는 데에 무르시 씨가 필요하다는 겁니까."

"뿔뿔이 흩어져 사는 용병들을 주름잡고 있을 뿐만 아니라, 기로하이 모래사막에 살고 있는 수인족들과 깊은 친분을 쌓고 있는 남자의 절친한 친우가 바로 무르시기 때문이지요."

이아나의 표정이 요상하게 일그러져 갔다.

"설마……."

"무르시의 친우가 바로 사막의 수호자이자 대륙의 용병왕인 압실롯입니다."

'압실롯!'

이아나의 눈이 커졌다.

타이거 용병단의 단장 압실롯. 젊었을 적 대륙을 질타하며 초고난이도의 의뢰들을 휩쓸고 다녔던 그는 용병계에서 전설이라 칭송받는 걸출한 인물이었다. 지금은 은퇴해서 사막에 정착했고, 모아뒀던 돈으로 온갖 부귀영화를 누리고 있다고 한다. 서부의 이종족들과 활발하게 교류하며 그들을 보호하고 있다고도 했다.

이아나는 압실롯을 직접 만나 본 적 없다. 그는 로안느 왕국과 접점이 없었을뿐더러 아르하드가 전쟁을 일으켰을 때 바하무트와 협정을 맺어 침묵으로 일관했기 때문이다. 하지만 그가 대단하다는 것만큼은 잘 알았다.

"무르시는 친우에게 짐이 될 바에야 스스로 목숨을 끊을 위인이라서 함부로 건들 수 없습니다. 잠자는 호랑이의 코털을 건드리는 꼴이죠. 그래서 어린아이인 핀을 납치하고자 하는 겁니다. 핀은 압실롯에게도 자식 같은 아이라서 핀만 잡으면 무르시든 압실롯이든 멋대로 조종할 수 있죠."

"그럼 블랙폭시에서 핀을 노리는 이유가……."

"예. 이종족과 접촉할 수 있는 좋은 수단이기 때문이지요."

남자의 말이 사실이라면 핀이 하프엘프라는 사실을 절대 들키면 안 된다. 블랙폭시의 뒤에 바하무트가 있으니, 블랙폭시가 이종족을 노리는 것은 바하무트 황실의 명일 것이기 때문에.

바하무트 제국은 무슨 꿍꿍이로 이종족을 노리는 건가.

'노예로 판매하려고?'

이종족 노예는 돈이 된다. 그리고 블랙폭시는 드워프를 노예로 팔고 있다. 그럴듯한 추측이었다.

'하지만 단순히 그뿐일까?'

이아나의 시선이 무대 뒤쪽으로 향했다. 소동이 벌어진 지 시간이 조금 지나긴 했지만 만일 드워프가 아직 이곳에 있다면…….

이아나는 무대 뒤쪽으로 뛰어가려 했다. 아르하드의 정보원이 이유를 모른다면 아르하드도 모를 것이고 의문을 제기해 봤자 얻을 수 있는 것은 없다.

바하무트, 블랙폭시, 드워프, 핀, 무르시, 압실롯, 이종족, 카마트로스, 아르하드.

일이 복잡하게 얽혀 가고 있다. 하지만 단서 중 하나가 드워프인 건 분명했고 이아나의 직감은 그를 구해야 한다고 말하고 있었다.

하지만 본격적으로 달리려던 이아나는 그녀의 팔을 우악스레 잡아당긴 누군가에 의해 저지당했다.

"말이 안 통하는군."

싸늘한 음성이 몰아닥쳤다. 잡힌 팔이 아파 왔다. 이아나는 고개를 돌렸다. 저를 노려보고 있던 서늘한 눈빛을 마주했다.

"호기심은 모두 해결했을 텐데? 출구는 반대쪽이다. 나가."

"안쪽에 볼일이 있습니다."

"들어가서 노예 구출이라도 할 생각인가?"

"블랙폭시에 대해 좀 더 알아보고 싶은 게 있어서."

이아나는 질문에 순순히 대답을 해 주었고 아르하드의 손에는 퍼런 핏줄이 돋아났다. 아르하드가 이아나의 팔을 세게 잡아당겨 입구 쪽으로 끌고 가려 했다.

"이 이상으로 일에 개입하는 것은 용납하지 않겠다. 돌아가라."

입가를 한 번 씰룩인 이아나는 아르하드의 손을 뿌리쳤다.

"용납? 저는 당신의 수하가 아닙니다. 왜 제가 당신의 말에 꼬리를 말고 돌아가야 하는 겁니까?"

아직 아르하드와 제 사이에 이루어진 것은 아무것도 없었다. 제가 수하가 되어 주기로 마음먹었다 하더라도 아직 그 각오가 실현된 것은 아니었다. 그가 제게 명령할 권리는 없었다.

"정중하게 요청하면 얌전히 발을 뺄 건가?"

"그럴 순 없습니다. 저에겐 아직 해야 할 일이 있으니까요. 그런데 당신들은 왜 저를 막으려 하는 겁니까. 제가 블랙폭시에 부딪쳐 깨져 죽든 말든 무슨 상관이라고 이렇게까지……."

"아가씨. 우리는 일반인이 끼어들어 피해를 입는 걸 원치 않습니다."

눈물 가면의 중재는 이아나의 비웃음을 불러올 뿐이었다. 그녀는 몸을 무대 쪽으로 살짝 돌리면서 말했다.

"제가 조직폭력배 따위에게 피해를 입을 일반인으로 보입니까?"

"물론 실력이 대단한 건 인정합니다만, 블랙폭시를 상대하기에는 아주 부족합니다. 뭐가 문제입니까? 핀의 안전 때문입니까? 핀은 지금처럼만 있으면 아무 문제없을 겁니다. 아이의 집에는 무단침입자를 절대적으로 속박하는 엄청난 고위 마법이 부여되어 있는 데다 고급 무인들이 아이를 보호하니까요."

하지만 알라카모라숲에서 핀은 미노타우루스에게 밟혀 죽을 뻔했다. 예기치 못한 상황에서는 호위무사들도 핀을 지켜 주지 못할 수 있다는 소리다.

"블랙폭시도 핀을 납치하는 방법이 미래를 예측할 수 없는 양날의 검이라는 걸 알고 있기 때문에 고려는 하고 있되 최후의 방편으로 두고 있습니다. 신경 쓰지 않으셔도 됩니다."

궤변이다. 이 상태에서 핀을 방치한다는 것은 독뱀이 득실거리는 구덩이 위의 다리를 걷는 아이를 방관하는 행동과 같다. 언제 배고픈 뱀이 기어올라 아이의 발목을 물지 모르는데 그저 지켜보기만 하란 말인가?

"위험이 잔재하고 있는데도 신경 쓰지 않는 걸 부주의, 혹은 방심이라고 하죠. 저는 핀이 완전한 자유를 누리길 원합니다. 아이가 언제까지 이렇게 살아야 한다는 겁니까? 평생?"

위험하다며 아이가 아무 데도 가지 못하도록 발을 묶는 건 옳지 않다. 걷는다는 행위는 인생과 같으므로, 제 의지로 길을 걸어가지 못함은 스스로가 없음과 같다.

'아주 끔찍하지.'

이아나는 주먹을 꽉 쥐었다.

이 상황은 핀이 자초한 것도, 바란 것도 아니다. 단지 태생적으로 타고난 혈통 때문에 블랙폭시에게 노려지는 것이다.

핀은 아주 어리다. 누군가 옆에서 도와줘야 했다. 그러니 뱀이 아이에게 관심을 두지 않도록 다른 길을 찾아 주는 게 옳았다. 그럴 수 없다면 아이가 다리를 지나갈 때까지 곁에서 함께 걸으며 지켜

주는 게 옳았다. 무슨 수를 써도 안 된다면 구덩이에 기름을 붓고 불을 뿌려 뱀을 모두 죽이고 지나가게 해 주는 게 맞았다.

"저는 블랙폭시가 아이에게 아예 신경을 끊었으면 합니다. 그러기 위해선 놈들이 이종족을 노리는 이유부터 알아내야 합니다."

게다가 걱정 말라는 말은 핀이 하프엘프라는 걸 모르기 때문에 할 수 있는 소리였다. 블랙폭시가 이종족을 노리는 이유를 모르니 핀이 하프엘프라는 게 밝혀지면 놈들이 무슨 짓을 저지를지 예측할 수 없었다.

단서를 하나하나 얻으면서 이 문제를 완벽하게 해결해야 한다. 해결하지 못하면 핀은 죽을 때까지 적들의 위협 속에서 안심하지 못하고 살아갈 것이다.

하프엘프인 것을 제외하면 그저 착하기만 한 아이인데도, 그렇게.

남자가 두 손을 들었다.

"이해했습니다. 그러니 다시 제안하죠."

"무엇을 말입니까?"

"몇 년만 참아 주십시오. 저희 측에서 사람을 붙여 아이를 몰래 보호하겠습니다. 그리고 만일 놈들이 아이를 본격적으로 납치하려고 나선다면 저희 쪽에서 손을 쓰겠습니다. 아이는 그렇게 아무것도 모른 채로 있으면 됩니다. 아무 걱정 없이 자유로이 돌아다녀도 됩니다. 대신 아가씨는 이 일에서 손을 떼 주십시오. 이 정도면 꽤 괜찮은 거래 아닙니까?"

이아나는 남자를 의아하게 쳐다보았다.

"······당신들이 왜 그렇게까지 해 준다는 겁니까? 단순히 일반인의 개입을 막기 위해서? 그리고 왜 몇 년이죠?"

"카마트로스는 블랙폭시를 방해하고, 더 나아가 조직을 와해시키는 데에 목적을 두고 있습니다. 놈들이 보이는 행보는 분명 이익과 연결되어 있을 테니 놈들의 오지 진출은 우리도 막고 싶은 일입니다. 그 수단인 아이의 뒤를 봐주는 건 우리에게도 필요한 일이죠. 딱히 아가씨를 위해서 하는 일이 아니라 겸사겸사라는 소립니다. 몇 년이라는 말은, 우리가 블랙폭시를 완전히 무너뜨리는 날이 몇 년 후로 예정되어 있기 때문에 그리 말씀드렸습니다."

블랙폭시는 사실 검은여우라는 뜻의 블랙폭시보다는 검은개를 의미하는 블랙독이라는 이름이 어울린다. 그들은 교활함을 의미하는 여우 심벌과는 다르게 먼 과거부터 새까만 바하무트 황실에 절대적인 충성을 바치는 사냥개였기 때문이다.

'과연. 아르하드는 지금 바하무트의 황실을 없애야 하니 블랙폭시도 적일 테지. 하지만 와해시킨다는 말은 완전히 무너뜨린다는 뜻인데, 블랙폭시는 회귀 전에는 분명 내가 죽을 때까지 존재하고 있었다.'

이아나는 고민에 빠졌다.

실패한 건가. 살려 둔 건가. 그도 아니면 새로 편성한 건가…….

블랙폭시가 이종족을 노리는 이유는? 회귀 전 핀과 이종족들은 어찌 되었을까? 이종족들은 계속해서 오지에서 살아갔으니 아르하드가 블랙폭시를 막아 주었던 걸까?

블랙폭시를 이렇게 적대했으면서 훗날에는 어떻게 블랙폭시를 장악할 수 있었던 걸까? 회귀 전 블랙폭시가 정말로 아르하드에게 충성했을까? 아니면 블랙폭시가 바하무트의 황제에게 무조건 복종하는 걸까?

회귀 전과 현재를 비교하면 비교할수록 머리가 아팠다. 아는 게 없으니 더 헷갈렸다. 대체 뭐가 어떻게 돌아가는 건지, 회귀 전과 충돌하는 현재의 모순은 끊임없이 나타나고 의문은 꼬리를 물며 계속해서 생겨나는데 풀리는 건 하나도 없었다.

미래는 알지만 과정을 모른다. 시간이 흘러야 풀릴 수수께끼들이 뒤엉키고 뒤엉켜 이아나의 머릿속을 혼잡하게 만들었다.

째깍…….

시간이 불쾌하게 겹쳐진다. 시계 수십 개의 초침소리가 조금씩 어긋나 뒤섞이는 환청이 세상을 어지럽혔다. 뇌에서 만들어 낸 시끄러운 잡음이었다. 머리가 지끈거리고 속이 답답해졌다.

이아나는 고개를 절레절레 내저었다. 하지만 환청은 질척한 늪처럼 고막에 들러붙어 떨어져 나가지 않았다.

"단도직입적으로 말하지."

단 한마디에 환청이 사라졌다. 강한 바람이 불어와 온몸에 지저분하게 붙어 있던 모래알갱이들을 떼어 내는 것처럼.

이아나의 시선이 아르하드에게 향했다.

"단순히 일반인이라서? 아니다. 너 때문에 우리의 계획이 뒤틀릴 게 불 보듯 뻔해서다."

환청이 멎고 정적을 되찾은 청야聽野 속으로 크게 들려온 낮은 목소리.

"넌 계획에 없는 제삼자다. 너 같은 실력자가 끼어들어 제멋대로 휘젓고 다니면 계획에 변수가 많아져. 일이 우리가 원하는 것과는 다른 흐름을 탄다는 소리다."

그리고 정적에서 깨어난다. 과거를 몰아내는 선선한 바람이 불어오는 환상.

이아나는 등줄기를 타고 올라와 온몸으로 짜릿하게 번지는 기분 좋은 오싹함을 느꼈다. 말투는 사나웠지만, 아르하드의 말은 이아나의 실력을 인정하고 있다는 뜻을 내포하고 있었다.

"블랙폭시를 쫓기 시작하는 순간부터 네 인생은 망가질 거다. 네가 평생을 쫓는다 해도 놈들을 괴멸할 순 없다. 블랙폭시는 알려진 것보다 훨씬 더 거대하고 위험한 최악의 조직. 알려진 부분이 빙산의 일각과도 같은 비밀결사. 놈들을 단독으로 상대하는 건 어불성설이고 계획적으로 조직을 만들어 움직여도 상대하기 어려워. 너는 놈들을 상대하는 내내 끝이 없는 미로를 헤매는 기분이 들 테지. 조금이라도 잘못해 정체를 들켰다간 평생 블랙폭시에 쫓기다가 개죽음당할 뿐이다. 그걸 바라는 건가?"

"그건…… 아니죠."

이아나가 중얼거리자 아르하드가 냉정하게 말했다.

"이제야 말이 통하는군. 꼬마의 문제는 우리가 해결해 주겠다고 약속했다. 자, 이제 네가 신경 쓸 일은 없어."

이아나는 아르하드를 빤히 쳐다보았다.

"저를 걱정하는 겁니까?".

뜬금없는 질문이었다. 처음부터 일관적으로 협박에 가까웠던 그의 말에는 걱정 같은 건 묻어 있지 않았다. 제멋대로 행동해서 계획에 차질을 빚을지도 모르는 계집, 꼬박꼬박 말대꾸하며 제가 원하는 대로 할 거라고 고집을 부리는 어린 계집을 걱정한다? 성인 군자가 아니고서야 그러기 어렵다. 아르하드라면 더더욱.

하지만 이아나는 알면서도 그리 물었다.

"……."

대답은 한동안 돌아오지 않았다. 가늘게 뜨인 금안은 두터운 철옹성으로 가려진 적의 진지를 탐색하듯 이아나를 살폈다. 마침내 입술이 열렸다.

"말로 좋게 해결하려 하면 제가 우위인 줄 알고 귀찮게 구는 놈들이 많지. 허접한 쓰레기가 주제도 모르고 너처럼 굴었다면 내 말에 처음으로 토를 달았을 때 죽였을 거다."

하지만 죽이지 않았다. 아르하드가 손을 천천히 들어 올렸다. 그 손은 이아나의 턱을 움켜쥐어 위로 젖혔다. 불을 품은 금안과 달을 안은 적안이 다른 이들은 배제한 채 일직선으로 마주쳤다.

"……나는 실력 있는 놈들을 아낀다. 그들은 나를 즐겁게 해 줄 테니까. 그러니 순진한 새끼 맹수가 불나방처럼 제 발로 지옥불 속으로 뛰어드는 건 못 볼 꼴이야. 그게 훗날 나와 호각을 이룰 지도 모르는 맹수라면 더더욱."

이아나는 말 안의 본질을 꿰뚫었다.

그는 저를 탐한다.

빈말로도 다 성장했다고 할 수 없는, 아직 아무것도 가지지 않은 현재의 어린 자신을.

또 걱정하고 있다. 현재에서. 언제나처럼.

이아나는 반성했다. 뭔가를 착각하고 있었다. 진실은 바로 지금 여기에 있다.

그리 생각한 순간 이아나는 미래의 잔상에서 완전히 빠져나왔다.

"강제는 반항심을 불러일으킬 뿐이니 마지막으로 다시 한 번 말하겠다. 가라. 그리고 이 문제에 더 이상 관심을 가지지 마라."

이아나의 턱을 놓고 뒤로 몇 번 걸은 아르하드가 이아나의 얼굴 앞으로 손을 내밀었다. 제 손바닥과 이아나의 코끝이 닿을락 말락 한 거리에서 아르하드는 냉정하게 말했다.

"거부한다면 지금 바로 조치를 취하겠다."

"이, 이봐요……."

"션, 넌 이제 입 다물어."

수없이 많은 시간들 속에서 아르하드는 현재에 있고, 자신 또한 현재에 있다.

현재.

냉정을 되찾은 이아나는 지금 이 순간 가슴 속에 한 가지 결심을 새겨 넣었다.

'회귀 전의 생을 이번 생보다 우선시하지 말자.'

사람은 지난날을 회상할 수 있다. 사람이기 때문에 겪었던 일들을 모두 없던 걸로 치고 완전히 새로운 삶을 살아갈 수는 없을 것이다. 하지만 착각해서는 안 된다.

회귀 전의 생과 이번 생은 확연히 다르다. 나비의 날갯짓은 머나먼 바다에 태풍을 불러온다. 회귀는 나비의 작은 날갯짓과 일치했다.

매일매일 새로운 사건들이 발생한다. 따라서 이번 생의 미래는 회귀 전의 미래로 고정되어 있지 않다. 수없이 많은 갈림길들이 앞에 펼쳐져 있었고 미래는 무엇이든 될 수 있었다.

어릴 적, 과거의 기억에 얽매이지 않겠다고 다짐했었다. 그런데도 또다시 과거에 집착하여 현재를 제대로 바라보지 못하는 것을 보아 하면 저도 어쩔 수 없는 사람인가 보다.

회귀 전의 일을 참고는 하되 이번 생을 거기에 맞춰 넣지는 말

자. 완성된 그림은 벽 한구석에 걸어 두고, 새하얀 캔버스에 새로운 그림을 그리자. 불투명한 미래를 향해 달려가자.

그저, 현재를 충실하게 살아가자.

시야를 가린 커다란 손가락 사이로 어둑하게 빛나는 금안이 보였다. 이아나는 편해진 마음으로 그 시선을 받았다.

다만, 예외로 두어 항상 가슴속에 담아 두고 기억해야 할 것은…… 무엇보다 가장 우선시해야 할 것은…….

'당신의 기사가 되겠다는 약속.'

이아나는 손을 들어 아르하드의 손을 꽉 움켜쥐었다. 그의 손이 움찔했다. 이아나는 쥔 손을 아래로 내리면서 코웃음 쳤다.

"이해했습니다. 하지만 당신들이 뭔데 제게 이래라저래랍니까?"

"……."

"저는 제가 하고 싶은 대로 할 겁니다. 제 호기심과 제 문제는 스스로 해결합니다. 또, 정체 모를 당신들만 철석같이 믿고 손 놓고 있을 순 없죠."

"……후!"

잠자코 듣고 있던 아르하드가 기가 차다는 듯 웃었다. 이아나가 볼 수 있는 것은 오로지 그의 금안뿐이었다.

아. 이아나가 신음을 흘렸다. 비웃음과 못마땅함, 그리고 실망과 북받치는 감정으로 가득한 그것은 어디선가…….

"목숨이 아깝지 않나?"

그래, 이것은 어디선가…….

"그 빌어먹을 고집 때문에 죽더라도 후회하지 않겠냐는 말이다."

"그 고집이 이렇게 너의 죽음으로 이어졌다 하여도?"

"그깟 아이 하나를 위해 제 인생을 도외시하고 덤벼들겠다니, 정말이지 무모한 것을 넘어서서 멍청한 계집이구나."

모든 것이 끝나고 모든 것이 시작되는 그 순간의 대화였다. 이아나는 그날을 떠올리며 회상에 젖어 들었다.

"후회하지 않습니다. 그로 인해 파생되는 결과는 모두 제 선택에 의한 것이니까요."

"그래. 내 삶은 모두 나 스스로가 개척한 것! 후회는 없다. 이 모든 결과가 내 선택에 의한 것일지니……!"

아르하드가 입을 다물었다. 이 상황이 몹시 즐거웠던 이아나는 그날처럼 웃었다.

"제가 후회할 사람으로 보입니까?"

"이 내가…… 쿨럭, 후회하리라 보나?"

아르하드는 그녀를 잠자코 바라보고 있다가 이를 갈며 대답했다.

"……웃는 꼴을 보아하니 그렇지는 않을 듯하군. 멍청한 여자 같으니."

"그럴 리가 없지. 너는 이아나 로베르슈타인이니까."

그리고 이어진 너는 내게 졌다는 통쾌한 웃음소리와 그냥 죽으라는 살벌한 말, 너는 내게 있어 적이었으나 꽤나 좋은 동반자였다는 고백과 이제 와서 그만 말을 하여 무엇 하냐는 분노, 그리고……

"이번…… 생은 끝났다. 그러나…… 다음 생에는 너의 적……이 아닌 너의 기사가 되……리…….."

상대는 잊어도 자신은 잊어서는 안 될 약속. 이를 지키기 위해 이 삶을 살아가리라.

"그래서, 계속 개입하겠다는 건가?"

"예. 그나저나 천만 골드에 사겠다고 할 때는 언제고 이제는 매정하게 내쫓으려 하다니 변덕스러운 사람이군요."

"배짱 하나만으로도 그 값어치를 하겠군. 아니, 그 이상인가."

비꼬는 말을 들으면서 눈을 접어 웃은 이아나는 대답했다.

"그럼 사는 것은 어떠십니까?"

"……"

아르하드가 하려던 말을 잊고 바짝 굳었다. 그는 파격적인 말의 의도를 알아내고자 여유롭게 웃고 있는 이아나를 뜯어보았지만 읽어 낼 수 있는 건 없었다.

"무슨 뜻에서 하는 말이지?"

그래서 그저 묻는 수밖에 없었다. 이아나는 어깨를 으쓱였다.

"당신이 저를 사겠다면, 그리 해드리겠다는 말입니다. 돈을 받고 저를 팔겠다는 건 아닙니다. 블랙폭시의 와해를 조건으로, 놈들이 무너지는 날까지 당신에게 고용당해 주겠습니다."

"고용······."

아르하드가 그 단어를 입안에서 다시 한 번 되뇌자 이아나가 고개를 작게 끄덕였다.

그렇다. 우리의 약속은 고용이라는 삭막한 단어에서부터 시작하는 것이다.

이아나는 손으로 자신을 가리켰다.

"왜 저를 당신들의 조직에 끌어들이는 방향으로는 생각하지 않습니까? 제가 어려서? 여자라서? 당신이라면 알 텐데요. 저 하나가 잔챙이 수십보다 낫다는 걸."

"······."

"제가 합류한다면 도움이 되면 되었지 폐가 되는 일은 없을 겁니다. 저도 혼자서 블랙폭시를 상대하기는 벅차고, 카마트로스의 목적이 블랙폭시를 없애는 것이라면 제 목적과 일치하니 이런 제안을 하는 것입니다만······."

이아나가 손을 불쑥 내밀었다.

"어떻습니까?"

내가 당신의 검이 되어 주겠다고 하지 않아. 그러니 지금 당장 잡아, 내 손을.

이아나의 얼굴은 평온했지만 심장은 더위로 이글거렸다.

이건 제안이 아니다. 강요고 독촉이다.

어서 잡아.

잡아.

아르하드는 그 손을 뚫어져라 쳐다보다가 천천히 고개를 들어 이아나가 차마 숨기지 못한 열기를 마주했다.

"이렇게 쉽게 누군가의 밑에 들어갈 사람으로 보이지는 않는데."

"정확히 보셨습니다. 저는 제가 인정한 상대가 아니면 누군가의 휘하에 진심으로 속하지 않습니다. 하지만 목적을 위해서 당신과 진심으로 함께하도록 하죠."

"진심이라. 내가 누구인지도 모르는 주제에."

"당신이 누구인지는 상관없습니다. 중요한 건 목적과 성공 확률이지요. 무엇보다 당신, 꽤 대단한 것 같기도 하고."

아르하드는 이아나의 손을 다시 한 번 보았다. 침묵하며 잠시 고민하던 그는 결국 자신의 손을 내밀어.

"……좋다."

그 손을 굳게 쥐었다.

"하아……."

아르하드의 뒤에 있던 남자의 한숨소리가 길게 퍼졌다. 한숨에서는 허탈한 감정이 물씬 풍겨서 의아함을 느낄 정도였다.

"이게 대체 무슨 상황이지. 일단…… 로."

남자가 아르하드를 로라고 불렀다. 이아나는 '로'라는 호칭이 익숙해서 눈을 가늘게 좁혔다.

아르하드 로 라르소 바하무트, 그의 이름 중간에 있는 이름이었다. 르보니에게 들었던 로베르슈타인의 별칭이기도 했다.

"저와 얘기 좀 하시죠."

남자가 아르하드의 어깨를 붙잡고 채근하자 이아나는 자리를 피해 주어야 할 듯한 기분이 들었다.

남자의 태도에 심사가 뒤틀리는 건 아니었다. 카마트로스는 아주 비밀스러운 조직인데 오늘 처음 만난 여자를 받아들이겠다니, 조직의 주인인 아르하드와 말을 편하게 주고받는 것으로 보아 조직 내에서도 높은 직급으로 보이는 남자가 황당해하는 건 당연한 일이었다.

"자세한 얘기는 나중에 하고 저는 무대 뒤편에 좀 다녀오겠습니다."

"여기에 일부러 잡혀 들어온 건 핀이라는 꼬마 때문이 아니었나?"

아르하드가 기절해서 널브러져 있는 맥을 향해 고갯짓했다.

"저놈을 잡은 것도 그렇고, 꼬마를 납치하려는 이유도 알았을 테니 목표는 넘치도록 달성했을 텐데. 블랙폭시가 이종족을 노리는 이유? 이곳에 맥보다 높은 간부는 없다. 맥도 그 이유는 몰라. 즉, 저 안에 네 호기심을 풀어 줄 사람은 없다는 소리다."

"구하고 싶은 사람이 있습니다. 아직도 안에 있을지는 모르겠지만."

"……."

"누가 따라오면 그를 찾는 데 방해가 될 테니 무대 뒤쪽으로는 아무도 오지 않게 해 주십시오. 그럼."

말이 없어진 아르하드는 심기가 몹시 불편해 보였다. 하지만 일방적인 부탁을 하고 이미 등을 돌린 이아나는 그런 그를 알지 못하고 무대 뒤편으로 달려 나갔다.

무대 뒤 대기실에는 이미 아무도 없었다. 대기실에서 문을 열자마자 보이는 통로에서도 모두 달아났는지 인기척이 느껴지지 않았다. 이아나는 달리면서 빠르게 기감을 확장했고, 구석구석 퍼져 나간 마나의 파동은 그녀의 뜻에 따라 생명체의 움직임을 찾기 시작했다. 감각에 여러 명의 인기척이 걸렸다.

콰아앙!

"엄마!"

이아나가 검을 빼 듦과 동시에 발로 걷어차서 들어간 문 안에는 블랙폭시가 버려 둔 여자들이 어찌할 바를 모르고 오들오들 떨고 있었다. 피 묻은 검을 빼 들고 있는 이아나를 본 여자들은 겁을 집어먹고 온기를 찾는 병아리들처럼 저들끼리 붙었지만 이내 이아나가 자신들과 함께 팔릴 예정이었던 여검사라는 걸 알아채고 안도했다.

찾던 드워프가 아니라서 쯧, 하고 혀를 한 번 찬 이아나는 그들에게 성큼 다가와 검을 휘둘렀다.

"꺄아악!"

여자들은 섬뜩한 검광에 기겁하며 비명을 질렀다. 검광이 몇 번 번쩍이자 밧줄이 깔끔하게 썰려 목 잘린 뱀처럼 바닥에 힘없이 떨어졌다. 여자들은 이게 무슨 조화인가 싶어 멍한 표정을 지었다. 검이 쇄도할 때만 해도 이 여자가 자신들을 죽이려나 싶었다. 하지만 검은 피부에는 생채기 하나 내지 않고 밧줄만 베었다.

이아나가 검을 갈무리하는 것을 보며 한 여자가 물었다.

"저, 저기. 무슨 일이 일어난 건가요? 저희를 감시하고 있던 남자들이 전부 다 나가 버려서······."

"패싸움이 붙었습니다. 다 끝나 가니 알아서 탈출하세요."

이아나는 밧줄을 풀어 주었으니 이제 자기들이 알아서 하겠다 싶어 냉큼 다시 나가려고 했다.

"가지 마세요! 저희와 같이 있어 줘요!"

여자들이 절박하게 외쳤다. 어려도 강해 보이는 이아나가 자신들을 도와주기를 바랐다.

"······밖이 흉흉하지만 이쪽으로 올 사람은 없을 테니 일단 제가 다시 돌아올 때까지 대기하십시오."

만일 여자들이 정말 위험한 상황에 놓여 있거나 제게 할 일이 없었다면 바로 밖으로 나갈 수 있게 해 주었을 것이다.

하지만 아르하드가 제 부탁을 들어줄 테니 제가 달려온 방향에서 이곳으로 올 사람은 없고, 지금 달려가는 복도가 일직선이니 보이는 적들을 모조리 처리한다면 여자들은 안전했다. 무엇보다 최우선으로 구출해야 할 목표물이 있었다.

여러 가지 경우를 따져 보고 나중을 기약한 이아나가 방을 떠나려 할 때였다.

"저……기, 그래도 가지 마시고 저희랑 같이 있어 주세요."

여자들의 가냘픈 목소리가 이아나를 붙잡았다.

"지금 중요한 볼일이 있습니다. 정말 괜찮으니 기다리세요."

"그래도…… 정 안 된다면 당신을 따라가면 안 될까요?

"저를 따라가면 더 위험합니다. 여기 계시는 게 더 안전합니다."

"당신이 우리를 지켜 주면 되잖아요. 무서워요. 제발요."

"당신을 따라갈래요."

"우리 먼저 구해 주시면 안 될까요?"

무서운 건 이해하겠지만 괜찮다고, 지금 바쁜 일이 있다고 나중에 와서 도와주겠다고 몇 번이나 말했는데도 거듭되는 투정에 이아나의 미간이 좁혀졌다. 스스로 문제를 해결하지 못해 도움을 구하는 주제에 남의 말을 들어먹지도 않고 남을 희생시키려 하는 여자들의 태도는 아무리 두려움에 질려 있다고 해도 짜증났다.

"……내가 괜찮다고 몇 번이나 말합니까."

이아나의 말에서 싸늘한 기운이 풍기자 여자들이 꿀 먹은 벙어리가 되어 움츠러들었다.

"억지로 따라오겠다면 말리지는 않겠습니다. 하지만 내 말을 듣지 않은 당신들이 위험에 처해 일에 방해가 된다면 도와줄 생각이 전혀 없으니 선택하십시오. 따라올 건지, 여기서 얌전히 기다릴 건지."

"기, 기다릴게요."

공포에 질려 반은 제정신이 아니었던 여자들은 이아나의 싸늘한 경고에 현실로 돌아왔다. 지금 믿고 의지할 수 있는 사람은 시퍼런 검을 들고 있는 이아나밖에 없었다. 여기서 기다리라고 했는데도 따라 나갔다가 봉변을 당하면 이아나의 말을 듣지 않은 자신들 탓이었다. 이아나의 냉랭한 말을 듣고 있다 보니 따라갔을 경우 오히려 더 큰 위험에 처할 것 같은 예감이 들었다.

"꼭 데리러 오셔야 해요."

그리고 계속 억지로 붙잡았다가는 도와주겠다는 말도 무를 것 같아 여자들은 주눅이 든 채 몸을 웅크렸다.

이아나는 불안에 떠는 여자들을 내려다보다 천천히 입을 열었다.

"걱정하지 마십시오. 맹세컨대 여기서 얌전히 기다리고 있는 한 당신들은 위험하지 않습니다. 다시 와서 밖으로 데려다 드릴 테니 안심하고 기다리세요."

여자들은 고개를 들어 단호한 어조로 말하는 이아나를 물끄러미 바라보았다. 담담한 표정을 한 이아나는 어쩐지 믿음직스러웠다. 이아나의 말대로 하면 정말로 괜찮을 것 같았다.

여자들은 다소 안심한 표정으로 고개를 끄덕였다.

이아나는 방에서 나오자마자 기감을 다시 넓게 펼쳤다.

비싼 값에 낙찰된 여자들이 방에 있었으니 노예들은 모두 내버려 두고 갔을 가능성이 높았다.

'하지만 드워프도 버리고 갔을까?'

블랙폭시와 바하무트 황실이 이종족에게서 무엇을 노리고 있는지 정확히 알 수 없으니 드워프의 처우도 예측할 수 없었다.

달린 지 얼마 지나지 않아 이아나의 눈에 분주하게 움직이는 인영들이 보였다.

누군가가 달려오는 소리에 남자들은 화들짝 놀라 고개를 돌렸다가 황당한 표정을 지었다. 발소리의 주인공은 오늘 팔릴 예정이던 어린 여검사였다. 불꽃처럼 너울지는 적안과 적발이 인상적이라 틀림없이 비싼 값에 팔릴 것이라 예측하고 있던 계집이기도 했다.

남자들은 도망치는 것도 잊고 히죽히죽 웃으면서 이아나에게 설렁설렁 다가왔다.

"밧줄은 검으로 끊었나 보네. 아니 그런데 네년은 노예로 팔리고 싶어서 환장한 계집이냐? 아니면 무서워서 우리랑 같이 있으려고?"

"허허, 이년이 보는 눈이 있는데? 그런데 우리 보호를 받으려면 그냥은 안 되는데 말이야……."

이아나의 얼굴과 몸을 훑어보는 남자들의 눈에 탐욕이 번들거렸다. 갈고리 같은 손을 쭉 뻗는 것이 당장이라도 이아나의 머리카락을 움켜쥐고 옷깃을 쥐어뜯을 기세였다. 남자들은 탄력 있는 여체를 맛볼 생각에 두껍고 냄새나는 혀를 날름거렸다.

이아나는 더러운 시선들을 마주하며 웃었다.

"과연, 탈출한 자들인가 싶어 검을 뽑지 않았더니…… 쓰레기들이었나."

"뭐야?"

츠컹—

이아나의 검이 검집에 긁히는 소리를 내며 모습을 슬쩍 드러냈다. 남자들이 발끈해서 다가오다 말고 잠시 걸음을 멈추었다.

"드워프는 어디에 있지?"

남자들은 킬킬 웃으며 이아나의 말을 헛소리로 넘겼다.

"그건 네가 알아서 뭐 하시게요. 되도 않는 수작 부릴 생각하지 마라. 이 오라버니들 그 검 보고 화났거든?"

남자들이 허리춤에서 단검을 꺼내들어 이아나에게 겨눴다. 그들의 눈에 이아나의 검날은 겁먹은 새끼고양이의 이빨처럼 보였다.

"그 검 버리고 이리로 와서 옷 벗고 봉사나 한번 해 봐라, 응? 그럼 용서해 주마."

"흠."

이아나는 한숨을 쉬며 다시 검을 검집에 넣었다. 그러자 남자들이 헤벌쭉하게 웃으며 바지춤을 슬슬 내렸다. 그 상태로 한 발자국씩 다가오는 멍청한 남자들을 보면서 이아나가 코웃음 쳤다. 이런 곳에서 자비를 베풀 필요는 없으리.

이아나는 검자루를 있는 힘껏 쥐었다.

촤아아아악!

이아나의 새파란 검이 다시 모습을 드러냈다. 남자들이 고양이의 이빨이라고 생각했던 맹수의 송곳니는 그들에게 사납게 달려들었다. 남자들이 마지막으로 본 것은 바람처럼 휘몰아치는 붉은 검기와 흩날리는 자신들의 붉은 피였다.

이아나는 그 후로도 몇몇 조직원들을 더 만났다. 그리고 마침내 몇몇 조직원들이 드워프를 끌고 비밀통로로 빠져나갔다는 정보를 얻어 냈다. 역시나, 손이 없다는 점을 감안해도 그런 희귀한 노예를 막 버릴 리가 없었다.

"사, 사, 살려…… 커억."

공포에 질려 죄다 떠벌리고 살려 달라 비는 남자의 생명을 냉정하게 끊어 내고, 이아나는 다시 기감을 확장한 채 달렸다.

얼마 지나지 않아 옆의 벽에서 급하게 달려가는 작은 기척들이 느껴졌다.

"이것 놔라!"

"이 새끼야, 처맞고 따라올래!"

예민해진 청각에 실랑이 소리가 잡히자 이아나는 웃었다.

콰아아아앙!

발에 마나를 실어 벽을 차자 매끈했던 벽면에 거미가 거미줄을 치듯 금이 갔다.

"으악!"

"뭐야!"

콰아아아아아앙!

한 번 더 걷어차자 벽은 그 너머로 완전히 부서져 내렸다.

횃불이 간간이 붙어 있는 그곳에서 이아나가 마주한 것은 낑낑거리며 주저앉으려는 드워프에게 로브를 억지로 뒤집어씌우려 하는 남자 하나, 드워프를 짜증스럽게 끌고 가려 하는 남자 하나, 앞서서 걷고 있다가 귀가 멍멍해질 정도의 굉음에 놀라서 뒤를 돌아본 남자들이었다.

"뭐야. 건물이 무너지는 건가?"

남자들이 잔뜩 피어오른 먼지에 쿨럭거리며 손을 휘저어댔다. 이아나는 검을 빼어 들고 그들이 상황을 인지하기도 전에 달려들었다. 누군가가 빠르게 달려오는 소리에 그들이 얼떨결에 고개를 들었다.

쑤걱— 퍽!

사선을 그린 검이 한 남자를 벤 후에 잠시 뒤로 젖혀졌다가 쐐기를 박듯 돌진하여 다른 남자의 가슴을 찔렀다.

처음 남자는 즉사했고 다른 남자는 가슴에 검이 쑤셔 박힌 채 벽에 대롱대롱 매달리는 신세가 되고 말았다.

어마어마한 충격에 비명도 지르지 못한 남자는 정신을 차리지 못하다가 이내 멍한 눈으로 제 가슴을 내려다보았다. 이게 웬걸, 비현실적이지만 검 한 자루가 제 왼쪽 가슴에 꽂혀 있었다. 동공이 풀렸다. 흰자위는 빛을 잃었다. 꼭두각시 인형의 끈이 뚝 끊기듯 고개가 툭 떨어졌다.

이아나가 검을 뽑아내자 남자는 벽을 미끄러져 내려와 바닥에 쓰러졌다.

"아아악!"

"커헉!"

앞서 가던 다른 남자들까지 모두 처리한 이아나가 피 묻은 검을 검집에 집어넣으며 드워프에게 천천히 다가갔다.

"너, 넌 뭐냐!"

순식간에 벌어진 참상에 당황하다 못해 공포에 질린 드워프의 얼굴이 새파래졌다. 이아나는 말없이 죽은 남자가 드워프에게 입히려고 낑낑대던 로브를 주워서 드워프에게 던져 주었다. 그 바람에 머리부터 로브에 뒤덮인 드워프는 시야가 가려진 채 두려움에 벌벌 떨었다.

그는 제게 윽박지르고 폭력을 휘두르던 남자들을 수수깡 인형

치우듯 순식간에 해치운 이아나가 너무 무서웠다.

"무서워하지 마십시오. 저는 당신에게 해를 끼칠 생각이 없습니다. 도와드리고 싶습니다."

"허, 헛소리 마라……. 거짓말을 일삼는 빌어먹을 인간 주제에."

"일단 로브를 입으세요."

겁에 질릴 대로 질려 있던 드워프는 이아나의 말에 엉겁결에 제 몸에 걸쳐져 있는 로브를 입으려고 했다. 하지만 손이 없는 그는 로브를 잡지 못해 바닥에 흘렸고, 떨어진 로브를 줍지 못했다.

치욕과 비참함에 덜덜 떠는 드워프의 눈에 눈물이 고였다. 이아나는 흘러내린 머리카락을 쓸어 올리며 드워프를 물끄러미 내려다보았다.

드워프는 죽고 싶어 했고 그 의지는 몹시 강력해 보였다. 이아나는 누군가 강력히 염원하는 일에 참견해서 왈가왈부할 만큼 오지랖이 넓지 않았다.

고향에 돌아가고 싶어 하는 그를 돕고 싶은 마음이 있는 것도 아니었다. 드워프가 그리워하는 남부의 오지는 로안느에서 한참이나 떨어진 먼 곳인 데다 그곳에 데려다 줄 시간적 여유는 존재하지 않았다. 무엇보다 자살희망자를 동정심으로 묫자리에 고이 모셔다 주는 비생산적인 짓을 할 만큼 이아나는 상냥하지 않았다.

가엾긴 했지만 그가 죽든 말든 저와는 관계없었으므로 감옥을 나선 순간부터 이아나는 드워프를 잊으려 했다. 하지만 문득 떠올린 존재들이 있었다. 물고기와 흙 인형, 정령왕들이었다.

정령왕의 권능은 이 세상을 구성하는 모든 자연물을 생성하는 것. 그들은 신성시대에서 신들에게 신체를 만들어 주었고, 마도시대에서도 라오스를 도와서 인간을 만들었다고 했다. 이는 마법사들이 탐닉하는 생체 마법의 궁극과도 같았다. 신체를 연성하는 기적이었다.

'만신창이였던 내 팔도 감쪽같이 고쳐 줬다. 그러면 드워프도 가능하지 않을까?'

한 달 후면 그들을 다시 부를 수 있을 테고 그때 손을 재생시킬 수만 있다면 절망한 장인의 영혼은 회생할 수 있을지도 모른다.

이아나는 자신과 상관없는 누군가의 생명을 살리기 위해 스스로를 희생해 가며 발버둥치는 박애주의자는 아니었으나 그래도 웬만하면 살아 있는 편이 낫다고 생각하고 있었고, 또 드워프에게서 듣고 싶은 이야기도 있었으므로 드워프가 기적을 수락한다면 기꺼이 제 시간과 생명을 소모하기로 결심했다.

"너는 우리 종족이 만든 검을 노리는 거냐?"

"그딴 거 없어도 됩니다."

드워프가 덜덜 떨며 던진 질문에 이아나가 심드렁하게 대답했다. 환상적인 검을 만들 수 있다는 드워프에게 관심이 없다면 그것은 거짓말이다. 좋은 무구에 욕심을 내는 자들이 바로 무인이라는 족속들이었다. 하지만 경계심이 꽉 들어찬 눈초리로 노려보는 드워프를 보고 있자니 이아나는 드워프의 검에 그리 욕심을 낼 필요가 있나 하는 생각이 들었다.

"그, 그딴 거?"

무릎을 꿇고 앉은 이아나는 떨어진 로브를 주워 들어 당황한 표정으로 서 있는 드워프에게 손수 입혀 주었다.

이아나에게 있어 훌륭한 검은 가지면 좋겠지만 필수는 아닌 요소였다. 이아나의 검은 아무리 대단한 장인이 만들어도, 아무리 열심히 관리해 주어도 그녀의 검술과 검기를 감당하지 못해 빨리 닳아 못 쓰게 되곤 했다.

중요한 건 검이 가진 날카로운 본질 자체와 검이 그려 내는 아름다운 궤적이다.

제 인생과 가치의 증명. 저를 모욕하고 비웃는 모든 적들을 무릎 꿇리는 잔인한 수단. 무슨 일이 있어도 곁에서 절대적으로 함께해 줄 소중한 친구.

이아나는 검이 가진 의미에 집착할 뿐, 물질적인 요소에 애착을 가지진 않았다.

회귀 전 그녀는 공작이 되면서 드워프의 검을 왕자에게 하사받았다. 확실히 드워프의 검은 검기를 잘 버텼고 내구도가 아주 뛰어났다. 하지만 애착을 가지지 않았기 때문에 그 검만을 고집하지 않았다.

"거짓말."

"제가 거짓말하는 걸로 보입니까?"

어둠에서조차 어릿한 빛을 품은 이아나의 붉은 눈동자가 드워프의 탁한 갈색 눈동자를 들여다보았다. 드워프는 이아나의 적안, 그 너머의 깊은 곳까지 뚫어져라 쳐다보다가 가만히 고개를 저었다.

"……아니."

드워프는 재료의 본질을 꿰뚫어 보는 눈을 가지고 있다. 그들은 훌륭한 작품을 만드는데 일생을 바치며, 재료의 모든 것을 이끌어내기 위해 재료와 일심동체가 된다.

순수한 드워프 종족은 거짓을 몰랐다. 그래서 누군가가 거짓말을 하거나 더러운 꿍꿍이를 숨기고 있으면 그것을 본능적인 불쾌함으로 쉽게 알아챌 수 있었다.

그런 드워프가 보기에 이아나의 눈은 진실만을 말하고 있었다. 드워프는 두려움을 가라앉혔다.

"넌 누구냐."

그러나 공포가 가라앉고 난 다음부터 가슴에서 뭉글뭉글 샘솟는 감정은, 인간에게 치를 떠는 그로서는 절대 인정할 수 없는 감정이었다.

따뜻했다. 여자는 분명 인간인데도 마주하고 있으니 고향에서 아무런 걱정 없이 쇠망치로 금속을 땅땅 두드릴 때처럼 편안했다.

왜일까. 이 여자는 누구일까. 제게 잔인하다 못해 몬스터보다 못한 일을 저지른 자들과 같은 인간인데. 어째서…….

이아나는 드워프가 어떤 의미에서의 정체를 묻는 건지 몰라 잠시 고민했다. 신분, 학벌…… 이런 것을 묻는 건 아닐 터였다.

기기묘묘한 눈빛으로 저를 쳐다보고 있는 드워프에게 이아나는 스스로를 설명할 적절한 단어를 찾지 못해서 입을 열었다가 다물었다가를 반복했다.

"이아나."

결국 알려 줄 수 있는 것은 단 하나, 이름뿐이었다.

"……그래, 인간. 아니, 이아나. 나를 도와주겠다고 했지? 너에게라면 부탁을 할 수 있을 것 같다!"

드워프가 손을 뻗었다. 이아나의 어깨를 꽉 붙잡으려 했지만 손이 없는 드워프는 당연히 헛손질을 했다. 드워프의 얼굴이 일그러졌다.

ADONIS
아도니스

"내가 카란켈 바위산맥으로 돌아갈 수 있게 도와다오. 그곳에서 내가 죽음을 맞게 해 주지 않겠는가?"

그는 더 이상 살고 싶지 않았다.

"그렇게만 해 준다면 내가 죽기 전에 친구들에게 너를 위한 명검을 만들어 달라고 부탁해 주마. 내 친구들은 인간을 싫어하지만 내 마지막 부탁이니 기꺼이 들어줄 거다. 절대 거짓말이 아니야."

솔직히 말해 이아나는 죽고 싶으니 고향으로 돌아가게 해 달라고 애원하는 드워프가 이해가 되질 않았다. 냉정한 말이지만 미칠 정도로 죽고 싶었으면 그냥 간편하게 혀 깨물고 자결했으면 될 일이다. 그런데 왜 머나먼 카란켈 바위산맥까지 돌아가서 죽어야 한단 말인가. 왜 생지옥보다 더한 이곳에서 이 악물고 버텨가며 고향에 돌아가기만을 소망하고 있단 말인가?

"궁금해서 그런데, 왜 카란켈 바위산맥에서 죽고 싶어 하는 겁니까?"

"그곳은 드워프들의 터전이자 제 평생의 역작과 함께 잠드는 무덤이다. 그곳에 잠들어야 우리는 신의 온기와 함께 영원한 안식을 취할 수 있는 게야. 나는 절대, 절대 이런 더럽고 불쾌한 곳에서 죽기 싫어."

드워프들에게만 통용되는 미신인 모양이다. 이아나는 납득했다.

'인간 입장에서는 어이없는 미신이지만, 드워프들에게는 아주 중요한 믿음이겠지.'

자리에서 천천히 일어난 이아나는 눈물을 뚝뚝 흘리며 훌쩍거리는 드워프를 내려다보았다. 우선 이 절망한 드워프에게 희망을 주어 볼 요량이다.

"그래서, 그렇게 죽는 것으로 만족하시는 겁니까?"

"그래. 난 이제 고향에서 죽는 것 외에는 어떤 바람도 없어. 잠에서 깨어나 내 손을 볼 때마다 나는 미쳐 버릴 것 같다. 지쳐서 그냥 딱 죽고 싶단 말이다!"

그는 잠에서 깨어날 때마다 정신을 아예 놓아 버리고 싶었다. 이게 꿈인지 현실인지, 신명나게 금속을 두드려 대던 손은 어딜 가고 살덩어리 같은 손목만 남아 있는가?

뭔가를 쥐고 싶어도 허공에 헛손질을 하는 현실은 지옥보다 더했다. 차라리 죽어서 평생 깨어나고 싶지 않았다. 그러나 고향 카란켈에서 죽지 않는다면 죽어서도 원혼의 형태로 영원히 이 세상을 방황할 것 같았다.

"만약 손을 다시 되찾을 수 있다면?"

드워프의 사고가 멈추었다.

'손을 되찾는다고? 무슨 소리지?'

떨어져 나간 지 오래인 신체 부위가 다시 멀쩡하게 생겨난다는 말은 어불성설이다. 세상의 이치에 어긋나는 불가능한 일이었다.

'지금 나를 놀리는 건가.'

드워프가 이를 뿌득 갈며 이아나를 노려보았다.

"놀리지 마라. 네가 양심이 있다면 어떻게 그런 말을……."

"진심입니다."

드워프는 부르르 떨었다. 감에 의하면 이아나는 거짓말을 하고 있지 않다. 그렇다면 미친 건지? 희망만 있다면 절대 불가능한 일들조차 할 수 있다고 믿는 이상주의자인 건지?

드워프는 의심스러운 눈초리로 이아나를 훑었다. 이아나는 무덤덤한 표정으로 드워프의 대답을 기다리고 있었다. 눈앞의 여자는 지나치게 멀쩡했다.

'정말 진담으로 하는 말인가? 대체 무슨 생각으로 저런 말을 하는 거지?'

속이 울렁거렸다. 오래전에 뚝 떨어진 손을 어떻게 다시 되찾아 준다는 말인지 이해가 가질 않았다. 하지만……

"만약…… 손을 되찾아 카란켈로 돌아갈 수 있다면……"

그보다 더한 기적이 없다. 드워프는 상기된 표정으로 제 두 팔에 똑바로 붙어 있는 두 손과 흙냄새 풍기는 고향을 상상하다가, 다시 낯빛을 침울하게 가라앉혔다.

"그런 꿈같은 일이 벌어질 리가."

"꿈이 현실이 될 수 있다면?"

드워프는 자꾸 비현실적인 말을 하는 이아나를 물끄러미 쳐다보았다. 드워프의 순진한 눈망울은 그의 속내를 대놓고 내비치고 있었다. 처음에는 아연함, 다음에는 불신, 그다음에는 의심, 그리고 마지막으로 옅은 희망.

"정말로……? 어떻게?"

기대에 젖은 열기가 드워프의 말 속에서 피어나 이아나에게 닿았다. 이아나가 후후, 하며 웃었다.

"한 달 후, 제가 당신의 손을 원상 복구시켜 줄 수 있을지도 모릅니다. 거의 백 퍼센트의 확률로."

"정말 한 달만 있으면 내 손이 다시 생겨난다고?"

"그래요, 한 달. 그 한 달 동안 고향에 돌아가 죽기만을 바라며 무의미하게 시간을 보내는 것보다는 저를 믿고 손이 돌아왔을 때 무엇을 만들지를 생각해 보는 게 낫지 않겠습니까?"

"……진짜 어이없어."

시간이 흘러 이아나가 마나를 써도 둘의 대화를 듣지 못할 만큼 멀어지고, 카마트로스들이 상황을 모두 정리하고 회장에서 사라지자 눈물 가면의 남자는 답답한 가면을 벗었다.

"하여간 예전부터 생각하는 건데 저 아가씨는 정말 간이 배 밖에 나온 건지 아예 없는 건지 모르겠다니까."

로브 모자까지 벗으며 눌러앉은 갈색 머리카락을 푸르르 털어 헝클어뜨린 남자, 에이지는 자신과 마찬가지로 가면을 벗고 있는 아르하드를 노려보았다. 가면 속에 숨겨져 있던 아르하드의 얼굴은 다소 굳어 있었다.

"다시 한 번 말하지만 난 이아나를 이 일에 절대 끌어들이고 싶지 않았어."

"그 부분에 대해서는 어쩔 수 없었다고 생각합니다. 이아나 양은 한다면 하는 아가씨니까요. 고집이 아주 천하제일이라서 이런 식으로 제어를 하지 않으면 어디로 돌진해서 일을 휘저어 놓고 처박힐지 모르니……. 예상치 못한 일이지만 차라리 이게 낫습니다. 그보다 제가 지금 묻고 싶은 건."

에이지는 마음에 안 든다는 표정으로 아르하드를 쳐다보았다.

"당신은 이아나 양을 어찌 생각하고 있냐는 겁니다. 이왕 이렇게 된 거 입 다물고 있지만 말고 대답을 좀 해 보시죠."

아르하드는 말없이 턱을 쓰다듬었다.

'이아나를 어찌 생각하냐고?'

아르하드는 눈을 감았다. 누가 이해할 수 있을까. 머나먼 시간 전부터 이어져 온 제 감정을. 처음 마주한 순간부터 제 몸과 영혼을 잠식하며 번져 나간 감정을. 툭 건드리면 줄줄 새어 나오는 것으로 모자라 패악을 부리며 날뛰어 댈 게 분명해 간신히 꾹꾹 눌러 담고 있는 감정을. 거부하고 싶은데도 푹푹 찌는 더위보다 지독하게 들러붙고, 부글부글 끓는 활화산처럼 금방이라도 폭발할 것 같은 감정을.

아르하드는 낮게 웃었다.

"글쎄……."

"사랑하는 겁니까?"

"사랑……."

믿기지 않는다는 어투의 질문, 그 안에 담긴 사랑이라는 단어를 아르하드는 조용히 읊어 보았다.

사랑.

그 단어가 모든 것의 시작이되 자신을 이루고 있는 모든 것의 핵심이었다. 하지만 아직도 제 안에 존재하는지 알 수 없었다. 오로지 회상 속에서만 선명하게 남아 있었다.

"그래요. 당신같이 낭만도 로맨스도 모를 것 같은 무미건조한 인간이 이아나 양을 뒤에서 끌어안고 도망치고, 몰래 따라다니다 위험에서 구해 주고! 손에 몰래 입을 맞추고, 이아나 양의 팔을 위해 당신의 생명을 유지하는 약을 거리낌 없이 줘 버리고, 그렇게 멍청하게 몇 개월 동안 다시 잠들고! 그것도 모자라서 이아나 양이 졸졸 따라다니는 행동을 은근히 즐기고 말입니다? 내참."

"……내가 언제."

"이아나 양이 포기하고 가려고 하니까 급하게 붙잡고 변명했다면서요? 그게 뭡니까, 꼴사납게. 소문 다 났습니다. 이아나 양도 이아나 양이지만, 설마…… 전 정말 당신이 그럴 줄은 몰랐어요."

아르하드는 할 말이 없어 입을 다물었다. 그의 뺨은 유례없이 화끈하게 달아올라 있었다. 떼를 쓰며 제 뒤를 졸졸 따라다니던 이아나를 떠올리자 속이 뜨끈해졌기 때문이다.

"세상에."

그런 아르하드를 보고 식은땀을 주르륵 흘린 에이지는 으아아—하고 괴성을 지르며 제 머리카락을 엉망으로 헤집었다.

"사랑을 하는 아르하드라니, 으으. 믿을 수 없어! 그 아가씨가 매력적인 건 인정하지만……."

어느새 감정을 갈무리한 아르하드가 손등에 턱을 괴며 말했다.

"그런 단순한 단어로 정의가 되는 감정이 아니야. 하지만 호감을 가지고 있다는 건 인정해."

호감, 한심하지만 사실이다. 그렇게 거절당하고도 이 지긋지긋한 마음은 그녀에게 여전히 호감을 품고 있었다. 그리고 그녀가 제 뒤를 쫓아다니자 설레어 버렸다. 아르하드는 어쩔 수 없다는 듯 웃었다.

하지만 호감만 존재하는 건 아니다. 제 안에 도사린 폭력적인 감정들은 얌전히 잠들어 있을 뿐 여전히 존재하고 있었다. 과연

이 감정을 사랑이라고 말할 수 있을까?

"그냥 호감이라기엔 심각한 것 같은데요."

"호감이라고는 했지만 호감만 있는 건 아니니까."

"그럼 뭡니까. 대단한 실력자에 대한 호승심과 호감?"

에이지는 오늘 이아나가 블랙폭시의 실력자들을 검질 몇 번에 죽이는 것을 보며 경악했다. 숨기고 있는 실력이 대단하다는 건 예상하고 있었지만 그 정도일 줄은 몰랐다.

적을 상대한다고 바빠 이아나를 자세히 관찰하지는 못했지만, 그녀의 지배 하에 놓인 붉은 마나의 파괴력은 아르하드를 비롯한 바하무트 황족들이 다루는 마나의 기세와 흡사했다. 즉 검술은 둘째 치고 마나 제어력이 전 대륙에서 손꼽힐지도 모른다는 소리다. 이아나의 혈통이 어찌 되는지 조사를 한번 해 봐야겠다는 생각이 들 정도로 괴이한 실력이었다.

그래서 에이지는 생각했다.

'혹시 이아나 양의 실력을 알고 관심을 보인 건가?'

아르하드는 저를 만족시키는 능력자를 휘하에 두려 하는 경향이 있다. 능력이 진짜배기라는 게 확인되면 막대한 돈과 권력을 이용해 십에 구의 확률로 얻어 냈다.

그렇게 이미 수많은 인재들이 아르하드를 위해 일하고 있었다. 이아나도 그런 케이스일지도 몰랐다.

'아니야.'

에이지는 아르하드를 흘긋거렸다.

'인재 욕심이랑은 조금 달라. 아니, 아니지.'

달리 바꿔 할 말이 없어 인재 욕심이라고 했지만 조금 다르다.

'아무리 대단한 인재라도 이 남자가 욕심을 느낄 리가 없잖아. 이런 모습은 정말 처음이란 말이지.'

아르하드는 감정이 없다시피 한 남자였다,

"글쎄…… 그것도 맞긴 하지만…… 뭐, 일단 그렇다고 해 두지."

대답에는 성의가 없었다.

"이 지긋지긋한 인간이 또 이러네. 방금 전 얼굴 빨갛던 인간 어디 갔어? 좋아하면 좋아하는 거고 호승심이면 호승심인 거지!"

"네 좋을 대로 생각해."

에이지는 뻔뻔한 태도의 아르하드를 노려보았다.

아르하드는 늘 이랬다. 잡힐 듯하면서 잡히지 않는 수수께끼 같았다. 가면을 쓰고 있을 때나 쓰고 있지 않을 때나 똑같았다.

몇 년 전, 에이지는 지독한 원한을 가슴에 품은 채 기회만을 노리며 살아가고 있었다. 그리고 인내 끝에 지옥에서 빠져나와 지위가 안정되자마자 에이지는 아르하드를 찾아 헤맸다. 이어진 피는 본능적으로 그를 인도했고 결국 에이지는 아르하드의 위치를 찾아냈으며 그가 누구인지도 알아냈다. 먼발치서 그를 훔쳐보기도 했다.

에이지는 실망했다. 기대와는 다르게 그는 아르하드에게서 강자의 기운을 느끼지 못했다. 그저 파편의 공유를 알리는 심장의 동요만이 있었을 뿐이다.

에이지는 아르하드를 열심히 조사했다. 아르하드가 제 운명을 걸어도 될 만한 사람인지 알고 싶었다. 하지만 알려진 바가 전혀 없었다. 정보 라인을 총동원했는데도 그에 대해 알 수 있었던 것은 잘생긴 외모와 학술원 신입생이라는 신분, 그리고 입학한 지 얼마 안 된 신입생 주제에 벌써부터 병결로 결석했다는 실망스러운 정보뿐이었다.

에이지는 절망했다.

'우리 일족은 이런 놈을 원해 그 끔찍한 죽음을 감내했단 말인가?'

그러면 안 된다.

'내가 이 보잘 것 없는 새끼 때문에 놈들에게 그런 끔찍한 고통을 받아야 했단 말이야?'

해골 더미 위에서 태어난 놈이 특별하지 않으면 안 된다. 특별하지 않으면, 놈들에게 대항할 힘이 없으면.

그냥 죽어 버려.

하지만 특이한 점은 있었다. 바하무트의 마법사 하인리히가 아르하드가 다니고 있는 학술원의 학장으로 있다는 것. 그러고도 하인리히가 그의 존재를 묵인했다는 것. 심지어 아르하드가 하인리히의 마탑에서 지내고 있다는 것.

정보가 더 나오지 않자 에이지는 아르하드를 조사하는 것을 포기했다. 만반의 준비를 한 채 하인리히를 만났고, 그가 보호하고 있던 아르하드를 직접 대면했다.

아르하드는 긴장한 기색의 에이지에게 시큰둥하게 물었다.

"그래서, 나를 지켜본 네 감상은?"

에이지는 소스라치게 놀랐다.

"네가 몇 주 전부터 나를 지켜보고 있다는 것쯤은 알고 있었다. 그 때부터 계속 내 뒤를 캤다는 것도. 그걸 용납한 건 네 의도를 알고 있기 때문이다."

아르하드에게서 강렬한 기세가 화악— 하고 뿜어져 나왔다. 주변을 두둥실 떠다니던 마나는 순식간에 검은 독처럼 검게 변이해 뚜욱뚝 흘러내렸다.

에이지는 숨이 막혔다. 괴물의 거대한 두 손 사이에 에워싸인 듯한 밀폐감이 느껴졌다. 아니, 괴물에게 잡아먹혀 괴물의 내장에 갇힌 먹잇감이 된 기분이었다. 아르하드의 금안을 마주하자 심장이 터질 것처럼 쿵쾅대며 뛰어 댔다. 속에 화염이 든 것처럼 피가 들끓었다. 뜨거운 피가 온몸에서 빠져나가 아르하드에게 쏠려들 것만 같은 강렬한 이끌림이었다.

황족도 대단했지만, 눈앞의 남자는 뭔가 달랐다. 에이지는 그제야 안심했다. 이자가 아니면 심장과 영혼을 갉아먹는 지독한 원한은 죽어서 흙에 묻힐 때까지 해소되지 않으리라고 직감했다.

에이지는 절박한 심정으로 아르하드를 협박했다. 황실은 당신을 찾아서 죽이려고 혈안이 되어 있다고, 당신 또한 바하무트에 분노해야 할 로이긴이라고, 혼자 유유자적하게 지낼 생각하지 말라고, 바하무트 황실을 없애자고. 이 지독한 굴레에서 벗어날 생각은 하지 말라고. 거절하면 즉시 황실에 당신의 위치를 폭로하겠다고.

"그래."

아르하드는 에이지의 머리에서 푸시식 하고 김이 샐 정도로 간단하게 승낙했다. 두려움은커녕 협박한 자를 향한 분노조차 없었다. 당연하다는 것처럼 그러려니— 하며 흘러가는 시류에 그저 몸을 맡기는 듯한 태도였다.

이후 행동을 함께하면서 알게 된 아르하드의 능력은 경악스러울 정도로 대단했다. 전투 능력, 두뇌, 재산, 세계에 미치는 영향력…… 무엇을 상상하든 그 이상이었다.

책 한 권을 독파하면 그것을 모두 암기하는 게 그에게는 당연한 일이었다. 엄청난 전투 능력은 물론이고 재산이 감히 추정할 수 없을 정도로 많았다. 뿐만 아니라 그 돈으로 세계 각지에서 인재들을 양성하고 있었으며 전 국가의 정계에 손을 뻗쳐 국정을 제가 이득을 보는 방향으로 주무르고 있었다.

특히 놀랐던 부분은, 아르하드가 어려서부터 바하무트를 칠 준비를 하고 있었다는 점이다.

에이지는 아르하드를 옆에서 열심히 관찰했다. 고양이 앞의 쥐 새끼처럼 스물네 시간 눈치를 봐야 하는 지옥과 범람하는 정보의 바다에서 평생을 살아온 에이지는 사람을 파악하는 데에, 사람의 심리를 꿰뚫어 보는 데에 도가 텄다. 하지만 아르하드의 마음만큼은 몇 년 동안 지켜봤으면서도 전혀 읽어 낼 수 없었다.

그래도 그를 볼 때마다 떠오르는 이미지는 있었다.

퍼즐.

아르하드는 감정 표현이 아주 드물었다. 아니, 사실 표현이 아주 미미해서 알아챌 수 없는 거라고 생각했지만 아예 감정이 없는 걸지도 몰랐다. 그는 어떤 것에도 가치를 두지 못한다고 생각할 만큼 모든 것에 평등했다.

인재 욕심. 아르하드가 인재를 부하로 끌어들이기 위해 제가 가진 것을 아끼지 않는다지만 그걸 욕심이라고 할 수 있을까?

아르하드는 진심으로 그 사람을 원한다기보다는 퍼즐을 완성하기 위해 필요한 조각을 원하는 것처럼 보였다. 그것이 아주 귀중한 물건이든, 실력 있는 부하든, 제가 이끄는 조직이든, 평면 위에 수놓아진 점들을 위에서 내려다보듯 매사에 이성적이기만 했다. 마치 인간이 아닌 것처럼.

섬뜩하다.

하지만 불쌍했다.

그의 운명은 세상에서 가장 무서운 적을 죽이도록 결정지어져 있었다. 그는 어떤 것에도 관심을 가지지 못했고, 어떤 일에도 만족감을 느끼거나 감정적으로 동요하지 못했다. 또한 생명체로서 누구에게도 환영받을 수 없는 지독한 병을 앓고 있었다.

'왜 사는 걸까?'

배곯던 거지라면 무엇이든 먹고 무엇이든 하며 행복을 느낄 수 있을 테니 배부른 소리하지 말라고 고함지를지도 모른다. 하지만 아르하드는 행복 같은 긍정적인 감정을 느끼지 못하니 일반적인 경우에서 열외였다.

그렇다면 한낱 미물처럼 살아가고 있는 걸까. 그저 죽음이라는 목적지에 끌려가면서, 그저 생을 놓지 않으며.

아니면 설마, 황제가 되고 싶다는 야망이 있는 걸까? 그가 맞추고 있는 퍼즐의 그림은 제국의 황제가 된 그의 모습인 걸까?

에이지가 봤을 때 동족의 비극을 체감하지 못한 아르하드가 황실에 보복하고 싶어 할 것 같진 않았다. 지금도 아쉬울 게 없는데 딱히 황제가 되고 싶어 할 것 같지도 않았다.

솔직히 말해서 매사에 시큰둥한 그에게 퍼즐의 그림, 즉 목표가 있다면 아주 신기할 것 같았다. 그래서 전에 진심으로 황제가 되고 싶은 거냐고 슬쩍 물은 적이 있다. 이에 아르하드는 알쏭달쏭한 대답을 했다.

"황제는 세상에서 가장 달콤한 미끼이자 무엇이든 줄 수 있는 자리니까."

알아듣지 못해 무슨 소리냐고 묻자 웃기만 할 뿐 대답하지 않았다.

미끼는 무언가를 잡기 위한 희생양이다. 무엇이든 가질 수 있다는 말이 아니라 줄 수 있다는 말은, 무엇이든 바치고 싶은 대상이 있다는 뜻이다. 즉 아르하드에게는 황제를 넘어선 정체 모를 목표물이 있다는 소리다.

인간 사회에서는 유일무이한 궁극의 지위인 황제로도 만족 못하는 남자가 대체 무엇에 만족할까? 그가 뭐든지 주고 싶어 하는 대상이 대체 뭘까?

알 수 없다.

에이지는 아직도 아르하드를 관찰하고 있었다. 그럴 때 나타난 것이 바로 이아나, 굴러먹을 대로 굴러먹어 목적을 위해서라면 수단과 방법을 가리지 않는 에이지를 감화시키고 무감정한 아르하드를 뒤흔들면서 그의 내부에서 무언가를 이끌어 낸 여자였다.

뒤에서 끌어안고 손가락에 키스하는 등의 행동을 인재 욕심이나 호승심으로는 설명할 수 없었다. 그게 아르하드라면 더욱.

호승심? 이 생각은 아르하드가 이아나를 사랑하고 있다는 확신 때문에 바로 묻혀 버렸다. 믿기진 않지만 틀림없다. 그답지 않은 기이한 행동을 하고 있지 않은가? 사랑은 사람을 미치게 하니까 아르하드 같은 이상한 인간도 미친 거다!

"어쨌든."

에이지는 폭주하는 생각을 멈추고 일단 중요한 얘기부터 하기로 했다.

"당신은 이아나 양을 어느 선까지 개입하게 할 생각이죠? 우리의 목적은 블랙폭시를 넘어서서 바하무트 황실까지 노리는 거잖습니까. 이아나 양은 블랙폭시를 없애는 것만 생각할 텐데…… 이아나 양을 확실하게 우리 편으로 만드실 겁니까?"

에이지는 조마조마해하면서 물었고, 아르하드는 그런 에이지가 우스워서 픽 웃었다.

"넌 이제껏 이아나가 우리와 연관되는 상황을 거부했지 않나? 그런데 갑자기 왜 끌어들이고 싶어 안달이 난 표정을 짓고 있지? 이때까지의 네 태도를 보면 지금 이아나를 어떻게든 빼내려고 열변을 토해야 하는 게 정상인데."

"이왕 이렇게 된 거 제 속을 그대로 털어놓겠습니다. 입 다물고 들어 보십쇼. 처음 본 날, 이아나 양은 보복을 거리끼지 않고 악행을 저지른 블랙폭시 조직원을 패고 있었습니다."

이아나에 대한 이야기가 나오자 흐릿했던 아르하드의 시선이 곧은 직선의 형태로 에이지에게 뻗어졌다.

"세상 물정 모르고 정의를 구현하는 철없음이 한심했어요. 하지만 실력은 확실히 대단했고, 아주 당당한 게 믿는 구석이 있는 것도 같았습니다. 그래서 접근했죠. 이 겁 없는 아가씨가 대체 무슨 정신머리로 이러나 싶어서요. 그래요. 처음엔 그저 호기심으로 말을 붙였습니다. 괜찮은 인재라면 끌어들일 생각으로."

이아나와 대화를 나누면 나눌수록 흥미는 커져만 갔다. 그녀는 정말 보기 힘든 인간형이었다.

"확고한 의지와 자기 생각을 뚜렷하게 드러내는 그 아가씨가 마음에 들었습니다."

다른 사람은 보통 두려워하기 마련인 어둠에 대한 그녀의 생각은 몹시 뚜렷해서, 에이지는 가슴이 뛰었다.

"사람들이 어둠을 두려워하는 이유는 그 안에서 무엇이 튀어나올지 모르기 때문입니다. 실력만 있다면 두려워할 이유가 없지요. 튀어나온 게 적이라면 베면 되고, 지나가던 사람이면 그저 내버려 두면 될 것이며, 겁에 질린 아군이면 품어 주면 되니 두려워할 필요가 없다는 소리입니다. 두려움을 없앤다면, 어둠은 휴식을 취하는 데 도움을 줍니다."

흔들림 없는 이아나의 말에 지긋지긋한 어둠 속을 확신 없이 헤쳐 나가고 있던 에이지는 순간 멍해졌었다.

계란으로 바위 치기를 넘어서서 파내도 파내도 끝이 없는 블랙폭시, 그것의 뒤에 도사린 바하무트 제국은 한 치 앞을 예상할 수조차 없는 어둠이었다.

어둠 속에 도사리고 있을 적을 상상하고, 그 적을 무찌르기 위해 머리 아픈 계획을 세우고, 그곳에 숨죽이고 있을지도 모를 협력자를 찾아내고…… 새카만 어둠 속에서 에이지는 고군분투하고 있었다. 그런데 그게 저렇게 간단하게 말할 수 있는 것이었나 싶었다.

어떤 인간이 저리 간단하게, 자신만만하게 말할 수 있을까. 튀어나올 게 뭔 줄 알고? 철없고 험한 꼴 한번 당해 보지 않은 귀족 아가씨라서 그러한가.

하지만 그대로 벽에 메다 꽂히면서 그 생각은 사라졌다. 으음, 이 아가씨한테 뭔가가 있는 건가, 그렇게 조그마한 흥미가 생겼었다. 그리고 아르하드의 옆에 있으면 참 봐줄 만하겠다 싶었다.

뚜렷하지 않은 남자와 뚜렷한 여자.

끌어들이고 싶어졌다.

"이아나 양에게 접근해서 친분을 쌓고 뒤에서 관찰했습니다. 날이 갈수록 이 아가씨를 무슨 수를 써서라도 우리 편으로 끌어들이고 싶다는 욕심이 생기더군요. 이아나 양은 엄청난 인재였습니다. 여자인 건 아무것도 문제 되지 않았죠. 무력도 무력이지만 무엇보다."

에이지는 머리를 긁적였다.

"멍청해진 걸까요. 그 겁 없는 아가씨가 우리와 함께해 준다면 성공할 확률이 희박한 어두운 미래도 두려움 없이 나아가 결국에는 빛을 볼 수 있으리라는 확신을 가질 수 있을 것 같았습니다. 하지만 어느 순간부터."

에이지의 푸른 눈동자가 심해의 색처럼 어둡게 가라앉았다.

"그 아가씨가 품은 빛이 사라질지도 모를 위험한 일은 만들고 싶지 않아졌습니다. 그 아가씨는 누군가 갈고 닦아 주지 않아도 스스로 빛을 가질 보석이니까요. 저는 그저 옆에서 이아나 양이 알아서 나아가는 길을 지켜보고 싶어졌습니다. 그 아가씨와 함께 있을 때마다 드는 그 바람은 제 평생의 목적조차 잠깐잠깐 잊게 할 정도였죠."

에이지가 한숨을 쉬었다.

"우리의 일에서도 멀리 떼어 놓고 싶었어요. 그런데…… 지금 그 아가씨가 우리를 선택했네요."

당장에라도 이 위험한 조직에서 발을 빼게 하고 싶다는 생각과 영입하고 싶다는 생각이 뒤섞여 만들어 낸 이율배반적인 갈등이 에이지의 가슴속에서 폭풍처럼 몰아쳤다.

"다시 한 번 묻겠습니다. 당신은 이아나 양을 어느 선까지 개입하게 할 생각입니까?"

아직 세력이 하늘과 땅 끝처럼 차이 나는 건 물론이요, 모든 것의 뒤에 도사린 자들을 압도적인 무력으로 이길 수 있는 것도 아니었다. 이런 상황에서 이아나를 끌어들여도 될까?

"우리는 낭떠러지 끝에서 걷고 있습니다. 게다가 당신의 심장 때문에 모든 계획이 허무하게 끝날지도 모르는……."

"잠시, 이아나가 온다."

"금방 처리하고 오는군요."

아르하드와 에이지는 다시 가면과 로브를 뒤집어썼다. 얼마 지나지 않아 이아나가 한 무리의 사람들을 이끌고 나타났다.

드워프를 데리고 귀환하는 도중에 기척이 잔뜩 느껴지는 방이 몇 개 있었다. 서슴없이 들어간 방에는 쇠사슬에 칭칭 묶인 노예들이 있었다. 도와 달라는 요청에 이아나는 그들의 자유를 구속하고 있던 쇠사슬을 잘라 냈다. 그들은 이아나를 어미 새 쫓는 새끼 새처럼 쫓아왔다.

돌아오는 길에, 처참한 꼴의 시신들을 그대로 목격한 남자들과 드워프는 흠칫 떨었지만 이내 받았던 모욕과 폭력을 기억해 낸 그들은 침을 퉤 뱉고는 성큼성큼 앞으로 나아가는 이아나를 냉큼 뒤따랐다.

이아나는 잊지 않고 여자들이 모여 있던 방으로 돌아가 안도하는 여자들까지 데리고 회장으로 왔다.

이아나가 드워프를 구하러 간 사이 상황은 모두 정리되어 블랙폭시는 물론 카마트로스의 조직원들도 없었다. 아르하드와 눈물 가면의 남자만 한 모퉁이의 의자에 앉아 이아나를 기다리고 있었다.

이아나가 뒤에 있는 이들에게 잠시 기다리라고 손짓한 다음 키 작은 누군가와 함께 걸어오자 아르하드는 뒤를 향해 고갯짓했다.

"저들이 네가 구하고 싶어 했던 이들인가?"

이아나가 어깨를 으쓱였다.

"우연히 구한 것일 뿐. 제가 구하고 싶었던 이는 이 사람……
아니 드워프, 첸델프입니다."

아르하드는 첸델프를 내려다보았다. 첸델프는 로브를 슬쩍 들어 아르하드를 보았다가 화들짝 놀라 이아나의 뒤에 숨었다. 그는 이아나를 의지한 채 부들부들 떨었다.

"이번 경매의 주인공인 손목 잘린 드워프인가."

"아십니까?"

"당연히 알아. 드워프로서 가치도 없을뿐더러 광인이 되기 일보 직전이라는 사실 또한 안다. 이익이든 동정이든 드워프를 돕는 걸 추천하지 않아. 미쳐서 스스로 죽게 내버려 둬."

가차 없는 발언이었다. 무생물을 보는 듯한 냉랭한 금안이 첸델프를 훑어 내렸다. 성격 괄괄하던 첸델프는 어쩐 일인지 고함 한번 지르지 않고 벌벌 떨면서 이아나 뒤에 숨어 있기만 했다. 이아나는 천천히 고개를 저었다.

"저는 구하고 싶습니다."

아르하드는 단호한 표정의 이아나를 보고 한숨을 쉬었다.

"네 멋대로 해. 어찌할 생각이지?"

"한 달 뒤에 카란켈 바위산맥에 데려다 줄 겁니다."

"헛된 동정심이다. 데려다 주면 착잡하게 자결할 것이 뻔한데 왜 쓸데없이 시간을 낭비하지? 시간이 남아돌아 주체를 못 하는 건가."

아르하드의 비난에 이아나는 피식 웃었다.

"제가 하고 싶은 일이니까요. 그리고 저 사람들, 이곳이 뒷골목 깊숙한 곳에 위치해서 밖으로 나가는 걸 도와야 할 것 같은데……."

아르하드의 시선이 이아나 뒤쪽에서 오들오들 떨고 있는 사람들에게 향했다.

"풀어 주다 못해 밖에 나가는 것까지 돕겠다고……. 우리는 이 모습을 외부에 드러내지 않아. 네가 구한 이들이니 알아서 끝까지 책임져라."

이아나는 지극히 당연하다고 생각하며 고개를 끄덕였다.

"물론입니다. 여기서 헤어져야 할 것 같으니 연락할 방편을 하나 마련해 주시지요."

"먼저 명심해 둬야 할 게 있다. 너는 카마트로스지만, 다른 카마트로스와는 일체 접촉하지 않는 내 직속의 수하다."

"같은 의미로 들리는데…… 다른 의미를 가지는 모양이군요. 그리하겠습니다."

이아나는 그게 더 마음에 들었다.

흔쾌한 대답에 아르하드가 품에서 종이 한 장과 펜을 꺼내 들더니 무엇을 휘갈겨 써서 이아나에게 날렸고 이아나는 매섭게 날아온 그것을 가뿐하게 잡아챘다.

"그곳에서 널 부르면 찾아와."

종이를 펼쳐 든 이아나는 날렵한 글씨가 뜻밖의 장소를 가리키고 있자 눈을 크게 떴다. 그러나 이내 표정을 갈무리하며 그것을 접어 품에 집어넣었다.

아르하드의 옆에 서 있던 눈물 가면이 나섰다.

"아가씨, 혹시 맥에게 더 볼일이 있으십니까?"

"이제 없지만…… 왜 그러시죠?"

이제 와서 맥에게서 캐넬 정보는 없었다. 블랙폭시 내에서 맥보다 직급이 더 높을 듯한 남자가 눈앞에 있었고 남자는 웬만하면 자신에게 모든 것을 대답해 줄 터였다.

"맥을 써먹을 일이 있어서요. 오늘 우리가 이곳에 온 건 특급 경매의 진행자, 간부 맥을 자연스럽게 데려가기 위해섭니다. 맥이 알고 있는 건 제가 다 알고 있으니 궁금한 게 있으시면 저에게 물으시고 맥의 신병은 넘겨주십시오."

"저는 이 자리에서 죽이려 했는데요. 놈이 블랙폭시에게 돌아가는 일이 생기면 제가 무척 곤란해집니다."

"그런 걱정은 하지 않으셔도 됩니다. 필요가 다하면 흔적도 없이 처리하겠습니다."

이아나는 허락의 의미로 고개를 작게 끄덕였다. 오늘의 습격이 맥 때문이라고 하니, 뒤처리만 알아서 잘해 준다면 못 넘길 것도 없었다.

"그럼, 다음에 또."

이아나는 그들에게 인사를 한 후 나가려다, 뒤를 돌아보았다.

"제 이름을 알고 계십니까?"

"적안과 적발의 지방 귀족. 거리와 학술원에서 이름이 자자한 어린 여검사. 알고 있다."

이아나가 살짝 웃어 보이고는 아르하드에게 고갯짓했다.

"당신은 뭐라고 부르면 됩니까?"

잠시 말을 가다듬던 아르하드는 입을 떼었다.

"……로라고 부르면 된다."

"그렇군요. 로."

어째서 로인지는 알 수 없다. 그의 이름은 아르하드였고 로라는 이름이 그의 애칭이나 암호명이 될 까닭은 없었다. 그러나 특별한 의미가 있을 것이다. 훗날 황제의 이름에도 '로'라는 미들네임이 들어갔기 때문이다.

'함께하다 보면 언젠가는 알게 되겠지.'

"그럼 로, 다시 뵙는 날을 기다리고 있겠습니다. 당신도."

이아나는 아르하드와 눈물 가면에게 고개를 까딱 숙여 인사를 하고는 밖으로 나갔다. 다른 이들도 헐레벌떡 이아나를 쫓아 나갔다.

회장에 소음이 사라지고 다시 정적이 찾아왔다.

"그럼 이제 마저 이야기를 해 보죠."

에이지가 가면을 바닥에 내팽개치고는 아르하드를 시퍼렇게 빛나는 눈동자로 바라보았다.

"이왕 이렇게 된 거 이아나 양을 아예 확실하게 우리 편으로 끌어들이죠. 회유해서 당신 곁에 두십시오."

그의 얼굴에 더 이상 갈등은 없었다. 기대감이 가득한 얼굴은 상기되어 붉었다.

"정체도 그냥 밝히세요. 밝히는 게 도움이 될 것 같습니다. 그 이아나 양이 당신에게 관심을 가지고 있지 않습니까? 재수 없는 데다 뭘 생각을 하는지도 알 수 없지만 당신에게는 막대한 재산에, 황제가 될 수 있는 정당성, 사람을 끌어들이는 기이한 매력, 잘생긴 얼굴이 있으니 회유할 수 있는 무기는 넘쳐납니다. 이아나 양을 유혹하든 뭘 하든 간에 우리 편으로 만드세요."

에이지가 정신없이 내뱉는 말을 잠자코 듣고 있던 아르하드는 미간을 좁혔다.

"너무 성급하군. 이아나는 단순히 내가 가지고 싶다고 해서 넘어올 만큼 쉬운 여자가 아니야."

"그건 그렇지만……."

"이제 기회는 한 번밖에 없다. 단 한 번의 실수도 용납할 수 없어."

아르하드는 그 말을 자신의 심장에 되새기듯 중얼거렸고 에이지는 대꾸하지 않고 아르하드를 조심스레 살폈다. 그는 이따금씩 저런 말을 하곤 했다. 매 순간이 한 번뿐이라는 것처럼, 그 사실을 반드시 기억해야 한다는 것처럼, 끝을 향해 달려가는 사람처럼 저리 말하곤 했다.

이 땅 위에서 살아가는 생명체의 삶은 너 나 할 것 없이 끝을 향하고 있는 법이다. 끝에는 죽음이 있고 순간순간마다 주어지는 기회는 원래 한 번밖에 없었다. 기상천외한 현상을 일으킬 수 있는 마법조차 시간은 되돌릴 수 없으므로 기회를 놓치면 두 번 다시 잡을 수 없는 것은 당연했다.

ADONIS
아도니스

그런데도 아르하드는 그러한 진리를 스스로 끊임없이 되새기고 있었다. 마치 고대하고 있는 어떤 순간이 오면 절대 놓쳐서는 안 된다는 것처럼, 조금의 실수도 없이 그 기회를 잡아채야 한다는 것처럼, 째깍째깍 빠르게 맞물리는 시계태엽의 어느 찰나의 한순간만을 애타게 기다리고 있는 것 같았다.

'그는 무엇을 노리고 있는가.'

지금 이 순간이 오기 전까지는 아르하드가 딱히 관심을 보인 대상이 없었다. 처음 본 순간부터 불가사의했던 남자, 아르하드가 대체 무슨 생각을 하며 살아가고 있는 건지 알 수 없다. 분명 지금까지는 그랬다.

"물론 이아나가 우리 쪽으로 들어오면 틀림없이 큰 도움이 되겠지. 하지만."

에이지가 퍼뜩 정신을 차리고 아르하드를 보았다.

"나는 블랙폭시 건 이상으로 끌어들일 생각은 추호도 없어. 황실을 상대하는 일에서 이아나는 제외한다. 황실에 도사리고 있는 것들은 지금으로서는 나도 손댈 수 없는 괴물들. 이아나가 혹시라도 위험에 처할 일 따위는 생기게 하지 않아. 그녀는 블랙폭시를 없애는 일에만 협력하다가 일반인으로 돌려보낼 거다."

"……그렇습니까. 하긴 그렇죠."

에이지는 골치가 아파 한숨을 푹푹 내쉬었다.

"예전부터 생각했지만 당신은 정말 이상해요. 황실의 괴물들을 한 번도 직접 만나 본 적 없으면서 어떻게 그들에 대해 그렇게 잘 아는 겁니까? 파편 소유자들 사이에 서로 통하는 게 있기라도 한 겁니까?"

"다 아는 수가 있지."

"아우, 맨날 저러지. 답답해 죽겠네."

크악, 하며 제 머리를 엉망으로 헝클어트리는 에이지를 쳐다본 아르하드가 픽 웃었다. 비웃는 듯한 바람 새는 소리에 그를 노려본 에이지는 머리가 지끈거려서 이마를 꾹꾹 눌렀다.

"어쨌든 이아나 양이 카마트로스면서도 최후의 적이 바하무트 제국이라는 걸 모른다면 일이 복잡해져요. 다른 카마트로스들과 소통에 문제가 있을지도 모릅니다."

"몰라도 돼. 다른 녀석들에게도 이아나에 대해 알릴 필요 없어. 이아나는 녀석들과 접촉하지 않을 테니까."

아르하드가 단칼에 부정했고 에이지는 멈칫했다.

"이아나는 내 말만 따르면 돼. 이아나가 말했지. 내게 자신을 팔았고, 내게 고용당하겠다고. 내 직속이다."

이아나와 자신의 관계를 말로써 정의해 보는 아르하드의 얼굴에 기이한 열기가 감돌았다. 온갖 감정들이 뒤섞여 있었다. 흥분, 기대, 행복……

'몇 년간 함께 지내면서도 저런 모습을 보지 못했는데.'

에이지는 아르하드를 묘한 표정으로 쳐다보았다.

"아까 말했듯 바하무트의 일에는 이아나를 개입시키고 싶지 않아. 블랙폭시를 없애는 조건으로 내 밑에 들어오겠다고 했으니 그 일에만 협조하게 한다."

아르하드는 수수께끼의 남자다. 하지만 안개처럼 뿌옇기만 하던 이때까지와는 달리 바로 지금 어렴풋이 알게 된 것은 있었다.

"그 여자를 끌어들이는 건 모든 게 끝나 나를 위협할 요소는 모두 제거한 이후다."

결국 나중에는 제 밑으로 데리고 오겠다는 선언이었다.

모든 일에 무감각하고 가치를 두지 못하던 아르하드는 지금 이아나라는 여자에게 모든 관심과 신경을 쏟아붓고 있었다. 에이지의 온몸에 소름이 돋았다.

이아나 이 아가씨야, 대체 이 남자에게 무슨 짓을 한 거야? 어떻게 이 남자가 이렇게 동요하고 당신에게 집요하다 못해 집착까지 하는 거야?

내 머리가 이상해진 걸까? 이 남자는 지금 모든 게 아가씨를 중심으로 돌아가는 것처럼 보여. 자기를 죽이려는 황실을 없애려는 것도 모두 이아나 양을 안전하게 제 것으로 만들기 위해서가 아닌가 싶을 정도야.

설마 황제가 되어서 모든 걸 주고 싶다는 사람이 이아나 양은 아니겠지?

에이지는 심각한 표정을 지었다.

'아냐. 진짜 그럴지도 몰라.'

정말로 궁금했다. 이아나와 아르하드, 이 둘은 대체 무슨 사이일까. 대체 어떤 감정적 교류가 있었기에 이아나도 그렇고 아르하드도 그렇고 그동안 타인에게 조금도 보이지 않던 감정적인 모습을 서로에게만 드러내는 걸까.

제삼자는 알 수 없다. 당사자들에게 대답을 듣지 않는 이상 풀리지 않을 난제였다.

어쨌든 아르하드가 저런 마음을 가지고 있는 이상, 이아나는 이쪽 편이 될 가능성이 높다. 에이지는 기분이 조금 좋아졌다.

"알겠습니다. 당신 뜻대로 하세요. 그럼 저는 맥을 처리해야하니 먼저 돌아가 보겠습니다."

아르하드가 가 보라 손짓을 하자 에이지는 맥을 어깨에 짊어지고 회장을 나섰다.

이제 아르하드밖에 없었다. 시신들은 모두 치워졌지만 군데군데 핏자국과 흉기 자국이 남아 있고 피비린내가 진동하는 그곳은 으스스하고 흉악한 분위기를 띠고 있었다.

살의와 죽음이 가득한 그곳에서 아르하드는 눈을 감고 고객들을 위해 특수 제작된 푹신한 소파에 몸을 기대었다. 그는 소파의 팔 받침대를 긴 손가락으로 투욱, 툭 두들겼다.

"이번에는 정말로 뭔가 다를 듯한 기분이 든다. 그렇지 않나, 이아나 로베르슈타인……."

짓씹듯 내뱉어진 문장에서는 기대와 소망이 끓어오르고 있었다. 아르하드가 보기에 이아나는 분명 예전과는 뭔가가 달랐다.

"이번…… 생은 끝났다. 그러나…… 다음 생에는 너의 적……이 아닌 너의 기사가 되……리……."

─혹여 죽기 전 자신에게 했던 그 말이 영혼에 새겨져 있어 다시 생을 살아가며 아무것도 기억해 내지 못하는 이 순간에도 그 말을 따르려고 하는 건지? 제 입으로 내뱉은 말은 반드시 지키는 꽉 막힌 여자니까.

아르하드는 웃음이 나올 것 같았다.

언제 끝날지 모르는 현재, 그리고 존재하는지 존재하지 않는지 알 수 없는 미래다. 제게는 이제 정말로 단 한 번의 기회밖에 없었다. 그러니 이번에는 천천히. 빈틈없이, 철저하게. 두 번은 없을 단 한 번의 생을 위하여 실수가 있어서는 안 된다.

두근, 두근⋯⋯.

아르하드는 눈을 감고 고요한 침묵 속에서 불안한 엇박자로 뛰어 대는 심장의 울림을 감상했다.

심장은 대리석 바닥에 떨어진 유리 세공품처럼 줄줄이 금이 가서, 빼앗은 생명으로 억지로 붙이고 붙여도 천천히, 아주 천천히— 깨져 가고 있다.

그러니 조금의 실수도 있어서는 안 된다.

이아나는 어두운 골목 밖까지 사람들을 데려다 주었다. 길은 복잡했지만 바람이 불어오는 곳을 따라 나아가니 어둡지만 훤한 수도의 거리로 나올 수 있었다.

"아아⋯⋯."

사람들은 은은한 빛에 휩싸인 밤하늘의 달을 올려다보며 감격했다. 언제나 보는 동그란 달이었지만 오늘은 너무나 특별해 보였다.

"그럼 이만. 집으로 잘 돌아가십시오."

이아나는 로브로 몸을 꼭꼭 감싼 드워프를 옆에 둔 채 그들에게 인사했다. 기쁨에 벅차 정신이 없던 그들은 그제야 황급히 허리를 굽실거리며 감사 인사를 했다.

언젠가 아가씨를 보게 되면 반드시 보답하겠다, 아가씨의 얼굴을 기억해 두고 평생 잊지 않겠다, 여기저기서 격하게 감사하는 이들에게 이아나는 나는 당신들을 밖으로 데려온 일밖에 한 게 없고 나머지는 다른 이들이 한 것이다, 내게 감사할 필요는 전혀 없고 다만 내게 도움이 되고 싶다면 오늘 일을 잊으라, 하며 인사를 칼같이 자르고는 돌아섰다.

그녀를 멍하니 쳐다보는 사람들을 뒤로한 이아나는 첸델프를 데리고 빠르게 발걸음을 옮겼다. 시간이 늦었으니 빨리 가야 했다.

첸델프는 잠자코 이아나를 뒤따라가다가 급한 성미를 참지 못하고 입을 열었다.

"은혜를 갚겠다는데 어째서 그렇게 매몰차게 구는 게냐?"

"숨어 있던 사람들을 데리고 나온 것뿐입니다. 한 게 없는데 보은을 받는 건 사양입니다. 귀찮아서 받고 싶지도 않고요."

첸델프는 그런 이아나의 옆모습을 물끄러미 올려다보다 감탄의 한숨을 내쉬었다. 좋으면 좋다, 싫으면 싫다, 이리 결정 내리는 것이 정말 단호했다. 필요하지 않다면 냉정하게 쳐 내는 것이 익숙해 보였다.

속내를 숨기지 않는 이아나는 한없이 솔직하고 직설적이었다. 솔직함으로는 타의 추종을 불허한다는 드워프 중에서도 이런 이는 드물었다. 그리고 첸델프는 그런 이아나가 마음에 들었다.

이아나는 파엘라 상단 건물로 향했다. 무르시가 저택으로 돌아가서 자고 있을 확률이 높았지만 혹시나 싶어서 와본 건데 다행히 무르시의 사무실에는 불이 켜져 있었다.

"무르시 씨."

"아니, 이아나 양? 어찌 이런 밤에?"

무르시는 바쁘게 손을 놀리다가 저를 찾아온 이아나를 반갑게 맞이했다. 지금은 깊은 밤이었고 모두가 잠들 시각이었지만 오늘 하루 업무량이 많아 밤을 새워 가며 서류를 처리하는 중이었다.

"그 아이는 누구입니까?"

무르시는 이아나의 옆에 서 있는 작은 사람을 의아한 표정으로 내려다보았다. 무르시의 사무용 책상 옆에 있는 소파에서 곤히 잠들어 있던 핀은 어느새 깨어나서는 제 키보다 조금 더 큰 쳉델프가 제 친구인가 싶어 상기된 얼굴로 주위를 맴돌았다.

"아이가 아닙니다."

"이 인간, 정말 믿을 수 있는 거냐?"

로브 안쪽에서 튀어나온 걸걸한 목소리에 무르시가 멈칫했다. 아이의 목소리가 아니었다.

'키 작은 중년 남자?'

낮도 아니고 새벽에 왜 이 남자를 제게 데려왔을까?

호기심이 샘솟은 무르시는 흥미로운 심정으로 쳉델프와 이아나를 번갈아 보았다.

"믿을 수 있는 분입니다."

그리 말한 이아나는 영문 모를 표정을 한 채 설명을 기다리고 있는 무르시와 눈을 똑바로 마주했다.

"혹시 한 달 내에 상행을 떠나실 계획이 있습니까?"

"아, 그동안은 계속 테오도르에 머물 생각입니다만. 무슨 일이신지……."

"그럼 한 달만 이분을 보호해 주십시오. 이분을 안심하고 맡길 수 있을 정도로 신뢰하는 분은 무르시 씨밖에 없습니다."

무르시가 미소를 지었다. 신뢰는 좋은 관계의 가장 기초가 되는 감정이었다. 언젠가 크게 성공할 훌륭한 아가씨가 저를 좋게 봐주니 기분이 좋았다.

"대체 누구시기에?"

하지만 일단 기쁨은 둘째 치고 수상한 남자의 정체를 알고 싶었다.

이아나는 첸델프가 쓰고 있던 로브의 모자를 뒤로 들추었다. 얼굴이 드러나자 첸델프는 바짝 긴장했다. 이제껏 못된 인간들에게 끔찍한 일을 당해 왔다. 이아나가 믿을 수 있는 사람이라고 말했지만, 첸델프는 처음 보는 인간인 무르시가 자신을 어찌할까 봐 두려웠다.

무르시는 어리둥절한 표정으로 첸델프를 살폈다. 이렇게 봐서는 뭐가 뭔지 알 수 없었다. 얼굴이 드러난 중년 남자의 입 주변은 길고 튼튼한 수염으로 덮여 있었다. 몸 전체가 굵직하고 단단해 보이는 선으로 이루어져 있었다. 이런 거친 생김새를 용병들 사이에서 몇 번 본 것 같기도 했다. 하지만 이렇게 키 작은 용병은 보지 못했다.

유명한 사람인가 싶어 알고 있는 얼굴들을 그에게 겹쳐 보았지만 겹치는 얼굴은 없었다. 무엇보다 제가 개인적으로 아는 사람이나 유명인 중에 이렇게 키 작은 중년 남자는 없었다.

그때 무르시의 눈에 들어오는 특이한 부분이 있었다.

"귀가 뾰족하네요?"

"드워프입니다."

이아나의 무덤덤한 발언에 무르시의 사고의 흐름이 멈추었다. 경악한 그는 할 말을 잊고 입을 뻐끔거렸다. 시선이 빠르게 첸델프를 훑었다. 책에서 묘사되던 드워프와 판에 박은 듯 닮아 있었다.

남부의 오지에 꼭꼭 숨어 살고 있어야 할 드워프가 왜 이곳에 있나? 무르시는 이아나에게 무언으로 설명을 요구했다.

"으음."

첸델프는 보통 인간과 다를 바 없는 무르시의 반응에 불안감이 극도에 이르렀다. 겁에 질려 무르시의 눈을 피해 눈알을 데구룩 굴리던 첸델프는 저를 호기심 넘치는 표정으로 관찰하고 있던 핀과 눈이 딱 마주쳤다.

"……."

"……."

일곱 살의 핀과 백마흔두 살의 첸델프는 이상한 기분으로 서로를 요모조모 뜯어보았다. 핀과 첸델프가 요상한 분위기를 형성한 채 서로에게 빠져 있는 사이 이아나는 무르시에게 상황을 대강 설명해 주었다. 첸델프의 양손이 인간에 의해 사라졌다는 것도, 첸델프가 인간을 몹시 증오하고 또 무서워하고 있다는 것도 말해 주었다.

무르시는 방금 전 첸델프의 불안에 젖은 태도를 되새기며 탄식했다.

"누가 그런 잔인한 짓을……."

무르시는 정말 안타까워하며 첸델프를 곁눈질했다.

"자벨론 상단에 연락을 해 드릴까요? 그들은 남부에서 드워프들과 적극적으로 교류하고 있습니다. 그 사람들이라면 첸델프 님을 카란켈 바위산맥에 무사히 데려다 줄 겁니다."

"싫다! 아무리 맛있는 맥주를 가져다주는 자벨론가의 인간이라고
해도 나는 이제 인간들을 믿지 않을 거다! 이아나만 믿을 거다!"

핀을 상대하고 있는 와중에도 이아나와 무르시의 대화에 귀를
기울이고 있던 첸델프는 고함을 버럭 질렀다. 부들부들 떠는 것
이, 이아나가 옆에 있지 않으면 인간을 만날 때마다 발작을 일으
킬 기세였다. 이아나는 그런 첸델프를 향해 고갯짓했다.

"저런 상태이기도 하고, 한 달 후에 제가 첸델프에게 해 주어야
할 일도 있으니 부탁드립니다."

"과연. 제가 도와드릴 수밖에 없는 상황이군요. 걱정 마십시오.
다시 찾아오실 때까지 저택에서 아무도 모르게 첸델프 님이 쉬실
수 있도록 조치하겠습니다."

"감사합니다."

"으악, 뭐 하는 거냐!"

첸델프는 제 거취가 결정되는 대화에 집중하고 있다가 갑자기
제 몸이 살짝살짝 만져져서 화들짝 놀랐다. 핀은 상기된 표정으
로 까르르 웃었다.

"할아버지는 드워프라고 하셨죠? 이상한 기분이 들어!"

"나는 인간이 아니니 인간 꼬맹이인 너랑은 다를 수밖에!"

"저도 완전히 사람은 아니에요. 우리 아빠는 사람이지만 엄마는
엘프인걸."

"뭣이, 엘프의 핏줄이란 말이냐? 하긴 머리카락이 이파리 같은
게 엘프와 똑 닮았긴 하다만……."

서슴없이 정체를 드러낸 핀 때문에 무르시가 움찔했지만 상대
가 종족은 다르더라도 이종족인 드워프임을 떠올리고 안도했다.

무르시는 기분이 묘했다. 날 때부터 항상 주의를 주며 길렀기 때문에 저렇게 함부로 제 정체를 말할 핀이 아니었다. 그래서 핀은 아이답지 않게 항상 조심스럽게 행동하고 주눅이 들어있기까지 했다. 그러니 핀이 누군가에게 자신이 엘프임을 드러내며 마음 놓고 활짝 웃는 건 흔한 일이 아니었다.

무르시는 핀이 편히 대할 수 있는 상대가 생겨 내심 기뻤다. 첸델프에게 호감이 가는 건 당연한 수순이었다.

핀과 첸델프의 교감 현장을 흐뭇하게 바라보고 있던 무르시는 이아나가 부르자 그녀를 다시 보았다.

"이것 말고도 따로 드릴 말씀이 있습니다만."

이아나가 구석진 자리로 고갯짓하자 무르시는 그녀가 핀이나 첸델프가 들으면 좋지 않을 이야기를 하려 한다는 것을 눈치채고 천천히 그녀의 뒤를 따랐다.

"예? 블랙폭시가 우리 핀을 노리고 있다는 말씀이십니까?"

이아나가 조용한 어조로 건넨 이야기들은 온화한 무르시가 입술을 꽉 깨물 정도로 그를 분노하게 하고 초조하게 만들었다.

블랙폭시는 머나먼 과거부터 대륙 전역에 퍼져 있는 거대한 암흑조직이라 왕국에서도 함부로 손댈 수 없다. 구석구석 퍼져 있는 암적 존재인 그들은 각국의 귀족들과도 연을 맺고 있었다. 아무리 큰 조직이라고 해도 돈과 세력 면에서 블랙폭시의 상대가 되지 않는다. 게다가 뽑아도 뽑아도 잡초처럼 다시 자라나는 놈들은 극독을 품고 있어 그들을 적대하는 이들을 가만두지 않았다. 그래서 가능한 한 피해서 다녀야 할 더러운 존재들이 바로 블랙폭시였다.

그런 집단의 상부에서 핀을 노리고 있다는 말에 무르시는 화가 나다 못해 눈물이 날 것 같았다. 블랙폭시를 적대해야 한다는 부담감은 둘째 치고 소중한 아들 핀이 언제까지 이리 꼭꼭 숨어 살아야 하는지, 이 상황이 지긋지긋했고 핀이 가여웠다.

이아나가 구체적으로 이야기를 들려주자 무르시의 표정이 점점 차게 가라앉았다.

"압실롯…… 그렇군요. 제 친우와 저를 이용하기 위해 핀을……. 어째서 오지와 이종족을 노리는 건지 모르겠지만 그들의 의도가 깨끗할 리는 없으니 참으로 불쾌한 일입니다."

무르시와 압실롯은 서로에게 없어서는 안 될 소중한 친구였다. 조금의 비밀도 감추지 않을 정도로 우애가 깊었기 때문에 압실롯에 대해 누구보다 잘 아는 무르시가 생각했을 때 블랙폭시의 계획은 지독하되 현명했다.

'차라리 압실롯에게 핀을 키워 달라고 부탁할까.'

압실롯과 제게 직접 손을 댈 수가 없어 핀을 납치하려는 것이라면 핀이 아예 압실롯의 곁에 있는 것이 나을지도 몰랐다. 물론 어려서부터 금이야 옥이야 키워 온 핀이 곁에 없으면 무척 외롭고 쓸쓸하겠지만 핀은 안전할 터였다.

무르시는 머리가 지끈거려 오는 것을 참으며 고개를 숙였다.

"감사합니다, 이아나 양. 예전부터 계속 신세를 지고 있군요."

"아닙니다. 일단 아직은 그럴 가능성이 있다는 것만 알아 두시고 평소처럼 지내셔도 될 겁니다. 그들이 본격적으로 핀을 노리게 된다면 알려 드리겠습니다."

이아나의 말을 잠자코 듣고 있던 무르시는 의아함을 느끼고 고개를 들었다.

"이아나 양이 어찌 블랙폭시의 계획을 알 수 있습니까?"

"블랙폭시를 적대하는 자들과 인연이 있습니다. 블랙폭시는 언젠가 반드시 와해될 테니 그때까지만 조심해 주십시오."

"예?"

무르시는 요상한 표정을 지었다. 블랙폭시가 무너진다니 정말 비현실적인 소리였지만 이아나는 허튼소리를 할 만한 인물이 아니었다. 무르시가 설명을 바라는 표정으로 바라보아도 이아나는 빙긋 웃어 보일 뿐이었다.

무르시는 이아나의 확신이 어디서 연유한 것인지 몰라 알쏭달쏭했다. 하지만 조금은 안심이 되고 정말로 블랙폭시가 무너질 것 같은 기분이 들어 피식 웃었다. 이 어린 아가씨가 하는 말이라면 뭐든 이루어질 것 같았다. 우스웠다. 자신은 이 아가씨를 신이라고 생각이라도 하는 건가.

"첸델프 할아버지!"

"첸델프 할아버지."

"첸델프!"

"시끄럽다, 이 엘프 꼬맹아!"

이아나와 무르시의 시선이 소란스러운 곳으로 향했다. 핀은 오랜만에 마음에 드는 상대가 나타나서 첸델프의 수염을 잡아당기고 단단한 근육을 만지작거리고 난리도 아니었다. 첸델프도 호통을 치고는 있었지만 핀이 인간이 아니어서 그런지 비교적 푸근한 표정을 짓고 있었고 그리 싫은 기색은 아니었다. 무르시는 미소를 지었다.

"핀이 좋아하니 저도 좋군요. 핀이 아닌 척해도 많이 외로워했거든요. 얼마 계시지 않겠지만 좋은 인연이 될 것 같습니다. 아, 그런데 첸델프 님을 카란켈 바위산맥에 데려다 주실 거라 하셨지요."

"그렇습니다."

"한 달 후면 학술원도 방학이군요. 방학에 남부 쪽으로 가실 생각이지요? 혹시 제 상단과 함께 가시겠습니까? 저도 그 즈음에 남부로 갈 생각인지라."

"남부에 무슨 일로 가십니까?"

"곡식을 사러 갑니다. 그곳은 도착할 쯤에 이미 추수를 하고 있을 테니까요. 로안느는 군사 강국이라 식량이 풍족한 건 아니지요. 그래서 수도가 아닌 지방에서는 겨울에 식량이 다소 부족한 편인데 드넓은 곡창지대를 가진 남부에서 곡식을 미리 사 두면 큰 수익을 거둘 수 있습니다."

좋은 제안이지만 이아나는 거절할 생각이었다. 몇 주 후에 학술원의 정규 학기가 끝나고 두 달의 계절학기가 시작된다. 그로부터 며칠이 지나면 한 달이 채워지므로 이아나는 정령왕을 불러 내 손을 낫게 해 준 후 바로 첸델프를 데리고 떠날 계획을 세우고 있었다.

남부의 오지까지 두 달이면 아주 촉박한 시간이다. 대륙 중앙에서 남부까지 내려가야 하기 때문에 중간중간 말을 타거나 마나로 다리를 강화해 달려야 겨우 시간에 맞출 수 있었다.

이아나 혼자라면 바람같이 달려 다녀올 수도 있겠지만 첸델프를 데리고 가야 했으니 시간이 더 지체될 터였다. 일반인들이 많이 섞인 상행과 함께하다 보면 시간이 더 많이 소요되리라.

"제 제안이 어떠십니까? 물론 이아나 양은 위험하시지 않겠지만 여자 한 명과 아이로 보이는 작은 사람 둘이서 다니다 보면 귀찮은 일이 생길 수도 있습니다."

이아나는 거절하려다가 멈칫했다.

"상단과 함께 가시는 게 아무래도 눈에 덜 띄지 않겠습니까? 식사와 잠자리는 당연히 무료로 제공하겠습니다. 그리고 아무리 종이 다르다지만 남자와 여자 단둘의 여정은 불편할 겁니다. 게다가 이아나 양이 첸델프 님에게 계속 신경 쓰셔야 하는 상황이라면 더더욱요."

듣고 보니 구구절절 옳은 말이었다. 이아나는 으음, 하고 찌푸려진 제 미간을 꾹꾹 눌렀다.

"하지만 시간이……."

"남부로 가는 데에 시간이 그리 많이 걸리지는 않을 겁니다. 이번에 저희 상단은 테오도르의 사치품을 가지고 남부에 가기 때문에 짐이 가벼운 데다 목적지에 도달할 때까지는 쉬지 않고 걸을 테니까요. 돌아오는 길은 곡식 때문에 짐이 무겁습니다만 저는 이번에 남부에서 꽤 오래 머물 생각이기 때문에 귀경하실 때는 먼저 가셔야 합니다. 딱히 상관없겠지요?"

무르시의 말대로라면 함께 행동하는 게 좋을 듯했다. 어차피 남부로 내려갈 때는 첸델프 때문에 천천히 가야 했다. 복귀할 때는 말을 타거나 온 힘을 다해 달리면 되리라.

이아나는 고개를 끄덕였다.

"좋습니다. 다만 군식구처럼 얹혀서 가는 건 바라지 않으니 밥값은 하겠습니다. 상행 호위에 넣어 주시겠습니까?"

"아니, 그러실 필요까진."

"아닙니다."

대가를 바라지 않고 오로지 호의만으로 한 말인데도 이아나가 제 밥값은 하겠다고 고집을 부리자 무르시는 멋쩍어져서 제 턱을 긁적였다.

"저야 좋습니다. 이아나 양이 함께해 주신다면 이번 상행은 정말 안전하겠군요."

마음에 들지 않는 거래를 했을 때와 같은 느낌에 무르시가 속으로 끙, 하고 앓는 소리를 냈다. 그저 이아나에게 무언가를 해 주고 싶었을 뿐인데 이아나는 더 큰 것을 해 주겠다고 말하고 있었다.

안 그래도 상행물품이 사치품이기도 하고 오늘 이아나가 한 말 때문에 불안해서 평소보다 용병을 더 많이 구하려 했는데 엄청난 실력자인 이아나가 동행하는 대가로 상행을 보호해 주겠다니, 밥값으로는 넘치고도 남았다.

"아."

이내 좋은 생각을 떠올린 무르시가 탄성을 뱉었다. 모자란다면 채워 주면 될 일이다. 이아나에게 해 줄 수 있는 뭔가를 깨달은 무르시가 너털웃음을 지었다.

"차라리 이렇게 하시지요. 제가 이아나 양을 이번 상행의 호위로 정식으로 고용하겠습니다. 방학 때 학술원의 학생들이 아르바이트를 많이 구하던데, 이아나 양도 아르바이트라고 생각해 주세요. 그렇다면 숙식도 당연히 제공해야겠죠? 대단한 분을 고용했으니 아르바이트비도 넉넉히 드리겠습니다."

"으아아아아!"

하늘은 드높고 햇볕은 따스했다. 깨끗한 벽돌로 닦여진 길 양옆으로는 어여쁜 꽃과 짙푸른 나무가 조화를 이루며 아름다운 풍경을 그려냈다. 새들은 즐겁게 노래하며 평화를 더했다.

정원사는 가위로 필요 없는 가지들을 딱딱 쳐 내며 정원수를 다듬었다. 우아한 디자인의 양산을 쓰고 나들이를 나온 귀족여인들은 부드럽게 미소 지었다.

이곳은 수도의 귀족들과 거부들이 살고 있는 번듯한 상류층 주거 지구였다. 고상함과 우아함이 줄줄 흘러 평민은 큰소리를 내기는커녕 숨 한번 제대로 쉬기 어려운 곳이었다. 그런데 오늘, 그곳에 위치한 한 위풍당당한 건물 안에서 한 남자가 집이 떠나가라 돼지 멱따는 듯한 고함을 지르고 있었다.

"맥 이 새끼는 또 어디로 간 거야! 이런 젠장! 이놈, 돌아오면 진짜로 죽을 줄 알아라!"

뚱뚱한 남자는 책상을 두툼한 주먹으로 쾅쾅 내리쳤다. 책상 위에 얌전히 있던 펜 꽂이가 요란하게 넘어지고 잉크통이 엉망진창으로 엎질러졌지만 남자는 그딴 것에 신경 쓸 상황이 아니었다.

그는 짜증과 분노로 입에 거품을 물었다. 머리끝까지 피가 치솟아 차라리 뒷목을 잡고 넘어가서 정신을 잃고 싶을 정도로 화가 나서 미칠 것 같았다. 남자의 핏줄은 동맥 정맥 할 것 같이 빳빳하게 솟아올라 바늘로 찌르면 피가 폭발하듯 나올 것 같았다.

"카마트로스, 이 갈아먹어도 시원찮을 새끼들!"

남자는 크아아악, 하고 고함을 지르며 책상 위의 서류를 집어 던지고 바닥으로 내동댕이쳤다.

"여어, 브루스."

그때 창문틀 위에 한 남자가 나타나 밝은 목소리로 손을 흔들었다. 그를 보자마자 도끼눈을 뜬 남자, 브루스가 인정사정없이 재떨이를 집어 던졌다. 하지만 남자는 여유롭게 그 재떨이를 잡아채서는 창문으로 풀쩍 들어왔다.

"뭐야 너. 계집애냐? 그날이야?"

"에이지 이 망할 새끼야, 헛소리 작작 하고 빨리 카마트로스 새끼들 근거지나 찾아내! 로이긴족의 놈을 찾아내기 전에 그놈들부터 찾아내란 말이다!"

"미친놈. 안 되는 것만 하라고 하네."

에이지는 눈에 핏발이 서서는 고래고래 고함을 지르는 브루스의 꼬락서니에 혀를 쯧쯧 찼다. 브루스는 화를 부추기는 그 얄미운 모습에 정말로 화병으로 쓰러질 것 같았다.

"그게 네가 할 일 아니야, 이……!"

"나한테 화풀이하지 말고 댁 부하들 관리나 잘해. 진짜 할 줄 아는 게 거시기 놀리는 거랑 채찍질하는 거 말고 또 뭐가 있냐?"

"내 부하들 얘기는 여기서 또 왜 나와!"

에이지가 어깨를 으쓱였다.

"카마트로스가 네놈 노예상을 구석구석 찾아내서 박살 낼 수 있었던 이유, 첩자를 알아냈다."

"뭐?

"네놈한테 허구한 날 이 재떨이에 맞던 맥, 그 자식이야."

에이지는 브루스의 앞에 재떨이와 함께 가지고 온 서류뭉치를 내던졌다. 재떨이가 맑은 소리를 내며 구르다가 바닥으로 떨어져 브루스의 발을 찧었지만 브루스는 제 앞에 뒹굴고 있는 문서들만 말없이 쳐다보았다.

"익숙하지? 나도 그 소심한 녀석의 필체가 익숙한데 이걸 어쩌나. 이번에 메나코시 왕국에서 활동하는 카마트로스를 몰래 뒤쫓아 가는 데 성공한 녀석들이 카마트로스의 근거지를 습격했는데 거기서 나왔어. 메나코시, 맥 녀석 담당구역 맞지? 맥 어디 있어? 데려와. 고문실로 바로 끌고 갈 거다."

"……."

브루스는 에이지가 던진 서류뭉치를 집어 들었다. 노예상의 정보, 인력 등등 기밀 정보가 아주 상세하게 기록되어 있었다. 정보를 빽빽하게 써 내려간 필체는 분명 브루스가 아주 잘 아는 것이었다. 브루스의 심복이자 최상층 간부인 맥의 필체였다.

브루스에게 올라오는 문서는 보좌관인 맥이 처리하여 최종결재만 기다리는 것이 대부분이었기 때문에 브루스에게 이 필체는 몹시 익숙했다.

"이거 정말이냐?"

"아니면 어쩔 건데. 내가 확실하지도 않은 걸 네놈 앞에 내놓겠냐? 네놈이 하도 나한테 지랄을 해 대니까 나도 허튼 정보는 함부로 못 내놓는다고. 내 부하들이 몇이나 죽은 줄 알아? 아무튼 맥은 어딨어."

브루스는 차오르는 배신감에 살집을 부르르 떨었다.

"……맥, 이 망할 새끼가!"

브루스는 분통이 터져서 꽥하고 소리를 질렀다. 제가 아무리 성질을 부려도 참고 실실 웃을 줄도 알고 약삭빨라서 일도 꽤 잘하는 것이 쓸 만한 놈이라고 생각했건만 결국 그런 태도는 다 첩자이기 때문이었던 말인가!

왜 배신을 한 건지 알 수 없었다. 놈은 바하무트 제국에 있을 때부터 저와 오랫동안 함께 일해 왔었다. 놈은 대 블랙폭시의 최상급 간부였고 부, 명예, 여자 뭐든 가질 수 있었다.

'그런데도 배신을 하다니.'

카마트로스에서 눈이 돌아갈 정도로 막대한 황금이라도 줬단 말인가. 경국지색의 여자를 주기라도 했단 말인가. 어째서 블랙폭시의 이름을 걷어차고 카마트로스로 날아 버렸던 말인가.

순간 브루스는 불안함을 느꼈다.

'설마 내가 구박해서 배신한 건 아니겠지. 그럴 리 없어. 너무 어이없잖아.'

어쨌든 말없이 모습을 감춘 지금 배신은 기정사실이다. 브루스는 제 앞에 놓인 책상을 양손으로 꽉 쥐었다. 단단한 대리석 재질인데도 책상은 손아귀 힘을 견디지 못하고 쩌적거리며 금이 갔다.

속이 부글부글 끓어서 다 부숴 버리고 싶었지만 이제 남은 건 가장 비싸서 아끼는 도자기밖에 없었기 때문에 브루스는 애써 분노를 삭였다.

"찾아내면 세상에서 가장 고통스럽게 죽일 테다."

"뭐야, 없어?"

"며칠 전 사건 이후로 행방불명이다."

"흠…… 설마 내가 정보를 입수했다는 걸 알아채고 도망쳤나? 페인의 약을 주기적으로 먹지 않으면 죽을 텐데. 무슨 생각을 하고 있는 건지 모르겠네. 카마트로스가 해독약을 주기라도 했나. 아, 그런데 브루스. 이 사실이 주인님들께 알려지면 댁은 바로 경질이야. 쯧쯧. 부하 관리는 어떻게 하는 거야. 또 어떻게 첩자를 바로 옆에 두고 아무것도 모를 수가 있냐, 멍청아. 근데 진짜 맥이 배신할 줄은 몰랐다. 당신이 너무 구박한 거 아니야?"

"너는 입 닥치고 있어."

눈을 희번덕거리며 저를 노려보는 브루스 앞에서 에이지는 웃긴 꼴을 다 본다는 듯 낄낄거리며 웃었다.

"내가 댁이 닥치란다고 닥칠 위인이야? 게다가 입 다물었다가 주인님들이 아시는 날에는 댁 목뿐만이 아니라 내 목까지 베일 텐데 내가 댁이 뭐가 예쁘다고 입을 다물어 줘? 그러니까 내놔."

에이지가 손을 까딱거리자 브루스는 이를 갈며 서랍을 열었다. 서랍에서 주머니를 꺼내 든 브루스는 그것을 신경질적으로 던졌고 에이지는 잡아챈 즉시 열어 보고는 만족스레 웃었다.

"오. 꽤 괜찮네. 알았어, 당분간은 입 다물어 줄게. 하지만 당분간이야, 당분간."

"짜증나는 새끼! 강조하지 마."

"바쁘신 주인님들께서 남부 대륙에 신경 쓰시는 건 나도 바라지 않아. 주인님들께 도움을 요청하는 건 가장 최후의 방책이라고."

"마찬가지다."

"일단 맥이 사라졌으니 다른 첩자가 있지 않은 이상 카마트로스에게 들어가는 최신 정보는 막혔다고 볼 수 있겠네. 또 다른 첩자가 있지 않은 이상 카마트로스의 활동이 주춤하지 않겠어? 최대한 빨리 전체적으로 아지트 위치를 바꾸는 게 좋을 거야. 주인님들께서 줄어드는 수익에 이상함을 느끼시기 전에 하루빨리 복구해."

"나도 알아, 인마."

투덜대는 브루스를 훔쳐본 에이지가 입을 손으로 막고 풋 하고 웃었다.

"그런데 이번 경매에서 팔아먹을 예정이던 드워프는 어쨌어?"

"몰라. 카마트로스 놈들이 데려간 모양이야, 젠장. 이번이 주인님들께 더 잘 보일 기회였는데 자식이 아무리 고문을 해도 악마의 파편과 판데모니엄에 대해서는 모른다고 떽떽거리니……."

되는 일이 하나도 없었다. 브루스는 제 짧은 머리카락을 움켜쥐고 책상에 머리를 박았다.

"반 미친 드워프를 곱게 살려 보내기는 찜찜하고 죽이는 건 또 아까워서 돈벌이나 좀 해 보려고 내다 팔려 했더니 일이 꼬이네. 그냥 죽일 걸 그랬나."

"이종족에 대해서 그렇게 독단적으로 굴다가 주인님들께 발각되면 큰일 날 텐데? 대체 손을 왜 자른 거야? 드워프의 가치 모르냐? 주인님들이 화를 내실 텐데."

"이게 보통 큰 기회야? 쩝. 손 자른다고 협박하면 아는 걸 다 불 줄 알았지. 미친놈이 눈 까뒤집더니 내 얼굴에 침을 뱉지 뭐야. 빡쳐서 나도 모르게 진짜로 손을 잘라 버렸어."

"그래서 팔려 올 때부터 손이 잘려 있었던 데다가, 제정신이 아

니라서 고문을 해도 정보를 얻어 낼 수 없어 그냥 팔았다고 보고
한 거냐? 쯧쯧."

"이 새끼, 내 보고서를 본 거냐?"

"내 손에 안 들어오는 정보가 어디 있어? 특히 블랙폭시 안에서."

에이지가 능글맞게 웃자 브루스가 변명을 하지 못하고 인상을
팍 찌푸렸다.

"새꺄. 너는 입 다물어라, 응?"

"대가는 있어야지. 맥과는 별개로."

아까 막대한 액수의 돈을 받아 챙기고도 에이지가 손을 또다시
내밀자 브루스는 짜증스레 혀를 찼다.

"하여간 징그러운 돈벌레 자식."

"닥쳐. 정보 모으는 데 돈이 한두 푼 들어가는 줄 알아? 댁은
그냥 납치해서 팔면 된다지만 나는 지속적인 정보 공급원이 필요
하단 말이야. 킥킥."

에이지가 개구지게 웃었다. 그 웃음은 맑아서 다른 의도는 전
혀 없어 보였다. 그랬기에 때 묻지 않은 소년다운 웃음 속에 숨
겨진 독을 알아채지 못한 브루스는 구시렁대며 다른 서랍에서 두
툼한 주머니를 꺼내 들 뿐이었다.

ー노예상 편(2) 終

10. 남부 대륙 편

10. 남부 대륙 편

학술원은 사계절을 모두 보낸 후 학년을 마치는 것에 의의를 두기 때문에 1학기의 종업식은 수수하게 치러지곤 했다.

그리고 종업식 날, 한 학기 내내 모습을 비추지 않았던 하인리히 학장은 바쁘다는 이유로 연사를 할 때만 잠시 얼굴만 비추고 사라졌다.

하인리히.

마나의 저주를 연구하는 헤레이스의 큰 외조부이자, 광기 어린 대마법사였던 라랏슈아 엘 마르디알의 스승.

"그곳에서 널 부르면 찾아와."

그리고 노예 경매장에서 아르하드가 건넨 종이에 쓰여 있던 장소, 학술원 내 회색 마탑의 주인.

아르하드와 연관되어 있다면 하인리히는 결코 허허거리는 평범한 노인네가 아닐 것이다. 범상치 않은 하인리히의 행적은 이아나가 그와 정식으로 대면할 날을 기대하게 만들었다.

연사 후에는 각 학부의 학년 수석에게 학업상이 수여되었는데 이아나도 수석 중 한 명으로서 단상 위에 올랐다. 전공 모두 최상위권에 속해 전 과목에서 성적 A를 받은 이아나는 검술학부 1학년 수석이었다.

아직 한 학기밖에 지나지 않았고 학생부에 기재되는 등수는 학년 말에 가려지지만 악명 높은 학술원에서는 보기 힘든 독보적인 성적에 학생들의 가슴속에 찌꺼기처럼 찝찝하게 남아 있던 근거 없는 의혹들이 썰물처럼 사라졌다.

인간의 감정이 하나로 통일될 수는 없는 법이다. 이아나에 대한 감정은 제각각이었다. 하지만 그것이 질투든, 못마땅함이든, 호기심이든, 호감이든, 경외든 관계없이 학생들은 그녀의 실력을 대부분 인정했다. 저학년 검술대회 우승자라는 타이틀에, 열여섯 살의 어린 나이에 마나를 제어한다는 놀라운 사실에 더해서, 한 학기 수석까지 차지했으니 인정하지 않을 수 없었다.

그들은 이제 검술학부의 홍일점이자 뛰어난 실력자 이아나의 존재를 완전히 납득하고 배경과 소문이 아닌 이아나 그 자체를 받아들이기 시작했다.

출생배경은 좋지 않으나 더러운 소문과 최악의 평판에 휘둘리지 않고 소신껏 행동하는 훌륭한 여성 귀족이며, 뛰어난 실력자에 노력파이고, 냉철하고 오만한 성품이나 행동거지에 흠이 없고 훌륭하다.

이것이 이아나를 평하는 문장이었다.

사람은 마땅히 해야 하지만 잘 해낼 수 없는 일을 하는 이에게 박수를 보내는 법이다. 그 무서운 블랙폭시의 조직원들이 여관의 주인들에게 행패 부리는 것을 거리낌 없이 응징해서 쫓아냈다든가, 신입생 검술대회에 나오기 싫어 벌인 수작인 줄 알았거늘 정말로 한 아이를 구하기 위해 미노타우루스의 돌진을 막았다가 두 팔이 부러져 검사의 생명을 잃을 뻔했다든가, 공작의 마차에 뛰어든 아이를 구했다든가…… 학술원의 붉은 여검사에 대한 소문들은 이아나의 평판을 더욱 드높이는 계기가 되었다.

나쁜 소문에 휘둘려 입방아를 찧어 댔던 게 언제냐는 듯이 학생들은 이아나의 얘기만 나오면 '대단하긴 하지?'라는 말을 시작으로 칭찬을 했다. 이아나와 말 한번 나누어 본 적이 없는 이들도 편견을 탈피하여 호감을 가지기 시작했다.

이아나는 그런 분위기 속에서 학술원의 1학기를 마무리 지었고, 학술원의 첫 방학을 맞이했다.

학술원생들은 방학 때 집으로 돌아갈 수도 있고, 학술원에 머무르면서 계절학기 수업을 들을 수도 있고, 따로 공부를 하면서 자기계발을 하거나 일을 해서 돈을 벌 수도 있다.

에이지는 생업 때문에 바쁘다며 방학 동안 못 볼 것이라는 말과 함께 어디론가 홀라당 사라져 버렸고, 헤레이스는 저택으로 귀환해서 아버지와 츠레비스의 옆에서 함께 수련을 해야 한다며 어두운 표정을 지었다.

타로는 작별인사마저 차가운 라랏슈아의 태도에 어깨를 축 늘어뜨린 채 고향으로 향했고, 라랏슈아는 학술원의 탑에 틀어박혀 중요한 마법 연구를 한다고 했다.

리키젠은 공부벌레답게 계절학기 수업으로 시간표를 꽉 채웠고 프리실라는 제가 제작한 소품이 선풍적인 인기를 끌고 있다며 유명한 마담의 의상실에서 일한다고 했다. 또한 1학기 내내 구상해서 가봉해 두었던 이아나의 옷을 다가오는 시월의 학술제를 위해서 완성할 예정이라고 눈을 반짝였다.

이아나는 성적과 방학 동안의 일정을 묻는 사라체의 편지에 학년 수석으로 학기를 마쳤으며, 방학에는 상행을 따라다니며 경험을 쌓을 것이라고 대충 답장했다.

"후우."

이아나는 목에 맺힌 땀을 슥 닦아 냈다. 뜨거운 빛이 쨍쨍 내리쬐는 여름이 되자 사람들의 옷이 많이 얇아졌다. 옷깃이 세워진 민소매 셔츠와 가벼운 재질의 바지를 입은 이아나도 예외는 아니었다.

옷가지와 필수품을 챙긴 가방을 등에 메고 길쭉한 레이피어까지 허리에 동여맨 이아나는 여행자용 부츠를 신은 발을 빠르게 놀렸다. 그녀는 지금 파엘라 상단의 건물로 가고 있는 중이었다.

"이아나 양, 잘 오셨습니다."

상행물품을 점검하고 있던 무르시가 이아나를 반갑게 맞이하며 안으로 들었다. 며칠 후에 먼 길을 떠날 예정인 파엘라 상단은 이번 상행물품인 사치품 외에도 식량이나 생필품을 챙기는 등 준비가 한창이었다.

"첸델프는 어디에 있습니까?"

무르시와 함께 상단의 이 층으로 향하는 이아나를 알아본 직원들은 정중히 인사했고, 이아나를 처음 보는 직원들은 웬 어린 여자가 이곳에 있나 싶어 고개를 갸웃거렸다. 무르시는 옆에 있는 여자의 정체를 묻는 사람들을 멀찍이 물리고 난 후 이아나의 물음에 조용히 답했다.

"지금 방에 핀과 함께 있습니다."

"핀에게 고마울 따름입니다."

첸델프는 손이 없으니 매사에 수발을 들어 줄 사람이 필요했다. 간병인 정도야 돈을 주면 얼마든지 구할 수 있지만, 첸델프가 드워프라는 특수성을 고려했을 때 외부인을 쓰는 건 불가능했다. 내부인도 함부로 쓸 수 없었다. 정말 입이 무겁고 믿을 수 있는 인물이어야 했다. 무르시는 심사숙고해서 고른 간부 하나를 업무에서 떼어 내 첸델프를 돌보게 하려 했다.

그때, 핀이 나서서 첸델프를 돌보겠다고 고집을 부렸다. 조숙한 핀이지만 정말 갖고 싶은 물건이 있거나 하고 싶은 일이 있을 때는 원래 나이대의 아이처럼 떼를 쓰곤 했다.

아이에게는 아주 힘든 일이지만 무르시는 핀의 마음을 기특히 여기며 허락했다. 그래서 한 달 동안 핀은 첸델프에게 껌딱지처럼 붙어 있었다. 첸델프에게 밥도 떠먹여 주고 화장실도 데리고 가 주고 어깨도 주물러 주는 등 불평 한번 않고 첸델프를 즐겁게 돌보았다. 핀이 불러낸 정령들은 첸델프를 보살피는 일을 많이 거들어 주었다.

이종족의 아이가 만들어 내는 편안한 분위기에 첸델프는 서서

히 안정을 되찾았다. 핀이 첸델프에게 이야기를 해 달라고 조르
자 첸델프는 추억을 더듬어 카란켈 산맥의 신비한 전설이나 드워
프들의 이야기를 들려주었다. 핀은 흥미진진한 이야기에 행복해했
다. 둘은 피가 이어진 조손처럼 극도로 친해져 있었다.

쿠르릉.

무르시가 한쪽 벽 전체를 차지하고 있는 책장의 앞에서 특정한
책들을 뽑고 꽂는 등 분주하게 움직인 지 얼마 지나지 않아 서재
가 부드럽게 양옆으로 젖혀졌다. 이아나는 은밀한 속을 드러낸
비밀통로 안으로 쓱 들어갔다.

무르시에게는 적이 많다. 그만큼 많은 대비를 해 두고 있지만
만일의 경우를 대비해 설계된 탈출용 통로가 바로 이곳이었다.

통로는 아주 복잡하게 얽혀 있었다. 여러 갈래로 나뉘지는 지
점이 십여 군데가 넘었고, 꽉 막혀 있는 길도 있었다. 그도 모자
라 통로 전체에 부여된 환각 마법은 생물의 거리 감각과 방향 감
각을 둔화시켰다.

벽에는 엄청난 강화 마법이 걸려 있어 벽을 강제로 부수고 탈출
하는 건 불가능에 가깝다. 또 위험한 트랩이 통로 곳곳에 산더미
처럼 깔려 있어 한눈을 팔았다가는 그대로 저세상행이었다.

무르시가 공들여서 제작한 비밀 통로. 아무것도 모르고 이 통
로에 들어왔다가는 헤매기만 하다가 시체가 될 터였다.

터벅터벅.

한 사람의 발걸음 소리가 공기를 울렸다. 어둠 속에서 어른거
리는 등잔의 불빛이 그 사람의 그림자를 뒤쪽으로 그려 냈다.

이아나는 혼자 걷고 있었다. 길을 모두 꿰뚫고 있는 무르시가

일이 바빠 따라오지 않았지만 상관없었다. 무르시가 길을 모두 가르쳐 준 데다 그간 종종 와 본 이아나에게 이 길은 익숙했다.

걷고 걷다가 나선형의 긴 계단을 내려간 지 얼마 지나지 않아 어떤 방문에 도달할 수 있었다. 이아나는 문을 망설임 없이 벌컥 열었다.

"이아나!"

"누나!"

나란히 앉아 책을 읽고 있던 첸델프와 핀이 문을 열고 들어온 이아나를 보고 반색을 하며 벌떡 일어섰다.

첸델프가 머물고 있는 방은 음습한 분위기를 풍기는 통로와는 다르게 베이지색의 고급 깃털 소파, 연노랑색의 벽지 등 부드러운 색으로 가득 차 따뜻한 분위기를 띠었다.

무르시가 과도한 업무에 지칠 때마다 찾아와 휴식을 취하는 이곳은 바깥의 상쾌한 공기가 출입하는 통풍장치가 한쪽에 설치되어 있어 지하인데도 답답하지 않았다.

지친 마음을 달래 주는 허브 향이 공기 중에 은은히 감돌았다. 한 벽을 통째로 차지하는 책장에는 가볍게 읽을 수 있는 책들이 즐비했다. 이곳에서 한 달간 핀의 보살핌과 함께 마음 놓고 휴식을 취한 첸델프는 경계심을 누그러뜨리고 많이 밝아진 상태였다.

"첸델프, 며칠 뒤에 출발합니다. 그리고 오늘은 당신을 만난 지 딱 한 달이 되었지요……."

"……!"

이아나가 말꼬리를 늘리자 첸델프의 심장은 기대와 흥분으로 쿵덕쿵덕 뛰어 대기 시작했다. 침을 꿀꺽 삼킨 그는 이아나의 다음 말을 기다렸다.

"손을 고치도록 하죠."

"으, 으흐흐흐흠! 그런데 어떻게? 내가 뭘 해야 하는 거냐? 응?"

첸델프는 얼굴이 벌게진 채 어찌할 바를 몰라 하며 허둥댔다. 이아나는 화분 하나와 물이 들어 있는 물 조리개 하나를 가져온 핀에게 고개를 끄덕였다.

"핀, 부탁한다."

"네!"

핀이 화분의 흙을 바닥에 조금 털어 낸 후 흙의 정령을 불러냈고, 물 조리개 안의 물을 허공에 흩뿌려 주변을 촉촉하게 만든 후 물의 정령을 불러냈다.

호기심 많은 핀은 실험으로 정령을 불러내는 데에는 매개체로 물 한 방울과 흙 한 줌만 있으면 된다는 것을 알아냈다. 굳이 밖으로 나갈 필요가 없었다.

"정령?"

첸델프가 영문을 모르겠다는 눈으로 파삭거리는 작은 흙더미와 허공에 둥둥 떠다니는 물방울을 보았다.

"정령을 알고 계십니까?"

"물론. 우리도 토우 님과 카고마인 님의 은혜를 받고 있다. 토우 님의 질 좋은 금속과 카고마인 님의 뜨거운 불은 우리의 생활에 엄청난 도움이 되고 있지."

"토우? 카고마인?"

생소한 이름에 이아나가 의아한 표정을 짓자 드워프가 고개를 갸웃했다.

"모르는 게냐? 남부 카란켈 바위산맥의 흙의 토우, 서부 기로하이 모래사막의 불의 카고마인, 북부 히마라페 빙원의 물의 이니스, 동부 샤우부 대삼림의 바람의 시웨아. 각각 사대오지에서 추앙받는 정령왕들의 이름이다."

오지에는 이종족들이 살아가고 있고, 오지의 비밀은 수없이 많은 세월이 흐른 지금까지도 밝혀진 게 거의 없다. 이아나는 흙 인형과 물고기를 떠올렸다.

[이름? 물고기랑 흙 인형도 괜찮은데? 히히히. 우리끼리 부르는 이름들은 있어. 난 촐싹이, 앤 느림보, 바람의 정령은 내숭이, 불의 정령은 다혈질이지만…… 음, 사실, 우린 네가 불러 줬으면 하는 이름이…….]

예전에 물고기가 역소환되기 전 했던 말도 떠올렸다. 불러 줬으면 하는 이름이 있다고 했던가. 물고기가 말했던 이름들은 이 이름들인 걸까?

"그런데 정령의 힘으로 무엇을 하려고? 나도 정령은 불러낼 수 있는데."

첸델프가 미심쩍다는 눈으로 바스라거리는 흙을 쳐다보자 이아나가 정신을 차리고 흙더미와 물방울로 다가가 손을 가져다 댔다.

꿀렁꿀렁 파고드는 기이한 감각과 아무것도 없던 허공에서 점점이 생겨나는 흙과 물방울들. 그리고 그것들이 한곳에 응축되어 만들어지는 작은 형상은 언제 봐도 신비롭고 기이하다.

"뭐, 뭐냐 이게!"

아무리 신기하다 해도 몇 번이나 본 이아나와 핀은 익숙해져 무덤덤한 얼굴인 것과는 달리 첸델프는 놀라서 고함을 질렀다.

[음? 드워프로군.]

[정말이네! 드워프가 왜 여기 있어?]

소환 후 정신을 차린 물고기와 흙 인형이 이아나에게 달려들다 말고 첸델프를 보았다. 첸델프는 그들의 존재감에 흠칫해서 뒤로 물러났다.

몸집은 작지만 그들이 풍기는 느낌은 여태껏 봐 온 정령들과는 차원이 달랐다. 더 강력하고 더 위압적이었다. 작고 앙증맞은 모습임에도 그들의 시선을 받자마자 절로 주눅이 드는 기분에 첸델프는 움츠러들었다.

"토우와 이니스?"

이아나가 부르자 드워프를 흥미로운 눈초리로 보던 물고기와 흙 인형이 몸을 흠칫 떨었다. 이내 물고기가 기쁨이 가득한 목소리로 악― 하고 소리를 질렀다.

[그 이름을 알아? 어떻게 알아? 그 이름으로 우릴 부르는 이들은 이제 거의 없는데!]

"너희들에게 정해진 이름은 없다고 들은 것 같은데 잘못 들은 건가……."

[그 말대로 우리에게 정해진 이름은 없다. 우리는 모든 정령들의 집합체이니 정령들이 가진 모든 이름이 우리의 이름이다.]

"그렇구나. 그런데 부르는 이가 거의 없다니? 첸델프, 아, 드워프의 말에 의하면 그 이름으로 추앙받고 있다던데."

[아무 정령에나 대고 그 이름을 부르지는 않지. 현 세계에 살아가는 이들 중에 우리를 불러낼 수 있는 이는 거의 없었으니 그 이름은 신적으로 추앙받을 뿐 불릴 일은 없었다…….]

흙 인형이 천천히 고개를 끄덕였다.

"그렇다면 너희를 이제부터 이니스와 토우라고 부르겠어. 안 그래도 물고기와 흙 인형이라고 부르기가 좀 그랬는데……."

물고기, 이니스의 몸이 퍼엉 하고 터졌고 흙 인형, 토우의 몸이 먼지가 되어 폭삭 가라앉았다.

황망한 표정으로 그들을 바라보고 있던 첸델프는 화들짝 놀랐다. 하지만 그것이 기쁨을 표현하는 방식이라는 것을 알기에 이아나는 입가에 옅은 미소를 띠었다.

[웅…… 웅! 좋아, 너무 좋아! 아아!]

다시 몸이 만들어진 이니스가 신이 나서 이아나의 주변을 핑글핑글 돌았다. 다시 몸을 딱딱하게 만들어 낸 토우도 팔을 뻗으며 이아나에게 비틀비틀 걸어갔다.

"저, 정말 토우 님……? 토우 님의 현신인가? 과, 과연 느낌이…… 하지만 마을의 조각상의 모습과는 너무나 다르신……."

긴장한 첸델프의 혼잣말을 듣고 잠시 몸을 멈춰 세운 토우는 첸델프를 돌아보았다.

[드워프여, 이것은 내 본모습이 아니다. 이곳에 오래 머무르기 위해 이 모습을 택한 것일 뿐.]

토우가 근엄한 목소리로 무시하지 말라는 듯 팔을 파닥거리다가 다시 이아나에게 후다닥 달려가 몸을 추욱 기대자 첸델프의 표정이 어색해졌다. 제 마을 중심에 세워진 토우의 거대한 석상은 압박감과 위엄이 넘쳐흘렀는데 지금 눈앞의 정령왕은 차원이 다르게 귀여웠다.

"미안하지만 너희들에게 또 부탁이 있는데."

[미안해하지 마. 그대의 부탁을 들어주는 것은 곧 우리의 기쁨이다. 부탁이 있다면 얼마든지 해 다오.]

[맞아, 맞아. 뭔데?]

이아나는 첸델프에게 다가오라 손짓했고 첸델프는 주춤거리며 다가와 정령왕들이 보는 앞에서 잘려 나간 팔을 내밀었다. 팔은 이리저리 요동치고 있었는데, 신적인 존재들과 직접 마주하고 있자니 오금이 저리고 사지가 덜덜 떨렸다.

하지만 첸델프는 긴장하면서도 기대감으로 어쩔 줄을 몰라 했다. 첸델프는 잘려 나간 두 팔을 복잡한 표정으로 쳐다보다가 눈을 질끈 감았다. 몇 개월간 숨조차 제대로 쉴 수 없게 목을 조여오던 생지옥은 정말로 끝날지도 모른다. 앞에서 제 팔을 요리조리 살피고 있는 작은 존재들은 상식과 통념을 넘어서서 전설로 추앙받는 이들이었다. 펄떡펄떡 뛰어대는 심장이 첸델프의 숨을 거칠게 만들었다.

[흠. 잔인한데. 미치지 않은 게 용하다. 어떤 놈이 드워프가 목숨보다 더 소중히 여기는 손을 자른 거야?]

[이건 이아나 그대의 경우랑 조금 다르다. 그대는 그래도 뼛조각이 흩어지고 금이 간 걸 제외하면 거의 모든 구성성분이 있어 괜찮았지만…… 이 드워프의 경우에는 두 손이 손목부터 통째로 잘려 나가서 뼈, 근육, 혈맥, 피 등 몸의 구성요소를 다시 만들어 내야 해. 만들어 내는 건 가능하지만 신력이 많이 필요하다. 그리고 그대에게 말해 줄 것이 있다.]

토우가 이니스를 보았다. 늘 촐랑거리던 이니스가 네가 말하라는 듯 말없이 꼬리를 참방하자 토우는 고개를 끄덕였다.

[내가 저번 소환 때 고여 있는 신력량이 비약적으로 늘었다는 이야기를

했을 것이다. 그리고 오늘 새어 나온 양이 그대가 출랑이 녀석을 처음 불러 냈을 때의 두 배 정도 된다.]

"그 말은……."

[우리가 머무를 수 있는 시간이 늘어났다는 말이지. 아마 이제 보름에 한 번은 부를 수 있을 거다.]

전에 벽의 틈이 벌어졌다더니 신력의 양도 그만큼 많이 새어나 온 모양이다. 이아나는 제 심장 부근을 쓰다듬으며 말했다.

"혹시 전에 말했던 봉인을 설명해 줄 수 있는 시간이 될까?"

[그러지. 별로 힘이 드는 것도 아니고 오래 걸리는 건 아니니까. 봉인을 설명하는 김에 신력의 나머지 성질도 설명해 주겠다. 예전에 설명했듯 신력 에는 생명의 성질도 있지만 힘의 성질도 있다. 신력이 강화, 강기, 권능, 봉 인 이 네 가지 이능을 발현하는 데 쓰이기 때문에 힘의 성질을 가졌다고 말한다. 마도시대에서 통용되는 단어도 있지. 바로 강화와 강기다.]

"그렇군, 알고 있어. 우선 강화는 이건가?"

이아나는 마나를 손에 주입해 손을 강화했다.

[그래. 강화強化란 신력을 주입해 물체 자체의 성질을 강화하는 기술. 육 체의 한계를 넘을 정도로 과하게 사용하면 과부하라는 부작용이 있다.]

"그렇지."

다음에 이아나는 검에는 검기를 만들어 내었다. 검 주변에서 뿌연 마나가 농밀하게 밀집하여 기세를 뿜어냈다.

[강기剛氣는 그대가 만든 검기처럼 어떤 물건에 신력을 덧씌우는 기술을 말한다. 단순히 신력을 뭉치는 기술이지만 형태를 어떻게 만드느냐, 양을 얼마나 하느냐, 어떻게 상대를 공격하느냐에 따라 천차만별이다. 강화와 강 기는 신력을 소모하지 않는다. 마도시대에서도 쓰이는 기술이지.]

마나인지 신력인지만 다를 뿐 사용방법은 같았다.

[세 번째로 권능權能. 권능에 대해서는 전에 설명해 주었지. 권능은 신의 고유한 능력. 혼돈의 조각을 매개체로 신력을 소모해야 사용할 수 있다. 어이, 촐랑이. 몸이 근질근질한 것 같은데 조금 시범을 보여 봐라.]

[좋아!]

입이 근질근질한 듯 왔다 갔다 하던 이니스가 몸을 통겼다. 이니스는 이아나의 앞에 조그마한 물의 소용돌이를 만들어 냈다. 물의 소용돌이는 휘몰아쳤다가 흩어졌다가 바닥으로 쏟아졌다가 핀의 얼굴에 던져지기도 했다. 마지막에는 사라졌다.

[이니스는 물, 나는 흙에 대한 모든 것을 관장할 수 있다. 조종은 물론 생성과 소멸도 할 수 있어. 이것은 우리의 권능이다. 권능은 영혼에 의해 결정되고, 심장에 각인되어 신력만 있으면 심장을 매개체로 해서 언제든지 사용할 수 있다. 마지막으로 그대가 궁금해하던 봉인封印······. 이건 신력을 완벽하게 제어할 수만 있다면 누구든지 쓸 수 있는 기술이다. 이걸 잘 봐라.]

토우는 바닥에 떨어져 있던 잎사귀를 가리켰다. 토우에게서 갈색의 신력이 뿜어져 나오더니 잎사귀를 완전히 감쌌다. 그러더니 그 빛은 주변에 있던 책 한 권에 닿더니 사라졌다. 잎사귀가 또한 사라졌다.

[완전히 자기의 지배 하에 놓인 신력으로 어떤 대상을 바깥과 완전히 격리해 어떤 물체에 부여한다. 방금 책에 나뭇잎을 봉인했다. 이제 해제해 보지.]

토우가 책에 팔을 뻗었다. 그러자 아까 사라졌던 갈색 빛이 책에서 나타나더니 토우에게 다시 회수되었다. 그리고 책 위에는 나뭇잎이 얹어져 있었다.

[봉인의 안쪽은 바깥과 시공간이 단절된다. 신력의 주인 외에는 볼 수도

해제할 수도 없는 기술이 바로 봉인. 봉인이 풀리면 신력을 다시 돌려받게 되니 신력이 소모되지 않지. 하지만 시전자보다 더 강인한 자아를 가지고 있을 경우 집중하면 보는 것도, 봉인을 해제하는 것도 가능하다. 그리고 시전자가 죽으면 봉인은 풀려.]

이아나는 이상한 표정으로 되물었다.

"그럼 내 심장은?"

[그대의 심장은 아무런 문제가 없어. 인간과 같지. 다만…… 신력이 심장 안에 뭉쳐 있고 나는 그것을 어렴풋하게 느낄 수 있지만, 심장은 각자의 영혼에 각인되어 보호받고 있는 영역이기 때문에 내가 그 안에 파고들 수는 없다. 하지만 정령계는 영계에 걸쳐져 있기 때문에 분명 볼 수는 있어야 하는데 그대의 경우엔 볼 수도 없다. 마치 벽에 막힌 것처럼……. 그래서 봉인 같다고 말한 거다. 확실하지는 않지만 가장 그럴듯한 가정이라고 생각한다. 그리고 만일 이게 정말 봉인이라면 그 안의 신력이 조금씩 새어 나오고, 또 우리가 심장 안의 신력을 어렴풋하게나마 느낄 수 있는 건 봉인에 틈이 있어서일지도…….]

이아나는 라오스를 떠올렸다. 만약 신이 남아 있다면, 남아 있을 신은 라오스밖에 없었다.

"만약 봉인이라면 혹시 라오스일까?"

[아니다. 라오스와 우리의 영혼은 비슷한 급의 자아를 가지고 있어 라오스의 봉인을 느낄 수 있는데…… 라오스의 느낌은 전혀 나지 않아. 그대의 심장 안에 있는 벽은 라오스의 것이 아니야.]

토우가 단호하게 고개를 저었다.

[벽에서는 그대의 기운만 느껴질 뿐, 그 외의 느낌은 나지 않아. 그래서 봉인이 맞는지 헷갈린다.]

"그런가……."

만일 라오스의 봉인이었다면 라오스가 현재 살아 있는 게 확실했을 테지만 라오스의 것이 아니라니 그의 생존 여부가 다시 모호해졌다.

[아무튼 거기서 신력이 조금씩 새어 나오고 있다. 그대의 심장 안에서 신력이 만들어지는 건지, 단지 신력이 저장되어 있는 건지는 알 수 없다.]

자신은 인간이니 신력이 만들어지고 있을 리 없었다.

[아직 남아 있는 신력이 많은 것 같긴 한데 끝이 언제 올지는 정확히 몰라. 우리를 불러 주는 건 아주 기쁘지만…….]

이니스가 말끝을 흐리며 불안한 듯 몸을 튕겼다.

신력을 모두 소모하면 생물은 죽는다. 신력 남용을 지양해야 한다는 뜻이다.

"그 부분에 대해선 걱정 마."

정령을 부를 때마다 생명이 줄어든다는 점에 대해서는 이미 한 번 고민해 본 적이 있지만, 길게 고민할 것도 없이 생명보다는 제 의문을 푸는 방향에 더 무게를 두었다.

이미 살아 본 삶이다. 의문을 해결하지 못한 채 길게 살다가 후회하며 죽는 것보다는 짧게 살더라도 모든 의문을 해결하고 후회하지 않으며 죽는 게 자신다웠다.

"나는 너희를 부르고 싶으니까."

[으아아, 나 이아나 너무 좋아!]

이아나의 말이 끝나자마자 기쁨의 비명을 지른 이니스가 이아나의 뺨을 제 몸으로 요란하게 치댔다. 토우는 고개를 끄덕거렸다.

[걱정되긴 하지만 기쁜 말이다.]

[그런데 말이야, 이아나!]

이니스가 다가와 꼬리를 파닥거렸다.

[우리를 편하게 생각해 주지 않을래? 핀처럼.]

"핀처럼?"

[우린 너랑 정말 친하게 지내고 싶은데…… 네게선 항상 경계심이 느껴져. 하지만 네가 핀을 대할 땐 경계심이 전혀 느껴지지 않거든. 핀에게만 말투가 부드러운 것도 그 때문일 거야. 우린 그게 너무 부러워. 그치?]

[으음.]

[우린 언제나 네 편이야. 그러니까…… 응?]

그랬던가. 확실히, 경계할 필요가 없는 아이에게는 그랬던 것 같기도. 이아나는 잠시 고민하다가 고개를 끄덕였다.

"노력해 볼게."

[꺄악!]

이아나가 말투를 부드럽게 하자 이니스가 팔짝 뛰었다.

[잘했다, 촐랑이! 자, 이제 시간이 없으니 시작하자. 준비해 온 신성시대의 이야기는 많지만 그대의 부탁대로 남은 신력을 드워프의 팔을 만들어 내는 데에 쓰도록 하겠다.]

이아나는 첸델프를 돌아보았다. 멍하니 이야기를 듣고 있던 첸델프는 자신에 대한 주제로 돌아오자 화들짝 놀랐다. 그의 얼굴이 흥분으로 벌겋게 달아올랐다.

정령들은 이아나에게 인사했다.

[그럼, 이아나. 다음에 보자.]

[얍!]

토우와 이니스의 몸이 물과 흙으로 산산이 부서지더니 섞여들었다. 세찬 소용돌이처럼 공간을 가르고 첸델프가 내밀고 있는 두 손목으로 쏟아졌다.

"……!"

그리고 그때부터 첸델프의 손에서 벌어지는 현상은, 창조주의 권능을 엿보는 듯한 배덕감과 경외감을 보고 있는 이들 모두의 심장에 심었다. 그만치 신비롭되 불가사의한 광경이었다.

"아……."

첸델프는 멍하니 입을 벌렸다. 잘린 채로 아물어 버린 두 손목의 살이 쿨렁거리더니 실타래 풀리듯 풀어졌다. 뭉툭하게 잘려 나간 뼈에서부터 얼어붙는 고드름처럼 새로운 뼈가 생겨나더니 손뼈를 포함해 손가락뼈 마디 하나하나가 만들어졌다.

탄탄하고 질긴 선홍색의 근육이 자라나 뼈를 감쌈과 동시에 쭉 잡아당겨진 혈맥이 식물이 뿌리를 내리듯 근육 곳곳을 파고들었다. 심장의 박동에 맞추어 혈맥이 피를 흘려보내기 시작하자 근육이 피에 흐르는 생명력을 느끼고 움찔거렸다.

그 위로 거칠거칠한 드워프의 피부가 덮였다. 손가락 끝에 분홍빛 손톱이 만들어지고 심장이 쿵쿵 뛸 때마다 꿈틀거리는 근육의 움직임에 따라 얇고 굵은 손금과 피부의 결이 그물처럼 생겨났다. 마침내 손의 완성을 알리듯, 심장이 강하게 피를 뿜어내는 순간 첸델프의 주먹이 꽉 쥐어졌다.

이를 끝으로 토우와 이니스는 흔적도 없이 사라졌다.

"……."

첸델프는 꿈을 꾸는 사람처럼 멍하니 서서 그 광경을 보고만 있다가 퍼뜩 정신을 차리고 원래 있었던 것처럼 다소곳하게 붙어 있는 제 손을 내려다보았다. 숨이 거칠어졌다. 믿을 수 없다는 표정의 그는 덜덜 떨면서 다시 생긴 제 손을 움켜쥐어도 보고, 잡아당겨도 보고, 손가락 하나하나를 꿈지럭거려도 보았다.

정말 두 손이 다시 생겨났다. 예전과 다를 바 없는 모습으로.

"⋯⋯으흑."

첸델프의 눈가가 일그러지고 흰 눈자위가 벌겋게 충혈되었다. 어깨를 들썩이며 숨을 거칠게 내쉬던 첸델프는 결국 참지 못하고 큰 소리로 울음을 터뜨렸다.

"흐어엉."

제 두 손을 꼭 감싸 쥐고는 손 위로 굵은 눈물을 잔뜩 쏟아 냈다. 눈물에서는 이제껏 그를 괴롭혔던 통한과 절망, 그리고 심장에서 넘쳐흐르는 환희와 기쁨이 섞여 흘렀다.

"으흑, 흐흐흑. 어허허헝."

이아나와 핀은 그런 첸델프를 가만히 내버려 두었다.

"으아앙."

하지만 주먹을 꼭 쥐고 있던 핀은 이내 같이 울기 시작했다. 놀아 주긴 해도 항상 어딘가 축 처져 있던 첸델프를 떠올리고 다행이라며 엉엉 눈물을 터뜨렸다.

울음보가 터진 두 이종족 사이에서 이아나는 한숨을 내쉬고는 그들이 진정하기만을 기다렸다.

"이아나⋯⋯."

한참이나 제 손을 쓸어 보며 울던 첸델프는 눈물이 잠시 멎자 끅끅거리며 이아나를 보았다. 그리고 주춤주춤 다가와 앞에서 무릎을 털썩 꿇고 머리를 조아렸다.

"이 은혜, 절대로 잊지 않겠다. 너는 내 생명의 은인이다. 네 부탁이라면 뭐든 들어주겠어. 그, 그래!"

첸델프가 두 손으로 주먹을 꽉 쥐었다. 굵은 수염을 푸르르 떨었다. 드워프의 번들거리는 눈은 뜨거운 열망과 뿌리 깊은 각오로 광기마저 띠고 있었다.

"돌아가자마자 내 평생의 역작을 만들어 너에게 바치겠다!"

그것은 영혼에 새기는 약속이었다.

"괜찮습니다. 일어나세요."

이아나는 첸델프의 두 손을 잡고 일으켜 주었다. 첸델프는 구원자의 손을 잊지 않기 위해 있는 힘껏 움켜쥐었다.

"카란켈 바위산맥에 있는 무덤에 평생의 역작과 함께 묻히는 것이 드워프로서 최고의 마무리 아니었습니까? 저는 괜찮으니까……."

"나는 네가 아니었으면 가장 비참한 꼴로 죽을 운명이었어!"

첸델프는 새로 생겨난 손이 아직도 믿겨지지 않아 얼굴을 일그러뜨리며 눈물을 주룩 흘렸다. 콧물까지 흘려 대며 우는 첸델프의 얼굴은 희열을 주체하지 못하고 있었다.

"이 기분은 나 말고는 아무도 모를게야. 너는 내게 단순히 손을 준 게 아니야. 기적을 일으켜 주었어. 내게 꿈을 다시 돌려주었고, 미래를 주었고, 생명을 주었어."

입을 꾹 다문 첸델프는 눈물이 찰랑거리는 눈으로 이젠 조금 민망해하는 이아나를 직시했다.

"……지금에 와서 생각하는 거지만, 손을 잘리는 순간은 생각하고 싶지도 않지만, 어쩌면, 그건 너를 만나기 전에 내가 겪어야 할 최대의 시련이자 신이 안배한 운명이었을지도."

"그런 생각하지 마세요. 뭘 그리 거창하게……."

이아나가 다시 한 번 거절하려 했지만 첸델프가 다시 무릎을 털썩 꿇더니 새로 생겨난 손으로 이아나의 바지자락을 간절하게 잡아당겼다.

"거절하지 마라. 제발 받아 다오……! 내, 내 이 새로 생겨난 손으로 너를 위한 검을 만들고 싶다. 최고의 검을 만들어 너에게 바치고 싶다. 이게 이제 죽음을 대신할 내 평생의 소원이 될 거다!"

"……."

이아나는 머뭇거리다가 결국 고개를 끄덕였다. 도와주려고 마음먹은 동기가 조금 불순하기도 했고 드워프의 풍습도 알고 있어서 굳이 거절하려 했으나, 이렇게 주고 싶어 하는데 계속 거절하는 것도 예의가 아니었다.

이아나는 무릎을 구부리고 앉아 첸델프와 눈을 마주했다.

"만들어 주신다면 감사히 받겠습니다. 생각지도 못한 엄청난 선물을 받게 되겠군요."

이아나가 작게 미소 지으며 승낙하자 첸델프는 다시 한 번 코를 쿨찍거리며 눈물을 뚝뚝 흘렸다.

"고맙다…… 고맙다……."

세상에서 가장 귀중한 보물 다루듯 제 손을 감싸는 첸델프의 옆에서 핀이 종알댔다.

"할아버지, 장난감 만들어 주세요!"

예전에 손의 귀중함을 모르고 제 실력에 대한 오만으로 가득 찬 첸델프였다면 시끄럽다며 내 작품이 얼마나 귀한 건지 알고는 있냐며 호통을 쳤겠지만 지금은 아니었다. 뭔가를 만들 수 있다는 사실 하나만으로도 감사했다.

손이 새로 생겨나자마자 이제껏 억눌려 있던 장인으로서의 창작욕이 물씬 샘솟았다. 지금 당장이라도 조각칼과 나무토막을 손에 쥐고 싶었다.

"그래, 그래. 뭐든 만들어 주마."

첸델프는 상기된 표정으로 고개를 끄덕거렸다.

얼마 지나지 않아 급한 일을 마무리한 무르시가 방문을 열고 들어왔다. 그는 다시 생겨난 드워프의 손을 보고 화들짝 놀랐다. 하지만 이아나가 '예전에 제 손을 고쳐 주셨던 분이 왔다 가셨습니다.'라고 말하자 경탄을 숨기지 못하고 연신 감탄사를 남발했다.

"손을 고치는 것뿐만 아니라 만들어 낼 수도 있다니, 세상에는 숨어 있는 기인이 많다더니 그 말이 정말이군요."

무르시가 호들갑을 떨었다. 그를 물끄러미 쳐다보던 이아나는 그 존재가 사대오지에서 신으로 추앙받는 정령왕이라고 사실대로 말했다. 무르시는 믿을 수 있는 사람이었다.

무르시는 어안이 벙벙한 듯 잠시 맹하니 있다가 이내 얼떨떨한 표정으로 고개를 끄덕일 뿐 더 이상 의문을 표하지 않았다. 불신하기엔 이아나의 얼굴이 진지했고, 또 한낱 인간이 신의 영역이라 알려져 있는 신체 창조를 했다는 것보다 신적인 존재가 그리했다는 것이 더 신빙성 있었다.

묘하게 무덤덤한 무르시의 태도에 이아나는 만족했다. 무르시는 첸델프에게 축하의 인사를 건넸다.

"정말 잘됐습니다. 첸델프 님, 축하드립니다."

"무르시, 고맙다. 내 이 은혜는 잊지 않으마."

첸델프는 무르시를 향해 허리를 꾸벅 숙였다. 첸델프는 인간이 정말 끔찍하게 싫고 증오스러웠지만 이아나와 무르시는 예외였다.

"혹시 소도와 나무토막들을 가져다줄 수 있나? 핀에게 장난감을 만들어 주고 싶은데."

"와아아!"

핀이 웃으면서 양손을 번쩍 들고, 무르시는 기쁘게 고개를 끄덕였다.

"물론입니다. 지금 바로 가져다드리겠습니다. 그리고 이아나 양, 지금 정원에 상행 호위를 맡을 용병들이 모두 모여 있는데 인사라도 한번 하시는 게 어떻겠습니까? 상행이 길어질 테니 한가할 때 미리 얼굴을 익혀 두는 게 좋을 듯해서요."

"그리하겠습니다."

한 달 가까이 함께해야 할 사람들이니 인사를 하는 게 옳다. 첸델프와 핀을 뒤로하고 방을 나온 무르시와 이아나는 빠르게 발을 놀려 비밀통로에서도 빠져나왔다.

집무실을 나와 계단을 내려오면서 무르시가 용병들에 대해 간단하게 설명해 주었다.

"제 상단의 호위를 담당하는 이들은 이미 있습니다. 하지만 이들은 나서서 습격자들을 처리하지 않고 비전투원들을 보호하며 접근하는 자들만 처리합니다. 용병길드에서 고용한 용병들이 습격자들을 처리하지요. 아, 그런데. 이번에 구인공고를 냈을 때 이아나 양이 계신 학술원의 검술학부에서도 많이 신청을 했었습니다."

무르시가 빙긋 웃었다.

"소량의 사치품을 지키기 위해서는 소수의 실력자가 낫다고 생각해서 학생은 받지 않으려 했습니다만 학술원 내에서 평판이 아주 좋은 학생 한 명이 신청해서 그 학생만 받았습니다. 이아나 양도 아실 듯한데요."

이아나가 회의적인 표정으로 고개를 저었다.

"저는 인맥이 넓은 편이 아니라 모를지도……."

"제 지인이 말하기를 학술원에서 모르는 사람이 없다던데요? 무력에서든, 외적인 면이든."

그 말과 동시에 무르시가 문을 열었다. 건물을 나오자마자 여름의 햇살이 가득 쏟아져서 이아나가 미간을 좁혔다. 침침해진 눈을 몇 번 깜빡거린 이아나는 시력이 돌아오자 주위를 슥 둘러보았다. 많은 수의 사내들이 이아나와 무르시를 호기심 어린 눈으로 쳐다보고 있었다.

굵직굵직하게 생긴 사내들은 날카로운 기세를 풍기고 있는 것으로 보아 용병들 중에서도 수준급일 것으로 보인다. 이아나는 남자들을 슥 훑어보며 실력을 평가해 보다가 어느 한 남자에게 눈길이 멎는 순간, 눈을 크게 떴다.

왜…… 여기에?

"……아르하드 선배님?"

이아나의 작은 중얼거림을 들은 아르하드가 옅은 미소와 함께 그녀를 향해 고개를 숙였다. 이아나는 헛웃음을 지었다. 왜 자꾸 예상치도 못한 장소에 불쑥불쑥 나타나는가.

"아시는 분이지요?"

"아, 네. 잘 알고 있습니다. 인사를 좀 해도 되겠습니까?"

"물론입니다."

이아나가 성큼성큼 걸어가서 아르하드의 앞에 섰다.

"우연이네요. 선배님께서 이곳에서 일을 하실 줄은 몰랐습니다."

"네, 우연입니다."

우연일 리가 없다. 이아나는 속으로 부정했다.

'나 때문에 일부러 상행에 참가한 게 분명해.'

암흑가에서 블랙폭시와 대적하고 있는 카마트로스의 주인이 한낱 상단의 호위 아르바이트를 할 리가 없지 않은가? 무엇보다 저렇게 호감 넘치는 표정을 하고 저를 바라보고 있는데 어찌 이를 우연이라 칭할까? 이아나는 확신했다.

'나와 무엇을 하고 싶어서?'

이아나는 기분이 좋은 듯한 아르하드를 뾰족한 시선으로 훑어보았다. 그는 학술원에서 그녀를 계속 피했다. 이아나는 3년 안에 그의 성정에 커다란 변화가 있으리라 추측하고 뒤에서 그의 변화를 지켜보려 했었다. 그러나 한 달 전 카마트로스를 이끄는 아르하드를 보고 그는 이미 완성되었다는 것을 깨달았다.

'나를 피한 이유가 수줍은 성격 때문이 아니라는 말이지.'

하지만 이유를 묻지 않기로 했다. 제가 모든 것을 알고 있다는 걸 아르하드는 모른다. 학술원의 아르하드에게 카마트로스의 주인은 이랬는데 당신은 왜 이러냐고 물을 수는 없는 노릇이었다.

그래서 이아나는 아르하드가 스스로 말해 줄 때까지 기다리기로 결심했다. 카마트로스의 주인과 학술원의 아르하드를 구분하기로 했다. 학술원의 그는 내버려두고 과감한 성향을 보이는 카마트로스의 주인 쪽을 공략해 볼 생각이었다. 그런데 학술원의 아르하드 쪽이 태도를 갑자기 바꿔서 이렇게 접근해 왔다.

"경력을 쌓을 생각으로 신청했는데…… 설마 이아나 양이 있을 줄이야. 잘 부탁해요."

이아나는 머리를 굴려 댔다. 카마트로스 사건 이후 아르하드의 안에서 심경의 변화가 있었던 모양이다.

'이렇게 나와 주면 나야 좋지.'

안 그래도 꽁지 빠져라 도망 다니는 게 마음에 들지 않았는데 잘됐다 싶었다. 이아나도 계획의 노선을 변경하기로 했다. 기회는 다가왔을 때 잡아야 하는 법. 이제껏 피해 다녔던 이유를 듣고 그 이유를 제거하여 도망칠 여지를 없애리라.

이아나는 아르하드에게 도망은 어울리지 않는다고 생각했고, 보고 싶지도 않았다.

"저는 이랬다저랬다 태도를 분명하게 하지 않는 사람을 아주 싫어합니다."

이아나는 팔짱을 끼며 냉정하게 말했다.

"저를 피했던 이유를 말씀해 주시지 않는다면 선배님과 잘 지낼 수 없을 것 같습니다. 솔직히 말해서 그때 선배님의 인상이 마이너스면 마이너스였지 플러스는 아니었거든요."

"하하……."

이아나의 냉랭한 태도에 아르하드는 손으로 제 얼굴을 쓸며 난감하게 웃었다.

"나쁜 인상을 심어 드렸군요. 집합일이라서 잠시 들르긴 했지만 상행 전날까지는 할 일이 좀 많아서 곧 가 봐야 하는데……. 지금 대충 말씀드리는 건 성의가 없어 보일 것 같아 좀 그렇고, 나중에 상행길에 천천히 말씀드리겠습니다. 함께 걷는 시간이 많을 텐데 제가 꼴사납게 도망을 다닌 이유 말고도 궁금한 게 있다면 뭐든 물어봐 주십시오. 이아나 양의 질문이라면 무엇이든 환영입니다."

아르하드의 말에는 노골적인 호감이 묻어 있었다. 정말 말 그대로 손바닥 뒤집듯 바뀐 그의 태도에 이아나는 의구심이 들었다.

"이것만 간단하게 말씀해 주십시오. 갑자기 이렇게 태도가 변한 이유가 뭡니까?"

몇 주 전 자신은 아르하드의 부하가 되었다. 그 관계가 다소 여유를 줬을 가능성이 높았다. 하지만 정체를 숨길 생각이라면 카마트로스 때문이라고는 대답할 수 없을 터. 이아나는 그의 대답이 궁금해졌다.

"……."

아르하드의 얼굴에서 미소가 서서히 사라졌다. 탁한 그림자가 드리워진 눈자위에서는 이아나만이 오롯이 빛났다. 그는 집요하리만치 그녀만을 시야에 가두었다.

어째서일까. 그와 눈을 마주하고 있던 이아나는 어쩐지 목이 말라 왔다. 더워서 그런 걸까. 아르하드를 빤히 올려다보며 이아나는 주르륵 흘러내린 땀을 손등으로 닦아 냈다.

마침내 입을 연 아르하드가 고요한 수면에 돌을 던지듯 말을 툭 내뱉었다.

"이아나 양과 친해지고 싶어섭니다."

아르하드의 진심은 이아나를 그대로 관통했다. 무슨 감정인지는 정확히 알지 못해도, 이 정도로 진하게 전해지는 감정을 눈치채지 못한다면 그 사람은 정말로 둔한 것이다.

그리고 이아나는 둔하지 않았다. 그녀는 저도 모르게 침을 삼켰다.

"처음 봤을 때부터 이아나 양이 마음에 들었습니다. 이아나 양과 친해지고 싶어요."

느릿하게 말한 아르하드는 고개를 들어 이아나와 눈을 마주하며 미소를 지었다.

"그러니 이아나 양이 싫어하는 태도를 계속 보일 수는 없지요. 나쁘게 보지 말아 주세요."

반말이 아니라 존댓말이고, 표현도 순화되기는 했으나 숨기지 않고 노골적으로 호감을 내비치는 모습은 완전히 회귀 전의 그였다.

"이아나 양과 저는 좋은 인연이 되리라고 믿습니다……. 제게 호감을 가지고 계시다 했고, 친해지고 싶다 하셨으니 이아나 양도, 그리 생각하시는 거겠지요?"

이아나는 갑자기 돌변해서 적극적인 태도를 보이는 아르하드 때문에 살짝 당황했다. 그가 예전처럼 저에 대해 극렬한 소유욕과 함께 호감을 가지고 있을 거라고 확신은 했다. 하지만 이렇게 갑자기 대놓고 표현할 줄은 몰랐다.

"그……."

이아나는 바로 대응하지 못하고 머뭇거렸다.

회귀 전이었다면 차갑게 내쳤을 것이다. 회귀 전에는 마음의 문을 굳게 걸어 잠그고 적대감으로만 가득 차 아르하드와의 대화를, 아르하드의 호의를 일방적으로 거부했다. 마음을 닫고 그의 말을 들으려 하지 않았다. 슬퍼하든 분노하든 그의 감정 따위 무시하면 그만이었으니 표정 한번 제대로 살피려 한 적 없었다. 그렇게 대하는 것만으로도 충분했다. 그때는 아르하드를 미치도록 싫어했으니까…….

이번에는 그럴 생각이 전혀 없었다. 변함없는 그의 모습에 기쁘기도 했다. 하지만 늘 거절하는데 익숙했던 이아나는 순간적으로 어떤 태도를 보여야 할지 결정하지 못하고 망설였다. 그런 그녀를 바라보는 아르하드의 표정에서 감정 한 꺼풀이 벗겨졌다.

"아닌가요?"

그리 묻는 아르하드는 무척 초조하고 불안해 보였다. 여유로웠던 모습은 불안이라는 이름의 깊은 바다 위에 얼어 있던 살얼음이었다는 것처럼 이중적인 모습이었다.

아르하드가 왜 이러는 건지는 몰라도 부정하면 또다시 도망가 버릴 것 같다는 생각이 들었다. 이아나는 복잡한 생각은 집어치우고 마음이 가는 대로 솔직하게 대답했다.

"그럴 리가요. 잘 부탁드립니다."

"아."

요동치는 깊은 바다 위에 다시 얇은 얼음이 덮이듯, 그를 잠식했던 부정적인 감정 위로 안도와 여유가 덮였다. 아르하드가 눈을 접어 환히 웃었다.

"기쁩니다."

그 순간 이아나는 낯선 기분에 휩싸였다.

저렇게도 웃을 줄 아는 사람이었던가.

회귀 전의 아르하드가 웃는 모습이 떠오르지 않는다. 예전에는 그의 표정을 보려 한 적이 없었기 때문일 것이다. 그래도 분명 본 적은 있는 것 같다. 하지만 보기 좋다고 생각해 본 적은 없었던 것 같다. 아르하드의 행동이 뭐든 마음에 들지 않았기 때문일 것이다. 하지만 증오의 베일을 걷어 내고 깨끗한 시야에서 본 그의 웃는 모습은 정말 보기 좋았다. 이제는 계속 웃었으면 좋겠다고 생각했다.

어쩐지 보고 있기 힘들어서 이아나는 저도 모르게 시선을 비껴내고 말았다. 곧, 그녀는 자신이 난생 처음으로 그의 시선을 피했다는 사실을 깨달았다.

이아나가 수치심을 느끼고 얼굴을 구겼다. 그녀의 뺨 언저리가 살짝 빨개졌다. 그녀의 보기 드문 모습을 정면에서 목격한 아르하드가 의아해하며 물었다.

"갑자기 왜 그러시죠?"

"……아무것도."

"아무것도가 아닌 것 같은데. 저를 봐 주십시오. 어디 아프십니까?"

"너무 잘생기셔서 보기가 어렵네요."

"……아하."

이아나가 대충 둘러대자 눈을 크게 떴던 아르하드는 재미있다는 듯 작게 웃음을 터뜨렸다.

"정말입니까? 그런 말 자주 듣지만, 이아나 양에게도 통할 줄은 몰랐습니다. 앞으로 열심히 관리해야겠네요."

"바쁜 일이 있다고 하지 않으셨습니까?"

"네. 이만 가 보겠습니다. 상행 당일에 뵙지요."

아르하드는 기분 좋게 웃으며 이아나에게 고개를 가볍게 숙인 후, 다른 용병들에게도 짧게 인사하고 자리를 떠났다. 이아나는 그제야 아르하드의 뒷모습에 다시 시선을 흘끔 주었다.

"어흠."

아르하드의 모습이 사라질 때까지 묘한 눈초리로 바라보던 이아나는 옆에서 들려온 헛기침 소리에 고개를 돌렸다. 어느새 옆에 한 장신의 사내가 서 있었다. 몸에 딱 달라붙는 검은 민소매를 입어 구릿빛 근육을 여름의 햇볕 아래에서 적나라하게 뽐내는 사내가 이아나를 향해 손을 쭉 뻗었다.

"아가씨 칭찬은 무르시 아재헌티 많이 들었지라. 열여섯 아가가 마나를 썼을 뿐만 아니라 소 몸뚱어리를 한 방에 베었다 허길래 깜짝 놀랐는디 보니께 소문보다 더하네그려. 기세가 아주 심상치 않어. 캬, 어린 암호랭이네 암호랭이."

말보다는 몸이 먼저 움직이는 육체파일 것 같은 몸을 가지고 떠벌떠벌 말이 많았다.

"나는 벤포메, 오늘부터 무르시 아재의 상행을 따라다닐 용병놈들의 책임자를 맡게 되었지라. 짧게 벤이라고 부르드라고. 잘부탁허요잉!"

인간들이 넓은 대륙에 퍼져 사는데도 대륙에서 사용되는 언어는 몇 개 되지 않는다. 이는 모든 생명체의 근원이 라오스라는 한 신에게서 비롯되었다는 신화로 설명이 된다.

몇 개 안 되는 언어는 북부와 남부를 중앙에서 반으로 쩍 가르는 거대한 롯소산맥으로 인하여 소통이 거의 단절된 남부와 북부의 언어로 뚜렷하게 나뉜다. 북부와 남부 내부에서도 언어는 여러 갈래로 나뉘지만 그렇다 해도 북부는 북부에 위치한 나라끼리 조금씩 유사한 언어를 사용했고 남부는 남부대로 그러했다.

그러나 롯소산맥 옆쪽에 있는 동부와 서부는 북부와 남부 모두와 접하고 있어 북부의 말과 남부의 말을 섞어 썼기에 대부분이 이 개 국어를 할 줄 알았다.

그중에서도 서부 대륙 남쪽에 위치하여 로안느 왕국과 밀접한 토라카 왕국 주변 사막지역은 남부, 특히 로안느 왕국의 것과 흡사한 언어를 주로 사용했다. 하지만 매끄러운 표준어를 구사하는 수도, 테오도르에서 아주 멀리 떨어진 만큼 그들의 언어는 투박한 사투리로 유명했다. 타로가 대표적인 경우였다.

하얀 이를 빛내며 웃는 벤포메를 이아나가 묘한 기분으로 쳐다보았다.

수도에서는 사투리를 들을 일이 거의 없다. 수도에 도착하면 기세에 눌려 반자동적으로 어색하게나마 표준어를 사용하는 탓이다. 사투리가 심각해서 도저히 말투를 고칠 수 없는 이들조차 수도의 거리에서는 입 다물고 있거나 우스운 표준어를 구사하는데, 그 이유는 사투리를 쓰면 사람들이 갓 상경한 시골 촌놈을 보는 시선으로 한 번씩은 쳐다보고 지나가기 때문이었다.

이아나는 벤포메의 손을 마주 잡으며 인사를 건넸다.

"반갑습니다, 벤 씨. 상단 건물에서 한 번도 뵙지 못한 분이군요. 사막에서 오셨습니까?"

"어이고, 똑똑한 아가씨네. 나가 서부에 있다가 며칠 전에 여기 도착해 브렀어. 그건 그렇고 뭔 씨는 씨여. 그런 건 딱 떼도 된당게. 그냥 벤— 하고 간드러지게 부르드라고. 아니면 벤 아재— 허고 불러도 디야. 목소리도 이쁜디."

"사양하겠습니다, 벤 씨."

"오메, 딱딱하다 못해 꽁꽁 얼어 브렀잖여? 헛허."

"호칭은 둘째 치고, 무르시 씨와 개인적으로 아는 사이십니까?"

"엉. 무르시 아재가 우리 대장헌티 남는 손 좀 빌려 달라 해스

빡센 경쟁률을 뚫고 나가 헐레벌떡 달려왔어야. 앞으로 여기 살믄서 고용되는 용병들을 통솔할 것이구먼."

"대장님?"

"어어, 타이거 용병단의 압실롯. 들어 본 적 있지 않으?"

벤포메가 이아나의 귀에 대고 속닥댔다.

"이아나 양이 아재헌티 가르쳐 줬담서? 검은여우 말이여, 검은 여우. 그 망할 놈의 여우 새끼들 땜시 나가 아재와 허연 핏뎅이…… 아니 핀을 지키게 됐거덩. 아재 말고는 나가 것 땜시 여기 왔다는 거 아무도 모르는디 이아나 양은 그런 줄 알어."

불안해진 무르시가 친우인 압실롯에게 부탁한 모양이다. 용병왕이 자신의 친우를 위해 보낸 사람이라면 평범하진 않을 터였다.

이아나는 자신만만한 얼굴로 다 죽었스— 하고 주먹을 휭휭 휘두르는 벤포메를 천천히 훑어보았다. 과연, 수준급인 실력자였다. 주변에서 갈무리된 기운이 적이 나타나면 당장이라도 튀어 나갈 사나운 맹수처럼 도사리고 있었다.

벤포메는 양손에 얇은 건틀릿을 끼고 있었는데 이아나는 우락부락한 근육이 팔에서 불끈거리는 그에게 그 무기가 몹시 적합하다고 생각했다.

"용병패가 어찌 되시는지?"

벤포메가 히죽 웃으며 품에서 패를 꺼내 이아나에게 보여 주었다. 동패도, 은패도 아닌 용병 중에서도 극소수만이 가지고 있다는 황금패였다.

용병의 패는 동패, 은패, 황금패로 나뉘며 동패와 은패에서 또 각각 7등급으로 나뉜다. 하지만 황금패는 황금패로만 존재했다.

이아나는 놀라지 않았다. 어느 정도 예상한 결과였다. 저만한 실력자가 은패 따위를 가지고 있는 것은 말이 되질 않았다. 게다가 황금패는 실력이 뛰어나더라도 쉽게 받을 수 없는 물건이다. 어려운 의뢰를 수십 번이 넘게 완수해서 여러 거부들에게 열렬한 부름을 받는 노련한 용병들에게만 주어지는 것이었다.

저런 용병이 지킨다면 무르시와 핀은 안전하리라. 하지만 황금패 용병을 한곳에 상주시킬 때의 비용은 엄청났다. 황금패 용병을 한곳에 상주시키는 건 한나라의 왕도 안하는 짓인데 무르시가 감당할 수 있을까?

황금패를 말끄러미 바라보는 이아나가 무슨 생각을 하는지 알아챈 벤포메가 패를 다시 품에 집어넣으며 웃었다.

"무르시 아재는 우리 사막의 은인이여. 대장의 절친한 친구이기도 허고 말이재. 비용은 나가 수도에서 마음껏 놀고먹을 수 있게 해 주는 걸로 퉁 쳐 브렸당게. 흐흐. 배때지에 비싸고 맛난 걸로 기름칠도 허고 거 이쁜 것들 눈요기도 허고, 흐흐. 휴식기라고 생각하면 돼 부러. 근디."

벤포메가 아르하드가 사라진 쪽으로 고갯짓을 하며 의미심장하게 속삭였다.

"아따, 아까 고놈 말이여. 거시기 사내새끼가 뭘 저렇게 잘났디야. 딴 놈들이 기가 팍 죽어서는…… 저 혼자 삐까뻔쩍한 조각이고 다른 놈들은 아주 삭은 돌땡이로 만드는 놈이더구만. 근디 이아나 양이 오기 전에는 예의 바르게 인사는 혀도 가까이하기 어려운 분위기를 팍팍 내뿜던 놈이 아가씨헌티는 헤프게 웃으면서 다정—하게 속닥거리는 기, 애인 아닌가 몰러?"

"아닙니다. 같은 학부 선배일 뿐입니다."

이아나가 단칼에 부정하자 벤포메는 입맛을 쩝쩝 다셨다.

"그려? 거시기 둘이 서 있을 때 쪼매 얄딱구리한 뭔가가…… 근질근질헌기…… 어쨌든 잘 어울렸는디."

"벤 씨, 저는 이런 이야기를 좋아하지 않습니다. 영양가 없는 이야기는 그만두고, 용병들 소개를 해 주시겠습니까?"

"어, 음. 이리루."

낯 한번 바꾸지 않고 냉담하게 말을 자르는 이아나의 반응에 벤포메는 머리를 긁적이고는 그녀를 용병들에게로 이끌었다. 이아나에게 쏟아지는 시선은 그녀에게 관심을 보이는 사람이 무척 많다는 것을 의미했다.

그럴 만도 했다. 그렇지 않아도 여검사는 무척 드문데 그런 이아나의 뒤를 따라붙는 소문 속에서 그녀가 한 일들은 건장한 사내들도 쉽사리 나서서 하지 못하는 일이었기 때문이다.

게다가 황금패 용병인 벤포메가 이아나에게 대단하다느니 암호랭이라느니 극찬을 하며 감탄하는 것을 귀를 쫑긋 세우고 듣고 있었기 때문에 외모는 둘째 치고 실력에 지대한 관심을 가지고 그녀가 인사하기만을 기다리고 있었다.

"이쪽은 파엘라 상단에 종신계약 당한 고참 은패 용병 산고트."

"잘 부탁합니다. 산고트라고 합니다."

산고트라는 이름의 서글서글한 생김새의 사내가 이아나를 향해 꾸벅 고개를 숙여 보였다.

"이렇게 인사드리는 건 처음이지만 알라카모라숲 상행에서 한 번 뵌 적이 있고, 상단에서도 몇 번 방문하신 걸 뵌 적 있습니다."

짙은 갈색머리를 뒤로 묶은 산고트의 얼굴이 낯이 익었다. 두 툼한 근육을 가진 사내들 사이에서 다소 가느다란 몸을 가진 그를 몇 번 본 것 같기도 했다.

"낯이 익군요. 반갑습니다. 이아나입니다."

"산고트는 실력 있는 마법사여. 마법 중에서도 바람 계열 마법을 주로 쓴당게."

용병들은 앞다투어 자신을 소개했다. 소문은 많이 들었다, 학술원의 저학년 검술대회 우승자 맞냐, 고용주가 절대 무례하게 굴지 말라고 했다, 실력 한번 보여 줄 수 있겠냐는 등 그들이 하는 말은 중구난방이었다.

한쪽 구석에서는 짐꾼들이 물건을 정리하다가 용병 무리 속의 이아나를 흘끗흘끗 쳐다보았다. 검게 탄 투박한 용병들 사이에 서 있는 이아나는 예쁘장한 외모 때문에 돌덩어리들 사이에서 꽃 한 송이가 핀 듯한 풍경을 그려 내고 있었다.

물론 꽃이 어여쁘기만 한 건 아니라는 것쯤은 소문으로 들어 알고 있었지만 직접 보지는 못했기 때문에 사람들은 정말로 그럴까— 하고 고개를 한 번 갸웃해 보았다.

모임은 무르시가 이번 상행에 대한 설명을 하고 주의사항을 알려 주고 나서야 끝이 났다. 해는 이미 왕성 너머로 어둑어둑하게 져 가고 있었다.

저들끼리 술을 퍼마시러 가 버린 용병들과는 달리 이아나는 무르시가 배정해 준 방에 짐을 풀었다. 상행이 출발하기 전까지 그의 집에 머무르기로 했기 때문이다.

며칠 후에는 떠나야 하므로 세안도구와 옷가지 몇 개만 꺼내서 정리한 이아나는 깨끗한 침대에 털썩 누웠다.

"아르하드……."

이아나는 아르하드의 이름을 허공에다 대고 중얼거렸다.

아르하드는 검을 쥐고 있을 때를 빼고는 항상 가라앉아 있는 그녀를 감정적으로 만드는 유일한 사람이었다. 오늘도 그랬다. 아르하드가 상행에 참여한다는 것은 정말 생각지도 못한 변수였다.

이번 상행을 첸델프를 카란켈 바위산맥으로 데려다 주는 김에 무르시를 돕는 일정 정도로만 생각했지만 이제는 그리 단순히 여길 수 없게 되었다.

'내 태도를 결정해야 해.'

몇 시간 전처럼 태도를 결정하지 못해 어찌할 바를 몰라 하고 싶지 않았다. 아르하드의 눈을 피해 버리는 수치는 더 이상 겪고 싶지 않았다. 이아나는 태도를 확실하게 정하기로 했다. 그리고 답은 당연히 하나밖에 없었다.

'아르하드가 정면으로 마주쳐 온다면 나도 정면에서 마주친다.'

그에게만 굳게 닫혀 있던 마음의 문은 이미 열렸다. 그를 거부하던 마음의 벽은 부서져 내린 지 오래다. 진심에는 진심이다. 아르하드의 말과 행동 하나하나를 진심으로 마주하자. 소통하고 교감하며 그에 대해 알아 가도록 하자. 이번 생에서도 틀림없이 자신을 절실하게 바랄 아르하드의 진정한 검이 되도록 하자.

이아나는 몸을 굴려 옆으로 누웠다. 힘없이 침대 위에 얹어진 제 빈 손을 물끄러미 쳐다보던 이아나는 눈을 감았다.

'이렇게 간단한 건데…… 쓸데없이 망설여서 불안하게 만들었어.'

제 망설임 때문에 그가 순간적으로 보였던 동요가 싫었다. 다음

부턴 그러지 말아야겠다고 반성하며 이아나는 생각을 전환했다.

"함께 걷는 시간이 많을 텐데 제가 꼴사납게 도망을 다닌 이유 말고도 궁금한 게 있다면 뭐든 물어봐 주십시오. 이아나 양의 질문이라면 무엇이든 환영합니다."

이아나가 아르하드에 대해 아는 사실은 다른 사람들도 알고 있는 표면적인 사실뿐이었다. 그게 마음에 들지 않았었다.

그런데 이번에 아르하드가 그녀에게 대화를 제안했다. 이번 남부 상행은 대화를 하며 의심받지 않고 온갖 것을 다 캐물어 볼 수 있는 천금 같은 기회였다. 하지만 이아나는 과거를 품고 회귀한 자신이 아르하드에게 할 수 있는 말이 있고 할 수 없는 말이 있다는 사실을 인지했다.

아르하드와의 대화에서 모르는 척해야 하는 사실 첫 번째는 그의 출신이 제국의 숨겨진 황자라는 것. 두 번째는 그가 카마트로스의 주인이라는 것이다. 아르하드가 먼저 밝히지 않는 이상 그 두 가지는 모르는 척해야 했다.

'나를 훗날 제 휘하로 들일 생각이라면 아닌 척 정보를 흘리겠지. 나는 거기에 맞추면 돼.'

대화는 뒤를 캐지 않는 이상 상대에 대해 가장 잘 알 수 있는 수단이다. 상대와 친해질 수 있는 가장 보편적인 방법이기도 했다. 이 상황에서 제가 할 일은 시침을 뚝 떼고 아르하드의 태도에 맞추면서 그와 친해지는 것이다. 그럼 아르하드는 언젠가 정체를 고백하며 정식으로 영입 제안을 할 것이다. 그러면 그때 놀란 척하면서도 감복

한 듯이 제안을 수락해 그와의 인연을 이어 가면 된다.

하지만 그렇게 순조롭게 일이 진행되면 아르하드가 저를 쉽게 볼 수도 있으니 예전처럼 쌀쌀맞은 태도를 몇 번 보이는 것도 나쁘지 않을 것 같다고, 이아나는 가볍게 생각했다.

이아나는 눈을 반짝 떴다. 아르하드에 대한 생각을 지우고 침대에서 몸을 일으켰다. 해야 할 일이 있었다.

"……!"

첸델프의 방으로 간 이아나는 흠칫 놀랐다. 방은 나무 조각품들로 가득했다.

'과연 드워프.'

감탄한 이아나는 주위를 천천히 둘러보았다. 다가가면 깜짝 놀라 날아갈 듯한 작은 새도 있었고, 바람에 살랑살랑 흔들리고 있는 아름다운 꽃의 조각도 있었으며, 풀을 뜯어먹는 토끼도 있었고, 잠들어 있는 사자도 있었다. 그것들은 하나같이 생명을 가지고 있는 것처럼 생생했다.

이아나는 조각품들에서 시선을 떼고 핀과 첸델프를 찾았다. 핀은 소파에서 작은 요정 인형을 손에 쥔 채 잠들어 있었고, 문을 등지고 있는 첸델프는 이아나가 왔다는 것도 알지 못한 채 무언가를 열심히 조각하고 있었다.

그것은 티 테이블만 한 크기의 생물이었다. 두툼한 꼬리가 몸통에서 길게 뻗어져 나왔다. 겉은 거친 질감의 비늘로 덮여 있었지만 목부터 등을 통해 꼬리까지 이어지는 그 선이 몹시 유려했다. 여기까지만 봤을 때는 평범한 몬스터인 줄 알았다.

이아나는 조각품의 머리 쪽으로 시선을 옮기다가 어느 순간 깨달았다. 날갯죽지에서 크게 솟아난 두 날개를 양쪽으로 쫙 펼친 채 입을 사납게 벌리고 있는 생물은 분명 책에서만 보았던 드래곤이었다.

"첸델프 씨."

"헛!"

첸델프는 깜짝 놀라 뒤를 돌아보았다가 이아나를 보고 눈에 띄게 반가워했다.

"이것은…… 혹시 드래곤입니까?"

"그래!"

가볍게 인사를 한 이아나가 곧장 조각품에 관심을 보이자 첸델프는 기뻐했다. 그는 감이 돌아오고 있다며 호들갑을 떨었고 이아나는 비늘 하나하나가 돋보이는 드래곤의 등을 쓰다듬었다. 종이에 그려진 그림이 아닌 이렇게 실체화된 드래곤은 처음 보았다. 실제로 보고 조각한 것처럼 생생했다. 인간들을 한 번에 몰살시켰다는 드래곤 브레스를 금방이라도 쩍 벌린 입에서 뿜어낼 것 같았다.

드래곤은 태고부터 롯소산맥의 중앙에서 살아왔다고 알려져 있다. 남부의 오지에 살아가는 드워프는 이 전설적인 존재를 본 적이 없을 텐데 첸델프는 어떻게 드래곤을 조각할 수 있었으며 지금 왜 드래곤을 조각하고 있는 것일까.

"드래곤은 왜 갑자기 조각하셨습니까?"

"지상에서 가장 위대한 존재니까!"

이아나는 고개를 끄덕거렸다. 동물들을 조각하다가 최종 단계로 드래곤까지 조각해 본 모양이었다.

"그렇군요. 그런데 책에서 보고도 이렇게 실체감 있게 조각할 수 있다니 역시 드워프네요."

"응? 나는 몇 번 뵌 적 있는데."

이아나는 첸델프의 말에 굳었다.

"드래곤을 봤다고요?"

"그래."

"어떻게 드래곤을 보셨습니까? 드래곤은 분명 롯소산맥 중앙의 제 영역에서 움직이지 않을 텐데…… 그곳까지 가셨습니까?"

"무슨 소리를 하는 게냐. 카란켈 바위산맥에도 드래곤께서는 존재하신다."

"오지에 드래곤이 살고 있단 말입니까?"

롯소산맥 중앙에 살고 있는 드래곤 외의 다른 드래곤이 존재한다는 말은 우스갯소리로도 들어 본 적이 없었다. 첸델프가 고개를 갸웃했다.

"인간들은 모르고 있는 건가? 그럼 롯소산맥에 한 분이 계시다는 건 어찌 아는 게냐?"

"롯소산맥이 대륙의 중앙에 있기 때문에 예전부터 그곳을 지나다니는 인간들이 꽤 많았는데, 오래전에 드래곤을 만나고 살아 나온 생존자가 있습니다. 그 때문에 알려졌지요."

"엄청나게 운 좋은 놈이거나 그분께서 경고 차원에서 일부러 살려 보낸 놈인 모양이군. 하긴, 오지에는 인간들이 없는데다 기나긴 세월을 살아오신 그분들은 한 번도 오지에서 벗어나신 적이 없으니 모를 수도 있겠구나. 아니, 이종족이나 이종족과 친분이 있는 자가 아니라면 모르는 게 당연할지도."

첸델프의 이야기가 길어질 것 같아 소파에 앉은 이아나는 흥미로운 표정으로 다음 말을 기다렸다.

첸델프는 그의 은인이 드래곤이라는 위대한 존재들에게 관심을 보이고 있음을 눈치채고 기꺼이 알고 있는 모든 정보를 말해 주고자 마음먹었다. 그가 걸걸한 목을 큼큼하고 한차례 가다듬었다.

"롯소산맥뿐만 아니라 사대오지에는 위대한 존재께서 각각 한 분씩 머무르고 계신다. 우리 카란켈 바위산맥을 지배하시는 대지의 드래곤 가마다이안 님, 샤우부 대삼림을 지배하시는 숲의 드래곤 밀라니코네 님, 히마라페 빙원을 지배하시는 빙설의 드래곤 프릴리아누 님, 기로하이 모래사막을 지배하시는 화염의 드래곤 테라노우딘 님, 그리고 롯소산맥에 계신 분은 네 드래곤들의 수장, 혼돈의 드래곤 칸데메이온 님이시다."

드래곤의 복잡한 이름들이 정신없이 나열되었다. 드래곤에게도 이름이 있으리라 누가 상상할 수 있을까? 유일무이한 전설적인 생명체가 넷이나 더 있고, 이름까지 있다니 놀라웠다.

"재밌네요. 우리들은 이 세상에 드래곤이 한 개체밖에 존재하지 않는다고 알고 있는데, 사실 오지마다 하나씩 살고 있다니."

"오지의 깊숙한 곳까지 들어왔다가 살아 나간 인간이 없어서 그럴게다. 오지의 중심에는 드래곤의 거처인 드래곤 레어가 존재하고 그 주변에 접근하는 생명체들은 용아병들이 모두 처리하거든."

"용아병이 뭐지요?"

"드래곤의 날카로운 이빨에서 태어난 강력한 전사들이다. 용아병은 냉정한 이성을 가지고 레어를 수호한다. 드래곤의 힘을 받았기 때문에 웬만한 대형 몬스터들보다도 강해. 그리고 용아병들은 카란켈 산맥에 흩어져 있는 드워프들의 마을마다 하나씩 상주하며 드워프를 지켜 준다."

만일 이 사실이 세상에 알려진다면 일대 파란이 일 것이다. 롯소산맥을 탐험하는 무리들처럼 인간들이 고요한 오지를 시끄럽게 만들 것이고 이종족들은 피해를 입으리라.

"그 말, 오지 밖에서는 하지 않는 게 좋겠습니다."

"응? 왜?"

"인간들은 욕심이 많습니다. 그게 재화든 권력이든 지식이든……. 오지를 들쑤실지도 모릅니다."

첸델프의 인상이 팍 찌푸려졌다.

"뭐, 어차피 이제 너나 무르시를 제외한 다른 인간들과는 상종도 하지 않을 테니까 이 이야기를 할 일도 없겠지."

첸델프가 수긍하자 이아나는 다음 이야기를 재촉했다.

"계속 이야기해 주세요. 드래곤들의 이름 앞에 붙는 대지나 숲 같은 것은 뭡니까?"

"그분들을 가장 잘 표현하는 단어다. 온화하신 밀라니코네 님은 녹색의 비늘을 가지고 계시고, 또 숲을 사랑하신다지."

어떤 의미인지 알 것 같다. 이름으로 네 드래곤들 각각의 성격이나 비늘 색을 유추할 수 있을 것 같았다. 하지만 롯소산맥의 드래곤 칸데메이온의 이름 앞에 붙은 혼돈은 무엇을 의미하는가?

"흠. 칸데메이온 님에 대해서는 우리도 잘 몰라. 그분은 혼돈의 드래곤이라는 명칭으로만 알려져 있다."

이아나는 칸데메이온이라는 이름을 속으로 되뇌었다. 롯소산맥 중심에 자리 잡은 혼돈의 드래곤 칸데메이온, 그는 인간에게 경고했다.

「신의 비밀을 엿보는 자, 지옥의 업화 속에서 죽을지어다.」

그렇다면 오지에 사는 다른 드래곤들도 칸데메이온처럼 신의
비밀을 지키고 있는가?

이아나는 손가락으로 소파를 톡톡 두들겼다. 이아나는 이번 생
에서 해야 할 두 번째 일을 단 한 번도 잊은 적이 없다. 바로 로
베르슈타인과 저의 연관성과 제 몸에 대해 완벽하게 알아내 완전
히 소유하는 것이다.

정체도 알 수 없는 무언가에 지난날의 인생을 휘둘렸다는 사실
을 용납할 수 없다. 자신에 대한 모든 것을 알고 있어야 했고 통
제할 수 있어야 했다.

그래서 신의 흔적을 찾아 헤맨다. 다른 사람들이 안다면 입을
모아 미쳤냐고 말해도 굴하지 않고, 제 생명을 깎는 한이 있더라
도 스스로를 위해 알아내야만 했다.

'그럼 드래곤도 만나야 해.'

이아나는 고개를 들어 첸델프를 보았다. 첸델프는 이아나의 깊
은 사색을 방해하지 않으려 숨을 죽이고 있었다. 이아나는 미안
한 표정으로 웃었다.

"갑자기 생각할 게 좀 있어서. 그런데 오지에서는 드래곤을 만
나기가 쉽습니까?"

"그건 아냐. 내가 드워프들 중에서도 실력이 끝내주는 축에 속
해서 뵐 수 있었던 거다."

첸델프는 가슴을 펴고 스스로를 찬양했다. 어찌 보면 오만한
모습이었으나 이아나는 순순히 인정하며 고개를 끄덕였다. 드워프

들의 평균 실력이 어떤지는 몰라도 지금 방에 이리저리 놓여 있는 조각품과 그가 공들여 조각하고 있는 드래곤은 예술품에 대해 잘 모르는 이아나가 보아도 훌륭했다.

"아름다운 세공품이나 훌륭한 무구에 깊은 관심을 보이시는 가마다이안 님께 우리가 만든 물건들을 드리러 갈 때 대표단에 속해 그분을 직접 두 번 뵌 적 있지."

첸델프는 드래곤 조각을 조심스레 만지작거렸다.

"평소에는 가마다이안 님이 부르지 않는 이상 그분의 레어에 접근할 수 없어. 우리는 그분께서 부르셔야 물건들을 챙겨 들고 부랴부랴 떠나는 게야."

"드래곤에게 공물을 바치는 겁니까?"

"공물이 아니라 감사의 선물이다. 그분 덕에 우리는 조상 대대로 포악한 몬스터와 탐욕스러운 인간을 피해 안전하게 살 수 있었기 때문에……."

뒷말이 점차 흐려졌다. 첸델프가 말을 돌렸다.

"그리고 드래곤은 자주, 긴 시간 동안 잠을 잔다. 가마다이안 님께서는 근 십 년간 잠들어 계시다가 요 근래에 깨어나셨지. 거의 십 년에서 이십 년 주기로 볼 수 있다고 보면 돼."

"십 년…… 말입니까?"

"그분들은 라오스 신께서 생명체를 창조하실 때부터 함께하셨다. 살아오신 세월이 수천 년은 족히 지났을 텐데 십 년 정도 잠들어 계시는 건 일도 아니지. 우리는 그 기간을 수면기라고 부른다."

"숫자 감각이 마비될 것 같네요."

"그렇지?"

첸델프의 말에 의하면 드래곤을 만나는 일은 요원했다. 수면기도 수면기지만 드래곤이 순순히 인간의 접근을 용납할까? 침입자로 알고 죽이지 않으면 다행이었다. 최악의 사태가 벌어져 용아병을 상대하더라도 지금의 실력으로 드래곤의 힘을 받았다는 용아병들을 이길 수 있다고는 확신할 수 없었다.

드래곤과의 만남에 잠시 혹했지만 이아나는 이내 생각을 떨쳤다. 일단 제 실력을 모두 끌어 올릴 때까지는 드래곤을 잊기로 했다. 그리고 지금 그녀가 이 방에 찾아온 것은 드래곤 때문이 아니었다.

"실례지만 묻고 싶은 게 있습니다."

"뭐냐? 드래곤에 대한 이야기라면 이게 다. 나도 그분들에 대해 아는 게 얼마 없어."

"아니요. 드래곤은 이제 됐습니다. 드래곤이 아니라……."

이아나는 첸델프를 구해 준 목적을 잊지 않았다.

"블랙폭시에게 어떤 경로로 끌려가 무슨 말을 듣고 무슨 일을 겪었는지를 말씀해 주십시오. 저는 블랙폭시에 대한 정보가 필요합니다."

이때까지는 첸델프가 극도의 불안함과 예민함을 보여 차마 말을 꺼낼 수 없었지만 지금의 그는 손을 되찾았다. 괴롭겠지만 손을 되찾아 준 은인에게 제가 겪었던 일들을 말해 줄 여유는 생겼을 터였다.

이아나의 생각대로 첸델프는 잠시 침묵했으나 곧 말문을 열었다.

"그래. 네게 말 못 해 줄 게 뭐가 있을까."

첸델프는 제 수염을 쓰다듬으며 끔찍한 과거를 회상했다.

마도시대 초기, 이종족들과 인간들은 힘을 합쳐 대륙 전체에 들끓던 몬스터를 정리했다. 하지만 생과 사의 위험에서 벗어나 여유로워진 인간들은 다른 곳으로 시선을 돌릴 수 있게 되었고 서서히 탐욕을 드러내기 시작했다.

그리하여 드워프들은 풍요로운 중앙 대륙을 완전히 떠났다. 남부의 오지, 카란켈 바위산맥에 뿌리를 박은 그들은 혼란스러운 중앙 대륙에 조금의 미련도 없었다.

셀 수 없이 많은 종류의 광석들과 보석들, 정체가 밝혀지지 않은 금속이 산더미처럼 쌓인 카란켈 바위산맥은 드워프들에게 있어 성스러운 낙원이었다. 대지의 드래곤 가마다이안의 비호 하에서 드워프들은 제 본능을 살려 무기, 방패, 갑옷, 조각상, 세공품 구분할 것 없이 손으로 만들 수 있는 것이라면 뭐든지 뚝딱뚝딱 만들어 냈다.

질 좋고 귀한 금속을 보면 환장하는 게 드워프의 특성이긴 하나 첸델프는 드워프 중에서도 유달리 심한 편이었다. 뛰어난 재료가 발견되면 광적인 탐욕을 보이며 죽는 시늉을 해서라도 그것을 제 손에 넣고 마는 첸델프는 악명이 높았다.

그러나 이 이상 완벽할 수는 없다는 생각이 들 때까지 식음을 전폐하고 쇠망치를 두드려 대는 그는 끈기와 집착, 뛰어난 손재주와 감각으로도 유명했다. 그렇게 완성된 제 작품에 대한 자부심과 사랑으로 행복해하는 첸델프는 드워프들 사이에서도 손꼽히는 장인이었다.

드워프들은 두어 달에 한 번 용아병의 보호를 받으며 새로운 광맥을 찾아다녔다. 자연이 만들어 내는 위대한 풍경들을 마주하며 영감을 얻고, 마을로 돌아와 순간순간 느꼈던 벅찬 감동들을 작품에 담아냈다.

그러나 첸델프는 그렇게 가끔 나가는 것으로는 만족할 수 없었다. 나이가 있는 편인데도 젊은 드워프들보다 훨씬 열정적이고 괴팍했던 그는 한 작품을 완성하고 나면 혼자서도 마을을 뛰쳐나가 카란켈 바위산맥 곳곳을 돌아다니곤 했다.

감이 좋은 데다가 도망치는 데에 일가견이 있었던 첸델프는 몬스터가 등장할 낌새가 보이면 줄행랑을 쳤다. 하지만 카란켈 바위산맥은 드워프 한 명의 여정을 매번 용납할 만큼 호락호락한 곳이 아니었다. 첸델프가 중상을 입고 간신히 돌아온 건 한두 번이 아니었고 친구들은 그가 밖에서 나도는 것을 말렸다. 그러나 첸델프는 나갈 때마다 다음 작품에 녹여 낼 수 있는 소중한 깨달음을 얻을 수 있었기에 위험한 걸 알면서도 그런 행동을 멈출 수가 없었다.

친구들도 첸델프의 훌륭한 작품들이 가슴을 울리는 무언가를 품고 있고 그것이 그의 무모한 행동에서 비롯되었다는 점을 깨닫고 난 후부터는 말리는 걸 그만두었다. 하지만 첸델프의 행동에 동참하지는 않았다.

드워프들의 마을은 쇠를 땅땅 두드리고 커다란 암석을 우둘투둘하게 깎아 내는 소리로 늘 시끄러웠다. 이에 자극받은 몬스터들이 가끔 마을에 출몰할 때도 있었으나 마을에 하나씩 거주하고 있는 강력한 용아병들이 몬스터를 한 방에 썰어 버렸기 때문에 드워프들은 한없이 안전할 수 있었다. 가끔 나쁜 의도를 가지고 나타나는 강한 인간들로부터도 안전했다.

척박한 바위산맥에서 웅크려 살다 보면 식량과 생필품이 부족할 수밖에 없기 때문에 드워프들은 먼 과거부터 극소수의 인간 무리들과 인연을 맺어 왔다. 하지만 뼛속 깊이 새겨진 거부감은 언제나 인간들을 경계하고 두려워하게 했다.

드워프들의 역사는 인간들이 아주 탐욕적이며 욕심에 끝이 없다고 말한다. 그런 교육을 받아 온 데다 가끔 나타나는 인간들이 무구를 탐하거나 드워프들을 납치할 의도밖에 보이지 않으니, 드워프들이 본능인 양 인간을 꺼려하는 건 당연했다.

그러나 첸델프는 달랐다. 그의 친우 중에 불의 대마법사 마이마예를 따라간 하니델프라는 드워프가 있었다. 하니델프는 나쁜 인간만 있는 건 아니라며, 오히려 재밌고 흥미로운 인간들이 많다며 그들을 옹호하는 편지를 자주 보냈고 호감 어린 문장들은 인간에 대한 첸델프의 인식을 천천히 바꾸었다.

또 그의 마을이 교류하는 자벨론 상단의 물건이나 하니델프가 선물로 보내 준 인간들의 물건들은 늘 감탄할 만한 것이었다. 드워프보다 손재주는 떨어지지만 인간들의 창의적인 발상으로부터 탄생한 물건들은 신묘한 구석이 있었다. 필요와 욕심은 창조를 부른다. 인간의 탐욕은 그들을 고도의 문명으로 데려가고 있었다. 첸델프는 인간에게 강한 관심과 호기심을 가졌다.

그리고 어느 날 인간과 조우했다. 첸델프에게 있어서는 신이 자신을 버린 날이었다.

그날, 첸델프는 어김없이 밖을 돌아다니고 있었다. 그러다가 몬스터가 아닌 생물의 기운을 감지하지 못하고 한 무리의 인간과 마주치고 말았다.

"서, 서, 설마 드워프?"

인간들이 경악했다. 첸델프는 놀라서 잠깐 주춤하긴 했지만 이내 약간의 호감과 함께 조심스레 인사를 건네었다.

"아, 음. 안녕하신가, 인간들."
"야, 당장 붙잡아!"

오지의 회귀 몬스터를 잡아 경매장에 팔아넘기는 일을 하고 있던 무뢰배들은 신비로운 이종족을 만나자마자 탐욕으로 흥건한 손을 뻗었다. 호기심과 관심으로 그치지 못했다.

"헉!"

첸델프는 무서운 표정으로 달려오는 인간들에게 겁에 질려 황급히 도망치려 했다. 하지만 죽음의 땅이라 불리는 오지를 탐험하는 이들은 제 실력을 과신하는 자들, 혹은 녹록치 않은 실력자들이었다.

그들은 후자에 속했다. 첸델프는 그들이 몬스터를 사냥하기 위해 가져온 포박도구에 붙잡혀 땅에 처박혔다. 버둥거리며 반항했지만 날아온 것은 폭력이었다. 어느 순간 기절했다가 깨어났더니 어두컴컴하고 뿌연 먼지가 풀풀 날리는 각진 방이었다.

첸델프는 기둥에 쇠사슬로 꽁꽁 묶였다. 입은 거친 천으로 틀어 막혔다. 손은 움직일 수 없도록 뒤로 묶였고 발에는 쇠고랑이 채워졌다. 그리고 그의 앞에서는 인간들이 열심히 대화를 나누고 있었다.

"그러니까 그냥 우리가 데리고 있으면서 저 드워프가 만드는 걸 팔자니까?"

"미쳤냐? 드워프의 무구가 얼마나 귀한지 몰라서 그래? 각 왕실에서는 어떤 귀족이 드워프의 작품을 몇 점 가지고 있는지 까지 알고 있다더라. 팔았다가는 금방 추적당할 거야."

"하지만 그렇게 하면 엄청난 부자가 될 수 있을 텐데."

"이 새끼들아. 현실을 좀 생각해라. 저건 황금알을 낳는 오리라고. 탐은 나지만 우리는 감당 못 해. 귀족들이 군대를 보낼지도 몰라."

"그럼 어떡해? 왕실에 진상할까? 그럼 왕이 엄청 좋아하면서 드워프만큼의 돈을 줄 거 아냐."

"왕이나 귀족 놈들은 믿을 게 못 돼. 겉치레할 만큼의 보상만 해주고 말걸? 그냥 암거래상에 돈이나 왕창 뜯어내고 드워프는 잊자. 그게 제일 마음 편하잖아."

그들은 달콤한 꿈을 꾸고 있었다. 드워프를 감금하고 강제로 작품을 만들게 해서 팔면 최대의 수익을 얻을 수 있겠지만 드워프의 작품은 고위 귀족들도 쉽사리 가질 수 없었고 살 수 있는 이는 한정되어 있었다. 자칫하다가는 꼬리를 밟혀 드워프를 뺏기고 쥐도 새도 모르게 개죽음을 당할 확률이 높았다.

"우으으으읍!"

그들의 시선이 억눌린 고함을 지르는 첸델프에게 향했다. 첸델프가 살이 찢어지는 것도 아랑곳 않고 발악하고 있었다. 관자놀이에 핏줄을 새운 채, 벌게진 눈으로 그들을 노려보고 있었다. 한 명이 다가가서 그의 입을 막고 있던 천을 풀어냈다.

"풀어라! 당장 날 카란켈 바위산맥으로 돌려보내!"

인간들이 낄낄대며 웃었다.

"이놈이 뭐라는 거야? 드워프는 손재주는 좋아도 머리는 뒤떨어지나? 넌 소중한 돈줄이라고. 응? 드워프 님."

한 인간이 첸델프의 머리를 툭툭 치면서 밀었다.

"이, 이! 너희들은 신벌이 두렵지 않느냐! 이렇게 추악한 짓을 하고도 너희들이 잘 살 수 있을 것 같아!"
"어이고, 순진하셔라. 오지 촌구석에 사셔서 그런가? 세상 물정을 모르시네. 신은 뭔 신이야? 신이 진짜로 있었으면 우리는 벌써 천벌을 받고도 남았어. 낄낄. 너는 얌전히 있다가 우리한테 돈만 벌어다 주면 되는 거야."

첸델프는 눈물을 뚝뚝 흘리면서 악을 썼다.

"이 빌어먹을 인간 놈들! 내가, 내 작품을 너희 같은 쓰레기들한테 넘겨줄 것 같나! 이 개돼지보다 못한 버러지들아! 내가 죽는 한이 있

더라도 네놈들한테 무엇 하나 넘겨주지 않을 테다!"

챈델프의 가슴속에 있던 인간들에 대한 호감은 미움과 들끓는 분노로 바뀌었다. 화상처럼 깊은 흉으로 남았다.

챈델프는 작품 하나하나에 애정을 쏟는다. 그는 이제껏 자벨론 상단을 통해 인간들에게 넘긴 소중한 작품들이 불쌍해서 환장할 것 같았다. 더러운 인간들에게 더럽혀지고 있을 거라는 생각에 미칠 것 같았다.

"들었어? 드워프 굴리는 방법은 이제 완전히 물 건너갔다."
"그냥 팔자."

결국 그들은 노예상 중에서도 아주 악명 높은 블랙폭시에 드워프를 팔기로 결심했다. 블랙폭시가 귀한 노예들을 비싼 값에 사 준다는 사실은 생물 매매 업종에 종사하는 이들에게는 몹시 유명했다.

하지만 드워프는 한낱 사냥꾼들 따위가 감당할 수 없는 존재였다. 힘을 가진 권력자들은 심장에 독을 머금은 뱀을 한 마리씩 기르고 있기 마련이다. 그리고 뱀은 탐스러운 먹이를 독차지하기 위해 독니를 박아 넣고 입을 쩍 벌려 꿀꺽 삼킨다.

챈델프는 블랙폭시에게 넘겨지는 즉시 살해당하는 장면을 멍하니 쳐다보았다. 인간들의 추악한 면을 실감했다. 역사가 누누이 말해 왔듯 인간들은 욕심이 많고 이기적이되 잔인했다. 인간들을 피해 카란켈 산맥에 자리 잡은 조상들은 현명했고, 인간들에게 호감을 가졌던 자신은 멍청했다.

첸델프는 노예로 팔리지 않았다. 눈이 가려진 채 어디론가 끌려가고 들려지고 집어 던져지는 등 옮겨지고 또 옮겨졌다. 눈을 가렸던 천이 벗겨졌을 때, 첸델프는 소름 끼치는 횃불 두 개가 활활 타오르는 어두운 지하 감옥에 있었다. 그는 쇠사슬에 묶인 채 블랙폭시의 높은 인간으로 보이는 뚱뚱한 인간을 만났다.

"드워프라. 이런 행운이 다 있나! 크큭. 최곤데?"

남자는 들어오자마자 배를 잡고 낄낄대며 웃었다. 첸델프는 악에 받친 눈으로 그를 노려보았다. 남자는 폭소를 멈추고 입술을 비뚜름하게 비틀었다.

"이런, 화났냐? 화날 만도 하지. 멍청한 너한테 화가 날 거야. 멍청하게 카란켈 바위산맥 초반부에서 잡혔다며? 드워프가 왜 거기까지 나온 거야? 멍청하게. 쯧쯔."

멍청하다. 멍청하다. 인간은 첸델프를 비웃었다.

"……인간. 너도 나의 작품을 원하나? 소용없다. 나는 너희 인간들에게는 그 무엇도 주지 않을 테니까. 나를 카란켈에 돌려보내라. 그러면 신벌은 내리지 않을 것이다."

첸델프는 이때까지는 고향으로 돌아가리라는 희망을 버리지 않고 있었다. 신이 이런 잔인한 인간들로부터 자신을 구원해 주지 않을 리가 없다고 생각했다.

"뭐라는 거야? 난 네놈들 물건에 관심 없어. 우리 제국에는 드워프 제 무구가 꽤 많으니까. 내가 네놈을 여기 데리고 온 이유는 따로 있지. 이것만 말해 주면 깨끗하게 보내 주마."

쳰델프는 눈을 부릅뜨고 남자를 보았다. 비열해 보이긴 했지만 남자의 말에 거짓은 없었다. 고향으로 보내 준다는 건가?
쳰델프의 심장에 작은 희망이 꿈틀꿈틀 고개를 들어 올렸다.

"너희가 지키고 있을 판데모니엄의 열쇠와 악마의 거대한 파편은 어디에 있지?"

성서에서도 1장에서만 나오는 신화적인 요소들을 왜 제게서 찾는단 말인가? 쳰델프가 얼굴을 일그러뜨렸다.

"그게 뭐냐. 지금 나를 놀리기라도 하는 거냐?"
"농담 아니야."

남자는 어깨를 으쓱였고 쳰델프는 혼란에 빠졌다.

"모르는 척하는 거냐, 아니면 정말 모르는 거냐? 그거, 분명 오지에 있을 신성시대의 흔적인데."

그 순간 쳰델프의 얼굴이 바짝 굳었다. 판데모니엄이 열쇠인지,

악마의 거대 파편인지 그런 살벌한 이름을 가진 것들은 몰라도 카란켈 산맥에는 드워프들이 가장 신성하게 여기고 있는, 조상 대대로 받들어 섬기는 신성시대의 '무언가'는 있었다.

카란켈 산맥에는 드워프들의 공동묘지가 있다. 그곳의 정중앙에는 신성시대의 흔적으로 추앙받는 '신의 유물'이 있는데, 그것은 드워프들이 제 손과 목숨보다도 소중히 여기는 드워프족 최고의 보물이었다. 첸델프도 그것을 사랑하고 있었다.

거짓말을 하지 못하는 드워프답게 첸델프의 얼굴은 창백해졌고 변화를 목격한 남자는 번들거리는 혀로 입술을 쭈욱 훑었다.

"알고 있어?"
"모, 모른다! 나는 몰라!"

첸델프는 죽어도 말할 수 없었다. 인간들이 보물의 존재를 알게 된다면? 한낱 드워프인 제게도 이리 악하게 구는데 무려 신의 유물이다. 그것을 갖기 위해 무슨 수를 쓸지 예상할 수 없었다.

심장이 쿵쾅거렸다. 드워프들의 최종 목표이자 근원이나 마찬가지인 보물, 이 탐욕스러운 인간에게 그것에 대해 말했다가는 드워프 족 전체의 뿌리가 흔들리리라…… 오싹한 직감이 등골을 훑고 지나갔다.

"그래? 그럼 말하게 해 달라 애원하게 해 주지."

이후 첸델프는 끔찍한 고문을 당했다. 온몸에 채찍을 맞았고,

불에 달궈진 인두로 살이 지져졌다. 온갖 고문도구들을 하나하나 강제로 겪었다.

아무리 치유력이 강한 드워프라 해도 그런 고문을 두어 달이 넘게 받다보니 맨 정신으로 견딜 수는 없었고 첸델프의 정신력은 차차 약해졌다.

첸델프는 보물에 대해 발설할 바에야 차라리 죽는 게 낫다 생각했다. 그래서 혀를 깨물고 자결하려고 했던 적도 많았지만 매번 방해를 당해 실패로 돌아갔다. 블랙폭시는 첸델프를 꼭두각시로 만들기 위해 이마에 노예의 낙인을 찍어 보려고도 했지만 기이하게도 낙인은 닿기도 전에 튕겨 나갔다.

만신창이가 되어 멍청하게 앉아 있는 첸델프를 남자는 지겹다는 듯이 내려다보았다.

"끈질기긴. 정말 말 안 할 거냐? 뭘 알고 있는 건 분명한데…… 흠."

그리고 남자는 아무렇지도 않게 말했다.

"그럼 손은 어떨까? 일단 손톱부터 하나하나 뽑아 볼까 하는데 어때?"

첸델프는 남자의 협박에 눈을 까뒤집고 침을 뱉었다. 남자의 얼굴에 걸쭉한 침이 치덕하고 튀었다.

"이 새끼가……."

남자의 눈에 불똥이 튀었다. 이후 첸델프의 손에 가해지기 시작한 가혹행위들은 그의 심장을 갈기갈기 찢어 놓았다. 손톱이 하나, 둘, 셋…… 열 개가 모두 뽑혀 나갔다. 그러고도 입을 열지 않자 손가락이 하나둘 잘려 나가기 시작했다.

첸델프는 하루에 하나씩 제 손가락들이, 제 보물들이 고통스레 잘려 나가는 걸 보면서 매일매일 비명을 지르고 울음을 터뜨렸다.

손가락은 단순한 몸의 일부가 아니었다. 그의 전부였다. 하나씩 하나씩 잘려 나가는 것은 그의 자부심, 인생, 희망, 꿈, 미래, 그의 생명이었다.

하나하나 잘려 나가는 손가락과 얼마 지나지 않아 잘려 나갈 예정인 손. 자결을 하고 싶어도 자결을 할 수 없는 상황에서 첸델프는 차라리 정신을 놓아 버리고 싶었다.

첸델프는 틈만 나면 자결을 시도 했으나 고향에 존재하는 신의 유물을 떠올리고 생각을 고쳐먹었다.

유물이 존재하는 묘지는 드워프들의 안식을 돕는 어머니의 품과 같았다. 두 손이 사라진 상태에서, 제 손을 빼앗아 간 인간들이 살아가는 끔찍한 대지 위에서 죽는다면 죽어서도 안식을 갖지 못하리라. 영혼은 이승을 헤매고 다니리라.

카란켈의 묘지, 신이 감싸고 있는 그곳으로 돌아가야 한다. 그곳으로 돌아가야 모든 시름을 잊고 편안히 잠이 들듯 이 생지옥을 떠날 수 있으리라.

열 손가락을 모두 잃고 시퍼런 작두의 날에 손목이 놓인 상태에서, 첸델프는 마지막 협박을 하는 남자를 향해 광소를 터뜨렸다. 자아, 잘라! 어서 잘라라! 그리고 네놈들은 죽어서도 지옥에 떨어져 구원받지 못할 것이다!

그렇게 마침내 두 손이 잘렸다.

첸델프는 미친 듯이 웃었다. 웃으면서 눈에서는 눈물을 줄줄 쏟아 냈다. 정신을 놓아 버렸다. 남자는 쯧, 하고 혀를 차고는 희귀 노예로나 팔아먹어야겠다며 부하에게 상처를 치료할 것을 명한 후 그를 노예상에 보냈다.

'드디어 풀려났다. 이제 죽는 일만 남았어.'

첸델프의 몸은 너덜너덜한 넝마였다. 드워프는 회복력이 빠르기 때문에 몸은 시간이 지날수록 괜찮아졌지만 잘려 나간 것은 되돌아오지 않았다.

첸델프는 차가운 지하 감옥에 널브러져 제 손을 보지 않으려 애썼다. 생각도 하지 않으려 노력하며 오로지 카란켈만을 바랐다. 제 손에 대해 조금만 생각해도 정말 미칠 것 같았다. 인간을 향한 엄청난 증오와, 무모하고 부주의했던 스스로에 대한 후회, 벌레 수백 마리가 온몸을 기어 다니는 듯한 박탈감. 그것들은 첸델프를 점점 광인으로 몰아갔다.

감옥에는 인간들도 끌려왔다. 같은 종의 인간들에게 끌려온 그들은 좌절해서 눈물을 터뜨렸다. 소리 내어 우는 이들에게는 욕설과 폭력이 가해졌다.

피해자들에게서 꾸역꾸역 치밀어 오르는 분노와 증오, 공포와 체념, 복수심과 살심, 부정적인 감정들. 첸델프는 구석에서 그것을 노려보았다. 탐욕적인 인간들은 동족에게마저 잔인했다.

놈들은 마음 한구석에 악마를 키운다. 탐욕을 받아 마신 악마
는 점차 커져 간다. 악마라는 것은…… 따로 있는 게 아니라 인간
의 본성일 것이었다.

그러나 첸델프는 이아나를 만났다.

"이게 다다."

이야기를 마친 첸델프는 가라앉은 눈으로 이아나를 보았다. 이
아나는 입을 열었다.

"고생하셨습니다."

이아나가 해 줄 수 있는 말은 이것뿐이었다. 같은 인간으로서 미안
하다는 말은 하지 않았다. 사과는 죄를 뉘우치며 상대에게 사죄하는
것. 쓰레기들이 저지른 짓을 대신 사과해야 할 이유가 없었다.

"인간쓰레기들은 인간이 직접 처리해야지요. 카란켈로 돌아가면
편히 쉬십시오."

하지만 쓰레기들에 대한 혐오감은 몰려들었다.

"혹시……."

이아나의 적안이 첸델프를 향했고, 첸델프는 그 눈동자에서 기
묘하고 섬뜩한 살기를 느꼈다.

"뚱뚱한 남자의 목을 바라시는지? 원하신다면 베어서 카란켈
바위산맥에 보내 드릴 수도 있습니다."

소름 끼치도록 차가운 말에 첸델프가 도리질했다.

"아니. 네가 나를 위해 그럴 필요는 없어……. 나는 원한을 묻고
인간과의 관계를 끊겠다. 인간들과는 이제 호의로도, 복수로도,
그 어떤 일이나 감정으로도 관련되고 싶지 않다."

"그렇습니까."

"하지만 이아나…… 너만큼은 절대 잊지 않겠다."

첸델프는 덜덜 떨리는 손으로 이아나의 손을 움켜쥐었다. 이아나는 싱긋 웃어 주고는 가만히 이야기를 되새겨 보았다. 블랙폭시가 떼돈을 벌기 위해 이종족을 노리나 싶었는데, 설마 성서에 등장했던 신성시대의 흔적들을 찾아 헤매는 줄은 몰랐다.

"그들이 찾는 판데모니엄의 열쇠와 악마의 거대한 파편은 뭘까요?"

"나는 정말 모른다. 성서에 나오는 단어라는 것밖에 몰라."

"그럼 드워프들의 보물은 무엇인지 물어도 됩니까?"

이아나의 눈이 반짝였다. 그녀의 관심은 정체불명의 단어들보다는 이야기 속에서 등장한 신성시대의 유물에 쏠려 있었다.

잠시 머뭇거리던 첸델프는 고개를 끄덕였다.

"나도 그게 뭔지는 잘 몰라. 그건 그냥 드워프들의 묘지 정중앙에 꽂혀 있는 은백색의 날카로운 금속 조각이다."

"금속 조각이요?"

"평범한 금속 조각은 아닐 게야. 그것을 마주할 때마다……."

첸델프는 얼룩진 표정으로 아득한 고향 속의 그것을 회상하였다.

"가슴이 아파 오고 눈물이 흐를 것 같다. 하지만 무척 안락한 기분이 들지. 아무리 화가 나는 일이 있더라도 그것을 보고 있으면 화가 사라져. 곁에 계속 있고 싶다는 기분이 들지. 나뿐만 아니라 모든 드워프들이 그래."

그것은 조상 대대로 드워프들이 숨을 거두었던 공동묘지를 만들어 내는 핵심이었다. 그것의 곁에서 제 최고의 작품과 함께 영원한 잠에 드는 게 드워프들의 최종 목표였다. 그것은 죽는 순간 신의 품으로 귀의하는 듯한 안온을 주며 행복한 미소를 짓게 만드는 드워프들의 최고의 보물이었다.

"어째서인지는 모른다. 하지만 그 곁에서만큼은 모든 시름을 잊고 편히 잠들 수 있을 것이라는 게 드워프들의 믿음이고 진실이다. 그래서 나는 카란켈로 돌아가길 바랐던 게야. 자결하지 않고 버텼던 게야. 인간들의 세상에서 죽었다가는 원혼이 되어 영원히 쉬지 못할 테지만, 그곳에선 손이 없다는 사실도, 지옥 같았던 나날들도 잊고 편히 죽을 수 있을 테니까……."

이아나는 금속 조각에 호기심이 생겼다. 첸델프가 느꼈다는 감정은, 예전에 신학 수업에서 피앙카 사제가 라오스신교 최고의 보물이라는 비석을 보고 느꼈다는 감정과 몹시 비슷했다.

하지만 비석은 라오스신교가 철통같은 보안으로 지키고 있기 때문에 이아나가 그것을 직접 보는 것은 힘들었다.

"혹시 제가 드워프들의 묘지에 들어가 볼 수 있겠습니까?"

"네가?"

첸델프는 곤혹스러운 표정을 지었다.

"나는 널 전적으로 믿지만 다른 녀석들도 그럴지는 모르겠다. 드워프들은 기본적으로 인간들을 싫어해서……. 그리고 묘지는 우리들이 최고의 작품을 가지고 잠드는 곳, 드워프들의 성지고 인간들 입장에서는 보물창고다."

"저는 누누이 말했듯, 드워프들의 작품에 관심이 없습니다."

중얼거리던 첸델프가 손을 휘휘 내저었다.

"나는 네가 그럴 리 없다는 걸 알지만 다른 놈들은 그렇게 생각하지 않을 거라……. 그런데 묘지에 들어가고 싶어 하는 이유가 뭐냐?"

이아나는 고민에 빠졌다. 제 몸에 도사리고 있는 신의 영혼과

신의 힘에 대하여 털어놓으려 했으나 그것이 인간과는 사고방식이 다른 이종족에게 어찌 받아들여질지 알 수 없었다.

"신의 흔적을 직접 보고 싶습니다. 아무것도 건드리지 않겠습니다. 볼 수 있도록 첸델프가 도와주십시오."

이아나는 말을 얼버무렸지만 첸델프는 사정이 있으리라 생각하여 더 묻지는 않았다. 그리고 단 한 번도 무언가를 요구하지 않았던 이아나의 부탁에, 첸델프가 고개를 끄덕였다.

"그래. 네가 그곳에 들어갈 수 있도록 최선을 다해 보마. 내 은인인데다, 용아병이나 다른 드워프 전사들과 함께 들어간다고 하면 그렇게 반대하지는 않을 게야."

"감사합니다."

"아니야. 아냐. 내가 너에게 도움이 될 수 있다면 나야말로 기쁘다."

고개를 숙여 인사한 이아나는 또다시 말이 없다. 그녀는 손등에 턱을 괸 채 생각에 빠져 있었다. 첸델프는 피식 웃었다. 참 생각이 많다.

"……."

첸델프는 시선을 내려 잘려 나간 손과 완벽하게 똑같은 두 손을 물끄러미 쳐다보았다. 끔찍한 시련이긴 했지만, 손은 아무 일도 없었던 것처럼 다시 제 두 손목 위에 얌전히 놓여 있었다.

첸델프는 다시 고개를 들어 깊은 눈으로 이아나를 바라보았다.

좌절했었고, 절망했었다. 하지만 저 소녀를 만난 후에 희망을 얻었고, 환희에 눈물을 흘렸다.

모든 것을 잃었다가 다시 되찾는 감각은 첸델프의 영혼에 강렬한 충격을 주었다. 잘려 나간 손이 신의 섭리를 거슬러 다시 생겨나는 신비로운 순간에, 첸델프는 끔찍하리만치 황홀한 영감을 받았다.

손이 생겨나자마자 눈물을 터뜨린 첸델프는 그의 손을 되찾아 준 어린 인간을, 상식적으로 불가능한 약속을 지켜 그에게 모든 것을 되돌려 준 이아나를 열기 어린 눈으로 보았었다.

이 인간을 위하여 검을 만들자.

그 어떤 작품을 만들 때보다 뜨거운 창작욕이 첸델프의 영혼을 뒤흔들었다. 이아나를 보는 첸델프의 손이 떨려 왔다.

저 어린 여검사를 위해서라면 희대의 명검을 만들 수 있으리. 이것은 확신이었다.

첸델프는 생각했다. 자신이 혹독한 시련을 겪은 것은 죄다 이아나를 만나기 위해서였으리라.

그리고 첸델프는 믿었다. 이 모든 것은 운명이리라고.

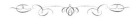

상행은 며칠 후 출발했다. 중앙 대륙에서 남부 대륙으로 향하는 먼 길을 떠나는 상행이기에 말이 이끄는 짐마차도 다수 대동되었다. 수레바퀴가 달그락거리는 짐마차 옆에서는 상단의 호위 무력과 용병들이 한데 섞여 시시껄렁한 잡담을 나누며 걸었다.

짐마차뿐만 아니라 사람을 태우는 마차도 중앙에 두세 개 있었는데 한 마차에는 무르시, 핀, 그리고 첸델프가 타고 있었다. 첸델프는 달이 어슴푸레 떠 있는 이른 새벽부터 사람들의 눈을 피해 후다닥 올라타서는 식사 때도 나오지 않고 마차 안에만 앉아 있었다.

무르시는 이아나에게 마차에 함께 타자고 제안했으나 이아나는 거절했다. 같은 돈을 받고 일하는데 다른 고용인들과 다른 대우를 받고 싶지 않았다. 그리고 아르하드가 있었다.

아르하드는 상행 시작 전 다소 들떠 보이는 얼굴로 그녀에게 먼저 인사해 왔고, 이아나도 예의 바르게 인사했다. 그렇게 이아나는 자연스레 아르하드와 함께 걷게 되었다.

지금도 이아나는 아르하드의 옆에서 그와 학술원 생활에 관련해서 시답잖은 이야기를 나누고 있었다. 서로의 이야기가 아닌 기숙사는 어떻다느니, 어느 교수가 잘 가르친다느니 주변에 대한 가벼운 이야기들을 했다.

이아나는 아르하드를 흘끗 쳐다보았다. 그와 이렇게 나란히 하고 걸음을 걷다니, 감회가 새로웠다. 그녀는 아르하드에게 옆에 설 기회 한번 주지 않았다. 열등감과 패배감, 승부욕에 젖어 있던 이아나는 언제나 잔인했었다.

'왜 긴장하고 있지?'

말은 잘 하지만 아르하드의 뺨 근육이 살짝 경직되어 있는 게 보인다. 아무 짓도 하지 않은 상태에서도 이러한데 만약 과거의 아르하드였다면 이게 꿈인가 싶어 뺨을 꼬집어 볼지도 모르겠다고, 이아나는 다소 우스운 생각을 했다.

이아나는 아르하드를 빤히 올려다보았다. 시야에 비치는 이 남자가 바로 이번 생에서 제 주군이 될 자였다. 언제나 적개심으로 이지를 잃은 상태에서 그를 대했다. 이리 평화로운 마음으로 그의 얼굴을 보는 것은 처음이었다.

이아나는 아르하드의 생김새를 훑어 보았다. 지난날 대를 끊어 버린 남자 넷이 잘생겼다고 했던가? 우습다. 이 남자에 비하면 속된 말로 태양 앞의 반딧불에 불과했다.

뚜렷한 이목구비에 짙은 눈매, 얼굴을 이루는 모든 것이 굵직한 선으로 날카롭게 떨어지는, 남자답게 잘생긴 사내였다.

무엇보다 그늘진 금안은 여타 금안과는 뿌리부터 다른 듯 기묘하게 빛났다. 저 시선을 받으면 침착함을 유지하기 어렵다. 이는 아르하드에게 쉬이 다가갈 수 없게 만드는 요소였으나 끌리기 시작하면 한없이 빠져드는 매력이기도 했다.

그리고 아르하드는 그러한 빛을 더욱 짙고 농밀하게 덧씌운 채 이아나를 탐했다. 단호한 눈매도 누그러뜨리고 헤픈 호감을 보이며 그녀를 회유했다. 그래서 끈질긴 인재 욕심에 불과했던 것이 아르하드 로 라르소 바하무트가 이아나 로베르슈타인에게 열렬하게 구애한다는 헛소문으로 둔갑했다.

과거에는 그리도 불쾌하게 여겼던 눈빛인데 이제 와서 마주할 때마다 흡족한 기분을 느끼는 까닭은 그를 주군으로 삼으리라 굳게 결심하고 있는 탓이다. 주인이 될 자가 자신을 가지고 싶어 안달이 나 있다는데 어느 누가 기쁘지 아니할 텐가?

'어쨌든 유명세만큼 잘생기긴 잘생겼군.'

보고 있으면 즐거운 기분이 드는 것이 계집애들이 꺅꺅대는 심정을 이해할 수 있을 것 같기도 했다. 흡족했던 이아나는 작게 고개를 끄덕였다. 주군이 될 자가 여러 방면에서 훌륭하다면 더 따를 맛이 나는 법이다.

훌륭하지만 그 주변을 둘러싼 상황이 위험하고, 아직 모든 것을 가지지 않아 완벽하지는 않다. 아르하드는 부하가 제왕의 길을 닦을 수 있는 영광을 선사하는 최상의 주군이었다.

"……"

이아나의 관심을 한 몸에 받고 있는 아르하드는 어느새 말을 멈추고 얼어붙어 있었다. 이아나의 시선은, 짐승이었다면 먹잇감이 된 듯한 기분을 느끼고 털을 빳빳하게 곤두세웠을지도 모를 정도로 집요했다. 그녀가 제 얼굴을 뚫어 버릴 듯 쳐다보는 이유를 알 수 없어 그는 긴장했다.

어찌할 바를 모르고 이아나가 저를 쳐다보는 것을 가만히 내버려 두던 아르하드는 끝이 보이질 않자 결국 참지 못하고 마른 입술을 떼었다.

"왜 그렇게 쳐다보시는지……."

"아."

이아나가 무례함을 깨닫고 고개를 돌려 앞을 보았다.

"소문대로 잘생겼다 싶어서요. 그렇게 피해 다니실 때는 언제고 옆에 계시니 신기하기도 하고."

이아나는 시치미를 뚝 떼고 말했다. 거짓말은 아니다. 전생에서 수십 년간 아르하드를 피해 온 건 자신이지만 이번 생에서 피해 다닌 건 그니까. 저번 생애는 저만이 기억하는 꿈에 불과한 것을 어쩌겠나.

이아나는 허리춤에 있는 주머니에서 육포를 꺼내 질겅질겅 씹었다.

"후."

육포가 생각보다 질겨 인상을 찌푸리는 이아나를 물끄러미 바라보던 아르하드가 입가에서 바람 새는 소리를 내며 기분 좋게 웃었다. 즐거운 미소였다.

이아나는 육포를 질겅거리다 말고 멈칫했다. 며칠 전에 보았던 밝은 미소와 엇비슷했다. 열아홉 살 처음 검을 겨누었을 때의 즐겁다는 웃음 이후, 세월이 흐를수록 그의 얼굴은 점점 비참함, 고집, 집착과 같은 감정으로 물들어 갔었다. 점차 입매가 굳어 가고 어느 순간부터 그녀를 마주할 때마다 분노한, 그러나 울 듯한 얼굴로 변해 갔었다. 아르하드가 그녀의 심장을 찌르는 파국에 치달았을 때는 체념으로 인한 살기뿐이었다.

그래서 아르하드의 웃음은 이아나를 계속 멈칫하게 만들었다.

"이제껏 피했던 이유, 솔직히 말씀드릴까요."

아르하드가 조용히 꺼낸 말에 이아나는 그를 똑바로 올려다보았다. 당장 말하라는 강렬한 요구였다.

"창피해서 이제껏 차마 말씀드리지는 못했지만 이왕 이렇게 된 거, 꼬인 것부터 풀어야 할 것 같으니 말씀드리겠습니다. 저는 이아나 양이 무서워서 피해 다녔습니다."

"……예?"

어이가 없어서 이아나가 반문하자 아르하드가 낮게 웃었다.

"소문에 의하면…… 이아나 양에게 한번 밉보이면 끝장이라던데요."

할 말이 없다.

이아나도 제 외골수적인 면이 심하다는 것은 알고 있었다. 한번 마음에 들지 않으면 바로 내치고, 한번 아니라 확신하면 평생 아니라고 여겨 잔인하게 굴었다. 아르하드의 경우가 그렇지 않았던가.

이아나는 고민에 빠졌다. 모든 것을 새로 시작하는 마음으로 살아왔다. 다소 너그러워졌다고도 생각했다. 게다가 이제껏 그런 성향을 내비친 적은 없는 것 같은데 소문이라니?

"대체 어떤 소문입니까?"

"엘리리 샤마리 사건, 네 망나니를 불구로 만든 사건, 그리고 츠레비스 벤덤 후배님 사건도 있었지요. 이후 그는 휴학 신청서를 냈다고 들었습니다."

"……."

내비친 적 없다고 생각했지만 행동에 자연스레 묻어났나 보다. 이아나는 골치가 아파서 머리를 헤집었다.

"저는 사람을 이유 없이 미워하지 않습니다. 선배님께서 말씀하신 것들이 모두 사실이긴 하지만, 전부 이유가 있어서 과격하게 대응한 거고, 츠레비스 벤덤 때는 제 심리상태가 좀……."

"압니다. 검술 실력에 자부심을 가지고 있는 사람일수록 검에 대해 모욕당하면 참지 못하지요. 이아나 양이 화를 낸 대상을 보면 모두 다 이아나 양의 검에 대한 진정성을 의심한 자들이었습니다."

평소에 감정동요가 거의 없어 자신이 돌 같다는 소문이 학술원 내에 퍼져 있다는 것을 그녀도 알고 있었고 아르하드 또한 모를 리가 없었다. 그런데 감정이 휘둘린 부분이 모두 검 때문이니 아르하드는 경계했을 것이다.

"저는 이아나 양의 검을 검술대회에서 처음 보았습니다. 이아나 양의 대단한 실력에 감탄했고, 친해지고 싶다고 생각했습니다. 그리고 츠레비스 군이 당하는 걸 보면서 말과 행동을 조심해야겠다고 다짐했어요."

게다가 아르하드가 처음 본 제 모습이 검술대회 때 츠레비스를 잔인하게 난도질하는 장면이었으니…….

"그래서 만나자마자 대련을 하자는 이아나 양의 말에 겁을 먹었습니다. 대련 후 이아나 양이 어찌 반응할지 예측할 수가 없어 불안했습니다."

"……."

"실력이 모자라서 실망시켜드리는 게 싫다는 변명을 했지만, 저는 4학년 수석이고, 제 실력에 자부심을 가지고 있습니다. 이아나 양이 제게 지면…… 저를 미워할지도 모른다고 생각했습니다."

이아나는 말없이 육포를 이로 깨작거리며 씹었다.

"그렇다고 해서 대충 싸우다 져 줄 수도 없는 노릇이고. 그래서 이아나 양을 피해 다녔습니다. 저는 이아나 양이 정말 마음에 들어 친해지고 싶었습니다만, 제가 혹시라도 실수해서 이아나 양과 처음부터 벽을 쌓게 되면 어쩌나 싶었습니다."

대련을 피하며 겁먹은 개처럼 꼬리를 말고 도망친 게 그래서였던가.

"하지만 이제 자신감을 가지기로 했습니다. 이아나 양에게 제 첫인상이 나쁘지는 않은 것 같아서."

이아나는 육포를 하나 더 입에 구겨 넣었다. 검에 한해서는 한없이 철부지 같은 성정이 모조리 들통 나서 민망했다.

아르하드가 조심스럽게 말했다.

"혹시 제가 이런 생각을 해서 마음이 상하셨습니까?"

"아니요. 제 성격, 제대로 보셨습니다. 선배님의 걱정과 행동을 이해하고요."

"그럼……."

"그래요. 만약 선배님께 진다면, 저는 이길 때까지 선배님 뒤를 쫓아다닐 겁니다. 볼 때마다 검을 뽑아 들지도 모르죠."

"……."

이아나는 육포를 대충 삼키고 물로 입을 헹구었다. 아르하드가 말이 없었지만 대수롭지 않게 여긴 이아나는 시원한 물을 벌컥벌컥 마시고 물병을 허리에 찼다.

"하지만 제가 그렇게 쫓아다닌다고 해도 적대적이진 않을 겁니다. 실력이 부족해서 지는 건데 누굴 탓하겠습니까. 제 모자람 탓인걸요."

심각한 표정을 짓고 있던 아르하드가 고개를 홱 돌려 이아나를 뚫어져라 쳐다보았지만 이아나는 앞을 노려볼 뿐이었다.

과거에는 왜 모자람을 인정하지 않고 아르하드에게 적대적으로 굴기만 했는가? 당시 상황이 그렇게 그녀를 몰아가고 있었기 때문이다.

검에 한창 미쳐 가고 있던 시절이다. 이아나는 당시 신분의 고하에 상관없이 모두에게 경멸받고 있었고, 사교계에 데뷔해서는 모욕적인 대우를 받았다.

어여쁘긴 하나 왕국의 꽃이자 고귀한 레리트 타루이트에 비하면 모자랐다. 모두에게 인정받는 특출한 재주도 없었다. 이아나에게는 오로지 검밖에 없었다.

아르하드와 맞붙은 검술대회는 처음으로 다른 이들과 대련했던 날이었고, 처음으로 모두에게 인정받던 날이었다.

그런데 아르하드에게 처음으로 처참하게 져서 무릎 꿇려졌다. 열심히 알을 깨고 나오자마자 독수리에게 발톱으로 채인 듯 온몸이, 머리가 아팠다.

자신을 처음으로 패배시킨 적. 자신의 모든 것을 가지고 놀듯 꺾은 자.

어미를 각인하듯, 적으로 인식했다.

'상황이 나빴지.'

이제는 진다고 해서 열등감이나 적개심이 치솟지는 않을 것이다. 죽으면서 깨끗하게 패배를 인정했기 때문이다. 저번에는 라이벌이긴 하되 적이었다면, 이번에는 회귀 전처럼 라이벌이긴 하나…… 미래의 주군이기 때문이다.

"아르하드 선배님께는 져도 괜찮을 것 같습니다."

아르하드의 몸이 경직되었다.

"……왜죠?"

"글쎄요?"

아르하드의 물음에 이아나는 말을 얼버무렸다. 왜인지는 설명할 수 없었다. 나는 회귀를 했고, 회귀 전 당신에게 수없이 많이 패배하여, 이제는 완전히 패배를 인정하였다고.

어찌 말하겠나. 미친 여자 취급당하지 않으면 다행이었다.

"선배님이 무척 강하다는 느낌이 듭니다. 호승심이 드는 건 사실이지만 진다고 해서 선배님을 싫어하거나 미워하는 철없는 행동은 하지 않을 겁니다."

이아나는 그냥 두루뭉술하게 대충 둘러댔다.

"하하."

아르하드는 실없다 여겨지는 웃음을 흘리며 이마를 짚었다.

"왜 그리 웃으십니까?"

"……그냥. 제가 바보 같기도 하고, 생각과는 너무 다르기도 하고. 이게 대체 뭔가 싶기도 하고. 아무튼 그렇다니 다행입니다."

이아나는 의아했지만, 아르하드의 기분이 좋아 보이자 기회다 싶어 예전부터 요구해 오던 것을 다시 언급하기로 했다.

"그럼 저와 대련을 해 주실 겁니까?"

스스로가 생각해도 끈질긴 요청이었다.

이아나는 검이 좋다. 아르하드를 만나기 전에는 검을 휘두르는 것만으로도 즐거울 수 있었다. 그러나 혼자서 검을 수련할 때는 즐겁긴 하나 긴장감이 없다는 것을 깨달았다.

평생을 눈앞의 남자와 싸워 온 이아나는 그와 검을 맞부딪쳤을 때의 소름 끼치는 전율을 이미 알고 있었고 익숙해져 있었다. 이미 그것을 알아 버린 이아나의 욕구를 채워 줄 수 있는 자는 아르하드밖에 없었다.

이번 검술대회에서 뼈저리게 느끼지 않았는가? 제 혼신의 힘을 다하여 싸울 수 있는 상대가 바로 앞에 있는데도 참는다면 욕구 불만의 상태만 계속될 뿐이다.

그리고 어차피 새로 사는 인생, 한번쯤은 그를 꺾어 보고 싶었다. 이는 어쩔 수 없는 이아나의 천성이었다.

"……."

아르하드는 말이 없었다. 무슨 생각을 하는지 도통 알 수 없는 묘한 표정으로 그녀를 물끄러미 내려다보았다.

'이번에도 거절할 텐가?'

불만스러운 눈으로 저를 올려다보는 이아나를 한참이나 말없이 쳐다보다 마침내 옅은 미소를 지었다.

"이아나 양의 호감을 잃지 않는다면야, 얼마든지요."

아르하드가 손을 뻗었다. 이아나의 머리 위에 놓였다. 한 번 헤집어졌다. 이아나는 눈을 깜빡거렸다.

이아나는 몸이 달아올라 당장이라도 검을 휘두르고 싶었지만 이번 상행에서는 참기로 했다. 다른 용병들에게 구경거리가 되고 싶지 않았기 때문이다.

"가진 거 다 내놔!"

그리고 앞으로 자주 발생하게 될 지금과 같은 상황 때문에 집중할 수가 없었다. 습격당할까 봐 위험해서 집중할 수 없다는 게 아니라 그와의 대련에 집중하고 있는 상태에서 검 한번 가볍게 휘두르면 베여 나갈 것들의 방해를 받는 게 끔찍하게 싫었다.

대륙에는 산이 많다. 대륙의 중심을 가로지르는 거대한 롯소산맥에서 뻗어져 나온 산맥들을 제외하고도 산은 대륙 전역에 땅의 균열처럼 산발적으로 솟아나 있었다.

흙, 식물, 동물, 돌, 나무, 광물…… 산은 온갖 자원을 제공하는 자연의 보고였다. 전쟁 때는 적국의 침략을 막는 든든한 요새 역할도 했다.

그러나 산에는 사나운 짐승은 물론이요 일반인에게는 끔찍한 괴물로 인식되고 있는 잔인한 몬스터들도 들끓었다. 마도시대 초기 인간들은 대륙 전체에서 날뛰어 대는 몬스터들을 이종족들과 힘을 합쳐 그들의 발원지로 추측되는 산으로 몰아넣었다. 그래서 인간들이 완전히 자리 잡은 지역에서는 몬스터를 거의 찾아볼 수 없었으나 반대급부로 산에서는 몬스터가 우글거렸다. 산의 규모가 클수록 몬스터의 위협은 더욱 커졌다.

그래서 왕국에서는 주기적으로 소탕작업을 벌였다. 소탕작업을 소홀히 할 경우 몬스터가 한 번씩 떼를 지어 마을로 내려와 마을을 쑥대밭으로 만들었기 때문이다.

그러나 철저하게 소탕한다고 해도 몬스터는 사라지지 않았다. 소탕작업을 한 직후에는 잠잠했지만, 몇 개월만 지나면 언제 그랬냐는 듯 다 자란 몬스터들이 떼거지로 출현했다. 그래서 행인들에게는 산을 오를 때나 울창한 숲을 지나갈 때가 가장 위험했다.

산에는 드물지만 도적들도 있었다. 폭군이 지배하는 왕국에서는 백성들이 굶주림에 몸부림치다 끝끝내 도적이 되어 산으로 들어가는 경우가 허다했지만 산에서는 무력을 갖춘 자들만이 살아남을 수 있었다. 나머지는 스스로 몬스터의 밥이 된 것이나 마찬가지였다.

도적들은 몬스터들이 적게 출현하는 지역을 찾아 자리를 잡고 주기적으로 몬스터들을 잡아 부산물을 얻는 한편 지나가는 인간들에게서 짐을 빼앗거나 통행료를 받았다.

행인들은 산의 몬스터를 처리해 주는 대가라 여겨 묵묵히 통행료를 지불했다. 짐을 몽땅 빼앗기거나 노예로 잡히는 경우도 있었지만 이런 일이 반복될 경우 왕국에 신고가 들어가고 군대가 파견될 수도 있었기 때문에 대부분은 통행료로 해결되었다.

강력한 무인들이 포함된 일행을 잘못 건드려 학살에 가깝게 처리되는 경우도 없진 않았으나, 도적들도 상대를 보아 가며 덤볐기에 그런 경우는 드물었다. 가끔은 머릿수에 밀려 실력자 쪽이 죽임을 당하는 경우도 있었다.

군사 강국에 치안 강국인 로안느 왕국은 몬스터는 물론 도적이라는 도적은 소문이 들릴 때마다 씨를 말렸고, 제 힘을 과시하고 싶어 하는 로안느의 무인들은 제 무력을 뽐낼 수 있는 기회만을 애타게 찾아다녔다. 하지만 다른 왕국들의 상황은 달랐다.

"통행료를 내지 않으면 짐을 모두 빼앗고 몬스터 밥으로 만들어 주마!"

로안느 왕국 내에서의 여정은 순조로웠지만, 북쪽의 로안느 왕국과 남쪽의 메나코시 왕국의 국경인 모몸바산맥의 중심부에 들어서는 순간 수십 명이나 되는 도적들이 떼거지로 나타났다. 이상하게 몬스터들이 나타나지 않는다 싶더니 도적들이 있기 때문이었다.

무르시는 통행료를 지불하려 했다. 그러나 도적들이 통행료라고 제시한 액수는 어이없을 정도로 심했다. 그냥 물건을 다 버리고 가라는 것이나 마찬가지였다.

도적들은 모몸바산맥에서 유명한 도적단으로, 단원 하나하나가 마나를 제어할 수 있는 무인들이었다. 이미 행인들의 물건을 수십 차례 털었으며 몬스터들도 무리 없이 처리해온 도적들은 자신들의 실력을 과신하고 있었다.

도적들은 파엘라 상단이 지니고 있을 물품에 군침을 흘렸다. 소수의 실력자들로 구성된 상행의 경우 적은 양의 값비싼 사치품을 지니고 있는 경우가 많았다. 그들이 보기에 이번 먹잇감들 중 실력자는 얼마 되지 않았을뿐더러 머릿수마저 압도적으로 차이 났기 때문에 자신감이 팽배했다.

"헛허. 이 겁대가리를 상실한 놈들을 봤나."

"심심했는데 잘됐네."

벤포메를 포함한 용병들은 낄낄대며 목을 풀었다. 도적들은 상대를 잘못 골랐다. 이번 파엘라 상단을 호위하는 용병들은 대부분이 은패 용병으로, 싸움에 노련하다 못해 이골이 나 있었다. 모두 다 마나를 능숙하게 제어하는 데다, 실력 있는 마법사까지 있었으니 산에서 일반인이나 소수의 행인들을 상대로 물건을 강탈하던 도적단은 그들을 상대하기 어려웠다.

은패 용병들만 있었다면 머릿수에 밀려 위험했을지도 모른다. 그러나 대륙에서도 손꼽히는 실력자인 황금패 용병, 벤포메가 있었다. 그는 혼자서도 도적들을 싹 쓸어버릴 수 있었다.

무엇보다 검술의 스페셜리스트들의 집단, 학술원 검술학부의 우등생…… 아니, 훗날 바하무트 제국의 황제, 로안느 왕국의 공작으로서 대륙 최강의 검사들로 추앙받던 아르하드와 이아나까지 있으니 말 다했다.

한마디로 도적들은 운이 없었다.

"통행료를 십 부의 일로 줄이게. 그러면 지불하지."

무르시는 평화로운 방법으로 해결하고자 도적들에게 협상을 제안했다. 무력으로 잔인하게 밟고 지나갈 수도 있지만 도적들은 같은 사람이었고, 그들 덕분에 몬스터를 만나지 않았으니 몬스터를 정리해 준 대가 정도는 지불해 줄 수 있었다.

"낄낄. 이 아저씨가 벌써부터 노망이 들었나. 우리는 통행료를 낮춰 줄 생각이 전혀 없으니 통행료를 낼지, 물건을 전부 내려놓고 갈지 일 분 안에 결정해라!"

상단 호위들은 각자의 무기에 손을 올리고 고용주의 결정을 기다렸다. 말이 통하지 않는 작자들에게는 응징이 약이었다.

"아재, 어쩔 겨?"

"으음."

무르시가 결정을 내리지 못하고 고민을 거듭하고 있자 벤포메는 답답하다는 듯 입가를 씰룩거렸다.

"으메, 뭘 고민하요! 두들겨 패 놓고 지나가 브러. 우리 대장이었으면 저런 놈들은 모가지를 싹 다 부러뜨리거나 모가지째로 뜯어 놓고 지나갔을 것이요잉!"

벤포메가 주먹을 불끈 쥐며 말하자 무르시가 한숨을 쉬었다.

"벤, 자네는 마차 옆에 있으면서 마차와 짐꾼들을 지키게. 자네가 나섰다가는 저 도적들의 뼈와 살이 튈 테니까."

"잉."

도적들과 치고받을 생각으로 들떠 있던 벤포메는 실망해서 어깨를 축 늘어뜨렸다. 불끈거리던 근육들도 힘을 잃고 말랑말랑해졌다.

"협상 결렬인가? 후회하지 마라! 킬킬!"

도적떼가 흉악한 무기를 빼들고 슬금슬금 접근하기 시작하자 용병들은 제 무기를 쓰다듬으며 무르시의 눈치를 보았다. 무르시는 결국 무력을 써야 하나 싶어 한숨을 쉬었다.

"무르시 씨, 죽입니까?"

살벌한 의미에 비해 무척 평온한 목소리였다. 도적들이 살기를 품고 시퍼런 날을 들이대는데도 조금도 긴장하지 않은 아르하드가 나지막하게 묻자 무르시가 그를 보았다.

이아나 또한 무르시의 대답을 기다렸다. 그의 한마디에 도적들의 목숨이 결정된다.

무르시는 고개를 설레설레 저었다.

"피는 보고 싶지 않습니다. 되도록이면 제압해서 기절시켜 주십시오. 하지만 위험할 것 같으면 죽이셔도 상관없습니다."

피는 보고 싶지 않지만 제 식구가 조금이라도 다칠 바에야 저 무뢰배들이 죽는 게 나았다.

무르시의 말뜻을 이해하고 고개를 끄덕인 아르하드가 장검을 천천히 풀어냈다. 하지만 검날을 감싼 두툼한 가죽은 풀지 않은 채였다.

"야, 쳐라!"

본격적으로 달려드는 도적들을 향해 용병들이 무기를 휘둘렀다. 쇳소리가 울려 퍼지고 상황은 살벌하게 흘러갔다.

"이 새끼. 얼굴을 난도질해 주마!"

얼굴에 적대감을 보이며 달려드는 세 도적을 주시하던 아르하드가 입술을 비틀어 웃고는 땅을 세게 박차 남자들 틈으로 석궁의 쇠뇌가 쏟아지듯 파고들었다.

삐걱, 우드드득! 콰아앙! 우득! 퍽!

아르하드가 검을 옆으로 휘둘렀을 뿐인데 배를 맞고 몸이 말발굽 모양처럼 접힌 도적 하나는 살벌한 뼈 부러지는 소리와 함께 요란하게 바닥에 나뒹굴더니 그대로 절명했고, 무거운 검답지 않게 순식간에 제자리로 되돌아온 검이 다른 한 도적의 머리를 정수리부터 벼락처럼 찍어 내렸다. 힘에 짓눌린 도적은 두개골이 부러지는 소리와 함께 땅에 엎어졌다.

"이, 이 새끼가!"

겁먹은 마지막 도적이 휘두른 날붙이를 허리를 숙여 피한 아르하드는 팔을 뒤로 세게 젖혔다가 뭉툭한 검극을 도적의 명치에 강하게 찔러 넣었다.

"커헉!"

피 섞인 침을 토한 도적은 허공을 날아가 나무둥치에 세게 처박혔다. 팔다리가 널브러진 것이 죽었는지 살았는지 알 수 없었다.

아르하드에게 공격당한 도적들이 온데를 다 날아다니고 굴렀기에 전투가 잠시 소강상태에 접어들었다. 정신을 잃은 도적들에게 겨누어진 것이 날카로운 검이었다면 잔인한 피 보라가 불었을 것이다.

사람들이 할 말을 잃고 멍하니 있는데 아르하드가 쯧 하고 혀를 찼다.

"실례. 힘 조절을 잘못해서."

세 도적을 순식간에 처리한 아르하드는 도적들이 밀집되어 있는 곳으로 달려갔다. 도적들이 살벌한 기세로 무기들을 들어 올렸다. 하지만 소용없었다.

이아나는 뒤에서 구경하고 있다가 검집을 들어 올렸다. 경쟁심이 꾸역꾸역 솟았다. 아르하드에게 뒤처지고 싶지 않았다.

"이아나! 여기 있어 다오!"

도적떼에게 달려들려던 이아나는 자신을 부르는 목소리에 멈칫하여 뒤를 돌아보았다. 무르시가 탄 마차 주변에는 짐꾼들이 둥그렇게 모여 있었는데, 마차의 창문에서 첸델프가 안색이 퍼렇게 질린 채 고개를 내밀고 있었다. 덜덜 떨고 있는 것이, 이아나가 멀어지면 기절이라도 할 기세였다.

이아나는 도적떼와 마차, 그리고 겁먹은 짐꾼들을 번갈아 쳐다보고는 결국 벤포메가 뚱하니 서 있는 마차로 다가왔다.

"무르시 씨, 저도 이곳을 엄호하겠습니다."

"그래 주시면 좋습니다. 하지만 도적떼들의 숫자가 많은데, 나서서 싸우는 사람이 줄어도 괜찮을까요?"

"아따, 그랑께 나가 가면 한 방에 정리된다니께 아재는 참, 번거롭게시리⋯⋯."

"벤 자네는 나와 핀을 보호하는 게 최우선이라는 걸 잊지 않았겠지?"

"쳇."

삐죽거린 벤포메는 인질을 잡고자 마차에 달려드는 도적의 턱주가리를 건틀릿 낀 주먹으로 날렸다. 턱이 으깬 감자처럼 박살난 도적은 비명도 지르지 못하고 기절했다.

"아르하드 선배님이 계시니 금방 정리될 겁니다."

이아나는 아르하드가 검을 휘둘러 도적들을 처리하는 광경을 흘끔 쳐다보았다.

아르하드는 도적들을 봐줘도 심하게 봐주고 있었다. 하지만 그에게는 부채질 한 번 하는 정도의 공격이 도적들에게는 폭풍으로 다가왔고 그들은 검세에 휩쓸려 공중에서 날아다니다 한 군데씩 부러져서 여기저기 처박혔다.

"보십시오. 벌써 정리되어 가지 않습니까?"

"아르하드 군의 실력이 그 정도입니까? 물론 대단해 보이긴 합니다만, 이아나 양이 그리 말씀하실 정도로?"

"저분은 저도 이길 수 있다 확신할 수 없습니다."

뻐걱!

"악!"

이아나는 아르하드를 극찬하며 검집을 뒤로 휘둘렀고 검집에 제대로 얼굴을 가격당한 도적이 뒤로 넘어갔다. 얼굴을 부여잡고 끙끙 앓는 도적의 배를 발로 세게 걷어차 제 앞에서 치운 이아나는 덤벼드는 다른 도적의 팔 안으로 파고들어 목을 콰득 붙잡았다.

"힉!"

귀신처럼 접근해 제 목을 움켜쥔 어린 여자에게 놀란 도적이 헛숨을 들이켰다. 도적의 키는 이아나보다 컸지만 그녀의 손아귀에 붙잡힌 도적의 몸은 이내 허공을 붕 날아 단단한 땅에 머리부터 강하게 내리찍혔다.

콰아앙! 뚜두두두두둑.

구십 도로 꺾인 목에서는 뼈가 부러지는 소리가 들렸고 도적은 엄청난 고통에 게거품을 물며 기절하고 말았다. 목을 붙잡고 있던 손을 툭툭 털어 내는 이아나의 얼굴은 너무 평온해서 방금 장정 두 명을 곤죽으로 만들어 놓은 여자로는 보이지 않았다. 그녀의 실력이 궁금해서 그녀를 주시하고 있던 일꾼들과 용병들이 질린 듯한 표정을 지었다.

"선배님께서 진검을 썼다면 순식간에 정리했겠지만 힘 조절을 하시다 보니 오래 걸리시는 겁니다."

이아나는 아르하드를 관찰했다. 아르하드의 얼굴에서 땀방울이 흘러내렸다. 미간은 살짝 좁혀져 있었다. 아까 힘 조절을 했는데도 일격에 도적들의 생명을 끊어 버린 아르하드는 아무래도 힘을 억누르려고 신경 쓰고 있는 듯했다. 사납게 휘두르려다가도 자꾸 움찔거리며 검세를 약하게 만드는 것이, 사자가 눈앞의 병아리를 압사시키지 않고 부드러운 털을 쓰다듬기 위해 온 근육을 긴장시키는 꼴이었다.

이아나는 우스워서 픽 한 번 웃고는 일꾼들에게 접근하는 도적들에게 달려들었다. 대다수의 용병들이 나서서 처리하고 있다지만 도적의 수가 무척 많았기 때문에 용병들을 넘어서서 일반인을 노리는 도적들도 있었다. 이아나는 빠르게 움직이면서 그런 도적들을 처리했다.

고용인들의 활약으로 서 있는 도적들의 수는 급속도로 줄어들었고, 곧 상황은 깔끔하게 정리되었다.

도적들은 죄다 바닥에 널브러져 고통에 신음을 흘렸다.

"잘못했습니다. 목숨만 살려 주십쇼!"

"한심한 놈!"

무릎 꿇고 구걸하는 대장의 뺨을 심기 불편한 표정으로 한 대 쳐올린 벤포메는 운 좋은 줄 알라고 윽박질렀다. 남자는 정신없이 고개를 끄덕였고, 이내 용병들과 무르시를 향해 꾸벅꾸벅 허리를 숙이고는 비교적 사지가 멀쩡한 이들과 함께 부상자와 사망자를 챙겨서 사라졌다.

아르하드는 검을 땅에 꽂은 채 천천히 숨을 고르고 있었다. 그런 그를 물끄러미 쳐다보던 이아나의 가슴에 어떤 충동이 일었다. 실천하기에는 조금 어색한 충동이었다. 누군가를 일부러 먼저 챙겨 준 적은 없었기 때문이다.

하지만 아르하드가 어찌 나올지도 궁금하고, 이제껏 거부하는 것만으로도 충분했던 그에게 이것저것 실험해 보고도 싶었다. 이아나는 가방에서 마른 수건을 꺼내 들었다. 챙겨 왔던 물통의 차가운 물을 수건에 적신 후 물기를 짜낸 이아나는 수건과 함께 새 물통을 들고 아르하드에게 총총 다가갔다.

"선배님."

아르하드는 저를 부르는 이아나의 목소리를 듣고 바로 고개를 들었다. 그러나 제 눈앞으로 불쑥 내밀어진 수건과 물통을 보고 깜짝 놀라 몸을 굳혔다. 이아나를 보는 아르하드의 눈동자가 강한 의문을 품었다.

"고생하셨습니다. 힘 조절 하시느라고."

"아……."

아르하드는 이아나가 내민 것들을 받을 생각도 하지 못하고 뚫어져라 쳐다보기만 했다.

'이게 아닌가?'

이아나가 고개를 갸웃했다.

'하긴, 땀을 흘리긴 해도 차가운 게 필요할 정도로 더운 건 아닐 테니 쓸데없는 호의일지도. 그렇다면 이런 행동은 앞으로 하

지 말아야겠어.'

결론을 내린 그녀는 내밀었던 손을 다시 거두어들이려 했다.

"필요 없으시면 다른 분께 가져다 드리겠습니다."

"……!"

이아나가 손을 거둘 기미를 보이자 아르하드는 정신을 차리고 빠르게 손을 뻗어 이아나의 손목을 쥐었다. 급작스러운 행동에 흠칫한 이아나가 어느새 허리를 편 아르하드를 올려다보았다. 그의 얼굴은 어쩐지 불그스름하게 상기되어 있었다.

아르하드는 이아나가 쥐고 있는 수건과 물통에 손을 대었다.

"아니요. 더웠는데 챙겨 주셔서 정말 감사합니다, 이아나 양. 지금 써도 됩니까?"

수건을 가져가는 얼굴이 평소보다 붉은 게 정말 힘들었나 싶었다. 이아나는 고개를 끄덕이고는 손에 쥐고 있던 것을 건네주었다. 차가운 물수건을 움켜쥔 채 거기서 눈을 떼지 못하던 아르하드는 수건을 천천히 들어 올려 제 얼굴을 묻었다.

"……기분 좋네요. 정말로."

수건에 얼굴을 묻은 채 중얼거리는 아르하드의 목소리에는 설렘이 묻어 있었다. 이아나는 아르하드가 제 호의를 기쁘게 받아들이고, 기분 좋은 표정으로 열기를 닦아 내자 만족스러웠다. 받지 않고 쳐다만 볼 때는 불편한가 싶어 이 어색한 행동방침을 제 머릿속에서 깨끗이 지워 내려 하였으나 그건 아닌 모양이었다. 아르하드가 무척 좋아하는 것을 보니 이아나도 꽤나 흡족했다. 앞으로도 이렇게 그를 대상으로 내키는 대로 여러 가지를 해 보는 것이 나쁘지 않겠다고 생각했다.

"……."

마차 주변에 모여 쉬고 있던 사람들의 시선이 알게 모르게 이아나와 아르하드 쪽을 흘끔흘끔 향했다. 과연 학술원의 검술학부는 무시무시한 집단이었고 거기서도 우등생들은 괴물이었다. 무인들의 전성기가 이십 대 후반에서 시작되는 점을 생각했을 때 두 사람은 젊다 못해 어린데도 무용이 대단했다. 질투가 날 정도였다.

게다가 이아나가 무르시에게 늘어놓는 아르하드의 칭찬을 듣고 있던 이들은 아르하드가 진짜 실력을 발휘하지 않고 있다는 사실에 경악했다. 그가 도적들을 처리할 때 내비친 실력은 최선을 다한 실력이라 해도 믿을 수 있을 정도로 훌륭했다. 그런데 최선을 다하지 않았다니? 힘을 조절했다니?

청년은 도적들을 상대하면서 힘겨운 듯 연신 땀을 흘려 댔거늘 소녀는 어찌하여 그런 말을 하는가. 선배라 하여 그의 실력을 너무 과대평가하고 우상화하는 건 아닌가? 수건을 가져다주는 걸 보아하니 그를 흠모하여 콩깍지가 쓰였든지.

흉기를 든 장정 여러 명을 순식간에 골로 보내는 실력자인 데다 애교 없이 얼음처럼 무뚝뚝하지만 그러한 것과는 별개로 예쁜 소녀인 이아나가 아르하드에게만 수건을 챙겨 주자 용병들의 시샘 어린 눈이 기쁜 기색의 아르하드를 향했다.

어찌 되었든 대단한 것은 대단한 것이다. 새삼 사람 좋아 보이기만 하는 무르시가 달라 보였다. 거대 상단을 이끄는 상인들의 인맥이 대단하다고는 하나 무르시의 인맥은 정말로 폭이 넓고 깊이가 남달랐다. 무르시는 서부 국가들의 국왕들과 터울 없이 친하게 지낼 뿐만 아니라, 용병들에게는 신이나 다름없는 용병왕

압실롯과도 절친했다.

웬만한 의뢰는 수락하지 않는다는 콧대 높은 황금패 용병 벤포메가 아재, 아재 하며 친근하게 따르고, 그의 곁에서 상주하고 있었다. 이아나와 아르하드처럼 미래가 확실하게 보장되어 있는 학술원의 인재들까지 그의 상단 호위 아르바이트를 하고 있었다. 무르시의 인맥에 얼마나 더 대단한 인물들이 엮여 있을지, 상상하기 어렵다. 용병들은 앞으로 파엘라 상단에 줄을 잘 서야겠다고 생각했다.

전투 중 중상을 입은 자는 없었다. 부상자들은 자질구레한 상처를 스스로 치료했고 상단은 전투의 흔적이 가득한 그곳을 빠르게 벗어났다. 하지만 소수 대 다수의 전투로 인해 용병들은 지쳐 있었고, 짐꾼들도 다치지는 않았지만 정신적으로 극심한 피로를 느끼고 있었다.

모몸바산맥은 롯소산맥을 뿌리로 하여 나온 산맥들보다는 아니나 하루 만에 벗어나기에는 불가능한 규모다. 어둑해지는 하늘을 본 무르시는, 아직 이르긴 하지만 행인들의 야외캠프장으로 유명한 깨끗한 호수 근처에서 노숙을 하기로 결정했다.

"어이, 그거 잡아!"

"거기에 지지대 박아. 어, 그래. 줄로 꽁꽁 묶고."

마차를 타고 온 여인들이 바쁘게 손을 놀리며 대인원의 식사를 준비하는 사이 멀쩡한 남자들은 간이용 천막을 세웠다. 이아나는 물을 떠 오는 담당이었다. 몹시 쉽고 간단한 일이라 이후에는 천막을 세우는 일을 도우려 했지만 남자들이 극구 말리며 앉아 쉬라는 통에 ㄱ 호의를 받아들여 앉아 쉬었다.

자신을 동등한 고용인으로 보지 않고 여자로 보는 것은 못마땅했지만 제 담당의 일은 끝냈고, 요리는 물론이요 천막을 세우는 데도 익숙하지 않았으므로 딱히 돕겠다고 고집을 부릴 필요를 느끼지 못했다. 그래서 이아나는 여름이지만 차갑게 가라앉은 밤의 공기를 마시며 느긋하게 따끈한 모닥불의 온기를 만끽했다.

　기본 야채들과 훈제 고기를 썰어 넣어 끓인 걸쭉한 스튜는 여인들의 솜씨가 훌륭해서인지 맛있었다. 용병들은 스튜 몇 솥을 뚝딱 해치웠고 그와 동시에 밤이 빠르게 찾아왔다. 멀리서 배고픈 늑대의 울음소리가 길게 울려 퍼졌다. 용병들은 불침번 순서를 정하기로 했다.

　"저는 호위입니다."

　"그래도……."

　"지금 저를 뭐로 보시는 겁니까. 호의는 감사하지만 저도 고용인 중 한 명입니다. 보호를 받는 입장이 아니란 말입니다. 저는 다치지 않았고 지치지도 않았으니 부상을 입은 분들을 불침번에서 빼는 게 더 효율적입니다."

　"그래도 이아나 양은 여자인데, 피로가 남자들보다 더 쉽게 쌓이지 않나요?"

　한 용병의 말에 이아나가 미간을 확 좁혔다.

　"지금 여자라고 차별대우하시는 겁니까?"

　용병들은 이아나에게 불침번은 신경 쓰지 말고 들어가서 푹 자라고 했다가 기분이 나빠진 이아나에게 말로 호되게 얻어맞고 있었다. 이아나가 자기들보다 몸집이 배는 작은 고운 소녀라서 자연스럽게 행한 배려는 그녀 특유의 굳건한 책임감과 의무감으로 이루어진 역린을 건드렸다. 이아나는 보통 계집애들이 바라는 사내들의 호의를 받고 싶은 마음이 눈곱만큼도 없었다. 아니, 절대로 사양이었다.

여성 무인은 흔치 않고 이아나는 그중에서도 예외 중의 예외에 속해 있다. 이아나는 자신이 독특한 케이스라는 사실을 인지하고 있었지만 그것과는 별개로 용병들의 태도가 불쾌했다.

한 번쯤은 성별에 관계없이 똑같이 대우해 달라고 못을 박아 두는 게 나으리라.

이아나는 얼굴을 싸늘하게 굳힌 채 화를 냈고 용병들은 쩔쩔매다 결국 사과했다.

"미안해요. 우리는 이아나 양이 그렇게 기분 나빠 할 줄은 몰랐습니다."

"호의는 감사합니다. 하지만 저도 여러분처럼 돈을 받아 같은 일을 하는 입장이니 앞으로는 여자라 하여 저를 마땅히 해야 할 일에서 제외시키는 일은 없었으면 합니다."

용병들은 이 한마디에서 이아나의 성격을 완전히 깨닫고 고개를 끄덕였다. 그녀의 불침번 순서도 정해 주었다. 선후배 사이가 깨워 주기가 더 편할 것이라는 이유로 인하여 아르하드의 바로 뒤였다. 만족한 이아나는 순서를 숙지한 후에 제게 배정된 여인들의 천막에 들어가려 했다.

그때 이아나의 어깨를 붙잡아 끌어당기는 손이 있었다. 균형을 잡기 위해 반사적으로 뒷걸음질 친 이아나가 불쾌함을 느끼고 뒤를 돌아 손의 주인을 보았다. 아르하드였다. 이아나는 불쾌함을 누그러뜨렸다.

이아나가 용병들에게 화를 낼 때 입을 다물고 있던 아르하드는 이제 와서 말했다.

"이아나 양의 몫까지 제가 하겠습니다. 편히 쉬세요."

이아나는 멈칫했다.

"선배님."

멈칫한 것도 잠시, 이아나는 용병들 앞에서보다 훨씬 더 살벌한 분위기를 띤 채 눈매를 날카로이 세웠다.

"아까 들으셨겠지만 저도 지금 일을 하고 있는 중입니다. 그런데 왜 제 몫까지 선배님께서 하시겠다는 겁니까. 지금 제가 마땅히 해야 하는 직무를 유기하라는 겁니까?"

아까 전 용병들 앞에서 열렬히 설명했던 것을 이해하지 못해 여자이기 때문이라는 따위의 같잖은 이유를 대거나 이유를 제대로 말하지 못하고 얼버무리면 불같이 화를 낼 생각이었다.

아르하드를 위협하는 적들을 모조리 베어 내는 그의 검이 될 것이다. 그런데 그가 자신을 보호해야 할 여자 따위로 생각하고 있다면 이 얼마나 치욕스러운 일인가.

이아나가 이글거리는 눈으로 응시하자 아르하드가 난처하게 웃었다.

"저는 여자고 남자고를 떠나서 그저 아끼는 후배님이 편히 쉬었으면 좋겠다고 생각했을 뿐입니다. 챙겨 주고 싶었습니다. 제가 잘못한 건가요, 이아나 양?"

이아나는 순간 말문이 턱 막혔다. 여자이기 때문이 아니라 호의 때문이라면 할 말이 없었다.

"잘못한 건 아니지만."

"이아나 양이 일을 미루는 게 아닙니다. 제가 하고 싶어서 부탁드리는 거고, 이아나 양은 제 부탁을 들어주시는 겁니다."

"……."

"편히 주무세요."

그 말을 끝으로 천막으로 이아나를 부드럽게 밀어 넣은 아르하드는 곧장 밖으로 나가 버렸다. 이아나는 그 자리에 가만히 서 있다가 곧 천들이 겹겹이 쌓인 잠자리에 털썩 앉아 찌푸려지는 미간을 엄지로 문질렀다.

분명 못마땅하긴 한데, 아르하드의 호의를 딱 잘라 거절하자니 그것도 내키지 않았다. 늘 거부하기만 했던 과거의 자신이 떠올랐기 때문이다. 한 번도 그를 허용하지 않은, 마음 한편 내비치지 않았던 잔인한 태도에 체념했던 남자의 얼굴이 새삼스레 그녀의 머릿속을 지배했다. 죽는 그 순간 보았던 남자의 흔들리는 눈동자, 그리고 그 속에서 출렁이던 부정적인 감정들이 떠올랐다.

이번 생에서 그는 웃고 있다. 그래서 그의 호의를 거부하는 게 꺼림칙하게 여겨졌다. 물론 절대로 제 뜻을 꺾고 싶지 않은 상황이라면 달라지겠지만 웬만하면 아르하드의 호의는 너그러이 받아들여 주고 싶었다.

이아나는 결국 계속 잠을 이루지 못하고 뒤척거리다가 제 순서가 되었을 즈음 자리에서 벌떡 일어났다. 천막의 입구를 젖히고 밖으로 성큼성큼 걸어 나갔다. 아르하드는 야영지의 중앙에서 한쪽 무릎을 세워 앉은 채 모닥불을 물끄러미 보고 있었다.

"선배님."

이아나를 발견한 아르하드가 놀라서 눈을 크게 떴다가 얼굴을 굳혔다.

"설마 이때까지 주무시지 않으셨습니까?"

아르하드의 앞에 선 이아나는 그를 내려다보며 싱긋 웃었다.

"못 자겠습니다. 자는 게 자는 게 아니더군요. 저를 챙겨 주고 싶다고 하셨습니까? 그럼 제가 졸지 않도록 옆에서 선배님 얘기나 해 주시지요. 아니면 버려두고 들어가서 주무시든지. 마음대로 하세요."

그렇게 말을 한 이아나는 모닥불을 사이에 두고 아르하드의 맞은편에 털썩 주저앉았다.

"……그렇게 말씀하시니 여기 있어야겠네요."

아르하드가 어쩔 수 없다는 듯 웃었다.

불씨가 어둠 속에서 점점이 튀었다. 안개처럼 가라앉은 짙은 어둠은 불이 뿜어내는 빛을 집어삼키지는 못했고, 어른어른한 빛은 두 사람의 얼굴을 비추었다.

아르하드는 컵에 찻잎을 넣고 데운 물을 부어 이아나에게 건네주고는 불꽃 너머에 앉았다. 이아나가 불쑥 말했다.

"며칠 전 선배님에 대해 뭐든 물어보라 하셨지요."

"예, 그랬습니다. 무슨 이야기를 듣고 싶으십니까?"

아르하드의 긍정적인 반응에 이아나는 찻잎이 둥둥 떠다니는 뜨거운 물을 홀짝였다. 잠이 오지 않아 막무가내로 나온 것뿐이지만 나오길 정말 잘한 것 같았다. 비밀스러운 이야기를 하기에는 다른 사람들이 모두 잠들어 있는 이 밤이 제격이었다.

"가족관계, 출생지, 그리고 어릴 때의 이야기 같은 것?"

서로를 잘 모르는 사람들이 처음 대화를 나눌 때, 제일 꺼내기 쉽고, 상대에게 부담스럽지 않게 접근할 수 있는 주제였다. 물론 어마어마한 비밀을 가진 아르하드에게는 그렇지 않겠지만, 이아나는 모르는 척했다.

아니, 모르는 척하지 않아도 그에 대한 옛 이야기는 아무것도 몰랐다. 아르하드에 대해 아는 거라곤 그가 황제가 되고 난 이후부터 쓰이기 시작한 역사뿐이었다.

"제 이야기는 듣기 거북하실 수도 있고, 믿기 어려우실 수도 있습니다."

아르하드는 한 손으로 마른세수를 했다. 손이 떨어져 나간 그의 표정에서는 올 것이 왔다는 단호함이 엿보였다.

"하지만 이야기를 들은 후에도 부디 있는 그대로의 저로 봐 주십시오."

"제가 이야기 하나로 태도를 뒤집는 사람으로 보이십니까?"

이아나가 나뭇가지를 타오르는 모닥불에 휙 집어 던졌다.

"선배님께서는 제 어릴 적의 이야기를 알고 계시겠죠. 유명한 이야기일뿐더러 제게 관심이 있으셨으니 제 과거에 대해 모르실리 없다고 생각합니다."

아르하드는 대답하지 않았다. 긍정을 뜻했다.

"그런 제가 다른 사람의 과거를 손가락질하지는 않습니다."

이아나는 그렇게 말하고 아르하드를 보았다. 눈이 마주쳤다. 아르하드는 불꽃 너머의 이아나와 눈을 마주한 채 나지막하게 입을 열었다.

"좋습니다. 그럼 이야기를 시작하기 전에…… 이것부터 말씀드려야겠군요. 저는 어느 가문인지는 밝힐 수 없지만 롯소산맥의 북쪽에 위치한 어떤 국가에서, 한없이 드높은 직위를 가진 고위 귀족의 사생아입니다."

이아나는 말없이 마른 나뭇가지를 모닥불에 하나 더 집어넣었다. 아르하드의 금안이 이아나의 표정변화를 집요하게 살폈지만 그녀의 얼굴 근육이 미동 한번 없자 이내 의아한 빛을 품었다.

"놀라지 않으시는군요."

"잘 놀라는 성격이 아닐뿐더러, 선배님이 평범한 평민은 아닐 거라고 짐작은 하고 있었습니다. 북부 대륙 출신이라는 건 뜻밖이지만요."

"다행이네요. 아무튼 가문에서, 가주는 첩들을 밤을 즐기는 용도로 썼습니다. 첩이 아이를 임신했을 시 태아와 함께 산모, 산모의 가족까지 모두 죽였습니다. 그런 비인격적인 행동을 해도 가문의 세가 몹시 강했기 때문에 누구도 그들에게 감히 손가락질하지 못했습니다."

아르하드의 시선이 불꽃 속에 너울지는 무언가를 노려보았다.

'바하무트 황실.'

이아나는 바하무트 황실에 대해 떠올려 보려 했다. 그러나 심상에는 아르하드 로 라르소 바하무트, 눈앞의 남자만 떠올랐다. 그녀가 공작의 위에 올라 정무를 보기 시작했을 때 아르하드는 이미 북부를 지배하는 황제였고 이아나는 바하무트 황실과는 조금의 인연도 없었다.

"그리고 저의 외가는 외양이 몹시 뛰어났던 제 어머니를 가주의 첩으로 보냈습니다. 아이를 가져 가문의 피를 훔치기 위해서였습니다."

뛰어난 검사나 마법사의 능력은 집안 내력인 경우가 많다. 바하무트 황족은 대대로 마나 제어력이 뛰어났다고 기나긴 역사는 말한다.

'그 능력을 훔치기 위해서였을까?'

하지만 단정할 수 없었다. 아르하드의 피는 머나먼 북국, 광활한 영토를 지배하는 황실의 피였다.

'외가가 황위를 노리는 귀족 가문이었을지도?'

이것도 애매했다. 바하무트 황실은 전통인지, 다른 이유 때문인지는 몰라도 건국 초기부터 근친으로 이루어졌다. 자식이 없는 것도 아니고 젊고 강한 황태자 테일런 바하무트가 있는 지금, 아르하드가 그 자리를 위협할 수는 없었다.

게다가 황실은 제국에서 신처럼 모셔지고 있으며 귀족들은 찍소리도 못 할 만큼 황권이 강한 국가였다. 그들의 핏줄을 이은 아이가 황권을 위협하며 나타난다고 해도 상관없을 터였다. 이제껏 아이를 품은 산모까지 죽인 자들이 작은 아이 하나 죽이지 못할 리가 없었다.

아니면 훗날 반란을 일으켜 황위를 쟁취하기 위해 황제가 될 수 있는 정당성을 가진 아이를 얻어 냈을지도 모른다. 가장 현실성 있는 가정이었다. 확실히 아르하드는 밑에서부터 차근차근 준비하고 있는 것처럼 보였다.

"어머니는 결국 아이를 임신했습니다. 바로 접니다."

어두운 이야기인데도 아르하드는 평온하게 말을 이었다.

"어머니는 임신했음을 깨닫자마자 미리 준비해 둔 탈출로를 통해 롯소산맥으로 도망쳤고 가문에서는 어머니가 임신해서 도망쳤음을 알자마자 노발대발하여 그녀의 흔적을 뒤쫓았지요. 어머니 혼자셨다면 롯소산맥에 오르자마자 몬스터의 먹이가 되셨을지도 모릅니다. 하지만 어머니의 도망을 도와준 분이 계셨습니다. 현 학술원의 학장이신 하인리히 님이십니다. 그분은 제 외가와 아주 친하게 지내셨거든요."

카마트로스의 주인인 아르하드가 회색 마탑으로 오라고 했을 때부터 두 사람이 깊은 관련이 있다고 생각했었지만 그렇게 오랜 인연으로 이어져 있었을 줄은 몰랐다.

'그 노인이 아르하드의 외가와는 무슨 관계지?'

하인리히를 떠올리니 헤레이스가 떠오르는 건 당연한 수순이었다. 헤레이스의 병을 고치기 위해 이리저리 연구하고 있는 헤레이스의 큰 외조부. 심장을 잠시 멎게 하는 이상한 약을 제조해 낸 대마법사. 라랏슈아의 스승이자 이제는 아르하드의 보호자까지 겸하는 노인.

하인리히와 이리저리 얽히는 인연에 어지러웠다.

"어머니는 저를 낳자마자 돌아가셨습니다. 외가 쪽은 가문에 의해 몰살당했다더군요. 그리고 저는 하인리히 님의 보호 하에 자랐습니다. 지금은 따로 집을 구해 밖에서 살고 있지만, 학술원의 마탑에는 여전히 제 방이 있습니다. 이게 제 출생 배경입니다. 대단하지요?"

아르하드가 어두운 이야기를 밝게 마무리 지었다. 이아나는 속이 후련한 듯 옅은 미소를 짓고 있는 아르하드에게 물었다.

"복수하실 겁니까?"

"글쎄요. 복수라기보다는 제가 살기 위해서 그들이 죽었으면 좋겠다는 생각은 합니다."

아르하드는 나뭇가지를 불 속에 집어넣었다.

"가문은 그들의 정통 핏줄에 과도하게 집착하고 있고, 저는 그들의 피를 타고 태어났습니다. 그들은 저를 찾아 죽이는 것을 포기하지 않을 겁니다. 하인리히 님 말씀으로는 그들이 여전히 눈에 불을 켜고 저를 찾고 있다고 하더군요."

"앞으로 어쩌실 생각인가요."

"저를 찾아오면 죽일 수 있을 정도로 실력을 길러야겠지요."

"그들의 모든 것을 빼앗고 싶다는 마음은 없습니까?"

"딱히. 저는 지금 제 생활로도 충분히 만족하니까요."

생존이 이 남자가 황제가 되는 계기였던가. 복수를 원하는 것도, 권력을 탐하는 것도 아니라 오로지 생존을 위해서.

가엾다. 살아남기 위해 실력을 길렀기에 이 남자의 검은 그토록 꺾기 힘들었나 보다.

그날, 열아홉 살 때 처음 만났던 그날, 아르하드에게서 강렬한 동질감을 느꼈다. 그것은 바로 검에 대한 심각한 애정.

자신은 제 존재를 느끼기 위해서, 아르하드 당신은 무엇을 위해서? 그리 의문을 가진 적이 있었더란다. 의문은 격한 적대감에 묻혀 버렸지만 지금 이 시간 듣게 된 아르하드의 과거는 의문의 답이 생존이라고 답하고 있었다.

"그들에게 대항하기 위해…… 음, 그러니까 살기 위해 검을 수련하시는 건가요?"

"아니요. 제 출생 배경과는 상관없습니다."

아르하드가 단호하게 고개를 저으며 내뱉은 뜻밖의 말에 이아나의 머릿속에서 팽팽하니 돌아가던 사고가 뚝 멈추었다.

'생존이 아니라고?'

확신하고 있었건만 추측이 빗나간 탓이었다.

"검을 수련하는 이유……. 이걸 말씀드리려면 제 유년시절이 어땠는지를 말씀드려야 할 텐데, 조금 이상해서 말하기가 민망합니다. 제 유년시절은 평범함과는 거리가 멀어서."

아르하드가 제 커다란 손바닥으로 얼굴을 덮으며 민망해하는 모습에 이아나는 강한 호기심을 보였다.

"궁금합니다. 어서 말씀해 주세요."

어떤 이유가 그를 강하게 만들었을까? 너무 궁금했던 이아나는 답지 않게 아르하드의 말을 재촉했다.

"그러죠. 부디 정신 나간 녀석으로 보지 않기만을 바랍니다. 그러니까 제가 어렸을 적."

아르하드가 운을 떼자 이아나는 저도 모르게 옆구리에서 달그락거리는 검자루를 꽉 쥐었다. 뺨이 살짝 달아오르고 눈동자가 기대의 빛을 품었다. 어렸을 적 스승 제라드에게 옛 이야기를 들을 때처럼 흥미진진하고 두근거렸다.

"하인리히 님께서는 제가 사리분별을 하기 시작하자마자 제 출생에 대해 모두 말해 주셨고, 너는 그들을 죽이기 위해 준비를 하되 몸을 사리고 살아야 한다고, 그렇지 않으면 그들이 너를 죽이러 올 것이라고 말씀하셨습니다. 저는 그 말을 이해했지만 아무래도 상관없었습니다."

'무슨 뜻이지?'

이아나는 고개를 갸웃했다.

"어린아이여서 어찌할 바를 몰랐다는 겁니까?"

아르하드는 고개를 절레절레 저었다.

"그런 게 아니라 그냥, 정말로 아무래도 상관없었다는 겁니다. 외가가 몰살당했든 말든, 가문에서 저를 쫓고 있든 말든, 분노하지도 않았고 무서워하지도 않았습니다. 죽으면 죽고, 살면 살고, 아이다운 호기도 없고, 꿈꾸는 미래도 없고, 모든 것에 의욕이 없었습니다. 어머니나 아버지의 부재에 외로워한 적도 없고, 하인리히 님께도 투정 한번 부려 본 적 없습니다. 그렇다고 해서 다른 것에 관심을 보이고 애정을 주었냐 하느냐면, 그것도 아닙니다."

어릴 적의 아르하드는 그가 말했던 대로 이상한 꼬마였다. 이아나는 제 어릴 적을 회상했다. 항상 누군가의 사랑을 바랐던 꼬마. 매서운 바람보다 더 아픈 시선에 상처받았던 여린 여자아이. 언제나 외로워했고, 따스한 정을 갈구했으며, 다정하게 말을 걸어주기를 바랐다. 지금에 와서는 그렇게 행동하는 자신을 상상할 수도 없지만, 어릴 적의 자신은 그러했다.

"아이들이 좋아할 만한 부드러운 곰 인형에도 관심 없었고, 흥미진진한 이야기들이 가득한 책에도, 신묘한 마법에도, 저는 무엇 하나에도 관심을 두지 않았습니다. 그런 제 세상은 온통 무채색이었습니다. 색이라곤 오로지 흑색과 백색뿐……."

검에 한해서는 누구보다 저와 닮았다고 생각했던 아르하드는 어릴 적의 저와는 완전히 다른 사람이었다. 어릴 적의 그는 심장이 뛰고 있을 뿐이지 죽은 사람과 다름없었다.

"그런 저는 매일 밤 어떤 꿈을 꾸었고, 깨어 있을 때도 항상 그 꿈을 떠올리며 그 속에 잠겨 있기만 했습니다."

"꿈이요?"

난데없이 등장한 꿈이라는 단어에 이아나가 반문했다.

"예. 저는 어렸을 때부터 어떤 꿈 하나를 반복해서 꾸었는데, 그곳에서 저는 생생하게 살아 있었습니다. 꿈은 언제나 아무것도 보이지 않는 캄캄한 어둠이었죠. 하지만 그 끝에는 불그스름하면서도 뜨거운 무언가가 있었습니다."

아르하드는 제 앞에서 너울지는 불꽃을 노려보았다. 7의 금안은 불을 품어 마치 활활 타오르는 것처럼 보였다.

"저는 어둠 속에서 그 무언가를 미치도록 바라고 있었습니다. 어떤 것에도 감정적 동요를 느끼지 못하던 저는 그것의 뜨거움이 전해져 올 때면 목이 갈라질 듯한 갈증에 몸부림을 쳤고, 그것을 잡고 싶어 발악했습니다. 뜨거움이 다가와서 저를 감쌀 때 기쁨을 느끼고, 저를 떠날 때 슬픔을 느끼고…… 하지만 그게 무엇인지는 알 수 없었습니다."

아르하드가 불 근처에 손을 가져다 대더니 그 열기를 움켜쥐는 시늉을 보였다.

"자나 깨나 그것밖에 생각나지 않았습니다. 낚아채서 품에 끌어안고 싶었어요. 하지만 그것은 절대로 제게 잡히지 않았고, 날이 갈수록 심해지는 소유욕은 저를 괴롭혔습니다. 깨어나서도 꿈의 연장선인 것처럼 그것을 가지고 싶어서 미칠 것 같았습니다. 그래서 꿈을 되새기려고 항상 멍하니 있기만 했지요. 그래서 하인리히 님께서는 제가 영락없이 정신이 나간 백치인 줄 알았더랍니다."

이아나가 집중해서 듣고 있자 아르하드가 피식 웃었다.

"정말 이상한 놈이지요? 아무튼 저는 어려서부터 그 정체 모를 것 외의 다른 것에는 관심도 없었습니다. 그런데 어느 날, 햇빛을 받아 날카로운 빛무리를 만들어 내는 검을 본 순간."

검자루를 쥐고 있는 이아나의 손에 힘이 들어갔다.

"저는 꿈에서 순식간에 빠져나왔습니다. 흑백이 순식간에 색으로 채워졌고, 심장이 미칠 듯이 뛰어 댔고, 눈물이 갑자기 왈칵 쏟아져 내렸고, 속에서는 욱한 감정이 끓어올랐습니다. 결국에는 정말 아이처럼 울음을 터뜨렸죠."

검을 손에 쥐는 순간 머리끝까지 치달은 격한 감정에 엉엉 울어 버린 저와 같았다.

이아나가 가만히 고개를 기울였다. 검이란 우리에게 대체 어떤 의미를 가지기에 그토록 눈물을 쏟아 내게 하는 것이며 생의 감각을 일깨워 주는 것일까.

"그 감정이 무언지는 저도 잘 모르겠습니다. 하지만 그때부터 검을 수련하기 시작했습니다. 제 손에 빈틈없이 꼭 쥐여 있는 검은 휘두를 때마다 저를 가두던 어둠을 몰아냈지요."

아르하드가 고개를 들었다. 당연한 수순으로 불을 응시하던 금안이 이아나를 향했다.

"저는 검을 손에서 놓기 싫었습니다. 무얼 하든 검을 제 곁에 두었습니다. 잘 때도 손에 쥐고 잤으니 말 다했지요. 그래서 제가 유년시절 자나 깨나 바랐던 붉은 것이, 검이었다고 확신했습니다. 저는 검에 지독한 애정을 품었습니다."

모닥불의 불꽃을 노려보던 것의 연장선인 것처럼, 이아나를 볼 때도 아르하드의 눈동자는 이아나를 품어 불그스름하게 물들어 있었다.

"저는 선천적으로 욕심이 별로 없습니다. 하지만 한번 욕심을 낸 대상에 한해선 달라요. 모든 욕심이 그걸 가질 때까지 그쪽으로 향해 버리죠. 그리고 저는 검을 좋아합니다. 검을 훌륭하게 다루는 사람을 보면, 제 곁에 두고 친하게 지내고 싶다는 욕심이 들어요. 저는 저를 동요시키는 그런 욕심이 마음에 듭니다."

이아나의 심장이 빠르게 뛰었다.

"그렇기 때문일까요……? 다른 누구도 아닌, 이아나 양의 검을 보는 순간순간마다 검을 쥘 때처럼 심장이 옥죄는 기분이 드는 건요."

그 말을 하는 남자의 표정에서는 희열이 드문드문하게 엿보여 향수를 불러일으켰다.

"이아나 양에게 강한 호감을 느끼고 있습니다. 말로 표현은 잘 못 하겠지만…… 정말로 친해지고 싶습니다."

언제나 이아나 자신이 탐난다고, 검부터 시작하여 마음까지 제 것으로 만들려던 남자. 그의 이면에는 이러한 심정이 숨어 있었나 보다. 그의 호감은 이아나가 그에게 품었던 엄청난 적대감과는 흑과 백처럼 다르되 뿌리만큼은 같은 강렬한 감정이었다.

"부담스러워하지 않으셨으면 좋겠습니다."

그 말을 끝으로 다시 모닥불로 시선을 돌린 아르하드는 말을 잇지 않았다. 이아나 또한 한동안 모닥불이 타닥타닥 타오르는 모습만을 바라보고 있다가 한숨을 내쉬었다. 순간 긴장한 금안이 저를 향했지만 이아나는 아무렇지도 않게 잔뜩 헝클어진 제 붉은 머리를 풀어내고 다시 묶어 내면서 툭 던지듯 말했다.

"선배님은 이상한 사람이네요."

불꽃을 닮은 긴 머리카락이 이리저리 출렁거리는 것을 저도 모르게 시선으로 좇던 아르하드는 이해한다는 듯 옅게 웃었다.

"아무래도 그렇지요. 사실 그냥 정신이 좀 이상한 걸지도. 이아나 양이 불쾌하게 여기지는 않는 것 같아 다행입니다."

"그리고 선배님과 같은 저도 이상한 거겠지요."

"예?"

"저도 검이 무척 좋습니다. 선배님의 검도 무척 좋습니다. 보기만 해도 그 검에 제 검을 부딪치고 싶다는 생각이 들 정도로 마음에 듭니다."

죽고 죽는 파국에 이를 때까지 버리지 못했던, 검에 뿌리를 둔 적대감과 호감. 한쪽이 일방적으로 회귀를 하고나서야 적대감은 죽은 잎사귀처럼 시들고 호감이 꽃처럼 피어나 이미 피어있던 꽃에 어우러졌다.

"그래서 그 검의 주인인 선배님도 좋습니다."

직설적인 말에 아르하드의 입술이 꾹 다물렸다. 흔들리는 금안, 위아래로 크게 한 번 움직인 목울대, 작게 경련하는 손, 이아나는 불꽃이 만들어 내는 아지랑이 너머에서, 동요한 기색의 남자를 응시하며 제 손바닥에 얼굴을 괴었다.

이상한 남자. 운명이라는 게 존재한다면, 저 남자와 제 사이에 존재하는 운명은 인연과 인연이 얼기설기 얽혀 절대 풀 수 없는 매듭일 것이다.

'당신과 나는 무슨 인연으로 어떻게 엮여 있기에 이리도 서로에게 커다란 영향을 주는 걸까.'

이해할 수 없다. 이해할 수 없는 게 당연하다. 운명, 그것은 아주 추상적이어서 차가운 이성으로는 이해할 수 없었다.

'대체 당신이 무엇인데 내 인생을 이렇게 휘둘러 대.'

이아나는 속으로 작게 불만을 토로했다.

"그…… 기쁘다고 해야 하나……."

황금색이 이리저리 구른다. 아르하드는 어찌할 바를 몰라 하는 것처럼 보인다. 저보다 훨씬 더 심하게 휘둘리는 듯한 모습에 이아나는 위안을 느꼈다. 그를 지켜보고 있던 그녀는 또다시 무뚝뚝하게 툭 내뱉었다.

"그러니 가문에서 선배님을 해치러 오면 저는 앞뒤 안 가리고 검을 휘두를 겁니다. 선배님이 마음에 드니까."

반쯤 진심이 섞인 이아나의 말에 아르하드가 손을 들어 제 입을 막았다. 그러나 얼굴 전체에 숨길 수 없는 기쁨이 점차 차오르는 것을 보며, 이아나는 킥 하고 웃었다.

"선배님과 저, 상당히 잘 맞는 것 같지 않습니까? 이렇게 지내다 보면 정말 좋은 파트너가 될 것 같은 예감이 드네요."

"하하!"

결국 아르하드는 손을 떼고 참고 있던 웃음을 터뜨리고 말았다. 단호한 눈매를 누그러뜨리고, 그동안 이아나 앞에서 뒤집어쓰고 있던 살얼음을 깼다. 거짓이라고는 한 점도 보이지 않는 진심 어린 표정으로 그렇게 소리 내어 웃었다. 이아나는 그런 아르하드를 물끄러미 쳐다보았다.

바보 같은 남자, 제 말 한마디에 이렇게 왔다 갔다 하는 그의 모습을 볼 때마다 이아나는 이기는 기분이 들곤 했다.

그래서 또다시 인정했다. 아르하드를 그렇게나 거부했던 건, 그를 완전히 찍어 누르는 듯한 이 기분이 제 상처 난 자존심을 덮어 주었기 때문이기도 했다는 걸…….

이아나는 쓴웃음을 지었다.

"차라리 주먹을 쓰시죠. 훨씬 나을 듯한데."

여전히 힘 조절을 하는 데 애먹는 아르하드에게 이아나가 진지하게 말했다. 아르하드는 번번이 상대하는 열 명 중 한둘의 생명을 끊어 놓곤 했다.

"주먹을 쓰면 번거롭기도 하고, 손이 더러워지잖습니까?"

아르하드가 난처하게 웃었다. 그동안 함께 지내면서 이아나가 날카로운 눈썰미로 그에 대해 파악한 점들이 몇 가지 있는데 그것은 아르하드는 이아나만을 예외로 둘 뿐 평상시에는 자기중심적이고 잔혹한 면이 있다는 점이다.

"살의를 보이는 대상에게 힘 조절을 하는 건 무척 힘들어요. 무르시 씨에게는 못 볼꼴을 보여 죄송하지만 피만 튀지 않으면 죽여도 상관없지 않습니까. 먼저 시비를 거는 건 저쪽입니다."

어차피 덤벼든 것은 상대이니 몇 죽여도 상관없다는 태도였다. 그에 더불어 은근히 결벽증도 있었다.

흙바닥에 주저앉거나 먼지가 잔뜩 묻은 짐을 정리하는 행동은 거리끼지 않는다. 하지만 피가 튀는 건 싫어했다. 또 누군가와 대화를 할 때면 거리를 조금 두는 게, 제 피부에 뭔가가 닿는 것을 꺼려하는 듯했다. 눈에 띄는 정도는 아니지만 눈썰미가 좋은 이라면 그런 태도를 금방 알아챌 터였다.

'내게는 그러지 않으니 별 상관없지만.'

"이아나 양."

아르하드의 눈매가 사납게 올라갔다. 평소에 치켜 올라가는 일이 거의 없기에 이아나가 멈칫했다.

"오른쪽 뺨에……."

"……?"

이아나는 뭔가가 묻었나 싶어 손으로 제 뺨을 문질러 보았다. 조금 따끔거린다. 그제야 뺨에 작은 상처가 생겼다는 것을 알았다. 떼어 낸 손바닥에는 피가 약간 묻어나 있었다.

'저렇게 눈매가 올라간 이유가 이 상처 탓인가.'

이아나는 별것도 아닌 일에 아르하드가 과격하게 반응하자 피식 웃었다.

"다치셨잖습니까. 아프지 않습니까?"

"저는 검사고, 상처는 당연한 겁니다. 그리고 별로 큰 상처도 아닌데요. 그냥 내버려 두면 낫습니다."

"그렇게 말씀하셔도 신경 쓰입니다."

아르하드의 손이 올라갔다가, 다시 내려왔다. 주먹을 꽉 쥐는 손등에는 푸른 핏줄이 도드라졌다. 그의 시선이 이아나의 상처에서 떨어져 도망친 도적떼가 흘어 놓고 간 수풀을 응시했다.

"건방진……."

아르하드가 저도 모르게 조용히 중얼거린 그 말이 이아나에게는 또렷하게 들렸다. 무표정하긴 했지만 그들이 도망치는 경로를 금안이 흉흉한 살기를 품고 뒤좇는 것이, 금방이라도 그들을 쫓아가 물어뜯을 기세였다. 이대로 두면 정말로 따라가서 죽일 것 같았다.

'화를 낼 필요가 전혀 없는데.'

무인에게 있어 상처는 몸의 일부와 같았다. 이아나는 옷에 피를 슥 닦아 내고는 아르하드의 팔을 붙들었다. 아르하드는 흠칫하고는 이아나를 보며 살벌했던 표정을 사르르 풀었다.

"잠시 어디 좀 갔다 오겠습니다. 쉬고 계세요."

"어디를요?"

"말씀드리기 부끄러운데, 말씀드려야 하나요?"

"화장실 다녀오겠다는 말씀은 마세요. 도망친 놈들을 처리하러 가시는 건 아니겠죠."

이아나를 지긋이 내려다보던 아르하드가 몸을 똑바로 했다.

"아니요. 맞습니다. 전 제가 아끼는 사람에게 해를 끼친 놈들을 용서할 수 없습니다."

아르하드가 웃었다.

"처리하고 와도 될까요?"

튀어나온 말은 전혀 부드럽지 않았다. 그는 회귀 전의 잔혹한 성향을 서서히 드러내고 있었다. 회귀 전에도 방해되는 것이나 적은 망설임 없이 베되 자신을 따르는 아랫것들에게는 그만한 보상을 해 주는 패도적인 왕에 효용이라는 것은 알고 있었으므로 그의 말은 아무런 감흥도 주지 못했다. 다만 직성이 풀릴 때까지 제멋대로 행동하던 그가 허락을 구하고 있자 기분이 아주 오묘했다.

이아나는 대답을 기다리고 있는 아르하드를 묘한 눈빛으로 보았다. 어째 방금 전까지만 해도 사냥감을 포악하게 물어뜯던 흑

표범이 슬금슬금 상위 개체의 눈치를 보는 모양새 같지 않냐는 말이다.

"그럴 필요 없습니다. 이깟 상처 때문에 무슨…… 날이 접근하는 것을 허용한 적은 없는데, 아마 튄 돌멩이에 얼굴을 살짝 긁힌 모양입니다. 제 실수입니다. 그리고 처리하고 싶으면 제가 손을 씁니다."

아르하드는 이아나의 단호한 말에 포기한 듯 한숨을 푹 내쉬더니 마차 쪽으로 갔다. 돌아온 아르하드의 손에는 물수건과 약이 있었다.

"웬만하면 다치지 마십시오."

대화를 나눈 밤 이후로 한결 더 친숙해진 분위기가 그들 사이에 감돌았다. 서로를 대하는 것에 익숙해졌고, 농담을 주고받기도 했다. 검에 대한 이야기만으로도 대화의 주제는 충분했으며 간혹 서로의 과거사를 언급하기도 하였다.

몬스터와 도적떼를 상대할 때면 말은 하지 않아도 서로에게 신경을 썼으며, 전투 후에는 서로를 챙겼다. 용병들은 친근해 보이는 둘을 배알 꼴린다는 표정으로 보기도 했지만 한편으로는 좋은 선후배 관계라며 고개를 끄덕였다.

보통 사람이었다면 이 관계에서 만족하고 안주했을지도 모른다. 적당히 친하게 지내려면 이 아슬아슬한 경계에서 딱 멈추는 것이 옳았다.

하지만 이아나와 아르하드, 그들의 질긴 인연이 이 정도에서 얽히는 것을 멈출 리가 없다. 그들은 아직 서로 검을 맞대 보지 않았다. 아르하드는 제 모든 것을 털어놓지 않았고, 제 심장에 억눌러 놓은 감정을 꽁꽁 숨긴 채 거의 드러내지 않는다. 이아나 또한 제 감정과 생각을 반절 정도 감추고 있다.

아르하드와 이아나 사이에 이루어진 관계는 빛 속에서는 같은 관심사를 가지고 서로에게 호감을 품은 선후배, 어둠 속에서는 고용인과 피고용인, 정확하게 말하자면 같은 목적을 가지고 행동하는 타인에 불과하다.

아직은 수박 겉핥기 식의 친분에 불과하나 작은 씨앗이 토양에 빠듯하게 뿌리를 내리듯, 담쟁이 넝쿨이 벽을 타고 오르듯, 앞으로 그들의 관계가 어떤 식으로든 지금보다 더욱 얼기설기 얽히게 될 것은 자명했다.

"아, 성이 보입니다!"

누군가 먼 곳에서 보이기 시작하는 성채를 손가락질했다. 마침내 무르시의 목적지, 비옥한 곡창지대를 가진 남부의 소니야 왕국의 수도에 도착한 것이다.

"모두 수고하셨습니다!"

무르시는 성문에 들어서자마자 일행을 이끌고 식당으로 직행했다.

"먹고 싶은 건 전부 주문하세요."

몸을 움직이는 것이 주업인 용병들의 밥값은 무시할 수 있는 수준이 아닌데도 통 큰 대상인답게 무르시는 식비에 연연하지 않았다.

얼굴에 피로가 덕지덕지 묻어 있던 사람들의 눈이 번뜩였다. 서른 명은 족히 넘는 건장한 체구의 남자들이 앞다투어 식탁에 앉아 식당이 떠나갈 정도의 큰 목소리로 주문을 하기 시작하자 식당 주인은 밝게 웃었다.

구석자리에 앉은 이아나는 주문한 식사를 기다리며 테오도르에서 구매했던 세계지도를 펼쳤다.

로안느 왕국, 메나코시 왕국, 소니야 왕국, 마바로신 왕국, 뱀피르카 왕국.

롯소산맥에서 남쪽으로 일직선으로 그어 내린 경로에 있는 왕국의 순서였다. 도착한 소니야 왕국은 남부 대륙에서도 중남부쯤에 자리 잡은 왕국으로, 카란켈 바위산맥으로 가려면 소니야 왕국을 지나 마바로신 왕국을 거쳐 남부, 오지를 접하고 있는 뱀피르카 왕국까지 가야 했다.

소니야 왕국의 수도까지 도착하는 데 거의 한 달이 걸렸다. 도적떼와 몬스터에게 수시로 습격을 받아서인지 예상보다 일정이 빠듯해졌다.

하지만 첸델프만 데리고 가면 금방 도착할 수 있다. 마나로 다리를 강화해서 첸델프를 둘러메고 달리면 순식간이었다. 카란켈은 미궁이라고 불리는 오지이지만 첸델프가 길을 알 테니 헤맬 일이 없다. 쉴 새 없이 움직이면 개강 전에 테오도르로 복귀할 수 있을 것 같았다.

"이아나 양은 앞으로의 일정이 어찌 되십니까?"

이마를 떠받친 채 지도를 보며 시간을 가늠하고 있던 이아나가 고개를 들었다. 지도에 집중하느라 주변에 관심이 없었던 그녀는 그제야 아르하드가 쳐다보고 있었음을 깨달았다.

"저는 개인적으로 볼일이 있어서 뱀피르카 왕국까지 가야 합니다. 선배님은 다시 올라가시겠군요."

무르시는 소니야 왕국에서 수확 철까지 머무를 것이라고 했으니 개학일까지 넉넉히 시간을 맞추려면 지금 돌아가는 게 맞았다. 하지만 아르하드는 고개를 저었다.

"아니요. 저도 남부로 더 내려가 뱀피르카 왕국 서쪽에 있는 불의 마탑까지 가야 합니다."

이어진 아르하드의 말은 퍽 놀라웠다. 아르하드는 불 속성 마법의 최고권위자이자 열 명의 대마법사 중 한 명으로 칭송받는 마이마예 레비아제에게 볼일이 있었다.

마이마예 레비아제.

어려서부터 타의 추종을 불허할 정도로 불의 마법 응용에서 두각을 드러내어 고국인 뱀피르카 왕국에서 후작 작위를 받은 마법사다. 권력에 욕심을 내 마법사가 된 자라면 모를까, 마법의 매력에 흠뻑 빠져든 정통 마법사들은 나라에서 귀족의 작위를 주겠다고 해도 귀족들의 허례허식이 싫고, 또 귀찮아서 거절하는 경우가 많다. 하인리히가 그런 경우였고 마이마예도 그러했었다.

하지만 중소왕국인 뱀피르카 왕국에서는 위급상황 때 엄청난 전력이 되어 줄 마이마예를 붙잡기 위해 세계를 방랑하려는 그에게 작위를 주고, 거대한 불의 마탑을 세워 주고, 그가 원하는 모든 것을 지원해 주겠다고 약속했다. 마법사의 연구 재료는 몹시 비싸므로 제안에 솔깃한 마이마예는 결국 뱀피르카 왕국에 자리 잡았다. 그래서 그의 주거지는 몇 십 년 전부터 지금까지 줄곧 뱀피르카 왕국의 서쪽에 세워진 불의 마탑이었다.

아르하드는 하인리히의 부탁으로 마이마예에게 귀한 마법 재료를 전해 줘야 한다고 말했다. 남부로 가는 김에 전해 달라고 부탁받았다는 것이다.

텔레포트 마법을 사용해 물건을 전할 수도 있지만 그리하면 하인리히는 며칠 동안 끙끙 앓아야 했다. 텔레포트 마법이 막대한 마나를 필요로 하는 최상위 마법인 탓이다.

텔레포트에 대해서는 오래전부터 연구되어 왔다. 한 공간에서 다른 공간으로 물체를 옮길 때는 이동시키고자 하는 위치까지의 거리와 방향을 정확히 알아야만 했고 시전하는 데에 막대한 마나의 움직임을 필요로 했다.

그래서 텔레포트의 경우 연구만 되고 있을 뿐 사용은 잘 되지 않는다. 특히나 사람을 상대로는 사용할 수 없다. 계산이 조금이라도 잘못되면 물건이 반으로 뚝 잘려 나간 채로 옮겨지거나 엉뚱한 곳으로 이동되는 경우도 더러 있었던 탓이다. 사람에 적용시키면 심장만 빼고 이동되거나, 산의 한가운데로 이동되어 묻혀 죽을 수도 있다는 말이었다.

그러한 위험성을 배제하더라도 마나를 과도하게 필요로 하는 텔레포트 마법은 시전자의 몸에 이상을 주었다. 무엇이든 지나치면 그에 상응하는 결과가 따라오는 법, 전에 롯소산맥에서 칸데메이온을 습격했던 무리 중 살아 나온 대마법사가 미쳐 갔던 가설 중 하나는 텔레포트의 부작용이었다.

"이아나 양은 왜 남쪽으로 갑니까?"

이아나는 점원이 내려놓고 간 입가심용 찻잔을 들었다. 노예상에서 카마트로스의 주인인 아르하드에게 드워프를 카란켈 산맥에 데려다 주겠다고 말했었다. 그리고 그날 그는 헛된 동정심이라 비난하며 못마땅한 태도를 보였었다.

알면서도 시치미를 뚝 떼는 저 꼴을 좀 보아라.

"카란켈 바위산맥에 가야 합니다."

"오지요? 그곳에 왜?"

"데려다 줄 사람이 있습니다."

"카란켈 산맥에요?"

둘러대 봤자 눈 가리고 아웅이다. 어차피 알고 있을 테니 학술원의 아르하드에게 드워프에 대해 말해도 별 상관이 없었다.

"정확히 말하자면 사람은 아니지만."

"드워프 말씀이십니까?"

아르하드는 굳이 혼란스러워하는 체도 하지 않고 바로 드워프라는 단어를 조용히 속삭였다. 그가 어찌 나올는지, 어떤 연기를 보일지 흥미진진한 심정으로 관찰하려던 이아나는 김이 빠졌다.

'이 상황을 어찌 수습하려고 저리 고민하지도 않고 바로 대답하는 거지?'

이아나는 금세 다시 즐거워졌다. 지금부터가 더욱 재밌어질 것 같다.

"어찌 아셨습니까?"

"카란켈 산맥에 데려다 주어야 하는 사람이 아닌 존재라면 드워프밖에 없지요."

"그래도 그렇게 금방 떠올리기는 힘들 텐데요. 드워프는 몇 백년이 넘도록 대륙에 모습을 드러내지 않았으니까요. 놀라지도 않으시는군요."

혹시 제가 카마트로스의 주인임을 은근히 내비치려는 의도인가? 그런 의도라면 대환영이다. 이아나는 아르하드에게 의심스러운 눈초리를 보내면서 대답을 재촉했다.

"이아나 양이 말씀하시는 드워프가 어째서 중앙 대륙까지 나왔는지는 모르겠지만, 마이마예 님의 마탑에 머무르는 하니델프 씨를 자주 보았기 때문에 딱히 떠올리지 못할 것도 없습니다. 그리고 저는 그런 것에 놀라지 않습니다. 그냥 그러려니 하는 거지요."

아르하드가 시치미를 뚝 떼는 모습에 이아나는 입술을 씰룩였다. 마음 같아서는 멱살을 잡고 그냥 다 털어놓으라고 윽박지르고 싶었지만 그가 스스로 정체를 드러내길 기다리기로 한 이상 그에 맞춰 줘야 했다.

"그 드워프는 왜 대륙으로 나왔답니까? 이아나 양은 그 드워프를 어찌 알게 되셨고요?"

"복잡한 사정이 있습니다. 제 입으로 말하기에는 좀 그러네요. 그냥 약속을 해서 카란켈에 데려다 주려 합니다."

아르하드는 흐음, 하고 흥미롭다는 웃음을 지었다.

"틀림없이 좋은 검을 얻으실 겁니다. 축하해요."

이아나의 눈썹이 꿈틀거렸다. 카란켈 산맥에 가자마자 자결할 드워프라 쓸모없다고 말할 때는 언제고, 이제는 검을 얻게 되어 축하한다는 말을 하는가.

이아나는 거짓된 태도를 딱히 좋아하지 않았다. 마음에도 없는 말을 하는 건 싫어하는 태도 중 하나였다. 특히 다 알고 있는 상태에서 거짓말을 듣는 건 싫었다. 이아나의 말에 조금 가시가 돋쳤다.

"대가를 바라고 하는 일은 아닙니다."

"아, 오해하신 것 같은데…… 저도 이아나 양이 그렇다고 생각해서 한 말이 아닙니다. 고서를 보면 드워프는 은혜를 갚는 종족이라고 합니다. 맞춤식으로 만들어 주지는 않더라도 집에 보관해 둔 명검은 몇 자루 있을 테고, 그걸 이아나 양에게 줄 확률이 높습니다. 이아나 양의 선행을 신께서 알아주신 거라는 생각에 한 말입니다. 기분이 상했다면 미안해요."

아르하드가 눈을 접어 웃었다. 단호하게 쭉 뻗은 눈썹이 다소 내려앉으며 눈매가 부드러워지자 그가 식당에 들어설 때부터 시선을 떼질 못하고 있던 여자들의 얼굴이 붉게 달아올랐다. 내가 저 웃음을 마주하고 있는 붉은 소녀라면…… 하고 망상의 날개를 펼쳤다.

하지만 아르하드가 미안함 뒤에 감추고 있는 것은 시리도록 차가운 이성이었다. 이아나에게는 오래전부터 상대와 꼭 눈을 마주하고 대화를 하는 습관이 있었는데, 그 이유는 눈은 표정과 함께 상대의 감정이 가장 잘 드러나는 부위였고, 이를 들여다봄으로써 상대의 감정을 어느 정도 알 수 있었기 때문이다.

아르하드의 못마땅한 기분을 알아차리는 것은 금방이었다. 그는 경매장에서 첸델프를 데리고 왔을 때도 못마땅해했고, 지금도 심사가 뒤틀려 있는 것처럼 보였다.

그의 말을 하나하나 천천히 되짚어 본 이아나는 깨달았다. 아르하드는 자살하고 싶어 하는 드워프를 카란켈에 데려다 주는 걸 여전히 못마땅하고 있다. 드워프의 성격상 자결 전에 은인에게 검을 주리라고 판단해서 축하한다고 말했을 뿐이다.

하긴 아르하드는 제 앞에서 언제나 솔직했었다. 오해한 게 민망했던 이아나는 손을 내저었다.

"아뇨, 제가 괜히 과하게 반응해서……. 죄송합니다."

"제가 앞뒤 다 잘라먹고 말을 헷갈리게 한 탓이죠."

이아나는 아르하드가 또 한 번 마음에 들었다. 솔직하고 태도가 일관적인 사람이야말로 그녀가 호감을 가지는 상이었다.

그쯤 되어 주문했던 송아지 요리 2인분이 나왔다. 석쇠에 구운 듯 석쇠의 격자무늬가 먹음직스럽게 찍혀 있는 요리에서는 고소한 버터냄새가 풍겼다. 옆에는 튀긴 감자와 신선한 야채가 가득 곁들여져 있는 것이, 가격 값을 하는 듯했다.

"잘라 놓고 먹는 게 낫겠습니다."

그런데 2인분이랍시고 고깃덩이를 통째로 구웠는지 고기가 상당히 컸다. 이아나가 그리 말하며 나이프를 들었지만 그전에 아르하드가 제가 하고 싶다고 이아나를 만류했다.

고기를 써는 일 따위 누가 해도 상관없었다. 이아나는 어깨를 한 번 으쓱이고는 나이프를 양보했다. 아르하드는 기쁜 듯 미소 지었다. 이아나는 어리둥절했다.

'그렇게 고기를 썰고 싶었나?'

이내 그런가 보다—라고 대충 납득한 이아나는 포크로 야채샐러드를 집어먹으며 아르하드가 깔끔하게 고기를 잘라 내는 것을 감상했다.

"그 드워프와 불의 마탑에 머무르고 계신 하니델프 님을 만나게 해 드리는 건 어떻겠습니까?"

이아나가 곁들여진 야채와 함께 잘린 고기를 포크로 찍어 올리는데 아르하드가 뜻밖의 제안을 했다. 길게 생각할 것도 없이 괜찮은 제안이라고 생각했다.

하니델프는 첸델프의 절친한 친구였고, 비록 첸델프가 겪은 끔찍한 비극의 간접적인 원인을 제공했지만 몸과 마음이 지쳤을 그에게 큰 위로가 되어 줄 터였다.

"그래도 되겠습니까? 불의 마탑의 드워프라면 철통같은 보안 속에 있을 텐데요."

"문제없습니다. 아, 그리고 어차피 가는 길은 같으니 뱀피르카 왕국까지 같이 내려가면 되겠네요."

아르하드가 태연하게 내뱉은 말에 이아나는 움찔했다. 만일 아르하드가 불의 마탑에 볼일이 없었다면 두 사람은 여기서 헤어져야 했을 터였다. 하지만 우연히도 계속 함께 남부로 내려가게 되었다.

'정말로 우연일까?'

제가 드워프를 데려다 줄 것을 알고 상행부터 시작해서 마탑까지 미리 따라올 계획을 세운 게 아닌가─ 하는 의혹이 이아나의 머릿속을 뭉글뭉글 채웠다. 회귀 전에 아르하드가 세우는 전략들이 하나같이 훌륭했던 걸 생각하면 가능성이 있었다..

정말 우연에 우연이 겹칠 수도 있고, 제 생각은 헛된 착각일지도 모른다. 하지만 계속되는 우연은 대부분이 필연인 법. 속셈이리라는 확신이 들었다.

'하지만 뭐 어때.'

픽 웃으며 고기를 씹는 이아나의 만면에는 유쾌한 감정이 가득 떠올라 있었다. 요리는 맛있었다. 무르시가 특별히 맛있고 유명한 식당으로 골랐다 말하더니 빈말이 아니었다.

"잘 다녀오십시오. 몸조심하시고요."

다음 날 무르시에게 인사를 한 이아나는 첸델프를 데리고 아르하드와 함께 길을 떠났다.

길을 걷다가도 이아나는 첸델프를 몇 번이나 내려다보았다. 빠르게 걷고 있는데도 첸델프는 불평 한마디 하지 않았다. 숨을 몰아쉬면서도 잘 따라오고 있었다.

아니, 그게 아니라 그는 말 한마디 없었다. 정말로 죽은 듯이 조용했으며 숨소리마저 참으려는 것처럼 보였다. 이런 태도는 아르하드를 마주하면서부터 시작되었다.

'인간이라서 무서워하는 걸까.'

사실 첸델프는 카란켈로 가기 전에 하니델프를 만나 보겠냐는 이아나의 말을 듣고 몹시 들떠 있었다. 첸델프는 하니델프를 전혀 미워하지 않았다. 그의 말을 믿었다가 온갖 일을 다 겪었으니 패씸한 기분이 들긴 했지만, 하니델프 말대로 인간들이 모두 나쁜 것만은 아니라는 걸 이아나와 무르시를 보며 깨달았고, 손을 되찾으면서 손의 소중함을 뼈저리게 깨우칠 수 있었으며 엄청난 영감도 함께 얻었기 때문이다.

이아나는 첸델프에게 아르하드에 대해 좋게 말해 주었고, 덕분에 첸델프는 이아나 네 말만 믿는다면서, 하니델프와 친분을 가지고 있을 정도면 괜찮은 인간일 것이라며 아르하드에게 좋은 인상을 가졌었다.

그런데 이상하게도 설레는 마음으로 마차에서 뛰쳐나온 첸델프는 아르하드와 마주하자마자 고양이를 만난 쥐처럼 바짝 굳어서는 말 한마디 못 하고 있었다. 웃긴 건 아르하드는 그 태도에 전혀 개의치 않는다는 것이다.

"선배님, 첸델프에게 무슨 짓이라도 하셨습니까?"

기묘한 상황은 한참이나 걷고 나서도 계속되었고 스트레스를 받은 이아나는 결국 입을 열고 말았다. 아르하드가 무슨 잘못을 하지 않고서야 첸델프가 이렇게 두려움에 떨 리가 없었다. 하지만 그도 확신할 수 없는 것이, 아르하드가 첸델프에게 해코지를 가할 만한 시간은 없었다.

화들짝 놀란 첸델프가 이아나의 옷깃을 붙잡고 필사적으로 고개를 저었다.

"그, 그런 게 아니다. 난 그냥 기분이 안 좋아서……."

"정말입니까?"

이아나가 의심스러워하자 아르하드는 짙은 눈썹을 한 번 쓱 올리고는 고개를 저었다.

"아무 짓도 하지 않았습니다. 오늘 저분을 처음 봅니다. 하니델프 씨도 그러더니, 저는 드워프들에게 이유 없이 미움 받는 모양입니다."

다른 드워프도 아르하드에게 이런 태도를 보인다?

제 옆에 붙어서 겁먹은 채 따라오는 첸델프와 아르하드를 미간을 좁힌 채 번갈아 보던 이아나는 허리를 살짝 숙여 첸델프의 어깨를 붙잡았다.

"그럼 왜 이렇게 떨고 계시는 겁니까."

"그냥 피곤해서 그런 거다."

"쉬고 갈까요?"

"쉴 정도는 아니고……."

이아나가 몇 번이나 물어도 첸델프는 고개를 내저을 뿐 대답하지 않았다. 빨리 가자고 이아나의 옷자락을 잡아당길 뿐이었다. 아르하드는 흐음— 하고 첸델프를 내려다보았고 첸델프는 흠칫해서 이아나의 뒤에 숨었다.

"헉. 헉."

얼마 지나지 않아 첸델프가 정말로 힘들었는지 헐떡대기 시작했다. 짧은 다리의 그가 상대적으로 긴 다리와 괴물 같은 체력을 가진 이아나와 아르하드를 쉽게 따라갈 수 없는 것은 당연했다. 하지만 시간은 촉박했고 그런 첸델프를 배려하며 걸었다가는 상행 때보다 더욱 시간이 걸릴 것이 분명했다.

그래서 이아나는 달리지 않겠냐고 아르하드에게 제안했다. 아르하드가 대답 없이 애매하게 첸델프를 바라보자 이아나는 계획대로 손을 뻗어 첸델프를 옆구리에 끼려고 했다.

"잠깐."

"으아아아아악!"

이아나를 제지한 아르하드가 첸델프의 로브 목 뒷자락을 낚아채 들어 올렸다. 마치 개나 고양이의 뒷목을 잡아 올리는 듯한 모습이었다. 첸델프는 기절할 듯 놀라 꽥 비명을 지르긴 하였으나 그게 끝이었고 곧 발버둥 한번 치지 못하고 굳어 있기만 했다.

"제가 데리고 가겠습니다. 아무리 드워프라고 해도 남자가 아닙니까."

이아나는 아르하드의 말에 동의하지 못했다. 이아나는 첸델프가 남자든 아니든 별 상관이 없었다. 첸델프가 보통 남자들처럼 흑심을 가지고 있는 게 아니니 무거운 가방 하나를 옆구리에 끼고 달리는 것과 동일한 상황으로 취급하면 되는 일이었다.

"저는 상관없습니다. 선배님께 폐 끼치고 싶지 않으니 이리 주십시오."

이아나가 앞으로 한 발짝 내딛으며 손을 내밀었지만 아르하드는 웃으면서 한 발짝 뒤로 물러났다.

"이아나 양은 상관없겠지만 첸델프 씨가 자존심 상할 거란 말입니다. 아무리 이아나 양이 강하다지만 남자들만의 자존심이라는 게 있지 않습니까?"

남자만의 자존심이라는 게 뭔지 이해는 안 가지만, 이아나는 예전에 학술원 시험 때 남자의 자존심이라며 민망해하던 헤레이스를 떠올리며 약간 납득했다.

"또 첸델프 씨가 이아나 양에게 무척 미안해하지 않겠습니까. 마을까지 데려다 주는 것만으로도 감지덕지인데 이아나 양의 손에 실려 가기까지 하면 그 무슨 민폐입니까?"

아르하드가 덧붙인 말에는 날카로운 가시가 박혀 있었다. 경매장에서 첸델프를 데려올 때부터 못마땅해하더니 지금도 마음에 들지 않아 하는 게 뚜렷하게 보였다.

첸델프가 로브에서 손을 뺀 적 없기 때문에 아르하드는 그의 손이 나왔다는 사실을 모른다. 그저 자살을 희망하는 드워프를 고향에 데려다 주고 있는 걸로 보일 것이다. 아르하드가 이 일을 마음에 들어 하지 않을 만도 했다.

이아나는 아르하드를 이해했지만, 뭐가 뭔지 알 길이 없었던 첸델프는 그저 겁을 먹고 움츠러들었다.

"첸델프 씨, 그렇지요?"

아르하드가 첸델프를 위로 높게 들어 올리더니 눈을 마주했다.

"어, 어, 예……."

첸델프는 어벙한 소리를 냈다. 아르하드는 웃으면서 말하고 있는데 협박하는 걸로 보이는 건 왜일까. 하지만 첸델프가 괜찮다고 대답을 했으니…….

이아나는 로브 자락 사이로 안색이 퍼렇게 질려 있는 첸델프를 찜찜한 눈초리로 보았다.

"상관은 없는데 첸델프가 선배님을 불편해하고 또 그렇게 뒷덜미를 잡고 가는 건 좀…… 불편해할 것 같은데요."

아르하드는 어깨를 으쓱였다.

"저야 둘러메든 업고 가든 안고 가든 상관 없……."

"아, 아니, 괜찮다! 이걸로 충분해!"

"그렇다는데요."

첸델프는 손을 휘저으며 격렬하게 거부했고 아르하드는 이아나를 향해 작게 미소 지었다. 그러나 웃는 얼굴은 첸델프에게 고개를 돌리자마자 사라졌다.

"……"

아르하드는 첸델프가 꼭 모으고 있는 두 손을 쳐다보고 있었는데 표정이 쩡하니 굳은 게, 경악한 듯했다.

드디어 알아챘다. 이아나는 아르하드의 반응을 살폈다.

'놀랐나?'

없던 손이 새로 생겨났으니 놀랄 만도 했다. 이아나는 시치미를 뚝 떼었다.

"왜 그러십니까. 무슨 문제라도?"

"⋯⋯아니⋯⋯ 아무것도 아닙니다."

아르하드가 억눌린 목소리로 말했다. 손에 힘이 들어가고 저도 모르게 입술을 잘근잘근 씹는 것이 무언가 말을 쏟아붓고 싶지만 겨우 참는 자들의 전형적인 태도였다.

'궁금하겠지.'

차마 묻지는 못하고 속으로 열심히 두뇌를 회전시키고 있을 그를 생각하니 우스웠다. 하지만 얼마 지나지 않아 생각을 끝낸 건지 아르하드의 표정에서는 혼란이 사라졌고, 이내 싸늘히 식어 입매가 굳었다. 긴 한숨을 내쉬며 신경질적으로 마른세수를 했다. 그리고 표정이 험악해졌다.

"⋯⋯?"

이번에는 이아나가 혼란스러워할 차례였다.

'손이 다시 생겨난 현상을 어떻게 저리 쉽게 받아들이지?'

잘려 나간 손이 다시 생겨난 것은 그 어떤 가정을 가져다 붙여도 쉬이 납득할 수 없는 일이었다.

'무슨 생각을 하고 있는 거야?'

어떤 마법도 새 팔을 돋아나게 할 수는 없다. 잘린 즉시 붙이고 치료 마법을 쏟아붓는다면야 후유증은 남을지언정 말끔하게 붙일 수 있지만 첸넬프의 손은 떨어져 나간 지 오래였고 아르하드도 그것을 알고 있을 터였다.

"출발할까요."

아르하드의 말과 함께 일행은 이상한 분위기 속에서 길을 떠났다.

일주일 만에 뱀피르카 왕국에 도착했다. 소니야와 마바로신의 국토는 영지 대부분이 농사에 적합한 평지로 이루어져 있었고 길도 잘 닦여 있어 마나로 다리를 강화해서 빠르게 달렸더니 도착은 금방이었다. 만약 영지의 번화가에 들어설 때마다 눈에 띄지 않기 위해 걷지만 않았다면 시간을 더욱 단축시킬 수 있었을 것이다.

"......"

이아나와 아르하드는 멀쩡했다. 그러나 아르하드의 손에 잡혀 있는 첸델프는 실신 직전이었다. 안 그래도 알 수 없는 이유로 아르하드에게 겁먹고 있는 와중에 그의 손에 붙잡혀 멀미가 날 정도로 빠른 속도로 날아온 탓이다.

"밤이 늦었으니 일단 여기서 쉬고 내일 아침에 불의 마탑으로 가도록 하죠."

첸델프는 방에 도착하자마자 기절하듯 곯아떨어졌고 아르하드와 이아나는 식사를 하러 내려왔다.

이아나는 말없이 포크를 깨작거리며 씹었다. 이곳에 도착하기 전까지는 달리는 데에 집중하느라 묻어 두었지만 아무리 생각해도 이해가 가지 않았다.

'대체 무슨 생각을 하고 있는 거야? 왜 저리 심사가 뒤틀려서 이상한 분위기를 형성하는 거냐고.'

이아나는 미간을 좁혔다. 카마트로스의 주인과 아르하드가 동일 인물임을 알고 있음에도 모르는 척을 해야 하니 대화 주제에 너무 제한이 많았다. 그에 비례하여 묻고 싶은 것을 묻지 못해 답답함도 상승했다.

"왜 그렇게 화가 나 계십니까?"

결국 이런 질문밖에 할 수 없었다.

"일주일 전에 첸델프를 데리고 뛸 때부터 기분이 별로 좋지 않으셨던 것 같은데…… 이유를 말씀해 주세요."

"별것 아닙니다. 피곤해서 그래요."

이아나는 포크를 내려놓고 다른 대답을 기다렸지만 아르하드는 포크로 앞에 놓인 접시 위의 면을 휘저을 뿐이었다. 손이 다시 생겨난 현상 때문에 혼란스러운 거라면 이해했겠지만 적나라하게 느껴지는 저 분노는 대체 어디서 기인한단 말인가?

"제가 거짓말을 싫어한다고 말씀드린 적이 있을 겁니다."

에이지에게 그랬듯, 이아나는 상대가 숨기는 것은 사정이 있다고 생각해 눈감아 주는 편이었다. 하지만 숨기는 게 자신과 직접적으로 관련되는 사항일 때, 자신과 관련되어 있다는 사실을 모르고 있으면 몰라도 알고 있을 때는 상황이 달라졌다.

상대가 적이라면 고문을 해서 비밀을 알아내거나 후환이 남지 않도록 죽여 버리면 그만이다. 하지만 호감이 있는 상대와 함께 이런 상황에 처할 경우에는 신경이 무척 쓰였다. 그것도 상대가 아르하드라면 더욱 심했다.

이아나의 말에 희미하게 화가 묻어나기 시작하자 아르하드가 휘젓던 손을 멈칫했다. 입술을 한 번 깨문 그가 고개를 들어 시선을 마주했다.

"……그 첸델프라는 드워프."

아르하드가 마지못해 말문을 열자 이아나가 집중했다. 첸델프가 무엇을? 아르하드는 미간을 엄지로 문질렀다.

"불쾌합니다. 정말, 아주 많이."

"선배님께서는 첸델프에게 아무 짓도 하지 않으셨다 하셨지요. 그렇다면 첸델프가 선배님께 잘못을 했습니까?"

그녀가 아는 아르하드는 이유 없이 누군가를 싫어하는 남자가 아니었다. 황제였던 그는 언제나 이성적이었고 사람을 대하는 태도에 인과관계가 있었다.

이후 이아나가 아무리 캐물어도 아르하드는 첸델프에 대한 답을 거부했다. 첸델프가 마음에 안 든다는 말을 내뱉은 것도 후회하는 듯한 낌새였다. 이아나는 더 물어봤자 답은 나오지 않을 테고, 시간낭비에 감정소모전밖에 되지 않을 것이라 판단하여 그를 닦달하는 것을 그만두었다.

방으로 올라오면서도 머리가 아픈 듯 이마를 손바닥으로 문지르던 아르하드는 잘 자라는 말과 함께 제 방으로 들어갔다. 이아나도 제 방으로 와서 침대에 누웠다. 내일 카란켈로 출발하려면 일찍 자야 했지만 잠이 오지 않아 몸을 뒤척였다.

'아르하드와 드워프, 무슨 관계가 있는 거지? 왜 드워프는 아르하드를 무서워하고 아르하드는 그런 반응을 당연하게 받아들이는 거지?'

첸델프는 분명 아르하드를 만나기 전까지만 해도 이아나의 말만 듣고 그에게 약간의 호감을 품고 있었다. 그러나 아르하드를 대면하자마자 겁을 먹고 말 한마디 제대로 하지 못한 채 이곳까지 왔다. 그런데 아르하드는 태연하게 그런 태도를 받아들였다. 그러니 손을 보기 전까지만 해도 그리 기분이 저조한 상태는 아니었다.

'손!'

이아나는 눈을 크게 떴다. 그랬다. 아르하드가 이상한 반응을 보이기 시작한 시점은 정확히 손을 보고 난 이후부터였다. 첸델프를 들어 올릴 때, 즉 남자의 자존심 운운하며 제가 첸델프를 데리고 가야 할 이유를 설명할 때는 못마땅해 보이긴 했어도 저리 불쾌함을 풀풀 풍길 정도로 기분이 나빠 보이진 않았다.

'손을 보기 전에는 자결하기 위해 내게 매달리는 첸델프가 마음에 들지 않았다면, 손을 보고 난 이후 기분이 전보다 훨씬, 급격하게 나빠진 이유는 뭘까?'

이아나는 성격상 궁금한 건 바로바로 대놓고 물어보곤 했다. 누군가에게 마음을 주지 않아 신경을 쓸 필요가 없었던 회귀 전에는 깊게 고민을 한 적이 딱히 없었다.

이아나는 이불을 목 끝까지 끌어 올리고는 눈을 감았다. 이번 생은 몹시 번거롭다. 마음을 닫고 독불장군처럼 굴었던 예전과는 달리 타인의 감정에 신경을 쓰려 하니 당연했다.

하지만 나쁘지는 않았다.

이아나는 내일 불의 마탑에서 아르하드와 헤어지면 첸델프에게 아르하드를 왜 무서워하는 건지 물어보기로 했다. 지금까지는 그와 함께 달려오느라 무서워서 말을 하지 못했을 수도 있기 때문이다.

다음 날 일행은 불의 마탑으로 향했다. 불의 마탑 주변은 로브를 입은 자들이 간간이 지나다니고 있을 뿐 고요로 휩싸여 있었는데 이는 마이마예가 연구에 집중할 때 그를 방해하는 소음을 무척 싫어하기 때문이라고 하였다.

이아나는 옆에서 걷고 있는 아르하드의 얼굴을 흘낏 쳐다보았다. 표정이 평온한 것이, 그의 감정은 갈무리된 것으로 보였다. 아침 식사를 할 때는 신경 쓰이게 해서 미안하다고 사과까지 했다. 이아나는 멀쩡해 보이는 아르하드가 신경 쓰였다.

'갑자기 저러니…… 오히려 억지로 눌러서 터지기 일보 직전으로 보이는 건 기우인 걸까.'

첸델프는 이따금씩 아르하드의 시선을 느낄 때마다 겁을 먹고 이아나의 뒤에 숨었다.

붉은빛이 도는 벽돌로 높게 쌓아올려진 불의 마탑 일 층에 들어섰다. 아르하드가 마탑을 관리하는 수습 마법사에게 마이마예를 만나러 왔다고 말하러 간 사이 첸델프가 이아나의 로브자락을 잡아당겼다.

"……저 인간, 정말로 무섭다. 빨리 헤어졌으면 좋겠어."

첸델프가 힘없이 중얼거렸다. 이아나는 첸델프가 말문을 트자마자 바로 무릎을 굽히고 앉아 눈을 마주했다.

"말해 주세요. 왜 저분을 무서워하십니까? 저는 지금 이 상황을 이해할 수가 없습니다. 저분이 해코지라도 가한 겁니까?"

"아니. 아무 짓도 하지 않았다."

"혹시 말은 하지 않아도 눈빛으로 위협했습니까? 갑작스레 살해당할 듯한 공포를 느낀 적이 있습니까?"

자신은 느끼지 못했지만 아르하드가 몰래 살기를 흘뿌렸을 수도 있었다.

"아니, 저 인간은 정말로 아무 짓도 하지 않았어."

첸델프의 말에 이아나는 더욱 답답해졌다.

"그렇다면 왜죠? 저분은 강한 분이지만 나쁜 분은 아닙니다."

"네가 그렇다면 그렇겠지. 하지만 나는 저 인간의 성격과는 별개로 저 인간이 풍기고 있는 이상한 느낌이…… 정말로 무서워."

첸델프가 오들오들 떨기 시작했다.

"느낌…… 말입니까?"

이상한 말에 이아나가 미간을 좁혔다. 살기가 아닌 이상한 느낌이라니, 이해가 가질 않았다. 첸델프는 덜덜 떨면서 계속 말을 이었다.

"이아나 너에게는 그저 따뜻해서 의지하고 싶은 느낌이 든다면 저 인간에게서는…… 잔인한 거대 몬스터보다 훨씬 더 비리고 날카로운 송곳니를 가진 검은 괴물을 마주하고 있는 듯한 느낌이 든다."

"……."

"살기 같은 게 아니야. 그냥 무서워."

이아나가 무어라 말을 못하고 있자 첸델프는 이아나의 옷자락을 꽉 쥐었다.

"그래서 나는 저 인간의 금색 눈동자가 나를 향할 때마다 오금이 저리고 소름이 돋아. 경매장에서 만났을 때도 그랬다."

이아나가 멈칫했다.

"……알아보시는 겁니까? 얼굴을 감추고 있었을 뿐만 아니라 목소리도 완전히 다른데?"

"저런 소름 끼치는 기운을 가진 인간이 흔할 리가 없지. 이아나, 웬만하면 저 인간과 가까이 지내지 말도록 해라. 저 인간, 느낌이 좋지 않아. 그리고……."

첸델프가 아르하드의 뒷모습을 겁먹은 눈초리로 흘끗흘끗 보았다.

"저 인간이 풍기고 있는 본연의 분위기도 정말 무섭지만, 더 무서운 건 저 인간에게서…… 뭔가 여러 가지가 뒤섞인 느낌이 든다는 거야."

"뒤섞였다고요?"

이아나의 옷자락을 붙잡은 첸델프의 손이 부들부들 떨렸다.

"그래. 뭐라고 설명할 수도 없고, 왜 이런 기분이 드는 건지는 몰라도 너무 무서워."

극도의 공포심을 보이는 첸델프를 잠자코 내려다보던 이아나가 천천히 고개를 들어 마법사와 대화를 나누고 있는 아르하드를 보았다. 시선을 느낀 아르하드가 뒤를 돌아보았다. 그리고 그녀를 향해 단호하고 무감정했던 눈매를 접어 내리며 웃었다.

그 후로 일은 일사천리였다. 마이마예에게 방문자의 소식을 전하러 간 마법사는 빨리 데려오라는 마이마예의 재촉에 탑의 꼭대기로 그들을 안내했다. 계단을 타고 올라가야 했지만, 그리 힘들지는 않게 꼭대기 층에 도착할 수 있었다.

"이게 누구야. 아르하드 군! 오랜만일세. 대체 이게 몇 년 만인가."

"건강히 잘 지내셨습니까."

"나야 한창 나이이니 건강하지. 하하. 자네는 더 잘생겨졌어."

마이마예는 아르하드를 반갑게 맞이했다. 아르하드의 어깨를 탁 탁 두들기는 마이마예는 백발과 탁한 금발을 흩트려 놓은 중년 남성이었다. 젊은 나이에 대륙의 대마법사에 속하는 기염을 토한 그는 같은 대마법사인 하인리히보다 훨씬 젊었다.

"하인리히 씨는 여전하나?"

"예. 여전히 그 연구를 하고 계십니다."

"쯧쯧. 불쌍한 노인네 같으니. 그럴 시간에 마법에 더 파고들었으면 콧대 높은 위프헤이머 포테스타스를 꺾고도 남았을 텐데 말이야."

"그분은 마법보다 하나밖에 남지 않는 혈육을 훨씬 더 소중히 하시니까요."

뒤에서 잠자코 듣고 있던 이아나가 움찔했다. 하인리히의 혈육이라면 헤레이스였다.

저들의 대화로 추측하건대 하인리히는 헤레이스가 앓고 있는 마나의 저주를 고치기 위한 연구를 하는 데에 더 열중하고 있는 모양이었다. 헤레이스가 가지고 있는 약도 하인리히가 제조하였다 하지 않았던가.

아르하드가 꾸러미 하나를 가방에서 꺼냈다.

"여기 부탁하신 물건입니다."

"오오, 이것이 바로 채굴지인 서부 사막에서도 쉽게 구할 수 없다는 화염석! 하인리히 씨가 구해 주겠다고 편지를 보냈을 때 반

신반의했건만 정말로 보내 주실 줄이야. 하인리히 씨는 대체 이 걸 어찌 손에 넣었단 말인가!"

평범한 중년 남성 같던 마이마예의 눈에 엄청난 탐욕이 번들거렸다. 귀한 마법 재료에 눈독을 들이는 마법사로서의 면모가 엿보였다.

"그리고 부탁한 것을 받아 오라고 하셨습니다만."

"알겠네, 알겠어. 알겠는데 일단 어서, 어서 이리 주게."

아르하드가 꾸러미를 건네자 마이마예는 갓 태어난 아기 새를 받듯 두 손으로 조심스레 물건을 받았다. 꾸러미가 제 손에 툭 닿자마자 마이마예의 얼굴이 환희에 물들었다.

"흐흐흐. 이것만 있으면 자카라 발젠타의 운석 마법을 구현할 수 있을지도 몰라, 으흐흐흐!"

자카라 발젠타는 학술원을 세운 마도시대 초기의 대마법사다. 그는 모든 마법에 통달했던 마법사였는데, 그의 궁극기 중 하나가 하늘에서 운석이 내리게 하는 전설적인 마법, 메테오였다.

마도시대 초기처럼 전쟁시대가 아니라서 대량살상을 저지를 일도 없는데 재앙이나 다를 바 없다는 그 마법을 구현하려 하는 이유는 마법에 대한 불타는 탐구욕 때문이리라. 마법사들은 마법 연구를 위해서라면 어떤 일도 서슴지 않았다.

"그리고 이건 제 개인적인 부탁인데, 하니델프 씨를 뵐 수 있겠습니까?"

"음? 하니델프를? 자네만 보면 돌덩이처럼 구는 그 친구를 굳이 왜 보려고 그러나? 자네도 하니델프에게 별 관심이 없다가 갑자기 왜?"

"이아나 양."

아르하드가 손짓하자 이아나는 어쩔 줄 몰라 하는 첸델프를 데리고 마이마예에게 다가갔다. 이아나는 마이마예 앞에서 고개를 숙였다.

"명성이 자자한 대마법사님을 만나 뵙게 되어 영광입니다. 이아나라고 합니다."

"오오!"

마이마예는 아르하드에게서 이아나에게로 시선을 옮기자마자 호들갑을 떨기 시작했다.

"머리색과 눈동자가 불꽃같은 게 정말 마음에 드는걸! 아깝네, 아까워. 내 이상형은 불같은 여자거든! 이십 년만 젊었어도 아가씨에게 꽃을 바치며 구애했을 텐데 말이야."

아르하드가 눈썹을 꿈틀거렸다.

"그 말, 펠라이데 님께 말씀드려도 될까요?"

"어이쿠, 농담이네. 펠라이데가 요즘 마음을 좀 열고 있단 말이지. 그런 말을 하면 못써, 떽. 그나저나 이아나 양이 하니델프에게 관심이 있는 겐가?"

이아나가 첸델프를 앞으로 슥 밀자 마이마예의 눈동자가 키가 작은 첸델프에게로 데구루루 굴렀다.

"이 아이는 누구인가?"

"아이가 아니라 드워프입니다."

"뭐?"

첸델프가 조심스레 로브를 벗자 드워프다운 거친 생김새가 드리났다. 마이마예는 대륙에서는 하니델프 말고는 찾아볼 수 없는 드워프가 이곳에 있다는 사실에 놀라서 입을 떡 벌렸다.

"마이마예라고 했나? 당신의 이름은 옛날부터 많이 들었다. 하니델프의 친구인데 그를 좀 만날 수 있겠나?"

마이마예의 안내로 도착한 마탑 내부의 공방에서, 두 드워프는 만나자마자 서로 꽉 부둥켜안았다.

"하니델프!"

"첸델프, 너 이 자식!"

하니델프가 첸델프의 등을 툭툭 두들기며 헤벌쭉 웃었다.

마이마예와 하니델프는 마탑에서 마법검을 연구하고 있었다. 마법검은 시동어 한 번에 스스로 마나를 흡수하여 마법을 발현하는 아티팩트로, 마나석이 필요 없어 평범한 아티팩트와는 궤를 달리했다.

마법은 마법사조차 후방에서 보호를 받으며 집중해야 발휘할 수 있는 이능이다. 하물며 검을 휘두르면서 마나를 복잡한 수식과 알고리즘에 따라 배열하여 마법을 시전하는 일은 쉬운 일이 아니다. 평범한 검 아티팩트였더라도 엄청난 값을 받았을 것이다.

그런데 시동어 한 번에 마법을 부릴 수 있다면 그 가치는 무궁무진했다. 일반인도 무한대로 마법을 쓸 수 있으니 이 기술은 천금보다 귀중한 가치를 가졌다.

하니델프와 마이마예는 여기서 멈추지 않고 더 나아가 엄청난 고위 마법을 각인하는 실험을 계속하고 있었다. 둘의 합작으로 만들어진 물품들은 비록 미완성인 기술로 제작되었으나 없어서 못 파는 귀한 보물로 취급받았다.

하니델프는 순수하게 궁극을 실현하는 데에 흥미를 느끼는 장인이었고, 마이마예 또한 그러했기에 둘은 시간이 걸리나마 완성도 높은 작품을 추구했다. 판매는 그들의 관심사가 아니었다. 귀한 신분의 후원자들의 등쌀에 밀려 마지못해 풀려 나오는 물품은 일 년에 두세 개 정도였다. 애가 타는 것은 수요자들이었다.

"정말 오랜만이다, 첸델프!"

하니델프는 연구를 시작하면 배고픔도 잊을 정도로 마법검 연구를 즐기고 있었다. 마탑에 온 이후로 쏟아지는 연구 과제에 매달리다 보니 고향에는 편지만 종종 부칠 뿐 돌아간 적이 없었다.

그렇다고 해서 친구들을 보고 싶지 않은 건 아니었다. 하지만 말리는 친구들을 뿌리치고 마법검의 정수를 보기 전까지는 돌아오지 않겠노라 당당하게 선언하고 마을에서 나왔기 때문에 친구가 보고 싶다고 목표를 완수하지도 못한 채 돌아가기에는 자존심이 상했다. 그래서 그는 외로움을 꾹 참고 있었다. 그런데 어릴 때부터 함께 자란 친구이자 가장 친한 친구였던 첸델프가 나타난 것이다.

하니델프가 호들갑을 떨며 첸델프의 등을 두들겼다

"대체 여긴 어떻게 온 거냐? 자벨론가의 인간을 따라 나온 거냐?"

첸델프는 눈을 부리부리하게 뜨고 하니델프의 배에 주먹을 퍽하고 꽂아 넣었다.

"케헥."

하니델프기 어마어마한 충격에 혀를 빼물었다. 첸델프를 껴안고 있던 팔을 풀고 뒤로 몇 걸음 비틀비틀 물러났다. 몇 걸음 물러나다 말고 엉덩방아를 찧었다.

"이······놈이 무슨 짓이야!"

하니델프가 관자놀이에 핏대를 세우고 소리를 꽥 질렀다. 쳉델프는 아파서 꽥꽥거리는 하니델프를 내려다보면서 한숨을 푹 쉬었다.

"이걸로 네 녀석은 됐다. 그래, 네놈이 무슨 죄겠냐."

"이 땅딸보가 뭔 소리야!"

쳉델프의 눈에 눈물이 핑 돌았다. 눈물을 본 하니델프는 놀라서 화를 내던 것도 잊고 파리 열댓 마리가 들어갈 정도로 입을 크게 벌렸다. 그가 아는 쳉델프는 성질이 드센 데다가 자존심이 하늘 끝까지 치솟은 드워프였다. 중상을 입어도, 아무리 슬픈 일이 있어도 술로 풀면 풀었지 잘 울지 않는 드워프가 쳉델프였다.

"네, 네 녀석 뭐 잘못 먹었냐? 아니면 내가 땅딸보라고 해서 그런 거냐? 미, 미안하다! 아니, 근데 그런 것 때문에 우는 게야? 네놈답지 않잖냐."

"일단 방으로 가자. 다른 인간들 앞에서는 별로 말하고 싶지 않다."

당황해서 헛소리를 주절거리는 하니델프를 쳉델프가 일으켰다. 얼떨떨한 표정의 하니델프가 공방 옆에 마련된 작은 방으로 쳉델프를 데리고 사라지자, 두 드워프의 해후를 지켜보고 있던 마이마예가 볼을 부풀린 채 푸— 하고 숨을 내뱉었다.

"나 원 참. 카란켈 말고 다른 곳에서 드워프를 보는 건 또 처음일세. 이아나 양, 저자는 어찌 만나게 된 건가? 이 아저씨 궁금해서 죽겠네그래. 살짝만 말해 주면 안 되나?"

"첸델프가 스스로 말하지 않는 이상 제 입으로 먼저 말할 수는 없습니다."

"끄응. 생긴 것만큼 똑 부러지는 아가씨일세."

그들은 드워프들이 방에서 나오기를 기다렸다. 아르하드는 이야기가 길어지자 바람 좀 쐬고 오겠다며 나가 버렸고 마이마예는 이아나에게 호들갑스레 제 이야기를 떠벌렸다.

"하인리히 씨와 나는 서로 협력관계라네. 하인리히 씨가 필요로 하는 남부지역의 물건을 내가 구해 주고, 하인리히 씨는 내 넘쳐나는 돈으로도 구할 수 없는 귀한 마법 재료를 주는 게지. 그런데 하인리히 씨가 부탁한 물건은 대부분이 몸에 좋은 약초나 약에 소량 쓰이는 독초였다네. 이번에 부탁한 물건도 무시무시한 독초지. 섞어 쓰면 약이 되지만, 그 풀의 즙에 바로 혀를 가져다 대면 즉사."

마이마예가 꽥, 하고 제 목을 잡는 시늉을 했다가 이아나가 가만히 듣고만 있을 뿐 딱히 호응을 해 주지 않자 민망한 표정으로 머리를 긁적였다. 하지만 얼마 지나지 않아 다시 이야기를 즐겁게 풀어 놓기 시작했다.

"어쨌든 하인리히 씨는 한창 마법 연구할 나이에 괴상한 병을 앓는 아르하드 군과 손주 녀석에게 약초를 구해 먹인다고 정신이 없었어. 게다가 둘이 비슷한 병세를 보여서 하인리히 씨는 두 배로 고생을 했지."

"……병이요?"

잠자코 이야기를 듣고 있던 이아나는 그의 말에 끼어들었다. 아르하드가 병이라니? 믿을 수 없는 이야기였다.

"선배님과 헤레이스가 비슷한 병을?"

"응? 헤레이스를 아나?"

"같은 학술원 동기입니다. 친하게 지내고 있습니다."

그것도 헤레이스와 비슷한 병세라니. 그 아르하드가 마나를 조절하지 못하는 마나의 저주를 앓고 있다는 말은 정말 코웃음이 나올 만한 허풍이다.

하지만 지금 이아나의 뇌리 속에 찝찝하게 지나가는 기억이 있다. 아르하드가 병결로 자주 결석한다는, 지나가다 듣고 대수롭지 않게 여겼던 그 말이다.

"아하. 녀석이 이번에 학술원에 들어간 모양이군. 헤레이스는 검술학부일 테고 아가씨는 무슨 학부에 들어갔기에 헤레이스와 아르하드 군을 아는……."

마이마예가 말끝을 흐리자 이아나는 익숙하게 대답했다.

"저도 검술학부입니다. 다들 이상하게 생각하시는군요."

"꽥."

"그것보다 선배님은 무슨 병이죠? 마나의 저주입니까?"

"꽤액."

이상한 소리를 연거푸 내던 마이마예가 뒤로 넘어갈 것 같자 이아나는 그의 옷자락을 붙잡았다.

"고, 고맙네. 그런데 어떻게 알았나? 마나의 저주라면 헤레이스에게 들은 건가?"

"예. 직접 사정을 들었습니다."

"녀석이 생긴 것과는 다르게 은근히 자존심이 세서 입 밖으로 절대 제 사정을 말하지 않는데 많이 친한 모양이군! 아가씨, 그

무시무시한 아르하드 군과도 함께 오더니…… 능력 있어."

"그러니까, 선배님도 마나의 저주인 겁니까?"

이아나가 음흉하게 속삭이는 마이마예의 말을 딱 잘라 버리자 마이마예는 저보다 더 지독한 마이페이스라며 투덜거렸다.

"나도 정확히는 모르지만 마나가 심장 쪽으로 미친 듯이 달려드는 병세는 비슷했어. 하지만 헤레이스는 마나를 제어하려 할 때만 그런 현상이 일어났고, 아르하드 군은 평상시에도 그렇다는 점에서 달랐지. 그리고 옛날에 하인리히 씨가…… 음, 가물가물하지만 병세의 원인이 다르다고 말했던 기억이 나. 둘 다 심장에 문제가 있다고는 했는데, 끙 뭐지……."

"마이마예 씨, 무슨 얘기를 하시는 겁니까."

둘이 이야기를 나누고 있던 사이 조용히 문을 열고 들어오던 아르하드가 마이마예의 말을 잘랐다. 이아나가 홱 돌아보자 아르하드는 그녀를 향해 고개를 저어 보였다.

"마이마예 씨의 말에 신경 쓸 필요 없습니다. 그 증세는 이미 극복했으니까요."

"극복이요?"

이아나가 의심스레 되묻자 마이마예는 제 손바닥을 주먹으로 탁 쳤다.

"아, 그래. 어쨌든 원인은 몰라도 아르하드 군은 병세를 더 이상 보이지 않는다고 들었네. 꼬마 시절부터 항상 백치처럼 멍청하게 앉아 있기만 하던 녀석이 이렇게 늠름하게 클지 어찌 알았을꼬."

"그때는 백치가 아니라 생각에 잠겨 있었을 뿐입니다만."

"그건 자네 생각일 뿐이고."

아르하드가 못마땅하게 대꾸했지만 마이마예는 그의 말을 딱 잘랐다.

"하여튼 어릴 적의 아르하드 군은 얼굴은 귀여워도 아주 멍청해 보였단 말이네. 주변에서는 마나가 펄펄 돌아다니면서 아르하드 군을 질식사시킬 것 같았고. 그런데 하인리히 씨가 어느 날 놀라운 소식을 전해 왔지 뭔가. 녀석이 검을 쥐자마자 눈동자에 빛이 돌아오면서 엉엉 울음을 터뜨렸다고 말이야! 너무 궁금해서 뱀피르카 왕국이 푸푸니 왕국과 전쟁 중이라 날 붙잡아 대는데도 그걸 뿌리치고 하인리히 씨의 마탑까지 올라갔지 뭔가."

"올라갔는데?"

이번에는 이아나가 호응을 해 주며 말을 재촉하자 마이마예는 신이 나서 떠벌렸다.

"음. 대단했지. 잡아먹을 듯 심장으로 달려들던 마나가 얌전하게 아르하드 군의 통제를 따르고 있지 뭔가! 병을 극복한 아르하드 군의 마나 제어력은 질투가 날 정도로 엄청났어!"

"그러니까…… 지금은 괜찮으시다는 말씀이군요."

"예. 신경 쓰지 않으셔도 됩니다."

마나의 저주와 비슷한 증세의 병이 나아 엄청난 재능을 가지게 되었다는 납득할 만한 인과관계에, 병의 원인은 알 수 없었지만 이아나는 어느 정도 납득했다. 그러나 예전에는 신경 쓰지도 않았던 병결이라는 단어가 가슴 속에 찝찝하게 남아 버렸다.

"어쨌든 약초를 구해 준 대가로 얻은 이 화염석! 그 할아범은 어디서 그런 걸 구해 오는지 참 신기하단 말이야. 크크. 지금은 내가 왕국의 지원을 받으며 탑에 처박혀 있지만 이 화염석만 있으면 이렇게 얽매이는 것도 끝이야!"

마이마예는 제 품에 고이 넣어 둔 화염석을 꺼내 들어 그것을 만지작거리며 히히 웃었다.

"이것만 있으면 내 마법은 더 발전할 게야. 망할 놈의 기르초프 녀석, 아주 머리 위에 운석을 소환해 주마! 이렇게, 이렇게, 음, 좋아."

마이마예는 자기 세계에 빠져들어서 혼잣말을 중얼거렸다. 그때, 첸델프와 하니델프가 방에서 나왔다.

첸델프는 눈물을 글썽이며 모든 이야기를 풀어 놓았고, 하니델프는 그가 겪은 잔혹한 일에 대해 들으며 눈물을 터뜨리는 바람에 눈가가 몹시 붉었다. 아니, 지금도 눈물을 주룩주룩 흘리며 진정을 하지 못하고 있었다.

마이마예는 하니델프의 격한 감정 상태에 첸델프가 겪은 일에 또 한 번 호기심을 가졌지만, 하니델프가 절대 말하지 않겠다며 결연한 표정으로 고개를 젓자 결국 단념하고 말았다.

"그런데 이아나 양은 첸델프를 어찌할 생각인가? 혹시 첸델프를 마을에 데려다 주라고 부탁을 하러 온 겐가? 하지만 나는 하니델프를 혼자 두고 먼 길을 떠날 수는 없는데."

"아닙니다. 여기는 하니델프 씨를 만나러 온 것뿐이고 제가 데려다 줄 생각입니다."

마이마예가 눈을 둥그렇게 떴다.

"데려다 준다고? 아, 아르하드 군과 함께 가는 건가?"

"아니요. 저와 첸델프 둘이서 갑니다. 선배님은 여기까지 동행하신 것뿐이고요. 폐를 끼칠 수는 없지요."

"……카란켈 산맥 중심부에서도 더 깊숙이 들어가야 하는 그곳까지 드워프와 둘이서 가겠다고?"

"문제 있습니까?"

"당연히 많지! 많다 못해 폭발할 지경이야!"

마이마예가 이아나를 향해 호통을 쳤다.

"어린 아가씨가 무슨. 학술원의 검술학부생이라고 해도 아직은 애송이다. 드워프가 지름길을 알고 있다고는 해도 그곳까지 가는 데 며칠, 아니 몇 주일이 걸리는지 알고나 하는 소리인가? 먹잇감을 찾아 돌아다니는 최상급 몬스터가 얼마나 많은지 알고나 하는 소리야? 지금 오지의 몬스터를 뒷산에 돌아다니는 몬스터로 착각하는 겐가? 허, 참."

이아나가 문제없다고 반박하려 하였으나 아르하드가 그녀를 가로막았다.

"위험한 건 맞습니다. 오지의 몬스터들은 다른 지역의 몬스터들보다 훨씬 똑똑하고 흉포하니까요. 게다가 이아나 양 혼자였다면 모를까, 지켜야 할 대상까지 있다면 실력의 반절도 내지 못하는 게 당연하지 않습니까? 만일 굶주린 몬스터가 떼로 나타나 이아나 양과 첸델프 씨를 둘러싸면 큰일입니다. 그리고 마나를 다리에 두른 채 목적지까지 일직선으로 뛴다고 해도 며칠은 걸릴 게 분명해요."

이아나는 대충 마른 육포와 수통, 그리고 탐험에 필요한 용품 따위를 사서 움직일 생각이었다. 하지만 제 실력을 알고 있는 아르하드가 저렇게까지 말하면 위험한 게 맞았다.

이아나가 미간을 좁힌 채 어찌해야 할지 고민에 빠져들 찰나였다.

"그러니 자벨론 상단과 함께 가십시오."

아르하드의 뜻밖의 제안에 이아나는 생각에서 빠져나왔다.

"자벨론 상단과 함께 가시면 됩니다. 가장 날이 더워지는 이 시기 즈음에 자벨론 상단이 드워프들의 마을에 시원한 맥주를 가져다주러 갑니다. 마이마예 씨, 소개장을 하나 써 주시지요."

"그렇군, 지금 출발한 지 얼마 되지 않았으니 서둘러 가면 따라잡을 수 있을 거네."

마이마예가 냉큼 책상으로 달려가 종이 한 장에 깃펜으로 긴 문장을 휘갈겼다. 이아나는 그런 그들의 태도를 보며 이해할 수 없다는 얼굴로 물었다.

"자벨론 상단은 엄청난 무인들로 이루어진 집단입니까?"

암벽도 가르는 검기를 날릴 수 있는 이아나 제가 위험하다고 말릴 정돈데, 자벨론 상단은 안전하다는 말인가?

"어떻게 드워프들의 마을에 그렇게 쉽게 갈 수 있는 거죠?"

"자벨론 가문 대대로 내려오는 특제 수면약이 있다네. 그것만 뿌리면 몬스터고 인간이고 싹 다 잠들어 버리지. 너무 강력해서 약을 살포하면 눈앞의 먹이를 먹기 위해 입을 쩍 벌리던 대형 몬스터는 물론 겁먹은 먹이까지 즉시 쿨쿨 잠들어 버릴 정도라네."

그런 약품을 쓴다면야 속도가 빠른 몬스터가 인간의 반응 속도를 넘어서서 달려들지만 않는다면 위험하지 않을 것이다.

"그런데 그런 약이라면 악용될 수 있는 여지가 있겠군요."

"약의 재료가 너무 귀하고 제조법이 복잡해서 대량 생산하기가 어렵다네. 자벨론가의 가주만 쓸 수 있는 데다가…… 아."

마이마예가 얼굴을 긁적였다.

"사실 자벨론가에서 그런 수면제를 생산해 내는 걸 아는 사람은 없을게야. 나는 드워프들과 교류하고 있기 때문에 알고 있지만, 오지까지 가서 드워프들과 거래하는 방법을 알고 싶어 하는 승냥이 떼는 널렸고, 자벨론가는 거래를 독점하기 위해서 입을 다물거든. 드워프들과 거래를 하러 가는 자들은 대대로 자벨론가의 가신들이라 입이 무척 무겁고 말이야. 그러니 비밀로 해 주게."

말을 끝낸 마이마예가 종이를 들어 올렸다. 종이를 들여다보다 불편한 표정으로 고개를 저었다.

"으음, 그래도 안심이 안 되는군. 자벨론가의 인간들이 깨끗하게 거래한다고는 해도 속이 능구렁이 같은 놈들이 많아서 귀한 드워프와 약해 보이는 미소녀 검사 둘이서 가는 건 안심이 안 되는데…… 그렇지! 아르하드 군, 건장한 자네가 거기까지 함께 가 주게. 그러면 다 해결되지 않나?"

마이마예가 한결 밝아진 표정으로 불쑥 제안했지만 아르하드는 난처한 얼굴로 고개를 저었다.

"저는 테오도르에 일정이 잡혀 있어 지금 바로 올라가 봐야 합니다. 이번 상행은 정말 짬을 내서 온 거라서…… 그리고 첸델프 씨가 저를 몹시 불편해하는 듯하니 자벨론 상단과 함께 가는 게 더 마음 편한 귀향길이 될 겁니다. 사람이 많으니 이아나 양도 실력을 제대로 발휘할 수 있을 테고."

일정이라면 카마트로스의 일인가. 여기까지 온 것도 시간이 없는데 자신 때문에 온 것 같은 기분은 착각인가.

이아나가 불편한 심정으로 괜찮다고, 그렇게까지 신경 써 줄 필요 없다고 말하려는 찰나 첸델프가 옷깃을 잡아당겼다. 이아나

가 쳐다보자 첸델프가 손짓했다. 이아나가 허리를 굽히자 그녀의
귀에 속닥거렸다.

"무섭긴 하지만 이아나 너도 괜찮다고 했고, 하니델프도 무섭지
만 나쁜 인간은 아니라고 했다. 혹시 함께 가면 안 되겠나? 함께
가면 확실히 안전할 게야."

아르하드가 무서워 하루빨리 헤어지고 싶어 하던 첸델프의 변
화에 이아나가 멈칫했다. 하니델프의 말에 조금 안심을 한 것처
럼 보였다.

"몬스터들은 포식관계가 뚜렷하기 때문에 저자한테 결코 덤벼
들지 않을 거다. 도망가 버릴걸. 그리고 인간들은 무섭지만 이아
나 너와 저 인간에 비하면 몹시 약할 테지. 무엇보다 저자는 이
아나 네 말은 잘 듣는 것 같으니까……. 저자에게 일이 있으면 어
쩔 수 없고."

이아나의 입매가 일자로 굳었다. 몬스터. 순수하게 생존에 본능
을 두는 짐승과는 달리 생명체에게 악의를 가져 포식이 아닌 살
해하는 것에 목적을 두는 존재들.

'그런데 어째서 아르하드를 무서워하여 도망친다는 걸까. 살기
도 아니고, 저 남자의 무엇이 두려워서?'

이아나는 아르하드의 앞에서 반항 한번 없이 피를 흩뿌리며 베
여 나가던 몬스터들을 떠올렸다. 기세에 눌려 그런 줄만 알았는
데 그런 단순한 이유 때문만은 아니었던 모양이다.

드워프는 그를 볼 때마다 두려움에 떨고 몬스터들은 그를 상위
포식자로 여긴다. 몬스터들이 느끼는 아르하드는 어떤 존재인가?
확인해 보고 싶다.

이아나가 천천히 입술을 떼었다.

"함께 가 주시면 안 되겠습니까?"

이아나의 부탁에 아르하드가 눈을 크게 떴다. 이내 눈을 내리깐 채 침묵을 지키는 그는 심각한 고민에 빠진 것처럼 보였다. 하지만 빠르게 고민을 털어 내고 고개를 끄덕였다.

"그리하겠습니다."

부탁한 지 얼마 지나지 않았는데도 곧장 튀어나온 긍정적인 답에 이아나는 조금 놀랐다. 아르하드가 바삐 굴며 바로 귀환하려 하였던 것을 보아 정말 일이 있었을 텐데 저리 가볍게 승낙해도 되는 건가 싶었다.

승낙을 받았으니 호의에 감사를 표하면 그만이지만 아르하드가 너무 빨리 승낙하는 바람에 기분이 묘해진 이아나는 괜스레 말을 늘였다.

"할 일이 있으셨던 듯한데……."

"아닙니다. 어차피 여기까지 온 것, 도와드릴 수 있다면 도와드려야죠. 이왕 이렇게 된 것 학술원 귀환까지 동행하죠."

아르하드는 이제 어떤 거리낌도 없어 보였다. 잠시 하는 듯했던 고민의 흔적조차 남아 있지 않았다.

"감사합니다."

이아나가 고개를 숙여 인사하자 아르하드는 작게 웃었다. 그 웃음을 이아나는 보았다.

'정말 이상한 남자.'

이아나는 손으로 제 콧등 언저리를 쓸었다. 지금 부탁을 들어주는 입장임에도 제 안색을 슬슬 살피고 제 말을 한마디 한마디 경청하는 남자는, 우습게도 머리를 쓰다듬어 주기를 바라는 외로운 검은 개 같았다. 제가 부탁하거나 말하는 것이라면 바쁜 일이 있어도 미뤄 두고 무조건 들어주겠다는 것처럼 보이는 건 착각인가?

이아나는 고개를 도리질 쳤다. 이 무슨 부질없고 어이없는 망상인가. 미뤄도 되는 일이거나 다른 생각이 있으니 저리 행동하는 것이리. 그리 여기며 생각을 털어 냈다.

아르하드는 창밖의 아침 해를 내다보더니 고개를 끄덕였다.

"제가 함께 간다면 자벨론 상단의 일정에 맞출 필요도 없습니다. 일단 드워프 마을까지 빠르게 갔다가 저는 그 근처에서 대기하고 이아나 양은 마을에서 해야 할 일을 하고 나오세요. 이아나 양도 귀환 날짜를 생각하면 그리 오래 머무르지는 못할 듯합니다만……."

"들를 곳만 들르고 돌아올 거라 끝까지 함께 행동하는 것에는 찬성입니다만 제가 거기에 머무르는 동안 선배님께서는 몬스터의 영역에 있겠다는 말씀이 아닙니까? 드워프 마을에서는 한 곳만 머물렀다가 나올 텐데 밖은 위험하니 그냥 같이 들어갔다가 나오는 게 나을 듯한데요."

"저는 드워프들의 마을에 들어가지 않습니다. 드워프들의 반응이 저래서."

"……그렇군요."

아르하드의 말대로다. 다른 드워프들이 어찌 나올지 예상이 되었다. 이아나는 첸델프의 옆에 서 있는 하니델프를 내려다보았다. 아르하드를 어느 정도 보았다는 하니델프조차 아르하드를 쳐다보는 눈빛에 두려움을 품고 있으니 그를 생전 처음 보는 드워프들은 울음을 터뜨릴지도 모른다.

"그리고 몬스터는 제게 위험하지 않습니다."

광오한 말이다. 방금 전 위험하다며 둘이 가는 걸 만류했던 아르하드였다. 그런데 그에게는 괜찮다는 말을 하고 있었다.

"위험하지 않다고요? 무엇을 근거로 그런 말씀을 하시는 겁니까? 실력을 믿으시는 겁니까?"

"하하. 실력은 둘째 치고 이유는 알 수 없지만, 드워프가 그렇듯 소형이든 대형이든 구분할 것 없이 몬스터들이 모두 저를 피합니다. 저를 마주하면 꼼짝없이 굳어 버리죠. 그러니 밖에 있어도 괜찮습니다."

아르하드가 어깨를 으쓱였다. 이아나는 생각에 잠겼다. 첸넬프는 몬스터들이 아르하드를 무서워할 것이라 했고, 그 또한 인정했다. 그러니 더 궁금하다. 그들이 왜 아르하드를 두려워하는지.

기백의 문제는 아니었다. 첸넬프는 그가 그냥, 아무 이유 없이 너무 무섭다고 했다. 살기도 흩뿌리지 않았는데 위험한 상위 포식자로 인식하는 것에는 인간인 자신이 알 수 없는 이유가 있으리라.

대체 뭘까? 무엇일까? 이종족인 드워프와 포악한 몬스터가 보는 아르하드는 어떻기에 그를 무서워하고, 두려워하는 걸까. 그는 인간일 뿐인데.

"하지만 가급적이면 일찍 나와 주셨으면 합니다."

아르하드가 머뭇거리며 덧붙인 말에 이아나가 고개를 끄덕였다. 그는 할 일이 있는데 이아나 제가 부탁하여 따라가 주는 것이었으므로 그의 일정에 어느 정도 맞추어 주어야 했다.

"그럼 바로 출발하지요."

이아나의 말에 하니델프와 첸델프는 울먹이더니 서로를 꽉 부둥켜안았다.

"나중에 마을에 돌아가면 보자."

"꼭 마법검의 끝을 보고 와야 한다, 이 망할 놈아."

"그래, 썩을 놈아."

하니델프는 첸델프를 놓자마자 이아나에게 허리를 꾸벅 숙였다.

"이아나라고 했지? 고맙다."

"……?"

"첸델프에게 다 들었다. 내 친우를 구해 줘서 정말로 고마워."

하니델프는 팔에서 어떤 팔찌를 풀어내더니 이아나에게 건넸다. 팔찌는 황금 테에 요사한 빛을 띠는 루비와 반짝이는 보석들로 멋들어지게 세공되어 값어치가 대단해 보였다.

"뭡니까?"

"마이마예와 내 합작품 중에 완성도가 가장 높은 팔찌다. 이 팔찌에는 마이마예의 실드 마법이 걸려 있어. 만일의 일을 대비해 내가 차고 있던 거지만 탑에 처박혀 있으니 쓸 일이 없더구나. 사실 마법검을 주고 싶었지만 너 같은 검사에게는 마법검이 굳이 필요하지 않을 테고 첸델프가 명검을 만들어 줄 테니 나는 이것을 주마."

이 무슨 엄청난 행운인가. 첸델프에게는 드워프의 검을 받기로 했고 이번에는 세상에 몇 개 존재하지 않을 드워프의 마법 팔찌를 가지게 되었다. 과하다. 이아나는 고개를 저으며 사양했다.

"괜찮습니다."

"받아 다오, 제발!"

하니델프의 손을 밀어내던 이아나는 그가 울먹거리자 움찔했다.

"난 첸델프를 지옥에 빠뜨린 거나 다름없고, 지옥에서 첸델프를 건져 준 건 너다. 나는 너에게 은혜를 갚아야 해!"

"됐습니다. 첸델프에게 받기로 한 검으로도 충분합니다."

"첸델프는 첸델프고 나는 나야!"

몇 번이나 사양했지만 소용없었다. 무시하고 탑을 내려오려 했지만 하니델프는 이아나의 다리를 붙잡고 드러누웠다. 이아나가 아랑곳 않고 걸음을 옮겼지만 하니델프도 그녀의 다리를 놓지 않고 질질 끌려왔다.

"……"

이아나는 제 다리를 붙잡은 채 땅에 널브러져 있는 하니델프를 질린 표정으로 내려다보았다.

아르하드의 말대로 드워프들은 은혜를 입었다고 생각하면 보답하고 싶어 하는 종족이었다. 하니델프는 이아나가 받아 주지 않으면 받아 줄 때까지 엉엉 울며 쫓아갈 생각이었다.

이아나가 멈춰 서서 저를 내려다보고 있음을 깨달은 하니델프가 고개를 홱 들었다.

"이건 그냥 내 선물이니 받아 줬으면 좋겠어, 제발."

팔찌를 구태여 거부한 까닭은 왕족들도 얻기 어렵다는 물건을 두 개나 받는 게 과하게 느껴져다. 하지만 생각을 달리했다. 팔을 재생하는 건 드워프의 물건을 얻는 일과 마찬가지로 아무나 할 수 있는 게 아니다. 정령을 불러내기 위해 생명을 사용하는 것도, 시간을 소모해서 드워프를 고향인 오지 깊숙한 곳까지 데려다 주는 것도.

첸델프가 준 정보만으로도 그 값어치는 충분하다고 생각했지만…… 달라고 한 것도 아니고, 드워프들이 먼저 나서서 은혜의 가치를 판단하여 보답하겠다는데 굳이 거부할 필요는 없을 것이다.

결국 이아나는 팔찌를 받아 들었다. 하니델프의 얼굴이 확 펴졌다.

"고마워!"

"제가 선물 받은 것인데 그리 고마워하실 것까진."

대마법사 마이마예가 손수 구상하여 팔찌에 부여한 실드 마법이라면 요긴하게 쓰일 때가 있을 것이다.

이아나와 아르하드, 그리고 첸델프는 입구에서 마이마예와 하니델프의 배웅을 받으며 마탑을 나왔다. 일행은 보는 눈이 많은 거리에서는 천천히 걸었다. 그러다 보니 주변이 시야에 들어왔다.

오지를 마주하고 있는 지역인 만큼 날 선 무기를 어깨에 턱 하니 걸치고 걸어 다니는 몬스터 사냥꾼들이 많았다. 오지로 들어가는 입구 근처에 위치한 시장에서는 몬스터의 가죽이나 송곳니 등의 부산물을 판매했다. 딱 봐도 희귀해 보이는 몬스터의 새끼를 철창 안에 가두어 두고 경매를 하는 곳도 있었다.

그것을 본 첸델프는 로브를 더욱 눌러쓰며 이아나의 뒤에 숨어 걸었다.

카란켈 바위산맥의 입구부터 초반부까지는 사냥꾼들과 모험가들로 북적거렸다. 아직까지는 나무와 풀이 흙과 바위를 덮고 있어 황무지라기보다는 숲에 가까웠다.

오지의 중반부부터는 위험한 몬스터가 등장하기 시작하기 때문에 사람이 얼마 없지만 초반부는 작은 짐승이나 약한 몬스터가 나오기 때문에 생계로 사냥을 하는 이들의 주 사냥터였으므로 사람으로 북적거렸다.

이아나와 아르하드는 첸델프를 사이에 두고 걸었다. 사람들의 시선이 특이한 일행의 모습에 흘끔흘끔 향했다. 젊은 남자 하나, 어린 여자 하나, 그리고 어린아이처럼 보이는 작은 인영 하나로 이루어진 이아나의 일행은 건장한 사내들이 들어찬 그곳에서 눈에 띄었다.

첸델프는 주변에서 빛을 발하는 날붙이와 인간들의 시선에 오들오들 떨었고 이아나는 괜찮다고 첸델프를 툭툭 두들겨 주었다. 그때였다.

"어이, 어이! 니네 애 하나 데리고 둘이서 들어가는 거냐?"

머리가 벗겨진 한 사내가 술통의 주둥이를 입에 댄 채 낄낄거렸다.

꺼림칙한 분위기였다. 남자뿐만 아니라 주변에 있는 이들 또한 이아나의 일행을, 특히 이아나를 이상한 눈으로 보는 건 마찬가지였다. 차라리 여자 마법사라면 이상한 시선도 덜했을 텐데, 이아나는 마법사들이 주로 입는 로브는 입고 있지 않았고 보통 검사들처럼 편안한 복장으로 검 하나만 매고 있었다.

용병들 중에 여검사가 없는 건 아니지만 남자들보다 약한 게 일반적이었고, 여검사는 보통 도움이 안 되는 전력으로 취급당해 무시당하는 처지였다.

"어이, 둘 다 엄청 곱상한 데다 어린데, 설마 사고 쳐서 오지에 애를 버리려는 거 아냐?"

술에 취했는지 입에 담지 못하는 말이 없었다. 다른 일행이 그를 말렸지만 남자는 동료의 손을 뿌리치며 이아나 일행을 비웃었다.

말이 선을 넘어가기 시작하자 이아나가 미간을 좁힌 채 나서려고 했다. 그때 아르하드가 이아나를 막아섰다.

"쓰레기가 입을 함부로 놀리는군."

서늘한 목소리가 비웃음으로만 가득했던 공간의 긴장감을 극도로 높인다. 아르하드는 이것 봐라? 하는 눈으로 보는 남자를 향해 무표정한 얼굴로 말했다.

"기회를 주지. 죽고 싶지 않다면 그 구역질나는 입 닥치고 꺼져라."

아르하드의 어깨 너머로 이아나가 고개를 내밀었다. 키가 큰 아르하드가 막아서는 바람에 이아나는 그의 어깨 너머의 상황밖에 볼 수 없었다.

남자의 무리는 아르하드의 살기에 잔뜩 긴장하고 있었다. 상대가 조금이라도 거슬리게 할 시 곧장 목을 검으로 베어 낼 듯 날선 살기를 담아 검손잡이에 손을 올리고 있으니 남자들이 긴장할 만도 했다.

"만만한 놈이 아니야."

"귀족인 듯한데."

이아나는 뒤에서 비스듬히 보이는 아르하드의 얼굴을 응시했다. 저와 마주하고 있을 때의 부드러운 얼굴과는 달리 살의가 풍기는 그의 무표정한 얼굴은 사람이 완전히 달라 보이게 했다.

"이……."

술에 취해 있던 남자의 얼굴이 검붉게 달아올랐다. 정신은 차렸지만 상황을 지켜보고 있는 많은 사람들 앞에서 열 살은 넘게 어려 보이는 애송이에게 사과하기에는 자존심이 상해서 소리를 꽥 지르려 했다.

"이런 시건방진…… 아아아아악!"

툭.

남자의 말은 끝을 맺지 못했다. 남자의 오른쪽 귀가 떨어져 나가 피와 함께 툭 떨어졌다. 남자는 비명을 지르며 욱신거리는 귀를 움켜쥐었다. 덜덜 떨면서 떼어 낸 손은 피로 흥건했다. 시선은 자연스레 땅에 떨어진 귀로 향했다.

"……크으윽."

하얗게 질린 남자의 이마에서 식은땀이 흘러내렸다. 순식간에 일어난 일이었다. 귀가 떨어져 나가는 줄도 몰랐다. 분명 검이 검집 안에 있었는데, 지금은 시간이 멈춘 사이 검을 빼 들기라도 한 것처럼 날카로운 빛을 뿜는 날붙이가 밖으로 나와 있었다. 또한 남자와 아르하드는 검 길이보다 더 긴 거리만큼 떨어져 있었다. 즉 검이 길어져 귀를 베어 냈다는 말이었다.

아르하드는 이번에는 남자가 볼 수 있도록 천천히 검을 움직이기 시작했다. 귀를 베어 낸 것이 마지막 경고였다. 만일 이번에도 남자가 가지 않는다면 정말로 죽이리라.

그러나 검이 향하는 당사자는 굳어서 어찌할 바를 몰랐다. 그를 대신하여 주변에 있던 남자의 동료들이 황급히 다가왔다.

"자, 잠깐! 갈게, 갈게! 입 다물고 간다고! 대신 사과하지, 미안하다!"

남자의 동료들은 사냥꾼으로 오랜 세월 살아왔다. 그동안 위험한 몬스터를 만나는 바람에 죽을 고비를 넘긴 것도 수십 번이다.

그들에게는 초식동물이 위험을 감지하는 본능과 비스무리한 직감이 발달되어 있었다. 아무리 아르하드가 젊다지만 그들의 머릿속에는 이 이상 건드리면 위험하다는 경고음이 시끄럽게 울렸다.

남자가 술에 취해 지껄인 막말이 정말로 상대가 충분히 기분 나빴을 법한 말이라 복수할 명분은 없다. 아니, 그보다 떨어져 나간 귀에 대한 복수는 더 큰 희생을 막기 위해 생각지도 말아야했다. 그리해야 할 것 같은 기분이 강하게 들었다.

한 남자는 황급히 떨어진 귀를 주워 들었고, 다른 한 남자는 뛰어와서 시비를 건 남자의 뒤통수를 세게 때렸다.

"아악!"

"그러게 술 좀 작작 처마시라고! 아무리 긴장되어서 몸이 굳는다고 해도 너무 퍼마셔서 정신 못 차리는 놈은 진짜 너밖에 없을 거다!"

그제야 살기의 주박에서 벗어난 남자가 울음을 터뜨렸다.

"젠장…… 아프다고! 아파!"

"평생 귀 없는 장애인으로 살고 싶으면 닥쳐. 지금 안 붙이면 못 붙일 테니까."

"정말 미안하게 됐수다. 이놈이 나쁜 놈은 아닌데 술만 마시면 개가 돼서 할 말 안 할 말 못 가린다네."

동료들은 남자를 이끌고 황급히 그곳에서 사라졌다. 축축한 피와 잘린 귀가 흙과 함께 나뒹구는 장면을 섬뜩한 심정으로 보고 있던 사람들도 그들에게서 슬금슬금 멀어졌다.

불쾌한 시선이 떨어져 나가자 아르하드는 제 뒤에 서 있는 이아나를 돌아보며 작게 웃었다.

"가죠."

이아나는 아르하드를 묘한 눈초리로 보았다. 회귀 전에는 저를 모욕했을 때 제가 나서면 나섰지, 이렇게 다른 누군가가 상대를 죽일 기세로 대신 막아서며 나서 준 적은 거의 없었다.

회귀 전에는 곁에 아무도 없었다. 이아나는 언제나 혼자였고 모두가 그런 그녀를 향해 손가락질하고 모욕하고 욕보인다고 바빴지 그녀를 감싸고 대신 화내 주는 이 하나 없었다. 그래서 이아나는 언젠가부터 스스로를 지키기 시작했다.

하지만 이번 생은 달랐다.

길이 점점 험해지다가 마침내 끊어지자 함께 걷던 무리들은 사방으로 뿔뿔이 흩어졌다. 이아나와 아르하드, 첸델프 또한 인적이 드문 곳으로 향했다. 길을 걷는 내내 곳곳에서 코볼트나 고블린 등의 작은 몬스터들을 사냥하는 무리들을 볼 수 있었는데, 이아나의 마음은 갈수록 싱숭생숭해졌다.

"키에엑!"

다름이 아니라 인간들을 향해 날카로운 이빨을 드러내던 몬스터들이 아르하드가 아무 뜻 없이 시선을 흘끔 줄 때마다 바짝 굳어 버리기 때문이었다. 덜덜 떨거나 꼴에 가린답시고 초라하게 걸친 옷을 축축하게 적시는 놈들도 있었다.

아르하드를 주시하고 있던 이아나는 그런 괴이한 현상을 그대로 목격할 수 있었다. 사냥꾼들은 몬스터가 굳어서 움직이지 못하는 틈을 타 그들의 목을 치거나 심장을 찔러 사냥을 마쳤다.

"이것들이 오늘 왜 이러지?"

"뭐 어때. 발에 쥐라도 났나 보지 뭐."

이아나는 괴리감을 느꼈다.

'……그냥 쳐다봤는데도 몬스터가 겁을 먹고 굳어 버릴 수도 있던가?'

그럴 리가 없었다. 당연하게도 이아나가 시선을 줄 때는 무서워하지 않는다. 쳐다보는지도 몰랐다. 하지만 아르하드는 아니었다.

이아나는 아르하드를 흘긋 올려다보았다. 직접 물어도 얻을 수 있는 진실은 없으리라. 그는 처음부터 자신도 이유를 알 수 없다고 못 박아 뒀다. 거짓말인지, 정말 모르는 건지는 모르겠지만 거짓말이라 해도 이해할 수 있을 것 같았다. 거짓말을 했다면 일반인의 상식으로는 이해할 수 없는 진실이 얽혀 있기 때문일 것이다.

"첸델프, 어디로 가야 합니까?"

인기척이 사라지자 이아나가 첸델프에게 물었다.

"음. 저기 봉우리가 아주 날카롭게 솟은 바위산이 보이냐?"

이아나는 첸델프가 손가락으로 가리킨 곳을 보았다. 그가 가리킨 봉우리는 뾰족하게 솟아 송곳처럼 하늘을 찌르고 있었다. 인위적으로 만든 것처럼 다른 바위산들과 구별되었다.

"저 산이 우리 마을로 가는 길을 가르쳐 주는 지표다. 저기로 가자."

"첸델프 씨는 이번에도 제가 데리고 뛰겠습니다."

"……!"

아르하드의 말에 첸델프의 얼굴이 눈에 띄게 핼쑥해졌지만 그는 두려움에 떨면서도 결국 고개를 끄덕였다.

일행은 빠르게 뛰었다. 사삭거리는 수풀을 지나 깊숙한 곳으로 들어갈수록 푸른 나무와 풀이 사라지고 벌겋게 벗겨진 황토와 흙으로 뒤덮였다. 그리고 어느 정도 지나자 푸름 하나 없이 흙과 바위로만 이루어진 지형이 나타나기 시작했다. 마침내 껍질과도 같은 숲이 사라지고 남쪽의 거대한 오지, 카란켈 바위산맥의 진정한 모습이 드러나기 시작한 것이다.

황량한 바위산맥에 들어서자마자 그들은 본격적으로 뛰기 시작했다. 실력자들만이 오지의 중반부까지 들어오기 때문에 인기척은 거의 느껴지지 않았고, 눈에 띌 일도 없었다.

"흐어어어어어."

첸델프는 언제나처럼 괴이한 소리를 냈다.

"첸델프, 정신 차리세요. 길이 어디지요?"

뾰족한 바위산에 도착해서 이아나가 묻자 첸델프는 홍알거리며 아르하드에게 내려 달라는 손짓을 했다.

"내, 내가 달리면서 정신을 차릴 수 없으니 길안내는 좀 힘들 것 같다. 그러니 다른 길잡이를 불러 주마."

첸델프는 어지러워하면서도 땅에 두 손을 짚었다.

"나와라, 타마탄!"

첸델프의 심장에서 신력이 뻗어져 나가 땅을 적셨다. 첸델프가 짚고 있던 땅이 작게 솟아올라 핀이 땅의 정령을 소환했을 때처럼 무언가가 불쑥 튀어나왔다. 그것은 흙으로 이루어진 두더지였다. 타마탄이라는 이름의 두더지는 나오자마자 첸델프의 발밑을 풀썩거리며 지나다니면서 장난쳤다.

타마탄은 이아나에게도 다가와 주변을 집요하게 빙글빙글 돌았다. 마치 만져 달라는 것처럼. 습관처럼 손을 내밀어 정령을 만질 뻔한 이아나는 손을 팍 거두어들었다. 그녀는 아르하드의 표정을 힐끗 살폈다. 아르하드는 미간을 살짝 좁히고 있을 뿐 처음 정령을 보는 일반인이 어김없이 내비치는 호기심은 보이지 않았다.

"정령을 아십니까?"

"압니다. 어렸을 때 하니델프 씨가 소환하는 걸 본 적 있습니다. 그리고 하인리히 님이 알고 있는 이종족이 소환하는 걸 본 적도 있고요."

아르하드는 이종족과의 접점이 의외로 많았다. 그러면 아르하드에게 정령왕을 보여도 되지 않을까? 처음에는 놀랄지는 몰라도 금방 받아들이고 익숙해지지 않을까.

하지만 이아나는 결정을 보류했다. 왜인지는 몰라도 아르하드에게 정령왕을 보이기가 꺼림칙했다.

첸델프가 제 앞으로 다시 돌아온 타마탄에게 부탁했다.

"내 마을, 알지? 거기까지 안내해 다오! 네가 낼 수 있는 가장 빠른 속력으로!"

타마탄은 위아래로 풀썩거리다가 어느 방향으로 쏜살같이 나아가기 시작했다. 타마탄이 지나간 경로에는 흙이 조금씩 솟아올라 있었고 그것은 일행이 나아갈 길을 알려 주는 지표가 되었다.

이아나와 아르하드는 타마탄이 알려 주는 길을 따라 달렸다. 점점 더 깊숙한 곳으로 향하면서 몬스터들의 영역이 시작되었다. 하지만 몬스터의 영역을 일직선으로 파고들어도 습격하는 몬스터는 없었다. 아니, 그도 모자라서 그들이 지나가려는 방향에 있던 몬스터들이 허겁지겁 길을 비켜 주는 현상이 이아나의 감각에 잡혔다.

그들은 방해물 없이 순조롭게 달렸다. 그들이 지나간 곳에는 얕게 찍힌 발자국 위에서 흙먼지만이 일었다.

"······!"

아르하드가 갑자기 손으로 입을 막았다. 이아나가 흠칫 놀라서 그를 보았다.

"왜 그러시죠?"

아르하드가 눈을 감았다.

"아무것도 아닙니다. 그냥 아까부터 속이 좀 안 좋아서요."

아르하드의 얼굴은 하얗게 질려 있었다. 이마에는 약간의 땀까지 맺혀 있었다.

'언제부터 이랬던 거지.'

이아나는 살짝 당황했다. 제가 이리 괜찮은데 그 대단한 아르하드가 힘겨워한다? 아무리 첸델프를 끼고 뛴다고 해도?

"피곤하십니까? 첸델프를 제가 데리고 뛸까요? 아니면 잠시 걸을까요?"

"힘들어서 그러는 게 아닙니다. 차라리 뛰어서 빨리 마을에 도착하는 게 낫습니다."

음색이 낮은 중얼거림에 이아나는 기분이 나빠졌다. 이아나가 속도를 점점 늦추다가 결국 발을 멈추었다.

"병, 다 나은 게 맞습니까?"

이아나는 제일 먼저 아르하드의 병을 떠올렸다.

헤레이스는 마나의 저주 때문에 심장을 멈추는 약을 자주 먹었다고 했다. 약이 아니더라도 마나가 심장에 미친 듯이 몰려드는 마나의 저주는 심장에 무리를 줬다. 그런데 아르하드 또한 비슷한 증상을 겪었다고 하지 않았던가. 혹시 아르하드의 심장에 문제가 있는 게 아닌지 염려되었다.

그러고 보니 아르하드는 그 병세를 극복했다고 했지 완치되었다고는 하지 않았었다. 그러니 무리하게 행동하면 다시 심장에 무리가 가는 게 아닐는지.

아르하드도 뛰는 걸 멈추고 이아나를 돌아보았다. 이아나는 못마땅한 표정으로 아르하드를 노려보았다.

"학술원에서는 왜 병결이 잦으신 거죠?"

잠시 침묵하던 아르하드가 이아나의 집요한 시선을 참지 못하고 입술을 떼었다.

"실제로 병이 있긴 합니다."

이아나의 얼굴이 일그러졌다. 바하무트 제국을 공략하기 위해 결석하는 줄 알았더니 정말로 병이 있었단 말인가?

"무슨 병이지요? 나을 수 있습니까?"

지난 생에는 멀쩡했던 남자이니 언젠가는 나을 것이다. 아니, 아니다. 어쩌면 저만 몰랐지 회귀 전에도 계속 앓고 있었을지도 모른다.

"심장병이라고 할 수 있겠군요. 의술로는 고치는 게 절대 불가능합니다. 평생 떠안고 가야 할 병입니다. 어려서부터 그랬습니다."

"그럼 마나 제어에 문제가 있습니까? 마이마예 님이 선배님이 어렸을 적 심장에 마나가 몰려들었다고 했었는데……."

헤레이스는 마나를 제어할 때마다 죽을 고비를 넘긴다고 했다. 심장에 무리가 가서 몸이 허약해졌다고 했다. 이아나는 심각한 표정을 지었다. 그러나 아르하드는 손을 휘휘 흔들었다.

"그건 아닙니다. 극복했다고 했잖습니까? 마나를 제어할 때는 물론이고 몸을 혹사시켜도 정말 멀쩡합니다."

"그럼 무슨 병입니까?"

"⋯⋯주기적으로 증세가 발작하고, 갈수록 그 주기가 짧아지는 병이라고 해야 할까요."

"증세가 무엇인데요."

이아나의 물음에 아르하드는 머뭇거렸지만 결국 대답했다.

"수면입니다. 증세가 발작하기 전 약을 복용하지 않으면 잠이 듭니다. 약을 다시 복용하기 전까지는 계속 잠에 빠져 있지요. 며칠이고, 몇 달이고⋯⋯ 하지만 약만 제때 먹으면 문제는 없습니다."

괴이한 병이었다. 세상에 약을 복용하지 않으면 잠들어 버린다니 세상에 그런 병도 있는가.

하기야 마나의 저주 같은 병도 있는데 그런 병도 있을 법했다. 이아나는 응급처치 외의 의학이나 병 쪽으로는 문외한이었기에 그런 병도 있나 보다 하고 납득할 수밖에 없었다.

"그 약은 구하기 쉽습니까?"

"⋯⋯예."

대답까지의 시간은 약간 길었지만 아르하드는 긍정했다. 거짓말은 아닌 듯했다. 아르하드는 과거에 정복전쟁을 벌이며 온 대륙을 쌩쌩하게 쏘다녔기 때문이다.

그가 이런 이상한 병을 앓고 있으리라고는 생각도 못 했다. 하지만 과거에 이 병을 고치지 못하고 계속 앓았다고 해도 약을 쉽게 구할 수 있었고, 건강에 문제가 없으니 정복전쟁을 10년 넘게 벌일 수 있었던 데다 저를 압도할 수 있었던 게 아니겠는가.

"그 병이 건강에 위협을 주는 건 아니란 소리지요?"

"예. 한평생 살고 갈 만큼은 됩니다. 그냥 지병이니 걱정하지 않으셔도 됩니다. 아⋯⋯."

아르하드는 기쁜 듯이 웃었다.

"걱정하셨습니까? 감사합니다."

이아나는 조금 더 캐묻고 싶었지만 아르하드가 그녀의 염려에 기뻐하며 대화를 끝내 버리자 꾹 참았다.

"어쨌든 지병 때문에 힘들어서 이러는 건 절대 아닙니다. 그냥 되도록이면 이곳에서 빨리 나가고 싶습니다."

"왜죠?"

이아나는 의문을 표했다. 테오도르에 돌아가서 해야 할 일 때문은 아닌 듯했다. 들어올 때만 해도 그는 그 일을 이미 잊은 듯 평온한 표정이었기 때문이다.

아르하드가 눈을 감으며 이마에 손을 짚었다.

"아까부터 정신적으로 굉장히 피곤하게 하는 충동이 계속 들어서⋯⋯."

"충동이요?"

"도망가는 몬스터들이 무척 거슬린다고 해야 하나요."

아르하드는 그리 말을 하며 몬스터가 일행으로부터 멀어져 가는 방향을 물끄러미 보았다. 그 순간의 아르하드를 본 이아나가 굳었다.

어째서일까. 소름이 돋았다.

아르하드는 똑같다. 별다른 행동을 하지도 않았고 그저 바라봤을 뿐이었다. 그러나 마치 먹잇감을 노리는 괴물이 날카로운 이를 드러내는 광경을 본 듯한 기분이 들었다.

몬스터로부터 시선을 돌린 아르하드는 이아나를 향해 옅게 웃어 보였다.

"어쨌든 별것 아닙니다. 신경 쓰지 않으셔도 돼요. 어서 가시죠."

"하지만 선배님이 붙들고 있는 첸델프 씨가 정상이 아닙니다. 조금 쉬어야 할 것 같은데요."

결국 일행은 뜨거운 햇볕을 가리는 커다란 바위 아래에서 휴식을 취했다. 다가오는 몬스터는 없었다.

이아나는 아르하드를 흘끔흘끔 쳐다보았다. 아르하드는 손으로 제 얼굴을 가리고 있었다. 제 시선을 알아채지 못할 듯해서 이아나는 노골적으로 관찰하기 시작했다.

'이 남자에게는 무슨 비밀이 있는 걸까?'

첸델프는 아르하드가 살기를 풍기지 않았는데도 그가 저를 금방이라도 물어뜯어 버릴 듯한 괴물 같다고 했다. 이아나는 방금 전 느꼈던 이상한 기분을 되새겼다.

당신의 정체는 뭐지? 평범한 인간이 아닌가? 왜 몬스터들이 당신을 두려워하는 거지? 방금 전 그건 무엇?

아르하드는 제 눈을 가리고 있었다. 이아나의 손이 저도 모르게 뻗어졌다.

당신이 강하고 무서운 남자라는 건 알아. 하지만 그렇다 한들 당신은 그저 나의 꺾고 싶은 호적수이자 이제는 주인이 될 자일 뿐이지 않은가…….

팔에 이아나의 손끝이 닿자 아르하드가 움찔했다. 반동이 적나라하게 전해지고 손바닥에 가려져 있던 아르하드의 금안이 이아나를 보았다.

"……."

이아나는 아르하드의 팔에서 손을 떼어 내지 못한 채 그와 계속 눈을 마주하고 있다가, 어느 순간 정신을 차렸다.

"죄송합니다."

이아나는 손을 거둬들이고 모은 무릎에 이마를 대었다.

왜 그랬을까.

손을 대어 확인해 보고 싶었던 이유는…… 순간 아르하드가 낯설었기 때문이다.

유일한 호적수, 황제가 될 이, 자신의 주인이 될 사람.

단지 그뿐이라 생각한 남자의 정체가 갑자기 미궁으로 빠져드는 감각이 이아나를 혼란스럽게 했다.

"으아아아아아아아악!"

그때 멀리서 들려온 비명소리가 이아나의 귀를 파고들었다. 이아나는 벌떡 일어나서 비명소리가 들려온 쪽을 바라보았다. 비명소리는 시간이 지날수록 점점 더 가까워지고 있었다. 땅이 두두두두 강하게 울리는 소리가 허공에 퍼지고 진동이 일행을 덮쳤다. 이아나는 눈을 가늘게 뜨고 먼지바람이 강하게 일고 있는 곳의 중심을 보았다.

스무 마리 정도 되어 보이는 거대한 오크들이었다. 하지만 초록색의 거무튀튀한 피부에 돼지 머리를 가진 보통 오크와는 다르게 검은 피부를 가진 데다가 머리에는 뿔 여러 개가 머리에 달려 있었다. 이아나는 그것들을 책에서 본 기억이 났다.

블랙오크, 오크 종족 중에서도 상위 계급에 속하며 뿔이 다섯 개까지 나는데 뿔이 많이 달려 있을수록 건강하고 강한 오크라고 했었다. 오크들의 머리를 살펴보니 뿔 세 개 이하는 없었다. 그런 강한 오크들 앞에서 비명을 지르는 인간 대여섯이 달리고 있었다.

이아나는 아르하드를 보았다. 자리를 피해야 할까, 그냥 앉아 있어도 될까. 이때까지 아르하드를 마주한 몬스터들이 보인 반응을 생각하면, 오크들은 알아서 물러날 것이다. 아니면 바짝 굳어서 도망가지도 덤비지도 못하든가.

"······."

아르하드는 머리가 지끈거려서 미간을 좁히고 있다가 소리가 커지는 쪽으로 시선을 주었다. 시선에는 기이한 빛이 흐르고 있었다.

"어, 거, 거, 거기!"

오크 떼로부터 절박하게 도망치던 사람들은 이아나와 아르하드, 그리고 하얗게 질린 첸넬프를 발견했다.

"사, 살려 주세요! 살려 줘요! 아니, 도망쳐!"

그들의 뒤에 있는 오크들은 성이 난 듯 콧김을 잔뜩 뿜고 있었다. 이아나는 오크들 중 이상한 오크 하나를 발견했다. 그 오크는 어린 오크의 시체를 짊어지고 있었는데 거기에는 도망치는 인간의 것으로 보이는 화살 몇 개가 박혀 있었다.

아무리 몬스터가 악하다고 해도 지성은 어느 정도 있고 가족 간에 애정은 있다. 인간들이 새끼 오크를 죽였고 화가 난 오크들이 무리를 이끌고 인간들을 쫓고 있는 게 분명했다.

거대한 도끼와 몽둥이를 들고 인간들을 쫓고 있는 오크들은 분노에 이성을 잃어 아르하드를 인지하지 못하고 있었다. 그들은 일행 쪽으로 점점 더 가까워지고 있었고 이아나는 어찌할까 곰곰이 생각하다가 아르하드를 보았다. 그의 상태가 영 좋지 않았다.

이아나는 옆구리에 찬 검의 손잡이에 손을 올리며 발검할 준비를 했다. 오크들과 인간들의 거리는 점차 가까워지고 있다. 이 근처에서 잡힐 듯한데 잘못한 게 인간들이라도 동족이 몬스터에게 잡혀 팔다리가 뜯기는 꼴을 목격한다면 기분이 몹시 떨떠름할 것 같았다.

첸넬프는 이아나가 검을 뽑을 준비를 하자 그들이 기대어 있던 바위 뒤로 숨으며 엎드렸다.

철컥—

검과 검집이 맞물리는 소리가 났다. 이아나는 때를 기다렸다. 인간들이 지나가는 순간 발검으로 기선을 제압한 후 오크를 도륙할 생각이었다.

"이아나 양, 잠시."

아르하드가 자리에서 일어나 이아나의 앞으로 왔다.

"제가 처리하겠습니다."

아르하드의 낌새가 이상했다. 이아나가 발검할 타이밍을 놓치고 주춤한 사이 비명을 지르는 인간들이 지나가자 검집을 타고 스르릉 하는 소름 끼치는 소리가 났다. 아르하드는 순식간에 뽑아 든 검을 수평으로 그었다. 그렇게 오크들에게 쇄도한 참격은 몹시 잔인했다.

"꿰에엑!"

앞장서서 달려오던 오크들은 순식간에 두 동강이 났고 뒤의 오크들은 아르하드를 보자마자 얼어붙었다. 아르하드는 굳은 오크 떼 사이로 뛰어들어 오크들을 도륙했다.

"히, 히익."

도망치던 인간들은 오크들이 쫓아오지 않자 뒤를 돌아봤다가 아르하드가 벌이고 있는 학살에 놀라 땅에 엎어졌다. 그리고 그 광경을 멍하니 쳐다보았다.

지성이 높았던 오크들은 하나둘 죽어나는 동족을 보며 자신들도 곧 그렇게 될 것임을 깨달았다. 그들은 발버둥이라도 쳐 보기 위해 소리를 지르며 아르하드에게 덤벼들었다.

반항이 무색하게도 오크들의 수는 아르하드에게 상처 하나 입히지 못한 채 빠르게 줄었다. 겁먹고 도망치는 오크들은 날아온 검기에 맞아 죽었고, 악을 쓰며 덤볐던 오크들은 무기와 함께 통째로 베였다.

이아나는 도저히 겁먹은 첸델프를 두고 갈 수가 없었다. 그녀는 제 뒤에 숨은 그를 보호하며 그 광경을 주시했다. 아르하드가 도망치던 인간들을 가엾게 여겨 도와주고 있다는 생각은 들지 않았다.

"도망가는 몬스터들이 무척 거슬린다고 해야 하나요."

그는 왜 갑자기 몬스터들이 거슬리기 시작했을까.

마침내 뿔 다섯 개 달린 오크 넷만 남았다.

"크르륵."

오크들은 아르하드를 두려움에 떨며 쳐다보았다. 주변에 널브러져 있는 동족의 시신을 본 오크들은 어찌할 바를 모르고 움찔거리다 결국 무기를 굳게 움켜쥐고 소리를 지르며 아르하드에게 달려들었다.

스겅―

아르하드의 검이 대각선으로 섬광을 그리며 올라가자 한 오크의 머리가 베여 땅에 떨어졌다.

일합.

오크가 온 힘으로 휘두른 도끼의 날을 발로 걷어차 옆으로 튕겨 낸 아르하드는 팔이 도끼와 함께 옆으로 튕겨 나가 무방비 상태가 된 오크의 몸을 베었다.

이합.

몽둥이 하나가 앞에서 머리를 터뜨릴 듯 날아왔으나 허리를 약간 굽혀 피한 아르하드가 내지른 검이 오크의 몸에 푹 쑤셔 박혀 잔뜩 헤집어 놓고 다시 밖으로 나왔다.

삼합.

겨우 숨 세 번 쉴 동안 일어난 일이다.

그때 아르하드가 이상행동을 했다. 검을 버린 것이었다. 이아나의 눈이 커졌다.

'한 마리가 남았는데 저게 무슨!'

마지막 오크는 아르하드에게 달려들다가 동족들을 베던 날붙이가 땅에 탱경 떨어지는 것을 보고 입가를 씰룩거렸다. 기회라고 생각하고 아르하드의 뒤에서 온 힘을 다해 거대한 도끼를 휘둘렀다.

이아나는 검을 뽑아 들었다. 검기를 날리려고 검을 꽉 쥘 때였다. 오크 쪽으로 아르하드의 몸이 빠르게 돌아 그의 팽팽하게 당겨진 팔이 오크의 왼쪽 가슴으로 쏘아졌다.

퍼어어억!

갈고리처럼 세워진 아르하드의 손이 사정없이 마지막 오크의 두꺼운 근육을 꿰뚫고 심장이 위치한 왼쪽 가슴을 파고들었다. 아르하드의 팔이 꽂힌 꿈틀거리는 오크의 가슴에서 근육이 끊어지는 소리가 났다. 오크의 등 뒤로 튀어나온 아르하드의 손에는 둥둥 박동하는 심장이 쥐어 있었다.

죽음을 알리는 붉은 피는 튀지 않았다. 오크가 고통에 난동을 부리는 상황도 없었다. 피해 없이 오크들이 전멸했다는 사실에 사람들이 뱉어야 할 안도의 숨도 없었고, 기쁨에 찬 웃음소리도, 오크 무리를 순식간에 정리한 아르하드를 향한 감탄성도 없었다. 그저 기묘한 침묵이 가라앉았을 뿐이다.

고요는 아르하드의 팔 반절이 근육과 뼈를 너무나 손쉽게 꿰뚫으며 생명의 근원인 심장까지 근접했다는 것에서 기인했다.

그리고 심장은 그대로 아르하드의 손아귀에서 터져 나갔다.

아르하드의 잔혹성을 발견하는 순간 이아나의 심장이 쿵 하고 내려앉았다.

아르하드의 잔인함 때문은 절대 아니었다. 어째서인지는 모른다. 아르하드의 팔 근육이 수축하고, 힘이 전해진 손이 몬스터의 심장을 세게 움켜쥐어 터뜨리는 순간 머리가 찌릿하게 아파 왔다.

터져 나온 몬스터의 심장에서부터 흘러나오는 기운 때문에 혼란은 가중되었다. 무언가가 몬스터의 심장에서 새어 나오고, 아르하드의 팔을 통해 흘러들어 갔다. 그것은 그의 핏줄을 타고 흘러, 그의 심장으로 흘러가 엉겨 붙듯 뭉쳤다.

이아나는 저것의 정체를 알고 있었다. 신력이었다.

푸화악!

아르하드가 손을 빼내자 구멍 뚫린 가슴에서는 붉은 선혈이 활화산이 폭발하듯 튀어나왔다. 그 잔인한 장면을 숨죽인 채 지켜보다 섬뜩함을 느낀 사람들은 저도 모르게 제 심장 부근을 만져 보았고 심장이 펄떡펄떡 힘차게 뛰고 있음에 안도했다.

"윽!"

이아나는 눈을 질끈 감았다. 머리가 갑자기 쩅하니 울렸다. 유리가 산산조각 나듯 머리가 깨질 듯이 아파서 옆의 바위를 짚고 입술을 깨물었다.

이아나가 멍한 눈을 깜빡거렸다. 시야가 흐릿했다. 황무지는 어디로 가고 안개뿐이었다. 그런데 그곳에 누군가가 있었다. 잔상처럼 흐릿한 무엇에게 자신은 분노하고 있었다. 그리고 그 무엇의 손에는…… 바람이 휘몰아치는, 쿵쿵 뛰어 대는 무언가가…….

"이아나 양!"

다급한 목소리에 이아나가 퍼뜩 정신을 차렸다. 시야가 밝아지고 나자 앞에는 당황한 얼굴로 그녀의 팔을 붙잡고 있는 아르하드뿐이었다. 방금 전 보았던 환상은 순식간에 사라졌다.

이아나는 떨리는 눈꺼풀을 깜빡였다.

'뭐지?'

눈을 질끈 감으며 지끈거리는 이마를 짚었다.

"왜 그렇게 땀을 흘리시는 겁니까. 어디 아프십니까?"

이아나는 아르하드의 말에도 대답 없이 우두커니 바위에 기대 있을 뿐이었다.

"아, 피가……."

아르하드는 손에 묻은 피가 이아나의 옷을 붉게 물들이고 있음을 깨닫고 잡고 있던 손을 떼어 내려 했다. 그때 이아나가 눈을 뜨고 피가 잔뜩 묻은 아르하드의 손을 확 잡아채서 끌어당겼다. 이아나는 손을 뚫어져라 쳐다보았다. 피 냄새만 풀풀 풍길 뿐 별다를 게 없었다.

"제 행동에 놀라셨습니까? 죄송합니다. 제가 잠시 미쳐서……."

이아나는 고개를 홱 들어 당황한 기색이 역력한 아르하드를 보았다. 그녀는 천천히 손을 놓고 제 얼굴에서 뚝 떨어져 내리는 땀을 닦아 내며 강한 의혹을 담아 물었다.

"왜 굳이 몬스터의 심장을 터뜨리는 행동을 하셨습니까?"

"……."

아르하드는 심하게 긴장한 듯했다. 파르라니 굳은 뺨이 돋보였다. 아르하드는 쥐어짜듯 말했다.

"몬스터들을 처리하다 보니…… 잠시 흥에 미쳤었나 봅니다. 꼴불견인 모습을 보였군요."

"그럼 당신이 심장에서 흡수한 그 기운은 뭐죠?"

아르하드의 몸이 굳었다.

"무엇……을요?"

아르하드가 숨이 차오르는 듯 띄엄띄엄 말했다. 무엇을요? 이아나는 아르하드의 손목을 쥔 손에 힘을 주었다. 발뺌을 하려는가? 어림도 없다.

"몬스터의 심장에서 터져 나와 선배님의 심장으로 순식간에 빨려 들어간 이상한 기운. 분명 마나는 아니었습니다."

"……."

아르하드가 공황상태에서 입만 벙긋거리는 사이에 오크에게 쫓겼던 사람들이 그들에게 주춤주춤 다가왔다.

"가, 감사합니다."

그들은 아르하드를 가까이서 보고 놀라서 숨을 헉 하고 들이켰다. 경악스러운 실력으로 보아 중년쯤 되리라 생각했던 아르하드가 생각보다 훨씬 어리고 외모가 비현실적일 정도로 출중했던 탓이다. 그러나 곧 의아함을 느끼며 고개를 갸웃했다. 구명을 받는 그들이 공포를 느꼈을 정도로 잔인하게 오크를 도륙하던 그가 어울리지 않게 한 소녀에게 손목이 붙잡힌 채 얼어 있었다.

이아나는 흔들리는 아르하드의 금안에서 시선을 떼지 않으며 말했다.

"정신 차리셨으면 가십시오."

그 이상의 말은 없었다. 이아나는 사람들을 잠시 흘끗 보고는 등을 돌려 아르하드를 끌고 자리를 떠나려 했다.

"저기, 죄송하지만 동행하면 안 되겠습니까?"

사람들이 애걸복걸하며 이아나를 뒤따랐다. 이곳은 초입부의 숲과는 차원이 다르게 위험했다. 단단히 준비한 실력자들이 탐사를 떠나거나 어중이떠중이들이 보물과 명예를 갈구하며 목숨을 내버리는 곳, 그리고 전자와 후자로 가를 필요도 없이 중심으로 향하면 향할수록 모두가 죽음에 가까워지는 곳이 바로 카란켈 바위산맥이었다.

오크에게 죽을 뻔했던 이들은 후자에 속했다. 실력에 대한 자만심과 오지의 비밀을 밝혀 보겠다는 욕심으로 카란켈 바위산맥에 당당하게 들어왔던 그들은 시도 때도 없이 계속되는 강력한 몬스터들의 습격에 지쳐 있었다.

처음에는 인원이 스무 명가량 되었다. 그들이 숲을 벗어나 중심으로 접어들 때까지만 해도 공격은 없었다. 먹잇감을 발견한 몬스터들이 침을 뚝뚝 흘리며 그들이 안전지대에서 멀어질 때까지 기다린 탓이었다.

어느 순간부터 몬스터들이 공격을 시작했다. 땅에서는 거대 식물의 촉수가 튀어나와 동료를 잡아 땅속으로 끌고 들어갔고 어두컴컴한 밤에는 갑자기 튀어나온 웨어울프 떼가 동료들을 날카로운 이빨로 물어 갔다. 태양빛이 쨍쨍 내리쬐어 눈을 뜰 수 없을 때에는 빛에 숨은 조류형 몬스터가 동료를 재빠르게 낚아채서 유유히 날아갔다. 그렇게 동료들이 하나하나 사라졌다.

간신히 살아남은 이들이 도망치고 도망치다 간신히 몬스터들의 눈을 피해 숨을 고르고 있는데 어린 오크 한 마리가 그들을 발견하고 꽥꽥거리며 달려왔다. 이제껏 먹잇감이 되어 쫓겨 다녔던 그들은 분풀이로 어린 오크를 화살벌집으로 만들었다.

그 직후, 쓰러지는 어린 오크 뒤로 몸집이 거대한 블랙오크 떼가 나타났을 때의 공포란!

머나먼 마도시대 초기 인간들에게서 밀려나고 밀려나 몬스터들의 주서식지가 된 대륙의 네 극단, 사대 오지. 인간들의 영역에서 몬스터가 사라진 것에 대한 대가로 온갖 몬스터들이 밀집된 곳이 오지라는 전설이 있다.

그 시대를 기억하지 못하고 평화로이 살아가는 사람들은 사냥감으로 전락한 몬스터들을 접하며 오지의 전설을 비웃었으나 오지의 공포를 아는 자들은 그러지 못했다. 아르하드 덕분에 간신히 살아난 그들 또한 요 며칠간의 경험으로 오지가 왜 다른 이름으로 금지라고 불리는지 뼛속 깊이 깨달았다.

그들이 이제껏 사냥해 왔던 몬스터들과 오지의 몬스터들은 차원이 달랐다. 인간들이 몬스터를 사냥하는 곳이 대륙이라면 오지는 몬스터들이 인간들을 사냥하는 곳이었다.

그들은 오지를 빠져나가고 싶은 마음이 굴뚝같았으나 무사히 탈출할 수 있으리라는 자신이 없었다. 그들은 하나같이 부상을 입었고, 인간의 피 냄새를 맡은 몬스터들은 날카로운 이를 드러낸 채 환장하여 달려들 게 분명했다.

그래서 아르하드와 함께하고 싶었다. 오크들의 잔해를 두려움 섞인 눈빛으로 쳐다본 그들은 아르하드의 곁에 있으면 이곳에서 무사히 빠져나갈 수 있으리라는 확신을 가졌다.

하지만 블랙오크들을 순식간에 도륙하고 마지막에는 생명을 증오하는 괴물처럼 박동하는 심장을 쥐어 터뜨린 비인간적인 실력을 가진 검사에게 감히 부탁을 할 엄두가 나질 않았다.

그런데 그 대단한 검사가 어린 소녀에게 쩔쩔매고 있는 게 아닌가? 그들은 이아나에게 머리를 조아렸다. 하나 대상을 잘못 잡은 것은 마찬가지였다.

"이곳에 들어온 건 당신들이고 어린 오크를 죽여 오크들을 분노하게 한 것도 당신들입니다. 부상의 모든 책임은 당신들에게 있고 당신들을 처음 만난 우리에게 당신들을 도와주어야 할 의무는 없습니다. 우리는 따로 할 일이 있으니 가십시오."

이아나의 말에서는 찬바람이 쌩쌩 불었다. 돌아가는 길이라면 모를까 안 그래도 일정이 바쁜데 그들을 돌봐 줄 시간은 없었다. 또 지금 이아나의 일행은 드워프의 마을로 향하고 있었고 그들을 마을에 데려갈 수는 없었다. 제 일을 도외시하면서까지 도와주고 싶은 마음도 없었다.

이들은 실력을 과신해서 몬스터들을 사냥하러 왔다가 다친 자들이 아닌가. 자업자득이다.

무엇보다 지금 이아나의 관심은 온통 하얗게 질려 있는 아르하드에게 쏠려 있었다. 터져 나간 심장에서부터 쭈욱 뽑아져 나와 심장을 움켜쥔 아르하드의 손가락과 손바닥을 통해 흘러들어 간 그것, 그의 피와 섞여, 마지막 종착지인 심장으로 흘러들어 가던 그것. 신력.

신력이 심장에 덕지덕지 붙는 듯했던 현상은 무엇을 의미하는가? 마치, 다른 생물의 생명을 빼앗아 제 생명에 덧붙이는 것과 같은 그 현상은 대체…….

방금 전 목격했던 장면이 머릿속을 복잡하게 만들었다. 이아나는 다른 사람에게 신경 쓰기 싫었다.

"너무하십니다. 아가씨가 사람이라면…….."

이아나의 냉정한 말에 입을 뻐금거리던 사람들 중에 누군가가 울먹이며 말했다.

"두 번 말하지 않습니다."

그들을 돌아보는 이아나의 눈에 살기가 어렸다.

"목숨을 구해 준 것만으로도 감사히 여기세요. 가만히 놔두었으면 당신들은 오크들의 밥이 되었을 겁니다. 만약 몬스터들이 우리보다 강했다면 우리까지 당했겠죠. 그런데 우리를 위험에 처하게 하고, 우리에게 구명을 받은 것도 모자라 밖에까지 데려다 달라고?"

"......."

"우리는 해야 할 일이 있다고 했습니다. 지금 물에 빠진 사람을 구해 주었더니 옷도 내놓고 신발도 내놓으라는 겁니까."

"이아나 양, 제가 밖에 데려다 주겠습니다."

회피하려 하는가. 이아나가 손목을 쥔 손에 힘을 주자 아르하드가 입을 다물었다. 그의 손목을 옭아맨 채, 이아나는 그들에게 살벌하게 경고했다.

"지금 다 죽고 싶지 않으면, 가."

사람들에게 스산함이 몰아쳤다. 왜일까, 가지 않으면 소녀의 허리춤에 매달려 있는 검에 베여 죽을 듯한 섬뜩한 기분이 들었다.

"살려 주십시오, 아가씨!"

"아가씨, 제발 살려 주세요! 여기서 죽고 싶지 않습니다!"

"도와주세요! 가진 걸 전부 드리겠습니다, 여기서 나가게만 해 주세요!"

하나 섬뜩함은 이제껏 몬스터들에게 잔인하게 잡아먹히는 동료들을 뒤로하고 도망치기만 해야 했던 공포에 압도당했다. 그들 중 한 명이 튀어나와 울면서 이아나의 앞에 엎드리자 다른 이들도 달려와 엎드렸다.

못마땅했던 이아나가 미간을 확 좁혔다.

말은 그렇게 했지만 죽을죄를 진 것도 아닌데 공포에 질려 목숨을 구걸하는 자들을 죽이는 건 꺼림칙할뿐더러 신력에 대해 캐묻기에는 장소가 좋지 않았다. 쳰델프도 어서 마을에 데려다 주어야 했다.

"......이아나 양."

그때 아르하드가 이아나를 불렀다.

"거짓말을 하고 싶진 않습니다. 그러니 덮어 주시면 안 되겠습니까."

말을 작게 내뱉는 목소리는 목이 졸린 듯 절박했다. 이아나가 아르하드를 살폈다. 안색이 파르란 것이 입 밖으로 내었다간 모든 게 끝난다는 것처럼 절망적인 얼굴이었다.

이아나는 시선을 내려 제가 쥐지 않은 아르하드의 다른 손을 보았다. 주먹이 꽉 쥐어져 손톱이 손바닥을 파고들고 있었다.

"······."

이아나가 말이 없자 아르하드는 눈을 질끈 감았다가 천천히 눈을 뜨고 침잠한 눈으로 엎드린 이들을 내려다보았다.

"제가 저들을 숲까지 데리고 가겠습니다. 우리의 목적지는 멀지 않았을 테니 첸델프 씨와 함께 다녀오세요."

"가, 감사합니다, 감사합니다!"

엎드려 있던 자들이 안색이 환해져서 벌떡 일어나 아르하드에게 정신없이 허리를 숙였다. 이아나는 한숨을 쉬었다. 그것이 최선이긴 했다.

"첸델프 씨. 많이 남았습니까?"

"어, 잠시······."

첸델프는 얼떨떨한 기분으로 흙을 매만졌다.

"부슬부슬하고 잔돌이 섞여 있는 흙을 보니 얼마 남지 않았다. 원래라면 몬스터의 영역을 피해 가야 하기 때문에 오래 걸리는데 지금은 거의 일직선으로 달리고 있으니 타마탄을 따라 달려가면 하루도 걸리지 않을게야."

이아나는 고개를 끄덕였다.

"그럼 그렇게 하겠습니다. 하지만 그전에."

이아나는 놓지 않고 있던 아르하드의 손목을 쭉 잡아당겼다. 잔뜩 가라앉은 기색의 아르하드가 퍼뜩 정신을 차리고 쳐다보자 이아나는 고갯짓을 했다.

"잠깐 따로 좀 보시죠. 첸델프, 기다려 주세요."

"하, 하지만."

첸델프가 우물쭈물했다. 멀뚱하니 서 있는 인간들이 두려운 모양이었다. 이아나는 긴장한 이들에게 경고했다.

"당신들, 저분에게 말을 걸거나 접촉하면 정말 가만두지 않을 테니 그 자리에 서서 움직이지 마십시오."

"예, 예! 알겠습니다, 아가씨!"

"금방 올 테니 걱정 마세요."

이아나는 첸델프가 조심스레 고개를 끄덕이자 아르하드의 손목을 끌고 멀찍이 떨어진 곳으로 향했다. 사람들이 엿듣지도, 보지도 못할 만큼 떨어진 바위숲에서 이아나는 아르하드의 손목을 놓았다. 단단히 옭아매고 있던 것이 떠나는 선연한 감각에 아르하드의 팔이 움찔, 하고 경련했다.

긴장한 아르하드를 멀뚱히 쳐다보던 이아나가 입을 열었다.

"묻지 말라고 하신다면 묻지 않겠습니다. 하지만 그 문제가 그렇게 선배님께 중요한 문제인가요?"

"제 치부입니다. 말씀드리고 싶지 않습니다."

이아나는 회피하는 아르하드를 뚫어져라 보며 입을 열었다.

"알겠습니다. 하지만 저는 그 기운의 정체를 이미 알고 있습니다. 그런데도 덮는 의미가 있습니까?"

아르하드의 눈이 번뜩 뜨여 이아나를 보았다.

"그 기운은 신력, 즉 생명 아닌가요."

아르하드의 표정이 확 일그러졌다.

"그걸 어떻게……."

"선배님도 신력을 알고 계시는군요. 저는 우연히 만난 정령에게서 신력에 대한 이야기를 들은 적이 있습니다. 정령은 자신이 세상에 현신할 수 있게 해 주는 기운이 신력이라고 했고, 신력은 생명과 같다고 말했습니다. 제가 궁금한 건 선배님이 왜 그걸 흡수하셨느냐는 건데……. 이건 가르쳐 주세요. 혹시 병이……."

말을 잠자코 듣고 있던 아르하드가 갑자기 이아나의 두 어깨를 확 잡아챘다.

"……!"

이아나는 상황을 인지하기도 전에 바위에 세게 밀어붙여졌다. 갑작스레 등이 딱딱한 바위에 부딪치자 이아나는 놀라서 눈을 질끈 감았다가 떠서 아르하드를 올려다보았다. 마주한 아르하드의 눈빛이 흉흉했다. 그의 입술 끝이 비틀렸다.

"그럼……."

그의 목소리에서는 방금 전까지만 해도 묻어났던 두려움은 어디 가고 분노만 펄펄 들끓고 있었다. 목소리에서 흘러나온 분노가 그의 얼굴을 물들이고 있었다.

"……그걸 알고 있었습니까?"

아르하드의 얼굴이 일그러지고 입술이 덜덜 떨렸다.

"무지에서 온 실수라 여겼는데…… 그럼, 알고 있으면서도, 알고 있으면서도 빌어먹을 정령을 이용해 드워프의 두 손을 만들어 냈단 말이야……!"

"아……."

이아나는 저도 모르게 신음을 흘렸다. 지금 드러난 분노는 그가 남부로 오는 내내 꾹꾹 숨기고 눌러 왔던 감정과 동일했다. 그리고 아르하드가 무엇을 알고 있는지, 첸델프의 팔을 보는 순간 무엇에 분노했는지도 유추할 수 있었다.

아르하드는 신력을 이미 알고 있고, 신력이 생명이라는 것도 알고 있다. 정령을 불러내는 수단이 신력이라는 것도, 정령이 신력을 이용해 육체를 연성할 수 있다는 것도 알고 있다.

'그래서 생명을 깎아먹으며 첸델프의 팔을 재생해 낸 내게 화가 난 거구나.'

아르하드의 손에 점점 힘이 들어가고 금안에 누군가를 향한 희번덕거리는 살기가 어렸다. 아르하드는 분을 이기지 못하고 고함을 치고 싶으나 간신히 억누르는 듯 이를 악문 채 말했다.

"경고하는데, 신력을 함부로 쓰지 않는 게 좋을 거다. 신력을 쓰면 쓸수록 네 수명만 줄어들 뿐이니까! 어떻게 드워프 따위한테……."

아르하드가 분을 참지 못하고 말하다가 제가 하고 있는 말을 깨닫고 소스라치듯 놀라서 입을 다물었다. 이아나는 그 순간을 놓치지 않았다. 이 기회를 놓칠 수는 없었다.

이아나가 손을 뻗었다. 아르하드의 멱살을 잡아채 제 앞으로 당겼다. 얼굴이 맞닿을 듯한 거리에서 작게 속삭였다.

"굳이 숨기려 하지 않아도 됩니다. 전 당신이 카마트로스의 주인이라는 걸 이미 알고 있으니까."

"······!"

아르하드의 눈이 경악으로 크게 떠졌다.

"첸델프가 말해 줬습니다. 당신이 카마트로스의 주인이라고."

거짓말은 아니다. 먼저 알고 있었다 하더라도 첸델프가 카마트로스의 주인이 아르하드라고 말해 준 건 사실이기 때문이다.

생각지도 못한 폭로에 아르하드는 얼어붙었다. 분노했던 것도 잊고 싸하게 굳어 상황을 파악하기 위해 머리를 굴려 댔다.

"당신은 숨기고 있는 게 참 많네요. 그러니 앞으로 할 이야기도 많을 수밖에. 그렇죠? 로."

이아나가 픽 웃고는 아르하드의 멱살을 붙잡은 손을 털어 냈다. 아르하드의 말실수로 답답하게 막혀 있던 둑은 터졌고 쏟아져 나오는 물을 감당할 차례다.

이아나는 이 상황이 무척 유쾌했다. 한결 여유도 생겼다. 그녀는 웃으면서 두 손을 들었다.

"서두를 생각은 없습니다. 당신과는 일을 오랫동안 같이할 것 같으니까 이야기를 들을 기회도 많겠죠."

"······."

"당신이 제게 해 줄 이야기는 당신과 제 관계를 정립하는 데 큰 영향을 미칠 겁니다. 그러니 제가 돌아올 때까지 어찌할지 생각해 보세요."

쏟아지는 물살이 어떤 엄청난 비밀을 품고 있다 할지라도 이아나는 아르하드를 저버릴 생각이 없었다.

"가요."

 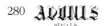

이아나는 발걸음을 옮겼지만 아르하드는 한순간에 쏟아진 이아나의 말에 정신을 차리지도 못하고 발을 떼어 낼 생각도 하지 못했다. 이아나는 뒤를 돌아보았다.

"안 가십니까? 그럼 나중에 뵙겠습니다."

이아나는 슬며시 웃고는 아르하드를 두고 그 자리를 떠났다.

"……."

그 뒷모습을 흔들리는 눈으로 보던 아르하드는 이아나가 붙잡았던 제 손목을 꽉 붙잡았다.

-쉬아아아악!

콰과과과과.

앞만 보고 달리던 이아나의 사각지대에서 풀숲에서 거대한 뱀, 킹스네이크가 입을 쩍 벌리고 튀어나왔다. 거대한 몸뚱이는 나무나 돌무더기를 산산조각 내면서 먹잇감을 뱃속에 넣는다는 기대감에 요동쳤다. 목구멍에서 뻗어져 나온 붉은 혀는 아주 맛있는 먹이, 인간과 드워프의 등장에 날름거렸다.

공성무기인 발리스타의 강대한 창처럼 쏘아지는 뱀의 머리를, 이아나는 땅을 박차 옆쪽으로 피하며 이미 피로 흠뻑 젖어 버린 검을 빼 들었다. 하지만 뱀은 순식간에 목의 방향을 꺾어 이아나에게 쏜살같이 쇄도했다.

채애앵!

날카로운 독니와 검이 부딪히고 뱀의 엄청난 힘에 밀려 이아나의 몸이 공중으로 튕겨 나갔다. 하지만 이아나는 아무렇지도 않게 공중에서 한 바퀴 돌아 땅에 착지했다. 맛있는 냄새가 풀풀 나는 이아나가 꽤 강한 먹이라고 판단한 뱀은 노란 눈을 한 번 빛내고는 쉭쉭 거리며 다시 달려들 준비를 했다.

"흐어어어어어."

공황상태에 빠져 정신을 차리지 못하는 것은 이아나의 옆구리에 끼어 있는 첸델프 하나뿐이었다.

ー쉬이이익!

"아아아아아악!"

눈 바로 앞에서 검은 맹독이 뚝뚝 묻어나는 독니가 스쳐 지나가자 첸델프가 미친 듯이 비명을 질러 댔다. 이아나는 눈을 까뒤집고 기절하기 일보 직전인 첸델프를 보며 픽 웃었다. 몬스터의 사나운 공격은 벌써 몇 번이나 있었는데 그는 영 익숙해지질 못했다.

이아나는 다리에 힘을 주고 오른손의 검을 고쳐 쥐었다.

콰과가가가……

스멀거리며 붉은 검기가 생성된다. 검의 주변이 태양처럼 선명한 불꽃의 색으로 뒤덮였다. 마나가 회오리치듯 검으로 빨려들어 농밀하게 검을 둘러싸자마자 이아나는 살벌하게 덮쳐 오는 뱀을 피하지 않고 정면에서 달려들었다. 뱀의 머리가 코앞에 닿을 무렵, 이아나는 빠르게 발의 각도를 꺾으며 검날을 옆으로 눕혔다. 검날이 뱀의 입꼬리에 걸쳐졌다.

카각.

이아나가 검손잡이를 세게 쥐었다.

좌아아아악!

이아나는 뱀의 옆을 달리며 벌려진 입부터 꼬리까지 뱀의 몸을 순식간에 일직선으로 갈랐다.

쿠아아아앙!

뱀은 더 이상 움직이지 못했다. 바위에 머리를 박은 채 미동이 없는 뱀의 상흔에서는 피와 내장 따위가 줄줄 새어 나왔고 그 초라한 최후를 본 첸델프는 긴장하고 있던 몸을 축 늘어뜨렸다. 이아나는 검에 묻은 피를 털어 내며 중얼거렸다.

"재밌네."

이렇게 억제하지 않고 검을 마음껏 쓰는 건 정말 오랜만이었다. 얼마 전 블랙폭시를 상대하긴 했지만 그들의 살의는 몬스터에 비할 바가 아니었다.

익숙한 쇠 비린내가 코를 찌르며 감각을 일깨웠다. 역시 실전이 재밌다. 이아나는 학술원에 돌아가면 몬스터 토벌대나 지원해 볼까⋯⋯라고 생각했다. 토벌대에 참가하면 전투 과목에 가산점이 붙는 데다 면제되는 수업도 있으니 이득이었다.

"⋯⋯."

첸델프는 이아나의 중얼거림을 듣고 죽은 시늉을 했다. 이아나는 몬스터를 처리하자마자 다시 움직이기 시작한 타마탄을 따라 발걸음을 바삐 놀렸다.

아르하드가 없는 여정에서는 몬스터들이 쉴 틈 없이 습격을 가해 왔다. 종류도 다양했다. 몸집이 몇 백 년 된 거목보다 커다란 오우거, 떼를 지어 달려드는 웨어울프, 껍질이 강철로 된 아이언 스콜피온, 끈적끈적한 촉수와 날카로운 이빨을 가진 식물 테레테레, 통나무 세 개를 겹쳐 놓은 듯 몸통이 거대한 킹스네이크…….

빨리 마을에 도착하기 위해 웬만한 몬스터는 피하면서 달렸지만 방금 전처럼 습격해서 끈질기게 들러붙기 시작하면 그것들을 완전히 처리하느라 시간이 조금씩 지체되는 건 어쩔 수 없었다.

아르하드가 있을 때는 접근조차 하지 않더니 없을 때는 철천지원수처럼 달려든다. 상반된 현상을 겪다 보니 부각되는 것은 아르하드의 존재감이었다. '몬스터는 왜 아르하드를 그리도 두려워하는가.'라는 의문의 답은 심장에 있을 듯한 예감이 어렴풋이 들었다.

아르하드가 앓고 있는 심장병, 몬스터의 심장에서 생명을 흡수하던 아르하드, 무언가가 뒤섞여 있다고 했던 첸델프, 그런 아르하드에게 공포를 느끼는 몬스터와 드워프들.

퍼즐의 조각처럼 하나하나 맞추어지고 사실들이 굴레굴레 얽혀 들어 만들어 낸 핵심은 심장이었다.

아르하드의 태도로 봤을 때, 그가 몬스터에게서 신력을 빼앗은 건 한두 번이 아닌 걸로 보인다. 갖가지 몬스터에게서 신력을 흡수했을 테고, 심장에 뒤섞여 있을 수밖에 없다.

말 그대로 상위 포식자.

이것 말고 다른 이유가 있을 수도 있지만 아직은 알 길이 없다.

이아나가 첸델프를 옆구리에 끼고 달린 지 몇 시간쯤 지나서 흙먼지 너머로 마을의 윤곽이 보이기 시작했다. 보폭을 맞출 필요도 없이 옆구리에 끼고 최고속도로 내달린 결과였다.

"드, 드디어……."

첸델프는 덜덜 떨더니 이아나에게 내려 달라고 했고 이아나는 걸음을 늦추며 첸델프를 옆에 내려 주었다.

이아나는 거칠어진 숨을 고르며 눈앞의 풍경을 보았다. 바위로 쌓아올려진 벽 내부에서는 뿌연 연기가 모락모락 피어올랐다. 꽤 멀리 떨어져 있는데도 땅땅거리는 힘찬 망치질 소리가 들렸다. 예민한 코끝으로 먼지가 섞인 쇳내가 나는 것 같기도 했다.

첸델프는 비틀거리며 마을로 한 걸음 한 걸음 다가갔다.

"으, 으음? 헉, 누구냐! 이, 인간?! 인간이 여기까지!"

보초를 서는 주제에 꾸벅꾸벅 졸던 한 드워프가 길쭉한 이아나를 보고 숨이 넘어갈 듯 놀라 마을로 뛰어 들어가려 했다. 그때 첸델프가 고함을 질렀다.

"베바델프! 나다. 첸델프다!"

첸델프의 이름과 목소리를 들은 드워프, 베바델프가 딱딱하게 굳어 멈춰 섰다. 첸델프가 로브를 벗자 베바델프는 냉큼 달려와 믿을 수 없다는 표정으로 그를 훑었다. 첸델프가 피식 웃었다.

"이 짜리몽땅한 게 뭘 그렇게 이상한 눈으로 보냐."

"내가 잠이 덜 깼나?"

"덜 깬 것 같긴 하네. 한 대 쳐 주랴?"

베바델프는 얼떨떨한 표정으로 제 뺨을 세게 꼬집었다. 뺨에서 느껴지는 얼얼한 감각에 베바델프는 인상을 찌푸렸다.

"진짜 첸델프냐? 육 개월이나 지나서 몬스터한테 잡아먹힌 줄 알았는데……. 너 이 자식!"

"이 빌어먹을 놈이 죽긴 뭘 죽어!"

"짜샤, 진짜 죽은 줄 알았잖아!"

두 드워프는 하니델프 때처럼 서로를 와락 끌어안았다. 마을 입구에서 이는 소란에 다른 드워프들도 고개를 갸웃거리며 하나둘 다가오기 시작했다. 방문객이 없어 늘 조용하기만 한 마을의 입구에서 들리는 큰 소리에 호기심이 인 것이었다.

드워프들은 처음에는 길쭉한 이아나를 보고 흠칫해서 뒤로 물러났다가 그 옆의 첸델프의 얼굴을 보고 나서는 귀신을 보기라도 한 듯한 얼굴을 했다.

"아니, 저 자식은!"

"첸델프 아냐?"

"맞는 것 같은데요, 아니, 맞아요! 첸델프 형님입니다!"

"어머, 정말 첸델프잖아! 애야, 어서 네 아버지 불러오렴!"

드워프들이 우르르 다가와 첸델프의 주변을 둘러싸자 이아나는 뒤로 몇 걸음 물러나 첸델프가 환영을 받는 모습을 구경했다. 드워프들이 첸델프가 귀신인지 드워프인지 확인한답시고 때리거나 수염을 잡아당겨 댔지만 환하게 웃는 첸델프는 무척 기뻐 보였다. 이아나는 그런 첸델프의 모습에 보람을 느끼면서 마을의 벽에 먼지가 가득 묻은 몸을 기대었다.

이아나는 마을 장로의 집으로 안내를 받았다. 드워프들은 이아나가 신기했다. 자벨론 상단과 거래를 할 때는 마을이 아닌 다른 장소에서 거래를 했고, 몇 년 전 마이마예가 찾아왔을 때도 멀리서 지켜본 드워프가 대다수였기 때문에 너 나 할 것 없이 수군거리며 이아나를 쳐다보았다.

처음에는 혐오스러운 인간이라는 걸 알고 적개심 가득한 눈빛으로 노려보았지만 쳐다보면 볼수록 불쾌함은 가라앉고 들떠 있던 마음이 평온해지자 드워프들은 혼란스러운 기분으로 고개를 갸웃거렸다.

"……."

이아나는 몇 발자국씩 물러난 거리에서 호기심과 경계심이 섞인 눈동자로 자신을 쳐다보는 드워프들에게 묘한 기분을 느꼈다. 대륙에서는 드워프가 희귀생물로 취급당하지만 이곳에서는 인간이 희귀생물이었다. 키의 반밖에 안 되는 드워프들이 모인 마을이었기에 은둔하는 난쟁이들의 마을을 침입한 거인이 된 것 같았다.

그때 드워프들의 사이로 머리가 하얗게 센 드워프가 헛기침을 하며 나타났다. 얼굴에는 세월의 흔적이 남아 있었지만 젊은 드워프들에게 지지 않을 만큼 우람한 근육을 지닌 노인이었다. 첸델프는 그를 보자마자 반가운 얼굴로 의자를 박차며 일어났다.

"쿠쿠델프 영감, 아직 정정하구먼!"

"지금 놀라서 죽기 일보직전이다. 레미델피의 부탁이 아니었으면 네놈 집은 허물어지고 묘지에 네놈의 이름이 붙은 묘비가 생겼을 게야! 나이를 처먹었으면 마을에 처박혀서 근엄한 얼굴로 앉아 있을 것이지, 왜 이렇게 젊은 것들처럼 혈기가 넘치고 철이 없어. 쯧쯧. 그런데 이게 대체 어찌 된 일이냐? 저 인간 여자는 또 뭐고? 마을까지 인간을 데리고 오다니, 미쳤냐? 어떻게 사악한 인간을 여기까지 데리고 와! 아니면 설마 사고라도 친 게냐? 결혼하려고 데려오기라도 한 게야? 쯧쯧, 결혼을 안 한다 싶더니 튼실하고 순박한 드워프 여인을 마다하고 저런 길쭉하고 빼빼 마른 데다가 사악한 인간을……."

드워프 장로, 쿠쿠델프가 잔소리를 퍼붓자 첸델프는 정신을 차리지 못했다. 하지만 이아나에 관해 어처구니없는 이야기가 나오고 그 이야기가 점점 몇 개월 되었냐며 구체적으로 굳어져 가자 표정이 어색해졌다.

첸델프는 이아나의 눈치를 살피고는 이아나가 불쾌한 기색이 없자 안도의 숨을 내쉬었다. 첸델프는 붉으락푸르락하는 얼굴로 두 주먹으로 탁자를 탕 쳤다.

"이 영감이 늙더니 노망이 들었나, 죽다 살아온 놈한테 그게 뭔 소리야! 이 아가씨는 나를 나쁜 인간 놈들한테서 구해 준 은인이라고!"

"인간? 죽다 살아왔다고? 얘기를 좀 자세히 해 봐라."

쿠쿠델프가 심각한 표정으로 되묻자 첸델프는 꿀 먹은 벙어리가 된 듯 입을 다물었다. 인간에 대한 험담을 하고 싶었지만 이렇게 드워프들이 쌓여 있는 곳에서 인간인 이아나를 곁에 두고 이야기를 하기는 좀 그랬다.

"그 얘기는 나중에 하고, 저녁이 다 되어 가니 나는 집에 좀 가고 싶은데. 그러고 보니 왜 레미델피가 날 보러 오지 않지?"

"레미델피는 너 같은 놈도 오빠랍시고 하염없이 기다리다가 페게 마을로 시집갔다."

"아닛, 대체 어떤 놈팡이가 그 앨 낚아 가!"

첸델프가 격분해서 길길이 날뛰었다. 레미델피는 첸델프의 동생이었다. 쿠쿠델프는 킬킬대며 첸델프를 비웃었다.

"왜 있잖냐? 네놈 집에 기술 배울 거라고 뻔질나게 드나들던 팡로델프. 성실하다고 네놈도 마음에 들어 하던 녀석 말이다. 꽤 괜찮은 놈인 것 같았으니 걱정 마라. 네놈은 이제 밥해 줄 착한 여동

생이 없으니 밥 걱정이나 해. 하지만 오늘은 살아 돌아온 네놈을 위해 돼지를 다섯 마리 정도 잡고 비축해 둔 맥주를 풀어 주마!"

혼란의 극치 속에 빠져 있는 첸델프는 내버려 두고 쿠쿠델프가 내뱉은 선언에 드워프들이 여기저기서 환호했다. 예정에는 없었지만 당연히 축제를 벌여야 했다. 죽은 줄만 알았던 동족이 살아 돌아왔으니 이런 날에 축제를 하지 않으면 언제 할까.

쿠쿠델프는 드워프들에게 손짓했다.

"첸델프와 인간만 남고 니들은 어서 돼지 잡고, 맥주 꺼내고, 음식 만들러 가라."

드워프들은 이아나를 계속 보고 싶었으나 쿠쿠델프가 축객령을 내리자 아쉬운 표정으로 흘끗거리다 결국 우르르 나갔다.

첸델프와 이아나, 쿠쿠델프만 남고 주변이 정리되자 쿠쿠델프는 이아나를 빤히 쳐다보았다.

"어쨌든 위험한 인간은 아니라 이거지?"

첸델프는 '레미델피가 팡로델프 놈에게 시집을……'이라고 중얼거리다 퍼뜩 정신을 차렸다.

"이아나는 정말 나쁜 인간이 아니다. 영감도 보면 알지 않아?"

"그래, 내가 살면서 봐 왔던 인간들과는 상당히 다른 느낌이구나. 분명 인간인데 별로 불쾌하지 않아. 불쾌함은커녕 보면 볼수록 호감이 가. 다른 녀석들도 그런 듯하던데. 인간, 이아나라고 했나? 너는 대체 뭐냐?"

그 말뜻을 이해할 수 없어 이아나는 침묵했다. 쿠쿠델프는 한숨을 내쉬며 어깨를 으쓱였다.

"하긴, 인간이 인간이지 뭐겠냐. 내가 헛소리를 했군. 미안하다."

"영감, 그보다 부탁이 있는데……."

첸델프가 은근슬쩍 운을 띄웠다.

"뭐냐? 생존 기념으로 웬만한 건 들어주마."

쿠쿠델프가 껄껄 웃자 첸델프는 조심스레 말했다.

"이아나가 묘지에 좀 들어갈 수 있을까?"

"뭐야? 묘지에?"

쿠쿠델프의 얼굴이 확 굳었다.

"인간이 그곳엘? 설마 드워프들의 유산과 신의 유물에 욕심을 내는 건……."

"아니, 아니야! 이아나는 처음에 그냥 나만 데려다 주고 가겠다는 걸 내가 검을 주겠다고 붙잡았어. 내 검 같은 거 필요 없다고 거절까지 했는데 내가 주고 싶다고 억지를 부렸단 말이야. 이아나는 검에 구애받지 않는 대단한 검사다."

첸델프가 이아나의 검을 확 뽑아 들었다. 붉은 피가 덕지덕지 묻은 검이 섬뜩한 빛을 발했지만 쿠쿠델프는 혀를 끌끌 찼다.

"그 싸구려 검은 뭐냐. 주운 게냐?"

"믿겨져? 이 싸구려 검을 가지고 카란켈의 입구에서 여기까지 일직선으로 돌파하면서 풀숲의 지배자인 킹스네이크까지 한 방에 잡았다고!"

"뭣이, 킹스네이크를?"

"그래. 내가 진짜 기절하는 줄 알았다니까."

이아나는 그들의 열띤 대화에 민망함을 느꼈다. 그녀는 수련 도중 검을 갈아치우는 게 부지기수였다. 아무리 잘 관리해 줘도 자주 부러지는 검을 제 것이라 여겨 애착을 가지기보다는 소모품으로밖에 생각하지 않았다. 그녀에게 있어 검은 싸구려든 명검이든 정신적인 부분에서 큰 의미를 차지했다.

물론 학술원 졸업 후에는 돈을 모아 명검을 구매해서 제 것으로 길들일 생각이긴 했지만 현재는 학생의 신분이었고 이아나의 검은 언제나 어디서든 구매할 수 있는 보급품이었다. 다만 열심히 관리를 해서 꽤 괜찮은 검이라 할 수 있는데도 뛰어난 장인들인 드워프들의 날카로운 눈썰미 속에서 검은 아무리 봐도 싸구려를 벗어나지 못했다.

두 드워프는 이아나의 검을 깎아내리는 대신 이아나의 검술을 추켜올렸다. 쿠쿠델프는 첸델프를 한 번 보고 이아나를 한 번 보면서 고민에 빠졌다.

"그렇군, 이런 검으로 킹스네이크를 벨 정도라……. 검에 구애를 받지 않는 이유를 알겠다. 눈빛도 거짓 없이 맑으니 괜찮을지도 몰라. 그리고 동족을 구해 준 은혜는 갚아야 하니까."

"오, 그럼."

"하지만 내일 아침 일찍 가라. 아무리 특이한 인간이라지만 인간을 싫어하는 다른 드워프 녀석들이 보기에는 별로 좋지 않아. 물론 묘를 지키는 드워프 전사 둘과 같이 가. 됐냐?"

첸델프의 표정이 환해졌다.

"고마워, 영감! 그런데 케라키스 님은?"

"가마다이안 님의 급한 호출로 잠시 자리를 비우셨다."

"어? 몬스터들이 쳐들어오면 어떡해? 위험하지 않나?"

"소환 스크롤을 주셨다. 그걸 찢으면 케라키스 님이 바로 소환된다고 말씀하시더군. 뭐, 몬스터 녀석들 이제 이곳이 가마다이안 님의 보호를 받는 곳이라는 걸 알고 습격은 하지 않지만 만일의 경우라는 것도 있으니까."

잠자코 대화를 듣고 있던 이아나가 입을 떼었다.

"케라키스라는 분이 용아병입니까?"

가마다이안은 남부의 오지에 사는 드래곤. 가마다이안이 호출했다면 케라키스가 드워프 마을마다 한 명씩 거주한다는 용아병인 건 쉽게 추측할 수 있었다.

"오, 목소리가 예쁜 인간이로군. 아니 그런데 첸델프 이 자식, 인간에게 어디까지 떠벌린 게냐."

"혹시 용아병을 제가 볼 수는 없습니까?"

"묘지뿐만 아니라 용아병에게도 관심을 가지다니, 참 호기심이 많구나. 하긴, 그게 바로 인간의 특성이었지……."

쿠쿠델프는 제 하얀 수염을 쓱쓱 쓰다듬었다.

"만약 마을에 케라키스 님께서 계셨다면야 안 될 건 없지. 하지만 케라키스 님은 여기에 없고 가마다이안 님의 가디언인 케라키스 님을 개인적인 일로 오라 가라 할 수는 없다. 소환 스크롤을 주신 건 우리 마을을 지키는 일이 가마다이안 님이 케라키스 님께 내린 명령이기 때문이야."

"그렇습니까."

이아나는 오지에 올 일이 거의 없다. 이렇게 이종족을 만날 일은 더욱 없다. 그래서 가능하다면 신의 비밀을 지키고 있다고 선언한 롯소산맥의 드래곤 칸데메이온과 같은 드래곤인 가마다이안에게 조금이나마 접근하고 싶었다. 라오스와 세상을 다시 창조할 때부터 함께 했다는 드래곤들이라면 제 심장 안에 잠들어 있는 신력의 유래와 신성시대의 종말에 대해 알고 있을 것이라고 생각했기 때문이다.

그래서 위험할지는 몰라도 드래곤과 직접적으로 연결되어 있는 용아병을 한번 만나 보고 싶었지만 이곳에 없다니 어쩔 수 없었다.

"아가씨가 마을에 머무르다 보면 케라키스 님이 돌아오실 테니 만나 뵐 수 있겠지만 그건 내가 허락하지 않는다."

쿠쿠델프가 단호한 어조로 말했다.

"아가씨가 다른 인간들과는 다르다는 건 알겠다. 하지만 그 흔치 않은 다름이 드워프들의 경계심을 무너뜨리면 곤란해. 바깥 세상은 정말 위험하니까."

첸델프가 이아나의 옆에서 조용히 고개를 끄덕였다. 쿠쿠델프는 그런 첸델프를 발견하고 쓰게 웃음 지었다.

"이놈이 거하게 데였나 보군. 하니델프 녀석 때문에 나한테 인간은 정말 모두 나쁘냐고, 하니델프도 인간들의 세계에서 잘 지내고 있으니 신기한 게 넘쳐나는 바깥 세상으로 나가도 괜찮지 않느냐고 열정과 호기심에 가득 차 묻던 놈이 묵직하게 철이 들어 왔어."

인간도 두 손이 떨어져 나가면 충격이 이만저만이 아니다. 그렇다 하더라도 어떻게든 살아갈 터였다. 하지만 드워프의 손이란, 단순히 신체의 일부가 아니라 영혼 그 자체였다. 첸델프가 겪은 일은 그의 성격 자체를 뒤바꿀 만한 충격이었다. 인간들은 그만치 잔인했다.

"저도 오래 머무를 생각 없습니다."

이아나는 고개를 저었다. 드워프들은 인간에 대한 경계심을 누그러뜨리지 않고 살아가는 게 더 도움이 될지도 모른다.

"제 일정이 있으니 내일 아침 묘지만 들렀다가 바로 떠나겠습니다. 허락해 주신 것만으로도 감사드립니다."

"정말 예의 바르고 생각이 깊은 인간 아가씨로군."

쿠쿠델프가 고개를 끄덕이며 잔잔한 미소를 지었다.

"이아나, 그럼 일단 내 집으로 가자. 네 몸의 치수를 재야 한다!"

첸델프가 의자에서 폴짝 뛰어내려 이아나의 손목을 잡아끌었다. 이아나는 의문을 표했다.

"검을 만드는 데도 치수가 필요합니까?"

"당연하지!"

첸델프가 버럭 고함을 질렀다. 그는 검을 만든다는 사실에 흥분해서 얼굴이 홧홧하게 상기되어 있었다.

"오크에게도 각자에게 딱 맞는 몽둥이가 있어. 그것처럼 어깨너비, 신장, 몸무게, 발길이 등등에 따라 검의 무게, 길이, 폭 같은 게 달라지지. 물론 생물인 만큼 몸이 계속 변하겠지만 변화폭 안에서만 제작하면 문제없어. 정말 그 존재에게만 허락되는 명검이 탄생하는 게야. 나는 그런 검을 너에게 만들어 줄 거다! 그러니까 빨리 가자!"

이아나는 첸델프의 극성에 이끌려 일어났다. 첸델프가 후닥닥 문으로 걸음을 옮기자 이아나도 뒤따라갔다. 쿠쿠델프는 그들에게 손을 흔들었다.

"축제의 주인공은 첸델프 너니까 빨리 하고 나와야 한다. 그리고 인간 아가씨, 축하한다. 첸델프는 우리 마을, 아니 드워프 전체에서 손꼽히는 장인이거든."

문을 열고 나오자마자 그들은 다시 걸음을 멈추어야 했다. 옹기종기 모여 앉아 있던 드워프의 아이들이 벌떡 일어나 이아나와 첸델프를 둘러쌌기 때문이다.

"인간이다, 진짜 인간!"

"인간 처음 봐! 완전 길쭉해!"

"그런데 정말로 사악하고 욕심 많은 인간 맞아? 나빠 보이지는 않는데."

드워프의 아이들이 이아나의 주위를 맴돌았다. 아이들이 똘망똘망 빛내는 순진한 눈망울 앞에서 거짓은 결코 통하지 않을 듯했다. 이아나는 천천히 허리를 굽혀 그들에게 살짝 웃으며 인사했다.

"안녕?"

"꺄악! 인간이 인사했어!"

아이들은 비명을 지르며 흩어졌다. 마치 바위조각상을 쿡 하고 한 번 찔러 봤다가 꿈틀하자 놀라서 도망가는 듯하다. 이아나는 피식 웃으며 다시 허리를 폈다.

"자벨론가의 사람들은 마을에 오지 않습니까? 아이들이 인간을 처음 보는 것 같네요."

이아나는 성큼성큼 걸음을 옮기는 첸델프를 뒤따르며 물었다.

"아이들뿐만 아니라 성인 드워프들도 마찬가지야. 자벨론 가문과의 거래는 다른 곳에서 해. 마을 내부에 인간이 들어온 건 마이마예의 막무가내식 침입 사건밖에 없어."

쿠쿠델프의 집과 첸델프의 집은 멀리 떨어져 있지 않았다. 첸델프의 집은 작았다. 하지만 집 뒤에 있는 첸델프 개인의 대장간은 큼지막했다.

첸델프는 집 앞에 서서 잠시 심호흡을 하고 문을 벌컥 열었다. 집주인이 한동안 자리를 비운 집은 손을 타지 않아 먼지가 쌓여 있었다. 첸델프는 드워프들 앞에서 참았던 눈물을 왈칵하고 쏟아 냈다.

"정말로 돌아왔어⋯⋯."

손등으로 애써 눈물을 훔쳐 낸 첸델프는 방 안으로 후다닥 달려가더니 줄자를 들고 왔다. 이아나를 세워 두고 신장, 다리 길이, 어깨너비, 팔 길이, 팔뚝 굵기, 손목에서 팔꿈치까지의 길이, 또 팔꿈치에서 어깨까지의 길이 등등의 신체 치수를 신중하게 재었다.

"아직 성장기지만 이아나 너는 여자니까 여기서 조금만 더 크게 잡으면 되겠구나."

"아마 키는 여기서 이 정도만 더 클 겁니다. 173센티미터 정도?"

이아나가 엄지와 검지로 간격을 벌리며 제 미래를 꿰고 있는 것처럼 이야기했지만 첸델프는 의심 없이 고개를 끄덕이며 간격을 재어 종이에 기록했다.

"네가 그렇다면 그런 거겠지. 그런데 인간들은 정말로 크구나. 우리가 쓰는 검은 인간들에게 상당히 짧겠어. 그래서 자벨론이 우리가 쓰는 것보다 한 배 반에서 두 배 정도 크게 해 달라고 한 게군. 자, 다 쟀다."

첸델프는 이아나의 신체치수를 기록한 종이를 책상에 놓고 기지개를 쭉 켰다. 창밖의 풍경을 보았다. 달과 별, 그리고 드워프들이 피워 올린 불꽃만이 빛을 발할 뿐 이미 어둠이 내려앉았다. 하지만 감옥에서의 칙칙한 어둠과는 달랐다. 흥에 겨운 동족들이 내는 말소리가 청각을 어지럽혔다. 그들은 첸델프가 나오기만을 기다리고 있었다.

"첸델프 아저씨, 빨리 나와요!"

아이가 까르르 웃으며 첸델프를 부르고 첸델프는 꿈같은 상황에 가슴이 벅차올라 창밖을 눈물이 일렁이는 눈으로 내다보았다.

"이아나, 너도……."

"아니요. 저는 드워프들과 말을 섞지 않을 겁니다."

이아나는 첸델프가 제안을 마치기도 전에 딱 잘라 거절했고, 첸델프는 의문스러운 얼굴로 이아나를 보았다.

"왜? 너는 좋은 인간이니 다른 드워프들도……."

"첸델프가 보는 저는 어떻습니까?"

첸델프는 어둠 속에 녹아들 듯, 사라질 듯, 그러나 밝은 보름달을 등지고 서 있어 더욱 환하게 부각되는 이아나를 보았다.

"아주 솔직하고 올곧아. 과욕에 스스로를 잃지 않고 한 가지 길만 보고 나아간다. 우리들이 좋아하는 상이야."

이아나는 눈을 내리떴다가 다시 고개를 들었다.

"저는 드워프 마을에 방문한 첫 인간입니다. 무엇이든 처음이 중요하죠. 드워프들에게 인간에 대한 이미지로 제 모습이 강하게 심어지는 건 당연지사, 저는 그걸 바라지 않습니다."

"……."

"인간들은 욕심이 많고, 저처럼 드워프의 무구에 탐욕을 보이지 않는 인간은 흔치 않습니다. 보통 인간들은 드워프들의 작품에 환장하거든요. 그러니 저에 대한 이미지를 가지고 다른 인간들도 그럴지 모른다고 일반화하는 건 독이 될 겁니다. 그래서 저는 드워프들에게 아무런 인상도 남기지 않고 내일 아침 일찍 묘지에만 잠시 들렀다가 떠날 겁니다."

첸델프는 납득했다.

이아나는 첸델프가 술맛이 좋으니 맛보라며 건네주고 간 맥주
통과 나무잔을 들고 뒷문으로 나왔다. 그리고 예전에 아르하드를
뒤따를 때처럼 어둠 속에 몸을 녹인 채 두리번거리며 마을에서
제일 높은 건물을 찾았다. 아무도 모르게 그곳의 지붕에 당도한
이아나는 마을의 전경을 내려다보았다.

어둠이 깊어 오고 있었지만 마을은 불로 이곳저곳 밝혀져 밤인
걸 잊은 양 무척 밝았다. 드워프들이 살아가는 마을 너머로는 어
두운 숲이 쭉 펼쳐져 있었다. 풀 한 포기 없는 바위산맥에서 그
숲만이 이질적으로 푸르렀다. 이 숲이 드워프들이 이 황폐한 대
지에서 살아갈 수 있게 하는 생명의 원천인 듯했다.

마을에 있는 건물들은 드워프들의 미적 감각에 맞게 모두 구조
와 비율이 훌륭하고 형태가 개성적이었다. 거리 곳곳에는 인간들
의 왕국으로 가져가면 엄청난 금액에 팔릴 듯한 훌륭한 조각물들
이 뒹굴고 있었다.

건물에서 시선을 떼어 드워프들에게 시선을 주었다. 드워프들은
맥주통을 들고 이곳저곳을 뛰어다녔다. 모닥불을 피운 광장에서는
어깨동무를 하고 춤을 추고 있는 드워프들도 있었다. 한쪽에서는
팔씨름을 하는 드워프들도 있었고, 술에 거하게 취해 엎어져 자
는 드워프들도 있었다. 아이들은 하나같이 한 손에는 조각칼을,
한 손에는 나무토막이나 돌멩이를 들고 뭔가를 조각하고 있었다.

이아나는 통에 든 맥주를 들이키며 조용히 평했다.

"평화로운 마을이네."

이아나의 눈에 크게 웃음을 터뜨리고 있는 첸델프가 들어왔다. 그녀는 처음 만났을 때의 첸델프를 떠올렸다. 첸델프는 절망으로 죽어 가고 있었다. 세상에서 가장 소중한 두 손을 잃고 미쳐 가던 그는 인간들에게 악을 쓰며 증오를 표출했었다.

살려 달라는 말이 아닌, 안온한 죽음을 위해 고향에 데려다 달라 부탁까지 했었다. 두 손을 되찾은 후에는 인간에게 심각한 불신을 보이며 날붙이를 들고 있는 인간들만 보면 공포로 부들부들 떨었다. 또 손을 잃을까 봐 무척이나 두려웠을 것이다.

하지만 이제 그의 동족들과 함께하는 첸델프는 환하고 밝게 웃고 있었다.

첸델프를 처음 만난 그날, 그를 살리고 싶어진 동기는 그의 사정을 듣기 위해서였다. 그것만으로도 족하다고 생각했는데, 그저 힘들어하는 이에게 제게는 아무것도 아닌 작은 도움을 줬을 뿐인데…… 생각지 못하게 얻은 결말은 꽤 근사했다.

어둠이 걷히고 빛이 밝아 오는 광경은 심장을 움직인다. 이아나는 첸델프의 환해진 얼굴을 물끄러미 쳐다보다가 눈을 감았다.

첸델프는 배가 빵빵하게 부풀 정도로 맥주를 마셨음에도 아침 일찍 일어났다. 술에 취해 해롱거려도 가장 고마운 은인의 부탁

을 들어주는 일과 배웅하는 일을 잊을 수는 없었다.

드워프들의 아침은 일찍 시작된다. 하지만 어제는 첸델프가 돌아온 기념으로 새벽까지 축제를 벌여서인지 새벽빛으로 푸르른 거리에는 아무도 없었다. 첸델프와 이아나는 굽이치는 골목길을 걷고 걸어 마을의 출구와 통하는 광장으로 향했다. 그곳의 중심에는 한 석상이 있었고 이아나는 저도 모르게 앞에서 멈춰 섰다.

"이건……."

알고 있는 생김새와는 전혀 다르게 생겼지만 어딘가 친숙한 느낌이 이아나의 심장을 간지럽혔다.

"아, 토우 님이시다."

"역시나."

이아나는 제 키보다 조금 더 크게 제작된 석상에 다가가 두꺼운 팔을 쓸어 보았다. 이아나가 아는 토우는 작고 동글동글하고 귀여운 흙 인형이다. 그런데 석상의 토우는 위엄이 있었다. 과거에 몇 번 보았던 마법사들의 골렘과 닮은 것 같기도 했다.

하지만 마법사들의 골렘은 인공적인 느낌이 나는 반면 토우의 석상은 몸체가 바위와 흙, 풀로 이루어져 있어 자연스러운 풍화가 만들어 낸 자연 그 자체처럼 보였다.

"이 동상은 먼 옛날 우리 마을이 세워질 때 같이 세워졌다고 한다. 전해지는 이야기로는 이건 모형일 뿐이고 토우 님은 산보다 더 크다고 해. 그래서 나도 진짜 토우 님을 보고 놀랐다. 너무 귀여우셔서……."

이아나는 토우를 봤을 때 첸델프가 지었던 어색한 표정이 이제야 이해가 갔다. 조그마한 토우와 눈앞의 석상이 풍기는 느낌은 비슷하지만 동일한 존재라고는 생각하기 어려울 정도로 달랐다.

"그건 본모습이 아니라고 했습니다. 이게 진짜겠지요."

이아나는 토우를 눈에 오래도록 담았다. 정령왕들을 한 달에 한 번 불러낸다고는 해도 자신이 그들의 본체를 볼 수 있는 날은 없을 거라고 생각했다.

토우를 비롯한 정령왕들은 이 세상에 조금이라도 더 오래 머물기 위해 작은 모습을 한다고 했다. 이아나는 정령왕들이 해 줄 신성시대의 이야기가 중요하지 그들이 자신 앞에 드러내는 모습이 본체이든 아니든 상관없었다. 본체가 아니라 하더라도 그들은 본질적으로 같았다.

한 번쯤은 본체를 보고 싶기도 했지만 제 생명이 얼마나 남았는지 알 수 없으므로 이아나는 욕심을 버렸다.

"그럼, 알고 있으면서도, 알고 있으면서도 그 빌어먹을 정령을 이용해 드워프의 두 팔을 만들어 냈단 말이야……! 경고하는데, 신력을 함부로 쓰지 않는 게 좋을 거다. 신력을 쓰면 쓸수록 네 수명만 줄어들 뿐이니까!"

아르하드의 말이 떠올라 버렸다. 이아나는 그가 세게 붙잡았던 어깨를 문질렀다. 그 이후로 시간이 꽤 많이 흘렀는데도 욱신거렸다. 아침에 옷을 갈아입을 때 본 두 어깨에는 푸르른 빛이 도는 멍이 들어 있었다.

"왜 그러냐?"

"아무것도 아닙니다. 가시죠."

이아나는 토우의 석상에서 손을 떼었다.

첸델프와 이아나는 황량한 거리를 조용히 지나 마을을 빠져나갔다. 둥그런 바위 벽을 따라 원을 그리며 걷던 그들은 마을 뒤쪽에 있던 푸르른 숲의 입구에 이르렀다.

한눈에 봐도 수백 년은 살았을 법한 고목들이 우거진 울창한 숲이었다. 숲은 양 가 쪽에 있는 커다란 바위산의 사이를 빽빽하게 메우고 있었다. 처음 보는 거목들이 하늘을 뚫을 듯 높게 솟아 있는 광경은 미개척지에 발을 들일 때의 공포 그 이상의 꺼림칙한 기분이 들게 한다.

첸델프는 성큼성큼 숲으로 걸어 들어갔다. 이아나는 잠시 그를 따라가지 않고 멈춰 서 있다가 조심스레 첸델프를 뒤따랐다. 구불구불한 길을 걷다가 어느 순간 길이 끊기자 첸델프는 주변을 둘러보고 나무 몇 그루를 번갈아 통통 쳐 보더니 그 울림을 듣고 방향을 잡았다.

얼마나 걸었을까, 그들의 앞에 가로세로로 끝이 보이지 않는 거대한 암벽이 나타나 길을 가로막았다. 암벽뿐만 아니라 다양한 크기의 바위들이 군데군데 솟아나 있어 시야가 막혔다.

첸델프는 거대한 바위들의 틈 사이사이를 잘도 돌아다녔다. 틈이 드워프들의 키에 맞추어져 있었기 때문에 이아나는 허리를 반쯤 숙인 채 첸델프를 따라가야 했다. 마침내 바위의 숲을 지나 또 다른 거대한 암벽에 다다랐다.

암벽의 구석에는 어둠이 들어찬 작은 굴이 있었다. 첸델프는 기름 먹인 천을 감은 나무토막을 꺼내 들어 거기에 불을 붙이더니 작은 굴속으로 쏙 들어갔다. 이아나는 생각보다 많이 작은 굴의 크기에 잠시 주춤했다가 무릎을 굽히고 앉아서 들어갔다.

구불구불하게 뻗어진 어두운 길을 첸델프는 즐겁게 걸어갔다. 이아나는 첸델프를 뒤따르면서 드워프들의 묘지가 드워프의 안내가 아니면 결코 도달할 수 없는 그들만의 비밀스럽고 은밀한 성지라는 사실을 뼈저리게 깨달았다. 인간인 제가 인간에게 배타적인 드워프의 안내를 받아 그곳을 볼 수 있는 게 엄청난 행운이라는 것도.

굴은 좁았다. 하지만 굴의 끝에 빛이 보이고 마침내 그 끝에 도달했을 때 이아나는 시야에 펼쳐진 광경에 탄성을 숨기지 못했다.

도착한 묘지는 아주 넓었다. 황량한 대지와 바위산. 눈을 가늘게 떠도 끝이 보이지 않았다. 밖에서 안을 결코 들여다볼 수 없는 구조였다. 마치 운석이 떨어져 그 여파로 산이 솟아난 것처럼 묘지를 중심으로 아주 높은 바위산이 둘러싸고 있었다. 하늘에서는 커다란 태양이 팔을 벌리고 모든 것을 포용하는 신처럼 묘지 전체를 빛으로 감싸 안고 있었다.

먼 곳에서 눈을 떼고 근처의 풍경을 본 이아나가 흠칫했다. 대지와 바위산 전체에 묘비들이 고슴도치의 가시처럼 꽂혀 있었다. 그리고 묘비의 옆에는 묘비의 주인의 역작일 물건들이 햇빛을 받아 반짝반짝 빛났다.

몸짓 하나하나가 조심스러워지고, 말 한마디 꺼내기 어렵다. 이아나는 이곳이 드워프들의 성지라 했던 첸델프의 말에 깊이 공감했다. 이곳은 드워프들의 역사가 살아 숨쉬고, 또 죽은 드워프들이 안식을 취하는 드워프들만의 보물이었다.

하지만 이상했다.

"……."

이아나는 제 심장을 간질이는 괴이한 감정을 깨닫고 강렬한 괴리감을 느꼈다.

익숙하다. 처음 보는 광경이지만, 느낌이 지나치게 익숙했다. 왜일까. 생전 처음 보는 이곳이 익숙하게 여겨지는 이유는.

"수고하는군!"

"여어, 첸델프. 정말로 돌아왔구나. 장로님께 연락은 받았다. 그리고 그쪽이…… 네 녀석을 구해 준 인간이라고?"

이아나가 홀린 듯 묘지를 보느라 알지 못했지만 동굴의 출구에는 중무장을 한 드워프 넷이 있었다. 인간인 이아나를 향하는 그들의 시선에 잠시나마 날카로운 경계심이 어렸지만, 이내 어리둥절한 표정을 지었다.

"생각보다 거북하지는 않네."

"그러게 말일세."

"뭐지? 난 자벨론가의 인간을 몇 번 본 적 있는데 그때마다 불쾌했는데."

"크크크. 이아나는 다른 인간과는 달라. 정말 다르다고."

첸델프가 이아나에게 불쾌함을 느끼지 못하고 혼란스러워하는 드워프들 앞에서 자랑스레 수염을 휘날렸다.

눈가에 주름을 만들어 내며 웃은 첸델프는 멍하니 있는 이아나의 손목을 잡고 끌었다.

"묘지를 둘러싼 산이 많지? 저 산들은 거대한 운석을 맞은 것처럼 중앙으로부터 원을 그리며 솟아올라 있어. 그리고 묘지의 중심에는 네가 보고 싶어 하는 유물이 있다."

드디어 신성시대의 흔적이라고 할 수 있는 물건을 볼 수 있는 건가.

이아나는 눈을 가늘게 뜨고 묘비와 산이 그리는 원의 중심을 살펴려 했다. 하지만 너무 먼 데다 수많은 묘비들에 둘러싸여 있어 유물이 잘 보이지 않았다.

"가자."

그들은 천천히 걸었다. 묘지 사이사이로 이어지는 길을 따라 발을 옮기고 옮기다가 이아나는 걸음을 멈추었다. 그리고 제 가슴 위에 손을 얹었다.

쿵— 쿵—

역시 심장이 이상하다. 유물이라는 것에 가까이 가면 갈수록 심장이 평소보다 크게 박동하고 있었다. 기대하고 있을 뿐 긴장하고 있다고는 생각하지 않는다. 하지만 심장이 왜 이렇게 뛰어댈까.

'나도 모르게 설레기라도 하는 건가.'

이아나는 고개를 갸웃하며 다시 드워프들을 뒤따랐다.

하지만 걸으면 걸을수록 점점 더 속이 뒤집힐 것처럼 심장이 울컥거렸다. 이아나는 다시 한 번 걸음을 멈추었다. 그녀는 미간을 좁힌 채 심장 위로 손을 올렸다. 정말로 이상했다. 감정적 격동 때문은 아니다. 심장이 전력질주를 한 후보다 더 크게 부풀고 있었다.

"왜 그래?"

"아닙니다."

이아나는 심장의 박동에 맞추어 눈에 띄게 들썩이는 제 몸과 묘지의 한복판을 번갈아 바라보았다. ……혹시 신력이나 영혼이 저기 있는 신의 유물과 반응이라도 하는 걸까.

과연. 그런 거라면 반드시 제 눈으로 확인해야 했다.

이아나는 오기가 생겨 성큼성큼 목적지로 다가갔다. 하지만 심장의 박동과 그에 비례하여 차오르는 숨결에 숨 막혔다. 눈앞이 어질어질하고 몸에서 땀이 비 오듯 흘러내렸다. 한 발자국 한 발자국 내딛을수록 심장이 미친 듯이 뛰어 댔다. 아플 정도로 쿵쿵대서, 쥐어짤 듯이 비틀려서 이아나는 제 심장 부근의 옷자락을 움켜쥐고 거칠어지는 숨을 참으려 애썼다.

"다 왔다. 이게 바로…… 응? 이아나? 왜 그러냐? 어디 아픈 게냐?"

첸델프는 밝게 웃으며 뒤를 보았다가 놀랐다. 언제나 강인했던 이아나가 곧 쓰러질 사람처럼 창백한 얼굴로 땀을 비처럼 흘리고 있었기 때문이다.

이아나는 고개를 들어 자신을 걱정스러운 눈으로 보는 드워프들 너머의 유물, 뜨거운 햇살에 제 몸을 백색의 빛으로 뽐내는 금속 조각을 눈에 담았다.

분명하다. 쿵쿵거리며 뛰어 대는 심장은 저 너머의 금속 조각과 함께 공명하고 있었다. 알 수 있다. 어찌 알 수 있는지는 이해할 수 없다. 하지만 어째서인지 분명하다고 생각했다.

그것은 원형조차 찾을 수 없고, 형편없이 날이 서 있는 금속 조각에 불과하지만— 분명 어떤 검의 파편이었다.

그리고 파편이 붉은빛을 발했다.

"윽……!"

이아나가 눈을 질끈 감고 두 손으로 머리를 움켜쥐었다. 머리가 깨질 듯이 아파 왔다. 머리가 너무 아파서 참을 수가 없었다. 움켜쥔 손등에는 핏줄이 솟아올랐다.

"사랑해."

누군가의 목소리가 머릿속에서 중얼거렸다.

"……하지만 난 너무 지쳤어."

맹맹하게 울리면서 어찔해졌다.

"약속을 어겨서 미안해."

또 환상처럼 어렴풋한 안개 속이다. 그곳에서 무언가를 검으로 찌르고 있는데, 무엇을 찌르고 있는지는 알 수 없었다. 눈에서는 눈물이 툭툭 떨어졌다.
그리고 제 밑에는 누군가가 있는데. 눈물로 눈앞이 흐려져 누군가의 얼굴이 보이지 않는다.

"어째서……."

누군가의 경악 섞인 의문. 검 밑에서 갈기갈기 찢겨 나가는 황금빛의 무엇과.

파창—

제 손에서 깨져 나가는 무엇. 그리고 모든 것을 뒤덮을 기세로 제 중심에서 일기 시작하는 붉은 바람……

⊰ ❀ ⊱

"그러니까 장로, 이 인간을 조사해 봐야 한다니까?"

이아나는 옥신각신하는 거친 말소리에 멍하니 눈을 떴다. 흐릿한 시야는 눈을 몇 번 깜빡깜빡하자 제대로 돌아왔다.

분명 유물에 가까이 걸어가고 있었는데 어느새 엉덩이가 땅에 닿아 있다. 기억에도 없는데 몸이 그늘 아래에서 바위에 기대어져 있었다.

"으음."

"물론 유물에는 아무런 이상이 없지만 유물이 그런 현상을 보인 건 난생처음이잖아? 갑자기 이상한 빛을 확 뿜어내서 진짜 기절할 뻔했단 말이야. 유물이 그런 반응을 보였다는 기록은 드워프 역사에서 찾아볼 수 없어. 이 인간 어딘가 이상해!"

"이아나가 어디가 이상해! 말조심해!"

발끈하는 익숙한 목소리.

이아나는 제가 깨어났음을 알지 못하고 저들끼리 흥분해서 대화를 나누고 있는 드워프들의 무리를 물끄러미 쳐다보았다. 첸델프를 포함해서 다섯 드워프뿐이었는데 여섯 명으로 불어 있었다.

드워프 장로 쿠쿠델프가 와 있었다.

이아나는 시선을 올려 그들 너머로, 높은 바위산 너머로 어둑하게 져 가는 태양을 보았다. 분명 이곳에 도착했을 때는 막 해가 뜨는 아침이었는데 해의 위치와 하늘의 빛을 봤을 때 지금은 저녁이다.

'설마 기절을 했나.'

이아나는 미간을 잔뜩 좁힌 채 아직도 깨질 것처럼 욱신거리는 이마에 손을 올렸다. 이렇게 기절해 본 게 얼마 만이더라.

아니, 처음이다. 그나마 기절에 가까운 경험을 했을 때가 수련에 지쳐 기절하듯 잠들었을 때였다. 어쨌든 처음 해 본 기절은 그다지 좋은 기분은 아니었다.

이아나는 눈을 감았다. 이마에 맺혀 있던 땀이 뺨을 타고 흘러내려 턱 끝에서 툭 떨어졌다.

'그 환상은 뭘까.'

누군가를 찔렀다. 찔린 누군가는 경악했고 배신감에 몸서리를 치며 찢겨졌다. 그 직후 이아나 자신까지 심장부터 시작해서 터져 나가기 시작했다. 그리고 시야를 덮던 붉은 바람. 그것이 환상의 끝.

겪은 적 없다. 그런 적 없다. 살면서 누군가에게 사랑이라는 단어를 속삭인 적도, 볼썽사납게 울면서 미안하다는 소리를 한 적도 없다.

그럼에도 환상이란 말은 잘못되었다. 환상이라 칭할 수 없다. 환상보다는 잊고 있던 기억에 가까웠다. 그것도 타인의 기억이 아닌, 자신의 기억이었다. 전생에서 철저하게 잊고 있던 유모 이스피를 이번 생에서 마주하자마자 '아, 그래. 이런 사람이 있었지.' 하고 그녀에 대한 기억을 되찾은 것처럼, 신의 유물이라는 것을 보자마자 잊고 있던 기억을 되찾은 듯한 기분이었다.

아주 머나먼 옛날에 겪었는데 잊고 있었던 듯한…….

그 기억을 떠올리게 하는 물건을 보고 회상해 낸 것처럼…….

너무 생생해서 제 것처럼 여겨지는 그 기억은 대체 뭘까? 회귀 전에 결코 겪은 적이 없음에도 제 기억인 게 분명한 그 기억은! 누군가를 찔러 죽이고, 그 누군가에게 실망과 배신감 어린 시선을 받아 가슴이 미치도록 아프던 그 기억은!

……아마도, 그건, 로베르슈타인의 기억.

결론을 내린 이아나는 이마에서 손을 떼어 내고 드워프들의 뒤로 얌전히 꽂혀 있는 유물을 가라앉은 눈으로 보았다.

저건 검의 파편이다. 원형은 찾아볼 수도 없는데도 검이었다는 걸 알 수 있다.

두근, 두근…….

'나를 부르고 있어.'

파편이 저를 애타게 부르는 것 같은 건 착각일까? 심장이, 몸이, 온 정신이 저것과 하나로 이어진 것처럼 공명하고 있었다. 자리에서 벌떡 일어난 이아나는 조각 쪽으로 성큼성큼 걸어갔다.

"커흠. 이상한 건 둘째 치고 수상하잖냐. 지금은 괜찮지만 나중에라도 유물에 이상이 있으면 어떡해? 신의 유물이 어째서 저 인간 따위에게 반응한…… 힉! 깨어났다!"

"뭐 하는 게냐!"

"안 돼, 안 돼!"

서로 대화를 나누느라 정신이 없던 드워프들은 말릴 새도 없이 유물에 도달한 이아나의 행동을 제지하지 못했다. 이아나는 손을 뻗었고 허리를 굽혀 땅에 박혀 있는 유물을 움켜쥐었다.

"후우우……."

이아나는 숨을 흘렸다. 울림이 가라앉는다. 차가운 금속이 손에 기분 좋은 촉감으로 엉겨든다.

"어, 어떻게."

드워프들은 너무 놀라서 꺽꺽거리거나 뒤로 물러나거나 엉덩방아를 찧었다.

"넌 뭐냐!"

"어떻게 유물에 손을 댈 수가 있는 거냐!"

이아나는 손아귀에 얌전히 쥐여 있는 쇳조각을 내려다보았다. 울퉁불퉁하고 군데군데 모가 나 단검의 검집보다 조금 작은 크기의 금속 조각, 하지만 분명한 건 이게 어떤 검의 파편이라는 사실이다.

이아나는 파편에서 손을 떼고 허리를 폈다. 드워프들은 흠칫 놀라 한 발자국 물러났다.

"아가씨, 말해 주게."

쿠쿠델프가 앞으로 나서서 침착하게 말했다.

"아가씨는 유물을 어떻게 만질 수 있는 거지? 아니, 유물과 관련이 있나?"

흥분이 어느 정도 가라앉은 이아나가 반문했다.

"그냥 손을 대 보았을 뿐입니다만. 무슨 문제라도?"

"아니, 분명 무슨 이유가 있을 거다. 저건 아무도 만질 수 없으니까."

쿠쿠델프가 천천히 걸어가면서 파편을 향해 손을 쭉 뻗었다. 하지만 손이 닿기도 전에, 발걸음이 근처에 닿기도 전에 파편에서 보이지 않는 기운이 튀어나와 그를 세게 쳐 냈다. 명백한 거부였다.

쿠쿠델프는 욱신거리는 손목을 움켜쥐고 묘한 표정을 한 이아나를 보았다.

"방금 전과 같이 유물은 접근을 거부한다. 그래서 우리는 저것이 무엇인지 가까이서 살펴볼 수조차 없어. 그저 저곳에 존재함으로써 우리의 안식을 돕고 있음에 감사할 뿐이야. 다시 한 번 묻지. 아가씨는 유물이 무엇인지 알고 있는 겐가?"

이아나는 침묵했다.

"여, 영감."

첸델프가 떨리는 목소리로 쿠쿠델프를 불렀다. 이아나의 대답을 기다리던 쿠쿠델프는 방해하지 말라는 뜻으로 눈을 치켜뜨고 첸델프를 노려보았다가 이내 눈알이 튀어나올 듯 눈을 크게 뜨고 입을 떡하니 벌렸다.

"첸델프 네 녀석……!"

"나, 난 그냥 다른 놈들이 만지려고 해서 나도 아무 생각 없이 손을 뻗었을 뿐인데……."

다름이 아니라 첸델프가 유물을 손에 쥔 채 벌벌 떨고 있었다. 드워프들은 멍하니 첸델프의 손을 보았다.

"나도 만져 볼래!"

"나도, 나도!"

드워프들이 파편으로 손을 뻗었다. 하지만 유물은 쿠쿠델프 때처럼 그들을 밀어낼 뿐이다. 드워프들은 믿을 수 없다는 표정으로 첸델프를 닦달했다.

"첸델프! 그것을 어떻게 만질 수 있는 거냐!"

"네놈, 무슨 짓을 한 게야!"

"나, 나도 몰라, 이 멍청이들아! 이게 뭐야 대체!"

첸델프는 패닉상태였다. 유물은 언제나 죽은 자들의 영혼을 수호하듯 포근한 기운을 은은하게 뿜어 왔다. 그리고 그 주변은 불가침 영역이었다. 그런데 지금 자신이 어떻게 그것을 쥐고 있을 수 있는 건지 이해할 수 없었다.

첸델프는 당황함이 역력한 얼굴로 이아나를 홱 돌아보았다.

"이, 이아나, 이게 대체 뭐냐? 어떻게 내가 유물에 손을 댈 수 있는 거냐? 응?"

이아나는 허둥대는 첸델프를 쳐다봤다가 그의 손을 보았다. 아무도 만질 수 없다는 유물을 저와, 제 신력으로 만들어 낸 손을 가진 첸델프만이 만질 수 있다라.

역시, 여기서 일어난 모든 일들을 정확히 설명해 줄 수 있는 존재는 하나밖에 없다.

"지금 바로 이유를 알아보죠. 흙의 정령을 불러 주십시오."

정신이 없던 첸델프는 이아나의 말대로 타마탄을 불러냈다. 타마탄이 땅 위로 불쑥 솟아올랐다. 타마탄은 첸델프의 주위를 맴돌다가 이아나에게도 다가와 반가움을 표했다. 이아나는 아르하드가 있을 때와는 달리 타마탄에게 손을 쭉 뻗었다.

쭈우우욱.

이아나의 손이 닿음과 동시에 타마탄의 몸과 이아나의 손이 한 몸처럼 이어졌다. 심장에서 무언가가 야금야금 먹히는 감각과 동시에 손끝에서 타마탄은 일그러지고 대신 익숙한 형태가 만들어졌다. 나타난 건 익숙한 흙 인형 토우였다.

이아나의 손끝에서 느껴지는 강대한 기운에 굳어 있던 드워프들은 처음 보는 형태의 흙의 정령에 고개를 갸웃거렸다. 토우는 끙 하며 기지개를 쭉 켰다.

[흙의 기운이 충만하다. 기분이 좋다. 이곳은…… 그래, 카란켈인가.]

음미하는 기분으로 서 있던 토우는 팔을 내리자마자 이아나에게 달려들었다.

[이아나! 또 불러 줘서 고맙다. 그런데 그대가 어찌 세상의 끝에 위치한 카란켈에 있는 건가.]

"너희가 손을 만들어 준 드워프를 이곳에 데려다 주러 왔어."

[첸델프 말이군. 하긴 카란켈은 드워프들의 은신처. 중앙 대륙에 드워프가 있는 게 더 이상했다. 그곳에서 이곳까지는 거리가 멀 텐데 손을 만들어 주고 데려다 주기까지 하다니 그대는 참 상냥하구나.]

표정변화는 없었지만 토우는 흐뭇하다는 듯 이아나의 손을 툭툭 두들겼다. 이아나는 설핏 웃고는 토우의 몸을 붙잡아 유물 쪽으로 돌렸다.

"이번엔 묻고 싶은 게 있어서 불렀는데…… 혹시 저게 뭔지 알아?"

[이건…….]

토우는 이아나를 붙잡고 있던 손을 풀어내고 타박타박 다가가 파편에 손을 척 얹었다. 그것을 슥슥 쓰다듬더니 힘없이 말했다.

[그렇군. 알다마다.]

모습은 귀여워도 무척 강력해 보이는 흙의 정령이 유물의 정체를 안다는 말에 드워프들이 귀를 기울이고 있는데 토우가 담담하게 말했다.

[이건 나와 카고마인이 만들어 낸 금속이다. 모를 리가 없지.]

이아나는 눈을 크게 떴다. 드워프들은 혼이 나간 듯한 표정을 지었다.

"카고마인이라면 불의 정령왕? 정령왕들이 만들어 냈다고?"

[그래.]

토우는 씁쓸하게 고개를 끄덕였다.

[카고마인과 내가 로베르슈타인의 신력을 이용해 그녀만을 위해 만들어 낸, 그녀에게만 허락되는, 이 세상에 단 하나밖에 없을 지상 최고의 금속이다. 이 금속은 로베르슈타인이 아닌 다른 이를 강하게 거부해. 그녀의 힘을 받은 이들, 즉…… 그녀의 허락을 받은 이들만이 이 금속에 손을 댈 수 있다. 하지만 금속으로서 진가를 발휘하는 건 그녀의 손에 잡혀 있을 때뿐이지.]

토우는 금속 조각을 어루만졌다.

[금속은 그녀를 위한 검으로 제작되었다. 최고의 검이 이렇게 파편밖에 남지 않은 걸 보니 씁쓸하구나. 영원할 것 같았던 신들의 세상이 정말로 끝이 난 것 같아서.]

"로베르슈타인의 검……."

이아나가 그 이름을 중얼거리자 우울해하던 토우는 멈칫하더니 이아나를 뚫어져라 보았다.

[그대는 분명 이걸 쥘 수 있겠지?]

이아나는 조용히 긍정했다.

[그래. 그렇겠지. 그대는 분명 이아나지만, 로베르슈타인의 느낌 또한 강하게 풍기고 있으니까.]

"……토우."

이제는 확신한다.

"전에 내 이야기를 해 주겠다고 했었지."

[응? 그랬지.]

이아나는 눈을 내리떴다.

"난, 로베르슈타인이 내 전생이었다고 생각해."

전생. 다른 사람이라면 농담거리에 불과한 전생이라는 단어가 이아나에게는 진지하게 다가왔다.

회귀도 했는데 전생이 없을 리가 없었다. 허름한 금속 조각에 불과한 유물이 검이었다는 것을 이미 알고 있는 걸로 모자라서 익숙하게 여기고 있는 데다가, 무엇보다 이아나를 강력하게 설득하는 증거는 오늘 보았던 환상과도 같은 기억이었다.

회귀 전에 그랬던 기억이 없다면 기억하지 못하는 전생의 기억일지도 모른다. 일 년 전쯤 르보니가 저를 로베르슈타인으로 착각하고 울음을 터뜨리며 끌어안은 것도 어느 정도 말이 된다.

[전생……. 전생이라는 건 이전의 생을 의미하는 건가? 하지만 그런 일이 어떻게 일어날 수 있지?]

토우에게 신성시대에 대한 이야기를 들은 후, 전생이라는 개념에 대해 생각해 본 적이 있다.

각인된 심장이 있어야 영혼에 쌓인 기억을 되새길 수 있다는 점. 영혼은 신력이 존재하면 소멸하지 않는다는 점.

이 두 가지를 염두에 두고 신체는 죽었어도 영혼은 신력이 잔재해서 소멸하지 않은 경우를 가정한다.

이 영혼이 새로운 심장과 신체를 얻는다면 이전의 생은 떠올리지 못할 것이다. 새로운 생이 시작되면서 전생의 개념이 성립하는 것이다.

그래서 가정해 봤다. 로베르슈타인의 영혼은 로베르슈타인 가문의 피에서 살아 있었다. 그런데 로베르슈타인의 영혼을 가진 체르노와 로베르슈타인의 신력을 보유하고 있던 르보니가 몸을 섞으면서 영혼과 신력이 감응했고, 일련의 과정을 거쳐 르보니가 밴 새로운 육체, 아이인 제게 그것들이 이어졌을 거라고.

아직 확실하지 않은 부분이나 모호한 점이 많지만 이아나는 이 가정이 확실하다고 생각했다. 이아나는 드워프들을 흘끔 쳐다봤다. 드워프들은 멍청한 표정으로 토우와 이아나를 쳐다보고 있었다. 남들 앞에서 할 수 있는 이야기는 아니다. 이아나는 다시 대답을 기다리고 있는 토우에게 시선을 주었다.

"글쎄. 나도 생각만 하다가 오늘에야 확신한 거라서. 나중에 정리해 보고 말해 줄게. 하지만 일단 간단하게나마 내 생각을 말해주자면, 혼돈의 조각을 잃은 로베르슈타인의 영혼이 나로 다시 태어나면서, 내 삶을 거쳐 내 영혼으로 변한 것 같아."

[……그럴듯하군. 과정은 어찌 되었든 그대의 영혼과 신력에 로베르슈타인의 맛이 어렴풋이 난다는 점을 생각했을 때 일리가 있는 가정이다.]

토우가 골똘히 생각에 잠겨 있다가 천천히 고개를 끄덕였다.

[나도 돌아가서 다른 녀석들과 상의해 보도록 하지.]

"고마워."

[그래. 그런데 내 힘이 아직 많이 남았는데…… 도움이 더 필요하지는 않은가?]

토우는 무엇이든 도움이 되고 싶었기 때문에 이아나에게 무엇이든 말해 달라고 재촉했다.

"……."

이아나는 하늘 가득 붉은 노을을 만들며 저 너머로 져 가는 태양을 물끄러미 쳐다보다가 토우를 쓰다듬었다.

"글쎄……."

이렇게 의논 상대가 되어 주는 것만으로도 충분했다. 묻고 싶은 건 많지만 이렇게 곁에 두기만 해도 좋았다.

이 세상의 누구도 알지 못할 의문을 풀어 주는 유일무이한 존재. 저를 똑바로 보고 맹목적으로 애정을 쏟아부어 주는 다른 세계의 존재.

이아나가 머리통을 쓰다듬기만 하고 말이 없자 토우는 끙끙거리다가 펄쩍 뛰었다.

[그래, 원한다면 저 금속을 모태로 해서 똑같은 금속을 만들어 줄 수도 있다!]

토우는 흥분한 채로 파편 쪽으로 팔을 휘둘렀다.

[저건 정말 지상 최강의 금속이다. 검으로 만들면 최고지. 지금 카고마인까지 소환한다면 만들어 낼 수 있어. 혹시 필요하지는 않은가?]

지상 최강의 금속…….

이아나는 중얼거렸다. 시선이 금속 조각에 가만히 머물렀다. 은백색의 금속은 어쩐지 끌리는 구석이 있다.

'나에게만 귀속되는 최고의 검.'

이아나는 고개를 살짝 기울였다.

'꽤 근사한데.'

검에 집착해 본 적 없던 이아나는 처음으로 검에 욕심이 생겼다. 언제나 집착했던 건 검이 아니라 검술이었다. 검의 실체에 욕심을 내는 건 처음이어서 들떠 버렸다.

[드워프들의 부속성이 불이니 불의 정령을 소환해 낼 수 있어. 안 그래도 왜 자기는 안 불러 주냐고 나한테 찡찡대서 피곤했는데 불러내서 저 금속을 만들어 내는 건 어떤가?]

이아나는 고개를 돌려 몸을 들썩거리는 토우를 내려다보고 피식 웃었다.

"토우, 나는 전생에 휘둘리고 싶지 않아. 전생의 물건을 쓰고 싶지도 않아. 저건 내가 기억하지 못하는 전생일 뿐이고 나는 지금 여기에 있으니까 내게 충실할 거야."

[그래⋯⋯. 내 생각이 짧았구나.]

이아나의 기분을 상하게 했다고 생각한 토우가 미안해서 몸을 추욱 늘어뜨리고 있는데 이아나가 손가락으로 토우의 얼굴을 들어 올렸다. 토우가 시선을 마주했다.

"그러니 나를 위해 만들어 줘. 로베르슈타인이 아닌 나를 생각하면서."

이아나의 붉은 눈에 갇힌 채, 토우는 뜨거운 감정을 적나라하게 느꼈다. 토우는 순간 아찔한 기분이 들었다. 이제껏 몇 번이나 소환되면서도 이런 모습은 처음 보았다. 언제나 차가운 면이 있던 영혼에서 아주아주 뜨겁고 황홀한 맛이 났다. 검에 한해서는, 이아나는 누구보다 욕심이 많았고 누구보다 생기가 넘쳤다. 이아나가 예쁘게 웃었다.

"지상 최강의 금속, 꽤 욕심이 나는걸."

토우가 벼락을 맞은 듯 푸르르 떨었다.

기뻐하고 있다.

욕심내고 있다.

필요로 하고 있다.

토우는 행복해서 펄쩍 뛰었다.

[그래, 저기서도 아쉬웠던 점을 이것저것 보완해서 만들어 주마! 아, 하지만 금속만 만들어 내는 건 소용없는데. 이아나, 아직 신력을 다루지는 못하지?]

이아나가 고개를 끄덕거리자 토우가 안절부절못했다.

[우리에게 검을 만들어 내는 재주 같은 건 없어서, 다른 이에게 제작을 맡겨야 한다. 그런데 다른 이가 금속을 만질 수 있게 하려면 그대가 신력을 다룰 수 있어야 해.]

"첸델프는 어때?"

[첸델프?]

토우의 동그란 시선이 첸델프에게 꽂혔다. 이아나의 시선도 향했다.

"아."

첸델프는 제게 시선이 쏠리자 어벙한 소리를 냈다. 드워프들은 얼어붙은 채로 토우가 하는 이야기에 집중하고 있었고, 첸델프도 마찬가지로 토우가 들려주는 이야기에 홀려 있다가 제 이름이 갑자기 튀어나오자 정신이 멍해졌다. 토우가 박수를 쳤다.

[그렇군. 첸델프는 그대의 신력으로 만들어 낸 손을 지니고 있기 때문에 저 금속을 쥘 수 있어. 순수하게 그대의 신력만으로 만들어진 손이기 때문에 금속이 거부하지 않는 거야. 첸델프에게 부탁하는 게 어떨까?]

첸델프는 멍하니 제 두 손을 보았다.

"내가 신력을 다룰 수 없는 지금, 저 금속을 만질 수 있는 건 나와 첸델프뿐이라는 말이네."

[그런 셈이지.]

이아나는 점점 온몸이 더운 열기로 물들어 가는 첸델프에게 부탁했다.

"첸델프, 제게 주시기로 했던 검을 정령왕들이 만들어 줄 금속으로 제작해 주실 수 있겠습니까?"

"어? 어? 어어어어어! 당연히 그렇게 해 주마!"

첸델프는 얼굴을 시뻘겋게 물들인 채로 꽥 소리를 질렀다.

"ㅇㅇㅇㅇㅇㅇㅇ."

첸델프는 두 손을 꽉 쥐었다. 지상 최고의 금속을 다룰 수 있다는 기대와 흥분, 감동과 환희로 힘이 잔뜩 들어간 손등에서 푸른 핏줄이 덜덜거리며 솟아올랐다. 설마 놀린 건 아니겠지? 첸델프는 이아나의 앞에 털썩 무릎을 꿇었다.

"오히려 내가 부탁하마! 제발! 이아나, 제발!"

"어차피 당신밖에 만들지 못합니다. 그럼 토우, 부탁해도 될까."

[물론이다. 일단 드워프가 불의 정령을 불러내야 한다.]

"인마, 횃불 내놔!"

첸델프는 토우의 말을 듣자마자 벌떡 일어나더니 주변의 드워프 하나를 붙잡고 품을 뒤졌다. 첸델프는 허겁지겁 빼앗은 홰에 더운 불을 피워 냈다. 어느새 어둑해진 밤의 정경에서 횃불은 밝게 활활 타올랐다. 첸델프가 두툼한 손바닥을 따끈한 불 근처로 가져갔다.

"나와라, 헬게티!"

첸델프가 외치는 순간 햇불이 더욱 강렬하게 타올랐다. 햇불에서 불이 툭 떨어져 나왔다. 활활 타오르는 불덩어리는 땅 위에서 데굴데굴 굴러다니기도 하고 폴짝폴짝 뛰어오르기도 했다.

불이라서 만지면 뜨거울 듯했지만 이아나는 거리낌 없이 헬게티라는 정령에 손을 대었다. 헬게티의 불꽃이 폭발하듯 허공으로 치솟아 화염 기둥을 만들어 냈다. 화염은 휘청거리며 휘어지더니 이내 뱀처럼 이아나를 휘감았다.

그 광경을 보던 토우는 조용히 중얼거렸다.

[카고마인이라고 불러 다오. 정말로 좋아할 거다.]

"헉!"

이아나를 통째로 태워 버릴 듯한 불의 기세에 드워프들이 창백하게 질린 채 땅바닥에 털썩털썩 주저앉았지만 당사자인 이아나는 전혀 뜨겁지 않았다. 밤이 되면서 서늘해진 공기를 가로막는 온기는 뜨끈뜨끈한 게 기분이 좋기까지 했다.

그리고 화염은 이아나의 목 부근에 뭉치더니 불꽃같은 털을 지닌 작은 여우로 변했다.

[지, 진짜잖아!]

작은 여우는 감격해서 캥캥거리며 귀를 쫑긋거렸다. 이아나는 여우목도리처럼 제 목을 감싼 채 부들부들 떠는 여우가 어쩐지 귀엽게 여겨져서 손을 들어 쓰다듬었다. 작은 여우는 불꽃같은 털을 지녔는데, 쓰다듬어 보니 뜨겁기보다는 진짜 털처럼 뭉개지고 부드러웠다. 소환자를 위한 배려인 듯했다.

"카고마인?"

[카, 카고마인? 응, 응! 응응응! 만나서 반가워, 이아나! 나 네가 너무

보고 싶었어! 불러 줘서 정말 고마워! 잘 부탁해!]

카고마인은 정말 기분 좋은 표정으로 이아나의 손바닥에 비비적거리더니 목에서 깃털처럼 부드럽게 내려왔다. 카고마인이 캥, 하고 웃었다.

[오랜만에 멋진 신력을 맛보니까 기분 짱 좋아!]

그때 카고마인의 머리로 돌멩이 하나가 던져졌고 카고마인의 머리가 젖혀졌다. 약하게 던져진 돌이었지만 카고마인에게는 충분히 짜증나는 방해였다.

[이게 죽고 싶나! 무슨 짓이야!]

카고마인이 털을 곤두세우고 이아나에게 살랑거릴 때와는 달리 두툼한 불꽃 꼬리를 땅바닥에 탁탁 쳤다. 하지만 토우는 무심하게 대답했다.

[감격에 젖어 있을 때가 아니다. 우리는 이아나의 부탁을 들어줘야 해.]

[부탁? 뭔데? 응? 나, 널 위해서라면 뭐든 할 수 있어.]

카고마인은 금세 돌변해서 이아나를 초롱초롱한 눈으로 올려다보았다. 하지만 토우가 동그란 팔로 카고마인을 퍽 하고 때리자 금세 표정이 사납게 변해서는 토우를 노려보았다.

[진심으로 싸우고 싶냐, 너? 숯검정으로 만들어 줄까?]

[싸우는 건 나중에 하고 저것, 기억나나.]

카고마인은 신경질적으로 고개를 푸르르 흔들고는 토우가 가리키는 곳을 보았다가 눈이 휘둥그레졌다.

[저건……]

[그래, 우리가 로베르슈타인의 힘을 이용해 만들어 냈던 금속, 그리고 검의 파편이다.]

[저게 아직까지 남아 있었나. 이씨.]

카고마인은 눈을 글썽거리다 결국 눈에 맺힌 것을 뚝뚝 흘렸다. 비록 눈에서 떨어지는 건 불꽃이었고 모습은 귀여운 여우였음에도 슬픔이 느껴지는 듯했다. 카고마인은 감정이 확확 변하는 정령왕이었다.

[우린 로베르슈타인이 아닌, 이아나를 위해 저것과 비슷하면서도 새로운 금속을 만들어 낸다.]

[자세히 설명해 줘.]

[붉은 신을 생각하지 마라. 네가 소환되면서 맛보았을 이아나만을 생각해. 그리고 우리가 저 금속을 만들고 나서 아쉽게 여겼던 점들 있지? 그것들을 보완한다.]

[오호, 오랜만에 재밌는 작업이 되겠네.]

카고마인은 이글거리는 털을 살랑거리며 앞다리를 들어 올려 이아나의 다리에 매달렸다.

[그러려면 지금 가지고 있는 신력을 다 써야 해. 길게 이야기 못 하는 게 너무너무 아쉬워. 나, 나중에 또 불러 줘야 해?]

작고 귀여운 것에 약했던 이아나는 낑낑거리는 카고마인을 쓰다듬어 주고 싶어졌다. 이아나는 무릎을 굽히고 카고마인의 등을 쓱쓱 쓰다듬어 주었다. 불꽃처럼 너울거리는데도 마치 털 같아서 이상한 기분이었다.

"그런데 저 금속 조각을 모태로 해서 만든다고 했었나? 저건 드워프들의 보물이니 함부로 하면 곤란해. 영향을 주지 않는 선에서 만들어 주길 바라."

[문제없다. 참고만 할 테니 영향은 주지 않겠다. 자, 그럼 시작하지. 다

들 멀찍이 떨어져.]

모두 토우가 됐다고 할 때까지 검의 파편에서 멀어졌다. 토우가 떨어진 곳에서 팔을 흔들었다.

[금속을 만들어 내면 신력이 모두 소모되기 때문에 미리 작별인사를 하도록 하지. 다음에 보자, 이아나. 드워프들도 잘 지내고.]

드워프들이 황송하다는 듯 머리를 조아렸다. 카고마인은 토우의 옆에서 재주를 부리듯 폴짝폴짝 뛰었다.

[이아나, 나 꼭 불러 줘야 해! 꼬옥!]

인사를 한 토우와 카고마인의 몸이 일그러지기 시작했다. 토우는 한 번에 흙으로 파삭 하고 흩어졌고, 몸을 웅크린 카고마인은 동그란 불꽃이 되었다.

둘의 목표물로 정해진 검의 파편이 웅웅 진동했다. 흙과 불꽃은 둘이 한데 섞이더니 여러 갈래로 나뉘어져 진동하는 파편에 쏟아져 들어갔다. 처음에 흙과 불이 섞여 있는 것에 불과했던 기둥은 파편으로 향하면 향할수록 빛을 발하기 시작했고 정령들과 합쳐진 금속 조각은 출렁거리는 액체 금속이 되었다.

두근.

심장이 뛰었다. 이아나는 알 수 있었다. 저 안에서 제 신력이, 로베르슈타인의 빛을 완전히 집어삼키고 있다는 것을.

이아나는 가슴 위에 손을 얹으며 눈을 빛냈다.

그래, 나는 나야.

그러니 너도, 네 힘도 완전히 내 것이 되어라.

하지만 네가 이때까지 그랬던 것처럼 내 인생을 휘두르는 건 더 이상 용납하지 않아.

너는 내 부분일 뿐이니까!

그들이 금속 조각과 합쳐진 지 어느 정도 시간이 지나자 원래 있던 검의 파편에서 금속이 액체처럼 뽑아져 나왔다. 검의 파편은 아무런 변화도 겪지 않았던 것처럼 처음과 같은 위치, 같은 모양으로 땅에 꽂혀 있었다.

데구르르르…….

파편에서 뽑아져 나오자마자 차게 식어 옆으로 데굴데굴 구른 금속 덩어리는 검 한 자루를 만들어 내기에 충분한 양이었다. 이아나는 설레는 심정으로 다가가서 그것을 들어 올렸다.

정령왕들이 완전히 사라지자 쿠쿠델프가 긴장된 목소리로 말했다.

"방금 그분들이 정말 태곳적부터 존재했다는 정령왕이십니까?"

말이 어느새 높아져 있었다.

"예. 토우와 카고마인입니다."

"아가씨는 먼 고대에 로베르슈타인이라는 신의 힘을 가진 분이고, 우리의 보물은 그 신께서 소유한 검의 파편이었다고."

"그런 것 같네요."

담담한 대답에 쿠쿠델프가 떨리는 숨을 훅훅 내뱉었다.

"첸델프의 손을 아가씨께서 만들어 주셨다는 말은 무슨 뜻입니까?"

이아나가 건네준 금속덩어리를 끌어안고 감격에 겨워 있던 첸델프가 흠칫했다. 그의 머뭇거림을 눈여겨본 쿠쿠델프는 험악하게 인상을 굳혔다. 성격 좋은 노인 같던 쿠쿠델프가 얼굴을 일그러뜨리자 먹잇감을 노리고 침을 뚝뚝 흘리는 늑대보다 사나워 보였다.

"과연……. 말하지 않아도 알겠습니다. 인간들이 첸델프의 손을 잘라 냈었나 보지요? 아가씨께서 첸델프의 손을 정령왕의 기적적인 힘을 빌려 소생시켜 주셨고요. 알 만합니다."

쿠쿠델프는 대화를 들으며 많은 사실들을 유추해 낸 상태였다.

이 땅의 모든 것은 자연으로 이루어져 있다. 생물의 육체도 마찬가지였다. 모든 물질을 통제하는 신화적 존재, 정령왕이라면 기적을 일으키는 건 일도 아니리라. 하지만 그런 정령왕을 아무렇지도 않게 불러내는 것도 기적이었다.

쿠쿠델프는 이아나를 이채가 서린 눈빛으로 바라보더니 두 손을 모으고 허리를 숙였다.

"이아나 님, 다시 한 번 정식으로 인사를 드리겠습니다. 어제의 무례를 용서해 주십시오."

어제만 해도 첸델프에게 욕설을 퍼붓고 탁자를 탕탕 치던 쿠쿠델프가 갑자기 극상의 손님을 대하듯 공손하게 말하자 이아나는 어색했다. 과거에 만인에게 존대를 받는 게 일상이었으므로 존대를 받는 게 어색한 건 아니다. 그냥 말투 자체가 쿠쿠델프에게 어울리지 않았다. 드워프들은 거칠게 생긴 만큼 말하는 것도 거친 게 어울렸다.

"평소처럼 말하셔도 됩니다."

"예? 그래도."

"제가 어색하니 평소처럼 말하세요."

잔뜩 긴장한 채로 말을 잇고 있던 쿠쿠델프는 이아나의 요청에 머리를 한 번 긁적이고는 멋쩍게 웃으며 고개를 끄덕였다.

"그래. 그렇게 말해 준다면야 나도 편하고 좋지. 어쨌든 단순히 첸델프를 구해 이곳까지 데려다 준 줄로만 알았더니, 그게 아니라 아가씨는 첸델프의 구원자였구나. 첸델프가 살아가는 마을의 장로로서 정말로 고맙게 생각한다."

"별말씀을. 덕분에 저도 정말 대단한 검을 얻은 것을요."

"혹시 마을에 좀 더 머무르지 않겠나? 인간이긴 해도, 아가씨는 특별하니까 좀 더 이야기를 나누고 싶은데……."

"아니요. 어제 쿠쿠델프 씨가 말씀하셨듯 그건 별로 좋지 않습니다. 저는 특별하다 해도 인간이니까요."

이아나는 어깨를 으쓱였고 쿠쿠델프는 그런 이아나를 호감이 잔뜩 어린 눈으로 바라보다가, 이내 고개를 돌려 첸델프를 향해 한없이 부러운 얼굴을 했다.

다른 드워프들도 군침이 넘어가는 듯 첸델프가 한 몸이 될 기세로 끌어안고 있는 금속 덩어리를 입을 헤 벌리고 바라보고 있었다. 마치 친구가 세상에서 가장 아름다운 여인을 부인이라며 데려오기라도 한 듯한 분위기였다.

"부러워, 부럽다, 정말 부러워어."

"우리들의 보물이 검의 파편에 신의 금속이었다니. 검을 제작하는 데 가장 적합한 신의 금속……."

한 드워프가 중얼거리더니 홀린 듯 손을 뻗었지만 금속은 드워프를 밀어냈다. 그 장면을 본 첸델프의 콧대가 높게 솟았다.

"으으으, 너 라오스 신께 축복이라도 받은 거냐?"

"이 자식들아, 축복이라고? 이건 내 시련에 대한 대가로 받은 거야! 흐흐흐흐!"

"하긴. 그런 끔찍한 일은 절대절대 당하고 싶지 않지만…… 그래도 부럽다. 으으악! 무려 신검! 나도 그걸 만져 보고 싶다!"

한 드워프가 탐욕스러운 표정으로 금속을 향해 손을 세게 뻗었지만 금속에서 강력한 기운이 튀어나와 퍽 하고 그를 밀어냈고 드워프는 땅바닥에 엎어졌다. 드워프는 서러운 듯 눈물을 글썽였다.

"첸델프, 나도 그 검을 만드는 걸 돕게 해 줘."

"너흰 못 만지잖아."

"검의 제작 과정에라도 참여하고 싶다. 숲 중앙의 정화수를 떠 오라면 떠 올게."

"나도, 나도! 우리 집 가보인 미스릴 망치 빌려 줄까? 네 쇠망치는 지금 방치되어서 녹슬었을 텐데."

"나도 도울래!"

드워프들이 첸델프에게 달려들어 애걸복걸했다. 이아나는 조금 떨어진 곳에서 그 광경을 지켜보았다. 저들의 반응을 보니 첸델프가 저 금속을 끌어안고 마을로 돌아갔을 때 다른 드워프들이 어떤 반응을 보일지 눈에 훤했다.

이아나는 기대했다. 어린 드워프가 만들어 낸 연습용 검도 인간 세상에서는 상등품에 속한다. 그러니 드워프들이 열망하는 신의 금속으로, 그들의 열정을 녹여 만들어 낸 검은 얼마나 대단할까.

평소에 감정표현에 박한 이아나였지만 이번 건은 흐뭇해서 웃음을 감추지 못했다.

묘지에 있을 때만 해도 황혼이 하늘을 적시고 있었는데, 숲을

빠져나왔을 때는 해가 사라지고 밤이 깊어 있었다.

휘영청 높이 떠오른 금빛 달이 밤을 밝히고, 반짝이는 별이 까만 하늘을 총총히 뒤덮었지만 이아나 앞에 놓인 길은 여전히 어두웠다. 그래서 드워프들이 마을에서 자고 가라고 제안했지만 이아나는 거절했다.

검이 완성되면 이아나가 직접 이곳에 오기로 했다. 이아나와 첸델프밖에 잡을 수 없는 검이고, 첸델프가 인간 세상에 나오고 싶지 않아 하므로 이아나가 직접 찾으러 와야 했다. 엄청난 명검을 얻을 수 있는데 그런 수고쯤은 감수해야 한다.

첸델프는 검이 완성되면 하니델프에게 연락을 하겠다고 했고 이아나는 그날까지 마음 편히 기다리면 되었다.

"이아나, 정말 고마워! 나를 구해 줘서 고맙고, 이런 멋진 기회를 주어서 고맙다. 이 은혜는 반드시 최고의 검으로 보답하마!"

숲의 바깥에서 첸델프는 이아나를 꼭 한 번 껴안았고, 팔을 풀고는 환하게 웃었다.

첸델프와 쿠쿠델프를 비롯한 드워프들의 배웅을 받으면서, 이아나는 마침내 드워프 마을에서 나왔다.

조금 더 걷자, 올 때 한 번 거쳤던 황량한 바위숲에 접어들었다. 길은 모르지만 방향은 알 수 있다. 첸델프가 준 나침반의 지침이 가리키는 방향으로 나아가기만 하면 되었다.

첸델프의 일이 모두 끝났으니 이제 아르하드의 일만 남았다.

이아나는 이성을 잃고 제게 쓴소리를 퍼붓던 아르하드를 떠올렸다. 그리고 그를 이해했다. 어떤 경로로 알고 있는 건지는 몰라도 아르하드는 신력이 가지는 성질이 생명이라는 걸 안다. 정령을 소환하는 대가가 소환자의 생명이라는 사실 또한 안다.

그래서 이해하지 못했으리라. 단지 동정심에 그랬으리라고, 그는 그렇게밖에 판단할 수밖에 없다. 아르하드는 저에 대해 아무것도 알지 못하므로.

"......!"

드워프 마을을 벗어난 지 얼마 되지도 않았는데 무언가가 이아나의 앞에 떨어지듯 내려앉았다. 생각에 잠겨 발끝을 보고 걷고 있던 이아나는 제 앞에 진 어두운 그림자에 고개를 들었다. 그녀의 앞에, 달빛을 등지고 서 있는 건 아르하드였다.

그 순간, 언제나 익숙하기만 했던 환한 금안이 처절하게 눈에 띈 이유는 어째서일까.

주변이 어둡기 때문은 아니다. 아마도 환상 속에서 경악과 배신감으로 가득 찬 채 터져 나가던 황금빛 때문일 것이다.

이아나는 작게 한숨을 쉬었다. 금안이나 금발 등 신체 부위에 금빛을 가진 이가 한둘이 아닌데 이 무슨 감상적인 생각인가.

"여기까지 오셨네요. 숲이나 마을에서 기다리셔도 상관없는데."

"......좋지 않은 예감이 들어서 와 봤습니다."

아르하드는 흔들리는 금안으로 이아나의 몸을 구석구석 살피다가 아무렇지도 않아 보이자 후— 하고 한숨을 내쉬었다. 그리고 눈을 내리떴다.

"다행이네요. 괜찮아 보여서."

이아나는 그런 아르하드를 물끄러미 쳐다보다 입을 열었다.

"걱정하셨습니까?"

"물론입니다. 제가 떨어진 이후에는 몬스터의 습격이 줄기차게 이어졌을 테니까요. 그리고 다시 한 번 말씀드리죠."

어둠 속에서도 달빛 때문인지 그의 일그러진 얼굴은 눈에 확연히 들어왔다.

"정령을 불러내는 건 그만두세요. 그들의 힘은 강력하지만 인간에게는 양날의 검입니다. 실감은 못 하시겠지만 이아나 양의 수명은 아주 빠르게 줄어든단 말입니다."

어제 불같이 화를 내다가 말실수 때문에 몰아붙여져 입만 뻐끔거리다 말았지만 일시적일 뿐 아르하드의 화는 풀린 게 아니었다.

이아나는 침묵했다.

이번 생은 아르하드에게 초점이 맞추어져 있다.

이아나를 잘 아는 누군가는 말할지도 모른다. 누군가에게 인생을 좌지우지당하는 건 결코 너답지 않다고. 하지만 다시 시작된 삶의 목적을 찾지 못하고 헤매었던 어릴 적 그녀를 건져 낸 건 다음 생에는 네 기사가 되리라고, 아르하드에게 약속했던 말 한마디였다.

다시 살아난 순간 결심했다. 당신의 소원대로 당신의 것이 되겠다고. 당신의 길을 앞장서서 헤쳐 나가는 강력한 검이 되겠다고. 당신보다 강해지겠다고. 당신의 옆을 지키는 기사로서 당신보다 더욱 강해질 것이라고. 그래서 이번 생도— 무승부로 승부를 내자고.

그러니 누구보다 강해져야 한다. 아르하드를 이길 수 있을 정도로 완벽하게 강해질 것이고, 완벽하게 그의 기사가 될 것이다. 그것이 이번 생을 살아가는 목적이기 때문이다.

그러기 위해서는 제 몸에 대한 호기심 때문이 아니더라도, 제 자신이 가진 모든 힘과 잠재력을 알아야 했다. 정령들은 꼭 필요했다.

그러니까 화내지 마. 이번 생의 내 모든 것은 당신을, 그리고 우리의 미래를 위한 것으로 귀결되니까.

……이미 저 멀리 흘러가 상대는 기억하지 못하는 사실들을 입에 담는 건 의미가 없다. 타인에게는 그저 헛소리에 가까운 망상일 뿐, 혼자서 묻어 둬야 할 이야기였다.

"그렇게 말씀하시니 자제는 하겠습니다."

아르하드는 이해할 수가 없다는 표정으로 되물었다.

"정령을 불러내는 대가가 생명이라 해도?"

"네. 걱정해 주시는 건 감사하지만 그 대가는 이미 인지하고 있고 그들을 불러내는 건 제 선택입니다."

곧 죽어도 하지 않겠다는 말은 하지 않았다. 이아나가 그 말을 끝으로 고집스레 입을 다물자 아르하드는 골치가 아프다는 듯 손으로 제 얼굴을 쓸어 올렸다. 무슨 말을 어찌 해야 할지 모르겠다는 표정이다. 하지만 납득하지 못한 이상 앞으로도 계속 설득하려 할 것이다. 그는 집요하니까.

이아나는 아르하드의 얼굴을 물끄러미 쳐다보았다. 이마에 땀이 송골송골 맺혀 있고, 안색도 창백하다. 카란켈 산맥은 그에게 무슨 영향을 주는 걸까. 멀쩡하던 그가 오지에 접어들자마자 상태가 나빠진 이유는 무엇일까. 그는 대체 왜 몬스터에게서 홀린 듯이 생명을 빼앗은 걸까.

분명 좋은 이유 때문은 아니다. 생명을 흡수하던 모습을 들킨 순간 모든 게 끝난 것처럼 절망하던 그를 본다면 누구라도 알 수 있을 것이다.

이아나는 아르하드를 스쳐 지나가며 말했다.

"저는 대답했고, 이제는 선배님께서 말씀해 주실 차례네요."

"……어떤 이야기를 듣고 싶으십니까?"

"왜 신력을 흡수하셨는지 물어도 되겠습니까? 곤란한 질문이었다면 대답하지 않으셔도 됩니다."

이아나는 앞서서 걸었고 아르하드는 천천히 그 뒤를 따랐다. 잠시 말을 고르던 아르하드는 결심한 듯 입을 열었다.

"뭘 어떻게 말해야 할지 모르겠지만 그건 제어할 수 없는 생존 본능과 같습니다."

이아나를 뒤따르던 아르하드가 중얼거렸다. 이아나는 대답하지 않고 그저 귀만 기울였다. 그가 대답을 바라지 않고 그저 들어주기를 바라고 있음을 알기 때문이다.

"그런 제 모습을 누구에게도 들키고 싶지 않았습니다. 제 비밀을 알게 되면 이아나 양은 틀림없이 저를 혐오하실 겁니다. 그래서 이 문제를 이아나 양의 앞에 드러내는 걸 피하고 싶었습니다."

혐오. 이아나는 그 단어를 되씹었다. 분명 누군가의 생명을 빼앗는 건 꺼림칙한 일이다. 모든 생물에게 공포의 대상이 되어 꺼려지고 도태될 만한 행위다. 빼앗는 대상에 사람이 포함된다면 희대의 살인마로 몰릴 수도 있을 것이다.

이아나는 아르하드가 신력을 빼앗던 장면을 떠올렸다. 신력은 그의 심장으로 흘러들어 깨져 나가는 것을 억지로 메우듯 덕지덕지 묻고 채웠었다. 약을 복용하지 않으면 잠드는 병이 이 현상과 관련이 있지 않을까.

"어디서부터 잘못된 걸까요. 이곳에 이아나 양을 따라온 게 실수였습니다. 이아나 양이 신력을 알고 계실 것이라 예상하지 못했던 것도, 이성을 잃고 들키고 싶지 않았던 비밀을 모조리 내뱉어 버린 것도 실수였습니다. 실수 연발이네요."

아르하드는 억눌린 목소리로 말했다.

"아무튼, 듣고 싶으시다면 자세히 말씀드리겠습니다. 어차피 이렇게 된 것 숨길 게 뭐가 있겠습니까. 감수하겠습니다."

그렇게 말하는 아르하드는 체념한 듯했다. 긴장한 듯 그 뒤로 말이 없다. 이아나는 픽 웃었다.

'내가 아무렇지도 않게 생명을 깎아먹는다는 것에 화가 나서 계획이 무너진 셈인가.'

이아나는 아르하드를 쓱 돌아보았다. 그는 입을 꾹 다물고 있었다. 저렇게 어쩔 줄 몰라 하며 축 처져 있다니, 가엾다. 이아나는 입술을 떼었다.

"저는 제 자신을 누구보다 잘 압니다. 저는 저를 위해서라면 다른 건 어찌 돼도 상관없다고 생각하는 사람입니다."

엉뚱한 말에 아르하드가 의아한 표정으로 고개를 들었다.

"인간미가 없다고 해도 좋고, 이기적이라고 해도 좋습니다. 하지만 그렇기 때문에 타인에게 이타심을 요구하지 않습니다."

그의 표정이 묘해졌다. 이아나는 숨을 고르고는 계속 말을 이었다.

"그러니 그 비밀이 당신을 위해 반드시 필요한 것이고, 스스로 제어할 수 없는 본능과도 같은 것이라면, 어쩔 수 없죠. 신력을 흡수해서 타인에게 피해를 끼친다고 해도 당신을 위한 일이니까. 그럴 수밖에 없는 당신을 이해합니다. 그리고 저는 저만 좋으면 되기 때문에 제게 잘해 주는 당신을 혐오할 이유가 없습니다."

아르하드가 걸음을 멈추었다. 질질 끄는 듯했던 발소리가 멎자 이아나도 따라서 발걸음을 멈추고는 뒤를 돌아보았다.

"말하기 싫으신 것 같은데, 저는 이야기를 해 달라고 했을 뿐 억지로 강요하진 않았습니다. 시간은 앞으로도 많이 남아 있고 너무 급하게 갈 필요는 없습니다. 선배님과의 인연은 오래오래 갈 것 같으니까……. 제 직감은 정확하니 믿으셔도 될 겁니다."

마주한 아르하드는 읽을 수 없는 표정을 하고 있었다. 어벙하게 웃고 있는 게 놀란 것 같기도 하고, 허탈한 것 같기도 하고, 기쁜 것 같기도 하고…… 감정이 너무 섞여 있어 무슨 생각을 하고 있는지 짐작할 수 없다.

하지만 지금 이 상황을 무척 좋아하고 있는 건 분명하다. 축 처져서 사형날짜를 기다리는 사형수처럼 있는 게 불쌍했는데 말하길 잘한 것 같네, 이아나는 그리 생각했다.

"제가 당신을 혐오하지 않을 거라는 확신이 생기면 이야기해 주세요. 앞으로 잘 부탁드립니다. 아르하드 선배님— 그리고 카마 트로스의 주인."

이아나는 입매를 올려 웃고는 몸을 돌렸다. 그녀의 눈빛은 가라앉아 있었다. 제 생각을 솔직하게 말해 주었지만, 가장 깊은 마음은 입 밖에 내지 않았다.

당신은 걱정하지 않아도 된다. 당신이 어떤 악행을 저지르더라도, 모두가 당신의 곁을 떠난다 하더라도 나는 이번 생에서 절대 당신을 버리거나 떠나지 않을 테니까.

아무리 호감이 있다고 해도 친분을 쌓은 지 아직 얼마 되지 않는 사람이 이 말을 하면 어색하기도 하고 웃기기도 할 것 같아서 이아나는 입을 다물었다.

"왜 다시 존대를 하십니까? 반말 엄청 잘하시던데."

대신 이때까지 줄곧 해 왔던 생각을 킥 하고 웃으며 말로 뱉었다.

－남부 대륙 편 終

11. 승부 편

11. 승부 편

　심장에 금이 갈 정도로 무리하며 모든 것을 되돌린 반환점, 그 이전의 삶에서 소년은 꿈의 세계에서 항상 둥둥 떠다녔다. 어둠에 묻힌 채로, 소년은 손을 뻗어 무언가를 움켜쥐고 싶어 했고, 두 팔 속에 무언가를 가두어 안고 싶어 했다.

　목을 긁는 갈증은 멋진 장난감을 독점하고 싶은 아이의 이기적인 욕심과도 비슷했고, 사랑하는 여인을 품에 안고 애정을 쏟고 싶은 남자의 정염과도 비슷했다.

　하지만 소년은 자기가 무엇을 원하는지 몰랐다. 아무리 손을 뻗어도 잡히는 건 없었고 손아귀에 남는 건 허망뿐이었다. 그렇게 소년은 어둠 속을 유영했다.

　그러나 어느 순간에는 저 멀리 붉은빛이 존재함을 깨닫곤 했다.

빛이 어둠을 밝히기 시작하면 소년은 빛에 홀린 나방처럼 비틀거리며 다가갔다. 빛은 소년이 다가가면 다가갈수록 점점 더 멀어졌고 손을 뻗는 소년을 어둠으로 밀어 넣었다. 멀어지던 빛은 결국 사라져 버리고 소년은 길을 잃었다. 걸음을 멈추고 또다시 어둠 속을 헤맸다.

소년은 잠에서 깨어나도 현실로 돌아오지 않고 꿈만 멍하니 되새겼다. 소년의 심장은 다 죽어 가는 자의 것처럼 미미하게 박동했다. 그게 아르하드의 유년시절이었다.

그러던 어느 날, 하인리히가 가져다준 검 한 자루는 그를 꿈에서 강제로 끌어냈다. 날카로이 벼려진 검을 보자마자 아르하드의 심장이 쿵 하고 내려앉았다. 거칠게 뛰어 대는 심장의 박동과 함께 그를 엄습하는 것은 직접 본 것처럼 선명하게 떠오르는 한 장면이었다.

"약속을 어겨서 미안해."

심장을 찢어발기는 섬뜩한 감각. 격심한 통증과 울컥울컥 뱉어지는 생명. 눈앞을 한가득 차지한 흐릿한 붉은빛. 얼굴에 후드득 떨어지는 뜨거운 물방울.

간신히 내뱉었다.

"어째서……."

네가 울어.

그 말은 하지 못한 채 기억의 끈이 검게 뚝 끊어졌다. 이후 떠오르는 장면은 없었다.

상대가 누구인지도 모르고, 어디서 기인하는지도 알 수 없다.

"흑…… 흑……."

하지만 어린 아르하드는 백치처럼 지내며 한 번도 흘려 본 적 없는 눈물을 한 번에 모두 쏟아 내듯 울었다. 감정을 못 이기고 손으로 얼굴을 감싼 채 엉엉 울어 버렸다.

그의 마음은 상대에 대한 미움과 증오, 배신감과 슬픔으로 가득했다.

그러나 우스운 건, 악독한 감정의 배후에는 여전히 정체 모를 상대를 사랑스럽다고 여기는, 견딜 수 없을 정도로 벅찬 애정으로 범벅이 되어 있었다는 것이다.

아르하드는 땀이 차는 손바닥을 그러쥐었다. 손만 뻗으면 닿을 수 있는 거리에 그 여자가 있었다. 아직 완전히 성장하지 못한 앳된 소녀이고, 무엇 하나 기억하지 못할 테지만 변함없이 그의 모든 의미를 쥐고 있는 이아나가 새로운 시간을 성큼성큼 걸어가고 있었다.

야행성 동물의 것처럼 어둠 속에서 두드러지는 금안이 붉은 뒷모습을 홀린 듯 좇았다. 그는 저도 모르게 손을 뻗었다.

붉은 머리칼이 뒤덮인 어깨에 손끝이 닿고, 아르하드가 제 행동에 놀라 손을 떼는 순간 이아나가 뒤를 힐끗 돌아보았다.

"무슨 할 말이라도?"

대체 무엇이 너를 변화시켰지?

그 말을 꾹 집어삼켰다. 그는 혼란스러운 기분으로 얼굴을 쓸어내렸다. 바뀐 건 아무것도 없다. 되돌리기 전과 모두 똑같이 했다. 학술원도 똑같이 다니고 있고, 카마트로스도 똑같이 결성했으며, 상황도 똑같이 진행되고 있다.

이아나를 처음 본 날은 지금으로부터 일 년 뒤지만, 직접 대면하고 관계가 뒤틀리기 시작한 건 그녀의 자존심을 상처 입힌 이 년 반 뒤의 검술대회부터였으므로 아르하드는 그날만을 손꼽아 기다리며 변화 없이, 모든 일이 예정된 것처럼 살아가려 했었다.

혹시라도 변화를 주었다가는 미래가 모두 뒤틀려 버려 아무것도 예상할 수 없을지도 모른다. 또다시 삶이 새롭게 흘러가기 시작해 버려 무얼 어떻게 행동해야 하는지 알 수 없을 것이다. 이제 더 이상 기회는 없는데 또다시 실수를 할지도 모른다. 그래서 변화를 주기 시작할 그날만 기다리며 이제껏 회귀 전과 똑같이 행동했다.

하지만 똑같다는 건 궤변일지도 모른다. 달라진 게 정말 없다고는 절대 확신할 수 없다. 기억할 가치를 느끼지 못하고 잊은 자질구레한 일들이 변했을 수도 있거니와 으깨지듯 금이 간 제 심장과 이미 한 번 흘려보냈던 수십 년 때문에 같을 수가 없다.

시간을 되돌릴 수는 없다. 시간은 올곧은 직선으로 이루어져 독립적으로 존재하는 불변의 진리다. 제아무리 신이라 해도 손을 대어 꺾거나 휠 수 없는 단단한 직선의 영역이었다.

그러나 아르하드는 시간을 조작하지는 못할지언정 누군가에게 시간이 남기고 간 흔적을 지울 수는 있었다.

만물은 지워진 시간을 잊고 아무 일도 없었던 것처럼 새로운 시간을 살아간다. 시간의 한 토막이 송두리째 사라졌음에도 누구도 알지 못한다.

그러니 그 말고는 기억하지 못할 시간들. 그만이 기억하고 되새길 수 있는 시간들.

하지만 이아나의 영혼에는 마지막 말이 각인이라도 되어 버린 걸까. 여자는 한 번 제 입 밖으로 내뱉은 말은 반드시 지키므로, 그 의지로 권능을 거스르기라도 한 것인가? 그럴 리가 없을 텐데.

아니면 인지하지 못한 작은 변화들이 나비의 날개바람으로 작용하여 이 여자의 삶에 태풍으로 찾아가기라도 한 걸까?

어째서 지금 테오도르 아카데미에 있어야 할 여자가 학술원에 있고. 어째서 여행을 이리 함께하고 있고.

"아니요, 머리카락에 나뭇잎이 묻어서."

"그랬습니까? 감사합니다."

어째서 저리 거리낌 없이 웃어 주는가.

이아나가 눈을 접어 웃는 모습을, 아르하드는 물끄러미 바라보다 고개를 돌렸다. 언제 봐도 익숙하지 않고, 언제 봐도 심장이 두근거린다.

심장을 으깨 생명을 앗는 장면을 적나라하게 들키는 순간 아르하드는 모든 게 끝났다고 생각했다. 그 행위는 머나먼 과거에, 여자가 그를 받아들이지 못한 가장 큰 이유였기 때문이다.

본능에는 새겨져 있을지도 모른다. 이번 생에서 또 거부당할지도 모른다. 온 정신이 지옥으로 떨어지고, 온몸이 싸늘하게 식어 갔다.

그런데 무엇이 변했기에 그 비밀을 알았는데도 저리 웃어 주나. 다 떠나서 생명체로서 꺼림칙하지 않나? 거부감이 들지 않는가? 몬스터에게 그랬던 것처럼, 갑자기 심장에 손을 쑤셔 박아 생명을 빼앗아 갈지도 모른다는 두려움에 멀리하고 싶지 않은가?

"그럴 수밖에 없는 당신을 이해합니다."

너는 정말로 나를 이해할 수 있다는 건가?

……그런 나를 끝끝내 받아들이지 못하고 죽인 네가?

"……."

이해라는 단어가 그리 쉽게 나올 수 있는 단어이던가? 죽을 때까지 그 행동을 반복해야 한다는 걸 알아도 넌 이해한다고 말할까?

아르하드는 심장을 움켜쥐었다. 욱신거렸다. 심장의 상처가 헐떡이며 벌어지는 것 같았다.

태어날 때부터 지니고 있었던 죽음의 기억. 기억과 감정이 새겨진 기억의 파편들을 얻어 나가며 알 수 있었던 죽음의 이유.

여자는 남자를 이해하지 못했고, 결국 미안하다는 말 한마디와 함께 그의 심장에 검을 꽂아 넣었다. 떠나지도, 버리지도 않겠다는 약속을 번복하고 영원의 나락으로 밀어 넣었다.

다시 만난 여자는 새롭게 태어난 남자를 또다시 사랑에 빠지게 하였고, 또다시 혐오하고 거부했으며, 절망한 남자는 결국 포기하려 했다.

하지만 어리석은 남자는 여자가 동정하듯 던진 말 한마디에 다시 미련을 가졌다. 그래서 그가 쥐고 있던 모든 것과 심장을 포기하며 모든 것을 지웠다.

그리고 현재, 첫 번째 삶에서도, 두 번째 삶에서도 영혼 깊숙이 남아 버린…… 그러나 지금도 존재하는지 알 수 없는 사랑의 흔적에 기대어서 이렇게 웃음 하나하나에 설레고 있었다.

"하하."

아르하드는 실없이 웃었다. 이아나가 이상한 눈으로 보는 건 알고 있었지만 웃음을 참을 수가 없었다.

허탈했다.

'이아나는 아무것도 기억하지 못해.'

바보 같다. 그 기나긴 시간들을 저밖에 기억하지 못한다는 사실을 까맣게 잊고 있었다. 여자는 첫 번째 생도, 두 번째 생도 모두 잊고 새로운 인생을 살고 있는데, 이제 신들의 수장이 아닌 흙으로 빚어진 인간일 뿐인데 무엇을 그리 두려워했나 싶었다.

하지만 두려울 수밖에 없지 않은가.

살기 위해 생명을 앗은 행위 때문에 버려졌다. 그로 인해 영혼에 남은 상흔은 너무나 컸다. 자신은 또다시 죽을 때까지 생명을 앗아 가며 살아야 한다. 이 시대의 생물들은 무한대의 시간을 살아가는 신이 아니므로 동정심으로 양도받을 수도 없다.

그런데 이아나가 그 사실을 알고 또다시 혐오하며 저를 버린다면?

속이 욱하고 치밀어 오른다. 저 웃음. 가슴을 울리는 저 예쁜 웃음을 절대 잃고 싶지 않았다. 처음으로 보여 주기 시작한 악의 없는 웃음이 사라진다는 생각만 해도 숨이 막혔다. 누군가가 목을 조르는 것 같았다.

앞으로도 그는 언제나 홀로 회상하며 두려워할 것이다. 두려움
은 그녀의 호의에 얌전히 숨어 있다가도 틈만 나면 튀어나와 그
를 날카로운 이로 갉아먹을 것이다. 과거를 망각하지 않는 자의
업보였다.

그래서 아르하드는 이아나가 선사한 유예에 안심했고 기뻐했다.
불안한 미래를 조금 더 늦추고 그녀의 웃음과 호의를 누릴 수 있
음에 행복을 느꼈다. 진실을 모르는 이아나는 지금처럼 계속 웃
어 줄 터였다.

그러나 언제까지 늦추고 있을 수만은 없다는 걸 알고 있다. 이
아나는 이미 제 눈으로 진실을 목격했고, 그녀에게 끝까지 진실
을 숨긴다면 가벼운 친분은 쌓을 수 있어도 마음은 오롯이 얻을
수는 없다는 것을 아르하드는 알고 있었다.

언젠가는 감추고 있는 비밀을 모두 털어놓을 것이다. 하지만
지금 당장 말하기에는 입술부터 목구멍까지 두려움이라는 이름의
접착제가 잔뜩 발려 있었다.

"이번…… 생은 끝났다. 그러나…… 다음 생에는 너의 적……이 아닌
너의 기사가 되……리…….."

뭐가 뭔지는 알 수 없어도 이아나가 이리 행동하는 이유로는
그 말밖에 떠오르지 않았다. 모든 기억을 잊었을지라도 그 약속
만큼은 영혼에 새겨져 있을지도 모른다. 이아나는 그런 여자이기
때문이다.

믿는다. 그녀를 얻고자 하는데 그녀를 믿지 않으면 누구를 믿

겠는가. 그 끝이 설령 또다시 파국으로 치닫는다 하여도 그는 그녀를 믿을 수밖에 없었다.

그래, 그러니 조금만 더 지켜보다가, 그녀의 순수한 호의를 조금만 더 누리다가, 조금만 시간이 더 지난 후에, 조금씩…… 조금씩…….

아르하드는 두 손으로 마른세수를 연거푸 하다가 문득 이아나에게 해 줄 수 있는 한 가지를 떠올렸다. 얼굴이 긴장으로 굳었다. 결과는 알 수 없지만 그녀가 그토록 바라는데 끝까지 회피하고 있을 수만은 없을 듯했다.

흔들리는 눈동자로 이아나의 뒷모습을 보던 아르하드는 눈을 감았다.

……그래. 그렇다면 그것부터.

"다 왔네요. 제때 도착해서 다행입니다."

날이 밝아 왔다. 이아나와 아르하드는 테오도르에 입성한 지 얼마 지나지 않아 발젠타 학술원의 입구에 도달했다. 로브는 매캐한 흙먼지로 뒤덮였고 피로가 겹겹이 쌓인 몸은 늘어졌다. 먹고 잘 때를 빼고는 거의 달리기만 했는데도 개강 전 검술학부의 소집일이 다 되어서야 간신히 도착할 수 있었다.

"그럼 나중에 뵙겠습니다."

그리 인사한 이아나가 기숙사로 향하려는데 아르하드가 손을 뻗어 이아나의 손목을 쭉 잡아당겼다.

"부탁이 있습니다."

금지에서부터 주구장창 입 다물고 제 뒤만 따라오던 아르하드가 뜬금없이 접촉을 해 오며 부탁이라는 말을 내뱉자 의아함을 느낀 이아나가 그를 빤히 올려다보았다.

"뭐죠?"

"학술원 재학 내내, 저의 대련 파트너가 되어 주시지 않겠습니까?"

부탁이라는 탈을 뒤집어쓴, 이아나의 끈질긴 요청에 대한 승낙이었다. 이아나는 잠시 침묵했다.

"아……."

그러나 이내 벅찬 기쁨을 이기지 못하고 눈매와 입을 매끈한 반달로 그리며 웃었다.

"……."

학술원의 탑 너머로 떠오르며 하늘을 환히 밝히는 태양을 등진 이아나의 웃음은 아릿할 정도로 심장을 울리는 것이라 아르하드는 또다시 넋이 나간 채 그 웃음에 몰두했다.

"저야 좋습니다. 언제부터 할까요?"

아르하드는 입술을 꽉 깨물었다. 이아나를 붙잡고 있는 손에는 힘이 들어갔고 눈에서는 꼴사납게도 눈물이 날 것 같았다.

검에 한해서는 한없이 순수하고 깨끗한 여자. 누구보다 강렬하고 강한 여자. 너무나 아름답고 빛이 나는 여자.

아르하드의 고개가 아래로 툭 떨어졌다. 가라앉은 금안에, 그가 쥐고 있는 손목의 조금 위쪽에, 그가 그토록 탐했던 손이 보인다. 여인의 가녀린 섬섬옥수는 아니지만, 수련으로 인해 거칠어진 손이지만 그 어떤 손보다 매력적이었다.

심장에 불이 붙은 듯하다. 아르하드는 충동적으로 이아나의 손을 잡아 올렸다. 그리고 천천히 그 손가락에 입을 맞추었다.

그래, 나는…….

"언제든지요. 이아나 양이 바라시는 대로."

그런 네가 좋다. 정말로 좋다.

……그래서 미치도록 가지고 싶다.

"나중에 뵙겠습니다."

얼굴이 굳은 이아나에게 인사를 하고 먼저 돌아선 아르하드는 학술원 중앙에 위치한 탑으로 향했다.

"약속한 날에는 오지도 않고."

탑에 들어서서 계단을 오르는데 계단에 앉아 있던 누군가가 획 하고 아르하드의 앞에 뛰어내렸다.

"늦어도 하루 이틀이라고 생각했더니 아예 검술학부 소집일에 오셨네요. 저엉말 대단하십니다. 덕분에 저만 죽어났습니다?"

빈정거리는 목소리와 생김새가 익숙했기 때문에 아르하드는 그 앞을 슥 지나쳤다.

"왜 그냥 가요? 변명이라도 해 보시죠? 누구는 일 더미에 처박아 놓고 이아나 양과의 장기간 데이트는 잘 다녀오셨습니까? 예에?"

아르하드는 조용히 후…… 하고 웃었다.

이 인간이? 욱하는 마음에 빈정거렸던 에이지는 전혀 미안해 보이지 않는 아르하드 때문에 미간을 확 좁혔다.

지금 그는 놀고 있을 때가 아니다. 특급 노예 경매 사건 때의 활약으로 카마트로스는 로안느 왕실의 왕자에게 확실히 선을 대었다. 이제 왕자와 힘을 합쳐 블랙폭시를 견제함과 동시에 바하무트 황실의 눈을 피해 조금씩 그 세력을 줄여 나가야 했다.

블랙폭시는 바하무트 황실의 개다.

바하무트 제국은 거대하지만 그 영토는 쓸 수 없는 황무지와 산간지역이 대다수다. 철 등의 금속자원이 풍부하여 무구를 제작하기 쉽고, 요새를 짓기에는 최적이라 탄탄한 군사국가로 클 수 있는 여지는 충분하지만 농사짓기가 어려워 발전 가능성이 제한되어 있는 나라.

그런 바하무트 제국이 주변의 왕국들을 집어삼키며 거대한 제국까지 성장할 수 있었던 토대는 모두 외부에서 마련되었다. 다른 왕국들이 바치는 조공과 조공을 바치기를 거부하는 왕국에 대한 무자비한 약탈, 그리고 블랙폭시가 남부에서 주기적으로 보내는 막대한 양의 물자였다.

하늘에서 뚝 떨어지기라도 한 것처럼 어느 시기부터 갑자기 세상에 이름을 떨치기 시작한 바하무트 황실의 시조. 그는 인외의 무력으로 검은 악마라 불리며 만인의 공포를 불러일으켰다. 또한 전쟁시대의 혼란을 잠재울 패옹으로 손꼽히던 사람들 중 하나였다. 그가 마도시대 초기, 지금은 존재하지 않는 작은 왕국의 영지를 받아 다스리기 시작하면서부터 제국의 거대한 역사는 기록되기 시작한다.

그리고 블랙폭시는 시조를 필두로 한 바하무트 가문의 탄생과 함께 태어난 충성스러운 집단이었다.

가문의 명으로 식량과 자원이 풍부한 남부에 내려온 블랙폭시는 막강한 군사력을 기반으로 천천히 천천히 토대를 마련했다. 블랙폭시는 온갖 사업에 손을 대었지만 그중에서도 그들의 주된 사업은 돈을 가장 쉽게, 막대하게, 그리고 비밀스럽게 벌어들일 수 있는 마약상, 노예상이었다. 그 결과 남부 대륙의 물자는 북부로 쏟아져 들어갔다.

가문은 황실이 되었고, 블랙폭시는 남부 대륙 암흑가의 패자가 되었다. 그 후 블랙폭시에 노예상과 마약상과 어깨를 나란히 하는 전문적인 정보상이 설립되었다. 정보상은 각국 지배층의 약점을 틀어쥐고 흔들어 댔다.

바하무트 가문의 시조로부터 이어져 온 야망은 너무나 특별했고 그들의 갈증을 해결하기에 북부는 지나치게 좁았다.

자원을 훔치듯 가져오는 게 마음에 들지 않던 와중에, 황금의 땅이 허례허식에 찌든 돼지들의 사치에 낭비되고 있음을 알게 된 황실은 마침내 거대한 야욕을 드러내며 남부 대륙을 평정하고자 했다.

그 정복의 시작과 끝이 바로 롯소산맥을 경계로 바하무트 제국과 영토를 맞대고 있는 로안느 왕국이었다.

시작인 이유는 로안느 왕실에 대한 황실의 이유 모를 적개심과 그 기름진 땅에 대한 욕심 탓이고, 끝인 이유는 로안느가 수백 년간 바하무트 제국의 침공을 잘 막아 내던 와중 최근 바하무트가 갑작스레 침공을 그만둔 탓이었다.

세상에 모르는 게 없다는 현자도 바하무트의 변덕스러운 심리만큼은 알지 못하지만 에이지는 알고 있었다. 그들이 전쟁을 중단한 건 황실의 피를 훔쳐 달아난 발칙한 여자와 여자의 자식, 아르하드를 찾아내는 일에 온 힘을 기울이기 위해서였다.

하지만 그 대단한 바하무트는 이십 년이 넘도록 아르하드를 찾지 못했다. 등잔 밑이 어둡다고, 바하무트의 가신인 하인리히가 그를 꼭꼭 숨겨 왔고, 블랙폭시 정보상의 보스인 에이지가 제국으로 흘러들어 가는 정보를 차단했으며, 아르하드가 빛나는 재능을 감춘 채 철저하게 후방에서만 활동했기 때문이다.

하인리히는 제 핏줄을 지키기 위하여, 에이지는 제 원한을 풀기 위하여, 아르하드는 제 목숨을 노리는 자들을 제거하기 위하여 제국의 뿌리인 황실을 없애기로 협의했고 황실의 기반인 블랙 폭시의 힘을 줄이기 위하여 카마트로스라는 무력집단을 결성했다.

바하무트 황족은 인외의 괴물들. 모든 준비가 끝날 때까지 그들의 관심을 받는 것만큼은 피해야 했다. 아르하드가 황실과 맞설 수 있는 무력을 갖추지 못한 상태에서, 황실이 수상함을 느끼고 카마트로스의 비밀을 캐기 시작하다가 아르하드의 존재를 알아채면 모든 게 끝이었다.

그래서 카마트로스는 바하무트 제국 최대의 적수인 로안느 왕실이라는 방패막이를 얻기 위해 고군분투했고 결국 왕실에서 가장 야심찬 왕자의 후원을 얻어 내는 데 성공했다.

학술원 방학 중에는 왕자와의 비밀스러운 회동도 예정되어 있었다. 그러나 이아나를 따라가고 싶다는 아르하드의 강력한 희망에 의해, 그리고 이아나가 제 편이 될지도 모른다는 유혹에 넘어간 에이지는 아르하드에게 약속 날짜까지 돌아오기를 신신당부했다.

에이지는 계단을 올라가는 아르하드를 뒤따르며 부들부들 떨었다.

"지금 슈나이더와의 약속을 내팽개쳐 놓고 웃음이 나와요?"

"지금 그게 중요한 게 아니야."

"이 인간이 실성을 했나."

"전부 들켰어."

에이지는 그 말을 알아듣지 못하고 멍청한 표정으로 아르하드를 보았다.

"지금 무슨 소리를 하는 겁니까?"

"이아나에게 내가 카마트로스의 주인인 것과, 생명을 빼앗으며 살아야 하는 걸 그대로 들켰다고."

화가 나서 빨갰던 에이지의 얼굴이 아르하드의 뒷말에 파래졌다.

"성대조작 반지를 끼고 가면까지 쓴 상태였는데 당신인 걸 어떻게 안 거죠? 그것보다 그걸 들켰다고요?"

"일단 전자는 내 실수로 들켰어. 아니, 내 실수 이전에 이아나가 구했던 드워프가 나를 알아보고 미리 말해 줬다더군. 후자는 오지에 들어서자마자 신력이 빨려 나가듯이 빠져나가는 바람에 통제 밖이었어. 역시 오지는 피해야겠다."

"그래요……."

에이지는 아르하드의 말을 심각하게 듣고 있다가 퍼뜩 정신을 차리고 허겁지겁 물었다.

"이아나 양이 뭐라고 안 해요?"

"이아나는 내가 카마트로스의 주인이라는 사실에 침착하다 못해 즐거워했고 거기에 내가 휘둘렸어. 그리고 신력 강탈에 대한 문제에 대해서는 정말인지는 모르겠지만 어쩔 수 없는 거라면 개의치 않는다더군."

에이지는 꼭대기 층에 도달할 때까지 생각을 정리하며 묵묵히 뒤따르다가, 방에 들어서자마자 소파에 털썩 앉았다.

"차라리 잘되었습니다. 이아나 양에게 어떻게 말해야 할지 제일 고민이던 문제가 해결되었네요. 역시 대단한 아가씨란 말이지. 쉽게 받아들일 수 있는 게 아닌데."

에이지가 팔받침을 손가락으로 툭툭 두들겼다.

"그런데 몇 개월 전에 이아나 양을 따라다닌 검은 로브가 당신인 것도 들켰습니까?"

"아니."

아르하드는 생각만 해도 골이 아파 이마를 문질렀다.

"그건 들키면 안 돼. 이아나는 나를 검술대회 때 처음 만난 것으로 알고 있으니까……."

에이지는 납득하여 중얼거렸다.

"하긴 들켰다간 변태에다 거짓말쟁이가 될 텐데 입 다물어야죠. 지금 숨기고 있는 것도 한두 개가 아닌데, 거기에 거짓말한 것까지 있으면 정말 미움 받을지도 몰라요? 흐흐. 드디어 약점을 잡았네."

가벼운 농담이었는데도 공기가 베일 정도로 날이 선 살기가 날아오자 에이지가 기겁해서 손을 휘저었다.

"알았어요! 조용히 할게요. 그리고 나도 그건 싫어. 그자가 당신이라는 걸 들키면 내 정체도 들키게 될 가능성이 높은데, 난 이아나 양이 아직은 내 정체를 몰랐으면 하니까."

정말 뜬금없다.

소집장소인 대강의실에서 1학년석의 중앙에 앉은 이아나는 4학년석의 앞쪽에 앉아 있는 아르하드의 뒷모습을 시선으로 꿰뚫어버리기라도 할 것처럼 집요하게 쳐다보았다.

아침에, 이아나는 아르하드가 고개를 숙이며 지었던 표정을 놓치지 않았다. 금방이라도 눈물을 흘릴 것처럼 흐릿한 눈동자를 한 채 고개를 툭 떨구는 남자는 대련에 대한 기대로 가슴이 부풀어 있던 이아나를 순간 혼란스럽게 했다.

'왜 저런 표정을? 내가 뭘 어찌했다고? 비밀을 스스로 말해 줄 때까지 기다리겠다는 말이 그리 기뻤나? 아니면 죽도록 피하던 대련을 한다는 게 그리 서글펐나? 그건 아닌 듯한데.'

그 와중에 갑작스레 손에 키스를 당했다.

손등에 닿았던 감촉을 떠올린 이아나는 저도 모르게 두 손을 꽉 쥐었다.

아르하드 때문에 혼란에 빠져 있던 이아나는 느릿한 손등 키스의 예비동작을 인식조차 하지 못하고 고스란히 당했다. 정신을 차렸을 때는 이미 아르하드의 입술이 손에 닿아 있는 상태였다. 차라리 세게 잡아당겼다면 퍼뜩 정신을 차렸을 텐데, 힘이 느껴지지 않을 정도로 살짝 움켜쥐어 부드럽게 잡아당기는 조심스러운 태도에 더욱 인식하지 못했다.

이아나는 손가락을 쭉 폈다. 손등 키스는 별일이 아니다. 귀족 남성이 자신보다 신분이 높은 여성이나 친분이 있는 이에게 인사 차원으로 많이 하는 행위였다. 이아나도 기사가 되기 전 예의상으로, 또는 공작이 된 이후 부하들에게 상관으로서 몇 번 받아 본 적이 있었다.

그러나 그렇게 무엇보다 소중한 것을 다루듯 키스를 받은 적은 살면서 단 한 번도 없었다.

이아나는 검지로 책상을 툭툭 두들기며 아르하드를 응시했다.

'아니, 있었나…….'

이아나는 몇 개월 전의 검은 로브의 남자를 떠올렸다. 갑작스레 껴안더니 도망치고, 몰래 쫓아와 몬스터를 처리하더니, 잠이 들려던 찰나 손에 키스를 하던 그 남자.

그러고 보니 안겼을 때 들었던 목소리가 아르하드와 비슷했다. 무엇보다 키스당할 때 전해지는 느낌이 무척 비슷했다.

'설마……'

이아나의 눈빛이 깊게 가라앉았다. 과한 추측일지도 모른다. 아르하드가 그때 저를 알고 있을 리가 없고, 저를 그리 애절하게 끌어안을 이유가 없으므로 이제껏 그가 아르하드일지도 모른다는 우스운 망상조차 해 본 적 없었다.

그러나 새벽의 손등 키스 때문에 그 남자와 심각하게 겹쳐진다. 한 번 생각하고 나자 계속해서 생겨나는 의심은 그칠 줄 몰랐다.

'만일 그자가 아르하드라면?'

검은 로브는 분명 아는 척을 했다. 검술대회 이전에, 어디선가, 기억하지 못하는 과거에 만난 적이 있었을지도 모른다는 소리다.

'회귀 전에도 이랬을까?'

상황이 이렇게 되니 회귀 전의 아르하드가 몹시 수상쩍다. 아르하드의 집착을 그저 인재를 탐하는 황제의 욕심이라고 여겼지만 곰곰이 생각해 보면 그것뿐만은 아닌 듯했다. 성질이 다른, 집착…… 그 정체는 무엇일 텐가.

'혹시 내가 아르하드가 아는 누군가와 닮았다든가?'

아르하드가 자신을 누군가와 겹쳐 보고 있는 걸지도 모른다는 추측에 이아나는 순간 불쾌해졌다. 하지만 금세 불쾌감을 가라앉히고 고개를 내저었다. 아르하드의 눈동자는 언제나 한 치의 흐트러짐도 없이 저를 꿰뚫고 있었다. 저를 통해 다른 누군가를 보

358 ADONIS
아도니스

고 있을 리가 없었다.

'당신은 나를 보며 무슨 생각을 하고 있는 거지?'

이아나는 회귀를 하면서 아르하드의 생각을 어느 정도 꿰뚫고 있다고 생각했다. 하지만 바로 지금 모든 게 미궁에 빠졌다.

'아니, 그전에 아르하드가 검은 로브가 맞긴 한 건가?'

머리가 터질 것 같다. 마음 같아서는 다 집어치우고 아르하드의 머리를 쪼개서 들여다보기라도 하고 싶었다.

'일단, 아니면 민망하기만 할 뿐이니 확신이 설 때까지는 속에 품어 두자.'

이아나는 애써 그리 생각했다.

"아르하드, 오랜만이다!"

"잘 지냈냐?"

아르하드의 주변에는 그에게 친근감을 표하는 사람들이 얼쩡거리고 있었다. 아르하드는 그 인사를 모두 받아 주었다. 이아나는 손바닥에 뺨을 괴고 그런 그를 관찰했다. 과거에도 저랬던 걸로 알고 있다. 가만히 있는데도 사람이 절로 꼬이는 이상한 남자.

"흠……."

아르하드 주변에서 우글거리는 사람들을 보고 있자니 기분이 묘했다. 드워프나 몬스터들은 그리도 두려워하는 아르하드에게 인간들은 꿀에 홀린 벌처럼 이끌리는 이유가 무엇인가?

아주 잘생긴 얼굴, 가만히 있어도 뿜어져 나오는 카리스마, 언제나 침착하고 어른스러운 성품…… 이런 요소에 더해 언제나 모든 이들의 우위에 있는 것처럼 고고한 것이 끌리는 이유라고는 하는데, 이아나는 공감하지 못했다. 이아나 앞에서 아르하드는 항상 모든 것을 드러낸 채 제게 오라고 애걸하다시피 했기 때문이다.

"으으으으. 이아나 양, 안녕……."

"오랜만이다."

어느새 이아나의 옆에 다가온 에이지가 퀭한 눈으로 책상에 턱을 괴고 엎드렸다.

"이아나 양, 에이지 형님, 오랜만이에요!"

"간만이구먼, 후아암."

얼마 지나지 않아 헤레이스와 타로도 도착해서 반갑게 인사했다. 이아나는 2개월 전과 다를 바 없는 태도로 마주 인사했지만 에이지는 그저 손을 들어 흔들 뿐이었다.

헤레이스는 항상 장난기 넘치던 에이지가 병자처럼 굴자 걱정이 되었다.

"방학 때 힘든 일 있으셨어요? 이아나 양은 아르바이트한다고 바쁘셨고 타로 형님은 고향에 갔다 오셨지만 형님은 수도에 계시면서 방학 내내 전혀 뵙지 못했네요. 혹시 아프신 건 아니죠?"

"아냐, 아냐. 좀 피곤한 거야. 어떤 망할 인간이 내팽개쳐 놓고 간 일 뒷수습 좀 하느라고 방학 내내 바빴거든. 이제 숨통이 좀 트였지."

이아나는 에이지를 흘끔 보았다. 그러고 보니 그는 검은 로브의 남자를 알고 있었다. 남자가 준 약의 정체도 알고 있었다.

블랙폭시와 카마트로스가 주름잡고 있는 암흑가의 수상쩍은 청년, 에이지.

방금 전 그가 했던 말 속에서 미묘하게 거슬렸던 망할 인간이라는 단어와 숨통이 트였다는 말을 이아나는 허투루 넘기지 않았다.

'아르하드는 나를 따라왔고, 에이지는 아르하드의 일을 떠맡았고, 아르하드가 오늘 돌아왔기 때문에 에이지는 이제야 숨통이 트였다?'

이아나는 바짝 마르는 입술을 훑었다. 어째 톱니바퀴가 정확하게 맞물리듯 말의 아귀가 맞아 들어가고 있었다.

에이지는 어전에 놓인 죽은 물고기처럼 퀭한 눈으로 앞을 보다가 얼굴을 빙글 돌려 저를 쳐다보고 있는 이아나를 올려다보았다.

"이아나 양은 상행 호위 아르바이트, 어땠어?"

"값진 경험이었다. 얻은 것도 많고."

무르시가 챙겨 준 막대한 액수의 봉급뿐만 아니라 값지다 못해 값으로 환산할 수 없을 정도로 귀중한 것들을 많이 얻었다. 천금을 주고도 구하기 어렵다는 하니델프의 마법 팔찌에, 이 세상에 하나밖에 없을 신검에, 아르하드와의 친분과 그의 비밀까지. 그녀만큼 방학을 알차게 보낸 이는 없을 터였다.

"헤레이스 넌 뭘 했지?"

"저요? 저야 뭐 수련하는 데 대부분 시간을 보내긴 했지만."

이아나는 헤레이스를 훑었다. 그는 여전히 선이 갸름했으나 이제 병약해 보이지는 않았다. 이아나의 조언대로 무리하게 마나를 다루지 않았기에 부쩍 건강해진 모습이었다. 그러나 안색은 어두웠다.

"아버지를 따라 사교파티에 많이 다녔어요. 너도 이제 약혼녀 정도는 있어야 한다면서."

"에엑, 벌써 무슨 약혼녀야."

"벌써는 아니에요. 저보다 어린데도 약혼녀가 있는 귀족들은 흔한걸요."

로안느 왕국 귀족 남성의 혼인 적령기는 스무 살 초반이니 헤레이스의 말은 타당했다.

"귀족은 참 피곤하구나."

에이지는 질렸다는 듯 고개를 절레절레 저었다. 하지만 타로는 한껏 달아오른 표정으로 멍하니 망상에 빠져들었다.

"그라니게 좋아하는 여인네랑 거시기, 미리 결혼 약속을 잡아 둔다는 말 아녀? 미리 내 여자헌티 침 발라 놓는다는 소리? 햐, 귀족 나부랭이들 피곤하게 살더니 그거 하나는 좋구먼. 나, 나도 언젠가는 여, 여신님과……."

"좋아하는 여인? 대부분은 남녀 간의 호감보다는 가문의 힘을 유지하기 위해 서로 도움을 줄 수 있는 가문끼리 결합하기 위해 결혼을 해요."

타로가 망상을 시작하려는데 헤레이스가 고개를 갸웃하며 말을 끊었다.

"호감이 영향을 미치지 않는 건 아니지만 결혼할 사람이 아니라 결혼할 사람의 가문을 보고 상대를 정하는 거죠."

타로의 얼굴이 쩡 하니 굳었다.

"라, 라랏슈아 님은 좋아하는 놈이 없다고 헤레이스 니눔이 말했잖여. 그런데 네 말대로라면 라랏슈아 님의 의사와 상관없이 그 가문 때문에 결혼할 수도 있다는 거여?"

"음, 누님은 왕녀이시니 감정에 상관없이 정치적 결혼을 하실 수도 있겠죠. 하지만 그럴 가능성은 낮다고 봐요. 누님은 왕국에서 거의 독립하셨고, 성격상 마음에 드는 남자랑 결혼해서 휘어잡고 사실 테니까요."

타로는 헤레이스의 앞 말에 신경 쓰느라 뒷말은 듣지 못했다.

"형……."

"응? 제가 무슨 말을 잘못했나요?"

울상을 짓더니 책상에 엎드려 버리는 타로를 본 헤레이스가 안절부절못하며 이아나에게 물었다. 타로가 무슨 생각을 하는지 알 것 같았던 이아나는 흠, 하고 한 번 웃고는 어깨를 으쓱였다.

미래의 라랏슈아는 결혼하지 않았다. 타로와 정확히 무슨 관계였는지는 모르지만 타로 한 명을 종처럼 끌고 다녔을 뿐이다. 그런 미래를 아는 이아나는 라랏슈아가 다른 남자의 여자가 되는 상상을 하며 슬퍼하는 타로를 지켜보면서 고약하다면 고약한 심보로 재미있어하고 있었다.

"여러분, 오랜만입니다. 방학은 알차게 잘 보내셨습니까?"

이야기를 나누는 사이 검술학부 부장인 라이언이 강의실의 문을 쾅 열고 들어오며 크게 인사했다.

"안녕하십니까, 부장님!"

여기저기서 라이언에게 왁자지껄하게 인사를 하였다. 강의실은 학생들이 정신없이 떠드는 소리들로 무척 시끄러웠다. 라이언은 손을 휘저어 조용히 시키려 했지만, 오랜만에 친구를 만나 물꼬가 트인 입들은 다물어지지 않았다.

"시끄럽다."

필리거 교수가 강의실에 들어섰다. 호랑이 교수의 출현에 강의실은 단숨에 꿀 먹은 벙어리들의 집합소가 되었다.

라이언은 멋쩍게 웃고는 중앙의 단상에 서서 확성 아티팩트를 들었다.

"우리 자랑스러운 검술학부의 학생들인 만큼 방학은 알아서 잘 보냈으리라 믿고, 오늘 이곳에 검술학부 학생 전체가 모인 건 이번 연도 학술제 행사를 정하기 위해섭니다."

학술제라는 말에 1학년들이 눈을 반짝였다. 기대에 부풀어 자세를 바로하고 라이언을 바라보았다. 하지만 고학년들은 지겹다는 듯 하품을 쩍쩍 하며 의자에 늘어졌다.

라이언이 칠판 앞으로 걸어갔다. 하얀 분필을 들어 검은 칠판 위에 커다랗게 학술제라고 쓴 후 칠판을 탁탁 두드렸다.

"시월에는 학술원의 최대 연례행사인 학술제가 열립니다. 축제 기간은 일주일이고 이 기간만큼은 외부인이 마음대로 학술원 내에 들어올 수 있는데, 귀족 평민 할 것 없이 축제를 즐기다 갑니다. 학술원 측에서 준비하는 마지막 칠 일의 뒤풀이 파티는 제외하고 육 일 동안은 각 학부에서는 전공에 맞는 행사를 진행하는데, 우리 학부는 이번 해에도 어김없이 검술제를 개최합니다. 검술제는 학기 검술대회처럼 고학년 저학년으로 나누지 않기 때문에 전 학부생의 랭크가 정확하게 매겨집니다. 또 귀족에게 자신의 이름을 알릴 수 있는 아주 좋은 기회입니다."

바하무트가 침략을 그만두면서 로안느는 안정기에 접어들었지만 본디 무를 숭상하는 군사왕국이고, 타 왕국은 치열하게 영토전쟁을 벌이고 있는 현 정세에서 무력은 재력과 권력을 만들어내기 때문에 강한 부하를 포섭하는 건 귀족들에게 아주 중요한 일이었다.

그래서 귀족들은 검술제를 포함하여 무술원의 행사들에 관심을 많이 가졌다. 뛰어난 인재의 실력을 직접 눈으로 볼 수 있는 일

년에 한 번밖에 없는 기회이기 때문이다.

특히 대륙적으로 가장 인기가 많고 보편적인 검을 다루는 검술학부의 검술제는 학술제의 행사 중에서 가장 큰 관심을 받았다.

"학생부 제일 뒷장에 여러분을 원하는 귀족들의 이름으로 가득 채워야죠."

귀족들은 점찍어 두고 싶은 인재를 발견했을 경우 학부 사무실에 가서 그 학생의 학생부 제일 뒤에 마련되어 있는 빈 종이에 자기 이름을 써 둔다. 훗날 그 학생이 졸업을 할 때쯤이 되어 학술원 측에서 귀족에게 연락을 하고, 귀족은 아직도 그 학생을 마음에 두고 있을 경우 저를 찾아오게 하라고 답신을 한다. 그리고 학생들은 연락이 온 귀족들 중에 제가 모시고 싶은 귀족을 찾아가서 진지한 이야기를 나눈 후 그 휘하로 들어가면 된다.

이런 제도 때문에 검술학부의 학생들 중에 취직을 못 하는 이는 거의 없었다. 성적이 좋으면 직접 원하는 귀족의 집을 찾아가 문을 두드릴 수도 있었다.

"고위 귀족의 밑에서 일하고 싶다면 검술제에서 최선을 다해 좋은 성적을 얻어야 할 겁니다."

라이언은 손에 쥐고 있던 종이 뭉치를 펄럭거리며 넘겼다.

"우승자에게는 트로피와 함께 우리 검술학부의 최고 후원자이신 국왕 전하께서 하사하신 검이 수여되고, 검술제에서 30위 안에 들 경우 근위기사가 될 수 있는 자격이 주어집니다. 근위기사가 되어 공을 세운다면 세습은 되지 않지만 귀족의 직위인 준남작이 될 수도 있습니다."

라이언의 말에 들뜬 학생들이 환호했다. 검술학부에는 순수하게 실력 있는 검사가 되고 싶어 입학한 학생들도 있고, 돈을 많이 벌 수 있는 실력 있는 용병이 되고 싶어 검술을 갈고 닦기 위해 들어온 학생들도 있다. 하지만 그런 이들은 소수였고 출세와 안정된 미래를 위해 입학한 이들이 대다수였다.

이아나는 그런 분위기에 함께하지 못하고 동떨어진 듯한 기분을 느꼈다.

"다들 수련 많이 하세요. 이번 기수 장난 아닌 거 알죠?"

"야야, 라이언, 1학년은 됐고 넌 좀 봐주라. 너 작년에 우승해서 벌써 검 하나 있잖아."

"네 학생부는 벌써 왕족과 고위 귀족들 이름으로 빼곡하지 않냐? 더 쓸 자리도 없을 테니 나머지는 우리한테 넘겨!"

학술제는 이미 즐거운 축제가 아니라 취업을 위해 스펙을 쌓기 위한 전쟁이었다.

"거기 입 다물고! 마저 이야기하겠습니다. 도박은 불법은 아니지만 국가에서 자제하기를 권장합니다. 하지만 큰 행사에서는 내기도박이 흥을 돋우는 법이죠. 공식적인 내기도박은 외부인에게 허용하지 않으며 학부 측에서 직접 진행합니다. 간식거리 판매는 언제나처럼 요리학부 측에서 담당하기로 했습니다."

"치피 열매즙을 바른 옥수수구이는 최고지."

"노릇노릇하게 구운 맥반석오징어랑 맥주가 죽여줘."

학생들이 여기저기서 즐겁게 떠들어 댔다. 라이언은 그런 이들의 입까지 막지는 않았다. 후배들의 모습을 잠시 지켜보던 라이언은 종이뭉치를 둘둘 말아 단상을 탕탕 쳤다.

"검술제 이야기는 끝났고, 검술제는 우리에게 축제라고는 할 수 없기 때문에 우리도 즐길 수 있는 행사를 하나 더 해야 합니다."

"즐기기는 개뿔. 이번에도 또 술집 아니야?"

"맨날 술집이지. 맨날 보는 시꺼먼 놈들만 모여서 술만 마시는…… 크으. 우리 학부 술집에 올 바에 예쁜 여자애들이 많은 데나 가겠다. 차라리 행사 안 하고 다른 학부 행사에 놀러 다니면 안 되나?"

고학년들은 투덜댔다. 검술제는 제 차례가 왔을 때만 참가하면 되기 때문에 학생들은 축제기간 내내 할 것이 없었고, 그래서 검술학부에서는 늘 검술제 외에 행사를 하나 더 진행하곤 했다. 하지만 고운 여자는 하나도 없고 근육질의 남자들만 득실거리는 검술학부에서 할 것은 제한되어 있었고 손님들도 검술학부의 학생에게 관심이 있는 게 아니면 검술학부의 행사에는 오지 않았다.

라이언이 한숨을 쉬었다.

"저도 이제 술집은 물립니다. 그러니까 이번 해에는 좋은 의견 좀 내 봅시다. 뭐 재밌는 거 없습니까? 집사학부는 프릴과 꽃으로 잔뜩 장식한 찻집을 열어서 평민 아가씨들도 귀족 기분을 내게 해 준다던데. 우리도 비슷한 걸 할까요? 이름은 늠름한 기사 찻집 대충 이런 걸로 하고, 분홍색 레이스와 꽃으로 꾸밉시다. 그리고 우리는 기사복을 차려입고 아가씨 뒤에 서 있는다든가?"

"미쳤어요?"

"니글거려서 그걸 어떻게 합니까!"

라이언이 의견을 내놨지만 학생들의 반발이 심했다. 라이언이 변명했다.

"나중에 귀족 아가씨들 호위기사 할 사람들도 있을 텐데 예행

연습이라고 생각하면 되지. 호위기사는 주인의 뒤를 떠나면 안된다고."

"짜샤, 난 축제를 즐기고 싶다고! 그런데 우리가 그 분홍 덩어리들을 다 꾸며야 하잖아! 게다가 육 일 동안이나 그 분홍 덩어리들이랑 같이 있어야 해!"

누군가가 고함을 질렀다. 몸서리가 절로 쳐지는 상황이 예상되자 라이언의 의견은 결국 묵살되었다.

"그럼 또 술집 해요?"

"그것밖에 없네."

결국 술집으로 결정 나는 분위기다. 턱을 책상에 괴고 엎드려 있던 에이지가 지루하다는 표정으로 하품을 하고는 입을 쩝쩝거렸다.

"이건 뭐 취직의 노예네, 노예. 취직 말고는 다른 생각을 못 해."

"노예? 노예!"

앞자리에서 에이지의 의미 없는 중얼거림을 들은 한 남학생이 자리에서 벌떡 일어났다. 에이지가 깜짝 놀라서 그를 쳐다보았다. 남학생이 주먹을 불끈 쥐었다.

"부장님, 노예 경매를 하는 건 어떻습니까?"

"뭐라고요?"

라이언의 얼굴이 멍해졌다. 다른 이들도 마찬가지였고, 에이지도 멍청하니 남자를 올려다보았다.

"우리가 노예가 되는 겁니다. 아, 그렇게 이상한 표정 짓지 말고 들어 보십쇼. 못생긴 놈들이 좀 있긴 해도 우리가 학력이나 실력으로 따지면 어딜 내놓아도 빠지는 놈들은 아니잖습니까? 엄청 불티나게 팔릴걸요?"

남학생이 자신만만하게 하는 말은 사실이었다. 검술학부생의 경우 아주 특출한 소수를 제외하곤 수련을 하지 않으면 한없이 뒤처지므로 수련 외에는 다른 것에 관심을 줄 시간이 없다. 그러나 지옥 훈련 때문에 파김치가 된 상태로 원 내에 돌아다녀도 친해지고 싶어 안달이 난 선망의 시선은 언제나 그들을 따라다니곤 했었다. 검술학부의 학생들은 출세와 미래가 보장된 인재이자 훌륭한 인맥이기 때문이었다.

"그러니까 경매를 할 장소를 마련한 다음에, 매일 경매를 여는 겁니다."

"매일?"

"검술제는 매일 토너먼트 방식으로 진행되는 메인 경기와 거기서 탈락한 학생들의 랭크를 가리기 위해 리그 방식으로 랭크전으로 진행되지 않습니까?"

"그렇죠."

"즉 메인 경기에서 매일 탈락자가 나온다는 소린데, 그날의 메인 경기에서 탈락한 학생들을 경매에 올리는 겁니다. 낙찰당한 사람은 그날 하루 낙찰자의 노예가 되는 거고요. 운 좋으면 돈 많은 예쁜 아가씨랑 축제를 즐길 수도 있고, 좋은 귀족나리들을 한번 모셔 볼 수도 있고…… 완전 멋진 생각 아닙니까? 물론 이상한 짓은 할 수 없도록 명시해 두고요. 이렇게 해서 우승자까지 싹 다 팔아 치우는 겁니다!"

남자의 말에 강의실에 일대 파란이 일었다.

"재밌겠는데."

"검술제 하위권은 대부분 1학년이고 상위권으로 갈수록 고학년이니까, 저 녀석 말대로 하면…… 학년순 경매나 마찬가지야. 와, 잘못해서 지면 쪽팔려서 어떻게 다니냐."

"안 사 가면 어떡해?"

"그럴 일은 없을걸. 우리가 수련에 찌들어서 주변을 볼 여유가 없어서 그렇지 검술학부생들이 얼마나 인기 많은데. 싼값에라도 사 갈 거야."

"이상한 사람이 사면……."

"그건 자기 운이지."

에이지는 손바닥에 뺨을 괴고 중얼거렸다.

"진짜 노예가 어떤 생각을 하고 어떤 삶을 사는지 모르기 때문에 노예상이라는 말을 입에 쉽게 담을 수 있는 거로군. 장난으로라도 말이야……. 하지만 교수님이 그걸 허락할까?"

떠들썩한 분위기를 잠자코 지켜보던 라이언이 옆에 서 있는 필리거에게 조심스레 물었다.

"대부분 좋아하는 것 같긴 한데, 노예라니. 교수님, 괜찮겠습니까?"

필리거는 곰곰이 생각하다가 입을 열었다.

"인신매매는 지양되는 사업이지만 본인들이 자발적으로 참여하는 데다가 노예라기보다는 하인에 가까운 듯하고, 일꾼들이 일자리를 구하는 고용시장 같은 느낌이니 나쁜 의견은 아니구나."

"하긴, 하는 일을 보면 주인을 에스코트하는 고용인과 같은 느낌이군요. 수당을 받고 손님을 축제에서 한두 시간 에스코트하는 행사……. 괜찮은 것 같습니다."

"게다가 첫날부터 지는 놈들은 부끄러움에 고개를 들지 못할 테니 이기려고 더 노력할 테고 말이야? 하지만 노예라는 단어는 좀 순화하는 게 낫겠군."

벌써 결정된 듯한 분위기였다. 돈은 불우한 아이들에게 기부하자는 말까지 나오고 있었다.

'노예 경매라니.'

이아나는 몹시 불쾌했다. 제 소중한 검술의 가치를 타인이 값으로 매긴다는 게 싫었다. 검술이 단순히 그 값어치를 높이기 위해 사용되는 듯하여 매우 언짢았다.

돈을 벌기 위해 재주넘기를 하는 광대와 다른 게 뭐란 말인가? 다 떠나서 누군가가 저를 낙찰 받으면 하루긴 하지만 정말로 의지와는 관계없이 낙찰자의 노예 노릇을 해야 한다고?

이아나는 누군가에게 휘둘리는 게 정말 끔찍하게 싫었다. 아무리 재미로 하는 것이라 해도 용납할 수 없었다. 블랙폭시의 노예 경매는 아예 판을 깰 생각으로 얌전히 올랐지만 이번은 경우가 달랐다.

다만 뜨거운 분위기에 찬물을 끼얹고 싶지 않아 침묵했다. 얌전히 있던 이아나는 자리가 파하고 들뜬 학생들이 와자지껄하게 떠들며 밖으로 나가고 나서야 라이언에게 다가갔다. 자료를 정리하고 있던 라이언은 누군가가 다가오자 고개를 들었다가 이아나임을 알고 쓰게 웃었다.

"선배님, 저는 그 행사에 불참하고 싶습니다. 검술제에도 불참하려 합니다. 살펴보니 탐탁잖아 하는 이들도 소수 있는 것 같던데. 참가하기 싫은 사람은 어찌합니까?"

이아나는 귀족들이 대거 참석하는 자리에 모습을 드러내고 싶지 않았다. 1학기 검술대회에 성질을 못 참고 마나를 능숙히 제어하는 실수를 저지르는 바람에 제가 열여섯 어린 나이에 마나를 제어할 수 있다는 소문이 잔잔한 파도처럼 퍼져 나갔을 터, 경기 내내 우리 안의 희귀짐승을 구경하듯 볼 게 뻔했다.

게다가 블랙폭시의 노예 경매 사건도 있었기 때문에 그곳에 있었던 귀족들은 저를 알아볼 터였다. 귀족들 앞에 서는 게 꺼림칙한 건 아니지만 쓸데없이 구경거리가 되는 건 사양이었다.

"음……."

라이언도 이제는 이아나의 사정을 알고 있다. 그리고 이 상황도 이해했다. 아무리 멸시받는 첩의 딸이라지만 이아나는 귀족이었다. 평민들과 어울린다고는 해도, 평민들에게도 존대를 한다 해도 그녀의 품행은 귀족보다 더 귀족스러웠으며 지닌 실력만큼 자존심이 강했다. 장난이라고는 하나 이 상황이 불쾌한 게 당연했다.

"검술제는 의무 행사이니 불참은 불허합니다. 참가는 하셔야 해요. 싫으시면 기권을 하는 방법밖에 없어요."

이아나는 한숨을 쉬었다. 저번처럼 팔이 부러진 것도 아닌데 기권이라니? 어쩔 수 없는 상황도 아닌데 기권이라는 상황으로 인생에 패가 기록되는 것은 참을 수 없었다.

"그리고 노예 경매 건은…… 소수의 의견을 무시할 수는 없지만 다수의 의견이 절대적인 건 사실이에요. 아무래도 새로운 행사다 보니 다들 들떠서. 정말 노예 같은 게 아니라 반 장난식으로 즐기고자 하는 거고, 학부 행사니 웬만하면 참여해 주었으면 좋겠어요. 단체 행사에서 개인이 빠지는 상황이 전체 분위기에 좋지 않은 영향을 미친다는 거, 이아나 양이라면 알고 있을 거라고 생각해요. 한 사람이 빠지기 시작하면 다른 사람들도 줄줄 빠져나가서 행사가 망하기 십상이거든요."

라이언의 말에도 일리는 있었다. 이를 어찌하나. 이아나는 찌푸려지는 미간을 엄지로 슬슬 문질렀다.

라이언은 이아나의 눈치를 보다가 슬쩍 손짓했다. 이아나는 라이언 쪽으로 고개를 슬슬 기울였다. 라이언은 조용히 속삭였다.

"그러니 이렇게 하면 어떨까요? 이아나 양이 파엘라 상단주님과 친분이 있다고 들었습니다. 그분이 검술학부에 기부를 하고 계시기 때문에 학부 측에서 귀빈으로 초대할 예정입니다. 웬만하면 오실 듯한데, 그분께 한번 낙찰을 부탁드려 보세요."

"그게 무슨?"

"꼼수를 쓰자는 겁니다. 낙찰 금액이 얼마가 되었든 제가 그 돈을 무르시 님께 돌려드리겠습니다. 무르시 님은 상업계의 큰손이시니 얼마를 부르든 간에 누구도 이상하게 생각하지 않을 거예요."

"……."

이아나는 곰곰이 생각하다가 고개를 저었다.

"낙찰금은 불우한 아이들에게 기부하기로 되어 있지 않습니까. 장부에 기록이 될 텐데 그 돈이 빠지면 후에 문제가 될 수도 있습니다. 하지만 좋은 생각이군요. 제가 무르시 씨에게 저를 낙찰 받아 달라 부탁은 드리겠지만 학부 측에서 그 돈을 돌려주지는 않아도 됩니다."

"무르시 씨와 많이 친하시나요? 하긴 얼마가 되었든 부담되는 액수는 아닐 겁니다. 액수가 그렇게 높지는 않을 테니까."

"아니요. 그런 뜻이 아닙니다. 무르시 씨는 대리인 정도로 해 두고 제가 절 사려 합니다. 낙찰금은 무르시 씨에게 갚고요."

"아, 그렇군요, 와…… 이아나 양 정말."

감탄한 라이언이 고개를 주억거리다 이아나의 어깨를 툭툭 두들겼다.

"멋집니다. 그렇게 해 주시면 정말 감사하죠. 사정을 이해해 줘서 고마워요."

"아닙니다. 부장님이 좋은 의견을 내주신 덕입니다. 그럼."

라이언에게 인사를 한 이아나가 입구를 나서는데 거기서 그녀를 기다리고 있던 일행이 어찌 되었냐고 물어 왔다. 노예 경매 이야기를 듣는 이아나의 분위기는 심상찮았고, 그녀가 라이언에게 간 이유가 불참 의사를 밝히기 위함임을 알고 있었기 때문이다.

"설마설마했는데 진짜로 될 줄이야. 그 자식은 대체 뭐야?"

에이지는 창백해진 얼굴로 벽에 이마를 기대고 선 채 중얼거렸다. 헤레이스가 조심스레 물었다.

"이아나 양, 어찌 되었어요?"

"참가하기로 했다."

에이지가 으악— 하고 몸을 일으키며 이아나를 보았다.

"정말 할 거야? 진짜로?"

다른 이들은 이아나가 하기로 했다면 괜찮을 거라고 생각하며 가만히 있는데 에이지 혼자 유난히 격렬하게 반응하자 이아나는 고개를 갸웃했다. 에이지의 얼굴은 하얗게 질려 있었다.

"왜 당신이 그런 반응을 보이지?"

"그, 그건…… 아무튼!"

"내가 날 살 테니 상관없어. 대리인에게 부탁해 날 낙찰 받게 할 거다."

"그런 방법이!"

어두웠던 에이지의 안색이 활짝 피었다. 깊은 호수에 빠져 허우적 거리다가 하늘에서 내려온 동아줄을 발견한 사람의 표정 같았다.

"먼저 신청들 하고 있어. 난 어디 좀 다녀올게!"

에이지는 말을 마치고 어딘가로 부랴부랴 뛰어갔다. 그 뒷모습 을 이상한 눈으로 쳐다보던 이아나와 헤레이스, 타로는 강의편람 을 받기 위해 학부 사무실로 향했다.

사무실에서 두꺼운 편람 한 권씩을 가져온 그들은 복도를 거닐 면서 책을 대충 넘겨 보았다. 1학기에 학생들 사이에서 인기가 많거나 유익하기로 유명했던 수업은 계속 편람에 남아 있었고 평 이 좋지 않았던 수업들은 사라졌다. 새로운 강의들이 그 빈자리 를 메우고 있었다.

헤레이스는 한참이나 책장을 펄럭펄럭 넘기다 이아나의 책장이 줄곧 전공수업 페이지에 멈추어 있다는 것을 알아차렸다.

"교양 쪽은 안 보세요? 전공은 이미 정해져 있는 거고, 보통은 교양 페이지를 먼저 찾아보던데."

"학술원의 교양 제도는 훌륭하고 수업도 괜찮지만……."

"어, 그 페이지는?"

그리고 헤레이스가 알아차린 두 번째 사실은 지극히 선명한 이 아나의 적안이 2학년 전공수업을 훑고 있었다는 것이다.

"1학년의 1학기는 학술원의 생활에 익숙해지는 것이 주목적이 라 월반이 불가능했지만 2학기부터는 고학년 전공수업을 자율적 으로 신청할 수 있다지?"

학술원은 그런 곳이었다. 배우고 싶다면 무엇이든 신청해서 배 워도 좋다. 그러나 스스로가 청한 배움에 책임을 져야 하며 그 결과가 좋든 나쁘든 온전히 제몫이었다. 즉 고학년 전공을 신청해도 상관은 없지만 저학년이라고 성적을 더 잘 주는 법이 없었다.

"1학년 수업뿐만 아니라 고학년의 수업까지 들으시려는 거군요. 대단하세요. 조기 졸업하시려고요?"

"그래. 그래서 교양은 빼고 2학년 전공을 들을 거다."

이아나는 아르하드를 만난 이후, 학술원을 일찍 졸업하기로 결심했다. 그녀가 학술원에 입학한 이유는 하루빨리 로베르슈타인에서 독립하고 싶었기 때문이기도 하지만, 무엇보다 아르하드를 만나는 나이가 되기를 얌전히 기다리기 위해서였다.

하지만 뜻밖에도 이아나는 열여섯 살인 지금 아르하드를 만났고 자발적으로 그의 삶에 발을 들였다. 3년이나 이른 시기에 만난 그는 이아나가 봤을 때 아직 바하무트 황실과 정면으로 맞서고 있는 것 같지는 않았다. 회귀 전 열아홉 살 때 아르하드가 로안느 왕국에 있었던 것도 그렇고, 3년 후가 황제의 자리를 본격적으로 도모하는 해가 아닐까 하고 추측 중이었다.

그럼 그의 옆에서 그를 돕기 위해서는 하루빨리 졸업해야 할 것이 아닌가. 아르하드는 4학년, 이아나는 1학년이다. 빡빡하겠지만 3학년에 졸업해야 했다.

조기 졸업을 하기 위해서는 학부가 지정한 전공을 모두 들으면 된다. 그 후 신청을 하면 학년에 상관없이 바로 졸업할 수 있었다.

이아나는 책장을 넘겨 3학년 전공 페이지를 보았다.

"가능하다면 3학년 전공까지 이번 학기 시간표에 채워 넣을 생각이야."

"컥."

이아나의 옆에서 책에 코를 박고 걷고 있던 타로가 목 졸린 소리를 냈다.

"지금도 죽겠는디 제정신인가? 오메— 듣기만 혀도 숨이 막히는구마잉."

"매일 저녁까지 수련을 하는 건 늘 있던 일 아닌가? 자율수련을 수업으로 바꾼 것에 불과해. 당신도 밤까지 쌩쌩했던 것 같은데?"

"머리에 쥐가 난단 말여, 머리에. 난 천상 몸으로 뛰어다니는 체질이닝께 수련은 괜찮은디 하루 죙일 책 보고 앉아 있으면 찌뿌둥해서 죽을 것 같어. 워메, 끔찍혀라."

타로는 지금 제가 보고 있는 수강편람도 질색이라는 듯 안색이 창백했다.

"우리 집안은 '알아서 생존!'이 가훈이어라. 그래서 내가 아가였을 때도 사막 한가운데에 던져 놓고 밥 알아서 챙겨 먹으— 하는 기 우리 아부지셨당게. 책은 무신. 성님들이랑 아침부터 저녁까지 밥만 찾으러 다녔제. 옷이 다 떨어지면 벗겨 낸 가죽으로 대충 꼬매서 입고. 근디 공부보다는 차라리 그기 낫었어."

헤레이스는 와— 하고 입을 벌렸다. 어려서부터 하인들이 차려 주는 식사를 하고, 재봉사들이 제작해 준 옷을 입으며 귀하게 자라 온 그는 이제껏 겪어 보지도, 앞으로도 겪어 보지 않을 거친 생활방식이었다.

"형님 가족들 엄청 재밌는 분들일 것 같아요. 뵙고 싶다."

타로는 끙 하며 머리를 벅벅 긁었다.

"학술제 기간에 보고 싶지 않아도 절로 보게 될 것이여. 가족 전부가 학술제 때 테오도르에 상경한다는디…… 제일 목소리 크고 시끄러운 인간들이 내 아부지랑 형제들일 거여. 쪽팔려라.”

“아, 타로 형님 같은 분들이 잔뜩이군요.”

“뭣이여? 이 밀가루 덩어리가!”

“으악!”

타로가 헤레이스의 머리를 옆구리에 끼고 목을 조이자 헤레이스가 비명을 질렀다. 타로의 힘은 괴물의 것이나 다름없었다. 그의 조르기에 헤레이스는 정말 말 그대로 목뼈가 부러질 것 같았다.

이아나는 그들을 보며 작게 웃다가 수강편람을 덮고 가만히 앞을 응시했다. 학술원 생활이 3학년까지라는 말인즉 평온은 이제 3년도 채 남지 않았다는 말이다.

회귀 전 아르하드가 국민들에게 신으로 받들어지는 바하무트 황실을 어찌 제거했는지는 모르나 분명한 건 수많은 인간들의 피가 흘렀으리라는 것이다. 그리고 아르하드가 확실히 그렇다고 말해 주진 않았지만 그의 병 때문에 선혈이 항상 그의 인생을 적시고 있을 게 자명해 보였다.

삶이 참으로 기구한 남자……

이아나는 그의 검이 될 것이다. 아니, 약속에 의한 의무라기보다는 자발적으로 그의 검이 되어 주고 싶었다.

아르하드가 간절한 표정으로 입을 맞춘 손등이 낙인이라도 찍힌 듯 아직도 뜨겁다. 몇 시간이 지난 지금에도 입술이 닿은 자리가 선명했다.

아르하드가 왜 그리 저를 바라는지는 알 수 없다. 하지만 손등에 키스당하는 그 순간 확실히 알 수 있었던 건 간절하게 보였던 만큼 지독하리만치 외로워 보였다는 것이다. 그것이 마음속 깊이 남았다.

아르하드가 회귀 전 그토록 저를 원했던 이유는 어쩌면 그의 옆에서 함께 그 삶을 감당해 줄 존재가 필요했기 때문일지도 모른다.

지금은 웬만하면 원만하게 살려고 노력하고 있기 때문에 검날이 뭉툭해졌지만 졸업 후, 언젠가 바하무트로 향할 때 검은 회귀 전처럼 날이 서서 혈향을 품게 될 것이다.

그가 무슨 짓을 하든 그의 말을 따르는 검이 되어 줄 생각이다. 그를 위협하는 적은 그 무엇이든 모두 베어 가르는 검이 되어…….

이아나는 아르하드에게 '나는 당신의 옆에 있을 거야. 그러니 걱정하지 마.'라고 말하고 싶은 마음이 굴뚝같았지만 그가 제대로 밝힌 것이 전무한 상황에서 뜬금없이 그러고 싶지는 않았다. 그러니 학술원의 후배로, 카마트로스의 일원으로, 그의 부하로서 활동하면서 조금씩 조금씩 그에 대해 알아 가면서, 자연스럽게, 자연스럽게…….

"이아나 야앙!"

시간표를 빡빡하게 채워 수강신청을 한 후 기숙사의 제 방으로 돌아온 이아나에게 작은 그림자 하나가 달려들었다. 그 속도가 몹시 빨라 충돌할 법도 한데 이아나는 팔을 뻗어 그림자의 기습을 막아 냈다. 이아나는 그림자의 동그란 얼굴을 꾸욱 밀어냈다.

"아잉, 보고 싶었어요. 일어났더니 방에 이아나 양의 가방이 있어서 얼마나 두근거렸는지! 그런데 자기는 변함없이 도도하구나?"

프리실라는 산발이 된 금발을 대충 정리하고는 눈을 빛냈다.

"여전히 예쁘고."

이아나는 초롱초롱 빛나는 눈동자가 심히 부담스러웠다. 그녀는 프리실라를 대충 떨구어 놓고 침대에 걸터앉았다. 프리실라는 쪼르르 따라와 앞에 풀썩 앉아서 두 손을 모은 채 까까거렸다.

"나 너무 좋아, 드디어 학술제의 시즌이야! 나랑 한 약속, 잊지 않았지? 이아나 양, 우리 의상학부 행사가 뭔지 알아?"

"당신의 옷을 입어야 한다는 건 알겠는데 정확히는 잘."

프리실라가 흥분해서 잔뜩 늘어놓은 말에 의하면 이랬다. 의상학부는 이번 학술제 때 자신이 만든 옷이나 장신구를 상시 판매한다고 했다. 큰 행사도 하나 하는데 그게 바로 프리실라가 이아나에게 부탁한, 최고의 의상을 가리는 의상 대회였다.

의상학부 학생들은 학술제 첫날부터 하루에 한 학년씩 제 옷을 입힌 모델을 선보이고 6일째에 모든 의상을 전시한 채 투표와 심사위원의 평으로 올해의 의상을 뽑는다.

4학년인 프리실라의 순서는 4일째였다. 프리실라가 모델은 무대에 나와서 한 바퀴만 돌고 들어가면 된다고 즐겁게 조잘거렸다.

미인도 아니고 의상이라니, 별걸 다 한다. 이아나는 떨떠름한 기색을 풍겼고 프리실라는 주먹을 꾹 쥐었다.

"여기서 이름을 알리면 취직 걱정은 안 해도 돼요. 주문이 쏟아져 들어올 테니까! 그래서 의상학부 애들은 이날을 위해 2학기 초를 불태우죠. 자기 옷을 돋보이게 해 줄 모델을 찾아 학술원을 미친 듯이 돌아다닌답니다. 1학기부터 다른 학부 강의실을 기웃거리면서 자기 모델을 찜해 놓는 애들도 있어요. 하지만 나는 올해가 되자마자 완벽한 모델을 손에 넣었죠. 우후후, 후후후후후훗!"

프리실라가 두 손으로 입을 막고 미친 듯이 웃자 이아나는 잠시 꺼림칙한 표정을 지었지만 원래 이런 여자라는 것을 떠올리고는 못 말리겠다는 듯 고개를 절레절레 저었다. 그보다는 우려되는 점이 있었다.

"저는 사람들 사이에서 평이 좋지 않습니다. 특히 귀족들 사이에서요. 학술제에 귀족들이 많이 올 텐데 저에 대한 선입견 때문에 당신의 옷이 폄하될지도 모릅니다."

"그게 무슨 상관?"

프리실라는 멀뚱한 표정을 지었다.

"그리 이아나 양을 깎아내리는 자들은 이아나 양과 대화 한번 나누어 보지 못한 이들 뿐인걸요. 이아나 양의 진가는 소문에 가려져 있으니까요. 직접 마주하면 얼마나 멋진데?"

이아나는 당연한 것을 말하듯 조잘거리는 프리실라를 묘한 눈초리로 보았다. 제 소문을 제대로 들은 게 맞을까? 아니면 소문을 듣고도 정말 신경 쓰이지 않는 걸까?

함께 살면서 프리실라는 단 한 번도 태도를 바꾼 적 없었다. 언제나 매달려서 침을 흘리는 그녀는…… 정말 일관적이었다.

"……."

이아나는 조잘거리는 프리실라를 빤히 바라보았다. 옷 말고 다른 건 다 상관없는 여자. 귀찮긴 하지만 싫진 않다.

그때, 이아나의 시선을 마주한 프리실라의 얼굴이 붉어졌다.

"난 이아나 양의 얼굴이랑 몸만 있으면 돼요. 그래요, 당신의 아름다움은 그런 소문 따위는 바닥에 패대기치고 발로 차서 날려 버리고도 남아요."

그러나 저 번들거리는 눈빛.

"아름다우면서도 냉정하고 섹시하면서도 금욕적인 얼굴, 이 빵빵하고 우월한 몸…… 읍!"

한숨을 내쉰 이아나는 두 손을 꿈틀거리며 점점 가까워지는 프리실라의 얼굴을 밀어내었다.

이아나는 프리실라가 제 외양에 너무 과한 점수를 주고 있다고 생각했다. 제가 르보니의 외모를 물려받아 꽤 예쁘장하다는 건 인지하고 있었다. 그러나 타루이트의 레리트처럼 특출하게 아름답지는 않다는 것도 알고 있었다.

세상에 예쁜 여자는 많았다. 라랏슈아 엘 마르디알만 해도 괴팍한 성격에 묻혀서 그렇지 타로가 다른 여자들을 다 제치고 여신으로 떠받들 만큼 몹시 아름다웠다.

그러나 프리실라는 그들을 예쁘다고는 평했지만 이아나에게만큼 광적으로 매달리지 않았다. 이아나는 고개를 갸웃했다.

'무서워서 그런 걸까, 취향 차일까.'

취향 차라면 프리실라는 취향이 너무 이상했다.

"됐고, 그리 말씀하시니 알겠습니다. 하지만 결과는 책임지지 않습니다. 알아서 하세요."

"어머머. 누가 할 소릴. 이아나 양이야말로 나한테 뒤를 책임져 달라 하면 안 돼요?"

이아나는 프리실라가 콧대를 세우고 자신만만하게 어깨를 으쓱거리며 하는 말의 의미를 이해할 수가 없었다.

설명에 의하면 그저 옷을 입고 무대에서 한 바퀴만 휭 돌고 오면 끝난다. 그런데 무슨 책임? 귀족들에게서 쏟아지는 손가락질을 책임지지 않겠다는 말인 걸까? 하지만 그게 저런 태도를 보이며 할 말은 아닐 터였다.

"제가 당신에게 무얼 책임져 달라 한단 말입니까."

"후후, 글쎄요? 아참, 그리고 나, 일단 방학 때 디자인 완성했어요! 아직 의상은 만들지 않았지만 디자인을 그려 놓은 종이는 있는데. 어엄청 이아나 양과 어울리는 옷인데⋯⋯. 완성 전까지는 비밀! 후훗!"

프리실라는 호기심을 자극하려는 듯 그녀를 힐끔거리며 히죽히죽 웃었다. 그러나 이아나는 순순히 고개를 주억거렸다.

여인들의 주 관심사인 드레스나 장신구, 화장에 전혀 관심이 없었기 때문에 그런 것들을 봐도 뭐가 어떻게 예쁜지 알기 어려웠다. 물론 그녀에게도 취향은 있고 좋아하는 취향의 차림새도 있지만, 그게 보편적인 미적 감각과 연결되지는 않았다. 실제로 이아나는 귀족들이 가난한 평민의 옷이라고 손가락질하는 간소한 옷들을 즐겨 입었다.

프리실라가 무슨 옷을 준비했든 간에 제 눈에는 똑같아 보일 게 분명하니 비밀로 하든 말든 상관없었다. 프리실라가 쳇, 하고 아쉬운 표정을 지었다.

"그보다 방학 때 치수 변화가 있었을지도 모르니까 치수를 한 번 잴게요. 빨리 일어나요!"

약속은 약속이니 협조해야 한다. 이아나는 프리실라가 원하는 대로 이리저리 움직이다가 프리실라가 몹시 만족하고 나서야 정신적 피로감에 휩싸인 채 몸을 침대에 누일 수 있었다. 그러나 그도 잠시, 누가 기숙사 문을 두들겼다.

프리실라가 문을 벌컥 열자 그곳에는 생전 처음 보는 여학생이 상기한 낯으로 서 있었다.

"여, 여기가 이아나 님의 방인가요?"

제 이름이 들리자 이아나가 몸을 일으켰다.

"무슨 일로 찾으십니까?"

"저, 기숙사 아래에서 아주 잘생긴 남자분이 잠시만 입구로 나와 달라고 하셨어요. 이름이 아르하드라고 하시던데요."

여학생은 기숙사 입구 앞에서 자신을 불러 세운 남학생, 아르하드를 마주했다가 얼이 빠졌다. 그녀는 환상적으로 잘생긴 남자가 제게 말을 걸자 정신이 없었다. 공부만 하느라 남자와 대화도 얼마 못 해 봤지만, 그렇게 잘생긴 사람은 살면서 본 적이 없었다.

여학생은 아직도 벌겋게 달아올라 있는 얼굴을 식히기 위해 후, 후 하며 손부채질을 했다. 남자는 여학생 기숙사에 절대 출입금지. 잘생긴 남자는 이아나를 불러 달라 부탁했다. 그녀는 이아나를 흘끔 보았다. 말 한마디 나누어 본 것에 이리 흥분한 그녀와는 달리 이아나는 무척 무덤덤해 보였다.

실제로도 무덤덤했다. 이아나는 외모에 별로 관심이 없을뿐더러 회귀 전에 지겹도록 본 아르하드의 외모에 적응한 지 오래였다.

'무슨 일이지?'

이아나는 옷장을 열어 대충 보이는 옷을 꺼내 다시 주섬주섬 입었고 여학생은 이아나가 입는 옷을 보고 경악했다. 그 잘생긴 남자가 저를 불러 줬다면 머리를 손질하고 화장을 하고 예쁜 치마를 찾느라 정신이 없었을 것이다. 그런데 이아나가 꺼내 입는 옷은 아무런 장식이나 문양이 박혀 있지 않은 아이보리색 계열의 기본 셔츠에 투박한 가죽바지였다. 그리고 머리 손질은 묶인 상태로 침대에 눕는 바람에 삐죽삐죽 헝클어진 머리카락을 다시 묶기 귀찮은 듯 머리끈을 풀어내고 방을 나서는 게 다였다. 꾸몄다고도 할 수 없었다.

384 **ADONIS**
아도니스

'그런데……'

여학생은 침을 꿀꺽 삼켰다. 그런 볼품없는 옷을 입었음에도 뭔가 분위기가 다르다. 허름해 보였던 옷이 이아나가 입으니 맵시 있게 떨어져 달라 보였다. 어째서인가?

여학생은 곧 그 이유를 알게 되었다.

'아, 몸매가……'

여학생은 밑을 내려다보았다가 제 발이 온전히 보이자 어쩐지 슬퍼져서 어깨를 축 늘어뜨리고는 힘없이 방을 떠났다.

"어머머머? 아르하드라면 이아나 양과 방학 전에 요로쿵조로쿵 두근두근핑크핑크 했다던 조각미남?! 꺄아, 웬일이니!"

두 뺨을 손으로 감싼 프리실라가 정신이 나간 듯 혼자서 꺄까거리는 것을 깨끗하게 무시한 이아나는 문을 닫고 나왔다. 문 너머로 '매정해!'라고 울부짖으며 프리실라가 동동거리는 게 눈에 선했지만 이아나는 일말의 가치도 없는 소문을 해명하는 데 시간을 허비할 생각이 없었다.

밖에 나오니 아침과 점심 내내 하늘을 쨍쨍하니 비추던 태양은 어느새 높은 탑 너머로 뉘엿뉘엿 져 가고 있었다. 노을이 스며든 노란 구름은 온기를 품었으나 곧 냉기에 물들어 검게 될 것이다. 멀리서도 보이는 화려한 왕성 위에서는 희끄무레한 달이 모습을 드러낼 준비를 하고 있었다.

'곧 밤이 될 텐데 무슨 일로?'

이아나는 기숙사 건물을 나선 지 얼마 지나지 않아 입구를 둘러싸고 있는 담벼락에 기대서 있는 아르하드를 발견할 수 있었다. 아르하드는 등을 벽에 기댄 채 제 발끝을 물끄러미 내려다보고 있었는데 그런 아무 의미 없는 행동조차 잘생긴 남자가 하니 그림이 되어 스쳐 지나가는 여학생들의 끈적끈적한 시선은 아닌 척하면서도 그를 흘끔흘끔 훑었다.

아르하드는 이아나가 부르지 않았는데도 기척을 먼저 느끼고 고개를 들어 쳐다보았다. 그가 작게 웃었다.

"오셨군요. 쉬고 계셨을 텐데 불러내서 미안합니다."

"괜찮습니다. 그런데 반말을 통 쓰지 않으시네요."

이아나가 툭 내뱉자 아르하드는 멋쩍은 듯 코를 쓸었다.

"너무 갑작스러워서……. 원래 어려서부터 누구에게나 존대를 써 왔고, 반말 투는 부하들에게 명령할 때만 사용하는 터라 다소 고압적인 부분이 있어 함부로 쓰기 그러네요. 안 그렇던가요?"

이아나는 카마트로스의 이야기를 서슴지 않고 하는 아르하드에게 조금 놀랐다. 숨기려 할 때는 관련된 말만 나와도 경직되어 말을 돌리기 바쁘더니 들키고 나니 되레 당당했다.

"그건 그렇지만."

"학술원이 아닌 카마트로스로서 뵈면 그리하도록 노력하겠습니다. 당신이 바라는 대로. 이아나."

아르하드가 양이라는 호칭을 떼며 이아나의 이름을 입안에서 굴려보고는 마음에 든다는 듯 나지막하게 웃었다. 이아나도 빙긋 웃었다. 장족의 발전이었다. 역시 양이라는 간질간질한 호칭보다는 이게 나았다.

아르하드가 그런 이아나를 빤히 바라보더니 불쑥 말했다.

"저도 이름을 불러 주십시오."

"아르하드."

이아나는 예의상으로도 한 번 마다하지 않고 대답했다. 거리낌 하나 없는 태도에 아르하드는 순간 숨이 막힌 듯 숨을 죽였으나 이내 허탈하게, 그러나 설레는 듯 작게 웃으며 마른세수를 했다.

"그렇게 곧장…… 정말이지 못 당하겠네요. 계속 그리 불러 주세요. 선배라는 말보다 좋습니다."

"좋으시다니 한 번 더 불러 드릴까요, 아르하드?"

"……."

"아르하드."

이아나가 놀리듯 계속 이름을 부르자 아르하드는 노을이 만들어 낸 붉음 속에서도 확연히 두드러지게 뺨 언저리를 붉혔다. 그런 제 얼굴을 감추려는지 한 손으로 얼굴을 감쌌지만 이아나의 눈을 피할 수는 없었다.

"흐음."

이아나는 팔짱을 끼고 그를 흥미진진하게 관찰했다. 이아나는 함께 여행을 하면서 제 행동에 대한 그의 반응 하나하나를 열심히 살폈었다. 그녀가 본 아르하드는 제가 물수건을 챙겨 주는 것도 좋아했고, 저와 마주한 채 식사를 하는 것도 좋아했으며, 제가 옆에서 걷는 것도 좋아했고, 제가 이름을 불러 주는 것도 좋아했다. 그 결과, 그의 행동 패턴에서 공통점을 한 가지 발견했다. 아르하드는 제가 호감으로 말미암아 보이는 행동을 좋아하는 것 같았다.

순간 이아나는 다소 엉뚱한 상상을 했다.

어째 전생에서 자신만만하게 쫓아다니다가 거절당하고 거절당하는 바람에 이번 생에서는 처음부터 풀이 죽어 의기소침한 모습을 보이다가, 잘해 주니 이제 또 눈치를 슬슬 보다가 좋다고 얼굴을 붉혀 대는 듯한……

'멍청한 생각이야.'

이번 생의 그의 모습이 전생의 연장선 같다고 생각하는 건 정말 어이없는 상상이고, 사실은 아르하드의 본질일 것이다. 아무리 많은 게 변하더라도 사람의 본질만큼은 변하지 않는다는 말이 괜히 있는 게 아니었다.

'이 남자는 나와 친해지고 싶어 하는 마음이 영혼에 새겨져 있기라도 한 걸까?'

부끄러워하는 건지 좋아하는 건지는 모르겠으나 아르하드가 저런 모습을 보이니 계속 골려 주고 싶은 마음이 불쑥 들었다.

"아르하드?"

아르하드는 계속 저를 부르는 이아나를 흘끗 쳐다보았다가 그녀가 웃고 있자 흠칫 놀랐다.

"얼굴이 빨갛습니다. 의외네요. 이름을 불렀을 뿐인데 그렇게 쑥스러워하실 줄이야. 원래 부끄러움을 많이 타십니까?"

이아나는 아르하드가 기대고 있는 벽 옆쪽에 저도 몸을 기대었다. 눈동자를 데굴 굴려 아르하드를 보았다. 상기된 낯의 얼굴이 누군가와 겹쳐 보였다. 바로 과거의 그였다.

"아니면 제가 당신의 이름을 부르는 게 그렇게 좋은 건가요?"

생각해 보면…… 과거의 그에게 이름 한번 제대로 불러 준 적 없었다. 황제, 당신, 너…… 이름을 부르더라도 적대감을 듬뿍 담아 성을 붙여 불렀지 그의 이름만을 불렀던 적은 없었다.

과거에 이름을 불러 주었다면 그는 좋아했을까, 하는 부질없는 생각에 기분이 가라앉았다.

"하하."

이아나를 빤히 쳐다보던 아르하드가 짧게 웃더니 몸을 바로하고 이아나의 앞에 섰다. 그림자가 제 앞에 짙게 드리우자 이아나는 퍼뜩 정신을 차렸다. 아르하드의 키가 컸기에 어쩔 수 없이 그를 올려다보아야 했다.

"진지하신 줄만 알았더니 짓궂은 면도 있으셨네요. 사람을 놀릴 줄도 아시고. 물론 그런 모습도 좋습니다. 하지만……."

아르하드의 손이 갑작스레 얼굴 쪽으로 뻗어지자 이아나는 저도 모르게 뒤로 물러나려 하다가 벽에 막혀 몸을 움찔했다.

"아직 어립니다. 이아나는……."

머리 위에 손이 얹어지고, 그녀의 머리카락이 아르하드의 큰 손에 한 번 헤집어졌다.

"아주 어려요."

이아나는 미소를 지으며 손을 거두는 아르하드를 당혹한 표정으로 쳐다보았다. 어린애 취급당한 기분이다. 아니, 기분이 아니라 진짜 당했다.

'내가 뭘 했다고 어린애 취급을?'

다른 이의 손에 머리가 쓰다듬어지다니, 이는 회귀 전 제가 우는 걸 달래 주려고 제라드가 쓰다듬어 주었던 어린 시절을 제외하면 없었던 일이었다.

"실례. 저도 모르게. 귀여워서요."

귀엽다는 말만큼 저와 어울리지 않는 말은 없을 것이다. 이아나는 묘한 기분으로 아르하드의 손이 닿았던 제 머리에 손을 얹었다.

아르하드가 저보다 다섯 살이 많다지만, 이아나의 영혼의 나이는 그보다 한참이나 많았다. 그러니 아이 취급당한 게 싫을 만도 한데 딱히 거북함이 들지 않는 이유는 당황해서인가, 아르하드가 너무 자연스럽게 쓰다듬어서인가, 아니면 또 다른 이유 때문일까…….

"어쨌든 보는 눈이 많으니 자리를 잠시만 옮기시죠."

아르하드의 말에 정신을 차린 이아나는 주변을 돌아보다가 질투 어린 눈으로 저를 보며 지나가던 여학생들과 눈이 마주쳤다. 여학생들은 하나같이 깜짝 놀라 황급히 고개를 돌렸지만 이 상황이 영 달갑지 않다는 건 이아나도 판단할 수 있었다.

복잡한 기분으로 헝클어진 머리를 대충 정리한 이아나는 앞장서서 걷는 아르하드를 뒤따랐다. 너무 당당해서 왜 쓰다듬었냐고 묻는 것도 이상했다.

기숙사는 강의를 듣는 건물들과는 동떨어진 외진 곳에 있다. 기숙사 옆에는 건축 당시 조경을 이유로 제거하지 않고 남겨 둔 숲이 하나 있는데, 낮에는 산책 장소로 매우 적합했지만 밤에는 경치를 즐기며 거닐기엔 우거진 나무들이 달빛을 막는 바람에 너무 어두웠다.

그 점만 본다면 연인들의 밀회장소로 딱이겠지만 바로 옆이 여자 기숙사이기도 했고 목이 잘린 귀신이 나온다는 괴담이 있어 밤에는 학생들의 발걸음이 몹시 뜸했다.

아르하드는 숲 쪽으로 가고 있었다. 무슨 말을 하려고 인적이 드문 곳으로 갈까? 이아나는 궁금해졌다.

"저를 왜 부르셨습니까?"

아르하드의 등을 보며 이아나가 물었다. 애초에 그가 찾아온 목적은 따로 있었는데 자신이 반말 문제 때문에 딴죽을 거는 바람에 다른 길로 샜다.

"대화를 좀 하고 싶어서요. 저…….."

말을 고르며 잠시 뜸을 들이던 아르하드가 긴장한 어조로 이아나에게 물었다.

"검술대회 말인데, 혹시 우승을 노리고 계십니까?"

이아나는 일단 대답하지 않고 질문의 의도를 추측해 보았다. 혹시라도 만나면 져 주려고? 아니면 그저 궁금해서?

"귀족들의 눈에 띄는 건 사양하고 싶지만 그들을 신경 쓰느라 일부러 질 생각은 없습니다. 최선을 다할 겁니다."

"그렇군요……. 그렇겠지요."

아르하드는 다소 가라앉은 목소리로 의미 모를 말을 중얼거렸다. 이아나가 다음 말을 기다리고 있는데 아르하드가 멈추어 서서 뒤돌아보았다. 그의 등만 보고 따라가던 이아나도 멈추어 섰다. 뚜렷한 금안은 이아나를 똑바로 응시했다.

"뜬금없지만, 묻고 싶은 게 있습니다."

"뭐죠?"

중요한 질문을 하려는 듯하다. 편하게 늘어뜨렸던 몸을 곧추세운 이아나는 시선을 피하지 않고 정면에서 마주했다.

"이아나 양은 학술원을 졸업하고 무엇을 하려 하십니까?"

갑작스런 질문에 바로 대답을 하지는 못했지만 마음속에서 답은 이미 명료하게 나와 있었다. 아르하드의 질문은 그녀가 회귀한 이후 가슴에 새겨 놓고 단 한 번도 잊지 않았던 생의 목적을 겨냥했다.

아르하드에게 숨길 이유도, 거짓을 말할 이유도 없다.

"저는 출세에 관심 없습니다. 검의 끝을 보는 게 제 유일한 소망이죠. 그런 저의 검을 필요로 하는 사람이 있다면 저는 그 사람을 돕고 싶습니다."

이아나의 눈동자가 똑바로 아르하드를 향했다.

"그러니 훗날 제 검을 절실히 필요로 하는, 제가 인정하는 사람의 수하가 되어 그 사람을 보좌하려 합니다. 그 사람의 야망이 이뤄질 수 있도록 옆에서 돕고 싶습니다."

지금은 그 사람이 아르하드지만 회귀 전에는 로안느 왕국의 2왕자이자 훗날 왕이 되었던 슈나이더 레제 로안느였다. 그는 아르하드 때문에 심적으로 몹시 지쳐 있던 이아나에게 손을 내밀어 주었으며, 왕좌를 찬탈하기 위해 이아나의 충성을 바랐다.

충성.

이아나와 거리가 먼 단어였다. 검과 승리를 향한 집착, 검술에 모조리 바쳐진 자긍심, 이기심과 배타심이 머리끝까지 차올라 자기밖에 모르게 된 이아나는 누군가에게 굴복하거나 마음을 주지 못했다.

그래서 이아나가 슈나이더에게 취한 마음가짐은 충성이라기보다는 협조에 가까웠다. 기꺼이 목숨을 바칠 정도로 충성을 맹세하진 않아도 힘이 닿는 한까지 돕는 그러한 형태의.

물론 슈나이더가 훌륭한 주군이라고는 늘 생각하고 있었다.

"그런데 그런 걸 왜 물으십니까?"

"우선, 아무것도 묻지 마시고 제 질문에 대답해 주시겠습니까?"

"그러죠. 또 어떤?"

"로안느 왕국을 어찌 생각하십니까? 태어난 고국이니 아무래도 다른 나라들보다는 좋을 테고, 졸업 후에도 왕국 내에서 활동하시겠지요?"

슬슬 감이 온다. 아르하드가 뜬금없이 이런 질문을 하는 이유를 알 것 같았다. 저를 포섭하기 포석을 까는 게 아니겠는가.

"아니요. 성인이 되어 특별한 일이 없다면 로안느 왕국을 나갈 겁니다. 훌륭한 주군을 직접 찾아서 그 휘하로 들어가는 것도 괜찮겠죠. 그런 이가 없다면 용병패를 얻어 세계를 유람할 생각입니다."

이 정도 미끼를 던져 주었으면 이제 좀 물었으면 한다. 이아나는 아르하드가 눈앞에서 던져 주는 먹이를 놓칠 정도로 둔하다고 생각하지 않았다.

예상대로, 아르하드의 표정이 눈에 띄게 환해졌다.

"그렇군요."

"이제 이유를 말씀해 주세요."

이아나는 시치미를 뚝 떼고는 영문을 모르겠다는 듯 눈썹을 모았다.

"그러고 보니 당신은 북부의 대귀족의 사생아였지요. 카마트로스라는 큰 단체를 이끄는 주인이기도 하고……. 나중에 하고 싶은 일을 묻는 것도 그렇고, 나라를 사랑하느냐고 묻는 것도 그렇고, 혹시 저를 완전히 포섭하려는 겁니까?"

이아나는 진지한 낯을 한 채, 아르하드의 본심일 게 분명한 대화의 핵심을 아무렇지도 않게 푹 쑤셨다. 순식간에 허를 찔린 아르하드가 눈가를 움찔했다.

"아닌가요? 실망입니다."

너무 앞서 나갔다는 말과 함께 진지한 표정을 푼 이아나는 두 손을 들며 낮게 웃었다. 대답이 아닌, 엇박자로 갈라진 아르하드의 숨소리가 귓가에 들려왔다. 꽤 당황한 모양이다. 아까 애 취급당한 만큼의 보복은 한 건가. 애라니, 어딜 보고? 이아나는 속으로 코웃음 쳤다.

하지만 절대로 농담은 아니었다.

"당신 정도면 괜찮다고 생각했거든요."

이아나가 덧붙인 말에, 아르하드는 머뭇거리며 입술을 떼었다.

"……무엇이?"

"앞서 말씀드렸던, 제가 도울 사람으로."

"제 무엇을 보고 그리 말씀하십니까?"

"느낌입니다. 전 강한 사람을 잘 알아보기 때문에 당신이 대단한 실력자라는 것을 압니다. 그리고 왕국 차원에서도 쉽사리 건들 수 없는 블랙폭시를 정면에서 상대하는 조직의 수장인 데다 북부에 커다란 적도 있고…… 당신 인생, 돕는 재미가 있을 것 같습니다. 전 위험한 사람을 좋아해요."

이아나는 고요히 흘러가는 작은 시냇물 속 물고기의 인생보다는 풍랑이 몰아치는 바다에서 날뛰어 대는 상어의 삶이 더 좋았다. 가늘고 길게보다는 굵고 짧게 사는 게 좋았다.

"후!"

아르하드가 막혀 있던 숨을 크게 뱉어 냈다.

"정말이지……."

어쩔 수 없다는 듯 미소를 입가에 띤 채 고개를 젓는 그를 보며, 이아나는 조금 기대했다.

"죄송하지만 이유는 나중에."

"네?"

"궁금하시겠지만 기다려 주세요. 지금은 심장이 떨려서. 준비가 모두 되면 말씀드리겠습니다."

'대체 언제?'

이아나는 저도 모르게 입술을 조금 내밀고 불만을 표현했다. 이렇게까지 해 주는데도 입을 다물고 어물거린단 말인가?

하지만 저를 포섭하겠다는 마음은 굳힌 듯했으므로 오늘은 거기에 족해야 할 성싶었다.

'불러낸 이유가 이걸 묻기 위해서였나?'

이런 건 붙어 있는 시간이 많았던 남부 상행 도중이나 학술원 귀환 중에도 얼마든지 물을 수 있었다. 아니면 재학 중이나 카마트로스 활동 중에 계속 얼굴을 부딪치게 될 테니 언제라도 자연스럽게 물어도 되었다.

그런데 굳이 불러내기까지 해서 이 주제로 대화를 유도한 건, 오늘 심경에 어떤 변화가 있었기 때문이 아닐까. 오늘 하루 그의 마음을 흔들 만한 일이 무엇이 있었지? 이아나는 열심히 머리를 굴렸다.

오늘은 검술학부 소집일. 학술제 행사에 대한 공지가 있었다. 이를 떠올리자 이아나의 심상에 아르하드가 맨 처음에 던진 질문의 주제가 자동으로 부각되었다. 검술대회에서 우승을 노릴 것이냐는 질문, 그리고 최선을 다할 것이라는 대답에 아르하드가 말끝을 흐리던 것을 기억해 냈다.

'검술대회가 무슨?'

이아나는 아리송한 기분으로 발끝을 내려다보았다.

"일단 저와 대련부터 한판 해 주시겠습니까?"

이아나가 생각에 잠긴 채 얼굴 옆선을 타고 흘러내리는 머리카락을 귀 뒤로 넘기고 있는데, 아르하드의 말 한마디가 그녀의 고막을 벼락처럼 파고들었다. 주제를 돌리기 위해 한 말이었다면 최고의 선택이었다. 이아나의 머리에 슬금슬금 들어차던 불만과 의문이 싹 날아가 버렸다.

"지금요?"

상황이 이리될 줄 몰랐던지라 검을 가지고 나오지 않았을뿐더러, 아르하드 너머로 태양이 완전히 사라지고 어둠이 땅에 내려앉기 시작하는 풍경은 곧 밤이 시작된다고 말해 주고 있었다.

"검을 가져올까요?"

상관없다. 아르하드가 지금 당장 붙자고 하면 날듯이 방으로 달려가 검을 가져오리라. 이아나의 발걸음에 조급함이 묻어났다. 하지만 아르하드가 고개를 저었다.

"지금은 너무 늦었으니 내일 새벽 여섯 시, 제3 단체 수련장에서 부탁드립니다."

이아나의 심장이 뛰었다. 뭐가 어찌 되었든 대련 약속이라면 무조건 대환영이었다. 하지만 의외라면 의외였다.

"저야 좋지만 왜 이리 급하게?"

이아나는 의아했다. 새 학기가 시작되고 나서야 대련 파트너로서 대련을 시작할 줄 알았다. 그러나 지금 아르하드는 이제껏 피하던 태도가 무색하게 대련을 서두르고 있었다.

아르하드는 이것저것 생각하느라 저를 향해 있던 초점이 약간 흐려진 이아나를 물끄러미 바라보았다.

"이아나 당신의 실력을 제대로 확인하고 싶어졌습니다."

아르하드가 나직하게 내뱉은 말에 엉켜 있던 사고의 흐름이 누군가가 잡아당기기라도 한 듯 한순간에 풀어진 이아나의 초점이 다시 그에게 맞춰졌다. 항상 부드러움과 다정함을 품고 있던 아르하드의 눈은 더 이상 따스한 감정을 내비치지 않았다. 대신 아주 중요한 두 가지 선택지의 기로에 놓인 사람처럼 냉철하되 신경질적인 이성을 두르고 있었다.

"정말 진심으로."

이아나는 주먹을 꽉 쥐었다.

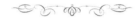

회귀 전의 이아나는 지금과는 다르게 언제나 감정적 격동에 휩싸여 있었다.

사람들에게 애정을 바라던 애정결핍의 어린 소녀는 성장할수록 골골대기 시작하더니 어느 순간 모습을 감춰 버렸다.

이아나는 르보니의 태중에 있을 때부터 제게 모욕을 주고 천시했던 로베르슈타인 가문이 증오스러웠고, 체르노의 폭력이 끔찍하게 지긋지긋했고, 매번 제게 쏟아지는 경멸 어린 시선이 그 눈을 뽑아 버리고 싶을 정도로 싫었고, 무엇보다 르보니의 집착과 억지에 지치다 못해 하루에도 수십, 수백 번씩 살심이 솟구쳤다. 어미랍시고 참아 주는 것도 한계에 달해 있었다.

무엇보다 이아나는 열아홉 살의 검술대회에서 그녀를 패배시켰던 한 남자, 그날 이후 흔적조차 찾을 수 없는 아르하드 로이긴에게 맹렬한 적의와 분노를 불태우고 있었다.

예쁘장한 외모 외에는 특출한 것 하나 없던 그녀에게 주어진 엄청난 재능. 경멸과 비웃음, 모욕과 손가락질 속에서 유일하게 그녀를 지탱해 주고 길을 비춰 주었던, 그녀의 존재 가치이자 그녀의 모든 것이었던 검.

차라리 대회에 나가지 않았다면 승패 따위에 집착하지 않고 검을 쥘 수 있음에 행복해하며 살아갈 수 있었을 터였다. 그러나 처음 나간 대회에서, 다른 이들을 패배시키며 제 재능을 확연히 깨달았다. 검을 휘두를 때마다 사라지는 소음에 희열과 쾌감을 맛보았다.

소름이 돋았다. 아무리 바라도 다물리지 않던 싸구려 입들을 강제로 닥치게 할 수 있음에. 오물 보듯 하던 혐오스런 시선을 제 힘으로 굴복시킬 수 있음에.

그러나 그 직후 무참하게 꺾였다. 그녀의 검은 한 남자에게 꺾였고 남자는 무릎을 꿇은 그녀의 앞에서 웃은 후에 모습을 감추었다.

승리의 쾌감은 모두 패배의 굴욕에 묻혀 버렸다. 대회 이후 손바닥 뒤집듯 경멸 대신 칭찬이 쏟아졌음에도 이아나는 비참했다.

물론 어린 자신보다 검을 잘 다루는 자는 많으리라고, 머리로는 이해했다. 하지만 세상에는 머리로는 이해할 수 있지만 가슴으로는 이해할 수 없는 일이 너무 많았다. 모든 것을 포기하고 검만 보고 즐거이 살아가던 이아나에게 계속 놀아나기만 하다가 결국 일방적으로 당한 첫 패배는 큰 충격을 안겨 주었다.

"내게는 검밖에 없는데. 검이 전부인데. 다른 누군가가 나를 검으로 그리 쉽게 꺾을 수 있다면, 검이 바느질과 공부와 다를 게 뭐지……?"

이아나는 독기를 품었다. 다른 건 다 필요 없지만 검술의 경지에서는 제가 최고여야 했다. 그것이 그녀가 가진 단 하나밖에 없는 욕심이었다.

처음에, 이아나는 열심히 수련해서 다음엔 반드시 이길 거라고 다짐하며 파티나 공부를 뒤로한 채 몸을 만들고, 수련하는 데에만 열중했다. 말없이 저택을 떠나 롯소산맥의 위험지대로 들어가 몬스터와 사투도 벌여도 보고, 그녀를 꺾어 보겠다 호기롭게 찾아온 검사들을 무자비하게 짓밟기도 하며 실전 경험을 쌓았다.

백전불패. 늘 필사적인 이아나의 검 앞에서 적들은 가을바람에 떨어지는 낙엽처럼 쓰러졌다. 이아나의 안에서 검에 대한 자긍심과 자존심은 갈수록 드높아졌다. 검에 대한 사랑과 집착은 갈수록 깊어졌다. 하지만 마음속의 공허는 채워지지 않았다.

이아나는 항상 같은 꿈을 꾸었다. 꿈속에서 아르하드의 그림자는 그녀를 언제나 패배시켰고, 그녀를 비웃었다. 때문에 언제나 패배자가 된 굴욕감을 느꼈다.

이 굴욕감은 그를 이기지 않으면 절대 해소되지 않을 터였다. 누군가를 이겨도 전혀 기쁘지 않았다. 아르하드만이 유일하게 꺾어야 할 대상이었다.

그렇게 아르하드에게 받은 모욕을 갚아 줄 날만을 기다렸다.

시간이 흘렀다.

"왜 나를 찾아오지 않아?"

찾아오겠다던 아르하드는 몇 개월이 훌쩍 지나 몇 년이 지나도
그녀를 찾아오지 않았다.

"내 적의를 꺾겠다며?"

차라리 진짜 아르하드와 맞붙어 최선을 다했는데도 또다시 패
배했다면 그를 순수한 상위 실력자로 인정하고 그를 꺾고자 노력
을 할 뿐 호감이 바닥 치지는 않았을 것이다. 그러나 모욕적이게
도 아르하드는 모욕을 씻을 기회조차 주지 않고 있었다.
　패배감이 짙어진다.
　이아나가 맹렬한 적의에 잡아먹히고 점점 자신감을 잃어 가고
있을 무렵 슈나이더 왕자가 내밀었던 손은 큰 도움이 되었다.

"나는 그대가 필요하다. 네가 없으면 내 야망은 완성되지 않아. 나
를 위해 그대의 힘을 빌려 주지 않겠나?"

모든 것을 배제하고 오로지 검 한 자루에만 바쳐진 인생. 그
검을 누군가가 절실히 필요로 한다는 사실은 생각 외로 달콤했다.
의외로 상대의 우위에 서 있는 듯한 희열을 가져다주었다. 언제
부턴가 느끼지 못했던 짜릿한 승리의 감각이었다.
　패배감을 잊고 그 느낌을 누리기 위해 이아나는 왕자의 청을
승낙했다. 하지만 누군가에게 진심으로 마음을 바치는 건 이제

불가했으므로 충성이 아닌 협조의 형태로 슈나이더의 손을 잡았다.

결국 패배감은 이아나의 안에서 흉으로 남았고, 이아나는 흉을 묻어 둔 채 왕자의 수하가 되어 그를 위해 검을 휘두르며 한 번도 패배하지 않고 공작 위까지 올랐다. 이아나는 흉을 숨기기 위해 그 위에 자존심을 차곡차곡 쌓았다.

그 이후로도 그녀는 검으로 승부를 걸어온 자에게 단 한 번도 지지 않았고, 그녀를 모욕하던 자들을 검으로 침묵시켰으며, 적대하는 자들은 모조리 무자비하게 척살했다. 그렇게 검을 휘둘러 쌓은 이아나의 자존심은 대단했다.

아르하드, 당신이 다시 내 앞에 나타난다고 해도 이제 나는 당신에게 지지 않을 것 같아. 당신을 무릎 꿇리고 비웃어 줄 수 있을 거야. 이아나는 욱신거리는 흉을 무시하고 오만한 태도로 자기 합리화했다.

그러나 어느 날, 아무렇지도 않게 그녀의 앞에 훌쩍 나타난 아르하드에게 이아나는 다짜고짜 검을 휘둘렀음에도 또다시 패배했다. 그날 그녀의 심정이 어떠했는지, 그는 알지 못할 것이다.

숨어 있던 악마가 튀어나오듯, 둑이 터지듯 쏟아져 나온 적개심과 증오는 어마어마했다. 자존심이 감추고 있던 패배감은 손을 쓸 수 없을 정도로 덧나 있었다.

아르하드는 이아나에게 있어 흉으로 남은, 그리고 또다시 그녀의 존재 가치와 자존심을 모조리 무너뜨리러 온 악몽 속의 남자였다. 그녀에겐 정말로 검이 전부였는데, 또다시 그것을 꺾으러 온 악마였다.

그래서 그 강함에 승복하지 못하고 미워하고 거부하며 검을 휘두르기만 했었다.

패배하고.

"나는 지지 않았어."

또 패배하고.

"나는 지지 않았다!"

또다시 패배하였음에도.

"이건 승부의 연장선일 뿐이야! 마지막에 웃는 자가 승리자인 법이지!"

이아나는 아주 못나게 굴었다. 그리고 그의 마음을 보려 하지 않았다. 거부하기만 했다.

왜일까? 아르하드가 그런 이아나를 포기하지 못한 까닭은? 그렇게 저를 이기고 싶어 하는 그녀를 위해 져 줄 법도 한데 그러지 않은 까닭은?

삶의 끝에서, 이아나는 결국 패배를 인정했다.

왜일까? 이아나가 스스로의 전부라고 생각했던 검이 무너지고 또 무너지면서도 끝까지 버틸 수 있었던 까닭은? 죽을 때 속 시원하게 패배를 받아들일 수 있었던 까닭은?

최선을 다했기 때문일까? 단지 그뿐일까?

삶의 끝에서, 이아나는 승리했음을 깨달았다.

졌지만 지지 않았다. 왜냐하면 그는…… 그녀를 바라고 있었으니까.

그녀는 언제나 그를 마음으로 패배시키고 있었다. 언제나 패배를 인정하지 못했던 그는 끝에 이르러서야 패배했음을 인정하고 그녀를 죽였다. 그러니 언제나 무승부였던 것이다.

……당신과 나는, 똑같아.

솔직하게 말해 봐.

나는 사실, 당신을 거부해서 당신이 상처받을 때마다 내 안의 패배감이 사라지는 것 같았어. 이기는 기분이었어.

당신은 내 검을 꺾어서 내가 무너지는 모습을 볼 때마다 무슨 기분이었어?

짝— 짝—

"……."

새벽, 이아나는 검 한 자루를 끌어안은 채 침대에 걸터앉아 있었다. 창에 스며든 새벽의 푸른빛을 물끄러미 바라보는 그녀의 마음은 호수의 표면처럼 잔잔했다.

이아나는 오랜만에 회귀 전의 삶을 회상하며 마음을 차분하게 정리했다. 아르하드에게 제 모든 것을 불태우며 검을 겨눴던 생을 결코 후회하지 않는다. 그를 상처 입히며 패배감을 상쇄했던 못난 태도도 후회하지 않는다.

그저 반성할 뿐이다. 그런 자신이 있었기 때문에 지금의 자신이 있을 수 있었다.

이제 자신만 기억하는 과거는 훌훌 털어 내고 새로운 승부를 가리기 시작할 시간이다. 이아나는 자리에서 일어나 곤히 잠든 프리실라가 깨지 않도록 조용히 방을 나섰다.

아직 개학 전이고, 아주 이른 새벽인 데다 다른 수련장들에 비해 외딴 곳에 위치한 제3 수련장이다 보니 사람은 없었다. 아르하드만이 이아나를 기다리고 있었다.

아르하드는 이아나를 발견하고 빙긋 웃으며 고개를 까딱여 인사했다.

"일찍 도착하셨네요."

이아나는 마주 인사를 하며 그와 조금 떨어진 곳에 섰다. 각오를 단단히 하고 온 이아나를 복잡한 눈으로 바라보던 아르하드는 이내 단호하게 낯을 굳혔다.

"이 시기, 이 시간, 이 수련장에 사람은 없습니다. 그리고 시작하기 전에 수련장의 손상을 최대한 방지해야 하니 배리어 아티팩트를 사용하겠습니다."

배리어는 일정 범위 내에 마나로 구성된 둥그런 방벽을 생성하는 마법이었다. 마나가 촘촘한 체인 흉갑처럼 배열되어 밖에서도 공격이 불가능하지만 안에서도 공격이 불가능한 마법으로 수련장을 망가뜨리지 않기 위한 목적에 적합했다.

아르하드는 품에서 동그란 수정구를 꺼내더니 거기에 마나를 힘껏 주입한 후에 수련장의 중심부에 내던졌다. 얇은 유리로 만들어진 수정구는 딱딱한 바닥과 충돌하자마자 산산조각이 났다. 동시에 수정구의 중심에서부터 성인 남성이 열 명 정도 줄지어 누웠을 때의 너비만큼 배리어가 생성되었다.

"배리어의 유지 시간은 한 시간 정도. 그러니……."

그 말과 동시에 아르하드의 주변이 서서히 찌릿한 살기를 품었다. 살기를 느낀 이아나가 슬금슬금 검손잡이에 손을 얹었다.

"이아나, 한 시간 동안 네 모든 실력을 보여라."

아르하드가 반말을 썼다. 카마트로스의 주인으로서 그녀를 대하고 있다는 뜻이었다.

"네 진짜 실력을 확인하겠다."

이아나는 아르하드가 이번 대련을 통해 저를 일시적인 동료가 아니라 진심으로 휘하로 끌어들일 것인가 말 것인가를 결정하리라는 것을 알아챘다.

이아나는 손에 힘을 주었다. 아르하드가 저를 가지고 싶어 안달이 나게 만들어야 한다. 반드시 저를 카마트로스에 집어넣게 해야 한다. 그래야 그가 숨기고 있는 비밀들 때문에 속이 터지는 일도 없을 터였다.

일격에 승부가 나는 경우도 적지 않은데 한 시간의 승부라면 길었다. 게다가 아르하드와 제 실력이 비등하다면 모를까 실력 차가 있다면 한 시간은 승부를 내기에 충분하고도 남는다. 일 합 만에 끝날 수도 있었다. 그러니 승부가 나기 전까지의 짧은 시간 동안 최선을 다해 인정받아야 했다.

……아니, 아니다.

웬만하면 인정받는 것을 넘어서서 아르하드를 이기고 싶다. 미치도록 이기고 싶다.

하지만 이아나는 지금 아르하드에게 이길 수 있으리라는 생각은 하지 않았다. 그는 언제나 그녀를 패배시킨 절대 강자였기 때문이다!

발악하듯 덤벼도 결코 이길 수 없었던 적. 거대한 절벽을 상흔을 남기는 것도 모자라 절단하며 베어 갈랐던 자신의 검이 아르하드의 검만큼은 부러뜨릴 수 없었다. 그는 높이가 끝이 보이지 않는 철벽이었고, 언제나 그녀의 앞을 가로막았다.

하지만 회귀함으로써 패배의 고리는 끊어지고 오늘 이 순간, 남자와의 새로운 승부는 시작된다. 운명의 수레바퀴는 흰 백지일 수는 없어도 새로운 그림을 그릴 수 있도록 하얀 물감으로 덧바른 캔버스 위에 자국을 남기고 있었다.

이아나는 여자고 아르하드는 남자다. 아르하드보다 다섯 살이나 어린 이아나는 성숙하지만 아직 소녀에 가까웠고 아르하드는 성인 남성이었다. 같은 재능을 지녔다 쳐도 성별에서 오는 태생적인 차이와 다섯 살이라는 나이 차 때문에 차이는 필연적으로 벌어질 수밖에 없었다.

그러나 그녀는 회귀라는 기적을 겪었다.

회귀 전 검을 쥐었던 시기보다 훨씬 빨리 검을 쥐었고, 아르하드와의 차이를 메우고자 검을 쥔 이후부터 하루도 빠짐없이 아침부터 밤까지 수련을 했다.

아무 생각 없이 좋아서 그저 검을 휘두르기만 했던 회귀 전과는 달리, 사랑하는 검을 다시 쥘 수 있다는 사실에 기뻐하며 이번에야말로 아르하드를 이기겠다는 각오를 품고 체계적으로 몸을 만들었다. 그 결과가 능수능란하게 검을 다룰 수 있는 유연한 골격과 근육이었다.

무엇보다 그녀에게는 회귀가 내린 축복, 수십 년간 검을 잡아온 경험이 존재했다. 이아나는 현재의 자신이 회귀 전의 이 나이

때와는 차원이 다른 실력을 갖추었다는 사실을 인지하고 있었다.

'……이길 수도 있지 않을까?'

이아나는 울컥울컥 솟는 기대감을 억누르려 입술을 꽉 깨물었다. 승리에 욕심내지 말자. 그저 최선을 다하자. 시간은 많으니 져도 상관없다. 마지막에 웃는 자가 승자인 법이다. 지고, 지고, 또 지더라도 마지막에 한 번 이기면 된다.

그러나 저 흥분 한 점 없는 냉정한 얼굴.

이아나의 눈썹이 꿈틀거렸다. 무표정한 얼굴로, 하수를 평가하는 시험관처럼 저를 바라보는 아르하드는 그의 패배를 전혀 생각하지 않는 것처럼 보였다. 실제로도 그러했고 이아나도 그런 아르하드를 알았다.

'나와 싸워 본 적도 없는 주제에 어째서 당신이 이기리라고 확신하고 있나?'

순간 심사가 우그적 하고 뒤틀렸다. 쥐고 있던 검자루가 덜걱거리며 경련했다.

역시 '욕심을 가지지 말자.', '훗날을 기약하자.', '아직은 이길 수 없을 거야.' 따위의 작위적인 내숭은 저와 어울리지 않았다.

'……패배에 대한 변명을 마련해 두고 싶었던 걸지도.'

순간적으로 깨달은 사실에 이아나의 뺨이 극렬한 수치심으로 붉게 물들었다. 패배를 정면에서 마주하는 게 두려워진 건 당연하다고, 어쩔 수 없었다고 합리화하며, 지난날 수없이 겪었던 처참한 패배감으로부터 시선을 비껴 내고 싶었던 것이다.

최선을 다한다고? 이미 패배를 생각하고 있는데 어찌 최선을 다할 수 있단 말인가? 순 개소리였다.

인간의 본질은 불변한다. 아르하드가 변하지 않는 것처럼 자신도 변하지 않았다. 깨져 나가는 한이 있더라도 정면에서 맞붙는 게 자신이었다. 회피는 어울리지 않았다.

최선을 다한다는 울림 없는 문장을 걷어 내고 나서야 '최선을 다해 이긴다'라는 각오와 함께, 눌러놓았던 승부욕이 활활 불타올랐다.

당신을 이기고 싶어, 이기고 싶다!

속에서 아르하드의 얄미운 얼굴에 한 방 먹여 주고 싶다는 욕구가 무럭무럭 샘솟았다. 바짝 마르는 입술을 한 번 빤 이아나가 이를 드러내어 날카롭게 웃었다.

"절대 봐주지 마십시오. 일부러 봐준다거나 하면 당신을 두 번 다시 보지 않겠습니다."

진심이었다. 패배하는 것보다 더한 굴욕이 작위적인 승리였고, 지금 이 상태에서 아르하드가 저를 진심으로 받아 주지 않는다면 정말 화가 머리끝까지 날 것 같았다.

아르하드가 픽 웃더니 검집에서 풀어낸 바스타드 소드를 두 손으로 쥐었다.

"걱정 마. 너를 상대로 대충 할 생각은 추호도 없어. 지금 기세로 봐서 대충 했다간 목이 날아갈 것 같거든."

검 끝은 이아나를 정확하게 향했다.

"그리고 나도 지는 걸 그리 좋아하는 건 아니야. 특히 너에게는 지고 싶지 않아. 자, 그럼 시작할까. 먼저 와라."

아르하드는 고개를 까딱했다.

시작이다.

이아나는 바로 덤벼들지 않고 신중하게 자세를 가다듬으며 검을 고쳐 쥐었다. 흥분해서 덤벼들면 아르하드의 페이스에 말려들어 형편없는 꼴을 면치 못할 게 분명했다.

이아나는 빈틈을 찾기 위해 그를 집요하게 응시했다. 그러나 어딜 봐도 허를 찌를 만한 구석은 보이지 않았다.

"후우."

긴장과 흥분에 묵직해진 숨결이 흘러나왔다. 손바닥을 축축하게 적시는 진땀이 손잡이에 덧댄 부드러운 가죽 속으로 스며들었다. 이아나는 검이 미끄러질까 봐 다시 한 번 검을 고쳐 잡았다.

이아나는 결단을 내렸다. 과감하게 움직여야 틈도 생기는 법.

땅을 박찬 이아나가 순식간에 아르하드에게 접근했다. 가장 최적의 거리에 도달하기 바로 직전, 검을 쥔 이아나의 손등에 푸른 핏줄이 솟았다.

"핫!"

쉬이이이이익!

짧은 기합과 함께 잔인하게 찢겨 나가는 공간이 지르는 비명소리가 무척 매서웠다. 검집에서 모습을 드러낸 얇은 레이피어는 짙은 적색의 검기를 두르고 있었다. 백색에 가까웠을 검신은 검기 때문에 태생이 붉은 철이라 해도 믿겨질 정도였다.

아르하드의 검을 잘라 내고 그의 몸까지 베어 낼 기세였지만 이아나는 검격을 멈추지도, 늦추지도 않았다. 검과 더불어 붉은 검기는 갈대밭에 순식간에 번지는 거센 불꽃처럼 아르하드에게 뻗어졌다.

속도가 감히 무시할 수 없을 정도인 데다 강력한 검기가 동반된 발검술의 범위가 너무 넓어 피할 수 있는 경로가 보이지 않는다. 피한다면 자유자재로 휠 수 있는 검기가 채찍이 되어 저를 사정없이 후려칠 터다.

아르하드의 금안이 어둡게 번뜩였다. 어리다 해도 역시 사자의 새끼는 사자였다.

위이잉—

아르하드는 주변의 마나를 끌어들였다. 주변에서 마나가 사라졌다. 허공에서 여유롭게 둥실둥실 떠다니던 모든 마나가 먹잇감을 노리는 하이에나 떼처럼 그에게 몰려들었다.

아르하드의 검신 주변에서 검게 물든 마나가 회오리치기 시작했다. 회오리의 끝과 끝을 누군가가 꽉 잡아당기기라도 한 것처럼 마나는 커다란 검신에 촘촘하게 달라붙었다. 그러나 아르하드가 압박을 느슨히 하자, 그물을 짜듯 쌓이던 마나가 폭발하듯 터져 나가 검은 불꽃처럼 활활 타올랐다.

이아나의 검기가 힘을 숨긴 채 압축하고 농축시켜 상대의 목숨을 단번에 훔쳐 내려는 날카로운 비수라면 아르하드의 검기는 파괴력을 여실히 드러내는 거대 병기였다.

아르하드는 대검을 빠르게 세로로 세워 대각선으로 휘둘러지는 이아나의 검을 간발의 차로 막아 냈다.

쿠과아아아아앙!

엄청난 굉음이 하늘을 뒤덮었다. 살벌한 적안과 날 선 금안이 검이 맞물린 틈 사이로 마주쳤다. 검 두 자루는 방금 전 대포를 맞고 뚫린 성벽이 내는 소리와 비슷한 충격음을 낸 무기답지 않게 내숭을 떨듯 챙— 하고 가볍게 떨어졌다.

채챙! 챙! 채챙! 카아앙!

검 두 자루가 보이지 않는 속도로 휘둘리고 내질러지며, 푸른 섬광과 함께 끊이지 않는 이명을 만들어 냈다.

이아나가 땅을 박차고 달려들어 검을 휘둘렀다. 아르하드는 당연하게도 그 검을 막아 냈다.

키긱, 키긱.

맞붙은 채로 한참이나 밀고 당기던 대치 상태는 이아나의 검이 갑자기 반대쪽으로 빠지면서 끝났다. 빙그르 도는 이아나의 몸과 함께 뒤쪽으로 원을 그린 검은 아르하드의 목을 노렸다. 아르하드는 검을 높이 들어 공격을 차단했다.

아르하드가 왼쪽에서 거대한 호를 그리며 바스타드 소드를 휘둘러 오자 이아나는 위에서 아래로 내리쳐 그 궤도를 꺾었고 그대로 오른쪽으로 튕겨 나갔던 바스타드 소드가 순식간에 다시 베어 들어오자, 아래에서 위로 쳐 냈다.

카각.

두 손으로 검을 세게 움켜 쥔 아르하드의 금안이 잔인하게 빛났다. 광망 어린 시선은 빠르게 한 바퀴 도는 몸과 함께 빛의 길을 만들어 냈다. 바스타드 소드가 뼈와 살가죽을 단번에 찢을 법한 서슬 퍼런 기세로 횡으로 크게 휘둘러졌다.

콰아아아앙!

터져 나간 충격파가 배리어를 덮치자 배리어가 경련했다. 이아나는 검을 세로로 세워 굳건히 막아 냈지만 밀려 나가지 않기 위해 힘을 준 발밑이 뜨거운 열을 만들어 냈고 바닥에서는 먼지구름과 동시에 연기가 피어올랐다.

치지지지직.

버티려 했지만 아르하드의 힘을 이기지 못해 뒤로 밀려난 이아나는 그도 잠시 발밑에서 폭탄을 터트리듯 땅을 거세게 박차 공중으로 뛰어올랐다. 허공에서 몸을 한 바퀴 회전시키면서 위에서 아래로 번개처럼 꽂히는 아르하드의 검을 초승달을 그리며 아래에서 위로 포악하게 쳐 냈다.

그 반동으로 착지함과 동시에 뒤로 돌면서 원을 그린 이아나는 대퇴부를 수축시켰다가 뛰어오르며 쉴 틈도 없이 엄습하는 아르하드의 검을 과격하게 쳐 냈다. 날이 긁히는 귀 아픈 소리가 났다. 아르하드의 검이 위로 젖혀졌다.

쉬시시식!

이아나는 다리를 어깨 넓이만큼 벌려서 간신히 생긴 아르하드의 빈틈을 레이피어로 수십 번을 들쑤셨다. 우주에서 폭발한 별의 파편이 대기권을 돌파하고 유성우로 쏟아지는 것처럼 찌르기 하나하나가 난폭한 기세를 품은 벼락들이었다. 하지만 아르하드는 눈이 아플 정도로 빛나는 공격들에서 눈을 떼지 않았다. 하나하나 빠짐없이 빠르게 쳐 냈다.

날카로운 직선의 공격이 계속해서 이어졌다. 수백 개의 거울을 통해 반사되는 빛처럼 예리한 광선들이 허공을 수없이 그어 내렸다.

이아나와 아르하드, 둘 다 회피는 염두에 두지 않았다. 미련할 정도로 공격과 방어만이 반복되었다. 물러나면 큰일이라도 나는 것처럼, 오늘 사생결단을 내기로 한 원수처럼 검을 공격적으로 휘두르는 이아나와 아르하드의 기세는 흉흉했다.

허공이라는 천에 한 수 한 수 수를 놓듯 촘촘하게, 그러나 성벽에서 쏟아지는 화살 비처럼 화려하게 뻗어져 나온 두 검기의 충돌은 날카로운 마나의 파편을 수도 없이 만들어 냈다.

쿠쾅쾅쾅쾅!

튕겨 나간 거대한 힘의 파편들은 수련장 바닥에 부딪쳐 긴 상흔을 새겼다. 옆으로 날아간 마나의 파편들은 배리어가 위태롭게 진동하면서도 막아 내어 조경용 나무들이 통째로 베이는 참사를 방지하고 있었지만 수련장의 바닥은 아니었다.

작두 형태의 발을 가진 거인이 미친 듯이 쿵쾅대며 날뛰고 있는 것처럼 시간이 흐를수록 바닥에 크고 작은 검기가 만든 상흔의 수가 늘어났다. 수련장 바닥은 상급 마법사들이 물질을 더욱 견고하게 하는 강화 마법을 겹겹이 걸어 놓은 장소였지만 그런 노력이 무색하게도 이아나와 아르하드의 검질 한 번 한 번에 움푹움푹 파여 들어가고 있었다.

"하아, 하아!"

"후우!"

바닥에 깊은 상흔이 새겨질 때마다 이아나와 아르하드의 숨소리가 거칠어졌다. 그리고 그들의 표정은 서로의 눈에 띄지 않을 정도로 묘해지거나, 혼란스러워졌다.

이아나는 정신없이 검을 휘두르는 와중에도 문득문득 떠오르는 두 가지 의문에서 벗어날 수 없었다.

첫 번째. 어째서 검기가 황금빛이 아닌 묵색인가?

회귀 전 아르하드의 호칭은 황금의 검사. 검은 악마들이라 불리었던 그의 핏줄들과는 달리 맹수의 것처럼 차가운 금안과 강력한 금빛의 검기가 사람들이 그를 그리 부르는 이유였다.

그러나 지금 이아나의 붉은 검기를 대적하고 있는 검기는 새카만 어둠이라도 머금은 듯 칠흑의 묵빛을 띠고 있었다.

'3년 안에 변화가 있는 걸까?'

그리고 두 번째.

이아나의 심장이 미친 듯이 뛰어 댔다.

'어째서…… 질 것 같지 않을까?'

위로 치고 나갈 수 있을 것 같진 않지만, 그렇다고 해서 아래로 처박힐 것 같지도 않다.

아르하드와 이아나의 검술은 본질적으로 패도와 유연을 추구한다는 점에서 확실히 다르지만…… 비슷하다. 확실하다. 다른 누구도 아닌 아르하드와 직접 검을 부딪치고 있는 이아나 자신이 제일 잘 알았다. 장담할 수 있었다.

이아나는 눈을 데굴 굴려 푸르던 하늘이 점차 빛으로 물들어 가고 있음을 확인했다. 정확히는 몰라도 시간이 꽤 많이 흐른 듯했다.

"한눈팔지 마!"

아르하드의 검이 이아나가 방심한 틈을 노리고 어깨 쪽을 깊숙이 파고들었다. 늦었다. 이아나는 순간 다른 생각에 빠져든 자신을 책하며 낙법을 이용해 바닥에 뒤로 한 바퀴 구른 후 빠르게 일어나 뒤따라온 묵색의 검기를 세게 쳐 냈다.

콰앙!

하지만 낙법을 쓰느라 검기의 유지에 집중하지 못했던 이아나의 팔이 힘에 밀려 위로 들렸다. 이아나는 이를 악물었다. 검을 놓치지 않기 위해 힘을 준 손아귀가 아파 왔다. 검을 놓치지는 않았으나 손바닥이 순식간에 흥건해지는 걸 봐선 손아귀가 찢어져 피가 나는 듯했다. 순간의 실수가 너무 크게 작용한 것이다.

그러나 이내 고통을 느끼지 못하는 사람처럼 검을 더욱 세게 움켜쥐고 횡으로 베어 들어오는 아르하드에게 검을 휘둘렀다.

파창!

검명이 매서웠다.

승부가 나기 전까지, 절대 같잖은 상처 때문에 이 순간을 포기할 수 없었다. 이아나의 얼굴에 뜨거운 희열이 밀려들기 시작했다.

회귀 전…… 첫 승부에서, 의도한 바는 아니었겠지만 아르하드는 땀을 거의 흘리지 않은 채 이아나를 완전히 유린했었다. 이아나는 그 사실에 더욱 수치스러워했었다.

그러니 지금, 아르하드가 최선을 다하고 있다는 건 그의 이마에서 후드득 떨어져 내리는 땀방울만 보고도 알 수 있다. 병을 앓고 있다고는 했지만 그의 입으로 몸에는 문제가 없다고 단호하게 말했고, 그게 거짓이 아니라는 건 이아나에게 거짓말을 잘 못하는 그의 진지한 태도가 말해 주었다.

그래서 이아나의 심장은 그 어느 때보다 쿵쾅거리며, 흥분한 채로 뛰어 댔다.

카앙!

"낙법을 쓸 줄이야……."

이아나의 공격을 받아치면서 아르하드가 중얼거렸다. 피하는 방법은 모른다는 듯 불같은 공격과 방어만 하는 이아나를 회피하고 싶지 않았기에 아르하드 또한 모두 받아치고 공격했다. 그래서 이아나가 맞으면 맞았지 피할 것이라곤, 특히 실력에 자신감이 넘치는 검사들이라면 자존심 때문에라도 쓰지 못한다는 낙법을 이아나가 쓰리라고는 상상도 하지 못했다.

"이기기 위해서 그쯤은!"

이아나의 승부욕은 일반인의 범주를 넘어서 있었다.

그래서 아르하드는 지금 그녀의 실력만으로도 충분히 경악했고, 경악을 넘어서서 혼란스러운 상태였지만, 이제 너의 실력은 잘 알았으니 그만두자는 말을 꺼내지 못했다. 아니, 그만둘 수가 없었다.

즐거워 보인다. 이아나에게서 뿜어져 나오는 열기 그득한 승부욕과 빛나는 생기에 시간을 넘어 과거로 빨려드는 것만 같았다. 처음 보았던 그날로. 손쓸 새도 없이 영혼과 심장이 송두리 앗겨 버린 그날로, 처음으로 넋을 잃고 처음으로 아찔함을 느꼈던 그날로.

하지만 그때처럼 따뜻하지만은 않았다.

아르하드의 심장에서 파괴적인 소유욕이 끓어올랐다.

'가지고 싶어.'

뜨겁고 질척한 감정이 머리끝까지 차올랐다. 눈앞의 빛나는 여자를 꺾어 부러뜨려 제 보호 아래에서만 숨 쉬며 살아갈 수 있는 연약한 존재로 만들고 싶은 까만 욕구가 머릿속을 빼곡하게 채웠다.

'내 손에 너를 가두고. 나만이 너를 볼 수 있게, 네가 나 말고는 누구도 볼 수 없게…….'

이아나의 생기와 강함을 귀히 여겼지만 이율배반적인 감정은 시시때때로 찾아와 그를 집어삼켰다. 아르하드의 눈동자에 탁한 기운이 맴돌았다.

'그 검을 부러뜨리고 싶어.'

너의 검을 너무나 사랑하고 있음에도, 너무나 미워서.

그때 이아나의 검이 그녀가 방심했던 때와 마찬가지로 아르하드의 빈틈을 맹렬한 기세로 베어 들어왔다. 그러나 아르하드는 그 검격을 아주 잘 막아 냈고, 두 검날은 서로에게 이를 드러낸 채 대치상태에 들어갔다.

탑 너머로 빛의 선이 한 줄기 두 줄기 뻗어졌다. 모습을 온전히 드러내지 않았음에도 태양은 뿜어내는 빛만으로도 하늘을 서서히 밝히고 있었다.

카가가각, 카가각.

아르하드가 힘으로 밀어내는 것을 이길 수는 없다. 이아나는 땀을 온몸에서 뚝뚝 흘려 대며 이를 악물었다. 다른 부위라면 모를까 손바닥이 찢어진 게 치명타였다.

이아나는 맞붙인 검을 미끄러뜨리듯 아르하드의 손목 쪽으로 서서히 내렸다. 아르하드가 이아나의 검을 밀어내려 했지만 이아나는 그가 밀어내는 힘과 같은 힘만큼 밀려나 주었고, 거두려 하면 거두려는 힘과 같은 힘만큼 밀어내며 검날을 계속해서 붙인 채 아래로 미끄러뜨리는 기술을 구사했다. 아르하드보다 상대적으로 힘이 약한 이아나의 공격은 이렇게 힘을 흘려 내는 기술에 특화되어 있었다.

키긱—

검은 계속해서 아래로 내려갔다. 검의 가드를 잘라 내고 검손잡이를 쥔 손가락을 잘라 낸 후에 손목과 팔까지 일직선으로 가를 기세였지만 이아나는 멈추지 않았다.

아르하드는 금안을 살벌하게 빛내며 이제까지의 힘과 비교도 되지 않은 강한 힘으로 이아나를 밀어냈다. 끝을 보기 위해 검기도 모자라 마나로 팔의 근력까지 최대한 강화했다.

"흡!"

그러나 붕 뜨는 발을 넓게 벌려 뒤로 넘어지지 않고 버틴 이아나는 검을 빙글 돌려 비교적 멀쩡한 왼쪽 손에 쥐었다. 그리고 그 검은 아르하드의 얼굴 쪽으로 쇄도하였다.

후드득!

이아나가 왼손에 검을 옮겨 쥐자마자 드러난 오른손의 깊은 상처가 피를 뱉어 냈다. 붉은 핏방울이 허공에 점점이 수놓아졌다. 순간적으로 그에 정신이 팔린 데다, 이제껏 오른손 공격에 익숙해져 있던 아르하드는 왼손 공격이 주는 이질감에 빠져 빠르게 반응하지 못했다.

검을 마주 휘두르면서 얼굴을 최대한 빠르게 옆으로 젖혔지만 이아나의 검끝은 아르하드의 입술 끝을 살짝 찢으며 볼을 스치고 지나갔다. 아르하드의 뺨에 남은 붉은 상흔에서는 핏방울이 터져 나왔다.

이아나의 적안이 다가오는 그 선명함을 담았다. 놀란 두 눈이 크게 뜨였다.

"아!"

순간 온몸에서 힘이 풀려 버린 이아나가 균형을 잃고 바로 앞에 있던 아르하드의 품에 넘어졌다. 갑자기 이아나가 제 벌려진 팔 안으로 밀려들어 오자 저도 모르게 공격을 멈춘 아르하드는 엉겁결에 몸을 뒤로 물리며 검을 쥐지 않은 다른 팔로 그녀를 감쌌다.

허공에 떠 있던 핏방울들이 낙하했다.

투둑.

핏방울들이 낙하해서 바닥과 충돌하는 순간 시간이 다 되어 마법이 해제되었다. 아지랑이처럼 공간을 일그러뜨리던 고밀도의 마나가 주변으로 흩어지며 하늘을 열었다.

"……."

정적이 가라앉은 수련장에서 이아나와 아르하드는 한동안 움직이지 못하고 가만히 서 있었다. 검을 아르하드의 목 옆에 세로로 세운 채, 이아나는 그의 품에 있었다. 갈 곳을 잃고 아무것도 없는 이아나의 뒤를 겨누고 있던 아르하드의 검이 서서히 아래로 떨어졌다.

흐트러진 호흡이 섞여 들었다.

"……."

이아나는 아르하드의 몸을 살짝 밀어내며 천천히 몸을 일으켰다. 아르하드의 목 옆에서 사나운 빛을 뿜어내는 검을 천천히 내리며 몇 발자국 뒷걸음쳤다.

이아나는 윽, 하며 검을 바닥에 꽂은 후에 욱신거리는 오른손을 왼손으로 꽉 부여잡았다.

가만히 들어 올린 제 손을 잠시 쳐다보던 아르하드는 손을 조금 더 위쪽으로 끌어 올렸다. 엄지로 쓰라린 뺨을 문질러 뺨에서 묻어난 피를 응시했다.

"하아……. 하아……."

고개를 숙인 이아나는 손에서 점점이 떨어져 내리는 핏방울을 보았지만, 속에서 욱하며 치밀어 오르는 감정에 저도 모르게 꽉 주먹을 쥐고 말았다. 지금 그녀의 온몸에 들이닥친 흥분은 너무나 대단해서, 통증을 압도할 정도였다.

무승부였다.

진짜로 무승부였다.

아르하드는 이아나의 손아귀를 찢었고, 이아나는 아르하드의 뺨을 찢었다. 마나 제어력도 엇비슷했고, 검술 실력도 비슷했다. 승리하지는 못했지만 패배하지도 않았다. 결코 뒤집을 수 없는 무승부였다.

나의 회귀는 헛되지 않았고, 나의 노력은 헛되지 않았다.

이아나는 떨리는 손으로 얼굴에서 줄줄 떨어져 내리는 땀을 훔쳐 냈다. 눈앞이 어질어질했다.

나는 당신을 이길 수 있다는 건가? 여기서 조금만 더 노력하면, 여기서 조금만 더 갈고닦으면, 정말로 당신을 이길 수 있어······?

끝이 보이지 않아 한없이 절망케 했던 아르하드의 강함의 끝이 눈에 선명하게 보이기 시작했다. 이아나의 얼굴이 상기되고 주먹이 파들파들 떨렸다. 두 손을 꽉 끌어모아 제 입을 틀어막은 이아나가 저도 모르게 뒷걸음쳤다.

"아······."

이아나의 몸이 잘게 떨렸다. 눈썹과 눈매가 날렵한 모양을 잃고 일그러졌다. 눈시울이 붉어지고 코끝이 아려 왔다.

이아나는 정말로 기뻤다. 정말 숨이 막힐 정도로 기뻐서 웃음조차 나오지 않았다. 웃음이 아니라 눈물이 쏟아질 것 같았다. 살면서 이렇게 기뻤던 적은 또 없었다.

항상 잔잔하기만 하던 내면의 수면에 떨어진 엄청난 동요를 도저히 맨 정신으로 감당할 수 없었다. 수십 년의 연륜을 쌓은 데다 비정상적인 회귀까지 겪은 이아나가 감정적으로 동요하는 경우는 거의 없다. 하지만 그녀는 지금 어딘가에 소리를 지르고 싶었고 발을 바닥에 잔뜩 구르고 싶었다. 주먹으로 무언가를 퍽퍽 치고 싶기도 하고 무언가를 꽉 껴안고 데굴거리고 싶기도 했다.

"하······ 하하······."

겨우 무승부일 뿐인데도 엄청난 희열의 파도에 습격당한 이아나의 입가에서 웃음이 흘러나오기 시작했다. 막대한 쾌감이 정수리에서 발끝까지 일직선으로 꿰뚫었다.

최고였다.

이번 생은 최선이 아닌 최고의 삶이 될 것이라는 강렬한 예감이 그녀의 심장을 두들겼다. 적안은 감출 수 없는 희열을 안았고, 날카로운 눈매는 휘영청 휘어졌다.

회귀 전, 아르하드의 자비로 수십, 수백 번을 풀려난 적군의 수장 이아나는 그의 욕심에 수명이 연장되는 자존심 강한 이인자─ 그 이상도 그 이하도 아니었다.

죽기 직전까지 아르하드에게 투쟁했던 삶이 후회스럽지는 않았지만, 그 삶이 최고라고는 말할 수 없었다. 그러나 매사에 최선을 다하며 제 뜻대로 살아왔기 때문에 후회가 없었고 삶에 미련이 없었다. 그래서 살고 싶다거나 다시 되돌아가고 싶다고도 생각한 적도 없었다.

하지만 바로 지금, 아르하드와의 첫 무승부를 기록한 이 순간 이아나는 다시 주어진 삶에 무한히 감사했다.

아르하드가 절대 봐주지 않은 것이라는 건 제 자신이 제일 잘 알고 있었다. 순간적으로 균형을 잃고 안긴 아르하드의 몸은 땀으로 흠뻑 젖어 있었다. 이아나는 거기서 엄청난 짜릿함을 느꼈다. 제 노력이 통했다는 증거인 그 몸이 미치도록 좋았다.

물론 아르하드는 과거에 머물러 있고 자신은 미래를 바꾸기 위해 정진했기 때문에 이러한 결과를 얻을 수 있었다는 점은 인지

하고 있었다. 그러나 제가 치사하다는 생각 따위는 하지 않았다. 기분이 이렇게 좋은데 무슨 상관인가 싶었다.

그리고 저 얼굴, 바닥에 꽂아 넣은 검의 손잡이 위에 두 손을 겹쳐 올린 이아나는 아르하드를 물끄러미 보았다. 지금 자신을 쳐다보는 저 멍한 얼굴이 마음에 들었다. 결심한 대로 얼굴에 한 방 먹여 주는 것도 성공했다.

"푸……."

결국 이아나는 허리를 숙이며 시원하게 웃음을 터뜨리고 말았다.

"아하하! 하하하하!"

그들을 내려다보는 하늘에 완연히 모습을 드러낸 태양이 아침의 햇살을 쏟아 내기 시작했다.

아르하드는 이아나가 기뻐서 환히 웃고 있는 것을 멍하니 쳐다보았다. 전생과 현생 통틀어서 저렇게 기쁘게 웃는 건 처음 보았다. 그녀의 환한 웃음은 정말 예뻐서 시선을 떼어 놓을 수가 없었다. 빌어먹을 심장은 역시나 아프도록 뛰어 댔다.

반짝거려.

그저 그뿐이라 생각한 반짝거림은 꺼지지 않는 불이었다. 불은 속을 재로 만들어 버릴 듯 태우고, 목은 뜨겁게 퍼지는 열기에 메마른다.

목이 말라.

갈증에 시원한 물을 마시고 싶었지만 물로는 해결되지 않을 끔찍한 갈증임을 알기에 아르하드는 그저 침을 몇 번 삼켰다.

투둑.

얼굴에서 피가 떨어져 내리고 나서야 그는 정신을 차렸다. 아르하드는 손바닥으로 제 얼굴을 닦아 냈다. 쓰라렸다. 그 순간 그는 대련 중간부터 머리를 어지럽히기 시작하던 혼란스러운 기분이 극대화되는 것을 느꼈다.

이아나는 마나를 제어하는 수준도 대단하고, 검술 실력도 대단했으며, 예상치 못한 공격에 대응하는 임기응변도 대단했다.

그래서 당황스러웠다.

'어떻게 된 거지?'

모든 것을 되돌리기 전 제게 첫 패배를 기록했던 날의 그녀와 비교했을 때, 지금의 이아나는 차원이 다른 높은 수준의 실력을 갖추고 있었다. 심지어 그때보다 2년 반이나 앞서 있는데도 그러했다.

모든 것이 비틀어지기 시작한 시작점은 로안느 왕실 주최 건국 기념 청년 검술대회. 아르하드는 처음으로 정식 대면하는 그날까지 조금의 변화도 주지 않으려 노력했다. 성장도, 수련도 되돌리기 전과 모두 똑같이 하려고 했다. 그러니 제 무력 수준은 회귀 전과 비슷했을 것이다.

'그런데 어떤 변수들이 이 상황을 만들어 낸 걸까……'

라오스의 신전에서 마주친 이아나가 매번 보아 왔던 환상인 줄 알고 지긋지긋해서 살기를 쏘아 보낸 것? 아니면 이아나를 쫓아가 끌어안은 것? 아니면 이아나를 미노타우르스들과 바하무트 황실 소속 마법사로부터 구해 준 것? 그것도 아니라면 막사 안에서 이아나의 손에 입을 맞추고 약을 건네준 것?

그 변수들이 이아나가 학술원에 입학하여 바로 여기서 저와 무승부를 내는 변화를 만들어 내고 만 건가?

하지만 잘 생각해 보면 이아나는 그전에 이미 학술원에 합격한 상태였다. 또, 그녀가 오늘 선보인 대단한 실력은 단기간에 쌓아질 만한 게 아니었다.

그렇다면 권능을 발현하느라 깨진 심장? 타 생물의 신력을 빼앗아 온 행동? 자질구레한 변화들?

하지만 그것들이 대체 어떻게 이 엄청난 변화를 유도할 수 있단 말인가? 이아나와의 연결점이 전혀 없는 그것들이 이아나에게 어찌 영향을 줄 수 있었냐는 말이다.

……이상하다.

그리고 몹시 이상한 것 한 가지 더.

"……."

아르하드는 환하게 웃고 있는 이아나를 뚫어져라 응시했다. 그는 의문을 가졌다.

'승리가 아닌, 비긴 것일 뿐인데 너는 어째서 그토록 기뻐하는가?'

아르하드는 피가 뚝뚝 떨어지는 이아나의 오른손을 주시했다. 손가락의 선을 따라 흘러내리는 붉은 선혈은 흐릿한 풍경 속에 검은 점을 하나 콕 찍은 듯 선명했다.

아프지도 않은 건가 싶었다. 아픔을 잊을 정도로 좋은 건가 싶었다. 대체 승리도 아닌 무승부가 무에가 그리 좋다고 저리 웃는 건가 싶었다. 이아나의 성격에 무승부를 좋아하지는 않을 터였다. 연기처럼 가득 차 있던 의문은 실체를 갖추어 뱀처럼 똬리를 틀었다.

그보다, 바닥을 피로 흥건히 적실 기세인 이아나의 상처가 몹시 거슬리기 시작했다. 그는 의문을 깊숙이 품어 두고 잠시 머리에서 밀어냈다. 성큼성큼 걸어가 너무 기뻐서 정신을 차리지 못하고 있는 이아나의 손목을 홱 잡아챘다.

그대로 수련장 한편에 마련되어 있는 의무실로 와서 의자에 그녀를 앉힌 아르하드는 한쪽 구석에 있는 서랍을 뒤적여 소독약과 연고, 헝겊과 붕대를 꺼냈다. 그리고 아무 생각 없이 다시 손목을 잡으려다가 저를 응시하고 있는 그녀를 발견하고 흠칫했다.

그즈음 이아나는 감정의 폭풍에서 살짝 벗어나 아르하드의 행동을 관찰하고 있던 중이었다. 입가에 맺힌 행복한 웃음은 여전했고 눈동자에 가득한 생기는 조금도 사그라지지 않아서 아르하드의 심장이 또다시 벅찰 정도로 뛰어 댔다. 붕대를 쥔 손에 힘이 들어갔다.

회귀 전…… 당시에, 아르하드는 불완전했다. 결여는 완성을 재촉했고 그래서 그는 제국 공략과 파편 수집을 서둘렀다. 이아나는 말하자면 퍼즐의 보상과 같았다.

세상에 하나밖에 없는 귀중한 존재. 반드시 모든 게 완성된 후에, 모든 위험을 제거한 후에 누려야 할 소중한 것.

그래서 찬란한 영광만이 길을 비추는 날부터 그녀를 곁에 두고 싶었다.

결국 황제가 되었고, 파편도 모두 모았다. 그러나 모든 것의 끝은 이아나에게 귀결되어 있었다. 아르하드가 그 사실을 깨달았을 때, 이아나는 이미 주인을 정하고 벽을 쌓아 올린 상태였다.

파편을 모두 모았다고 생각했다. 하지만 그 생각은 잘못되었다. 세상의 중심에서 이아나 없이는 마지막 파편을 얻을 수 없음을 깨달았다.

그래서 이아나를 다시 만날 날을 기다렸다.

모든 것이 뒤틀린 그 시점을. 다시는 그녀와 검을 맞대지 않을 생각으로.

"치료를 해 주시려는 게 아니었습니까? 뭘 그리 멍하니 보고 계십니까?"

이아나가 웃으면서 손을 내밀었다. 그녀를 물끄러미 바라보던 아르하드는 시선을 내리며 그 손을 쥐었다. 그는 깨끗한 헝겊에 물을 묻혀 피를 조심스레 닦아 내며 생각했다.

'검과 소유가 양립이 가능한 거였나?'

이아나의 자존심을 건든 게 치명적인 실수였다. 검이 전부라고 생각하는 여자를 검으로 무너뜨렸으니 말 다했다. 그녀를 패배시켜 왔던 게 실수였다는 사실을 깨달았을 때는 이미 늦어 있었다. 일부러 져 줄 수도 없고 져 주고 싶지도 않으니 미치고 환장할 노릇이었다.

그 뒤도 문제였다. 미칠 것 같은 현 상태를 유지하면서 그녀의 검을 계속 보느냐, 검을 부러뜨리고 그녀를 강제로 갖느냐, 양립할 수 없는 두 가지 선택지가 있었다. 하지만 그 두 선택지 모두 욕심이 난 나머지 결정을 내리지 못해서 이러지도 저러지도 못 하다가 미쳐 버렸다. 그래서 이번에는 그러지 말아야겠다고 생각했었다.

검과 소유, 경험상 이 두 가지 원은 이아나에 한해서는 절대로 완전히 겹쳐질 수 없다. 이 두 개가 집합이라면 대련은 검에서 소유를 뺀 차집합이었다. 그래서 아르하드는 대련을 포기하고 완전한 소유를 택했다.

회귀를 하면서 아르하드는 두 번 다시 이아나와 대련을 하지 않을 거라고 결심했다.

이아나와 검격을 나누는 건 즐거웠다. 그녀의 검은 아름다웠다. 그녀의 에너지와 검에 대한 사랑이 검명이 일 때마다 제게도 전해져 살아 있는 기분을 느끼게 했다.

하지만 한편으로는 질투가 났다. 검에 미쳐서 저를 봐 주지 않는 이아나가 미웠고 그녀를 송두리째 붙잡고 놔주지 않는 검을 질투했다.

대련을 하지 않는다면 그녀의 검을 누리지는 못해도 가질 수는 있을 터였다. 지켜볼 수는 있을 터였다. 이아나는 보고만 있어도 즐거우니 괜찮을 것 같았다.

이렇게까지 했는데도 가질 수 없다면 부러뜨려서라도 가지리……. 그리 생각했었다.

"아프지 않습니까? 당신의 상처에도 관심을 좀 가져 주시죠."

길게 찢어진 손바닥에 세공품을 제작하듯 꼼꼼히 약을 바른 후 붕대까지 감고 있던 아르하드가 흠칫 놀랐다. 이아나의 손가락이 피가 덕지덕지 묻어 있는 그의 찢어진 뺨을 쓸고 있었다.

손가락이 그리는 선마다 불길이 이는 듯 뜨거웠다.

"……남자에게 이 정도 흉은 남아도 됩니다. 알아서 치료할 테니 신경 쓰지 마세요."

"잘생긴 얼굴이 아깝지도 않습니까?"

그리 핀잔을 준 이아나가 여분의 헝겊을 집어 들더니 아르하드의 뺨을 조심스레 닦기 시작했다. 아르하드는 욱신거리는 상처보다 그 손길이 더 신경 쓰였다.

"저한테 잘 보이려고 관리하시겠다면서요?"

이아나의 웃음소리가 짧게 들려왔다.

아르하드의 심장이 쿵쾅대며 뛰었다. 뜻밖에도, 정말 당황스럽게도 이번 생에서 이아나는 제게 먼저 강한 호감을 보였으며, 자주 웃어 주고 있다. 정말 생각지도 못한 일이었다.

기쁘다. 또 불안하다.

만일 저 미소를 잃게 된다면? 또다시 누군가가 코앞에서 이아나를 채간다면?

생각만 해도 아찔했다. 절대 용납할 수 없었다.

눈을 내리뜬 아르하드는 살짝 붉어진 뺨으로 이아나의 손길을 만끽하면서 생각했다.

그렇게 되면 정신이 나가 전부 다 죽이고 자살할지도.

후우우. 길게 숨을 내쉬는 입술이 벌려졌다.

네가 웃어 주면 나는 세상의 모든 것을 얻은 것처럼 행복해져. 네가 외면하면 세상의 모든 것을 잃은 것처럼 미칠 것 같아. 그러니까 내 옆에서 계속 웃어 줘. 외면하지 말아 줘.

너와 너의 빛을 온전히 가지고 싶지만, 네가 떠나려 한다면 그 빛을 죽여서라도 곁에 두고 싶어질 테니까.

극으로 치달아 가는 생각 때문에 머리가 지끈거린다.

너를 볼 때마다 내가 무슨 생각을 하고 있는지 너는 모르겠지. 그러니 이렇게 웃을 수 있는 거겠지.

아르하드의 금안이 음울한 빛을 띠었다.

검술대회…….

그 단어와 연관되는 한 사람을 떠올리는 순간 이성이 아닌 감정이 아르하드를 지배했다. 그러자 마음이 다급해졌다.

이 실력으로 쉽게 다치거나 죽지는 않을 것이다. 아르하드는 이아나를 완전히 카마트로스로, 바하무트의 일로 끌어들이기로 작정했다. 그럼 무엇을 주어야 할까? 황금이든, 명예든, 권력이든, 그녀를 옭아매기 위해 소모되는 것은 뭐든 상관없었다. 무조건 잡아야 했다.

아르하드는 이아나를 빤히 쳐다보았다.

'네가 원하는 건 뭐지? 무엇을 주어야 너는 지금처럼 내 곁에 있어 줄 텐가?'

"앞으로 학술원 생활이 아주 즐거워질 것 같습니다."

이아나는 아직도 무승부의 여운이 가시지 않아서 입가의 웃음을 주체하지 못하고 있었다. 다음 승부를 기대하고 있었다.

그 순간 아르하드는 깨달았다.

'그렇군. 과거에 그랬던 것처럼 나에게서 거두는 승리인가?'

승부 대상으로서의 가치.

아르하드는 이아나를 빤히 쳐다보았다. 그녀의 실력은 대단하다. 나이까지 고려한다면 성장률이 어마어마하다. 이대로 과거에 머무르다가는 그녀에게 질지도 모른다.

회귀 전, 그녀가 제게 두는 가치는 오로지 승부뿐이었다. 아르하드라는 사람이 아닌 그저 이겨야 할 적, 그 이상도 그 이하도 아니었다. 끔찍했었다. 지면 그 관심마저 잃을까 싶어.

그래서 더욱 지기 싫었다. 이아나에게 언제나 마음으로 패배하고 있었기 때문에, 검으로 꺾어 놓는 승리만이 그녀와의 관계를 팽팽하게 유지해 줄 수 있었다. 이아나에 대한 승리는, 인연을 이어가기 위한 유일한 수단이었다.

"다 됐습니다."

어느새 약을 바르고 반창고까지 붙여 준 이아나가 허리를 폈다. 아르하드는 이러나저러나 무척 행복해 보이는 이아나를 물끄러미 쳐다보았다. 그리고 시선을 내렸다. 손. 품에 안았던 그 감각.

제 손을 내려다보던 그가 주먹을 꽉 쥐었다. 허튼 감각은 아닐 터.

승부는 여전히 이아나를 붙잡을 수 있는 유일한 족쇄다. 하지만 전과 다른 게 있다면, 그때는 이아나가 한없이 적대적이었고 지금은 더없이 우호적이라는 것이다. 아르하드는 그런 그녀가 심각하게 욕심이 났다.

그렇다면 이번에도 족쇄를 채우는 수밖에.

'너를 계속 내 곁에 두기 위해 나 또한 이대로 과거에 머무르기만 해서는 안 되겠지…….'

과거는 이미 틀어지고 있으므로 과거의 기억에 기대는 건 더 이상 소용없다. 모든 게 뒤틀려 미래를 전혀 예측할 수 없을지라도, 아르하드에게는 지금의 기회를 붙잡는 게 더 중요했다.

아르하드는 무리하지 말고 오늘은 쉬라는 말 한마디와 함께 사

라졌다. 이아나도 방으로 돌아왔다. 아직도 잠에 푹 빠져 늘 입에 달고 살던 미인은 잠꾸러기라는 말을 실천하고 있는 프리실라를 내버려 두고 욕실로 갔다.

이아나는 얼음처럼 차가운 물을 받아 그대로 머리에 부었다. 그리고 거울을 들여다보았다. 거울 속의 물에 젖은 자신은 볼썽사납게 삐죽삐죽 웃고 있었다.

정말 오랜만에 잔뜩 긴장한 채 온 힘을 다해 검을 썼기에 몸이 찌뿌둥하고 피곤했다. 그러나 기쁘고 즐겁고 보람차고 행복했다. 지금 이아나는 말로는 다 표현할 수 없는 온갖 긍정적 감정들이 가득 뒤섞인 쾌감으로 스스로를 주체하지 못하고 있었다.

'조금만 쉬다가 수련을 하러 가야지.'

이아나는 다치지 않은 한 손으로 연거푸 세수를 했다. 물방울이 뚝뚝 떨어져 내리는 손바닥이 덜덜 경련하는 걸 보아하니 근육이 푹 쉬라고 비명을 지르기라도 하는 것 같았다. 그러나 겨우 보이기 시작한 승리의 빛을 놓치고 싶지 않았다.

어릴 적부터 노력하고 노력해서 겨우 무승부에 도달했다. 그러니 조금이라도 쉬었다가는 금세 아르하드에게 뒤처질 것이다.

이아나는 욕실에서 대충 씻고 나오면서 붕대가 감긴 제 손을 못마땅하게 쳐다보았다. 빨리 훈련을 해야 하는데. 뒤처지지 않고 앞서가야 하는데.

이아나는 다친 손이 거슬리기 시작했다. 마음이 급해진 그녀는 검은 로브가 건네준 약을 떠올리고 서랍에서 그것을 꺼내 손을 쥐기까지 했으나 이내 정신을 차리고 고개를 홱홱 저었다. 이아나는 약병을 다시 집어넣고 침대에 풀썩 누웠다.

검은 로브가 만일 아르하드라면. 과연 그 약은 그에게 무슨 의미를 가지는 걸까. 또한 약은 무엇으로 제조한 걸까.

약을 복용하지 않으면 복용하기 전까지 잠드는 병. 그 병의 원인인 심장. 신력을 흡수하여 심장에 끌어모으는 아르하드. 그는 그것이 생존본능과 비슷하다고 했었다.

만일 검은 로브가 정말로 아르하드라면…… 약은 누군가의 신력으로 만들어진 게 아닐까.

그렇다고 해서 약에 거부감을 느끼진 않았다. 아르하드가 몬스터에게서 생명을 빼앗는 장면을 목격했더니 그저 선혈이 남아 있는 레어 스테이크, 마치 날것의 음식처럼 느껴졌다.

이 세상을 살아가는 모든 생물은 먹이이기도 하지만 동시에 포식자이기도 하다. 세상은 애초에 생명을 빼앗고 빼앗기도록 설계되어 있었다. 그가 하는 행위는 생존을 위한 사냥과 연결시키면 쉬이 납득할 수 있었다.

아르하드에게 누군가가 무어라 책망할 권리는 없다. 배가 고파 빵을 먹고, 고통을 없애고자 약을 복용하고, 살고자 다른 생물을 해치는 건 모든 생물의 본능. 그리고 아르하드에게 그 일은 식사를 하는 것, 살기 위해 약을 복용하는 거나 마찬가지였다. 그런 인생을 살아야만 하는 아르하드를 꺼림칙해하는 사람도 있겠지만, 동정하는 이들도 있을 것이다.

'하지만 그게 동족인 인간을 향한다 하더라도 그리 여길 수 있을까?'

그럴 수는 없을 것이다. 대상이 인간으로 바뀌는 순간, 아르하드는 무자비한 학살자로 변모한다. 다른 이들은 공포에 사로잡혀 그를 살인마라 비난하며 죽이려 들지도 모른다.

그러나 이아나는 무조건 아르하드의 편이었다. 웬만하면 그런 일이 없었으면 하지만, 있으면 모두와 맞설 생각이었다.

이 모든 게 아르하드가 검은 로브의 남자라는 전제 하에 이루어질 수 있는 거대한 가정이었지만 이아나는 시간이 지날수록, 생각을 거듭할수록 그가 아르하드가 맞다고 확신하고 있었다.

미노타우루스 여러 마리의 상하체를 일격에 분리하는 힘, 기감을 감추고 저를 몰래 따라올 정도의 실력. 손등에 키스당할 때의 감각. 자신보다 머리 하나만큼 큰 키, 비슷한 체격과 골격, 그 몸을 이루고 있는 근육. 그리고 소름 끼치도록 일치하는 목소리.

이미 과거는 틀어지기 시작했고, 회귀 전의 생은 점점 정확성을 잃어 가고 있다. 아르하드가 그때 신전에 있다가 우연히 저와 만날 수도 있었을 터다.

이아나의 눈이 쏟아지는 잠으로 스르르 감겼다.

그러나 으스러질 정도의 힘으로 끌어안은 건 왜일까. 환상이 아니냐는 질문은 무슨 뜻에서 한 걸까.

이번 생의 그와 자신은 분명 그때 처음 만났을 터인데…….

－승부 편 終

12. 각성 편

12. 각성 편

개강을 한 지 이 주일가량 지났다. 검술학부는 학부 전체를 떠들썩하게 만들었던 행사를 개최하기로 결정을 내렸고, 자신의 값을 높이겠다는 큰 동기부여를 받은 학생들은 수련에 더욱 박차를 가했다. 그러나 학술제와 동급으로 큰 화제 하나가 개강 전부터 존재하였으니, 화제의 주인공은 바로 지금 강의가 끝나자마자 단체 수련장에서 만나 마주 보고 서 있는 두 사람, 아르하드와 이아나였다.

이아나는 손을 보호하기 위해 손가락 부분이 잘린 반장갑을 꼈다. 아르하드와의 대련이 남긴 상처가 심한 건 아니었지만 무언가를 세게 쥐면 아직도 욱신거렸다.

이아나는 첫 대련 날 깨어나자마자 손을 쉬는 대신 평소의 배나 되는 강도로 고된 훈련을 감행했다. 차라리 첫판부터 졌다면 모를까 이왕 무승부를 기록했는데 계속해서 무승부를 기록할지언정 또다시 패배를 기록하고 싶지 않다는 욕심과 오기가 이아나의 마음에 뭉글뭉글하게 채워져 있었다.

물론 다친 손으로 검을 휘두르는 우는 범하지 않았다. 대신 검술연구서 독파와 체력단련을 쉬지 않고 했다. 학술원의 도서관에는 유명한 검술서가 책꽂이에 가득 꽂혀 있었고 검술학부의 수련장에는 수련을 위한 기구들이 여기저기 비치되어 있었다.

로베르슈타인 저택의 뒷산에서 다른 이들의 눈을 피해 수련을 했던 것과는 달리 학술원에는 시선 신경 쓰지 않고 수련을 할 수 있었다. 귀찮은 일이 잔뜩 있을 테오도르 아카데미에 가지 않고 학술원에 입학한 것은 최고의 선택이었다.

수련에 몰두하는 바람에 학업에는 소홀해진 감이 있다. 무리한 단련에 근육이 비명을 찢어져라 질러 댔고 조금만 앉아 있으면 잠이 올 정도로 피곤해서 수업시간에는 뒤에 앉아 눈을 감고 졸기가 일쑤였다.

늘 단정하게 유지하던 외양에도 소홀해졌다. 흙먼지에 나뒹구느라 이아나의 피부는 생채기가 가득했고 질끈 묶은 붉은 머리카락은 늘 깨끗이 감아도 수련만 시작하면 먼지가 흥건히 묻어 빛을 잃었다. 하지만 지금 이 상황에서 공부나 외양 따위에 신경 쓰고 싶지는 않았다.

아르하드와의 무승부! 그것은 이아나를 수련에 미친 인간으로 만들었다.

사람의 마음은 간사해서, 어렸을 적부터 승부에 욕심내지 않겠다 그리 결심해 놓고도 승리가 눈앞에 어른거리니 환장하도록 욕심이 났다. 다른 건 몰라도 아르하드를 꺾는 일 만큼은 이성적인 그녀를 감정적으로 몰아가는 특별한 사항이었다.

그런 마음을 알아주기라도 하듯 그동안 몇 번에 걸쳐 겨누었던 검은 모두 승부를 가리지 못한 채 거두어졌다. 그래서 이아나의 수련은 갈수록 강도가 높아졌다.

그 행태를 곁에서 지켜보던 검술학부의 학생들은 이아나가 누굴 죽이려 하는 거 아니냐면서 쑥덕거릴 정도였다. 그녀는 몸을 단련하는 데에 제 모든 것을 건 사람처럼 보였다. 함부로 말을 걸 수도 없었다.

여러 가지 추측 중에서도 검술대회 우승을 노리고 있는 게 아니겠냐는 추측이 가장 잘 설명하는 듯했다. 고학년들은 저학년 검술대회 우승자인 이아나의 귀기 어린 수련에 바짝 긴장했다.

그러나 그녀가 하루 종일 혼이 빠져라 수련하는 이유는 검술대회가 아닌, 하루의 모든 수업이 끝난 직후, 바로 이 짧은 순간만을 위해서였다.

이아나는 반장갑을 잡아당겨 손에 꽉 끼우고는 손바닥을 폈다 접었다 했다. 목검을 세게 움켜쥐고 승부욕이 용암처럼 넘쳐흐르는 선명한 적안으로 멀찍이 떨어져 서 있는 아르하드를 응시했다.

허가받은 진검 대련과 검술대회가 아닌 연습 대련에서는 진검을 상대에게 겨눌 수 없다. 긴장감이 남다른 진검이 더 좋았지만 상대가 아르하드라면 목검도 나쁘진 않다.

이아나는 바짝바짝 말라 오는 입술을 훑으며 스스로를 몰아세우듯 읊조렸다.

"이번에야말로 선배님의 검을 부러뜨리겠습니다."

아르하드는 전의를 불태우는 이아나를 향해 목검을 들어 올렸다.

"역시 이아나는 이아나네요. 상황이 아무리 변한다 해도."

아르하드는 입가에 묘하게 비틀린 웃음을 띠었다. 그것은 저와 이아나가 비기고 있다는 사실이 믿기지 않는다는 듯한 헛웃음 같기도 했고, 계속되는 이아나의 승부욕에 부아가 치밀어 짓는 웃음 같기도 했다.

"무슨 뜻입니까?"

앞뒤 모두 잘라먹은 말에 이아나는 고개를 갸웃했다.

"별말 아닙니다. 언제 봐도 한결같다는 겁니다. 칭찬이에요."

그러나 그의 금안은 점차 기이한 전의로 젖어 든다. 흐릿한 적의가 섞인 전의는 열렬하게 쏟아지는 이아나의 승부욕에 유도된 것 같기도 했고, 그녀를 진심으로 꺾어 누르고 싶다는 자의에서 비롯된 것 같기도 했다.

"시작할까요?"

아르하드의 목검의 끝이 이아나의 얼굴 쪽을 향했다. 아르하드는 제 목검을 살짝 비켜 세워 금방이라도 저를 난도질할 기세인 이아나를 물끄러미 바라보다 눈을 감았다.

"……마음을 비웠다고 생각했는데……."

이런 모습을 보면 볼수록 불안하고 화가 나는 건 나도 어쩔 수 없이 나라는 거겠지.

아르하드의 작은 속삭임은 멀찍이 떨어진 곳에서 검과 검에만 집중하고 있는 이아나에게 닿지 않았다.

그때 아르하드의 목검의 끝이 이아나의 얼굴 쪽을 향했다. 검만 노려보고 있던 이아나는 아르하드가 허공에서 검의 끝으로 제 얼굴 쪽을 툭툭 치고 있다는 것을 알았다. 이아나가 검에서 시선을 떼고 뭐 하냐는 듯이 보자 아르하드는 살벌한 미소를 지었다.

"오늘 건방진 후배님의 검과 함께 높은 콧대도 꺾어 드리죠. 각오하세요."

이아나는 웃었다. 미약하나마 살의에 가까운 아르하드의 전의가 몹시 기꺼웠다. 전의를 제게 드러내는 것이 매우 흡족했다. 가지고 노는 상대가 아니라 최선을 다해 상대해야 하는 맞수임을 인정받는 것 같았기 때문이다. 또 시간이 지날수록 아르하드가 조심스러운 태도를 한 꺼풀 한 꺼풀 벗어던지며 본성을 드러내는 것도 마음에 들었다.

'그렇지. 소심한 모습은 당신과 어울리지 않아.'

문득문득 회귀 전 아르하드의 모습을 발견할 때마다 반가워지는 건 어쩔 수 없다. 그녀의 인생에서 가장 큰 부분을 차지하던 사람이니만큼 그에 대한 기억은 선명히 남아 있었다.

"로안느에 미래는 없다. 그곳에 있는 건 네 인생의 낭비야. 나에게 와."

"나를 선택해. 누구도 너를 무시하거나 모욕할 수 없게 해 주겠다. 네게 권력과 명예, 네가 원하는 모든 것을 안겨 줄 테니 내 휘하에 들어와."

"네가 휘두르는 검은 보기 좋다. 활기가 넘치는 것 같아."

"정말 앞뒤 꽉 막힌 여자 같으니! 말 한마디도 제대로 들으려 하지 않는군!"

"내가 무엇을 잘못했나? 어째서 나를 그리 적대하는 거지?!"

"네게는 검 하나밖에 없고, 나는 무릎 꿇리고 싶은 상대일 뿐이라……."

"일부러 져 주면서 동정할 생각은 하지도 말라고? 걱정 마. 나는 절대 일부러 질 생각이 없어. 나도 이기는 게 좋아. 무엇보다 네 더러운 성질머리를 아는데 어찌 감히 그러겠나?"

"나는 앞으로도 더 강해질 거고, 너만큼은 반드시 이길 거다."

"왜 남부러울 것 없는 황제가 너에게 이토록 멍청하게 매달리느냐고? 나는 네가 미치도록 탐이 나. 너와 네 검에서는 빛이 나. 내가 찾는 무언가…… 내게 없는 무언가가 너에게 있어."

"……정말이지 포기를 모르는 여자구나."

"너보다 약해질 순 없어. 너에게 내가 차지하는 가치는 그것뿐이니까! 이렇게 너를 무릎 꿇리다 보면 언젠가는 너도 인정할 날이 오겠지."

"……너는 대체 뭐냐?"

"어째서 나는 너에게 이토록……."

"너는 뭐냐고!"

"……."

"시간이 가면 갈수록 더 포기가 안 돼. 오기일까? 대체 뭘까? 나를 이렇게까지 몰아세우는 네가 증오스러우면서도……."

"미치겠군."

"내 것이 되지 않을 것이라면 차라리."

"이번이 마지막이다. 다음번에 만났을 때도 너의 고집이 여전하다면 나는 널 죽인다."

'그리고 진짜로 죽여 버렸지.'

"거슬린다. 죽어라."

"……너는 정말 앞뒤가 꽉 막혀서 사람을 환장하게 만드는 망할 계집이다."

"너만치 미치도록 탐이 났던 이는 없었다. 후회하는 건 나라고? 헛소리. 나는 너를 원했던 날들을 후회하지 않아. 하지만 널 원했기에 생겨 버린 내 갈증도, 네 그 빌어먹을 고집도 이제 끝이다! 이제 두 번 다시는 널 볼 일도, 너를 바랄 일도 없겠지!"

"그러니 잔말 말고 죽어라! 네 시신은 내 눈에 두 번 다시 띄지 않도록 아예 불태워 주마!"

"닥쳐라. 이 답답한 계집! 늘 죽자 살자 덤벼들다가 이제 와서 그 말하여 무엇이 달라질 것 같나!"

타아앙!

이아나는 반사적으로 목검을 들어 막고는 눈앞의 번뜩이는 금 안에 퍼뜩 정신을 차렸다.

"시작한다고 말했는데도 무엇을 그리 생각하고 있습니까? 어이없게 지기라도 하고 싶습니까?"

말투가 사나웠다. 회귀 전의 아르하드를 회상하던 이아나는 순간 기묘한 기시감을 느끼고 말았다. 어쩐지 회귀 전에 보았던 그의 마지막 모습이 이어지기라도 하듯, 그곳에 있던 아르하드가 이곳에 있는 것 같다는…….

타앙!

이아나는 계속해서 비현실적인 방향으로 가는 제 생각을 쳐 낸

과 동시에 아르하드의 목검도 세게 쳐 냈다.

숨기고 있던 본래 성격이 드러나는 것이리. 그러니 회귀 전의 아르하드를 지금의 그와 연결해서 생각해서는 안 될 것이다.

하지만 수십 년간 보아 온 아르하드의 잔상은 그녀의 안에서 쉽사리 사라지지 않았다. 회귀 전의 삶은 그저 참고용이라고 마음먹었음에도 비교하고 또 비교하게 된다. 그와 관련된 일은 이아나를 계속해서 이성이 아닌 감정적으로 몰아갔다. 방금 전처럼.

왜 자꾸 회귀 전의 그와 지금의 그를 비교하는가? 어째선지는 이아나 본인이 제일 잘 알고 있었다. 그녀는 백지 상태의 아르하드가 아닌 마지막 그날, 너무나 지쳐 저를 포기해 버린 아르하드의 검이 되어 주고 싶었기 때문이다.

이번 생에서 처음으로 아르하드와 정식으로 손을 마주 잡았을 때 씁쓸하게 여겨졌던 것도, 별개의 인물처럼 여겨졌던 것도 마주한 아르하드가 체념하고 절망한 채 그토록 바라던 존재의 심장에 검을 꽂아 넣던 그가 아니기 때문이다.

그래서 더욱 지금의 아르하드에게서 옛 모습을 찾고 있는 걸지도 모른다. 조심스러운 태도의 그에게 편하게 대하라고 윽박질러 온 것도 비슷한 이유 때문이다. 그래서 점점 사나운 태도를 보이는 그가 더욱 기꺼웠다.

……동일인물인데도 자꾸 나누어서 생각하다니 참 멍청하다. 아르하드에게 실례기도 했다. 이아나는 쓰게 웃었다.

탕! 타당!

목검 두 자루가 요란하게 부딪치는 소음이 수련장 전체에 퍼졌다.

이아나와 아르하드는 사생결단을 낼 각오로 검을 휘두르는 사

람들 같았다. 누구도 밀려나려 하지 않았기에 더욱 치열했다. 둘
다 우열을 가릴 수 없을 정도로 뛰어났다. 시간을 정해 놓고 대
련을 했기 때문에 대련이 끝나는 순간까지 그들의 검은 거세게
맞부딪쳤고 언제나 무승부로 끝나곤 했다.

"저 괴물들은 뭐야?"

이아나와 아르하드는 주변의 시선에 관심을 두지 않았기에 몰
랐지만 안 그래도 입소문을 타던 그들은 최근 들어 묶여서 유명
인사로 급부상했다.

검술학부 소집일 날 발생했던 제3 단체 수련장의 파괴 사건은
유명했다. 그곳에 진검의 흔적이 있었기 때문에 더욱 난리가 났
고 필리거가 자수하지 않으면 검술학부생 전체에게 처벌이 있을
거라고 공고를 한 탓에 아르하드와 이아나는 자백했다. 그들은
벌점과 함께 한 차례 징계를 받았다.

이때 의문 하나가 부상했다. 아르하드는 마나를 못 쓰는 것으
로 알려져 있는데 어떻게 마법으로 강화된 수련장 바닥이 완전히
부서져서 공사를 해야 할 정도로 싸울 수 있었을까?

"제가 검기로 공격했습니다. 아르하드 선배님이 화나게 해서 저도
모르게 그만."

순식간에 남자 네 명을 고자로 만들어 버린 이아나의 말이기에
사람들은 납득을 했다.

그런데 왜 싸웠을까? 방학 전 핑크빛 풍문을 흘리던 두 사람이
었기에 대부분의 학생들은 파괴된 수련장에는 크게 관심을 두지

않고 사랑싸움이라도 거하게 했나 싶어 히죽히죽 웃었다.

그러나 호기심으로 수련장을 파손해 보려던 학생들은 수련장을 반파하는 일이 보통 일이 아님을 깨닫고 안색이 싹 질렸다. 또 개강 이후 하루도 빠짐없이 수련장에서 맞붙어 싸우는 둘의 모습을 보면서 입에서는 웃음이 사라졌다.

진검과 마나를 사용하지는 않았지만 대충 보기만 해도 대단했다. 일반인들이 엄청난 속도로 공방을 나누는 그들의 대련을 본다면 감탄만 하고 끝날지도 모른다. 그러나 검술을 전공으로 하여 검을 보는 눈이 트인 사람들의 눈에 그들의 대련은 보고만 있어도 귀한 깨달음을 얻을 수 있는 가르침이었다.

오죽하면 교수들까지 구경 와서는 홀린 듯이 입을 벌리고 쳐다보겠는가.

나이에 맞지 않는 온갖 고급 기술들이 난무하고 응용기가 아무렇지도 않게 쏟아진다. 그러나 두 사람이 너무나 당연하게 사용해서 그들의 귀기 어린 재능에 누구도 의문을 제기하지 못했다.

둘에게도 차이는 있었다. 아르하드가 힘과 큼직큼직한 공격을 위주로 한 검술을 사용한다면 이아나는 유연함과 속도를 위주로 한 검술을 사용했다. 이아나는 주로 공격을 유연하게 흘려 내 그 끝에서 미끄러지듯 섬뜩하게 밀려들어 와 비수처럼 아르하드의 틈을 치고 들어갔다. 아주 짧은 시간 내에 상대의 움직임을 판단하여 회피하거나 방어하고, 상대의 반동까지 활용하여 공격하는 이아나는 그녀에게만 1초가 10초처럼 흘러가는 것처럼 보였다.

아르하드가 검을 휘두를 때는 오싹한 바람이 위압적으로 터져 나온다. 온 근육을 사용하는 것도 아니고 크게 움직이는 것도 아닌데도 그런 풍압을 내는 검을 휘두른다는 것은 그의 몸과 골격, 근육이 최상의 상태로 짜여 있다는 것을 의미했다.

이를 증명하듯 땀에 젖어 드러난 아르하드의 상체는 조화로운 근육으로 짜여 있었다. 무인들은 도저히 이해할 수 없는 몸뚱이였다. 어찌 훈련했기에 무인으로서는 완벽하기 짝이 없는 저런 훌륭한 몸을 만들 수 있단 말인가?

아르하드는 검술은 꽤 대단하지만 병결이 잦고 마나를 사용하지 못하는 것으로 유명해서 '재능은 있지만 대단한 검사가 되기는 무리'라고 평가받고 있었다. 아르하드가 진신의 실력을 내보인 적이 없었기 때문에, 알 만한 사람은 그의 실력이 보통이 아니리라 어렴풋이 예상하고 있었지만 대다수의 학생들은 그리 알고 있었다.

하지만 지금의 대련은 그런 평을 쏙 들어가게 하였다. 적이 몇이라도 송두리째 베어 버릴 듯한 위압감이 그에게는 존재했다. 검기로 상대해도 이길 수 없을 것 같았다. 그리고 그런 아르하드의 검을 이아나는 태연하게 받아 내고 있었다.

아르하드는 스물한 살이고 이아나는 겨우 열여섯. 아르하드와 나이가 같았다면 이 승부가 또 어떤 방향으로 흘러갔을지 예측할 수 없다. 대체 전생에 어떤 덕을 쌓았기에 열여섯의 어린 나이에 저런 훌륭한 실력을 갖출 수 있단 말인가.

천재를 넘어서 검을 쥐기 위해 태어난 사람들이라고 생각할 수밖에 없다. 그리 생각하지 않으면 지금 이 현상을 이해할 수 없었다.

이번 검술대회 우승자의 행방이 묘연해졌다. 이아나와 아르하드가 대단한 실력을 매일 보여 주고 있음에도 그들이 우승하리라 확신하지 못하는 까닭은 그들의 실력이 너무 뜬금없는 데다가, 상위권 학생들이 이제껏 쌓아 온 명성과 위신이 있기 때문이다.

굳어진 관념은 아무리 대단하다 해도 저학년들이다, 고학년의 상위권 학생들이 더 실력이 뛰어날 것이고 우승하지 않을까, 그런 착각을 하게 하였다.

그러나 그들에게 막상 기대 받고 있는 상위권 학생들 대다수의 생각은 달랐다. '저건 절대 못 이겨.'가 그들의 공통된 생각이었다.

"그런데…… 아르하드가 저런 표정하는 거 처음 봐."

"나도."

어떤 두 사람이 속닥였다.

아르하드는 함부로 하기 어려운 사람이었다. 늘 절제되어 있고 감정을 좀처럼 드러내지 않는 그는 냉정했고 어른스러웠다. 하지만 그런 성향과 더불어 늘 여유로워 보이는 기색이, 욕심을 자제하는 듯한 금욕적인 이미지가 그를 카리스마적인 인물로 그려 냈다.

게다가 어딜 가든 눈에 띌 정도로 잘생긴 얼굴과 함께 생각에 잠겨 있을 때마다 흘러나오는 퇴폐적이면서도 위험스런 분위기는 계집애들, 심지어는 사내놈들까지 얼굴을 시뻘겋게 물들이고 홀라당 넘어갈 만한 것이었다.

아르하드의 주변에는 꿀에 홀린 벌들처럼 그와 친해지고 싶은 사람들로 넘쳐났다. 대단한 과거가 있을 듯한 남자, 속을 알 수가 없어 더욱 매력적인 남자. 하지만 한편으로는 인간미 없어 보이기도 했다. 감정이 없어도 너무 없었기 때문이다.

그러나 지금 그는 감정을 드러낸다. 금방이라도 먹이를 물어뜯을 듯한 배고픈 사자처럼 이아나에게 살의에 가까운 검격을 흩뿌리고 있었다.

처음에는 이아나가 주로 승부에 집착하는 태도를 보였고 아르하드는 그런 그녀를 차분한 태도로 받아 주는 정도였다. 평소와 다를 바 없었다. 그러나 날이 갈수록 그녀의 승부욕에 물들기라도 한 듯 아르하드가 휘두르는 검에는 난폭함이 깃들기 시작했고 표정은 점점 사나워졌다. 이아나를 상대하는 데에 최선을 다하고 있다는 것을 증명이라도 하듯 얼굴에서는 땀방울이 투둑투둑 흘러내렸다. 금안은 눈앞의 여자를 꺾어 놓고야 말겠다는 맹렬한 오기로 물들어 있다.

하지만 어딘가, 즐거워 보이기도 했다.

누군가가 중얼거렸다.

"사람 같네……."

그 말은 물에 잉크가 번지듯 자연스럽게 공기에 스며들어 사라졌다. 너무나 자연스러워서 누구도 무슨 이상한 소리를 하냐며 꼬투리 잡지 않았다. 대결에 집중하고 있었던 탓도 있지만, 그들 또한 은연중에 어렴풋이 그런 느낌을 받았기 때문이리라.

"후우."

결국 오늘도 무승부로 끝이 났다. 아르하드가 속에 갇힌 숨을 크게 내뱉고는 의자등받이에 걸어 둔 수건을 하나 던져 주자 이아나는 그것을 잡아채 이마에 맺힌 땀을 닦아 냈다.

이아나는 수건으로 얼굴을 닦아 내면서 수돗가로 향했다. 곧장 수도꼭지를 틀어 찝찝한 머리를 쏟아지는 찬물 아래로 밀어 넣었다. 마음 같아서는 물 한 양동이를 뒤집어쓰고 싶었지만 아무리 그녀라 해도 그 행동이 남자들이 우글거리는 곳에서 할 행동은 아니라는 것쯤은 인식하고 있었다.

쏴아아…….

이아나는 묶었던 머리를 돌돌 말아 올리고 땀으로 범벅이 된 뒷목에 물을 맞았다.

심장이 거세게 뛰었다. 지친 육신 때문이 아니라 그 안에 자리 잡은 맹렬한 목적 때문이었다. 조금만 더, 조금만 더, 조금만 더 노력하면 아르하드를 이길 수 있을지도 모른다. 오늘도 달이 어둠을 밝히지 못하는 늦은 시간까지, 지쳐 쓰러지기 전까지 수련을 하자. 그렇게 하자.

투둑.

머리를 묶은 고무줄이 결국 생을 다하고 터졌다. 두 시간 가까이 되는 격렬한 대련을 버틴 것만으로도 장했다. 좋은 재질의 비싼 고무줄이라서 오래 버텨 준 모양이었다.

물이 흥건히 고인 수돗가에 이아나의 붉은 머리카락이 넘실거리며 흘러내렸다. 이아나는 머리를 건져 올려 쭉 짰다.

귀찮다. 확 잘라 버리고 싶다. 하지만 이스피가 울먹거리면서 소원이라고, 검고 뭐고 뭘 해도 상관없으니 제발 머리카락만큼은 자르지 말아 달라고 애걸복걸하여 자르지 않았었다. 긴 머리카락이 여인의 상징이라고 했던가.

우스운 소리다. 누군가의 아내가 되어 조신하게 앉아 있을 생각은 전혀 없는데 여인의 상징이 대체 무슨 소용이란 말인가. 하지만 소중한 사람인 이스피가 소원이라 했으니……

이아나는 자신의 길을 간다. 그럼에도 이따위 머리카락에 연연해하고 있는 건……. 로베르슈타인가를 나옴과 동시에 연을 끊었다고 생각한 이스피에게 남아 있는 잔정 때문이리라.

이스피는 어찌 지내고 있을까. 잘 지내고 있겠지. 그녀는 본디 사라체의 사람이었던 데다가 상냥하니까. 카니츠는? 떠나기 전 그의 실력은 일취월장하여 어떤 귀족가에 가더라도 우대받을 정도였으니 높은 봉급을 받으며 노모를 모시고 잘 살고 있을 것이다.

시간이 지나면 사그라질 감정에, 추억으로만 남을 사람들일 뿐이다. 지금 중요한 건 그게 아니다.

이아나는 수돗가를 양손으로 잡고 후줄근하게 흘러내리는 제 머리카락을 뚫어져라 쳐다보았다.

다 잘라 버릴까. 이아나는 진심으로 그리 생각했다.

"후우."

아르하드가 이아나의 옆에 섰다. 물병을 주변에 얹어 놓고는 제 머리 위에 물을 쏟아붓더니 찬물로 연거푸 세수를 했다. 이아나가 흘끗 쳐다보는데 아르하드가 고개를 트는 바람에 그대로 눈이 마주쳤다.

똑, 똑.

물방울들이 고요를 깨며 요란스레 떨어졌다.

아르하드의 입술이 천천히 열렸다.

"내기라도 하는 게 어떻습니까?"

"……무슨?"

"진 사람이 이긴 사람의 소원을 들어주는 걸로. 무엇이든 간에.

그럼 좀 더 필사적으로 할 수 있을 것 같은데.”

아르하드가 옆에 두었던 물통에 물을 받아 벌컥벌컥 마셨다. 이아나는 재밌겠다고 생각하며 웃었다. 딱히 빌 소원은 없었지만 아르하드의 거부를 무시하고 그에게 뭐든 요구할 수 있다는 점은 매력적이었다.

“좋습니다. 학술원의 검술대회에서 정말로 승부를 가리는 것도 괜찮을 것 같네요.”

위아래로 움직이던 아르하드의 목울대가 멈추었다. 그가 물통을 입가에서 떼어 내고 곤란한 얼굴로 이아나를 쳐다봤지만, 그 시선을 알아채지 못한 이아나는 두근거리는 심정으로 얼굴을 찬물로 깨끗하게 씻었다. 땀은 이미 씻겨 나갔음에도 계속, 계속해서.

아르하드를 공식적으로 꺾는다? 생각만 해도 극렬한 만족감이 등골을 타고 머리까지 치솟아 얼굴이 화끈거렸다. 예전 같았으면 망상에 불과했겠지만 지금은 아니다. 조금만 더, 조금만 더, 조금만 더 열심히 수련하면······.

그런 이아나의 정수리를 복잡한 심정으로 내려다보던 아르하드가 어설프게 웃었다.

“저는 검술대회에 참가하지 않습니다.”

세수를 하던 손이 돌연 멈추었다. 얼굴이 순식간에 차게 식는다. 이아나는 수도꼭지를 잠그고 허리를 바로 세워 아르하드를 보았다. 알아서 말해 보라는 듯 말없이 빤히 쳐다보자 아르하드는 그 뜻대로 먼저 입을 열었다.

“몸이 좋지 않다는 핑계로 기권하고 집에 틀어박혀 있을 생각이라 대회에서 이아나 양을 만날 일조차 없을 겁니다. 내내 그래왔고, 이번에도 그럴 겁니다."

이아나의 눈썹이 꿈틀거렸다. 아르하드가 검술대회에서 빠진다는 말에 안 그래도 그다지 내키지 않던 검술대회가 더욱 내키지 않는다. 잔뜩 부풀었던 마음이 바람 빠진 풍선처럼 피시식 소리를 내며 작아졌다.

이아나의 심장을 뛰게 하는 라이벌은 아르하드밖에 없었다. 그가 없는 검술대회는 재미없는 사냥터에 불과했다. 저번 학기 검술대회에서 그랬던 것처럼.

"핑계라면, 다른 이유가 있다는 말이군요."

이아나는 스쳐 가듯 지나간 단어를 그냥 넘어가지 않았다. 아르하드는 얼굴에서 흘러내리는 물을 손등으로 훔쳐 냈다.

"여기서 말씀드리기는 좀 그렇습니다. 다만, 간략하게만 말씀드리자면 저는 아직 세상에 드러나서는 안 됩니다. 저를 쫓는 자들 때문에."

그의 말 한마디에 이아나는 바하무트 황실을 곧장 떠올렸다. 이아나가 관심을 가진 바하무트의 역사는 아르하드가 황제가 된 후부터다. 그전의 제국이 얼마나 강했는지는 잘 몰랐다. 아르하드가 어떤 준비를 했는지, 어떤 고난을 겪었는지, 아무것도 몰랐다. 다만 아르하드가 황제로 있던 바하무트 제국이 너무나 강력해서 대륙 전체가 물살에 휩쓸려 허우적대는 꼴이었다는 건 알았다.

"당신을 쫓는다면 친가 쪽입니까?"

"그렇습니다. 그들은 저를 찾으려고 혈안이 되어 있고, 그들의 수하들은 남부까지 널리 퍼져 있지요. 하지만 자신이 그들의 부하인 것도 모르고 활동하는 이들이 대다수입니다."

"잠깐."

이아나는 대충 수건으로 머리를 닦아 내면서 아르하드를 붙잡고 인적이 드문 곳으로 향했다. 듣는 이가 많은 곳에서 이런 이야기를 길게 할 수는 없었다.

수련장 한편에 있는 숲, 그 안쪽에는 베여 나간 나무등치 몇 개에 나무 수십 그루가 주변을 감싸고 있는 구조의 휴식 장소가 하나 있다. 학생들은 오후 수련 후 피곤해서 기숙사로 직행해 씻고 쉬는 게 보통이었기에 숲은 한산했다. 시원한 바람이 간간이 선선하게 불어왔다.

이아나는 나무 한 그루에 등을 기댄 채 수건으로 제 머리를 꼼꼼히 닦아 내며 말했다.

"설마 당신이 말하는 그들의 수하가 블랙폭시입니까?"

"예."

"역시."

이아나의 말은 곧장 핵심을 찔렀고, 아르하드는 회피하지 않았다.

"대단하네요. 블랙폭시의 주인이라니. 그런데 당신을 찾고 있다면, 당신에 대한 단서가 몇 가지 있을 텐데요. 그게 뭐죠?"

"성별 불명, 외양 불명. 하지만 흑발 혹은 녹발, 흑안 혹은 청안. 이건 염색약이나 마법으로 얼마든지 바꿀 수 있기 때문에 쓸모없는 단서입니다. 아시다시피 마법으로는 목소리까지 바꿀 수 있기 때문에 이런 단서로는 절대 찾지 못하죠."

그럼 마음껏 세상을 활개치고 다녀도 괜찮은 것 아닌가. 단서가 저것뿐이라면 이 세상을 살아가는 수많은 사람들 중에서 아르하드를 찾는 건 백사장에서 특정 모래알 하나를 찾는 일만큼 어려웠다. 아르하드가 뒤의 말을 덧붙이기 전까지는 그리 생각했다.

"그러니 가장 중점적으로 찾는 것은 이번 해에 스물한 살이 된 자. 둘째, 마나 제어에 천부적인 감각을 가진 자라는 겁니다."

첫 번째는 알겠다. 그러나…….

"두 번째는 무슨 이유 때문입니까? 친가는 당신을 본 적도 없을 텐데 당신이 마나를 다루는 능력이 뛰어남을 어찌 안단 말입니까?"

"가문의 피를 이은 이들은 하나같이 마나를 자유자재로 제어할 수 있기 때문입니다. 이처럼."

아르하드는 손가락 끝에 마나를 응축시켰다. 마나는 말을 잘 듣는 순한 개처럼 그의 통제를 따랐다. 아르하드는 응축된 마나를 또르르 굴려 손바닥에 작은 공처럼 뭉쳤다. 그것은 아르하드가 짓누르자 뭉개졌고, 잡아당기자 길게 늘어났으며, 다른 손으로 중심을 가르자 반으로 나뉘어졌다. 집어 던지자 허공에서 흩어졌고, 다시 손을 허공에 휘둘러 움켜쥐자 그의 손아귀에는 또다시 공처럼 뭉친 마나가 잡혀 있었다.

이아나는 감탄을 숨기지 못하다가 긴장으로 바짝 굳었다. 그녀는 마나가 제 말을 순순히 따라 준다고 생각하지, 마나가 제 것이라 여겨 본 적은 없었다. 하지만 아르하드는 제 몸처럼 마나를 다루었다. 그리고 마나도 아르하드의 소유인 것처럼 통제를 철저하게 따르고 있었다. 노력을 한다고 해서 되는 일이 아니었다. 절대적인 재능이었다.

제어력은 아르하드가 한 수 위인가. 이아나는 마나 수련을 더욱 열심히 해야겠다고 속으로 결심했다.

"숨 쉬듯 자연스럽게 마나를 제어하는 능력은 정말 특별하지요. 저는 마나를 통제하려 노력할 필요도 없습니다. 생각만 해도 알아서 제 몸처럼 따라 주니까요. 말 그대로 제어가 아닌, 지배입니다."

지배……. 이아나가 작게 중얼거렸다.

"마나는 제 손과 다를 바 없습니다. 제3의 손이라고 해도 과언이 아닙니다. 그리고 제 혈족은 모두 정도는 다르지만 일반인과 비교했을 시 까마득하게 차이 나는 마나 제어력을 가지고 있습니다."

"그게 유전적인 요인이란 말입니까?"

아르하드는 긍정했고, 이아나는 침묵했다. 유전의 힘은 무시할 수 없다. 가문 전체가 마나 제어에 재능이 있는 경우는 종종 있다. 불공평하다는 생각은 들지만 이해할 수는 있다. 그러나 경악스러운 점은 아르하드의 적, 즉 그를 죽이고자 하는 황족들이 모두 아르하드 같은 괴물들이라는 것이다.

바하무트 제국, 압도적인 무력으로 까마득한 옛날부터 오랜 세월 동안 모든 왕국의 위에 군림하며 유일무이하게 스스로를 제국으로 칭하는 국가였다. 지금 그들이 축적한 부, 영지, 세력, 가신의 수는 여타 왕국보다 월등했다.

그럼에도 훗날 아르하드가 그곳의 황제가 될 수 있었던 건 그의 힘이 황실의 모든 것을 압도했기 때문일까, 아니면 다른 이유가 있었기 때문일까.

"그런 자들이 저를 찾아 죽이기 위해 혈안이 되어 있는 겁니다. 그래서 저는 제 실력에 확신이 서기 전까지는 그들 앞에 나설 수 없습니다. 사람의 눈이 닿는 곳에서 마나를 쓰지 않는 것도 이 이유 때문이죠."

곰곰이 생각해 보면 그랬다. 남부 상행 때도 철저하게 검술로만 도적떼와 몬스터를 상대했었고, 학술원에서 지켜본 결과 누군가와 대련을 할 때도 무의식적으로조차 마나를 사용한 적이 없었다. 저와의 대련에서만 한 번 사용했을 뿐이다.

'마나를 쓰지 않아도 충분히 상대할 수 있어서 그런 줄 알았더니 몸을 사리기 위해서였구나.'

"저는 지금 검술은 뛰어나도 마나에는 형편없는 재능을 가진 것처럼 살아가고 있습니다. 검술대회에 참가할 이유가 없죠. 위험 부담만 늘 테니까."

아르하드는 안타깝게 웃었다.

"납득했습니다. 그런데."

조용히 대답한 이아나가 기대고 있던 나무에서 등을 떼고 아르하드의 팔을 휙 붙잡았다. 바람이 세게 불었다. 수건이 툭 하고 바닥에 떨어졌으나 그에 신경 쓰는 이는 없다.

아르하드는 이아나가 붙잡은 제 팔을 보았다가 이아나를 보았다. 이아나의 적안이 아르하드를 고요히 향했다.

"당신은 왜 제게 이런 중요한 것들을 말해 줍니까? 무엇을 믿고? 나중에 어찌 될지도 모르는데."

저를 포섭하기 위한 포석이라는 건 알고 있지만 모르는 척 물었다.

대련을 해서 무승부를 기록한 지도 시간이 꽤 지났다. 충분히 실력을 보여 줬고 저를 완전히 바하무트 공략조에 넣으면 엄청난 도움이 될 거라는 건 아르하드도 인식했을 터. 그런데 왜 밑밥만 깔고 가타부타 말이 없을까? 답답하니 빨리 자기를 도와 달라고 말해 주었으면 좋겠다. 그러면 혼란스러운 척, 고민하는 척하다가 궁금했던 것을 이것저것 거리낌 없이 캐물어 보다가 마지막에는 승낙을 할 터인데.

아르하드는 시치미를 떼는 이아나를 아는지 모르는지, 머뭇거리다 결국 조용히 눈을 접어 웃는다.

"제가 왜 학술원에 다니고 있는 것 같습니까? 눈에 띌 수 없다면 숨어서 조용히 힘을 기르는 게 차라리 낫다고 생각하지 않습니까?"

"그렇군요."

"예, 그럼에도 학술원에 다니는 이유는 은거를 하면 세상일을 알 수 없을뿐더러, 제 힘이 얼마나 강한지도 판단할 수 없고……."

아르하드가 손을 뻗었다. 이아나는 피하지 않았고 손은 이아나의 젖은 머리카락 위에 살짝 닿았다. 천천히 떨어져 나가는 손가락에는 푸른 나뭇잎이 있었다.

"훗날 저를 도와줄 수 있는 능력 있는 이들을 찾을 수 있는 곳이기 때문입니다."

이아나의 표정이 묘해지고 눈빛이 진중해졌다. 속으로 바라긴 했으나 설마 정말로…….

아르하드는 멈칫멈칫했다. 입술을 달싹거리면서도 머뭇거리면서도 그는 결국 나뭇잎을 꽉 쥐며, 약간은 떨리는 음색으로, 또한 약간은 설레는 듯한 목소리로 말했다.

"이아나, 너처럼."

마침내!

이아나는 저도 모르게 주먹을 꽉 쥐었다. 흥분을 감춘 채 멀쩡한 얼굴로 가장하며 헝클어진 머리를 뒤로 쓸어 올렸다.

"당신은, 제가 무엇을 도와주었으면 합니까?"

하지만 가장 중요한 걸 빼먹었지 않은가.

"당신을 위협하는 가문을 제거하는 것? 그거라면 당연히 돕겠습니다. 아주 훌륭한 상대인 당신이 죽는 걸 눈 뜨고 보고만 있을 수는 없으니까. 하지만 그것뿐입니까?"

심각한 내용인데도 이아나가 아무렇지도 않게 승낙의 뜻을 내비치자 떨렸던 마음이 평온해져 아르하드는 저도 모르게 웃었다.

당연히 그것만 있는 건 아니다. 하지만 이런 장소에서 준비도 없이 충동적으로 몽땅 말하기에는 너무 이른 게 아닐까.

마음 같아서는.

'나는 바하무트의 황제가 될 거고, 너는 내 곁에 있어 주었으면 한다. 그리고…… 세상에 산산이 흩어진 악마의 파편을 모으고, 함께 판데모니엄으로 가 주었으면 한다.'

라고 말하고 싶다. 하지만 짧은 말이지만 너무나 많은 내용이 함축된 말이라 함부로 내뱉을 수가 없다.

불어온 바람에 촉촉하게 젖은 이아나의 머리카락에 나뭇잎이 계속 내려앉았다. 그걸 아는지 모르는지 이아나는 저만 똑바로 올려다보고 있었다. 아르하드는 이아나의 앞에 성큼 다가가 머리를 조심스레 정리해 주며 말했다.

"너는 나에 대해 아무것도 몰라."

이아나가 간이 작다고는 생각하지 않지만 제국의 황제가 되겠다는 야망과, 제가 숨기고 있는 비밀은 누구라도 쉬이 감당할 수 있는 게 아니다.

"네게 모든 것을 말해 주겠다고 했지만, 아직은 말하기 어려운 이야기가 산더미처럼 쌓여 있어."

아직 장래를 정하지 않았다는 이아나가 재미를 느끼고 도와줄
지, 엄청난 규모에 부담을 느껴 저를 피해 다닐지는 모르는 일이
다. 그러니 부담감을 느끼지 않게 천천히, 아니 부담감이 있더라
도 저와 함께할 수밖에 없도록 천천히 끌어들인다. 유혹하는 것
처럼 매혹적으로 그녀의 모든 것을 제게 익숙하게 만든다. 완벽
하게 제 것으로 만든다.

아르하드는 손을 스르르 미끄러뜨려 이아나의 머리카락 끝부분
을 잡아당겼다가 풀어 주었다. 검밖에 모르는 여자를 제 것으로
만드는 건 너무 어렵다. 하지만 가장 적합한 시작점이 카마트로
스 활동이라는 건 분명하다.

"일단…… 블랙폭시를 뭉개는 데만 주력하자. 활동하면서 조금씩
말해 줄 테니, 너무 놀라지 않기만을 바랄 뿐."

아르하드의 목울대가 위로 한 번 올라갔다가 내려왔다. 생의 목
적은 오로지 이아나다. 다른 건 모두 부차적인 일이다. 그녀가 바로
그가 찾는 마지막 퍼즐 조각이었다. 아르하드는 조용히 말했다.

"조만간 카마트로스의 회합이 있고, 다시 활동을 시작할 테니 내
일 회색의 마탑으로 와. 하인리히 님도 한번 뵈어야 하지 않겠나."

"이아나 양!"

헤레이스가 헐레벌떡 뛰어와 강의가 모두 끝나 책을 정리하는 이아나 앞에서 헉헉대며 숨을 몰아쉬었다. 헤레이스가 강의를 듣는 건물은 멀리 떨어져 있음에도 강의가 끝난 지 얼마 되지도 않아 이아나 앞에 나타났다는 건 정신없이 뛰어왔다는 말과 상통했다.

"할아버지께서 연구가 끝나셔서, 저를 부르셨어요!"

이아나는 천천히 고개를 끄덕였다. 어제 아르하드에게 들어서 알고 있다.

열 명의 대마법사 중 하나, 학술원의 학장, 카마트로스의 일원, 헤레이스의 큰 외조부, 라랏슈아의 스승, 아르하드의 조력자.

이아나는 그와의 만남을 무척 기대했다.

"오늘 점심을 먹고 함께 가자."

오늘 헤레이스도 데려가서 마나의 저주에 대한 이야기도 들어가야겠다는 생각이 들었다.

"네!"

헤레이스는 주먹을 꽉 쥐었다. 이아나와 하인리히가 만난다고 해서 당장 무슨 일이 일어나는 건 아니겠지만 헤레이스의 심장은 기대로 쿵쾅대며 정신없이 뛰어 댔다.

"오늘 아르하드 선배도 하인리히 님을 만나 뵐 예정이라고 하는데, 함께 식사를 해도 되겠지?"

이아나의 말에 헤레이스는 고개를 갸웃하며 의아해했다.

"아르하드 선배님이요? 상관은 없지만 그분이 할아버지를 왜?"

이아나는 의아한 표정으로 헤레이스를 보았다.

"하인리히 님이 선배를 어렸을 적부터 돌봐 주셨으니…… 일단 인사 차원으로라도 찾아뵙는 게 당연한 것 같은데."

"엑, 그랬어요?"

헤레이스의 놀란 모습을 보고 이아나는 묘한 표정을 지었다. 헤레이스는 하인리히의 단편적인 모습만 알 뿐 그와 아르하드가 무슨 짓을 벌이고 있는지 모를뿐더러 그의 존재조차 몰랐던 모양 이다.

하기야 헤레이스는 벤덤 가문에서 컸고 아르하드는 탑에서 자 랐다고 했다. 또 아르하드의 과거는 절대 누출돼서는 안 될 비밀 이었고, 바하무트 제국을 공략하고 있다는 사실 또한 순진한 어 린아이에게 발설할 만한 내용은 아니었다.

헤레이스와 이아나는 식당으로 함께 향했다. 처음에는 같은 검 술학부라 강의가 끝나는 시간대나 강의 건물이 비슷한 이아나, 에이지, 헤레이스, 타로만 점심을 함께하였으나 어느 순간부터 종 종 한두 명이 더 끼게 되었다.

"아이참, 목이 마른데."

오늘은 라랏슈아였다. 라랏슈아가 이미 널찍한 테이블에서 자리 하나를 차지하고 앉아 오늘의 추천 메뉴인 과일샐러드를 곁들인 송아지 스테이크를 앞에 두고 손으로 부채질을 하고 있었다.

라랏슈아 외에도 리키젠이나 프리실라가 가끔 식사를 함께하곤 했는데 다들 안면이 있어서 불편함은 전혀 없었다.

"여기 있습니다!"

라랏슈아의 옆에서 그녀의 말과 행동 하나하나에 집중하고 있 던 타로는 냉큼 일어나서 컵에 물을 받아 가져다주었다.

"어머나, 고마워라. 잘 마실게, 타로."

라랏슈아는 몇 번이나 공격 마법을 날리고 말로 후려쳐도 변하지 않는 타로를 떼어 내는 걸 포기하고 부려 먹기 좋은 하인으로 여기기로 한 듯하다. 시골촌뜨기, 촌스런 남자와 같은 호칭이 약간은 살가운 이름으로 변해 있었다.

라랏슈아는 타로가 건네준 컵을 붙잡고 물을 꼴깍꼴깍 마셨다. 하얀 목을 통해 제가 가져다준 물이 넘어가는 모습이 너무 예뻐서 타로는 헤벌쭉하게 웃었다. 그도 잠시 금방이라도 감동의 눈물을 뚝뚝 흘릴 듯 눈가를 부여잡는다.

중증이군. 이아나는 그리 평했다.

"고기를 썰기 힘들어."

"썰어 드리겠습니다!"

라랏슈아가 울상을 짓자 냉큼 나선 타로가 나이프로 산산조각을 낼 기세로 고기를 자른다. 그리고 그 모습을 맞은편에서 으에에라는 말이 금방이라도 나올 듯한 못생긴 표정으로 관찰하고 있던 에이지가 툭 내뱉었다.

"이봐요, 왕녀님. 타로는 당신 하인이 아닌데요?"

"어머— 에이지. 난 타로를 하인이라고 생각한 적도 없는데? 난 타로에게 뭔가를 해 달라고 한 적 없어. 늘 타로가 먼저 나서서 해 주잖아."

라랏슈아가 물을 비운 컵을 테이블에 내려놓자 타로는 그것을 귀한 보석 다루듯 조심스레 들었다. 함박웃음을 지으며 컵을 다시 가져다 놓으러 가는 타로를 따라간 에이지가 한심하다는 어조로 얌마, 얌마 하며 옆구리를 쿡쿡 찔렀다.

"작작 해라. 니가 하인이야? 밀당 모르냐, 밀당?"

타로가 순진한 눈동자를 데구루루 굴렸다.

"그게 뭔디?"

"밀고 당기기 말이야. 이렇게! 밀고! 당기기!"

에이지가 타로를 팩 밀었다가 잡아당겼다. 타로는 이 자식이 대체 뭘 하나 싶어 멀뚱히 쳐다보았다. 에이지가 울분이 터진다는 듯 제 가슴을 주먹으로 쿵쿵 때렸다.

"잘해 주다가도 튕기는 맛이 좀 있어야 왕녀가 네놈에게 매력을 느낀단 말이다. 아오, 보고 있는 내가 답답해 죽겠네. 너 평생 왕녀 하인으로 살 거냐? 내 경험상, 여자는 당기기만 하면 금세 질리거나 하인으로 안다고. 남자는 나쁜 매력이 좀 있어야 한단 말이야. 내 주변에는 왜 이렇게— 밀당을 모르는 놈들만— 으아! 답답해!"

광분한 에이지가 제 머리를 쥐어뜯으려는 것을 타로가 뒤통수를 한 대 딱 때려 진정시켰다.

"알았다, 니눔이 뭘 말하는지 알아먹었다 이 말이여. 한디 라랏슈아 님은 밀면 그대로 뒤도 안 돌아보고 가 버릴 듯헌다."

에이지는 축 처진 타로가 중얼거린 말을 듣고 멈칫했다. 고개를 돌려 콧노래를 부르는 라랏슈아를 흘끔 보더니 한숨을 푹 내쉬었다.

"내 주변 여자들은 왜 이렇게 특이하지? 너는 또 어쩌다 저런 여자한테……."

"이 짜슥이, 여신님 욕하지 말더라고! 잉? 여!"

차마 웃지는 못하고 상황을 구경하고 있던 이아나와 헤레이스를 발견하고 타로가 손을 흔들었다. 에이지도 그들을 발견하고 어서 오라는 듯 힘없이 손을 휘적거렸다. 이아나는 다가가서 타로의 등을 툭툭 두들겼다.

"당신은 갈수록 심해지는군. 힘든 길을 선택했구나."

회귀 전 보았던 라랏슈아와 타로의 관계는 여기서 더 달라진 게 없는 것 같다. 이아나가 그들과 깊은 친분을 나눴던 건 아니었기 때문에 뒷이야기까지는 모르나, 표면적으로 그들은 주인과 하인, 그 이상의 관계도 그 이하의 관계도 아니었다.

뜬금없이 이아나의 위로를 받게 된 타로는 영문을 몰라 눈썹을 쓱 올렸다. 헤레이스는 타로 앞에서 주먹을 꽉 쥐어 보였다.

"저는 형님 응원할게요. 파이팅. 제가 생각했을 때 누님을 감당할 수 있는 분은 형님밖에 없는 것 같아요."

"그, 그려?"

"헤레이스, 다 들린단다."

라랏슈아가 멀찍이서 노래하듯 즐겁게 말하자 안색이 창백하게 질린 헤레이스가 입을 다물었다.

"이아나 양, 어서 와요. 어서 여기 앉아."

이아나와 헤레이스가 식사를 받아 테이블로 다가가자 라랏슈아는 가느다란 팔로 제 옆의 의자를 끌어내는 수고를 하면서까지 이아나를 재촉했다. 이아나는 라랏슈아가 제게 보이는 살가운 호의가 찜찜하긴 했으나 거절하지 않고 의자에 앉았다.

'왕녀는 내게 왜 이리 관심을 보이는 걸까.'

회귀 전에는 제게 아르하드에게 항복하고 그의 것이 되라는 헛소리를 하기 위해 찾아왔던 것 말고는 딱히 교류가 없었는데 말이다.

그때, 뒤에서 인기척이 느껴졌다.

"이아나. 여기 있었네요."

아르하드였다.

그가 이아나에게 부드럽게 인사하고 다른 이들에게도 인사하기 위해 주변을 쭉 돌았다. 그러다가 라랏슈아에게 시선이 닿는 순간 그의 눈동자가 고정되었다.

"라랏슈아? 당신이 왜 여기에 있습니까."

"……어머나, 아르하드."

라랏슈아가 테이블에 팔꿈치를 괴고 손바닥에는 제 뺨을 괸 채하얀 손가락으로 제 뺨을 톡톡 두들겼다.

"오랜만이에요. 저번 학기부터 다시 학술원에 다닌다는 소리는 들었는데 어째 한 번도 못 마주쳤네."

아르하드는 그녀에게서 시선을 떼고 이아나의 맞은편에 식사를 놓고 앉았다.

"당신이 늘 실험실에 있어 그렇겠지요. 그런데 당신이 다른 이들과 어울린다는 사실이 놀랍습니다. 그것도 이아나와."

아르하드의 미심쩍은 시선이 라랏슈아를 향하고, 라랏슈아는 그에게서 미묘하게 느껴지는 경계심에 응? 하고 고개를 갸웃했다.

헤레이스가 의아한 표정으로 라랏슈아에게 물었다.

"누님께서는 아르하드 선배님을 알고 계셨어요?"

"응. 탑에서 스승님 보호 하에 같이 크다시피 했는걸."

"나는 왜 몰랐지?"

헤레이스가 혼란스러워하자 라랏슈아는 미간을 살짝 좁힌 채타로가 잘게 썰어 놓은 스테이크들을 포크로 휘적거렸다.

"모르는 게 당연할지도. 저 사내는 스승님이 탑에서 꼭꼭 숨겨서 키운 괴물이니까."

"뭐, 뭐여. 이 잘생긴 인간은?"

그때 컵을 가져다 놓고 돌아온 타로가 아르하드를 발견하고 깜짝 놀라 뒤로 물러섰다. 타로는 라랏슈아를 졸졸 따라다닌다고 수련장에 잘 나타나지 않았기 때문에 그에 대한 이야기만 들었지 직접 본 적은 없었다.

라랏슈아는 타로와 아르하드를 번갈아 쳐다보고는 가는 손으로 입을 막고 미묘한 악의가 담긴 웃음을 지었다.

"아주 오래된 사이죠. 어릴 적부터 볼 거 안 볼 거 다 보고 지내 왔으니 보통 인연은 아니겠죠? 호호. 아이 참, 아무튼 아르하드 그대는 더 잘생겨졌네요. 훌륭해라."

라랏슈아가 아르하드의 외모를 칭찬하자 타로의 눈이 부리부리해졌다. 타로의 적개심이 저를 향했지만 아르하드는 아무렇지도 않게 접시 위의 고기를 썰어 입에 넣었다.

"근거 없는 말은 자제하시기를. 하긴 볼 거 안 볼 거 다 보고 지낸 건 맞군요. 질투심에 저를 괴롭히다가 하인리히 님께 혼나 매일 울음을 터뜨렸던 라랏슈아가 아닙니까. 제게 악질적인 장난을 치려다 오히려 온몸이 재투성이가 되고 머리카락이 그슬리거나, 물에 젖은 생쥐 꼴이 되었었지요. 볼 만했습니다."

"흥!"

콧방귀를 뀐 라랏슈아가 스테이크 조각 하나를 포크로 푹 쑤셨다.

"하여간 괴물. 백치였던 주제에 제가 위험하다는 건 또 어찌 알고 마법 방해를 얼마나 잘하는지. 지금은 더 괴물이 되어서는. 재미없어."

"라랏슈아."

아르하드가 고개를 들어 눈빛으로 조용히 경고했다.

"도를 지나쳤습니다."

"아차, 비밀이었나? 호호."

라랏슈아는 개구지게 까르르 웃었다. 이아나는 회귀 전의 라랏슈아를 떠올렸다.

마법의 귀재이자 북방의 매드 매지션으로 불리던 라랏슈아 엘마르디알. 전쟁시대를 주름잡았던 왕국 연합과 바하무트 제국 그리고 제3의 세력 중 3의 세력에 속하여 아르하드를 적대했던 여자. 그리고 전쟁 도중 간간이 찾아와 항복하고 아르하드의 것이 되라고 속삭이던 여자.

'아르하드와 예전부터 알고 지냈나? 어떤 사이지?'

말하는 걸 들어 보니 라랏슈아는 아르하드가 탑에서 비밀스럽게 성장한 것도 알고 있고, 그가 마나 제어에 타의 추종을 불허하는 재능을 가지고 있는 것도 알고 있는 듯했다. 그녀는 단지 하인리히의 수석제자일 뿐인가?

그런데 면식은 있어 뵈지만 서로에게 좋은 감정을 가진 건 아닌 것 같았다.

호기심이 생긴 이아나가 아르하드와 라랏슈아를 번갈아 보자 아르하드가 냉큼 말했다.

"이아나, 오해하지 마세요. 하인리히 님의 제자로 유년시절을 함께 보냈을 뿐입니다."

"어머나?"

라랏슈아의 눈이 재미난 실험체를 찾았을 때처럼 반짝하고 빛났다. 그녀는 손바닥에 제 고운 뺨을 기댔다. 누군가를 유혹하듯 달싹이는 입술이 무척이나 고왔다.

"아르하드 그대, 설마 이아나 양을 러브러브?"

"……."

"왕녀님, 농담은 거기까지 하십시오."

아르하드는 긍정도 부정도 하지 않았지만 이아나가 라랏슈아에게 경고했다. 이아나는 아르하드를 흘끗 보았다. 보라, 그는 상대할 가치도 없다는 듯 무시하고 식사를 계속하지 않는가.

라랏슈아는 포크를 입술로 깨작거리며 가느다랗게 좁힌 눈으로 아르하드를 살폈다.

"나는 저 남자가 이제껏 변명 따위를 지껄이는 건 본 적이 없는데 말야."

"변명이라니요. 오해받는 게 싫으셨을 뿐인데 저를 선배님과 그런 감정으로 엮으시는 건 과하십니다."

"흐응, 그래도."

라랏슈아가 미심쩍은 눈으로 아르하드를 보고 있는데, 누구도 알지 못하게 그와 눈이 마주쳤다. 금안이 위험하게 일렁인다. 더 이상 자극하지 말라는 경고였다. 라랏슈아의 관자놀이에 핏줄 하나가 토독 하고 돋았다.

재수 없는 남자. 농담이었는데 나를 위협해? 매사에 시큰둥한 저 남자가? 정말로 이아나 양을 좋아하는 거야, 뭐야? 설마 정말로 좋아하는데 쑥스러움이라도 타는 거야?

웃기는 소리. 말은 그렇게 했지만 저 사내가 그럴 리가 없다. 어렸을 적부터 봐 온 아르하드는 감정적으로 완전히 죽은 것이나 다름없어 무척 꺼림칙했던 괴물이라니.

하지만 그의 경고를 무시하고 계속해서 제멋대로 행동하는 건 위험할 것이다. 저 남자는 괴물이니까.

호, 호. 하고 입술을 삐죽거린 라랏슈아는 시선을 돌려 이아나에게 방긋 웃어 보이곤 그녀에게 들러붙었다.

"알았어요, 알았어. 그런데 이아나 양, 왜 이렇게 딱딱해요? 라랏슈아라고 상냥하게 불러 줘도 돼요. 난 마르디알 왕실에서 제적당한 거나 마찬가지라 왕녀 같은 호칭 필요 없는데. 응?"

라랏슈아가 방긋방긋 웃으며 애교를 부리자 옆에서 그녀를 훔쳐보던 타로는 그녀가 저에게 애교를 부리는 상상을 하고 코를 부여잡았다. 그러나 오로지 상상 속에서나 가능한 일임을 깨닫고 사나운 눈매를 서글프게 늘어뜨렸다.

이아나는 그런 타로를 보고 한숨을 후, 하고 내쉬었다.

"왕녀님께서는 제게 왜 이리 잘해 주시는 겁니까."

라랏슈아가 냉큼 말했다.

"이아나 양이 좋으니까?"

"왜?"

계속되는 질문에 라랏슈아가 음— 하고 고민하며 길게 늘어진 속눈썹을 깜빡였다.

"왜냐고 굳이 묻는다면, 나는 강하고 냉정한 사람이 좋거든요. 이기적이면 금상첨화지. 나, 전에 이아나 양이 쓰레기들을 불구로 만들었다는 이야기를 듣고 감격했지 뭐야? 친구가 되면 재밌을 거라고 생각했어."

원래 성향이 이런 건지 성장 환경에 문제가 있었던 건지는 모르겠지만 이아나는 지금 옆에서 곱게 웃고 있는 라랏슈아가 어딘가 한참이나 배배 꼬인 여자임에는 분명하다고 생각했다.

오늘 너무 바쁘다는 에이지를 제외하고, 일행은 학술원의 본관이나 마찬가지인 회색의 마탑으로 향했다. 타로는 라랏슈아를 졸졸 따라다녔기에 바늘 가는 데 실 따라가듯 마탑으로 가는 라랏슈아의 뒤를 쫓았지만 그녀는 익숙해진 건지 이에 대해 아무 말도 없었다.

마탑은 학술원의 정중앙에 위치하여 학술원 전체를 내려다볼 수 있을 정도로 높은 건물이었다. 마탑의 외관은 회색 벽돌로 쌓아올려진 게 끝인 구식 디자인이지만 학술원의 초대 학장인 자카라 발젠타가 대륙 최고의 대마법사였으므로 마탑 내에는 그의 연구 자료와 귀한 시약, 아티팩트, 고대에만 존재했던 재료가 산더미처럼 쌓여 있었다.

발젠타 학술원의 실질적인 소유주인 로안느 왕실은 학술원의 학장 자리를 대대로 위대한 마법사들에게 위임해 왔다. 또 그의 유물을 회수하지 않고 학장에게 양도함으로써 대륙의 마법을 발전시키는 임무를 맡겨 왔다.

학장이 된 마법사들은 고급 연구를 하여 지적 욕심을 배부르게 충족시킬 수 있었고 학장에서 해임될 때는 모든 연구 자료를 후대의 학장들에게 물려주었다. 그래서 마탑은 엄청난 연구물들의 보고였다. 오죽하면 대륙 전 마법사들의 소원이 학술원의 마탑에서 한 달만이라도 살아 보는 것이라고 하겠는가.

마탑의 1층에서 하인리히와의 면담요청을 넣은 지 얼마 되지도 않아 집무실로 올라오라는 전언이 내려왔다.

"다들 어서 오너라."

하얀 수염이 가슴까지 내려온 인자한 인상의 노인이 자상하게 웃어 보였다.

이아나는 일행의 뒤에서 하인리히를 관찰했다. 입학식과 종업식 때만 잠깐 모습을 보였던 하인리히가 가까이에 서 있었다. 마법사들 특유의 단정한 로브에 무슨 말을 해도 허허, 하며 웃을 듯한 부드러운 이미지의 하인리히는 불의 마탑에서 보았던 마이마예 레비아제와는 달리 몹시 점잖아 보였다.

"할아버지!"

헤레이스가 하인리히에게 냉큼 달려가 안겼다. 말랐지만 키가 컸던 하인리히는 아직 소년에 가까운 헤레이스를 안아 줄 수 있다. 헤레이스는 하인리히의 품이 가장 안전한 곳이라도 되는 것처럼 편한 기색으로 환하게 웃었다.

"보고 싶었어요, 할아버지."

하인리히는 인자하게 웃으며 헤레이스의 부드러운 밀빛 머리카락을 쓰다듬었다.

"이 녀석, 오랜만에 봤는데도 아직 강아지 같은 건 여전하구나. 언제 클꼬?"

"스승님, 저도 왔어요."

"어서 오너라."

라랏슈아는 무도회에 참가한 귀족 영애처럼 치맛자락을 살짝 잡아 올리며 인사했다. 하인리히는 애제자를 향해 손짓했다. 라랏슈아가 새초롬하니 눈을 내리뜬 채 총총 다가가자 하인리히는 엄격한 표정으로 말썽꾸러기 아이를 다루듯 그녀의 하얀 뺨을 꼬집어 당겼다.

"아야."

"너, 얌전히 지냈느냐? 어디 부순 데는 없고?"

언제나 도도하기만 했던 라랏슈아의 얼굴이 심통 부리는 꼬마 숙녀처럼 뾰로통해졌다.

"어머나, 스승님은. 누가 들으면 사고만 치고 돌아다닌 줄 알겠어요. 그리고 아파요."

허허 웃으며 뺨을 놓아준 하인리히는 일행을 쭉 둘러보았다.

"이렇게 찾아와 주다니 다들 고맙구나. 자네는……."

하인리히의 시선이 타로에게 멎었다. 타로가 멀뚱히 쳐다보고 있자 호오, 하고 고개를 끄덕였다.

"흐음, 그렇구나. 내가 아는 누군가를 쏙 빼닮았어. 자네 사막 출신이지?"

타로가 움찔했다.

"그, 그란디요?"

"나중에 학술제에 부친도 오시나?"

타로는 머리를 긁적였다.

"아마도. 워메, 그 시끄러운 인간은 왜 이렇게 발이 넓어 브러서……. 우째 학장님도 알고 있당게요."

"유명한 분이 아닌가? 학술제에 오시면 한번 모셔서 차라도, 아니 식사라도 한번 해야겠구나."

"아부지 성격을 좀 알고 계시네요잉."

하인리히가 저런 태도를 보이는 걸 보면 타로의 아버지가 유명한 사람인 모양이다. 이아나는 타로의 외양을 살폈다.

'귀족인가? 하는 짓을 보면 그런 것 같진 않은데.'

알쏭달쏭한 표정으로 서 있던 이아나는 곧장 제게로 향한 하인리히의 시선과 마주하게 되었다.

"그리고 아가씨는……."

"처음 뵙겠습니다. 검술학부의 이아나라고 합니다."

"아아, 이야기 많이 들었네. 내가 이아나 양을 꼭 한번 만나 보고 싶었지."

하인리히는 빙긋 웃어 보였다. 그 미소에는 묘한 호감이 어려 있어 이아나는 헤레이스든 아르하드든 간에 누군가 그에게 저에 대해 좋은 이야기를 늘어놓았다는 것을 알 수 있었다.

"자아, 다들 표정을 보니 나에게 하고 싶은 이야기가 있는 듯한데 편히 앉으려무나."

하인리히는 테이블 하나를 둘러싸고 있는 소파들을 가리키며 일행에게 착석을 권했다. 일행이 골고루 앉자 하인리히가 일행의 앞에 찻잔 하나씩을 놓고 손수 따끈한 차를 따라 준 후 소파에 앉았다.

"무슨 이야기를 하고 싶어 왔느냐?"

라랏슈아는 찻잔을 들어 올리며 나른하게 말했다.

"저는 스승님께 오랜만에 가르침을 받고 싶지만 손님들이 많으니 나중으로 미룰게요."

"그래. 헤레이스는? 이 할아비를 보고 싶었던 것 말고도 다른 이유가 있느냐?"

상냥한 물음에 헤레이스의 목울대가 긴장으로 울렸다.

"저는 제 병에 대해 다시 한 번 제대로 듣고 싶어요."

사랑하는 손자를 따스하게 바라보던 하인리히의 눈동자에 이채가 서렸다. 헤레이스가 서글픈 미소를 지었다.

"할아버지, 이야기해 주실래요?"

하인리히는 말없이 차 스푼을 휘휘 저었다.

헤레이스, 소년은 그에게 하나밖에 남지 않은 소중한 혈육이었다. 그의 욕심으로 인해서……

병의 원인은 알고는 있지만 자세한 내용을 입 밖으로 내는 건 불가능하다. 아르하드의 정체를 밝힐 수 없기 때문이다. 또, 입 밖으로 내서 헤레이스의 미움을 받을 용기도 없었다.

하인리히는 날이 갈수록 침침해지는 눈을 끔뻑거리며 소파에 앉은 이들을 둘러보았다. 이야기를 함부로 외부로 발설할 이들은 없다. 일부분만 누설하는 건 상관없을 것 같았다. 이아나 한정이긴 했지만 아르하드도 어제 동의했었다.

괜찮겠지? 하인리히는 그런 뜻을 담아 아르하드를 힐끔 보았고 아르하드는 알아듣기라도 한 것처럼 작게 고개를 끄덕였다.

"그래. 그럼 오늘은 마나에 대한 이야기를 들려주도록 하마."

이아나는 흥미로운 표정을 지었다. 세상에 통용되는 마나학은 전생에서도 현생에서도 이미 질릴 정도로 들어서 마나학 강의시간에도 다른 공부를 하기 일쑤였다. 하지만 하인리히의 이야기는 뭔가 다른 내용을 담고 있을 듯했다.

라랏슈아가 눈을 반짝이며 몸을 하인리히 쪽으로 기울였다.

"어머, 어머. 어떤 이야기를 해 주시려고요?"

"다들 마나학 시간에 졸지 않았다면 마나 제어에 어떤 재능들이 관여하는지는 알겠지?"

"친화도, 의지력, 수용력, 변형력이죠."

"그래. 이 재능들을 수도꼭지에서 나오는 물로 비유하자면……."

하인리히가 일어서서 어디론가 향하자 일행은 따라갔다. 아르하드는 따라가지 않고 앉아서 차를 마셨다. 하인리히는 손을 씻는 용도의 세면대에 왔다. 그 옆에는 다양한 크기의 컵들이 있었다.

"수도꼭지를 틀면 물이 나온다는 당연한 사실을 염두에 두고 이야기를 들으렴. 자아, 내가 컵을 하나 들고 있다."

적당한 크기의 컵을 잡은 하인리히가 수도꼭지를 잡아서 조금 돌리자 물이 졸졸 흘러나왔다.

"자, 지금 나오는 물의 양이 마나를 제어하고자 할 때 기본적으로 모이는 마나의 양, 즉 친화도지. 이건 태어나면서부터 정해지기 때문에 어떻게 바꿀 수가 없어. 이 친화도는 사람마다 제각각 달라. 그리고."

하인리히는 수도꼭지를 돌려 물을 콸콸 나오게 했다.

"친화도를 보완하며 마나를 강제로 끌어모아서 유지하고."

다음에는 꼭지를 반대로 돌려 물이 아예 나오지 않게 했다.

"마나 제어를 끝내기 위해 유지하던 마나를 떨쳐 내고 마나를 주변에 접근하지 못하도록 하는 능력, 바로 의지력이지. 다음."

하인리히가 손에 쥐고 있던 컵을 수도 밑에 대고는 수도꼭지를 다시 틀었다. 물이 졸졸 흘러나왔다.

"이 컵이 몸이 받아들일 수 있는 마나양의 한계, 수용력. 수련을 하면 수용력은 조금씩 향상되고, 열심히 수련을 하면 아주 큰 수용력을 가질 수 있지."

하인리히가 컵에 계속 물을 받자 결국 물이 넘쳐 버렸다.

"수용력을 넘어서면 물은 넘치고, 마나 과부하로 몸에 무리가 간단다. 그리고 마지막."

하인리히가 받은 물을 쪼르륵 따르고 뿌리고 동그랗게 흘리는 등의 행동을 하며 물을 컵에서 비웠다.

"이렇게 자유자재로 마나의 형태를 바꿀 수 있는 정도가 변형력."

마나학을 전공하는 사람이라면 누구나 아는 내용이었다. 하인리히가 소파로 돌아와 앉자 일행도 자리에 앉았다.

"기본적인 내용이지? 자, 오늘 너희에게 마나의 근원부터 시작해서 마나 제어의 원리에 대해 이야기해 주마."

마나의 근원. 이아나는 눈을 반짝 빛냈다. 설마…… 하인리히는 신력에 대해 알고 있는 걸까?

아르하드가 신력에 대해 알고 있으니 하인리히도 알고 있을 법했다. 이아나는 가져왔던 노트를 펼치고 펜을 들었다.

"일단 노래를 한 곡 들려줄 테니 잘 들어 보거라."

하인리히는 목을 큼큼 하고 한 번 가다듬고는 입을 열었다.

할아버지, 악마는 어째서 악마인가요?

선하고 자비로운 신에게 대항했기 때문이란다.

악마는 어째서 신에게 대항했나요?

신을 증오할 수밖에 없도록 태어났기 때문이란다.

악마는 어째서 그리 태어난 건가요?

신이 선하기 위해 버린 악이 그를 깨웠기 때문이란다.

할아버지, 신은 어째서 선하기 위해 악을 버린 건가요?

아름다운 세상에서 영원히 살기 위해서였단다.

신은 어째서 영원히 살고자 했나요?

끝이 보이는 운명이 두려웠기 때문이란다.

신은 어째서 끝을 두려워했나요?

그 끝에 무엇이 있을지 몰랐기 때문이란다.

노래를 끝내고 숨을 한 번 고른 하인리히가 멋쩍게 웃었다.

"오랜만에 노래를 부르려니 영 어색하구나. 아무튼 나는 북부의 한 소수민족 사이에서 예로부터 전해 내려오던 이 동요와 고대 신화를 연구해서 한 이론을 세웠단다."

찻잔을 천천히 들어 올렸다.

"마나는 악마의 심장이 터져 나가면서 세상을 가득 채운 불완전한 기운이라고."

"어머나, 악마? 심장? 불완전?"

"처음 들어 보는 이야기네요."

"그럴 만도 하지. 노래를 불렀던 소수민족은 멸족했고, 마나가 신이 선물한 힘이라고 여기는 대다수의 사람들에게 마나가 악마의 힘이라고 주장하여 이교도 심판을 받을 수는 없는 노릇이니 나 홀로 연구해서 세운 이론이거든."

"이론의 근거가 뭔가요? 방금 부르신 노래가 무슨 상관이 있는 거예요? 네? 아이, 그렇게 차만 마시지 마시고."

눈을 반짝반짝하게 빛내며 하인리히를 재촉하는 라랏슈아를 비롯하여 모두가 흥미로운 표정으로 다음 이야기를 기다렸다.

이아나는 정말로 신성시대에 대한 이야기가 나오자 몸이 굳어 있었다.

신성시대에 대한 노래나 이야기는 세상에 널려 있다. 그러나 하나같이 '악마가 얼마나 악독했는가.', '라오스가 얼마나 악마를 잘 무찔렀는가.'와 같은 라오스 신에 대한 무한한 찬양 혹은 신성시대에는 이러했을 것이다, 저러했을 것이다—라는 근거 없는 환상으로만 가득 차 있었다.

그러나 하인리히가 방금 부른 노래는 급이 달랐다. 무려 악마의 탄생비화다. 심지어 신빙성도 있었다. 토우와 이니스는 마나가 과거에 마력이라 불렸던 악마의 힘이라고, 악마가 신력에서 생명의 성질만 쏙 빼먹은 불완전한 기운이라고 말했었는데 하인리히가 정확하게 그 점을 짚어 내고 있었다.

라오스 신을 향한 경애와 존경으로 팽배한 세상에서 악마는 라오스를 우상화하는 데 쓰이는 도구일 뿐이며, 호기심을 가지고 악마를 탐구하는 이들은 이교도로 전향할 가능성이 있는 불순분자로 취급당할 뿐이다.

그런데 저 노래를 부르는 소수민족은 대체 어떤 사람들인가? 노래의 내용은 사실인가? 노래의 내용은 무엇을 의미하는가? 이아나의 뇌가 팽팽하게 돌아갔다.

"마도시대에서 흔적을 찾아볼 수 없는, 신과 악마가 존재했다는 신성시대. 태초에 세상은 혼돈이라는 이름 하에 세계의 모든 것이 섞여 있었다고 하는구나. 혼돈은 금방이라도 터져 나갈 것처럼 언제나 요동쳤다고 하지."

이아나는 놀랐다. 대체 하인리히는 신성시대의 비화를 얼마나 알고 있는 걸까? 몸을 바로 하고 귀를 쫑긋 세웠다.

"그런데 어느 날 요동치던 혼돈에서 거대한 네 개의 조각이 떨어져 나왔단다. 그것은 흙과 바람, 물과 불."

하인리히가 말하는 네 개의 조각은 정령왕, 토우와 이니스, 카고마인과 시웨아일 것이다.

"네 개의 조각은 근원의 기운, 신력을 빌려 혼돈을 중심으로 한 아름다운 세상을 만들어 냈어."

이아나가 놀라서 손을 꽉 쥐었다.

"신력이요?"

"신력이 뭐예요?"

다른 사람들이 묻자 하인리히가 싱긋 웃었다.

"처음 들어 보지? 이 세상의 모든 것을 구성하는 기운이란다. 신성시대를 살아가던 신의 힘이라고 해서 신력이라고 부르지. 이 신력에는 두 가지 성질이 있어. 생물체가 살아가고 활동하는 데 필요한 생명의 성질, 그리고 온갖 이능을 발휘할 수 있게 해 주는 힘의 성질이야."

정확하다. 이아나가 눈썹을 쓱 올렸다.

"신력에 대해서는 나중에 언급하도록 하고, 이야기를 계속하마. 네 조각이 세상을 만들어 낸 그때를 기점으로 혼돈에서는 폭발이라도 하듯 무수히 많은 조각들이 세상으로 튀어나왔어. 조각들은 하나같이 신력, 즉 생명을 품고 있었단다."

그리고 조각 하나하나를 심장으로 삼아 다양한 신이 태어났다. 조각은 계속해서 떨어져 나와 신이 되었다.

이어진 하인리히의 말을 들으면서 이아나는 감탄했다. 마도시대의 한 소수민족의 동요와 신화를 근거로 세운 이론은 신성시대를 진짜로 살아온 토우의 이야기와 맞물려 떨어졌다. 하인리히가 말하는 가설이 사실일 가능성이 급격하게 높아졌다.

"혼돈의 크기는 점점 작아져서 신들의 세상이 완성될 무렵에는 생명을 품지 않은 볼품없는 덩어리만 남아 있었어. 그리고 거기서 조각은 더 이상 떨어져 나오지 않았단다."

"헤에."

"신들의 생활은 나도 잘 몰라. 알아야 할 필요성도 느끼지 못하겠고. 내가 관심이 있는 건 단 하나, 악마."

악마라 중얼거리는 하인리히에게서 미약한 살기가 묻어났다. 찰나의 순간이었기에 이야기에 푹 빠져 있던 일행은 알아채지 못했다. 듣는 둥 마는 둥 하고 있던 아르하드만큼은 그 살기를 감지했으나 이때까지처럼 침묵을 고수할 뿐이었다.

"신들은 그들을 위협하는 것들을 혼돈이 존재했던, 생명이 없는 혼돈의 덩어리밖에 남지 않은 지저에 버렸단다. 그것들을 먹고 자란 마지막 혼돈, 생명을 품지 않은 마지막 심장은 결국 악마가 되었다……고 신화에서는 말하지."

헤레이스가 관심을 가지고 물었다.

"신들이 버린 게 뭔가요?"

"그들을 괴롭히는 부정적인 감정들과 기억들."

하인리히는 차를 한 모금 들이키고는 말했다.

"신들이 버린 것을 마시고 태어난 악마는 주체할 수 없는 감정적 격동과 무언가를 부수고 불태우고 싶다는 파괴욕으로 미쳐 갔지. 또, 생명 없이 태어난 악마는 생명을 갈취하고 싶다는 욕망으로 늘 허덕였단다. 이런 악마의 탄생이 신성시대의 종말의 원인임은 당연하지 않겠느냐? 여기서 묻자꾸나."

하인리히가 찻잔을 테이블에 놓았다.

"악마는 과연 신과 질적으로 다른 존재였을까?"

"음, 근본적으로는 같은 것 같아요. 생명이 없었을 뿐이니."

라랏슈아가 열심히 제가 생각한 바를 말하자 하인리히는 고개를 끄덕였다.

"그래. 아까 들려준 노래에 그런 말이 있었지. 신들은 끝을, 즉 죽음을 두려워했고 그래서 악을 버렸다……. 그리고 그것들을 악마가 그대로 흡수했어. 다시 말해 악마는 그들이 만들어 낸 거다. 신전의 사제들은 신성시대의 종말을 악마가 가져왔다고 말하지만 실은 신들의 자업자득이야."

이야기를 잠자코 듣고 있던 이들의 표정이 요상했다.

"이 이야기 정말인가요? 그냥 전설을 근거 삼아 내린 그저 그런 이론 같지는 않은데요."

라랏슈아가 엄지손톱을 물어뜯었다. 생각이 깊어질 때 나오는 나쁜 버릇이었다.

하인리히의 이야기들은 어릴 적 모닥불 앞에서 그가 들려주던 옛 이야기를 들을 때의 기분을 되새기게 했다. 하지만 재미만을 추구했던 어릴 적이라면 '우와, 그렇구나.' 하고 넘어갔을 이야기가 완전히 마법사의 사고방식을 갖춘 지금의 그녀에게는 깊은 흔적을 남겼다.

하인리히가 빙긋 웃었다.

"나는 젊었을 때 꽤 오랜 시간 동안 북부 대륙에서 지냈지. 북부는 흥미로운 곳이란다. 드물지만 악마의 흔적이 남아 있어. 이론의 근거는 충분하다."

모두가 헛숨을 들이켰다. 이 세상에 이제 신성시대의 흔적이 남아 있지 않다는 건 정설이다. 그런데 북부에는 남아 있다니? 호전적인 바하무트가 지배하고 있어 사대오지처럼 미지의 영역에 가까운 북부는 과연 어떤 곳일까?

"이 부분에 대해선 사정이 있어서 너희에게 자세히 말해 주기 어렵지만 나는 사실이라고 여기고 있다. 이제 이야기를 계속할까? 핵심은 악마가 부족한 생명을 탐했다는 것이고 내가 생각하는 마나 제어의 원리는 여기서부터 출발해."

하인리히는 숨을 크게 들이쉬고는 굳게 말했다.

"아까 말했지. 생명은 신력의 성질 중 하나라고. 그런데 생명이 없는 악마는 살아가기 위해 다른 신들이 가지고 있던 신력을 빼앗아야 했고, 생명을 너무 탐한 나머지 신력에서 생명의 성질만 분리해 낼 수도 있었단다. 그리고, 생명이 빠져나간 후 힘만 남은 신력의 찌꺼기, 그것이 바로 마나. 진명은 마력."

하인리히가 계속해서 말했다.

라오스의 성서 1장 1절에서 나오듯, 죽었든 봉인 당했든 간에 악마가 이 세상에서 모습을 감춤으로써 악마가 가지고 있던 마나는 주인을 잃고 세상에 흩어졌다. 흩어진 마나는 목적지를 잃고 세상을 헤매고 있다. 결핍은 충족을 바라므로 마나는 생명을 많이 가진 생물 주변에서 맴돈다.

"결론은 마나는 생명, 즉 신력을 탐하는 악마의 힘이고 그래서 신력을 많이 가진 이들 주변을 맴돈다는 말이야. 여기서 친화도의 원리가 설명돼. 친화도는 심장에 타고난 신력이 많으면 많을수록 크다."

이아나의 눈이 반짝거렸다. 하인리히가 말하는 것들은 죄다 사실이었다. 그가 자문자답의 형식으로 긴 이야기를 마치며 긴 한숨을 내쉬었다.

"스승님께서는 저희도 신력이라는 걸 가지고 있다고 말씀하시는 건가요."

"그럼."

라랏슈아의 의문에 하인리히는 확고한 음성으로 긍정하며 엄지손가락으로 제 심장을 가리켰다.

"신력은 심장에 뭉쳐 있어."

"마나 외의 다른 기운이라? 잘 모르겠는데."

라랏슈아는 가슴 위에 손을 얹은 채 고개를 갸웃했다. 공중에 떠다니는 마나 말고는 다른 기운을 느낄 수 없었다. 심장에 어떤 기운이 도사리고 있다는 기분은 더더욱 들지 않았다. 심장은 그저 박자에 맞춰 콩닥콩닥 뛰고 있을 뿐이었다.

"말했듯 신력은 생명의 존재 유무만 다를 뿐 마나와 태생적으로 같지. 마나와 비슷해서 마나와 잘 구분하지 못하는 게 정상이란다. 게다가 날 때부터 지니고 있었기 때문에 딱히 이물감을 느끼지 못할 게야. 굳이 신력의 존재감을 느낄 수 있는 경우를 생각해 본다면…… 그래, 신력을 강제로 빼앗기는 경우일까."

하인리히는 마른 손을 들어 올려 손가락을 움직여 보았다.

"손은 있는 게 당연해서 평소에는 있는 듯 없는 듯 딱히 존재감을 느끼지 못하지. 그런데 이 손이 강제로 베여져 나간다면 그제야 엄청난 상실감과 함께 손의 존재를 통감하게 된단다. 신력을 빼앗길 때도 비슷한 이유로 신력의 존재감을 느낄 수 있을 듯하구나."

이아나는 그 말에 동의했다. 정령들이 제 몸에 들어와 심장에서 신력을 가져갈 때 뭔가가 갉아 먹히는 느낌을 받았기 때문이다.

"어머, 오싹해라."

라랏슈아는 소름이 오도독 돋아난 팔을 문지르며 붉은 입술을 끌어 올렸다. 그녀의 뺨에 홍조가 어렸다. 새로운 지식은 언제나 여유롭고 오만하던 그녀를 오랜만에 달콤하게 흥분시켰다.

라랏슈아는 훌륭한 소득에 몹시 흡족해했다. 그녀는 이미 스승의 말을 철석같이 믿고 제 똑똑한 머리에 한 글자 한 글자 입력해 놓은 상태였다.

스승은 확신을 가지지 못하는 일에 대해서는 세 치 혀를 번드르르하게 놀리지 않는다. 이름을 드높일 수 있는 실효성 있는 마법 개발을 뒤로하고 몰두해 온 연구의 주제가 이것이라면 더욱 그러했다.

라랏슈아는 마법이 재미있었다. 얌전한 계집애들처럼 옷가게를 돌아다니며 아름다운 레이스가 치렁치렁하게 장식된 드레스를 구경하는 것보다는 마법을 시전할 때 마나가 이루는 현학적인 배열을 관찰하는 것이 더 행복했다. 사상과 역사 따위를 암기하는 것보다 마나의 근원과 새로운 배열을 연구하는 것이 더 즐거웠다.

이처럼 그녀의 관심사는 오로지 마법뿐이었고 그녀는 마법과 사랑에 빠져 있었다. 가족 관계를 비롯한 인간관계 따위는 말아먹어도 상관없다 생각할 정도로.

그런 그녀가 경애하는 훌륭한 스승. 위대한 선지자. 어렸을 적부터 닮고 싶었던 대마법사. 라랏슈아는 하인리히를 애정이 듬뿍 담긴 시선으로 바라보면서 주체하지 못하는 호기심으로 보랏빛 눈동자를 물들였다.

"그리고 우리가 가진 신력은 원래 라오스 신의 것. 우리가 라오스 신의 창조물이라는 것에는 반박의 여지가 없단다. 신화가 말하고 역사가 말하기 때문에."

"그런데요, 스승님. 말씀에 의하면 신성시대에는 라오스 신 외에 다른 신들도 존재했잖아요."

라랏슈아가 질문했다.

"라오스 신은 대체 다른 신들과 무엇이 달라서 종말에서 살아남았고, 생명체를 창조할 수 있었던 거죠?"

이아나가 라랏슈아를 응원했다. 그녀가 제가 궁금해하는 것을 하인리히에게 묻고 있었다.

"난처한 내용을 묻는구나. 신성시대에 대한 기록은 아무것도 남아 있지 않기 때문에 알려진 이야기들로 추측할 수밖에 없어. 내가 연구한 주제는 마나와 신력의 관계, 그리고 그것들의 성질이기 때문에 그 외의 신성시대에 대해서는 몰라."

"그럼 신력에 대해 여쭐게요. 신력이 생명이라면, 신력이 많다는 말은 친화도도 클 뿐만 아니라 수명도 길다는 건가요? 그럼 마나 제어자가 평균적으로 오래 산다는 말인데, 현실에서는 비제어자가 제어자보다 더 오래 사는 경우도 많아요. 단순히 수명으로 치부하면 오류가 많네요. 신력에서 생명의 성질은 무엇을 위한 건가요?"

"허허, 천천히 말하거라."

"하지만 궁금한걸요. 궁금해 죽을 것 같아요!"

라랏슈아는 하인리히의 앞에서만 사탕을 달라 칭얼거리듯 떼쓰는 아이가 되었다. 하인리히는 너털웃음을 지으며 못 말린다는 듯 고개를 절레절레 저었다. 그 행동에 제 이론을 물을 빨아들이는 스펀지처럼 흡수하는 제자에 대한 흐뭇함과 애정이 담겨 있다는 것을 보기만 해도 알 수 있었다.

라랏슈아와 하인리히의 유대감을 지켜보면서, 타로는 '학장님이 내 진정한 라이벌인가?'라고 생각했다.

"신력에서 생명의 성질이 정확히 뭐냐고 묻는다면, 나는 그것이 신체와 영혼을 유지하고 활동할 수 있게 해 주는 기운이라고 말하마."

라랏슈아의 미간이 찌푸려졌다.

"영혼이라면 신전의 사제들과 오컬트를 연구하는 사람들이 더러운 침을 튀겨 대며 존재한다고 주장하는 귀신같은 걸 말씀하시는 건가요?"

"귀신이라. 흐흠. 비슷하구나."

라랏슈아는 속이 거북하다는 듯 입을 손으로 가렸다. 그녀에게 실제로 규명할 수 없는 것만큼 불쾌한 건 없었다.

"신력은 충분히 납득할 수 있다고 해도 영혼이라니. 스승님께서 설마 그런 불쾌한 단어를 입에 담으실 줄은……."

"녀석, 까칠하긴. 영혼의 존재는 마법학계에서도 의견이 분분하지. 하지만 나는 영혼이 존재한다고 확신한단다."

"흐응."

라랏슈아의 표정이 묘해졌다. 존경하는 스승이 확신한다고 말하자 불쾌감이 묘한 의문으로 변했다.

"영혼이란 우리가 볼 수 있는 물질적인 몸인 신체와는 다른 차원의…… 그러니까 정신적인 몸이라고 할 수 있는 것으로, 생물은 저마다 개성적인 영혼을 지니고 있어. 영혼은 모체의 배에서 태아의 심장이 생겨나고 얼마 지나지 않아 탄생하지."

신력은 활력을 부여하며 신체를 유지하고 영혼이 자아를 가지고 있을 수 있게 해 준다. 그리고 신체적 활동이나 정신적 활동 시에 소모된다. 신력 소모 속도가 사람마다 다른 데다, 수명은 신력 말고도 여러 가지 요소의 영향을 많이 받아서 신력의 양만으로는 수명의 길이를 판단할 수 없다. 라랏슈아의 질문에 대한 하인리히의 답이었다.

"흠……. 그런데 정신적인 몸이요? 영혼이 정말로 있다면 정확히 무슨 기능을 하나요?"

"신체는 걷고, 뛰고, 휘두르는 등의 신체적인 활동을 할 수 있지. 몸 안에서 일어나는 소화나 배변활동도 거기에 속한다. 그럼 영혼은 대체 무엇을 하느냐. 우리가 볼 수 없지만 실제로 존재하는 모든 정신적 활동을 할 수 있단다."

하인리히는 이처럼 생물의 모든 활동에 신력이 소모되며, 신체와 영혼은 서로 크게 상호작용을 하고 있어서 신체는 영혼이 없으면 신체로서 활동하지 못하고 영혼은 신체가 없으면 영혼으로서 활동하지 못한다는 말을 덧붙였다.

"스승님이 말씀하시는 볼 수 없지만 실제로 존재하는 활동의 예를 들어 주실 수 있나요?"

"기쁨과 분노 같은 감정, 생각과 기억, 무엇을 하겠다는 의지 같은 것들이지. 대표적인 예는 마나 제어다. 친화도를 제외한 모든 마나 제어 재능이 영혼의 자질에 좌우돼. 의지라는 활동으로 마나를 끌어오고 생각과 의지가 융합된 활동으로 마나를 제어한다. 수용력은 신체 수용력과 영혼 수용력으로 나뉘는데, 통상적으로 말하는 수용력은 신체 수용력이란다. 하지만 영혼에도 수용력이 존재해서, 제어하는 마나의 양이 영혼의 한계를 넘어서면 사람은 미쳐 버리지."

다른 이들은 가만히 앉아 하인리히와 라랏슈아의 대화를 잠자코 듣고만 있었다. 대화를 듣고 있는 것만으로도 충분했다.

"이 시대 최강의 마법사라는 창공의 대마법사 엔슈이라의 마나가 푸른색이라는 소문은 다들 들어 알고 있겠지? 엔슈이라 외에도 마나에 색을 입힐 수 있는 사람은 여럿 존재한단다."

마나에 색이 입혀지는 현상을 설명하는 가장 유명한 이론은 영혼에는 색이 존재하고, 마나가 제어자에게 완전히 굴복해서 제어자의 영혼의 색으로 물들었다는 것이다. 즉, 마나 제어가 영혼의 정신적 활동에 영향을 받고, 간단하게 말하자면 영혼에 영향을 받는다는 말이다. 제어하는 마나는 소모되지 않지만, 마나를 제어할수록 신력은 소모된다는 섬뜩한 말을 하인리히가 덧붙였다.

"자, 내 이야기는 이걸로 끝이다. 이게 바로 내가 이번에 오랜 시간을 걸쳐 정리한 '마나 제어론'이란다. 이제 정리해 보자꾸나."

마나 제어에 관여하는 재능, 친화도, 수용력, 의지력, 변형력. 마나가 신력을 탐하는 성질로 인해 발생하는 친화도는 선천적으로 변하지 않는다. 하지만 나머지 재능들은 후천적으로 변할 수 있다.

"라랏슈아, 마나 제어론의 핵심 결론만 추려 내 각 재능이 영향을 받는 요인을 한 문장씩으로 정리해 보아라."

"친화도는 신력의 양에 비례한다. 수용력은 신체의 강인함과 영혼의 자질에 비례한다. 의지력과 변형력은 영혼의 자질에 비례한다......?"

"잘했다."

라랏슈아가 벌떡 일어났다.

"저 갈래요. 가서 이때까지 들었던 내용을 정리해야겠어요. 다음 이야기는 나중에 와서 들을게요."

라랏슈아는 그 말만 하고 방에서 쌩하니 나가 버렸다.

"그, 그럼 저도……."

타로도 엉거주춤하게 일어나 인사를 하고 그녀를 따라갔다. 이제 하인리히의 방에는 이아나와 아르하드, 그리고 헤레이스밖에 남아 있지 않았다.

방에 침묵이 감돌았다. 이아나는 생각을 정리하느라 말이 없었고, 아르하드는 아무런 감흥이 없었기에 말이 없었으며, 헤레이스는 멍하니 제 찻잔을 내려다보느라 말이 없었다.

"그러니까 헤레이스, 무슨 뜻인지 알겠니?"

하인리히가 난처한 표정으로 헤레이스를 보았다.

"대충…… 알겠어요. 저는 신력을 많이 가지고 있어 마나가 걸귀처럼 달려들 정도로 높은 친화도를 가지고 있지만 마나를 통제할 수 있는 영혼을 가지고 있지는 않다는 말씀 아닌가요?"

"……."

하인리히의 복잡한 시선이 잠시 아르하드로 향했다. 아르하드는 안 된다고 단호하게 고개를 저었다. 정신을 퍼뜩 차린 하인리히는 쓰게 웃으며 알고 있다는 듯 고개를 끄덕였다.

"……그래, 헤레이스 너는 아주 높은 친화도를 가졌단다."

하인리히는 자리에서 벌떡 일어나더니 세면대로 성큼성큼 걸어갔다. 화풀이를 하듯 수도꼭지를 확 돌려 버렸다. 물이 폭포수처럼 콸콸 쏟아져 나왔다. 그것을 슬픈 눈으로 보던 하인리히는 선반에 놓여 있는 컵들 중 제일 작은 컵을 들어 멍하니 자신의 행동을 보고 있는 헤레이스가 보게 했다.

"그리고 이게 지금 너의 수용력이야."

하인리히는 수도에 컵을 가져다 댔다. 물은 순식간에 컵을 채우다 못해 밖으로 콸콸 흘러내렸다. 하인리히는 수도꼭지를 조금 잠갔다. 하지만 그래도 물은 콸콸 쏟아져 내려 컵에서 넘쳐흘렀다.

"기본적으로 모여드는 마나의 양이 너무 많아서 제어하는 것도, 떨쳐 내는 것도 네 재능으로는 불가능해. 마나가 너무 많이 몰려들기 때문에 의지력, 수용력, 변형력을 향상시키는 수련도 불가능하다. 이 작은 컵이 이게 너의 상태란다."

작은 컵을 보던 헤레이스가 손으로 입을 막았다. 그의 눈과 코가 벌겋게 달아올랐다.

"신의 축복이 너무 과했던 나머지 악마의 질투를 받고 저주로 변해 버린 네 상태, 바로 마나의 저주다."

"……."

"마나 제어를 하지 않는다면 장수하겠지만 마나 제어를 하면 할수록 네 몸은 마나 과부하로 점점 망가진단다. 그러니…… 이제는 포기하는 게 어떻겠느냐."

그리고 이 할아비를 절대 용서하지 마. 하인리히가 속으로 중얼거렸다.

헤레이스가 소매로 눈가를 슥슥 닦고는 저를 쳐다보고 있는 이아나를 향해 미미하게 웃어 보였다.

"이아나 양. 제 상황이 이러네요. 신력이라…… 수명이 길다는 거니 좋은 거긴 한데, 참……. 나중에 늙으면 그 신력이라는 것도 줄어 있을 거고 그쯤 되면 마나를 자연스럽게 사용할 수 있겠네요. 하하."

헤레이스는 농담 같지 않은 농담을 툭 던졌다. 이아나는 눈썹을 한 번 쓱 올리고는 그를 말없이 바라보았다. 헤레이스의 눈이 축 처졌다.

"……제 병은 정말 나을 수 있을까요? 저 먼저 들어가 볼게요. 말씀들 나누세요."

헤레이스는 벌떡 일어나더니 도망치듯 방을 나가 버렸다.

"후우……."

하인리히의 긴 한숨이 커다란 방을 채웠다.

"묻고 싶은 게 있습니다."

이야기를 듣고만 있던 이아나가 처음으로 하는 질문이었기에 하인리히와 아르하드의 시선이 쏠렸다.

"신력이 심장에 뭉쳐 있다고 하셨지요. 헤레이스가 먹는 심장을 멈추는 약, 그거 혹시 마나를 흩어 놓는 비상약이긴 하지만 설마 신력을 없애는 용도이기도 한 겁니까?"

"일단은 그렇다네. 모여든 마나를 흩트리는 사후처방약이지만 복용 시 심장에 붙잡혀 있던 신력도 어느 정도 날아가 버리지."

하인리히는 침울한 어조로 대답했다. 심장은 신력을 잡는 중심이다. 심장을 잠시 멈추면 신력은 허공으로 조금 흩어지고, 마나는 죽은 심장에 흥미를 잃고 떠나 버린다. 위험한 방법이지만 효과적이다. 이미 몇 번의 실험을 거쳐 손주에게 건넨 약이었다.

"신력을 줄이는 이유는 친화도를 낮추기 위해섭니까?"

하인리히는 말없이 이마를 짚었다. 사실…… 차마 말하지 못한 비밀이 한 가지 있다. 헤레이스의 친화도가 비정상적으로 높은 이유는 단순히 신력 때문은 아니었다. 하지만 아르하드의 허락이 떨어지지 않는 이상 입 밖으로 낼 순 없었고, 내기도 싫었다.

"……그래. 방법이 없어."

"헤레이스의 수명이 짧아지는데도 하인리히 님께서는 약을 넘겨주시는 겁니까?"

"혹시라도 마나를 건드렸다가 죽으면 안 되니까."

"그렇군요. 복잡하네요. 정말 이것 말고는 방법이 없는 걸까요? 일단 방법을 찾을 때까지는 헤레이스가 마나를 쓰지 못하게 하겠습니다. 육체부터 단련하는 게 우선입니다."

이아나가 생각에 빠져 중얼거린 말에 하인리히는 쓰게 웃었다. 복잡하다기보다는 절망적인 문제였다.

"이아나 양. 우리 헤레이스에게 신경을 써 주어 고맙네. 손주를 도와주겠다는 마음도 정말 고맙게 생각허이."

"……."

"아참, 이제 진짜 볼일을 봐야 하지 않겠나? 이보게, 션. 나와 보게."

하인리히가 화제를 바꾸며 누군가를 불러냈다. 그리고 검은 그림자가 창문으로 풀쩍 뛰어 들어왔다. 이아나는 이채 어린 눈으로 그를 보았다. 이곳은 마탑의 꼭대기 층이다. 어떤 방식을 이용했든 저렇게 아무렇지도 않게 창문으로 들어오는 것은 실력자가 아니고서야 불가능했다.

"검사님, 오랜만입니다. 저 기억하십니까?"

걸걸하고 듣기 싫은 목소리, 검은 로브, 그리고 하얀 가면 아래 그려진 검은 눈물은 익숙했다. 전에 노예상에서 만난 눈물 가면이었다. 건들거리는 태도가 전형적인 뒷골목의 왈패 같은 느낌을 준다. 그는 고개를 까딱 숙였다.

"정식으로 인사드리겠습니다. 카마트로스에서의 이름으로 션이라고 합니다."

"안녕하십니까."

이아나도 허리를 굽혀 인사를 했다. 눈물 가면, 션은 블랙폭시에서 정보를 빼내는 카마트로스의 간첩이라고 했다. 아르하드와 가깝게 지내는 것을 보아 카마트로스의 간부일 게 분명했다.

신입이 상급자에게 인사하는 건 당연하다. 하지만 아르하드가 이아나의 숙여진 허리를 펴 주었다. 이아나가 의아한 표정으로 쳐다보자 아르하드가 단호하게 고개를 저었다.

"저놈에게 인사하지 않아도 돼. 너는 내 직속이다."

"아이고, 저, 저…… 어휴."

션이 혀를 차더니 한숨을 푹 내쉬었다. 아르하드는 그를 무시하고 하인리히에게 고갯짓했다. 빙긋 웃은 하인리히가 방의 양옆으로 펼쳐진 책장 중 하나의 앞에 서더니 거기서 책을 몇 권 뽑아냈다. 드륵 태엽 감기는 소리가 나더니 책장이 덜덜거리며 옆으로 이동했다.

작은 공간 하나가 나타났다. 하인리히는 공간을 차지하고 있는 상자를 꺼내서 이아나에게 천천히 다가갔다.

"인재가 함께해 주는 것은 즐거운 일이지. 환영하네. 이건 카마트로스에게 지급되는 물품이라네."

이아나는 조심스레 상자를 받아서 뚜껑을 열었다. 검은 로브 한 벌과 하얀 가면 한 개, 반지 한 쌍이 깔끔하게 담겨 있었다.

"활동에 필요한 물품들이네. 검은 로브는 특수 제작한 방어에 특화된 로브네. 그리고 반지가 한 쌍 있지? 금반지는 성대 조작 마법이 부여되어 있다네. 성대를 조작해 목소리의 음역대를 아예 바꾸기 때문에 느낌이 좀 이상할 게야. 목소리는 무작위로 변형된다네. 은반지는 외양 변화 마법이 부여되어 있는데, 머리색과 눈동자 색을 갈색으로 바꿔 준다네. 마지막으로 이 하얀 가면은 얼굴에 부착하면 본인만 벗을 수 있다네. 다른 이가 절대 강제로 떼어 낼 수 없지."

이아나는 하얀 가면을 들어서 눈 밑에 그려진 문양을 뚫어져라 쳐다보았다.

"카마트로스는 모두 검은 로브를 입고 하얀 가면을 쓰고 있기 때문에 가면의 눈 밑에 조직원끼리만 구분할 수 있는 문양을 그려 넣어야 하네. 아르하드 군이 자네를 상징할 문양은 하나밖에 없다고 해서 일단은 그려 보았네. 검일세."

검, 이아나의 존재를 가장 잘 설명하는 것이었다.

"바꾸고 싶으면 언제든지 말하게."

이아나는 기분이 좋아 보이는 아르하드를 흘끗 쳐다보고는 눈을 감으며 가면을 제 심장에 가져갔다.

"마음에 듭니다. 감사합니다."

"이제 카마트로스의 목표를 설명하겠네. 카마트로스의 제1 목표는 블랙폭시의 세력을 공중 분해시키는 것이네. 자네도 이것 때문에 조직에 들어왔다고 들었네만……. 카마트로스의 목표는 그뿐만이 아닐세. 두 번째 목표는 아르하드 군의 가문과 관련되어 있는데, 자네가 준비가 되었다고 생각될 때 아르하드 군이 직접 말해 줄 거라네."

이미 준비가 되어 있었지만 이아나는 대꾸하지 않았다. 모든 것은 순리대로.

하얀 가면을 감싸 안은 이아나를 옆에서 흐뭇한 표정으로 보고 있던 션이 입을 열었다.

"아시다시피 아르하드, 조직명 '로'는 카마트로스의 보스입니다. 그 아래 카마트로스의 간부는 일곱 명이에요. 조직명 '션', 제가 카마트로스의 전략을 맡고 있고 조직명 '힐', 하인리히 님께서 후방지원을 맡고 계십니다. 그 외에 골드, 러스트, 시저, 반, 지젤이 있습니다. 모두 대단한 사람들이죠."

션이 고개를 끄덕거렸다.

"카마트로스는 총 삼백 명으로, 골드와 제가 열 명씩, 러스트와 시저가 팔십 명씩, 반, 힐, 지젤이 사십 명씩 조직원을 통솔하고 있습니다. 로는 전 카마트로스를 통솔하고 있고요. 하지만 카마트로스 조직원들이 조직 밖에서 따로 수장으로 있는 크고 작은 세력들까지 합하면…… 카마트로스의 실질적인 세력은 이것보다 훨씬 크다고 보시면 됩니다."

들으면 들을수록 대단하다. 이아나는 아르하드의 세력이 대체 어디까지 뻗어 있는지 궁금해졌다.

"그리고 주의하셔야 할 점이 있는데 카마트로스는 조직 활동 중에 진짜 얼굴과 목소리, 이름을 노출하는 게 금지되어 있습니다. 묻는 것도 안 됩니다. 그래서 조직원들끼리도 서로의 조직명만 알 뿐 정체는 알지 못하죠. 아가씨는 특수한 경우입니다. 로와 힐의 정체를 다른 카마트로스에게 발설하시면 절대 안 됩니다."

이아나는 그의 말을 새겨들으며 고개를 끄덕였다.

"기본적으로 조직에 관련해서 할 말이 있는 경우 조직원들은 조장에게, 조장은 간부에게 연락을 합니다. 간부는 최종적으로 카마트로스를 총괄하고 있는 제게 연락을 하고요. 아가씨는 간부와 같은 선상에 계시니 제게 연락을 하는 방법을 지금 알려 드리겠습니다. 하지만 아가씨는 그냥 로에게 바로 말씀하셔도 됩니다. 궁금한 게 있어도 로에게 물으시면 되고요."

선이 이아나에게 주의사항과 연락 방법을 알려 주는 사이, 하인리가 벽 한구석에 걸려 있는 달력 앞으로 걸어가 한 장을 펼럭 넘겨 보더니 고개를 끄덕였다.

"곧 시월이 시작되는구나. 시월 일 일에 아지트에서 회동이 있다네. 이아나 양, 자네는 그때부터 카마트로스의 활동을 시작하면 되네. 아참. 이아나 양은 조직명을 무엇으로 할 텐가? 마음에 드는 가명이라도 있는가?"

"딱히……."

이아나는 골똘히 생각하다가 결국 제 이름을 양옆에서 꾹 누른 듯한 가명을 택했다.

"'안'으로 하겠습니다."

이아나는 10월 1일에 카마트로스의 아지트로 함께 가기로 아르하드와 약속한 후, 기숙사에 데려다 주겠다는 아르하드의 호의를 거절하지 않고 함께 길을 걸었다.

바람에 몸을 맡긴 잔디가 춤을 추는 언덕길을 걷던 도중 이아나가 우뚝 멈춰 섰다. 잔뜩 웅크린 채 팔에 얼굴을 파묻고 있는 헤레이스의 등을 발견했기 때문이다. 이아나는 그 등을 잠시 쳐다보다가 입을 열었다.

"당신은 신력 제어가 가능하죠?"

따라 멈추어서 헤레이스를 쳐다보던 아르하드의 시선이 이아나에게 고정되었다. 그는 잠시 입을 다물고 있다가 결국 대답했다.

"……그래."

"신력 제어의 과정을 보여 주지 않으시겠습니까?"

이아나는 대답하지 않는 아르하드를 눈을 가늘게 뜬 채 쳐다보았고 아르하드는 고개를 돌려 그녀의 시선을 회피했다.

"부탁드립니다."

아르하드가 움찔하더니 얼마 지나지 않아 한숨을 쉬었다.

"……네 부탁은 거절하기가 어려워."

아르하드는 짜증스레 제 머리를 헤집었고 이아나는 그 말이 마음에 들어 빙긋 웃었다. 아르하드는 헤레이스를 흘끗 쳐다보고는 그와 멀찍이 떨어진 곳에 이아나를 데려갔다.

"신력 제어는 마나 제어와도 관련이 있으니 마나 제어 방법부터 정리해 주도록 하지."

아르하드는 침착하게 말했다.

"신력은 기본적으로 투명한 기운이다. 영혼의 통제를 받거나 영혼에 완전히 귀속되어야 색으로 물들지. 그런데 갓 태어난 생물은 자의식이 거의 없어. 이건 영혼이 약하다는 말과 같다. 어쨌든 생물이긴 하니 심장에 신력이 존재는 하지만, 신력은 영혼의 영향을 받지 못해 마나처럼 투명해. 이 신력은 아직 이 생물의 것이라고 할 수 없다."

이아나는 아르하드의 말을 경청했다.

"하지만 시간이 흐르고 성장하면서 생물의 자아가 강해질수록 영혼은 강해지고 영혼의 색도 뚜렷해진다. 어느 정도 성장했을 때는 신력이 영혼의 색에 물들어 그 영혼에 귀속돼. 귀속된 신력은 영혼이 의식을 가지고 있고 강제로 소유권을 빼앗기지 않는 이상 주인의 통제만 받아. 그리고 마나는 악마의 소유 하에 있는 신력의 일종. 만일 악마가 멀쩡한 상태였으면 그가 허락하지 않는 이상 누구도 마나를 쓸 수 없었을 거야. 하지만 악마는……."

잠시 고민하던 아르하드가 고개를 저었다.

"어찌 되었는지 정확히 알 수 없지만 의식이 없는 건 확실하다. 악마가 통제력을 잃은 바람에 마나는 여전히 악마의 소유지만 의지만 있다면 누구든 통제할 수 있는 투명한 기운이 되었어. 의식이 없는 식물인간은 누군가 자기 물건을 멋대로 만지고 가져가도 제지할 수 없지."

"친화도와 의지력이 그래서 성립하는군요."

"그래. 하지만 마나 제어는 마나를 빌려 쓰는 것에 불과하다. 소유한 게 아니기 때문에 주인에게 돌려줘야만 해. 마나 제어가 끝나면 마나가 다시 공기 중으로 돌아가는 이유가 그 때문이다. 또 소유하지 않으면, 완전히 통제하는 것도 불가능하다."

"소유라……."

이아나가 흥미를 가지고 물었다.

"마나를 소유하면 어떤 현상이 일어납니까?"

"소유한다면 마나 제어의 네 가지 재능이라는 개념은 필요 없어. 마나는 주인의 주변을 맴돌며 주인이 생각만 해도 움직여주는 제 이의 손과 발이 되어 줬을 거다.”

“재밌네요. 어떻게 해야 마나를 소유할 수 있습니까?”

이아나가 눈을 반짝거리자 아르하드가 입술의 한쪽 끝을 말아 올려 어림도 없다는 듯 웃었다.

“……악마에게서 소유권을 강탈해야지. 하지만 신력의 소유권을 강탈한다는 것은 신력의 주인보다 자아가 강해야 가능하다. 그리고 고대 악마의 자아는 몹시 강해서 빼앗는 게 불가능에 가까워.”

“흠…….”

“기본 설명은 끝이다.”

아르하드가 검지를 세우더니 끝에 마나를 모았다. 색이 없는 투명한 마나가 회오리치며 공간을 일그러뜨렸다.

“내 친화도와 의지력에 마나가 모였어. 하지만 아직 투명하지? 마나의 색과 불투명도는 마나의 제어 정도를 의미해.”

마나가 점점 검어지기 시작했다.

“그리고 마나를 제어하겠다는 의지와 정신적인 강함…… 즉 영혼이 강인하면 강할수록 색이 생기고 짙어져. 마나 제어력이 극에 달하면 마나는 심장에 뭉쳐 있는 신력과 색이 같아지고, 신력과 동일선상에 서게 된다.”

스르르.

아르하드의 손가락 끝에서 마나와 비슷하지만 어딘가 다른 검은 기운이 스멀스멀 흘러나왔다. 이아나의 시선이 그 기운에 홱 쏠렸다. 일렁이는 새까만 마나에서는 아주 어렴풋하지만 신력의 느낌이 났다. 눈을 반짝 빛낸 이아나는 온 기감을 끌어 올려 아르하드의 몸에서 느껴지는 기이한 흐름을 주시했다.

"이 경지에서는 심장에 있는 신력이 일부러 끌어내지 않아도 자동으로 흘러나와 마나에 섞여 든다. 신력은 결핍되어 있는 마나와 생명을 공유하고, 생물은 마나를 정말 자기 것처럼 제어할 수 있다. 하지만 이건 아주 위험한 단계야. 이 경지까지 오른 이들 중에 신력을 잃어 수명이 깎이거나 목숨을 잃는 이가 한둘이 아니지."

"왜죠?"

"마나 제어가 끝난 후에, 마나는 다시 놓아줘야 하고 신력은 다시 심장으로 회수해야 하는데 마나가 신력을 놓아주려 하지 않아. 이때 마나와 힘겨루기에 들어가는데……."

검은 기운이 아르하드에게 다시 흡수되며 사라졌고. 마나는 다시 허공으로 흩어졌다.

"마도시대의 생물 대다수가 신력의 존재조차 모르기 때문에 힘겨루기를 시도조차 하지 않고 색에 물드는 경지에 들었다고 희희낙락하면서 죽어 가. 다만."

아르하드가 주먹을 꽉 쥐었다.

"이 경지에서 더 나아가 마나를 신력과 아주 쉽게 분리할 수 있고, 또 신력의 존재를 알고 있다면……."

아르하드가 손바닥을 하늘로 뒤집었다. 그 순간, 이아나의 피부에 소름이 쭈뼛 돋았다.

화아아악!

새까만 화염이 폭탄처럼 터져 나왔다. 주변에서 흐느적거리던 마나들이 화염의 출현과 동시에 완전히 정지했다. 하지만 그도 잠시, 마나가 미약하게 진동하기 시작했다.

"심장에서 신력을 끌어와 신력을 제어하는 것도 충분히 가능하다. 자, 이게 바로 네가 궁금해하던 신력이야."

쿠구구구구······.

마나의 진동은 순식간에 강해졌다. 지진이 난 땅처럼 강하게 요동치던 마나는 검은 불꽃, 신력을 향해 폭풍의 거센 바람처럼 휘몰아치기 시작했다.

그리고 태풍의 눈인 아르하드의 곁에서, 이아나는 휘청거렸다. 숨이 막혔다. 엄청난 압박감이었다. 마나와 함께 제 몸도 쏠려 드는 것 같았다.

후우욱!

아르하드의 손바닥에서 폭발하던 화염이 다시 그의 손으로 빨려 들어갔다. 동시에, 모여들었던 마나가 먼지구름을 만들어 내며 주변으로 흩어졌다.

"······대단······하네요."

이아나가 산발이 된 머리를 정리하며 떨리는 목소리로 말했다. 아르하드가 팔짱을 끼며 이아나를 내려다보았다.

"마나와 신력의 차이는 생명의 유무뿐이고 본질적으로는 같으니 마나를 제어할 수 있다면 신력도 충분히 제어할 수 있어. 아니, 신력은 주인의 뜻을 절대적으로 따르니 오히려 더 쉬울 수 있지. 게다가 마나와는 달리 완전한 힘이기 때문에 신력으로 발현되는 이능은 마나로 발현된 것보다 훨씬 더 강해."

"······."

"자, 그래서 과정을 지켜본 네 소감은? 이런 장점만 있는 것 같나?"

"아주 위험한 힘이군요."

"맞아. 외부로 노출된 신력에 마나가 환장을 해. 달려드는 마나를 흡수해서 힘으로 활용한 후에 떼어 내든, 밀어내고 안전을 도모하든 그건 선택의 몫이다. 하지만 이 밀고 당기기가 보통 어려운 게 아냐. 그리고."

아르하드가 제 왼쪽 가슴을 가리켰다.

"신력이 심장에 아주 강하게 붙잡혀 있기 때문에 신력을 심장에서 떼어 내려면 아주 많은 훈련이 필요해. 그리고 신력 제어가 끝난 후에는 반드시 다시 흡수해야 한다."

이아나는 아르하드의 손을 뚫어져라 쳐다보았다. 아르하드는 마나 제어에 조화가 깊을 뿐 아니라 신력 제어도 아주 쉽게 했다. 이아나가 주먹을 꽉 쥐었다.

'반드시 신력을 제어할 수 있어야 한다.'

이아나는 설명을 들으면서 그의 몸에서 발생하는 기운의 변화를 주의 깊게 살펴 두었다.

'오늘 한번 시도해 봐야겠어. 그리고 아마 신력 제어는 혜레이스의 문제를 해결할 수 있는 방법이 될.'

생각에 빠져 있던 이아나의 팔을 아르하드가 홱 잡아당겼다. 이아나가 정신을 차리고 고개를 들어 시선을 마주했다. 아르하드의 시선이 몹시 싸늘했다.

"네가 지금 무슨 생각을 하는지 알아. 신력 제어를 해 보려는 거지? 그리고 혜레이스 벤덤에게 적용해 보려는 것 아니야?"

정곡을 제대로 찔린 이아나가 흠칫했다.

"하지 마."

아르하드의 손에 힘이 세게 들어갔다. 이아나가 아파서 미간을 좁히며 약한 신음을 흘렸다.

"하인리히 님이 이 방법을 생각 안 해 봤을 것 같아? 신력의 존재감을 느끼는 것부터가 보통 일이 아니거니와, 마나와 신력을 분리하는 건 뛰어난 제어자도 어려워하는 고난이도의 기술이다. 노력한답시고 한번 시도했다가 죽는 게 십중팔구야."

"하지만."

"잘 들어. 신력은 말 그대로 심장이 삶을 위해 붙잡고 있는 생명이다. 그걸 억지로 사용하려 하면 심장에 엄청난 무리가 가는 데다가 조금이라도 잘못되었다가는 생명을 잃는다. 그러니까 너도 좀 말을 들어. 그놈의 정령 좀 부르지 말라고!"

"아……!"

아르하드가 손에 힘을 세게 주자 이아나가 고통에 인상을 찌푸리며 신음을 흘렸다.

"내가 왜 신력 제어 과정을 보여 주고 자세히 설명해 준 것 같아. 네가 신력에서 관심을 끊었으면 해서다. 위험요소가 아주 많기 때문에 나도 신력 제어는 하지 않아. 아주 많은 신력을 다루다가 실수로 날려 먹으면 그대로 수명이 줄어드니까!"

아프다고 화를 내며 팔을 뿌리치려던 이아나가 순간 분노도 잊고 약간은 신경질적인 아르하드를 빤히 올려다보았다. 노골적인 시선에 아르하드의 눈매가 순간 움찔했다.

"저를 걱정하시는 겁니까?"

"……"

"그럴 필요 없습니다. 정령들은 자기들을 부르고 싶은 만큼 불러도 인간의 천수를 누릴 수 있을 정도의 신력이 제게 있다고 했습니다. 그리고 저는 이능의 강도를 크게 높여 준다는 신력에 관심이 아주 많습니다."

"그래도 하지 마."

아르하드는 강경했다. 이아나가 미간을 좁혔다. 이에 대해서는 절대 양보하고 싶지 않았다. 이아나는 말을 돌렸다.

"신력 제어가 심장에 무리를 준다고 했는데 당신도 혹시 무리를 해서 심장이 안 좋은 것 아닙니까?"

"……하아. 정말 입만 열면 곤란한 질문만 하니 무슨 말을 못 하겠군."

한숨을 푹 내쉰 아르하드가 이아나의 팔을 놓았다. 이상한 태도에 수상함을 느낀 이아나가 그를 퍼뜩 붙잡았다.

"뭐죠. 진짭니까? 무슨 무리를 했습니까?"

"안 했어. 아무튼 절대 하지 마."

아르하드는 대충 대답하고 먼저 걸어가 버렸다. 이아나는 그의 뒷모습을 의심스레 쳐다봤다.

"후우."

밤이다. 입술에서 하얀 입김이 피어오른다. 이아나는 하늘에 휘영청 떠 있는 노란 달을 올려다보다가 고개를 내리고 가던 길을 계속 갔다.

이아나는 하지 말라고 해서 하지 않는 순종적인 인간이 아니었

다. 제 몸에 잠재된 강력한 힘, 절대 포기할 수 없었다. 아르하드
는 위험하다고 했지만 잘 다룰 수 있다는 확신이 들었다. 오만한
자신감일지도 모르나, 그런 기분이 들었다.

이아나는 성적 최상위 학생으로서 제공받은 개인 수련장에 도
착했다. 마법전등에 불을 밝히고 수련장의 중심에 섰다. 어깨너비
만큼 발을 벌린 후 손을 앞으로 쭉 뻗었다.

'나에게로 와.'

이아나가 의지를 표하자 마나는 순식간에 모여들었다.

'천천히.'

이아나가 그리 원하자 마나가 아주 천천히 모이기 시작했다.

'더 강하게.'

이아나는 심호흡을 하며 눈을 감았다. 천천히, 아주 천천히 마
나를 붉게 물들이면서 손바닥 쪽에 온 신경을 집중했다. 그렇게
시간이 좀 지났을 때였다.

"……!"

소름이 돋은 이아나가 팔을 홱 떨쳐 냈다. 마나는 순식간에 흩
어졌고 이아나는 손을 꽉 움켜쥐었다.

'드디어!'

얼굴에 희열이 들어찼다. 손바닥에서 아무도 모르게 슬금슬금
튀어나와 마나 속으로 스며드는 신력을 마침내 느끼고 말았다.
너무 당연하다는 듯이 스며들어서 이제껏 그 존재를 알지 못했다.
내장이 꼬여 고통을 느끼지 않는 이상 평소에 내장이 있다는 것
을 느끼지 못하는 것과 비슷한 이치였다.

힘을 제어하려는 의지가 없는 지금은 또 잘 느껴지지 않는다.

신력은 있는 게 아주 당연하기 때문에 의식하지 않는 이상 잘 느낄 수 없다.

하지만 이제 느끼려 하면 느낄 수 있었다.

"후우, 후우우우……."

심호흡을 몇 번 한 이아나는 다시 한 번 같은 과정을 반복하며 몸 내부의 흐름에 의식을 맡겼다. 자, 이제는 제대로 느껴 보자. 심장에서 흘러나오는 생명을. 신력의 흐름을.

두근.

심장에서 강한 박동과 함께 피가 튀어나왔다. 피는 나무의 뿌리처럼 온몸에 뻗어져 있는 혈맥의 길을 따라 몸 전체를 돌아다닌 다음 심장으로 돌아왔다. 그렇게 몇 번이고, 몇 번이고, 심장은 생명의 약동을 반복했다.

신력이 느껴진다.

이아나가 부르르 떨었다.

어른거리는 신력을 심장이 꽉 붙잡고 있다. 피가 쿠르릉거리며 심장에 도착했다. 심장을 지나가면서 제 붉은 몸에 신력을 실었다. 아주 넓은 길을 시작으로 생명의 여정을 떠났다. 피는 복잡한 혈맥을 빠짐없이 통과하면서 온몸을 돌아다녔다. 그 과정에서 조우한 뼈, 근육, 살, 내장…… 신체의 모든 구성요소에 싣고 왔던 신력을 전달했다. 그리고 지친 몸을 이끌고 심장으로 귀환했다.

'좋아!'

이아나는 마나 제어력을 한껏 높였다. 집중을 하면 할수록 마나가 붉게 물들어 갔다. 제어력이 정점을 찍는 순간, 이아나의 손에서 이질적인 붉은 기운이 천천히, 아주 천천히 스멀스멀 기어

나왔다. 배출된 기운은 마나에 엉켜들면서 마나를 완전히 붉게 물들였다.

이아나는 눈을 뜨고 그 익숙한 빛을 바라보았다.

신력. 호르비와 르보니에게서 튀어나와 흘러들어 오고, 정령들에게 몇 번이나 뜯어 먹히고, 아르하드가 몬스터에게 강탈하는 것을 목격하고, 제어하는 과정을 꼼꼼히 눈에 담고…… 몇 번이나 존재감을 체감하고 나서야 구분할 수 있게 된, 완전히 느낄 수 있게 된 기운.

이제껏 너무 당연하게 사용했다. 이렇게 뚜렷한데도, 이렇게 가까운 곳에 있었는데도, 계속해서 쓰고 있었는데도 몰랐다니……
이아나는 자신이 한심해졌다.

슈우우우우우우—

제어력을 거두자 마나는 순순히 흩어졌다. 신력은 다시 이아나의 심장으로 돌아왔다. 이아나는 주먹을 꽉 쥐었다. 느낌상, 신력을 제어할 수 있을 것 같았다.

'천천히, 정말 천천히 하자.'

이아나는 눈을 감고 신중하게 손을 뻗었다.

마나를 제어할 때와 비슷하게, 그 대상이 마나가 아닌 신력이라고 생각하면…… 아까 스멀스멀 흘러나오던 것을 떠올리며 밖으로 내보낸다고 생각하면……

이아나의 얼굴에서 비가 내리는 것처럼 땀이 흘렀다. 잘 안 된다. 신력은 심장이 단단히 부여잡고 있었다. 정령왕에게 강제로 먹히는 것과 자의로 내보내는 것은 차원이 달랐다. 마치 피부를 억지로 잡아 뜯는 느낌이었다.

10초, 1분, 10분, 1시간…….

시간이 많이 흘렀다. 하지만 이아나의 집중력은 흐트러지지 않았다. 결국, 신력은 주인의 의지에 굴복하고 말았다.

신력이 억지로 심장에서 분리되었다. 신력을 끄집어내겠다는 의지가 너무 강해서 분리된 신력뿐 아니라 피에 실려 있던 신력, 그리고 몸 전체에 퍼져서 활기를 부여하고 있던 신력— 그 모든 신력이 길을 따라 이아나의 의지가 집중된 곳을 향했다.

우우우우우웅—

"……."

무척 더웠다. 무척 뜨거웠다.

바람이 머리카락을 이리저리 헤집어 놓는 것이 느껴졌다. 온몸이 덜덜 떨려 왔고 다리에서 힘이 풀려 주저앉아 버리고 싶었다. 쥐어짜인 듯 심장이 아팠고 모든 혈관이 빳빳하게 곤두선 것 같았다.

그러나 손바닥 위로 드러난 포근한 안정감. 이것은…….

"아……."

이아나는 손바닥에서 느껴지는 거력에 천천히 눈을 떴다. 손바닥 위에서 윙윙거리며 심장과 거칠게 공명하고 있는 것을 홀린 듯 바라보았다.

그것은 활활 타오르며 뜨겁게 빛을 발하는 불꽃과 얼추 비슷해 보였다. 그러나 불꽃보다 더욱 강렬했고, 더욱 역동적이었다.

콰콰콰콰콰콰…….

그것에 마나는 정신이 나간 것처럼 몰려들었으나 이내 힘에 굴복당해 빨려 들어갔다. 투명했던 마나가 회오리치며 붉음으로 물들어 가는 장면은 아름다운 장관이자 신의 경이였다.

'내가 해냈어!'

이아나가 감동과 함께 보람을 느끼는 순간이었다.

터엉…….

이아나의 눈동자가 탁해졌다. 시야가 어둠으로 뒤덮였다. 손바닥 위의 붉은 기운 말고는 온통 새까맸다.

그때, 심장이 속삭였다.

「누구를 심판할 텐가?」

심장이 터질 것처럼 아파 왔다.

"……!"

비명도 지르지 못할 정도로 갑작스레 닥쳐 온 엄청난 고통에 이아나의 집중력이 흩어지는 순간, 손바닥에 모였던 신력이 공중에서 흩어졌고, 초고밀도로 응축되었던 마나가 신력을 따라 걸신 들린 아귀처럼 흩어지면서 거대한 폭발을 일으켰다.

콰아아아아아아아아앙!

이아나는 땅에 세게 내팽개쳐지다 못해 몇 번이나 굴러 벽에 등을 처박혔다. 파편과 부스러기에 긁혀 온몸에 생채기가 났다.

"헉! 아…… 으으……."

하지만 등이나 생채기 따위가 문제가 아니었다. 누군가가 심장을 잡고 비트는 것 같았다. 차라리 검에 쑤셔 박혔을 때가 더 나은 것 같았다.

이아나는 너무 고통스러워서 심장을 부여잡고 바닥을 긁으려

했다. 하지만 몸은 움직여지지 않았다. 간신히 웅크리는 게 전부였다. 몸은 넝마가, 심장은 걸레짝이 된 것 같았다. 정신이 나갈 것 같은 고통이었다.

이아나가 덜덜 떨며 시체처럼 널브러져 있는데, 심장에서 다시 신력이 흘러나왔다. 신력을 빠르게, 그러나 촘촘하게 몸 전체로 보냈다. 그제야 숨통이 트인 그녀는 한동안 숨을 거칠게 내쉬기만 했다.

……너무 과했던 모양이다. 밀폐된 공간에 찬바람이 불어 들어오자 이아나는 부들거리며 고개를 들었다. 제가 만들어 낸 결과물을 보며 헛웃음을 지었다. 실력 있는 학생들이 마음껏 마나를 쓸 수 있도록 단체 수련장보다 훨씬 강력한 강화 마법을 몇 겹이나 걸어 놓은 수련장의 벽 하나가 완전히 날아가 있었다. 휑하니 뚫린 구멍으로 차가운 바람이 밀려들어 오고 있었다.

'아파…….'

일어나서 주변을 살필 힘도 없었다. 몸을 움직일 수가 없자 이아나는 일어나는 걸 포기하고 생각에 잠겼다.

대체 뭐였을까. 심판이라니? 엉망진창인 상태에서도 이아나는 그것의 정체가 무엇인지 반드시 확인해야겠다고 다짐했다. 그리고 헤레이스도 떠올렸다.

'헤레이스가 신력을 제어하는 게 가능할까?'

이아나는 조금씩 힘이 돌아오자 부들거리는 팔로 땅을 짚어 몸을 일으켰다. 일단, 다 제쳐 두고 자신이 신력 제어에 익숙해지는 게 먼저였다.

"악!"

하지만 이아나는 외마디 비명을 지르고는 다시 바닥에 쓰러졌다. 팔이 미치도록 아팠다. 이아나는 팔을 내려다보고 질린 표정을 지었다. 신력을 모았던 손바닥부터 팔까지 엉망진창으로 찢겨져 나가 있었다. 뼈는 세 군데나 부러져 있었고 살점은 군데군데 없었다. 앞에 시선을 주니 흘린 붉은 피가 바닥을 흥건하게 적시고 있었다. 이런 상처를 이제야 알다니. 이아나는 스스로도 자신이 참 징하다고 생각하면서 앓는 소리를 냈다.

"이 멍청이가……!"

그때 누군가가 이아나를 세게 안아 올렸다. 이아나는 갑자기 시야가 높아지고, 빠른 속도가 만들어 낸 바람과 함께 주변 풍경이 획획 변하자 순간 정신을 차리지 못했다. 그러나 익숙한 목소리, 익숙한 향…… 옭아매는 익숙한 힘.

"하지 말라고 해도 제가 하고 싶은 건 꼭 하지……!"

"아."

이아나는 분노가 머리끝까지 들어차 자신을 형형한 눈으로 노려보고 있는 아르하드를 올려다보았다.

바람이 얼굴에 세차게 부딪쳤다. 온몸이 욱신거리고 아파서 이아나는 예의상으로도 내려 달라고 말하지 못했다. 아르하드가 내려놓는다면 그 자리에서 꿈틀거리는 일밖에 못 할 것 같았다.

"네가 무슨 짓을 한 건지 알아? 넌 방금 수명이 줄어든 거다."

아르하드가 이를 악문 채 하는 말에 이아나는 대답하지 않았다. 알고 있다. 신력을 몸 밖으로 꺼내는 순간 모든 기력이 빨리는 느낌을 받았고 심장에서는 핏줄이 터지는 것처럼 뭔가가 투둑— 하고 끊어지는 기분을 느꼈다.

신력을 눈으로 확인한 기쁨과는 관계없이 몸을 제대로 겨눌 수 없을 정도로 심각한 탈진상태에 이르렀다. 그리고 집중력이 흐트러지자마자 신력은 산산이 부서지듯 흩어지며 한순간에 허공에서 사라졌다. 그만큼의 생명을 잃고 만 것이다.

"……그렇습니까."

잔뜩 일그러진 표정을 한 아르하드를 멍한 시선으로 보던 이아나는 피곤에 지쳐 눈을 감았다. 솔직히 누군가에게 안겨서 옮겨지는 건 처음이었고, 누군가에게 의지할 수밖에 없는 사실이 자존심 상했다. 그러나 다른 생각은 제대로 할 수 없을 정도로 몸, 특히 팔이 아파서 그냥 쓰러져 있고만 싶었다.

무엇보다 무게가 꽤 나가는 자신을 안아 들고 있음에도 전혀 흔들리지 않는 굵은 팔이 꽤 편해서 이아나는 그에게 몸을 맡겼다. 이아나는 고통을 참으려고 입술을 꽉 깨문 채 아르하드의 품에 식은땀으로 흥건한 얼굴을 묻었다.

"그렇습니까가 아니야! 내가 그렇게 말했는데도 결국엔 하고야 마는구나. 이 고집불통!"

아르하드는 화가 나서 어쩔 줄을 몰라 하다가 이를 악물었다.

"좋아. 이미 벌어진 일을 더 말해서 뭐 하겠어. 위험하다는 걸 이제 제대로 실감했지? 아주 귀한 체험을 했잖아. 이젠 이러지 마, 제발."

"싫……습니다."

"너, 정말!"

"……저는 후회하고 싶지 않습니다."

이아나가 중얼거렸다. 그 목소리에는 혐오까지 얼핏 비쳤다.

"후회하는 게…… 제일 싫습니다. 후회라는 단어를 제 인생에 남기고 싶지 않습니다. 분명 노력하면 해낼 수 있는 일인데, 위험하다는 이유로 포기했다가 나중에 후회할 바에야, 차라리 정면에서 부딪쳐 부러지더라도 할 겁니다……. 이건 노력해도 안 되는 일이 아니지 않습니까……? 저만 잘하면 분명 할 수 있는 일이잖습니까?"

아르하드가 그런 이아나를 이해할 수 없다는 듯 내려다보았다. 트라우마처럼 보일 정도로 이아나는 후회라는 단어를 싫어했다. 이 세상을 살아가는 생물이라면 살면서 몇 번쯤은 후회를 하는 법이다. 이미 놓쳐 버린 시간은 잡을 수 있는 게 아니기 때문이다.

"왜지? 후회는 누구라도 해. 그리고 후회하고 반성해야 앞으로 나아갈 수 있는 법이다. 나쁜 경험이라도 있나?"

이아나는 눈을 감았다.

"……글쎄요. 아무튼 저는 제 몸에 대해 더 잘 알 수 있는 이 기회를 놓치고 싶지 않습니다. 더 강해질 수 있는 이 기회를 절대로 놓치지 않을 겁니다. 매일매일 현재에 충실하면서 살 겁니다. 그러면 미래엔 어찌 될지 몰라도 그 순간에는 결코 후회하지 않을 테니까."

매 순간 현재에 충실하며 살아간다. 그것은 누군가에게 미래를 생각하지 못하는 멍청이라 손가락질 받을지도 모르는 가치관이었다. 하지만 현재에 최선을 다해 살아가는데 수만 갈래 길로 뻗어진 미래가 어둡기만 할 리는 없었다.

게다가 확고한 목표가 있고, 그 목표를 놓치지 않은 채 현재를 걷는 사람에게 그 사람이 바라는 미래가 오지 않을 리가 없었다.

……그 목표가 사람의 감정이 아닌 이상.

이아나는 생각을 억지로 지워 냈다.

아르하드보다 강해져 그와 같은 곳을 바라볼 수 있는 검이 되는 것. 제 몸에 숨겨진 비밀을 알아내는 것. 그것이 이아나가 이번 생을 살아가는 이유였고 신력 제어는 불가피한 선택이자, 그녀의 의지였다.

이아나는 몽롱해지는 정신을 챙기면서 덜덜 떨려 오는 눈꺼풀을 내렸다. 원하는 걸 아무것도 이루지 못한 상태에서 이렇게 무모하게 일을 저지른 건 꽤 잘못했다고 생각했다. 하지만 목표에 이르기 위해서는 피할 수 없기 때문에 계속할 것이다. 그러면 언젠가는 잘못이 아니라 반드시 미래에 도움이 될, 옳은 일이 될 것이 분명했다.

아르하드는 수련장 근처에 세워진 의무실 앞에 멈춰 섰다. 맹수가 수풀을 가르며 질주하듯 빠르게 달렸기 때문에 정지는 몸에 반동을 주었고 땅에서 따가운 먼지바람을 일으켰다.

아르하드는 이아나를 안은 한쪽 팔에 힘을 주어 제 품에 이아나를 밀착시키고, 다른 손으로는 제 옷자락을 잡았다. 스치는 바람이나 흙먼지가 이아나의 상처에 악영향을 줄까 봐 제 옷자락으로 이아나를 꼭꼭 감쌌다.

"신념이 곧은 게 아니라 그냥 멍청한 걸지도 모르겠어."

한동안 말이 없던 아르하드는 의무실 안으로 성큼성큼 들어가며 마침내 입을 열었다. 전에 억지로 화를 누를 때처럼 어딘가가 꾸욱 눌린 듯한 음색이었다.

"그……렇습니까?"

"그래. 멍청하고 이기적이야. 나는 절대 너를 이해할 수 없고, 널 볼 때마다 화가 나."

아르하드는 신경질이 잔뜩 섞인 어조와는 달리 이아나를 의무실 내에 비치된 흰 침대에 조심스레 누였다. 이아나는 간신히 눈을 뜨고 주위를 살폈다.

"의무실……? 기숙사에 데려다 주셔도 되었는데."

"그 꼴로?"

아르하드가 비웃고는 깨끗한 물이 든 병을 열어 침대 밑으로 축 늘어진 이아나의 팔에 바로 들이부었다.

"윽!"

이아나는 쓰라림에 이를 악물었지만 잇새로 고통 섞인 신음이 새어 나왔다. 아르하드는 이아나의 팔을 천으로 꽉 동여매 지혈을 하고, 팔의 감각을 마비시켰다.

"지금 네 팔 상태가 어떤 줄 알기나 하고 그렇게 아무렇지도 않게 말하는 건가?"

이아나는 흐릿한 눈으로 팔을 보았다. 덕지덕지 묻어 있던 피가 어느 정도 씻겨 내려가며 드러난 상처는 폭발 마법에 적중당한 것처럼 너덜너덜했다. 하얀 뼈가 보였고, 피부와 근육은 물어뜯긴 것처럼 갈기갈기 찢어져 있었다. 지혈이 되지 않는 피는 바닥에 물과 함께 뚝뚝 떨어져 내렸다. 핀을 지키느라 두 팔이 부러졌을 때의 타박상보다 훨씬 심각했다. 이아나는 토우와 이니스를 떠올렸다.

"일단 여기서 응급처치만 하고 바로 의사에게 데려갈 테니 그렇게 알아. 지금 당장 치료하지 않으면 후유증이 남을 거야."

아르하드가 심각한 얼굴로 들고 온 깨끗한 천과 연고를 본 이아나가 그에게 걱정을 끼치고 싶지 않아 고개를 저었다.

"걱정 마세요. 완쾌할 수 있습니다."

"……이아나!"

아르하드는 손에 들고 있던 것을 바닥에 내팽개치고 이아나의 얼굴을 세게 붙잡아 올렸다. 이아나가 놀라서 눈을 크게 떴다가 이내 아파서 인상을 찌푸렸지만 아르하드는 그에 아랑곳 않고 이성을 잃은 눈으로 분노를 쏟아 냈다.

"이대로 네 의지에 맡겨 두었다간 정말 끝이 없겠군. 이렇게 생각이 없을 줄이야! 이번에는 생명을 어이없이 허공에 날려 보내더니, 다음에는 정령을 불러 네 생명을 먹일 생각인가? 네가 자선사업가야?"

이아나는 정확하게 제 생각을 맞힌 아르하드 때문에 흠칫했다. 아르하드는 입매를 비틀어 웃었다.

"그래, 이번 한 번은 그런다고 쳐. 하지만 이제 또 낫고 나면 신력을 다룬답시고 생명을 날려 대고, 다치면 또 치료한다고 정령을 불러내고! 또, 또, 또 다음에도 또 그러겠지! 죽을 때까지! 대체 뭘 믿고. 넌 마도시대의 인간이다. 네 수명이 얼마나 긴 줄 알고 그렇게 무모한 짓들만 해 대는 거지? 정령의 말만 믿고 이런 짓들을 저지르는 건가? 나는 정말 네가 이해가 안 가!"

"아르하드……."

"강해지고 싶다고? 강함도 살아 있어야 가능한 거다. 현실에 충실하고 싶다고? 그래서 나중은 생각도 않고 그렇게 네 생명을 마구 뿌려 대는 건가?"

아르하드의 손에 힘이 들어갔다. 마디 굵은 손에 푸른 핏줄이 돋았다. 어둠 속에서 이아나를 보는 아르하드의 금빛 눈동자가 사납게 빛났다.

"······넌 정말 이기적이야!"

그 말을 토해 내고는 아르하드는 악력으로 이아나의 얼굴을 부숴 버리기 직전에 간신히 그녀의 얼굴을 놓았다. 덜덜 떨리는 주먹을 꽉 쥐었다.

이아나는 얼굴이 아픈 것은 둘째 치고, 감정을 주체하지 못하고 얼굴을 손으로 덮는 아르하드를 당황해서 쳐다보았다. 아르하드의 금안은 분노와 불안으로 이리저리 뒤흔들리고 있었다. 이아나는 이해가 가지 않았다.

"왜 제가 이기적이라는 겁니까······?"

이기적이라는 말은 자기중심적인 태도로 누군가에게 피해를 줄 때나 통용되는 말이었다. 그런데 제 생명을 깎아 먹는 일이 아르하드에게 걱정은 시킬지언정 이기적이라고 힐난 받을 정도로 위해를 끼칠 일은 없었다. 무리하더라도 죽는 건 자신뿐이었으니까.

"내게 이기적이라고 말하는 당신이 이해가 가질 않아."

걱정한다는 건 이해했다. 하지만 이렇게 화를 낼 정도인가? 피해를 주지도 않았는데. 왜 이기적이라고 화를 낼까?

당신은 나를 죽이기까지 했는데······.

이아나는 눈을 깜빡이다가 깜짝 놀라 잠시 들어갔던 졸음이 다시 쏟아지는 바람에 멍해지는 세상 속에서 혼잣말로 중얼거렸다.

"······나는 당신을 점점 더 알 수 없어져······."

이아나는 천천히 눈을 감았다.

"……."

응급처치를 끝낸 후, 아르하드는 잠이 든 이아나의 옆에 의자를 끌어와 앉았다. 두 손을 모으고 이아나를 물끄러미 보던 그는 힘없이 눈을 감았다. 끝까지 순순히 그러겠다는 말을 않는 고집스러운 여자였다.

왜 자신이 이기적이냐는 멍청한 질문만 하고 잠들어 버린 이아나를 이해할 수는 있었다. 이해 못 할 만도 했다. 예전에도 그랬듯 이아나는 자신을 최우선으로 두는 여자였다. 자신이 하고 싶은 일이라면 다른 사람의 눈치 따위는 보지 않고 저질러 버리는 여자가, 다른 이가 자신을 위하는 마음을 잘 헤아리지 못하는 여자가 바로 이아나였다. 그러니 만난 지 일 년도 채 되지 않는 남자가 아무리 아끼는 후배라고는 하나 저를 위해 심하게 화를 내는 것을 이해하지 못할 수도 있었다.

하지만 어떻게 되돌렸는데, 이 여자가 이렇게 굴면 안 되는 것이다.

"후우……."

아르하드는 그런 생각을 한 자신이 어이없어 듯 콧잔등을 찡그려 웃었다.

"한심하다. 정말."

이아나가 한 말 한마디에 희망을 가졌고, 롯소산맥의 중앙에서 천고의 기회를 얻었다. 시간의 흔적을 지워 내 기억을 못 한다는 것을 알고 있음에도 회귀 전과는 확연하게 달라진 이아나 때문에 착각과 망상을 하고 있었던 걸지도 모른다. 이아나가 저번 생의 말을 잊지 않고 지키고 있는 걸지도 모른다고, 억지스런 기대를 하며 그에 걸맞은 행동을 바라는 자신이 어이없었다.

"중증인가……."

한숨을 쉰 아르하드는 식은땀을 흘리는 이아나의 뺨을 손등으로 쓸었다. 욕심이 늘었다. 이렇게 옆에 있을 수 있는 것만으로도 감사히 여겨야 할 터인데.

이아나가 이렇게 천방지축으로 날뛰게 내버려 둘 바에, 아예 제가 옆에 붙어서 신력 제어를 가르쳐 주는 게 낫다. 요령만 가르쳐 주면 이아나는 쉬이 따라 할 수 있으리라.

거기까지는 전혀 문제가 없었다. 이아나는 충분히 재능이 있고 무엇보다 이아나는 그녀였기 때문이다. 그 시절 가장 강했고 누구보다 높은 자리에 군림하였던 신…….

아르하드의 금안이 어둡게 가라앉았다. 문제는 신력 제어가 아니었다. 이아나가 기억하지 못할, 그러나 분명히 가지고는 있을 권능이었다. 상대를 영원한 소멸에 이르게 하는 절대적인 힘이었다. 잠이 오지 않아 회색의 마탑 꼭대기에 앉아 밤의 풍경을 내려다보고 있던 아르하드가 멀찍이서 느껴지는 전조에 소름이 돋을 정도로 대단한 위력을 가진 힘이었다.

위대한 권능에는 당연하게도 대가가 있다. 권능을 사용하면 심장에는 엄청난 무리가 가고 신력은 파죽지세로 소모된다. 지난 권능이 대단하면 대단할수록 대가도 커지는데, 이아나의 권능은 최상급 중에서도 꼭대기에 위치했다. 이아나가 뭣도 모르고 그것을 썼다간 갑자기 죽어 버릴지도 몰랐다.

그러니 신력을 제어하게 하되 사용하게 해서는 안 된다. 이아나에게 뭘 어떻게 설명해야 할지 전혀 감이 오질 않았지만 아르하드는 일단 신력 제어를 가르쳐야겠다고 마음먹었다.

이아나가 혹시라도 신성시대 시절의 기억을 떠올리면 어쩌나 싶어 불안하지만 어쩔 수 없다. 그녀의 의도대로라면 종말과 함께 둘 다 소멸했어야 옳지만 라오스 덕분에 둘 다 소멸에 이르지 않고 이런 상황에 처했다.

첫 번째 기회는 완전히 실패했고, 이번은 심장을 바쳐 얻은 두 번째 기회이자 정말 마지막 기회였다. 그런데 이아나는 지금 스스로 한정된 신력을 깎아 먹으며 생의 끝으로 빠르게 달려가려 하고 있었다.

넝마가 된 이아나의 팔 앞에서 머뭇거리던 아르하드는 결국 침상에 손을 짚으며 일어났다.

"네 수명을 깎을 바에야 차라리……."

아르하드의 금안이 어둡게 가라앉았다. 잉크가 종이에 번지듯 스멀스멀 가슴에서 번져 나온 불안이 그의 동공에 자리 잡았다.

조금은 써도 될 것이다. 팔 정도의 조그만 부위에서 아주 조금의 시간을 지우는 정도라면 별로 무리가 가지 않을 것이다. 아르하드는 이아나의 망가진 팔 위에 손을 얹고 눈을 감았다.

그 순간 허공에서 떠다니던 마나가 갑자기 뒷목을 붙잡힌 것처럼 완전히 정지했다. 의지를 가진 것처럼 아르하드를 주시했다.

사아아아아······.

그 직후 마나는 심하게 요동치더니 아르하드에게 파도처럼 밀려들어 와 주위를 뱅뱅 맴돌았다. 길을 잃었다가 주인을 발견하고 꼬리를 흔드는 개처럼 아르하드를 기쁘게 반겼다.

기이한 기류들이 흐르고, 기류의 틈에서 생겨난 오묘한 마나의 바람이 주변에서 소용돌이처럼 휘몰아쳤다. 그리고 마나의 바람은 한 지점을 향해 빨려 들어갔다. 바로 아르하드의 심장이었다.

쿠웅!

마나가 주변을 무겁게 짓눌렀다. 동시에 아르하드의 심장에서부터 마나가 빛으로 물들어 간다. 그것은 노을에 물든 밀밭이 발하는 색채처럼 찬란했다. 황금색의 마나는 실을 잣듯, 베를 짜듯 저들끼리 뭉쳤다. 꼬이고 꼬여 새로운 선을 만들어 내고, 선은 꼬이고 꼬여 금빛으로 물든 기하학적인 무늬들을 사방에 형성했다. 그것은 나비의 날개처럼 화려하고 찬란했으며, 사나운 몬스터의 날카로운 이빨처럼 섬뜩하고 흉측했다.

무늬들은 마법진과 흡사했지만, 마법처럼 인위적인 게 아닌 본디 그런 문양을 지녔던 것처럼 아주 복잡하되 자연스러운 모양을 하고 있었다.

쿠웅!

아르하드의 심장이 내려앉았다. 황금빛 마나가 심장을 향해 천천히, 그러나 빽빽하게 몰려들었다. 터질 것처럼 뛰어 대는 심장이 주변을 일그러뜨리며 시공간을 세차게 뛰게 만들었다.

제어당할 뿐인 마나는 소멸되지 않는다. 수없이 많이 검기를 두르고, 마법을 시전해도 제어를 그만두면 마나는 원상태로 돌아갔다. 모든 것을 베어 낼 수 있는 강력한 검기가 되어도, 현학적인 배열을 만들어 내며 차가운 얼음이 되어도 시간이 지나면 다시 마나가 되어 허공을 떠돌아다녔다.

마나는 사라지지도 생성되지도 않는다. 그것이 정설이었다. 그러나 현재, 아르하드의 심장으로 빨려 들어가는 마나는 들어가는 순간 빛을 발하며 사라졌다. 마나가 소모되는 이 현상은 바로 권능이다.

눈꺼풀이 천천히 뜨였다. 금안이 아주 밝게 빛났다. 그리고 아르하드가 붙잡고 있는 이아나의 팔에 기이한 현상이 일어나기 시작했다.

뼈가 다시 맞춰지고, 끊어졌던 근섬유가 다시 생겨나 서로를 얽었다. 상처에서는 폭발과 함께 소실된 피부 조각과 살점이 다시 돋아났다. 그리고 벌린 입을 다물 듯 상처는 흔적도 없이 깨끗하게 붙었다.

정령이 이아나의 팔을 고쳐 줬을 때와 결과는 같지만 과정은 전혀 다르다. 정령은 새로운 물질로 신체를 재구성했지만 아르하드는 팔에 쌓였던 시간을 지워 냈다.

마나가 심장에 빨려 들어가는 시간이 길어질수록 심장의 박동 또한 커지고 빨라졌다. 동시에 낯빛은 시체의 것처럼 창백해졌다.

슈우우우…….

마침내 이아나의 팔이 완전히 원래대로 돌아오자 아르하드는 손을 떼었다. 금빛으로 물들었던 마나가 중심을 잃고 주변으로 퍼져 나갔다. 찬란했던 금빛은 순식간에 검어지더니 아르하드에게서 멀어질수록 보기 싫게 뒤섞인 색으로 변해 갔고, 이내 투명해졌다.

"······."

파스스······.

어디엔가 있을 부서지기 직전의 유리 세공품에 또 다른 균열이 생겨났다. 뒤틀리는 상흔에서 날카로운 파편이 떨어지듯 챙강거리는 소리가 어렴풋이 들려왔다.

투욱.

꾹 다물린 아르하드의 입에서 검붉은 피가 주륵 주르륵 흘러내려 하얀 침상에 뚝 하고 떨어져 내렸다.

투욱. 투욱.

눈에서도 피가 흘러나와 희어야 할 안구를 붉게 적시고 푸르스름한 뺨을 벌겋게 물들였다. 떨어지는 피와 함께 심장에서는 마나와 함께 무언가가 스멀스멀 새어 나왔다. 여러 가지 색이 조잡하게 섞여 묵빛이 되고 만······ 신력이었다.

아르하드는 몸 밖으로 새어 나가는 신력을 느끼며 심호흡을 했다. 옆에 놓인 수건을 들어 줄줄 흐르는 피를 닦아 냈다.

아프긴 하지만 아주 잠깐, 약하게 사용했기 때문에 심장에 심하게 무리가 가진 않았다. 다행이었다. 여기서 더 으깨졌다가는 정말로 죽을 수도 있으니 권능을 사용하면 안 되지만······.

아르하드는 이아나를 보았다. 이아나는 한결 편해진 표정으로 새근새근 잠들어 있었다.

불쾌했던 기분이 훨씬 나아졌다. 아르하드는 이아나의 뺨을 조심스레 쓰다듬으며 쓰게 웃었다.

"너보다 내가 더 멍청할지도."

아르하드는 피가 흥건하게 묻은 수건을 움켜쥐고 밖으로 나갔다.

"음……."

이아나는 맑은 새소리를 들으며 깨어났다. 눈을 가늘게 뜨고 창밖을 보았다. 얼마나 잔 건지 아침이 되어 있었다.

일어나려 했으나 온몸이 저려서 다시 침대에 눕고 만 이아나는 눈을 감고 지끈거리는 이마에 손을 올렸다. 엄청난 괴리감이 엄습했다. 눈을 확 뜬 그녀가 이마에 얹었던 손을 보았다.

'부상은?'

이아나는 몸을 벌떡 일으키고 팔을 이리저리 살폈다. 믿을 수 없게도 팔이 완전히 정상으로 돌아와 있었다.

꿈을 꾼 건가 싶었다. 하지만 몸 곳곳에 남은 생채기와 어깨에 입은 타박상이 그대로인 것을 보아 꿈은 아닌 것 같았다. 이아나는 급하게 일어나 의무실의 문을 열고 밖으로 나갔다. 의무실과 바로 붙어 있는 수련장 위에서 목검을 가다듬고 있는 아르하드의 뒷모습이 곧장 눈에 들어왔다.

뒤를 돌아보지 않고도 인기척을 느낀 아르하드가 느긋하게 말했다.

"일어났나."

"제게 무슨 짓을 한 겁니까."

이아나는 다짜고짜 다그쳤다. 결코 약 따위로, 그것도 하루 만에 완쾌될 상처가 아니었다. 갈기갈기 찢어져 살점이 떨어져 나가 하얀 뼈가 드러난 정도였던 것이다.

이아나는 그날 정령왕만이 상처를 후유증 없이 치료할 수 있을 거라고 직감했다. 그런데 하룻밤 사이 멀쩡하게 나아 버렸다. 이는 무엇을 의미하는가?

아르하드가 이아나를 흘끗 돌아보았다.

"말만 들으면 내가 나쁜 짓이라도 한 것 같잖아."

"말 돌리지 마십시오."

이아나는 주먹을 꽉 쥐었다.

"당신이지요? 저를 치료한 건? 어떻게……."

아르하드는 혼란스러워하는 이아나를 물끄러미 바라보다가 들고 있던 목검을 아래로 늘어뜨렸다.

"어떻게?"

"솜씨 좋은 치료사가 와도, 최고급 치료약으로도 해결될 상처가 아니었습니다. 이렇게 하루 만에 멀쩡해진 건 기적에 가깝습니다. 설마 당신, 정령을……."

"정령은 아냐."

"그럼?"

아르하드는 대답하지 않았다. 그저 말을 돌릴 뿐이다.

"그보다 신력을 제어하는 건 내가 옆에서 도와주지. 너라면 신력 제어를 금방 할 수 있을 것 같다."

"말 돌리지 마!"

이아나의 입에서 반말이 튀어나왔다. 아르하드가 살짝 놀란 듯 쳐다보자 그의 앞으로 성큼성큼 걸어갔다. 그를 노려보며 주먹을 꽉 쥐었다.

"뭘 했냐고."

"……."

평정을 유지하고 있던 아르하드의 표정은 유리 가면이기라도 했던 것처럼 깨져 내렸다. 가면 뒤에는 싸늘한 분노만이 존재했다. 이아나의 표정도 그에 못지않게 냉랭하면서도 어딘가가 심각하게 뒤틀려 있었다.

"알아서 뭐 하게."

"나와 관련된 일이다. 당신이 날 치료하기 위해 사용한 수단이 궁금하고 당신은 말해 줘야 할 의무가 있어."

"그 얼굴을 보니 대충은 알고 있는 것 같은데?"

"설마 신력?"

신력이 아니고서야 이 현상을 설명할 수 있는 요소는 없다. 아르하드가 신력을 사용했음을 직감한 이아나의 속이 답답해졌다. 그리고 직감은 역시나 들어맞았다.

"그래. 신력으로 발현할 수 있는 이능은 무궁무진하고 나는 네 팔을 치료하기 위해 신력을 사용했다. 어떻게 사용했는지는 말해 줄 수 없어."

"잠깐."

어제 숨을 쉬지 못할 정도로 아팠던 심장의 고통을 떠올린 이아나가 아르하드의 말을 제지했다.

"신력을 사용하면 심장에 무리가 간다고 하지 않았습니까?"

"그래. 신력은 심장을 매개체로 해서 사용되니까."

"당신, 심장에 병이 있었던 걸로 알고 있는데."

"맞아."

이아나의 눈썹이 대각선으로 썩둑 잘라 낸 것처럼 확 올라갔다. 이아나는 아르하드의 멱살을 확 잡아당기고 냉랭한 금안을 살벌하게 직시했다.

"신력은 생명이고, 심장에 무리가 가고. 결론은 나 때문에 당신의 수명을 아주 완벽하게 깎아 먹었다는 말인가?"

"그런 셈이다. 몇 개월은 줄었을걸."

아르하드는 아무렇지도 않게 대답했다. 이아나는 숨이 막혔다. 속이 부글부글 끓었다. 이를 악물었다. 멱살을 쥔 손에 힘이 세게 들어가고 손등에서는 푸른 핏줄이 돋았다. 강렬한 분노에 물든 적안이 뜨거운 불씨를 내뱉을 듯 활활 타올랐다.

"해 달라고 한 적도 없는데…… 왜 당신의 생명을 날 위해서 써!"

이아나는 그녀답지 않게 크게 소리를 질렀다. 화가 나다 못해 머리꼭지가 돌아 버릴 것 같았다.

"내 잘못이었어. 그러니 신력을 써서 치료하더라도 내가 치료해야지 당신이 뭔데 대신 신력을 써 가면서 나를 치료해?"

이아나는 아르하드의 멱살이 구겨질 정도로 힘을 주었다.

"대신 생명을 써 줘서 고맙다고 허리라도 넙죽 숙일 줄 알았나? 천만에! 전혀 고맙지 않아. 쓸데없는 오지랖이고 부담스러울 뿐이다!"

단어 하나하나에 힘을 줘 가며 짓씹듯 말한 이아나는 아르하드의 멱살을 뿌리치고는 몸을 홱 돌렸다. 이아나의 얼굴이 과격한 분노로 일그러졌다.

어릴 때 지긋지긋할 정도로 당한 탓에, 이아나의 안에서 자타는 아주 뚜렷한 경계선으로 나뉘어져 있었다. 이아나는 타인이 제게 폐를 끼치는 것을 극도로 혐오했고 반대로 제가 타인에게 폐를 끼치는 것도 아주 싫어했다. 동일 선상에서, 이아나는 기본적으로 자기가 저지른 일은 자기가 책임을 져야 하고 남도 마땅히 그래야 한다고 생각했다.

자타의 경계를 넘어서 도와주는 경우가 없진 않았다. 평소 호의를 가지고 있던 사람이 힘들어하거나 도와줄 수밖에 없는 상황에 처해 있는 경우에는 위험을 무릅쓰더라도 도와줬다. 호의적인 대상이 아니라도 도왔을 때 제게 이득이 있거나 피해가 없는 경우엔 곧잘 도와주곤 했다.

그와 별개로 상대가 문제를 충분히 스스로 해결할 수 있다면, 이아나는 아무리 쌍방 간에 좋은 감정이 오고 가더라도 자신을 희생해 가면서까지 도울 필요를 느끼지 못했다.

그래서 이아나는 그런 행동을 한 아르하드를 이해할 수 없었다. 그가 몹시 어리석게 느껴졌다. 이번 부상은 자업자득이었고 그 대가는 자신이 지불했어야 했다. 이번 대가는 다른 누군가가 절대 지불할 수도, 지불해서도 안 되는 것이었다.

하지만 이미 일이 이렇게 된 것을 어찌하겠나. 어리석지만 자기 뜻대로 신력을 썼으니 아르하드도 자업자득이다. 어쨌든 은혜를 입었으니 감사 인사를 한 후 이제는 이러지 말라고 점잖게 말하면 될 일이다. 그리고 그에게 나중에 갚아 줄 빚을 하나 달아 두면 끝날 일이다.

……그러나 왜 이렇게 화가 날까?

이아나는 화가 나서 견딜 수 없었다. 가슴 속에서 강한 분노가
치솟았다.

'뭐? 몇 개월?'

화가 나서 머리가 터질 것 같았다. 이아나는 속에서 부글거리
던 말을 비꼬듯이 홱 뱉어 냈다.

"날 신경 쓸 시간에 당신 몸이나 신경 쓰시지!"

……그렇다. 지금 이아나가 화가 난 진짜 이유는 아르하드가 저
때문에 신력을 썼기 때문이다. 이아나는 아닌 척해도 늘 아르하
드의 심장을 신경 쓰고 있었다. 걱정하고 있었기 때문에 미치도
록 화가 났다.

생명이 모자라기라도 한 것처럼 생명을 빼앗는 괴이한 병을 앓
고 있는 주제에! 어제 제게 멍청하다고 했던가? 자기야말로 멍청
하고 아둔했다. 제 생명을 아낄 줄 모르는 멍청한 인간은 자신이
아니라 아르하드였다.

검은 저 스스로를 희생하며 주인의 적을 베어야지, 주인에게
상처를 입혀서는 안 되었다. 아르하드가 이런 짓을 하지 못하도
록 막았어야 했는데, 쓸데없이 잠들어선!

"앞으로는 이딴 짓하지 마! 한 번만 더 나 때문에 신력을 쓴다
면, 다시는 당신을 보지 않겠어!"

"싫다면?"

소리를 지른 이아나가 신경질적으로 크게 걸음을 내딛는데, 아
르하드의 목소리가 들려왔다.

"……뭐?"

타아악!

무언가가 세게 내팽개쳐지고 마른 장작이 부서지는 소리가 났다. 이아나가 뒤를 돌아보는데, 갑작스레 멱살이 우악스레 붙잡혔다.

"너야말로 내가 내 목숨을 쓰겠다는데 무슨 상관이냐."

열을 받을 대로 받은 아르하드가 조용히, 그러나 공기를 모조리 얼려 버릴 듯 한기가 서린 음색으로 말했다. 이때까지 이아나가 떠나갈까 두려워 조심스럽기만 했던 그의 태도에서 주체하지 못하는 분노가 뚝뚝 묻어나고 있었다. 아르하드의 뒤에서는 목검이 완전히 부러진 채 나뒹굴고 있었다.

"넌 정말 이기적이야."

아르하드는 갑작스러워서 상황을 파악하지 못하고 있는 이아나의 시선을 분노와 광망으로 번들거리는 눈으로 붙잡았다. 멱살을 쥔 아르하드의 손에 점점 힘이 들어갔다.

"너무 이기적이라서, 미치도록 화가 나."

이아나는 어처구니가 없어서 아르하드를 가만히 쳐다보다가 미간을 확 일그러뜨렸다.

"이것 놔!"

아르하드의 손을 꽉 붙잡고 강제로 풀어 놓으려 했지만 악력은 약해지기는커녕 이아나의 멱살을 더 세게 옭아 쥘 뿐이었다. 이대로라면 옷이 찢어질지도 모른다는 생각이 들 정도로 멱살이 세게 당겨졌다. 아무리 힘을 줘도 풀어지지 않았다.

이아나는 아르하드와 제 팔의 굵기, 그리고 양손으로 붙잡아도 그의 한 손을 겨우 덮는 손 크기의 차이를 발견하고 얼굴을 일그러뜨렸다. 순수하게 힘만으로 비교하자면 이아나는 아르하드를 절대 이길 수 없었다. 자존심이 상해 얼굴이 수치심으로 달아오른 이아나는 이를 악문 채 아르하드를 살벌하게 노려보았다.

"놓으라고!"

"너야말로 대답해. 내가 내 생명을 쓰는 데 네가 무슨 상관이기에 나에게 화를 내냐고 물었어. 넌 정령을 마구잡이로 불러내고 신력을 함부로 다뤄 댄 주제에, 내 충고는 귓등으로 듣지 않은 주제에 내게 이러는 게 우습지 않나?"

"무슨 상관이냐고?"

아르하드의 얼굴을 주먹으로 치고 싶은 충동을 간신히 참고 있던 이아나는 그 말에 그 충동조차 잊고 아르하드의 손을 움켜쥐고 있던 손가락에 저도 모르게 힘을 주었다. 길지는 않았지만 손톱은 예외 없이 아르하드의 손에 파고들었다.

"나는 스스로의 의지로 나를 위해 내가 가진 힘을 썼을 뿐이다. 하지만 당신은 내 팔을 고치기 위해 당신을 희생했지. 내가 알아서 해결할 수 있었는데도! 그런데도 지금 내가 상관없다는 말을 하는 건가? 이래도 내가 화를 낼 이유가 없는 거냐고!"

"……하."

아르하드의 얼굴이 일그러졌다.

"단순히 내 도움을 받은 게 싫어서 이렇게 화를 내는 거였나? 정말 네 생각밖에 할 줄 모르는구나. 눈을 감고 살고 있는 게 아닐까 싶을 정도로 다른 사람을 보지 않고 자기 생각밖에 할 줄 몰라……!"

"어제부터 자꾸 내가 이기적이라고 말하는데, 난 이렇게 당신에게 이기적이라고 비난받을 짓 따위 하지 않았어!"

이아나의 눈에서 불똥이 튀었다.

"잘 들어……. 나는 누군가가 날 위해 희생하길 절대 바라지 않아. 그게 내가 좋아하는 사람들이라면, 당신이라면 더더욱!"

활활 타오르던 분노가 순간 어색하게 경직되었다. 아르하드의 굳은 손에서 힘이 훅 풀렸으나 그것을 알아채지 못한 이아나는 그의 손을 부러뜨릴 기세로 세게 쥐고 정신없이 제 속에 있던 말을 내뱉었다.

"검은 내가 쥐고 싶어서 쥐는 거지만, 내가 검으로 강해지고 싶은 이유는 내 의지를 꺾이지 않기 위해서고, 내 것을 빼앗기지 않기 위해서고, 내 것을 지키기 위해서고…… 언젠가는 나……!"

나를 미치도록 원했던 당신의 곁에 서기 위해서다! 내 삶의 목적은 전부 당신에게 귀결돼! 그런데 당신은 어째서 나 때문에 수명을 깎아 먹는 거지?

이아나는 생각 없이 말하려던 제 멍청한 입을 깨닫고 소스라치게 놀라 입을 다물었다. 그리고 이를 악물었다. 그제야 제가 절제 없이 감정을 마구 분출하고 있었음을 깨달은 이아나는 마음을 가다듬으려고 애썼다. 그 덕에 분위기는 다소 차분하게 가라앉았지만 말 한구석에는 억눌린 분노가 존재했다.

"……저의 검을 절실히 필요로 할 사람을 위해서……입니다."

이아나는 말을 대충 마무리 지었다. 하고 싶은 말을 모두 하지 않아 상황과 전혀 상관없는 뜬금없는 말이 되어 버렸지만 아랑곳 않은 이아나는 힘이 풀린 아르하드의 손을 매몰차게 치워 냈다. 분에 겨워 씩씩거리는 소리가 침묵이 내려앉은 수련장을 채웠다.

이아나는 아르하드가 저 때문에 생명을 깎아 먹었다는 사실이 생각하면 생각할수록 분했다.

"당신이 신력으로 무엇을 했든 간에 중요한 건 제 팔을 치료하느라 당신이 신력을 사용했다는 겁니다! 정상이 아닌 당신의 심장에, 몸에 무리를 줬다고!"

격한 감정에 휩싸인 이아나는 제 팔을 아르하드가 어찌 치료했는지에 대해서는 전혀 생각하지 않았다. 다만 정령이 신체를 재생하기 위해 신력을 필요로 한 것과 같이 아르하드 또한 제 팔을 치료하기 위해 신력을 소모했다는 사실, 안 그래도 심장이 비정상인 그가 심장에 무리를 주었다는 사실에 울분이 울컥울컥 샘솟았다. 자신이 어제 겪었던 그 고통을 떠올리니 더욱 그랬다.

"그래요. 당신 말대로 저는 누군가의 도움을 받기 싫습니다. 누가 저를 위해 희생하는 것은 바라지 않습니다. 누군가에게 의지하거나 폐를 끼치고 싶은 생각도, 전혀 없습니다! 그러니 그런 행동 다시는 하지 마십시오. 바라지도 않았고, 고맙지도 않으니까!"

이아나가 신경질적으로 말하고는 가려는데 뒤에서 아르하드의 차분한 음색이 들려왔다.

"나는 널 위해 희생한 게 아냐. 네가 화를 낼 이유 따위는 없어."

"아직도……!"

눈꼬리를 사납게 올린 채 돌아보는 이아나를, 아르하드는 굳어 있되 그리 냉랭하지만은 않은 얼굴로 바라보고 있었다.

"그건 순전히 나를 위해서였으니까."

"뭐?"

"내가 너를 바란다면?"

이아나의 몸이 멈칫 굳었다. 아르하드는 다시 한 번 손을 뻗었고 이아나는 그것을 피하지 않았다. 아르하드는 왼손으로 이아나의 오른손을 잡아 홱 끌어당겼다. 휘청거리는 이아나를 담은 황금빛 동공에 기대심과 열기가 스멀스멀 차올랐다.

"전에 말했던 것처럼 나는 네가 나를 도와주었으면 한다. 좋아. 원한다면 더 직설적으로 말할까? 도와주는 것을 넘어서서 앞으로의 내 힘든 여정에 네가 계속 옆에 있었으면 해. 학술원 졸업 후 나와 함께 북부로 가자."

분노로 머리가 굳어 있던 이아나는 갑작스레 닥쳐 온 아르하드의 회유에 여러 가지 감정과 생각으로 뒤엉켜 아무 말도 하지 못했다. 머리끝까지 화가 나 있는 대로 퍼부은 후인지라 무슨 말을 해야 할지 알 수 없어 그저 입을 뻐끔거리고 있는데 아르하드가 이아나의 손을 꽉 잡았다.

"몰랐다고는 말하지 않겠지. 네가 그렇게 눈치 없다고는 생각하지 않아. 내가 이때까지 너한테 보였던 태도와 내가 너에게 거리낌 없이 말해 준 내 상황을 생각했을 때…… 네 똑똑한 머리로 내가 너에게 엄청난 호감을 가지고 있고, 너를 내 일에 끌어들이고 싶어 한다는 건 이미 다 알고 있겠지. 그래서 이때까지 계속 나를 떠봤던 것 아냐?"

회귀 전부터 알고 있었던 거지만 의미는 같았기 때문에 이아나는 부정하지 않았다. 아무 것도 모르는 척 계속 찔러 본 것도 사실이지만 그런 것들을 아르하드가 전부 알고 있을 줄은. 게다가 이런 상황에서 정식으로 회유를?

이아나는 당황한 감정을 숨기기 위해 눈을 꾹 감았다가 번뜩 떴다. 아르하드가 꽉 쥐고 있는 손은 어쩔 수 없이 그대로 둔 채 이아나는 몸을 바로 하고 그를 노려보았다.

"그렇……긴 하지만 그게 지금 이 상황과 무슨 상관입니까. 당신이 내 팔 때문에 생명을 깎아 먹은 것과 그게 무슨……."

그녀의 손을 쥔 아르하드의 손에 힘이 가득 들어갔다.

"그럼 말하는 게 더 쉽겠군."

이아나가 잡힌 손이 아파 미간을 좁힌 채 손을 빼려는데 아르하드가 일말의 망설임도 없이 말했다.

"나는 너의 검에 반했다."

그 말은 그 어느 때보다 직설적이고 단호했다.

정면에서 부딪쳐 온 아르하드의 진심에 순간 이아나의 동공이 흔들렸다. 회귀 전 언제나 겪어 온 그의 태도, 언제나 들어 온 그의 말인데도 그러했다.

"한낱 날카로운 쇠붙이에 불과한 검이 대체 어떻게 생명을 가진 것처럼 생생하게, 제가 세상에서 가장 행복하다는 것처럼, 누구보다 즐겁다는 것처럼 휘둘러질 수 있을까. 나는 네가 휘두르는 검을 처음 보자마자 시선을 빼앗겼고, 심장이 뛰었다. 할 수만 있다면 네 검이 휘둘러지는 그 순간을 박제하고 싶다는 충동이 들었어. 완전히 소유하고 싶었다."

차분하되 미약하게 떨리는 음색과, 붙잡힌 손에서 전해져 오는 뜨거운 온기와 힘이 너무나 진실해서 이아나는 아무 말도 하지 못하고 딱딱하게 굳어 있을 수밖에 없었다.

"하지만 왜였을까. 검과 마법을 숭상하는 이 시대에서 검은 누구나 휘두르는 흔한 무기고, 네 검보다 화려하고 아름답거나 금방이라도 뼈와 살을 가를 것처럼 위압적으로 내리쳐지는 검은 많다. 그렇게 시선을 빼앗는 검은 많지만, 너의 검에만 심장이 뛰었던 이유는 뭘까……."

아르하드는 쥐고 있던 이아나의 오른손을 엄지로 천천히 폈다. 이아나는 순간 움찔했지만 아르하드를 저지하지 못했고, 손바닥이 그대로 드러났다. 이아나의 손바닥은 그나마 매끄러운 손등과는 다르게 오랜 시간의 고된 수련 때문에 길게 찢어지고 물집이 터져 엉망이 된 흔적이 남아 있었다. 그래서 여인처럼 곱지는 않았지만, 더욱 강인해 보였다. 아르하드는 그 손을 가만히 내려다보았다.

"그런 의문을 가지고 나니 그 후에는 검을 쥔 이 오른손에 관심이 가더군. 그래서 보게 된 네 손은 검을 쥐는 남자들의 손보다 작고 가늘었지만, 훨씬 거친 손이었어. 그리고 그다음에는……."

시선은 천천히, 천천히 손바닥을, 손목을, 팔을 올라와 이아나의 얼굴에서 그쳤다. 이아나의 적안과 아르하드의 금안이 일직선으로 마주쳤다.

"너를 봤다."

이아나는 시선을 피하지 않는 게 아니라 피할 수 없었다. 정면에서 부딪쳐 오는 진심이 편견과 적개심, 변명과 아집과 같은 색안경에 희석되지 않고 그대로 닿은 순간, 도저히 회피할 수 없었다.

"검을 휘두르며 정말 즐겁다는 듯 웃던 너. 주변을 물들일 정도로 생기가 넘쳐흐르던 너를 보고 깨달았다. 그 후로도 검처럼 벼려진 너를 계속 보면서 그 검은 너이기 때문에 존재할 수 있다는 것을, 내가 네 검을 가지고 싶다면 내가 바라야 할 것은 단순히 네 손에서 발휘되는 검술 따위가 아니라…… 검을 쥔 너라는 것을 깨달았다. 그래, 나는."

아까 전 망설임 없이 네 검에 반했다고 말했을 때와는 다르게 잠시 신중하게 말을 고르던 아르하드가 마침내 입을 열었다.

"너라는 검에 반한 거다."

이아나의 심장이 쿵 하고 내려앉았다. 울림은 겉으로 드러나지 않았기에 아르하드는 눈치채지 못하고 계속해서 말을 이었다.

"아직 어린 네가 훗날 세상에 이름을 떨칠 엄청난 재능의 소유자라는 걸 한눈에 보고 알았어. 나와 유일하게 실력을 겨룰 수 있는 사람이라는 것도. 하지만 중요한 건 너 자체야."

아르하드는 쥐고 있던 이아나의 오른 손을 조심스레 들어 올렸다. 그리고 마른 입술로 손등에 가볍게 키스했다. 잠시나마 닿았던 입술은 이아나에게 깊은 감상과 잔흔을 남겼다.

"나는 네가 나를 도와주었으면 좋겠다고 생각했다. 내 대업에 네가 필요하다고 생각했어. 아니…… 말을 잘못했군. 대업을 이룬 후에도 계속해서 내 옆에 있어 줬으면 좋겠다. 이때까지처럼 함께 걷고, 함께 대화를 하고, 함께 대련을 하고…… 그랬으면 좋겠어."

이아나의 팔이 경직되고, 몸이 굳고, 얼굴까지 당황으로 얼어붙는 순간 아르하드의 열렬한 시선이 그녀를 향했다.

"그래서 나는 그런 네가 어이없게 수명을 깎아 먹는 게 마음에 안 들고 화가 나. 넌 짧고 굵게 살다 가고 싶겠지만 그건 내가 용납 못 해. 그러니까 나는 죽음으로 빠르게 달려가려 하는 너를 계속 말릴 거고, 네가 다치면 몇 번이라도 내 생명을 깎아 너를 치료할 거다. 순전히 내 욕심 때문에……."

아르하드가 이아나의 손을 꽉 쥐었다.

"……넌 정말 이기적이야. 너밖에 모르지."

"……."

"내 도움을 받은 게 싫어서 화가 난 거라고 오해해서 미안하다. 나를 걱정했었나? 그래서 화가 났어? 그런데 내가 널 걱정하는 건, 화를 내는 건 왜 이해하지 못해. 왜 무시하고 네 뜻대로만 하려고 해."

이아나는 눈을 크게 떴다. 입이 얼어붙어 무어라 대답하지 못하는 이아나의 손을 쥔 아르하드의 손은 다시 아래로 내려왔다.

"아까 네 검을 필요로 하는 사람을 위해 강해지고 싶다고 했었지. 확신하는데 이제까지도 앞으로도 너를 가장 필요로 하는 사람은 나일 거다. 그리고 전에 네가 말했지. 야망을 가진 사람을 돕고 싶다고. 나는 너에게 위험하겠지만 지루할 틈이 없는, 결코 후회 없을 삶을 약속해."

이아나가 아까부터 대꾸가 없는 데다 잔뜩 굳어서는 자신을 알 수 없는 눈빛으로 바라보고 있기만 하자 아르하드의 마음 한구석에 조금의 불안함이 피어올랐다.

"너무 갑작스레 이야기를 해서 생각할 시간이 필요한 건 알아. 내가 너무 뜬구름 잡는 소리를 한 것도 알고 있고. 하지만 이야기가 너무 길어지는 데다 이렇게 공개된 장소에서는 함부로 말을 할 수 없어. 자세한 이야기를 들어 볼 생각이 있으면 언제든지 말해. 이젠 무엇이든 말해 줄 테니."

"……예……."

이아나는 간신히 입을 열어 대답했다. 불안으로 인해 약간 창백해져 있던 아르하드의 얼굴이 활짝 펴졌다.

"그리고 신력에 대해서도 얼마든지 물어봐도 좋아. 내가 아는 한에서는 뭐든 설명해 줄 테니까. 요령도 가르쳐 주지. 그러니 너 혼자서 무모하게 다루지는 않았으면 해. 정령도 마구잡이로 부르는 건 그만둬. 이건 강요가 아니라 부탁이다."

"……알……았습니다."

이아나는 아르하드를 바라보던 시선을 떨어뜨렸다. 고개를 끄덕이고는 뒤로 주춤, 물러났다. 이아나를 완전히 벙어리로 만든 데다가 몹시 만족스러운 대답을 얻어 낸 아르하드가 입매를 슬쩍 말아 올렸다. 이아나는 고개를 들어 그를 슬쩍 보고는 빠르게 옆으로 돌렸다.

"일단, 알았습니다. 지금은 좀 피곤하니 나중에 이야기하죠."

딱딱한 어조로 말한 이아나는 손을 떨쳐 내고 수련장에서 빠르게 걸어 나갔다. 아르하드는 멀어지는 뒷모습을 물끄러미 바라보다 이아나의 손을 쥐고 있던 제 손바닥을 내려다보았다. 그리고 웃었다.

"……."

이아나는 아르하드의 시선이 닿지 않는 곳까지 왔다. 수련장에서 멀리 떨어진 건물 뒤의 그림자 속에서, 이아나는 건물의 벽에 등을 툭 기대었다. 다리에 힘이 빠져 주르륵 미끄러져 내리며 주저앉았다. 주저앉은 채 제 두 손으로 머리를 옆으로 쓸어 올리며 입술을 세게 깨물었다.

"네 검이 좋다."
"네 검에 반했다."
"네가 내 곁에 있어 주었으면 좋겠다."

회귀 전 아르하드에게 수도 없이 들어서 아예 귀에 박힌 말이었다. 얼마나 많이 들었으면 이번 생에서 아르하드를 처음 만났을 때 그가 제게 호감을 가지는 게 당연하다고 생각했겠는가.

그래서 새삼 동요할 이유는 전혀 없었다.

그런데도 이렇게 입을 틀어 막힌 것처럼 숨이 잘 쉬어지지 않고 심장이 거칠게 뛰어 대는 이유는 무엇인가.

"……!"

두 눈썹이 비탈진 언덕처럼 늘어지고, 언제나 굳건했던 눈동자는 호수에 던져진 돌멩이가 인 파문처럼 정처 없이 흔들렸다. 뺨부터 시작된 홍조는 얼굴 전체로 물들어 갔다. 이아나는 숨을 거칠게 몰아쉬며 두 손에 얼굴을 파묻었다.

이유는 알고 있다. 회귀 전에는 단 한 번도 저 남자의 말을 제대로 들으려 한 적이 없었기 때문이다. 귀를 닫고, 마음을 닫고, 쳐 내기만 했었기 때문이다.

그래서 마음을 열고 아르하드의 진심을 제대로 마주하는 순간 숨이 막혔다. 아집에 걸러지지 않은 온전한 진심을 맛보자, 이렇게 저를 바라는 남자가 이제는 언제나 제 곁에 있을 거라는 사실을, 상상이 아니라 실제로 현실에서 마주하자 머리가 비어 버렸다.

이아나는 검으로써 자신의 모든 것을 일으켜 세웠다. 손가락질 하며 외면하던 모든 사람들이 그제야 그녀를, 정확히는 그녀의 검을 우러러보았다. 실력을 탐내며 회유하는 사람도 부지기수였 다. 하지만 검과 함께 이아나라는 사람까지 바라 주는 사람은 없 었다.

물론 이아나는 상관없었다. 사람들의 태도가 속물적으로 느껴지 긴 했지만 그녀에게 있어 검은 즉 자신이었기 때문에 사람들이 그럴수록 자부심만 높아졌다.

또, 타인을 포기하고 난 후 이아나는 누구에게나 거리를 두고 있었다. 누군가와 함께하더라도 이아나는 언제나 그 사람이 떨어 져 나가도 별 영향이 없을 정도의 거리를 유지하며 홀로 서 있었 다. 사람 따위 기대하지 않았으니 자신을 봐 주고 바라 주는 사 람이 없어도 당연히 아무렇지도 않을 수밖에 없었다.

⋯⋯그러나, 있었다. 저까지 바라 주는 사람이. 아르하드는 그런 사람이었는데도 없는 것이나 마찬가지였다. 자신은 그를 보려 하 지 않았으니까.

⋯⋯그런 사람, 없어도 상관없다고 생각했는데 아니었나 보다.

아르하드의 진심을 직면한 순간 이아나는 검으로 무장하고 있 던 제 모습이 적나라하게 까발려진 듯한 기분이 들었다.

그리고 그런 사람이 존재한다는 사실이, 그 사람이 이제는 항 상 제 옆에 있을 거라는 사실이 갑자기 숨 막힐 정도로 가슴을 빠듯하게 채우며 다가왔다.

혼자라고 생각했는데 옆에 누군가가 불쑥 돋아났다. 타인의 존 재를 자각한 순간, 존재감은 순식간에 자라나 손을 뻗어 왔다. 장애물 없이 번개처럼 다가와 발목을 낚아챘다. 그에 순식간에 호수 속으로 빨려 들어간 것처럼 숨이 쉬어지지 않았다.

왜일까? 다 버렸다고 생각했는데도 그 사실이 무척 기쁘게 다가오는 건…….

이아나는 귀까지 빨갛게 물들인 채 머리를 푹 숙였다. 회귀 전 부질없는 고집과 적개심에 사로잡혀 그를 무시하기만 한 제가 너무나 초라해 보였다.

과거의 자신은 다른 사람들과 똑같았다. 다른 사람들이 저를 한 번도 돌아봐 주지 않았던 것처럼 자신도 아르하드에게 똑같이 했다. 저렇게 진심으로 부딪쳐 왔던 남자를 자신은 무시했고 상처 입혔다. 그에게 더할 나위 없는 모욕을 주었다. 진심을 제대로 보아 주지 않는 것만큼 상대에게 모욕인 것은 없었다.

지금의 자신도 마찬가지다.

알고는 있었지만 제 고집 때문에 신경 쓰지 않았던 아르하드의 걱정이 이제야 제대로 보이기 시작했다.

'나를 걱정해서, 내가 다친 게 싫어서, 그래서 당신의 생명을 희생하면서까지 내 팔을 고쳤어. 그래, 단순히 필요가 아니라 그저 나를 곁에 두고 싶어서. 나를 제대로 보면서. 그래서 진심을 봐 주지 않는 내가 이기적이라고 화를 냈어.'

그의 진심.

이아나의 눈이 자괴감으로 가라앉았다.

'난 정말로 당신의 진심을 이해하고 있었던 걸까? 도취감에 빠져 자비를 베풀듯 당신의 검이 되어 주겠다고 생각만 그럴싸하게 하고 있었던 건 아닐까?'

그래서 제안에 곧장 그러겠다고 대답할 수 없었다.

물론 그의 검이 될 것이다. 그 마음은 분명했고, 방금 전 더욱 굳건해졌다. 그러나 이때까지 아르하드의 마음을 너무 쉽게 생각하고 있었던 게 아니었나 하는 생각이 퍼뜩 들었다. 아르하드의 감정은 직접 마주해 보니 막연하게 생각했던 것보다 훨씬 더 열렬하고 깊어 보였다. 부끄러워질 정도로.

이아나는 마음을 다시 가다듬어야겠다고 생각했다. 지금 상태로는 그의 진정한 검, 온전히 그의 것이 되어 줄 수 없었다. 제 마음은 아르하드가 가진 마음의 크기에 비해 너무 부족했다.

아르하드의 심리를 제대로 알고 싶었다.

나를 처음 보았을 때 무슨 생각을 했을까?

내 검을 볼 때마다, 나를 볼 때마다 무슨 생각을 했을까?

이아나는 갑자기 그런 것들이 몹시 궁금해졌다. 말로는 들었지만 부족했다. 더, 더, 알고 싶었다.

아르하드에게 있어 내 검은 무슨 의미인 걸까?

또한 아르하드가 회귀 전에도, 회귀 후에도 이렇게 제게 집착하는 이유가 무엇인지, 이제껏 당연하게 여겨 왔던 그것에 깊은 의문이 들었다.

－각성 편 終

－4권에 계속